安徽師範大學中國詩學研究中心學術專刊

安徽師範大學文學院高峰學科建設經費資助項目

李商隱資料彙編

（二）

劉學鍇文集

第三卷

安徽師範大學出版社
ANHUI NORMAL UNIVERSITY PRESS
·蕪湖·

王廷燦

【湯子遺書篇目（節録）】古詩以六朝爲宗，康樂、參軍非不妍擅詞場也，而必以淵明爲稱首。律體自遵三唐，高、岑、温、李各臻妙境矣，然必於少陵推絶調焉。詩固佳，抑其人忠貞節烈有不可没者。甚矣，詩固以人重也。（《湯子遺書》）

沈雄

《全芳備祖》曰：韓冬郎以詩送李義山，義山喜，贈之，有『十歲裁詩走馬成』，『雛鳳清於老鳳聲』句，更留飲旬日。（《古今詞話》詞話上卷）

《詞林海錯》曰：宋祁爲學士，一日遇内家車子數輛於繁臺街，不及避。中有搴簾呼小宋者，祁驚訝不已，爲作《鷓鴣天》云：『畫轂雕輪狹路逢，一聲腸斷繡簾中。身無彩鳳雙飛翼，心有靈犀一點通。金作屋，玉爲籠。車如流水馬猶龍。劉郎已恨蓬山遠，更隔蓬山一萬重。』傳唱達禁中，仁宗聞之，問第幾車子，内人自陳。頃宣學士侍宴，召祁從容語之，祁惶懼。仁宗曰：『蓬山不遠。』因以内家賜之。（同上）

金斗，秦觀詞『睡起熨沉香，玉腕不勝金斗，本李義山詩『輕寒不（按集本作『衣』）省夜，金斗熨沉香』也。（同上詞品下卷）

曹顧庵曰：梅岑稱小香居士，《芙蓉集》緣情綺麗，不減西崑、丁卯，而詩餘特出清綺。周晋仙謂《花間》一書，只有『絲雨濕流光』五字，使讀梅岑『半濕斜陽暮』，又如何嘆賞耶。（同上詞評下卷）

徐電發曰：宋詞俱被管絃，故設大晟應制。金、元院本一出，不復管絃舊詞。蛟門以錦瑟名詞，亦欲如柳郎中争勝於歌頭尾犯之下與？相傳令狐丞相家青衣名錦瑟者，李義山素受知於令狐楚，又爲王茂元、鄭亞所辟，義山托爲《錦瑟》諸咏，以冀其感動，豈蛟門亦有所托與？要之温情昵語，宜彈撥於鵾絃雁柱之中，非僅酒邊花下已也。（同上）

王　原

【後山集序（節録）】少陵之詩無所不有，學杜者罕能具體。義山、牧之名爲善學，亦衹得其一肢。眉山才大，其學杜如昌黎之學《史記》，廬陵之學昌黎，擬議以成變化，自成一家。若後山之於杜，神明於矩矱之中，折旋於虚無之際，較蘇之馳騁跌宕，氣似稍遜，而格律精嚴過之。（趙駿烈刻本《後山集》卷首）

范大士

《蟬》爐錘極妙，此題更無敵手。（《歷代詩發》）

《隋宫》（紫泉宫殿）風華典雅，真可謂百寶流蘇，千絲鐵網。（同上）

《夜雨寄北》圓轉如銅丸走坂，駿馬注坡。（同上）

《無題》（照梁初有情）玉谿艷體詩獨得驪珠，而此尤疏秀有致。（同上）

胡以梅

《寄令狐學士》此詩起稱内殿之高宏，而翰林之曹司，即在諸殿之東西，見其身履禁庭親切也。于是侍中而賡揚君王《太液之歌》，隨獵而得碧雞之瑞。曉之所飲，乃天上沆瀣，金掌露盤中物，而身在天際，豈覺金掌之迴？夜吟忘其更深，但驚訝玉繩星之低。四句金碧輝煌，對工意足，皆無中生有。結言鈞天之樂雖許人聽，但上天門路多，總有趙簡子之夢，亦迷而難至，以見天人遥隔，非其引導不得而進耳。（《唐詩貫珠串釋》卷七）

《留贈畏之》（清時無事）按原注：『時將赴職梓潼，遇韓朝迴而作。』蓋是朝迴走謁不會也。首言時際清平，上朝無事奏對，因而早迴。遂燕私憩息，不令司閽通報踏霜早來之客。方其上朝時中禁詞臣纔得一見，即回私舍，又不接客，所以引領而望。『尋』字正見暫見遽别早迴之意。第四道出留贈心事，言如此遠道走别，乃疏薄相待，豈不令人愁腸宛轉乎！彼時義山就柳仲郢之辟爲東川幕員，散職長途，原非得已，韓既同年，又屬親情，辭别之下，自必别有相商囑託，何期不會耳。『歸』字大約同仲郢入覲將同返也。五六雖贊其有子多才，室中娱樂，正見其處于順境，與人不關痛癢，則空説是同年，亦何益哉！不言報來謁之客，而言報早霜，藴藉異極。蓋有當關則意已見，决不宜再説謁客矣。此是句法之定規。得此法，句自佳，不可不知。然報曉霜，報謁客于曉霜之際也。『自迴腸』下得亦含蓄，自己迴腸不與他人相干，有一種慘淡經營之致。下半首略無怒張之氣，反加譽頌之詞，但用一『空』字，則意盡包舉。且對仗之工，用事之豔，筆操化工，絶少痕跡。五六如《贈契苾使君》之三四，皆意在言外，高超妙用，須玩味。（同上）

《贈别前蔚州契苾使君》通篇是邊外鎮守撫綏宣威事略，俱根駐軍陰陵而言，非謂蔚州作使君時功績。蓋蔚州在大同府東南三百五十里，與北直接壤，非屬邊境。陰陵在塞外，是聚部落以保塞，故有守禦之事耶。勤王雖天子蒙塵，諸侯有勤王之師，然總之王家有事，提師赴援耳。下皆勤勞邊地之事。起問『何年』，下手便靈。蓋下六句皆典實，起宜疏蕩，且本句又有『部落』『陰陵』實字，則骨肉停匀，句法摇漾。『稱』字喝起下文，猶言國史亦載之如此也。建牙旗謂屯守，飛羽騎謂征探，邊地苦寒，寒時戒嚴之際，所以獨舉風雪河冰言之。夜則捲旗壓帳，日則騎滑冰堅，句中不着半字勞苦，已是滿目邊愁。此剥盡皮膚，全存神髓者矣。白登在内地，故用『出』字，此言近邊愛戴。青塚在塞下，襁負而來，此言功在于撫柔。鸊鵜泉更遠在邊外，言其宣威之廣，如郅都之在雁門。『鷹』字雙關，可禽可人，且兩句以禽名爲血脉，『鷹』字更覺有神。心細如絲，通首有聲有色，情旨含蓄，非庸筆可夢見。按題云贈別，詳詩中語氣，既贊其從前，兼言契（苾）使君別去在邊所行之事，先頌其祖喝起塞外耳。（同上卷六）

《富平少侯》起句言侯之興豪，別無所憂，惟事遨遊。以不當憂而憂之，有一種少年紈袴憨致在言外。第二雖直寫其侯號，而亦兼用張放之國戚耳。三四言既不收金彈，却肯惜銀牀乎？四是反語。五六舉室中珍玩珠燈之富麗，玉枕之精巧。『枕』下既承新寵，血脉相通，以言少侯之無愁，有餘味。妙在雙借『莫愁』以結之，收拾通篇。此是高手作法異人處。（同上卷九）

《少年》一二借用馬防外戚事賦之。三四言其衛侍殿廷，與君親近，是職在羽林將軍仙仗之類。四言隨從巡幸，即于嬪妃屬車隊裏穿過，亦所不禁，見貴戚親切也。五言另置姬妾于別館，有『夢』字即用雲雨，亦典而不俚。覺來然後歸去，兩句相貫。高唐之夢，原是晝寢，亦指白日，今所以仍可歸去。六用『後門歸去』四字，是嘲謔之辭，饒有風致。『蕙蘭叢』則雖後門亦復精雅。七八言惟顧遊畋，不知接引士人，寒郊多飄蓬之客必有所指。（同上）

《贈劉司户》（江風吹浪）此是義山在途相遇而贈者。首二句比也。風浪動雲根，閹人之勢狂横。重碇危檣比蕡，白日昏言朝廷。三言風狂日昏使飛鳥不能奮翼，已斷其初起之勢。蓋士子初試對策，乃仕進之初起也。稱燕鴻，要知謂閹人兇燄，視士子微渺，非實比蕡。後歸，來歸附于蕡。同聲相和，直言之人亦足以驚慴以絶言路耳。詔一作召，言將來君王悔禍而召還，則全楚一路皆翻然爲之長歌矣。『誰先』猶言惟君也。此世法祝詞，亦慰詞。結言目前遠謫相逢。歡者，難遇而得遇；泣者，悲其屈抑，而鳳巢遥隔君門耳。（同上卷十四）

《贈趙協律晳》……蓋吏部相公令狐楚已殁，安平公崔戎見在。孫公、謝公指此二人，是一生一死，所以以下歌、哭兼言。三四五六各分一事。五言在，六言空，皆有綫直通到底。於此求之，孫公是公孫弘，開丞相之閣者；謝公是謝安，蓋暗用羊曇之痛。且李、趙同爲安平公表姪，尤親情相類矣。詩人巧於穿插，只倒一字，將兩『公』字爲句脉，不可被其瞞過。且諸家詩中，或用孫弘者，或用公孫者，獨不可變而用孫公乎？第三言令狐門下作賓客，第四言安平公門下是親道。第五言吏部南省，賓館尚在；六言安平公東山已往，又爲謝公下注疏耳。結念往事

而又别離，其爲黯然更何如乎？朱注誤以孫公爲孫興公，連謝公亦不注用之所以，皆爲興公印定眼目，一篇精神埋没矣。（同上）

《令狐八拾遺見招送裴十四》詩意蓋裴十四是令狐氏之壻。前四句皆用夫壻事，先贊其年少功名之早，次言與妻同歸。五六言已在長安寂寞，君到華山有奇景清佳。我已有疾，願從君覓隱耳。時與令狐綯不相得，故有自慨之語。（同上卷十五）

《汴上送李郢之蘇州》李郢長安人，按其娶鄰女事，及《中元夜作》《妻生日寄意》等詩，蓋習於豔情而冶遊滯梁者，故詩皆作綺麗語，相知謔浪，非送行常什也。首言先曾滯跡夷門，今到蘇回視梁園，遥隔如萬里。惟餘烟幌，猶憐向日歌聲；剩得月樓，誰伴黄昏吟詠乎？下言吴中風月之場，多花柳塗頰誇腰之處，昔之蘇小小墳今在否？可以訪香逕而招魂也。死者尚不欲恝置，生者可知矣。是深幾層意。句皆幽秀精膩，去盡渣滓，妙。但詩中界限不大分明，費人揣摩，西崑之習套，亦其含蓄太過之病。然『依井』『住村』已有閒花野草之微露，可以摸索也。（同上）

《重有感》是舉也，剪除國賊本受密旨，使其事舉，有造唐室。乃闇主臨事懞懂，始不即臨左仗，繼又隨中官入内，使兵自内出，一敗塗地，冤滋流毒。不濟之咎不獨訓輩也。顧訓、注傾邪小人，素心妄譎；王涯貪權固寵，榷茶構冤，不遠邪佞；賈餗脂韋其間；舒元輿等，性俱詭激，乘險蹈利，與訓相結，不爲衆與。所以受禍之後，人情反以假手爲快意者，實失好惡之正。故義山集中《有感二首》獨哀之。此云『重有感』者，專爲當時藩鎮不能聲罪致討而責之，亦可謂詩史也已。當時王茂元爲涇原節度，蕭弘爲鄜坊節度，皆處上游之勢，則安危須共主君之憂矣。當時昭義節度使劉從諫三上疏問王涯罪，内官仇士良聞之惕懼。……既如竇融有表來關右，則近鎮何不學陶侃次軍京師乎？若天子得藩鎮之兵，如蛟龍之得水，有何愁慮？乃諸鎮并無鷹隼之擊與于高秋之候。所以使含冤之衆晝則人號，夜則鬼哭，幽明皆是，望星關知誅邪之無人，方始收淚，豈天意長奸歟？（同上卷二十三）

《曲江》前四句追感玄宗、貴妃臨幸時事，後四句言王涯等被禍，憂在王室，而不勝天荒地變之悲也。首言開元、天寶之際，平時翠輦經過，今望之已斷，空聞夜鬼悲歌矣。此句兼新舊之鬼而言。馬嵬埋後，傾城之色難返，曲江之水依然分流于玉殿也。第五專指鄭注之死，比于機、雲，蓋修曲江本于注修土木之事。第六作者之憂王室也。天荒地變，言都城流血，曲江已廢，慘狀心折，還比傷春之意未多，傷之甚也。（同上）

《詠史》（歷覽前賢）覽史而知前賢之家國，成則由勤儉，破則由驕奢也。何必以琥珀爲枕，珍珠爲車，此皆奢之足以破國者。蓋始而奢靡無道，一至運去力窮，必歸消滅，如青海雖有龍馬，邊藩叛而不貢；五丁雖有大力，亦致隕身，爲秦所吞。是皆去儉從奢荒淫無道之主也。然而聖哲之君難得，曾有幾人預聞《南薰》之曲，以事舜乎？所以終古以來惟哭有虞耳。詩雖詠史，亦隱刺當世，有謂而發。殆敬宗侈肆時作耶？（同上）

《覽古》此謂古來興廢易見，令人可感，皆就南朝事言之而概其餘耳。方太平之時，以爲金湯可恃，每事慢忽。殊不知一朝有變，竟不可恃，如草間霜露，日出易晞，古今情事大都如此也。建蕪城者空糊頳、壤，歸於屠滅；霸江東者徒論黄旗，終被吞併。長樂宫傾，飛瓦逐江流而逝；景陽鐘圮，墮鐘無曉起之聲，相去曾幾何時乎？所以迴顧弔許由之讓堯天下原不爲邀名，其實覷破名位如草間霜露之易歇也。（同上）

《隨師東》此詠隋煬帝征高麗之事，蓋讀史而作也。言東征日調發黄金萬兩，竭中原之力，以買戰鬭之心。軍令不嚴，失機不坐，欺蒙報捷，假捏非真，其黷武失律，真可嘆也。要知但須中國有道，則鳳凰巢於阿閣矣，豈暇論於鴟鴞之在泮林乎？若無道則自治不暇，又何能及外夷？『暇』字極明，朱箋作『假』誤。結則指出其處而哀生靈之慘也。按是題，明言隨師東，隨即隋，已另見羅隱詩注。東，東征，稱中原以見征在邊遠。且結又説出玄菟，無可移易者。乃集箋以爲指征李同捷據滄、景事，則『中原』二字與結處如何强合耶？（同上）

《贈鄭讜處士》一二皆言鄭。吾身，代其自謂之語。三四言其順時自適。五六越桂蜀薑，應『浪跡江湖』，因遠游而得。鱸魚蓴菜，將東歸之謂。結則承歸後也。此蓋贈别之作。南越有桂林，故曰越桂。……（同上卷二十四）

《韓同年新居餞韓》起指王茂元，貴婿指韓同年。三言同年名次我在韓之前列，甲，甲第也，亦有兼言先爲婿意。四言君翻在我之上頭。『上頭』從樂府『夫婿』作歇前語，而『千騎』亦形容迎室榮盛，所以妙。五迎家室。

『彩鳳』用弄玉、蕭史。六牽牛、織女隔河相望，焉得如此親近相聚，反欲笑之。對工意精。七謂我如禁臠，無人敢問，消瘦窮愁，視君天壤。此時義山之妻必已亡，故有禁臠之説耳。（同上）

《贈華陽宋真人》詳結處原從自己説起。自傷天上淪謫已久，至今還謝遠天宮中人，蓋指宋、劉二君，是夙生仙侶，而不能相從也。『謝』或作『識』，亦可。三以茅、許比二人，切于茅山華陽洞也。四必已有親道。五言二君有天書，我塵眼已迷，不能識認。六言欲學皇初起之復證仙班，終不可得。『冷』字言此事已作冷局，不可問矣。結言幸遇兩君，如徐甲之逢老子，不然此身何能有乎？文人才士，夙根自有來歷，入世不能飛騰，冷落蹭蹬，自省傷感，亦可憐也。然宋、劉二君，必非常人，所以此詩結句甚尊之。（同上卷二十五）

《鄭州獻從叔舍人褎》李褎必仕途而好道法者。起句指其結壇清潔，鐘鼓虔修，故以比仙境稱之，於中則有朝真䏼奏也。三四必曾受籙封職，已非一世，而全家皆能奉道。五六借道家所用，夾以舍人掌詔制之物，渲染顔色，插和言之。結以陶隱居相比，欲附弟子之列，然亦不敢定而問之，妙。（同上）

《一片》（一片非烟）九枝，燈也；非烟，慶雲。言雲蔽而高光不能相照，如聖明之世，獨不能親於君上，徒見蓬萊仙境，儼然雲旗，可望而不可即。蓬萊亦以殿名雙用。天泉水暖，露畹春多，皆言明時可樂，但雲從龍而龍吟細，君道未隆也。故使鳳凰鳴舞於園尚遲，謂賢不得進，而自負意。五六嘆時不我與，有斗轉月沉之慮，更不可遲耳。（同上卷二十九）

《促漏》此詩雖語皆豔質，尋繹脉理，代宮人吟怨曠也。促漏，言漏之易過。漏刻投籤，宮中之事，遥鐘外來，已見宮殿深沉。上四字便有宮中神情，難移别處。『動静聞』者，言其相續不斷。而報章重叠，至尊一時難即裁决，所以久侍御筵，夜深方退。收殘黛而改妝。换爐香以薰夕。鸞鏡，傷孤也。睡鴨，欲眠也。歸去，是從侍御初罷時動念；夢來，從將睡時作想。如嫦娥之獨處，無襄王之入夢。豈知、何處，皆怨之辭。深宮之苦有如是，以視人間南塘遊玩，各有匹耦之樂爲何如哉！（同上卷三十）

《深宮》焚香以待臨幸，香消不來，所以閉其房櫳。但聞玉壺傳漏，從銅龍而下，以水急有鳴咽之聲。蓋聽者心有悲咽并擬及于水聲也。不即不離，下『咽』字，點綴有情，步步不肯放鬆纔活，纔有精神，宜讀處留神。若必竟作水咽，顧失神矣。『閉』字亦有寂寞之意。三四雖言夜景，謂有風有露，然是言好惡之偏，恩澤不均，狂風偏加于薄蘿，清露獨濃于桂葉。所以有淚如湘妃之竹，然而無益，徒然一夜悲愁。早是景陽鐘已鳴，催起理妝矣。而一夕雲雨盡在他處迷惑耳。暗將通宵遞下，而無痕跡。總之格調不猶人，且此亦託深宫爲題，意旨言己之不遇，而嘆沛澤之未均也。就外象歸宫怨。《長門賦》：『桂樹交而相紛兮，芳酷烈之誾誾。』今『桂葉』本此。（同上）

《和韓録事送宫人入道》言宫女乃謫降凡間，今天上星使追還，不能自主，而雙童扶之上瓊輈以去。朝金殿、侍玉樓，已在天界矣。鳳女似謂秦弄玉吹簫乘鳳之女，彼想塵凡而成別，惟有月娥避夫入月，所以得同遊矣。結則戲之之詞，言若學吴王女紫烟愛韓仲，直至埋骨尚未休也。（同上）

《錦瑟》興言錦瑟必當年所善之人，能此樂者，故觸緒興思。然《白虎通》曰：『瑟者嗇也，閉也，所以懲忿窒欲，正人之德也。』則取義謂思而不能亂耶？《史記》言：『素女鼓五十絃瑟，悲，帝禁不止，故破爲二十五絃。』則今專用五十絃，言悲來無端耳。若説者欲倒一字爲『十五』乃至『廿五』，恐非作之本意。《通曆》云：伏羲作瑟，以制婚姻之禮。故一絃原止配合一柱，宜在華年。思華年，從絃柱配合言。若謂五十絃論年，則非矣。覩下藍田生玉，豈半百之嫗可爲耶？第二句既脱卸于華年，中四句盡承之，而亦雙于瑟也。三當年之迷戀，四、五彼此離思悽惋，六即緑樹成蔭子滿枝也。『此情』即四句之情。當年已是不堪，而況今日成追憶哉！六句借瑟以懷所歡之人，但句精意深。直至一結，其情顯然。按本集『今古無端入望中』，『秋蝶無端麗』，諸如此類，『無端』二字皆虚用。柱，軫也。《古今樂志》：『錦瑟之爲器也，其絃五十，其柱如之，其聲適、怨、清、和。』玩中間四句，誠有此義。然不能專着跡于瑟，而使落句無着也。（同上卷三十）

《無題二首》（其一，昨夜星辰）義山《無題》、借題諸篇，説者謂其託美人以喻君子、思遇合之所由作也。義山推李賀爲天上奇才，風流習尚，詭激奇情，固出入于昌谷之間，運之以《典》《墳》之富，使人誠不可方物。然名教自有樂地，如《離騷》之用有娀、高丘二姚，不過一二見。其他山川草木，鳥獸雲物，皆可寄託，何必沾沾纏綿于側豔而後立言？其中真真假假，假假真真，易瞇俗眼。生時爲當塗所薄，未必不由此。千古之下，共惜其才，因護其短，欲爲賢者諱，捨軀殼而談臟腑，何能百不失一？況當日或癖有思痂，今必曲爲之解，翻恐作者笑人，更亦到處皆成疑團渾沌，血脉梗塞，茫無條貫。詩神面目，竟無洗發之日，又豈愛義山之才之謂歟？抑使後之好作綺語者，皆得遁法于幽怨騷人，縱恣蕩逸，亦非訓世之道。如此詩下半首，語氣顯然。且若作遇合論，席間座上已是靈犀通照，何尚煩轉蓬之嘆乎？此章本集内二首，其二曰：『聞道閶門萼緑華，昔年相望抵天涯。豈知一夜秦樓客，偷看吴王苑内花。』則席上本有萼緑華其人，於吴王苑中偷看之而感情耳，已有注脚。若後『來是空言』章，集中四首，其四有『東家老女嫁不售』，則已注明前三首爲思遇合矣。他如雖無注脚，而揣摹通章神情，考其用事，辨其真假，注宜分晰。若其綺麗之語，柔膩之姿，通身脉絡，皆傍豔情而出，故當一歸之豔情。然自玉谿一人，玄言祕旨，幽微杳渺，烹煉之工，化古之精，如風車雲馬，月彩霞光，渣滓盡絶。有時斷崖千尺，探窮海而仍有津梁；故作拙態離奇，成渾穆而彌添淡遠。此皆挹《騷經》樂府之遺髓，大葩獨挺，凡花削色，膚下者幾無坐處。迴視『眉黛奪萱草，紅裙妬石榴』之類，真成傖父面目。狂且梔蠟，悉斥孫山，所可與雁行者無幾，皆爲此君引商刻羽之故。推其妙處，凡諸搦管，皆當取法幾分，方有虛靈仙氣。或錯走路頭，認賊作子，誇談花柳閒情，未識相如行薄。癡人説夢，長夜黑甜，被攝摩登，淪于惡趣，爲筆墨之修羅，當喫老僧之痛棒矣。此詩是席上有遇追憶之作。妙在欲言良宵佳會，獨從星辰説起。是言星辰晴焕，昨夜如良夜，而風亦和風也。疊言『昨夜』，是追思不置，如『鳳兮鳳兮』『潮乎潮乎』，腹轉車輪耳。畫樓西畔而曰桂堂，蓋用『盧家蘭室桂爲梁』之堂，畫樓爲陪襯，桂堂爲賓位。兩句凌空步虛，有繪風之妙。只一『桂』字如春草之勾萌，而『東』字作爲下落。測其微旨，『西』字亦是陪客。『東』字本於『恨不早嫁東家王』之『東』，爲桂堂穿綫，則隱然有一人影在内，不須道破，令人猜想自得。然猶在幽暗之中，得三四舖雲襯月，頓覺七寶放光，透出上文。身遠心通，儼然相對一堂之中。五之勝情，六之勝境，皆爲佳人着色。且隔座分曹，申明三之意；送鉤春暖，方見四之實。蠟燈紅後，恨無主人燭滅留髡之會。聞鼓而起，今朝寂寞，能不重念昨夜之爲良時乎？若欲謂之傷遇合而作，則起處何因，首二句旨在何處，便入暗室。五六亦覺膚淺泛語，嚼蠟無味矣。應各出手眼，不能習人唾餘也。……按唐龍朔……故祕書省爲蘭臺，時義山爲祕書省校書郎。朱箋引御史，恐非。（同上）

《無題》（來是空言）此詩内意，起言君臣無際會之時，或指當路止有空言之約。二三四是日夕想念之情。五六言其寂寞。七八言隔絶無路可尋。若以外象言之，乃是所歡一去，芳蹤便絶，再來却付之空言矣。五更有夢，驚遠别猶啼；訊問欲通，徒情濃而墨淡。爲想蠟照金屏，香薰繡褶，仙娥静處，比劉郎之恨蓬山更遠也。（同上）

《無題》（颯颯東風）内意一二言陰蒙而天日爲蔽。三四言隔絶不通。五六羨古人之及年少而用才。七八不能與衆芳齊豔使人灰心耳。外象則起言東南不日出而有細雨，是不能照見所歡之樓矣。蓮塘可遊而有雷聲，則所歡不能出而採蓮矣。想其静處遥深，惟有燒香汲井。欲得賈氏、宓妃之憐才愛少，既不可得，此心莫與春花争發，已令人思之灰心。○按此詩五六説明賈氏、魏王，大露圭角，翻是假托之詞，而非真有私暱事可知，決不犯對題直賦也。（同上）

《無題》（相見時難）此首玩通章亦圭角太露，則詞藻反爲皮膚，而神髓另在内意矣。若竟作豔情解，近于露張，非法之善也。細測其旨，蓋有求于當路而不得耶？首言難得見，易得别，别後不得再見，所以别亦難耳。次句措辭媚極，百花殘，花事已過也。絲，思也。三四謂心不能已。五恐失時，六見寂寥。結則欲托信再探之。青鳥，王母之使，殆當路之用人歟？蓬山無多路，故知其非九重，而爲當路。（同上）

《無題》（鳳尾香羅）此詩是遇合不諧，皆遇怨之微意。前四句全用樂府班婕妤《怨歌行》白團扇棄置之謂，但起得變化，不言齊紈，却變爲薄羅，不言白，而改爲碧，使人尋繹費力。然詩法具在，第三句明明承出裁扇，則上二句自是扇之題前矣。首句贊羅有織鳳，其質甚薄，『幾層』者是估量之詞，言比厚者薄幾層耳，未必是裁扇用幾層也。碧，碧色；文，亦花樣之謂，如章孝標『花衫對舞鳳凰文』是也。亦有鳳文羅。此『文』是原跟上『鳳尾』來。圓頂言團扇圓形，『縫』字本于丘巨源《扇》詩。夜深縫是言辛苦。第三方説明團扇，妙在用一『魄』字，則明是碧羅裁就，所以如月之魄，若白紈裁者方言明月耳。只此『魄』字將上文收得緊緊，妙。羞難掩，止言夜作製成棄置不用，白白辛苦，其羞難掩，亦借用謝芳姿《團扇歌》成語。第四即用班婕妤辭中空聞車聲，不獲寵臨也。五言寂寞之境，六言消息已無，竟如此棄婦之石榴，徒有丹華，不能結實，而被出矣。獨用『紅』字，妙，蓋言徒丹而無用也。結用陸郎烏騅徒繫樹外不歸，那得西風吹入君懷乎？詳前三句，必有文章干謁，世事周旋，而當塗莫應，四與六、七竟棄之如遺。八雖此心未歇而亦怨之意。意者謂令狐耶？詩中大抵采集樂府，用其篇中之意居多，須讀樂府原文，則大意盡貫通矣。（同上）

《無題》（重幃深下）此以莫愁比所思之人也。言莫愁重幃深處，予卧清宵甚長，妙在不言細細，而言細細長，則細細之中已有思。若説出『思』字，則細細二字化爲俗物耳，所以妙。第三必先有一番妄想，今成爲神女之夢。第四本非匹偶，所以不能爲之郎也。五六『菱』字，用樂府《采菱曲》之菱。信，任也，如『春風自信牙檣動』之『信』，言風波不任菱枝之弱，而加之以飄蕩，以致菱不能採。而月露明，有桂可折，誰教天香可愛，令人不能捨乎！『風波』必當時時事。結言已絶望，付之惆悵清狂已爾。（同上）

《碧城》（碧城十二）此詩《鼓吹》止載一首，注爲懷人之什。以本集三首合觀，兼釋此首之三四七八，則所懷之人不離乎私暱也。起處故以清虚高遠比之王母所居層城十二樓，然亦兼用青樓『闌干十二曲』，有青樓望郎之義早已微露。次則譬其温和明净，已落到軟膩地面。三四初讀似若平平述仙家之事，然有書言音問之相通，附鶴則傳書之有使，而亦非凡禽也。女牀有雙關之用，無樹不棲鸞，非謂樹樹皆鸞，蓋謂女牀之樹實爲棲鸞之所。鸞憐孤影，乃戀匹之鳥，此已明白扣至詩旨矣。以下却不欲全身吐露，故以瀟疏之態，支離之語，出入于有無之鄉，以文章爲遊戲，教人噉昌歜之菹幾何其不爲縮頞三年也。測其旨，總言遠離而心照，雖墮重淵而適異域，仍在窗前座上，咫尺之間。『星』字倣樂府借用『心』以惑人，『雨』，陽臺之雨，又兼用雨散。且河能興雲雨，義相通也。結蓋惟願晝夜永不相離。言若是不夜珠，至曉光定，即于水晶盤内相看。一生，長遠之詞。横插『一生』二字，神理彌趣。凡諸隱曲處，正知其爲私暱，非比君子耳。（同上）

《碧城》（對影聞聲）此爲所歡出遊而防猜思慕之作也。首乃遥憶之詞。次乃出遊之候。三四言止可與郎依戀，切勿更與他人相親。防猜而丁寧，癡情之畢露也。五六摹想妝態妖嬌，擅長雅技，然曰『放嬌』，曰『狂舞』，則無貞静之氣，所以有三四之猜防耳。結言己之無聊，悵望獨眠，其情可勝言哉！一二謂其影其聲皆屬可憐，聲影今在採蓮之處也。由虚而實，兩句串下，但義山故作不相連屬以混人眼目，其法脉仍有草蛇灰綫高處。按三四若作世事内意，無可取義矣。（同上）

《碧城》（七夕來時）此因勢不可爲而致其情也。言初時原有佳期，至今垂簾相待。孰知月圓而有虧缺，珊瑚竟無舉網之機矣。聊將駐景神方以緩待歲華，止託鳳箋達意，明我相思已爾。此必有僨敗之者，故結句有畏人言而謝絶之意，即前『風波菱弱』之謂耶？（同上）

《玉山》此是刺貴家，或宫闈之亂。首言所居高潔，如神仙之境，何等崔巍。則玉山下之水，宜乎至清，無可貯泥之理。但日馭既不照臨，終年幽閉，其中竟有梯階可通天上也。夫驪龍一珠尚且被探，何況今容百斛之多，分付老龍豈可睡乎？而鳳凰不懼，桐高正欲棲也。豈不聞神仙才子蕭史携弄玉之事。神仙才子，言詭祕履危之蹤跡，調笑之語，非真贊美。按詩中玉山，天子所幸；閬風，王母所居。日馭上天，龍與簫史，俱近宫闈之用尤切，豈賦東都上陽之事？第三更合。若作世事内意，『兼』字『休』字難安放。（同上）

《楚宫》（月姊曾逢）此直賦其豔情之詞也。言月姊曾經下蟾相逢，今相顧消息隔在重簾之内。但聞佩響絃聲，想像其腰細指纖之妙耳。從行暮雨而神女言歸，山亦爲之悄悄寂寥，繼望秋河而知天孫不渡，祇覺厭厭其夜長乎？但恐置身如王昌，在莫愁東家金堂之畔，動他人之嫌，不能永洽歡情也。通身剥皮剔骨，用事展情，出入化境，天隨子所謂暴天物，抉摘刻露，天能致罰，蓋此等題此等詩歟？（同上卷三十二）

《中元作》此託言也。詳繹詩境，或者當日鄭亞、柳仲郢輩請爲判官而作。一二言其受節使，陛辭而行，遂有辟請之事。但幕佐偏員，非華要之職，止如羊權之得金條脱而遇仙相識，不似温嶠之下玉鏡臺而有室有家。念世事艱難，曾省驚眠之雨業已過去，不謂迷失之路，今日爲花而開，兹亦可喜也。從此以進，覺有娀不遠，但恐鴆鳥爲媒，終亦不能助我耳。當知以前驚眠之雨，迷失之路，皆鴆鳥爲之也。中元爲上天校勾分别善惡之期，今有此徵辟，似喻朝中之有定論，故用以爲題，或事適在中元時也。有娀，依《離騷》指君，青雀謂己，鳩鳥或指令狐綯輩耶？妙在用『驚眠』『花開』，可以接『條脱』『鏡臺』，下貫有娀，氣類相通，此其法之所以精也。……按此詩若作私暱，三四太露，結亦無此怒張。（同上）

《可嘆》雖刺當時貴家之亂，而動其幽情憶意中人也。起是代爲之語，言主人幸已晏會東城未返。人生憂年華如流水之相催，遂爲秦宮、赤鳳之事。冰簟可眠，瓊筵可醉，其爲荒淫穢亂真可嘆也。豈比宓妃之愁坐仙館，另有一種幽情静致，可動陳王之思而費才作賦者哉！宓妃必意中另有其人，朱箋謂作者自況誠有之，不然何必爲古人遠想耶？按詩法宜遠峰斷岫，欲接不接方是佳境。義山豔情諸什，尤爲玄之又玄，必三覆體認，撥草尋蛇，方有悟機。然通章神情原自朗然，未曾走失。蓋中四句盡是重濁魔境，七八忽然清虚，豈有曲終奏雅，倫類駁雜，故知是轉語，但其中必令人襯講方得。是在讀者識力到與不到耳。不醉言其沉湎不已。（同上）

《九日》義山先受知于令狐楚。楚卒，子綯以義山從王茂元辟且娶其女，謝絶之。蓋令狐與李德裕相讎怨，各有其黨耳。是以義山於九日詣之，作是詩題于廳事，綯睹之惻悵，乃扃閉此廳終身不處。首以山簡喻楚，以己比葛彊爲簡所寵，而嘗醉飲此霜菊繞階之際。作已十年，正逢九日。無人問，虚引起郎君謝絶之意，『人』字包生死，言妙。若别本易以『消息』便無精神。『所』字是有着落之字，儘可對人。若『消息』對『所思』，反不確當。五比也，言苜蓿異域之種，漢臣尚且栽植于中國，何不效之而必令楚客之詠江蘺乎？對工切。江蘺本乎楚《騷》，所以言楚客。但《離騷》云：『覽椒蘭其若兹兮，又况揭車與江蘺！』注言觀子椒、子蘭變節若此，豈况衆臣！而不爲佞媚，則亦不便斥之如是。樂府江蘺生幽渚，另有詞，皆言始愛終棄之意。今曰詠則非《離騷》而用樂府也。結則明言以刺之。（同上卷三十四）

《過故府中武威公交城舊莊感事》武威公，王茂元也。交城，《舊唐書》屬太原府。茂元本鄜坊節度使王栖曜子，故以信陵擬之。象，景物也。晋水祠，晋地名勝處。三言無大樹而鳥雀爲喧。四本言樹風如熊羆之撼動，亦雙夾馮異爲大樹將軍，如熊羆將軍之遺跡流風也。五六言襯新蒲如筆，思曾投筆從軍；逢芳草如茵，憶得吐茵沾醉。

此聯感其提携愛護也。思路扭合精巧，最開作法，可療呆寫之病。結言遺愛碑讀者墮淚，用杜預墮淚碑而變化之。山暗用峴山，妙在不正寫而以黄絹代之。總之，善避正面，只用側鋒，是其妙訣。（同上）

《哭劉蕡》劉蕡之卒于貶所柳州，因直言對策傷中官致禍，所以哭之痛憤擬同屈平。起用《離騷》《招魂》之詞，言上帝深居，而不遣巫陽下問劉之含冤，以致於死。雖用《離騷》，實賦當時之事，比既切當，而上帝亦可雙夾，即指天子。將忠良受屈，昏君無權，全局包舉，闊大典雅，所以爲妙。因兩句正意已足，故三四推開，説到未死之前廣陵相别，隔春濤之浩渺；而湓浦書來，正值秋雨之翻盆，何期從此遂成千古永訣耶？此二句不同尋常格調，是倒插之意，然彌見其疏宕耐味，須補足方顯。五言如此忠賢，須得名人爲之作誄，如潘岳方可。亦有兩意：一言只可作誄以傳於死後，何曾真有魂之可招；又言己如宋玉，爲屈原弟子，而不能如玉之作《招魂》詞也。下有『師友』，亦有申明此句綫索。此二句總之有自謙亦自負意。結推尊心折，不敢以平常友誼哭之也。（同上）

《過伊僕射舊宅》起是直叙酬功封爵晋階也。華筵即指酬功榮盛事，而俄頃已同逝波盡耳。四『人語空』活潑，勝于三。五六雙夾，串合佳。言淚枯如殘菊之露已屬無多，惟餘香入敗荷之風猶得微聞，觸景生情之妙。結句朱箋疑此詩義山自桂林奉使江陵時作，以第七句爲自謂，而伊宅在荆州矣。所注瀧江在韶州曲江之瀧水，恐非走桂林所由。按元結《欸乃歌》：『瀧南始到九疑郡，應絶高人乘興船。』或近入廣西路。然更有推敲者，伊兖州人，又封南兖郡王，何以舊宅在江陵？且詩中弔楚宫用得實，亦不能竟謂舊宅。或者當日伊曾赴嶺南，有經楚宫憑弔事，今追溯用之，是指伊之本身事，則詩境更有情致，而詩中『更』字是亦脉絡。（同上）

《王十二兄與畏之員外相訪見招》……言招飲，必有歌管，乃屬之悼亡之人，非其所宜。三四正言新喪室人，簾垂而無人，堆塵于滿簟。有男可憐，有女堪念，何人撫視，茫茫無緒，加以秋霖腹疾，凄其之况，有萬里之長，不可限量。豈有閑情，尚赴招爲樂乎？總之，指揮如意，用事措辭不同，妙處在意在言外，所以鬆靈。而五六正用悼亡詩内事尤妙。……（同上卷三十五）

《聞歌》通篇是聞歌而悲傷。起四字歌者含悲意。二言歌之遏雲。碧嵯峨，注其不動之貌有致。三言歌中可悲之事，如銅臺歌後，曹瞞已没，則歌伎安歸。四言王母與穆王宴歌之後，畢竟穆王仍是别離，其忘還之事能有幾多，言無有也。句法活潑。此歌于生死别離之苦者。五六因樂府有《昭君怨》《楚妃怨》等曲，言昭君已爲泉下之人，當日南望思鄉，今南雁并不至其塚，千古沉冤，而楚宮亦鞠爲茂草，北人于此經過矣，又安論楚妃乎？此所聞歌聲堪以腸斷已非今日，對此香炧燈光，欲唤奈爾何。……《世説》：『桓子野聞清歌輒唤奈何。』故云『非今日』，蓋古人早有唤奈何者矣。總之深入幾層，法之精宜玩。（同上）

《潭州》此義山平鋪直叙之作。中間四句皆用望中本地風光，是承『古』，結句是承『今』也。三四意在言外，有騷人之旨。潭州即今長沙府，有舜二妃廟、屈原廟、賈誼廟、陶侃廟，……今因望中所見之竹與蘭而有感。……《陶侃傳》：『侃乃以運船爲戰艦，所向必破。後討杜弢，進克長沙，封長沙郡公。』今言戰艦已空，惟雨打泊船之灘。……承塵，承梁塵之物，頂蓋之類。今詩言承塵不見，惟存破廟風吹耳。（同上卷三十八）

《奉同諸公題河中任中丞新創河亭四韻之作》細詳是亭，似于黄河浮梁上結構成之。故起言十洲在大海水中，誰能遊訪，今新亭壓中流而創建，即可擬其勝矣。影落水中，鮫人疑其爲室，縱玩難居。蜃蛟雖好幻樓，自耻不逮。典麗工切，精品也。左右名山，供亭中之遠望，東西大道，似若鎖一輕舟者。蓋浮梁聯舟爲之而繫于岸，今直言大道爲鎖，故作光怪之語耳。結乃説出地方，收拾上文。總之任中丞有奇想異構，須得名句方傳。（同上卷四十）

《井絡》通首誡蜀人之詞，故其意輕視蜀險在言外。首言井絡、天彭極小。特舉二者，井絡謂《括地象》言其吉，而彭以天名，似乎天上所照注者耳。不然何不别舉耶？次言蜀之最險惟劍閣，亦不足恃。于是東雖陣圖示武，西雖邊柝偵防，方其内變，則爲杜宇之失國；若來外敵，則先主之不能成王業，二傳即亡。將來不逞之徒，休訪金牛險道之舊蹤而思割據，亦倣張孟陽《劍閣銘》之意也。（同上卷四十一）

《南朝》（玄武湖中）此舉南朝荒亡之事，齊、陳兼有。而陳不畏外患，不知天戒，放蕩無極，所以失國。起二句謂齊武帝射雉起早，宫人皆從，先啓其端。故東昏又溺于潘妃，然陳後主瓊樹之寵亦不减于金蓮也。將齊武之繡襦，引起其後人之金蓮，而以陳事插之。下半首獨承第三句以盡其事，而深責輔臣之邪僻，『才』字似揚而實抑之

也。然此格既拗，其意又一無棱角，俱在言外，若欲效之而無事實相襯，恐墮入晦暗之中，則畫虎不成矣。（同上）

《題道靖院》起言其已成仙化鶴而去，手植之松皆老，用對起，點染華潤。『羣』字蓋丁令威、蘇躭輩皆化鶴，今入其羣耳。此『羣』字用得最靈，化陳爲新，已包括前人之化鶴在内，妙。次言其去也必另有壺中日月在于仙境，至今只餘隱士嶺上之雲矣，用事恰好。遺像在而成爲故事，褰帷望之恰似元君矣，更有次序。（同上卷四十四）

《聖女祠》（松篁臺殿）必祠在山巖間，故其臺殿皆松篁，而蘭蕙爲幃幔。龍鳳雖由雕鏤，亦山野間物。曰『護』曰『掩』，總之夾寫幽怪意。霧與寒，因形在露天而言。無質猶言無像，有霧則三里望而失之矣。耐寒故所服薄，五銖只重二錢一分半，其爲薄也在依稀有無間耳。人間想有崔羅什，是以住世；天上必竟無劉武威，所以不昇天。二句是歇後語。『定』字『應』字，猜疑之辭，最靈，而意最直。結因頭上原無首飾，故借飛去之燕釵問幾時歸來。在他人言之，則正詠其燕飛足矣，今却言幾時歸來，意更深一層。朝，朝觀之朝，用意玄微，真是棘端生動，可令人觀止。（同上）

《重過聖女祠》起因其形在石壁而言，已爲苔蘚所滋，豈自天界下謫而歸故遲遲耶？三四本言其風雨飄零而用神女之雨，神靈之風，串合精膩。五六以二仙女比擬之。『無定所』，不過隱現于壁間，非能降居室；『未移時』，永不動也。若使九天玉郎來會此，以通仙籍，將必思向天階去問紫芝矣，言追隨之而去也。『憶紫芝』是代爲飾詞，『通籍』猶通譜，還説得藴蓄。然以仙女而會玉郎，知非莊語。題本僻怪，詩亦遊戲，皆在子虛烏有中，脱胎神妙。（同上）

《隋宫》（紫泉宫殿）是宫在揚州，故一二言去長安而來蕪城。繼言若非唐家起義師，則遊無所底止矣。五六舉其所作之事詠嘆之。結乃以陳後主相並也。按詩情乃憑弔凄凉之事，而用事取物却一片華潤。本來西崑出筆不肯淡薄，加以煬帝始終以風流淫蕩滅亡，非關時危運盡之故，故作者猶帶脂粉，即以誚之耳，最爲稱題。而句句下斷語，妙。（同上卷四十五）

《九成宫》十二層城即指九成宫，蓋山因九重得名，故比之層城十二樓，而在閬苑之西，閬苑指長安宫闕上林苑之類。平時，太平之時；避暑，明皇實事；拂虹霓，言山宫之高而歷之也。三四言扈從之盛，而山中風雲皆爲之效順。『隨』『逐』二字有神。雲以蔽陰，風以吹暑，語妙。吴岳在西，故見曉光；甘泉在東，故見晚景。連翠巘、上丹梯，言兩山之景光來映九成山。因落照之色紅，故云『丹』，而九層如『梯』耳，字字有心思，不可漫讀，失作者之苦心。結言此時進獻方物，皆得沾恩而賜璽書。此只一轉，結出明皇躭于遊樂，惑于色荒，比『一騎紅塵妃子笑，無人知是荔枝來』之語，更深幾層。只説進荔枝者蒙恩，藴蓄精妙。盧橘蓋陪襯。（同上）

《籌筆驛》起得凌空突兀，凡起法當以此等爲上乘。猿鳥無知，用『疑』；風雲神物，直用『長爲』矣。有分寸。『徒令』與『神』字皆承上文，而轉出題面，下則發議論。五申明三四，六則言第四所以然之故。苟其關、張不死，荆州不失，横行中原，何足道哉！結借少陵詩『可憐後主還祠廟，日暮聊爲《梁父吟》』之語，言昔年有人經過後主之祠廟，吟成《梁父》而有餘恨，今我同有餘恨于後主也。此是歇後語，其意在『吟成』上見出。若言自己經祠而吟，義山決不拾前人唾餘。用《梁父吟》妙在杜語則翻新耳。且考集中别無祠廟之什，其惑人處在『他年』二字，故意含蓄，然詳觀之正見是昔年，如少陵之『叢菊兩開他日淚』是昔日。此結應『降王』也。（同上）

《茂陵》通首譏刺漢武之意。一二言其務遠勞民。三四五六謂其但知苑囿巡幸、好神仙宫闈晏昵之私也。結獨惜蘇武盡節，乃武皇不及一見，徒謁于陵寢而不勝其寂寞矣。（同上）

《楚宫》（湘波如淚）此過楚宫而弔屈原，覩湘水之深清，哀其魂迷而恨逐水之遥也。楓樹夜猿聲慘，其魂自斷，惟女蘿山鬼爲之相邀耳。沉淵腐敗即已難復，何况爲魚所啖，其魂豈易招乎？但使三户在而得亡秦復楚，死亦不惜也。起以『如淚』領『清』，通（篇）用《離騷》楚些融洽出之，若斷若續，用古活法。妙在一結道出靈均心事，歸于忠蹇得體。（同上）

《宋玉》前四句贊美其才華。五從荆臺之景言其寂寞，『供』字奇，猶慣用也。宫中觀閣尤高，落日每供其照耀，但有落日則無繁華之物矣。六切玉之賜田在雲夢，『送』乃流年之相送烟花過去也。同是叙景，只須『供』字『送』字，意味幽深，遂不落庸套。名家用意不同。結言所遺之宅，居之猶出文物之庾開府，而爲三朝侍從之臣，輕

輕帶出，譏刺戲謔，以爲餘波，精雅之妙。（同上卷四十六）

《馬嵬》（海外徒聞）此作局法奇雙，用意曲折，神化妙品。起句就方士復命之語發端。方士訪貴妃，上窮碧落下黄泉，跨蓬萊，無所不至，是鄒衍所謂海外更有九州，方士亦已歷遍。『聞』乃聞方士之言也。『他生』即方士所述貴妃七夕之盟誓。『未卜』乃詩人斷詞，蓋言徒聞其説得玄遠，他生之説，亦不確也。此推翻《長恨歌》中之事。因他生引出此生，言他生不可卜，則此生早休矣。三四承明『此生休』。而他生之盟在七夕，所以三四專寫暮夜，暗中有綫。其意有深淺兩層。一言當年驪山七夕，與今次馬嵬之夜，同是夜間，當年必穿針乞巧，多少幽事。即有宵柝，亦非虎賁禁旅，還有雞人唱籌，皆悠揚情景。今則傳柝乃虎旅，雞人亦蒼茫不至矣。更深一層言，貴妃已死，遂成大暮，彼徒心驚于虎旅之柝，永不知雞人之曉，總有雞籌，亦不能醒夜臺。此申明『休』字之精神，可以飛舞。用『虎旅』亦帶貴妃餘畏意。『此日』指有虎旅無雞人之日。六軍駐馬，所以逼殺妃子，却用歇後語止言六軍駐馬。『當時』指是時幸蜀之七夕。按貴妃死于天寶十五年六月十四，去七夕甚近。《本紀》明皇于七月初十次益昌，渡吉柏江，則七夕在漢中、保寧之間，當年之七夕大不相同，而寥落不堪，正賦《雨淋曲》之候也。所以令人逢此七夕欲笑牛郎，向日生死盟誓，今何不見織女偕行乎？『當時』二字下得緊，正爲播遷時。惡刻萬分，錦心繡口。解至此，不覺噴飯矣。若以『當時』爲盟誓之夕，則『笑』字無謂，使全句無神。此句蓋是歇前語，與上句串讀，則中間有一死妃子也。『笑』亦引出結句，『如何』二字是笑之口吻。『四紀』二字即用玄宗幸蜀赦詔之辭，笑得尤惡。盧家莫愁是私通王昌之莫愁，將貴妃淫亂身分輕輕和盤托出而不覺怒張。……真神品也。今觀諸人《馬嵬》諸作，高下自見。温雖佳，亦遜厚酣，何况别人。要知馬嵬一節，隻行千古，以天子之愛妃，一時逼死，而一生英主，束手莫措，驚天動地，甚于安賊入長安矣。後人微辭淡描，多有偷力。獨義山用側筆正筆，盡情盡致，言之如畫，亦有得乎丘民而爲天子，意在言外。（同上）

《和人題真娘墓》原注云：墓在寺中。按劍池在寺内千人石之旁，故云『劍池邊』，言墓也。而第二即承之以嘆逝川，上下通氣，妙。絲飄如舞，梵響似歌，故想及于向日歌舞之筵席。柳眉效顰，新葉未舒，有縐促之意，然人已不見，不過是草木，故曰『空』。榆莢飛來，似滿地金錢，豈真還欲買笑乎？全在虛字生情。只因李文肅少虛字便遜遠，然『效顰』妙在多一層，『效』字尤精，『買』字更切于錢，落想秀極。結言香魂不可招，止有江上月中之嬋娟耳。（同上）

《辛未七夕》七夕牛女之會本屬荒唐，此詩皆疑問翻案，不犯實位。手眼既高，而所用皆本地風光，又非空撑議論，故爲靈妙。起言恐是仙家好別離，故一年方作一會之遠耶？從來上天萬古長春，豈要秋風秋露之時乎？所以一任清漏漸移，望之既久；而俗傳織女過河必有微雲，乃竟微雲不接，欲其過來不勝其遲，是從未見其相會矣。況既云烏鵲填河以渡，何不思酬烏鵲，反愛蛛蜘，而下界愚凡，乞巧於蜘絲哉！（同上卷五十一）

《隋宮守歲》此賦隋煬帝之奢淫，而守歲亦其一節也。起乃體貼當時之意，謂歲已終，春又將至矣。蓋荒亡之主，胸中只有尋歡取樂之事，所以春將迴而又增一樂事，宮中行樂且有新梅可賞。第三實事，第四以珍重仙品配之。露盤既圓又高，因庭燎光耀之，遥望者故疑是月，而諸宮鼓樂喧如雷也。昭陽殿漢趙飛燕所居，此則言其恃寵之妃矯癡性成，皆學潘妃，須踏金蓮方來耳。如是則焉有不亡之理。大約此詩因火山一事敷衍成章。（同上卷五十二）

《對雪》（寒氣先侵）原題自注云：時欲之東。故上六句詠雪，結歸離別懷人之意。起乃雪未下而寒意先侵窗扉。次則初下而光透闌箔。三四則大下。四句皆含白意。五六遊詠其事，『有情』二字生出結句。詳結之意，用鮑照《雪》詩之情，以雪喻所別之人，言即使別去萬里，苟能有心，而能有龍山之風吹來可以親近，亦不爲遠，需留待我二月歸時相會，不可消却。是雪天別離，所以即用雪爲言而致其情。上先以有情引出也。（同上）

《對雪》（旋撲珠簾）撲簾則簾亦成珠簾，過墻則墻爲粉墻。下五句全用比擬，而勝處以虛字爲風致，句法變換，料皆清韻。一結又情深，故不嫌其堆垛耳。……陸機討長沙王乂，戰敗，孟玖等讒之，遂遇害。軍中是日昏霧晝合，平地雪深尺餘，識者以爲陸氏之冤。庾賦用雪以此。而義山竟以雪中機赴洛耳。義山之用斑騅，蓋以烏騅馬上受雪則成斑騅，其用爲雪，而陸郎又適對陸機。其巧思在此，非他説而用也。（同上）

《蜂》此詩寓刺當時淫亂之婦。然以蜂爲喻，亦謂其不可近以自警之詞。關鍵在第七句。上界言其無防閑而思無窮便已點明。宓妃、趙后非貞静之比。露，多露；風，風騷。其外象言蜂腰細身輕。下界『崖蜜盡』，謂甘處既過；『霧巢空』，謂隔絶房空。而紅壁碧簾，冶豔之處。青陵蝶，謂相思之物，尚有不盡之情耳。（同上卷五十四）

《柳》（江南江北）起是題前，然有情致，有氣色。次亦落得活，『惹』字正是『輕黄』注脚，猶未深色，妙極。漠漠，淡静之意。三四將題面承明，一實一虚，便覺靈快，若全實則少風致矣，故妙。五六風流神俊，『帶』字『含』字虚粘題面，結即承之。因線與絲，遂致牽恨，骨節相通，引到客中見柳思歸之感。鮮活佳品。（同上卷五十五）

《酬崔八早梅有贈兼示之作》詳詩題，是崔以早梅而有贈人之什兼示于義山也。其所贈之人，是解語花，所以通身賦梅而意皆雙夾。起言『訪』字，便不止梅矣。次言『迴腸』，又豈爲梅乎？謝郎、荀令，沾其色，染其香，崔之風流亦甚矣。上句只用一『郎』字，將故典融洽出靈氣。下句只一『换』字，點得新鮮。然皆含蓄是梅，暗藏其人在内。至五六却以人事加之以花。顧似戲花者，終非言花；而粉胸黄額，是人事，却資于蝶之粉、蜂之黄，又是花矣。全以巧搭，而靈氣活句，遂使不落邊際，妙。『何處』，是不知其人之所在；『幾時』，是不見其人之色相。然而維摩雖病，亦要一見天女散花耳，羡之之辭。據原注云：時余在惠祥上人講下，故崔落句有『梵王宫地羅含宅，賴許時時聽法來』。故義山即以維摩自謂。然《維摩經》云：『天女散花，諸菩薩悉皆墮落，至大弟子便着不墮。天女曰：結習未盡，故花着身；結習盡者，花不着身。』我知義山此花終着不墮也已。（同上卷五十六）

《牡丹》（錦幃初卷）詳詩意，是各色大叢牡丹，非單株獨本也。通身脱盡皮毛，全用比體，登峰造極之作。起一聯用排偶，氣便渾厚，原是平寫花如錦繡麗人。初卷，乍見也。猶堆，未離繡被也。然亦可析而言之：幃是花幄，初卷起而見豔色如衛夫人。夫人之外，猶有越鄂君擁繡被焉。是一堆繁豔，高下皆賦矣。語渾而活，可以雙解。句奇突，妙處全在『卷』字『堆』字，有花之谿徑。三四言其臨風翻舞。玉珮謂其白，鬱金謂其黄。五謂其深紅欲滴，六謂其香氣奪人。玉而曰雕，有花瓣之狀；且曰佩，有飄垂之態，方與『翻』字相通，正是意匠經營善處。『招』字或欲作『細』，則死而不活；或欲作『折』字，則失却風流。或疑『腰』爲『摇』，則與『手』何能屬對？要知花原無手無腰，雖因上之麗人用之，終究須帶花態，則『腰』字『手』字方不礙。妙處正在『垂』字

『招』字，有風之動静意。按章孝標《柘枝舞》詩曰：『《柘枝》初出鼓聲招，花鈿羅衫聳細腰。』又張祜詩云：『一時飈腕招殘拍，斜斂輕身拜玉郎。』是舞中有招之態，則『招腰』二字，或檃括用章詩之謂。此詩如曹丕所搆凌雲臺上之樓，先稱衆木輕重乃造，每隨風摇動而未嘗傾倒。明帝畏其勢危，别以林扶之，樓即敗，亦此義歟？蠟燭不剪，勢必流紅。石崇代炊之燭，非一枝兩枝可盡。花下焚香爲殺風景事，荀令有愛香之癖，宜無處不熏香矣。對此異香之花，可更熏乎？妙在『何曾』『可待』，用得虚活。結言對此錦色繁香，須用彩筆書之花葉，寄與朝雲，則成爲雲葉，竟是一朵彩雲矣。朝雲亦言神女之輕盈，可與花爲伍。夢中之筆，書寄入夢之朝雲，其言縹緲，皆以烏有先生爲二麗人作陪客耳。錦心靈氣，讀者細味自知。（同上）

《回中牡丹爲雨所敗二首》（首章）詳起處，以直取雨敗，更深一層言之，若曰來年欲于宜春苑追尋，恐未可得，今却于回中作别，而訂後期也。羅薦春香，指花。三四言雨後惟餘寒意，而花之暖氣不知歸于何處。惟蝶收其落蕊，而佳人寂寞，卧帷懶起矣。恐章臺街裏之芳菲伴，因此花落而腰肢亦損矣。似言柳，亦言佳人，雖有曲折，然終無精神。學之殊迷悶。（次章）浪笑，言笑之非。蓋因榴不及春而笑，孰知先榴花而落者更使人愁乎？牡丹之後，方放榴花耳。三四皆承『零落』。玉盤、錦瑟，皆比花。迸淚、驚絃，暗比花落，亦言向玉盤迸淚，事足傷心；聞錦瑟驚絃，頻堪破夢。驚，驚其斷破夢，夢寐難寧也。盤，亦用鮫人素盤泣珠。『數』字妙，言花之一瓣一瓣而落。可見三更勝于四。然『頻』字亦此意。萬里惟剩重陰，非花時之舊；一年生意已付流塵，難求豔質矣。故顧前溪之舞者但覺其白，併無麗色耳。此格總之意在凌空，不着邊際，可以去實之病。（同上）

《和馬郎中移白菊見示》以陶詩所詠爲賓，馬之原唱爲主。借《白雪》之歌引出白英，正從和韻發端，贊其詩，兼及于花。東籬乃黄菊，故今不同，暗承起句。四仍歸于白。雲母用『浮』字，已可通氣；小摘則花未大放，經酒方開。『小摘』與『開』字亦有照應。帶露而似水精，已入化境。『全移』所以是『綴』。總之不止以雲母、水精喻其白，還有無限心思。骨節相通，烹煉成味。結言有含香五字客之佳詠，花亦從此得地，而頌含香之郎官得地亦在其中也。（同上卷五十七）

《野菊》此雖詠野菊，細繹通篇詞意，多寓言傷感。起處用苦竹、椒塢，總使當機之境，然而獨用之，即有辛苦之謂。繼以淚涓，雖言花之滴露，亦非無因。三雖云此花與寒雁同其節物，而寒雁多淒涼矣。四則芳心尚在，又安許與暮蟬并其雕歇，此不甘遲暮也。細路，亦兼岐嶇。他年指昔年。紫雲樓、御筵，皆指禁近。霜栽，老輩也。觀六、七、八之意，昔年指令狐楚，即『九日樽前有所思』之事。結言令狐綯不與薦引御筵耶。全首有脉可尋。或作石榴詩，詞意無謂，大謬。(同上)

《即日》(一歲林花)因落花而悵恨留連於江間亭下，把玩重吟，真出無奈。落者落，開者尚開，愁愈難放。此聯實寫而曲折，故佳。五六言天色已晚，陰雲暗淡，皆爲落花愁緒。『銜』，日將落而一半在屋也。結承晚來無可遣懷之處，第八是商酌之辭，散，散于江亭，丁仙芝詩：『簾垂白玉鉤』。今言垂簾而飲。(同上)

《銀河吹笙》銀河是兩星隔河難相接之謂。徒聞其吹笙而悵望，以致樓寒院冷，直至天明。重衾之夢，昔年久斷；別樹之雌，昨夜聞驚。雨發故香，動舊日之思；霜前殘燭，嘆今宵之寂。爾吹笙者，不須猛浪作意登仙，遠離憐愛，如湘靈之瑟，弄玉之簫，皆成匹耦，另有一種情思，笙豈獨無心乎？此詩全似豔情，謂所歡之辭。然曰『重衾』，曰『羈雌』，曰『湘瑟秦簫』，其意太洩，反是托言謂當路者不接引，空羨其聲聞耳。幽夢他年，言從前原有交契。羈雌，自比謙辭。發故香，欲仍全舊好。隔清霜，言冷淡相阻。緱山，言莫爲仙凡之遠。湘瑟秦簫，求其好合也。(同上卷五十八)

《淚》起二句總説世間墮淚不休之人。下四句，道古來滴淚之事。是由虚而實之法。結歸到作者見在實事，謂終于青袍流落長安矣。則此詩有所傷感而發也明矣。『怨綺羅』三字精。宫人終身幽閉，不識君王之面，不知荆布之有琴瑟之樂，則何取乎綺羅？惟其著此，纔致淒涼受苦，無人生之樂，所以怨之。語有曲折，靈氣溢紙。既有離情，又慮風波之險，更非尋常離情矣，深入一層。三四已將『痕』『灑』二字點清。五六則意在言外，連上讀去，自然有淚在内，止覺骨肉停勻，其法最老。作者手眼，全在此類。第五更妙，『秋入塞』三字，真有仙氣，且一『去』一『入』，呼吸靈活。蓋是言昭君出塞時，正逢秋風起，秋可入塞，我獨北征，真堪腸斷之際。……長安，送別之所；

青袍，士未遇之服；玉珂，達者出京之騎，得失之境懸絶也。（同上卷六十）

劉淇

夫君，猶云之子，李義山詩所謂『之子夫君鄭與裴』者也。（《助字辨略》卷一）

來，語助辭。《莊子·人間世》：『雖然，若必有以也，嘗以語我來！』……李義山詩：『一樹濃姿獨看來。』又云：『小來兼可隱針鋒。』（同上）

翻，反也。李義山詩：『本以亭亭遠，翻嫌脉脉疏。』又云：『千騎君翻在上頭。』（同上）

李義山詩：『錦瑟無端五十絃。』又云：『今古無端入望中。』無端，猶云無故，不知其然之辭。（同上）

偏，畸重之辭也。……杜子美詩：『杜酒偏勸勞。』李義山詩：『清露偏知桂葉濃。』（同上卷二）

緣，因也。……李義山詩：『枉緣書札損文鱗。』（同上）

王右軍帖：『虞生何當來。』李義山詩：『何當共剪西窗燭。』何當，言何時當如此也。（同上）

《史記·酷吏傳》：『……當時爲是，何古之法乎！』當時，與當下義近，舉見在而言。言在此一時即爲是耳。李義山詩：『此情可待成追憶，只是當時已惘然。』言當下已可惘然，不待追憶也。（同上）

《顔氏家訓》：『命取將來，乃小豆也。』李義山詩：『收將鳳紙寫相思。』此將字，今方言助句多用之，猶云得也。（同上）

長，《廣韻》云：常也。李義山詩：『君王長在集靈臺。』（同上）

李義山詩：『平時避暑拂虹霓。』平，常也，平時，常時也。（同上）

争，俗云怎，方言如何也。李義山詩：『君懷一匹胡威絹，争拭酬恩淚得乾？』（同上）

李義山詩：『鳥言成諜訴，多是恨彤襜。』成諜之成，猶今云成千成萬之成。成諜而訴者，訴之多也。（同上）

……能無，猶言寧無。能得爲寧者，寧、能音近也。……李義山詩：『固有樓堪倚，能無酒可傾？』固有、能無，竝用《論語》，是知能無非不得不然之義。〇又岑嘉州詩：『別君能幾日？』李義山詩：『未知歌舞能多少。』……此能字，亦是寧辭。凡云能幾何，猶言寧有幾何，能得幾何也。（同上）

李義山詩：『堪嘆故君成杜宇，可能先主是真龍。』此可能，乃不定之辭，猶言未必能也。言蜀險雖足倚仗，而天命不可假易。不惟故君已成杜宇，恐先主亦非真龍。故結云『將來爲報奸雄輩，莫向金牛訪舊蹤』也。（同上）

休，方言，莫也。李義山詩：『西來雙燕信休通。』温飛卿詩：『休向人間覓往還。』（同上）

……李義山詩：『殷憂動即來。』凡云動者，即兼動輒之義，乃省文也。動，舉動也；輒，即也。言每舉動即如此也。（同上）

斷，決辭。……李義山詩：『斷無消息石榴紅。』（同上）

好，猶善也，珍重付囑之辭。《世説》：『汝若爲選官，當好料理此人。』李義山詩：『好爲麻姑到東海，勸栽黄竹莫栽桑。』（同上）

李義山詩：『可要昭陵石馬來？』又云：『此情可待成追憶？』又云：『可在青鸚鵡？』……此可字，何辭也。可要，猶云何用；可在，猶云何必。（同上）

枉，徒也，空也。李義山詩：『枉緣書札損文鱗。』（同上）

《左傳·成公十六年》：『自非聖人，外寧必有内憂。』……李義山詩：『猶自君王恨見稀。』諸『自』字，竝是語助，不爲義也。……（《助字辨略》卷四）

孟東野詩：『文魄既飛越，宦情惟等閒。』李義山詩：『莫訝韓憑爲蛺蝶，等閒飛上別枝花。』皮襲美詩：『等閒遇事成歌詠，次取衝筵隱姓名。』等閒，猶言尋常，輕易之辭也。（同上卷三）

《孟子》：『惡在其爲民父母也？』李義山詩：『好在青鸚鵡。』此『在』字，語助詞，今蜀人語猶爾也。（同上）

李義山詩：『蠟花常遞淚，箏柱鎮移心。』鎮，常也。鎮有定義，故得爲常也。（同上）

李義山詩：「一名我漫居先甲，千騎君翻在上頭。」此「漫」字與「謾」通，猶云「虛」也，「枉」也，「徒」也。如萬楚詩：「西施謾道浣春紗。」義山詩：「謾誇天設劍爲峰」是也。（同上）

李義山詩：「可要昭陵石馬來。」又云：「可要金風玉露時。」可要，猶云何用也。（同上）

李義山詩：「不道劉盧是世親。」不道，猶云不謂也。（同上）

却，轉也。李義山詩：「何當共剪西窗燭，却話巴山夜雨時。」趙嘏詩：「谿頭盡日看紅葉，却笑高僧衣上塵。」司空表聖詩：「逢人漸覺方音長，却恨鶯聲似故山。」（同上）

著，方言，語助也。許用晦詩：「逢著仙人莫下碁。」李義山詩：「記著南塘移樹時。」○又杜子美詩：「迷方著處家。」李義山詩：「著處斷猿腸。」著處，猶云到處也。（同上）

李義山詩：「單棲應分定，辭疾索誰憂。」此索字，猶須也。索誰憂，猶云要須誰憂，今云要當如何，曰須索如何也。（同上）

李義山詩：「景陽宮裏及時鐘。」此及時，猶云應時也。（同上）

浪，漫也。杜子美詩：「將詩莫浪傳。」又云：「附書無浪語。」李義山詩：「浪笑榴花不及春。」浪笑，浪傳，輕脱之辭也。浪語，虛枉之辭也。（同上卷四）

李義山詩：「鶯花啼又笑，畢竟是誰春？」畢竟，猶究竟也。（同上）

賸，與剩同。……李義山詩：「景陽宮井剩堪悲。」韋莊詩：「異鄉聞樂剩悲涼。」此剩字，祇也。（同上）

徐增

《早起》人言義山詩是豔體，此作何等平澹，豈絢爛之極耶？「風露澹清晨」，清晨是旭日未升之際，此時但有風露，殊爲冷清，故云「清晨」。日未出時天地光彩尚未煥發，意味甚「澹」，見不妨去睡。「簾外獨起人」承上來。

簾外既是風露，簾間之人爲何獨要早起身？『獨』是衹一人。『鶯花啼又笑』，其早起想欲攬取鶯、花耶？鶯啼花笑，爲簾間早起人而然耶？『畢竟爲誰春？』却像春是我的一般。兜底算來，還不知是爲那一個也。謂是鶯之春，鶯只好去啼而已，鶯担不去；謂是花之春，花只好去開而已，花攔不住；謂是人之春，人只好早起而已，人攬亦不來。總之，鳥也，花也，人也，同在此天地之中，豈分得個爾我？鳥之啼也，花之笑也，人之早起也，皆乘此春氣鼓動而有爲耳。花不爲鳥而笑，鳥不爲花而啼，而人乃爲花鳥早起，作此念頭，豈不澹煞？只當放下念頭，鳥由他去啼，花由他去笑，人亦由人去早起而已。大家團鬨頭，共説無生話。此題得此詩，在義山爲出色；若落右丞手中，畢竟不如是作，另有隽永之意趣在也。（《而菴説唐詩》）

《漢宮詞》此甚言求仙無驗，天子不當尚此虚誕之事。青雀即青鳥，爲西王母之使。《漢武故事》：『七月七日，上於承華殿齋，忽青鳥從西來。上問東方朔，朔曰：「西王母欲來。」有頃，王母至。及去，許帝以三年後復來，後竟不來。』『青雀西飛竟未回』正用此一事。『君王長在集靈臺』，武帝長在臺上候其來。……『侍臣最有相如渴』，長卿有消渴之疾，以賦事帝，爲侍從之臣。仙人可成，消渴之疾豈醫不得？『不賜金莖露一杯。』武帝既取雲表之露和玉屑以服之求長生，豈不賜一杯於相如，愈其消渴之疾，而相如竟以消渴死。相如飲露而死，則仙無靈；若不賜相如，坐視其疾而不救，是武帝有仙人之私而無天子之德矣。武帝豈吝此一杯露者哉！疾且不能愈，而敢望仙之必成也？時憲宗服金丹暴崩，穆宗復踵前轍，故作此詩寄諷諫。世人輒以豔詞輕義山，不知義山者也。可見有一代之名者，其人必有補於世道處。義山豈徒以文詞傳哉！（同上）

《宮詞》君恩如水，一去不留，誰保得終始？未得寵時憂不得寵，既得寵矣，又憂失寵，患得患失，蓋無日不憂愁者也。樽前相向，曲意承歡，莫道春日遲遲，不去點檢，恃恩嬌妒，以爲凉風未必即到。凉風，喻失寵也。奏《花落》，是笑失寵之人，勸其且顧自己。夫女子以色事君，能得幾時？君稍不得意，便入長門。春風在君處，凉風亦在君處，只於頃刻間轉換。得寵甚難，失寵甚易，寵豈可恃者哉！（同上）

趙臣瑗

《重過聖女祠》此借題以發抒己意也。從來才人失志，其一種無聊不平之思必有所托。或托諸美人，或托諸香草，或托諸神仙鬼怪之事。如屈子之《離騷》是也。此聖女者吾不知其何物，若真詠聖女，則聖女殊無所詠也，故曰借題以發抒己意也。『得歸遲』三字是通篇眼目。首句上四字喻被人點污，次句實之，言所以淪謫歸遲者職此之由。三夢雨常飄，言無時不願奉君王之後塵也。四靈風不滿，言無路得再沾天家之雨露也。此二句是寫欲歸而不得歸。五六萼緑華、杜蘭香，妙借聖女同袍以暗指二知己。來無定所，即肯援手，無奈其難于即就也。此二句是申寫將得歸而猶尚遲遲。結帶謔意。玉郎謂聖女，即自謂也。此會，此番也。通仙籍，還朝也。憶，記也。問紫芝，求其得以不淪謫之方也。此又預擬得歸後事，以供天下人一笑也。怨而不怒，其猶有風之遺乎？（《山滿樓箋注唐詩七言律》卷四）

《隋宫》紫泉宫殿，從來之帝家也。今乃鎖之而取蕪城。夫蕪城曷足爲帝家哉？推煬帝之意，不過爲一樹瓊花，遂不恤殫我萬方民力。倘太原之龍遲遲而起，則安知瓊花謝後，不又鎖蕪城而取他處邪？寫淫暴之主，縱心敗度，至于無有窮極，真不費半點筆墨。不緣、應是，當句呼應，起伏自然，迥非恒調。日角、天涯，對法尤奇。五六節舉二事，言繁華過去，單剩凄凉。爲古今煬帝一輩人痛下針砭。末運實于虚，一半譏彈，一半嘲笑。阿麽真何以自解于叔寶耶？雖然，鬼而有靈，阿麽又將倚袁寶兒憨態，詠虞世基『常把花枝傍輦行』之句，排日追歡于地下矣。後主安得而笑之？（同上）

《辛未七夕》『清漏漸移』二句旁批：何減漢武帝《李夫人》一歌。箋：詩貴翻案，翻案始能出奇。雙星故事，從來只説是貪于會合，此却疑其歡喜别離。夫既歡喜别離，又何故更設佳期！此真仙家情事，非凡夫之所得而與聞矣。三四一氣旋折而下，猶云所以渡河之舉，每年但是秋來一度也。下半换筆。一句表郎君急促衷情如見，一句狀

女子嬌憨性度如見。傳神寫照，俱在阿堵中也。尤妙在結處，不嗤點郎君急促，偏責備女子嬌憨。吾意正復爾爾。（同上）

《潭州》暮樓空，是只有我一人在也。次句指中四件事。古何所有？夫人之淚也，屈子之歌也，陶公之戰艦，而賈傅之承塵也。今何所餘？竹之色也，蘭之叢也，空灘之雨，而破廟之風也。乃古之所有既與我不相值，今之所餘又與我不相干，而觸物思人，撫今追昔，不覺一時俱到眼前，此所謂『無端入望中』也。然而何以遣之？意惟是呼朋把酒，庶可一消其寂寞，而今則安可得哉？玩『目斷故園』，『一醉誰同』，見潭州并無一人可語。（同上）

《南朝》題下注：宋、齊、梁、陳皆謂之南朝，而此詩獨譏陳後主也。箋：一二平起。玉漏未停，繡襦已到，其耽于宴樂，真是不分晝夜。三四趁手翻跌，『誰言』，『不及』，不是借金蓮以形瓊樹，乃是言後主之荒淫未嘗少讓東昏也。五人心已去，六天戒昭然，宜乎稍知恐懼矣，此頓筆也。七八仍收到前半，然而宮人也則稱學士，宰臣也但爲狎客，詩壇酒政，莫問雌雄，滅燭留髡，履舄交錯，風流天子，愈出愈奇，夫如是奚而不喪？（同上）

《馬嵬》上皇思慕貴妃，溺于方士蓬壺之説，以爲此生雖則休矣，猶可望之他生，愚之至也。故此詩特用以發端，言方士之説妄也。他生若猶可卜，此生何故早休？此等議論不知提醒世人多少。三四緊承『今生休』，寫出道路流離，長夜耿耿之苦。回思美婦煽席，真是宴安鴆毒，能不爲之寒心哉！五六再提，言在當年，亦何嘗計有此日耳。而『六軍』『七夕』，『駐馬』『牽牛』，信手拈來，顛倒成文，有頭頭是道之妙。七八感慨作收，以五十年天子共主，不能保一婦人之非命，不可解也。『如何』二字中有無限含蓄，令爲人上者自思之。（同上）

《送崔珏往西川》欲爲東下者，求免于旅也。而更西遊，不自覺其愁之至矣。此詩提出『年少』二字，言正宜從事四方，胡可怏怏不樂？三四承之，特發『因何』二字之義，除非巫峽波濤之可畏乎？然可以盪滌少年之心胸者正此。除非益州毒熱之難犯乎？然可以磨煉少年之筋骸者正此。然則旅愁果因何而有耶？五六進一步慰之，五是賓，六是主，勿作平看。借君平之老成以形出相如之跌宕，言君今此去未必不有奇逢，堪壯少年之行色也。七八一氣接下，即以今日錦囊之佳句作當年繡户之琴心也可。（同上）

《王十二兄與畏之員外相訪見招》一二敘己與畏之忝爲僚壻，謝庭歌管，昔所共聞，而今則不得不獨讓畏之矣。下乃明言其故。三四是悼亡。五六又悼亡中別有幾端極不堪之苦況也。疏簾不捲，翠簟長空，已可痛矣；幼男覓乳，嬌女牽衣，不重可悲乎？結處緊與起處對照，言當此長夜，十二兄與畏之方促膝而同聽歌管，我則獨撫遺孤，抱痛而捱驚風冷雨之聲而已，豈不哀哉！○嘗讀元微之《遣悲懷》云：『惟將終夜長開眼，報答平生未展眉。』以爲鏤心刻骨之言，不啻血淚淋漓，然却不如先生此作始終相稱，悽惋之中復饒幽豔也。（同上）

《籌筆驛》魚鳥風雲，寫得諸葛武侯生氣奕奕。『徒令』一轉，不覺使人嗒焉欲喪。鄭莊公有云：『天而既厭周德矣，吾其能與許爭乎？』由此言之，漢祚之衰固非武侯之力所可得而挽回也。自古英雄有才無命，關、張虎臣先後凋落，即大事可知矣。然武侯之志未伸，武侯之心不死，後之過其地而弔之者，其能無餘恨耶？○此詩一二擒題，三四感事，五承一二，六承三四，尚論也。七八總收，以致其惓惓之意焉。先生之于武侯，可謂景仰之至矣！薛能何人，敢出大言：『焚却《蜀書》宜不讀，武侯無可律余身。』咄哉愚夫，喪心病狂，一至于此。合門罹禍，不亦宜乎！（同上）

《宿晋昌亭聞驚禽》夜色已侵，高窗不掩，其中乃有一人焉，羈緒鰥鰥，此豈堪復見驚禽也乎？而忽然見之，則其有感于心爲何如者？兩句中已伏得末句『此心』二字。三四承之，狀禽之驚也如此。夫烟方合，樹更深，無可驚也；而在驚禽之心，則若有不敢即安焉者，此皆從羈緒鰥鰥人心頭曲盡而出之。後半推開一層，言天下之不堪聞者有不獨驚禽而已也。天下之不堪聞所不堪聞者，又不獨晋昌亭上一鰥夫而已也。夫所謂不堪聞何也？失羣之嘶馬，掛木之吟猿也。所謂不堪聞所不堪聞者何也？横吹之征人，擣衣之思婦也。此二句只因一『和』字，一『雜』字用得奇妙。人只認是舉四件可驚之物，而不知其非然也。蓋『和』也者，我方吹笛而馬適嘶之；謂爾『雜』也者，我方擣衣，而猿適吟之謂爾。七即收五六二句之上三字，八即收五六二句之下三字，而共此心者，以晋昌亭上一鰥夫之心體貼天下無數鰥夫并一切征人思婦之心也，如其仁！如其仁！（同上）

《淚》一二先虛寫。一是宮娥，二是思婦。此二種人也，最善于淚，故用以發端。中二聯皆淚之典故，然各有不同。三四是爲人而淚者，五六是爲己而淚者。送終、感恩、悲窮、嘆遇盡于此矣。七八再虚寫天下之淚無有多于送別，而送別之淚無有多于霸橋，故用以收煞。『未抵』云者，言水之淺深猶有可量，淚則終無盡期也。（同上）

《七月廿九日崇讓宅》露下池，是記夜之深也，觀『如霰』可知。風過塘，是記風之烈也，觀『竹悲』字可知。竹有何悲？以我之悲心遇之，而如見其悲。華筵既收，嘉賓盡去，觸景傷情，不勝惆悵。浮世之聚散，紅蕖之離披，其理一也。今乃故作低昂之筆，以聚散爲固然，離披爲意外，何爲者乎？此蓋先生托喻以悼王夫人耳。以上四句寫一夕之事，下再總寫平日。歸夢，曰『悠揚』，妙，恍恍惚惚，了無住着也；生涯，曰『濩落』，妙，栖栖皇皇，一無成就也。惟燈見，獨酒知，言更無一人焉識我此中況味矣。七一頓，八一宕，目今況味雖只爾爾，抑嵩陽松雪，別有心期，其何敢長負歲寒之盟乎？（同上）

《贈從兄閬之》此是憤世嫉俗之詞。萬事違，無一事之合于情理也。其所以無一事之合于情理者，以純用機心之故。夫人間而至純用機心，則已不成其爲人間矣。我而將絶人逃世耶，既有所不能；我而將混俗和光耶，又有所不可。于是庶幾約一二忘機之人，放浪于山間水間，以自保其天良。乃又不敢明明約之，而必約之以私書，約之以幽夢，此其心亦苦矣。只二句已寫盡世情惡薄。三四重在上半句忘機之處也，五六重在下半句忘機之伴也。八不過是望兄早歸，而七仍不覺衝口無忌。夫猘犬無所不噬，而兹則獨憎蘭珮，此所以爲城中之猘犬乎？雖然，先生之駡人亦太甚矣！（同上）

《行至金牛驛寄興元渤海尚書》一二言樓如此其高，水如此其清，尚書雄據上游，揮毫落紙，真不啻五色雲霞之爛熳也。三四美諸生，美從事，皆所以美尚書也。不有賢主，何以得羣才之聚會乎？五六『六曲屏風』『九枝燈檠』，乃想像興元樓上鋪陳點綴之物，富麗有然。七八一掉，見金牛道上走馬和詩之時，正興元樓上雨急珠圓之候也。神理自是一片。（同上）

《汴上送李郢之蘇州》人最難高，高而後不流于俗；詩最難苦，苦而後自成一家。滯夷門，客已久，而志猶未得也。夫人既高詩又苦，此真是餓夫骨相，豈尚能得志于時也乎？梁王舊園若作襯貼法看，便爲蛇足，正謂此本是尊賢養士之地，然已成往事，不堪復問矣。再加『萬里』字，寫羈人流落之況如見。三四承之，三虛四實。憐《白紵》、詠黄昏，自是人高詩苦之本色。『自應』者想其必有是情，『誰伴』者惜其必無是事。二句似平而實側，此皆寫汴上。五六轉筆，方寫送。上半句四字譽之，下半句三字諷之也。露桃塗頰，顔色豐滿矣；風柳誇腰，態度娉婷矣。然而佳人薄命，才子無福，自古而然，又何爲是栖栖者歟？因露桃是苔井中物，風柳是水村中物，故順便湊合，猶言不如歸而自保其素修也。于是遂引一蘇州薄命佳人作結，而微婉其詞，令人驟然讀之，初不解其何所謂也。（同上）

《子初郊墅》此詩格極平淡，情極濃至。看他一出手欲寫我訪君，却先寫君思我，便見得兩人之投分，非泛然也。三四只承二，臘雪消，其序已春；齋鐘動，其時已午。此不過記其相訪之日，而墻邊水滿，檻外雲凝，其地之佳勝亦略可見矣。五六再細寫。五寫墅中，六寫墅外，但舉竹柏而花木之羅列可知；但舉漁樵，而山水之環繞可知。一結更有別致，因子初之郊墅，我亦欲置郊墅；因我與子初相好，而欲訂兩家子孫世世相好，此其投分爲何如乎？（同上）

《韓同年新居戲贈》題曰『戲贈』，詩中妙在字字帶戲。看他一起手先寫新居，而不寫新居之輪奐，偏寫新居之所由來，明是戲其倚傍妻家門户也。三忽插寫同年我漫居先，是誇詞，不是謙詞，言若論科名，我實爲稍勝一籌也。四又補寫僚壻君翻在上，有妬意無羡意，言若論東牀，我實宜先享此樂也，皆戲也。五六方寫餞韓西迎家室。彩鳳而曰招摇，言夫人之待子亦已久矣；牽牛而曰迢遞，言子候夫人何其遲也，皆戲也。七八猶言子如謝混，既爲孝武之壻，便應虛却袁崧之女，不惟戲僚壻，并戲丈人，因以戲及當時求畏之爲壻者。噫！先生可爲善戲矣。（同上）

《贈别前蔚州契苾使君》一二追溯使君家聲，三四寫使君英武，五六寫使君勳業，七八寫使君威名。真是寫得神采奕奕，更不待曹將軍始開生面也。（同上）

《和人題真娘墓》前半寫游人無不弔真娘，後半寫游人并不必弔真娘。一是墳，二是題。三四承上，上四字承一，下三字承二。惟其嘆之，所以悲之、想之也。五六轉下，『空吐』『還飛』，真娘果安在哉？七總繳，明告之以香魂不可招，以見游人之弔之也殊覺無謂。而八乃又輕帶一筆，戲寫其香魂之在江上，應與生前無異，只是與游人無與耳。饒有餘波。(同上)

《和友人戲贈》(迢遞青門)起句一問，次句一答，明見得伊人宛在，而可望不可即之意隱然言外。三四商所以贈之者，珮必明珠，環宜白璧，又以喻其人之芳潔，非如桑中陌上可得而草草者也。妙在五六忽然寫出閨中人淒凉情况，一味閒坐，若謂當斯時也，彼亦必旦暮思子不置。而末則直接之云：經歲相思不如一夕佳會，此乃所謂戲贈也。(同上)

《楚宫》(月姊曾逢)此亦無題之類。時而秋也，故即以月姊比之。傾城也而曰『消息』，以尚隔重簾，未經覿面之故。三四極寫隔簾消息，思幽致曲，一掃浮豔，可廢《高唐》《洛神》諸賦。五六遂寫其去後，竟未得一見，而已絶無消息矣。末稍帶謔，自是義山本色。(同上)

《無題》(昨夜星辰)一是記其時，二是記其地。三可望而不可即也，四是欲舍之而不能舍也。五六是實記其所見之事。兩行粉黛，十二金釵，後庭私讌，促坐追懽，有如此者。七八，彼席未終，我蹤靡定。徬徨回惑，惟有付之一嘆而已。此義山在王茂元家竊睹其閨人而爲之。或云在令狐相公家者，非也。蓋義山在令狐家尚未第，迨王茂元辟爲掌書記，始得侍御史，而茂元遂以女妻之。觀末句『走馬蘭臺』及次首絶句『豈知一夜秦樓客，偷看吴王苑内花』，則義山固已自寫供招矣，又何疑焉。(同上)

《無題》(來是空言)只首句七字便寫盡幽期雖在、良會難成種種情事，真有不覺其望之切而怨之深者。次句一落，不是見月而驚，乃是聞鐘而嘆。蓋鐘動則天明，而此宵竟已虚度矣。三四放開一步，略舉平日事，三寫神魂之恍惚，四寫報問之倉皇，情真理至，不可以其媟而忽之。五六乃縮筆重寫。月斜樓上，燒燭以俟之，燭猶未滅也；焚香以候之，香猶未歇也。而昔也欲去，留之未能；今也不來，致之無路，將奈之何哉！以爲遠誠不知其遠之若何，以爲恨誠不知其恨之何若也。(同上)

《無題》（相見時難）『春蠶』二句旁批：鏤心刻骨之言。○泛讀首句，疑是未別時語；及玩通首，皆是別後追思語，乃知此句是倒文。言往常别時每每不易分手者，只緣相見之實難也。接句尤奇，若曰當斯時也，風亦爲我興盡不敢復顛，花亦爲我神傷不敢復豔，情之所鍾至於如此。三四承之，言我其如春蠶耶，一日未死，一日之絲不能斷也；我其如蠟燭耶，一刻未灰，一刻之淚不能制也。嗚呼！言情至此，真可以驚天地而泣鬼神，《玉臺》《香奩》其猶糞土哉！下半不過是補寫其起之早，眠之遲，念兹釋兹，不遑假寐。然人既不可得而近，信豈不可得而通耶！青鳥一結，自不可少。（同上）

《杜司勳》（杜牧司勳）贈司勳者，因見司勳所製《杜秋》詩有悲傷遲暮之意，故特稱其所撰《韋丹碑》，以爲即此便是立言不朽，何故尚有不足，蓋聊以廣其志耳。不知何意，忽然就其名字弄出神通，遂尋一個不期而合之古人來作影子，四句中故意叠用二牧字，二杜字，二秋字，三總字，二字字，拉拉雜雜，寫得如團花簇錦，而句法離奇夭矯，又似游龍奔馬不可捉搦，真近體中之大觀也。五六二句自是正文。看他尾聯又復叠用二江字，與前半之九個複字相照，二人名與前半之三個人名相照，使我並不知其未下筆時如何落想，既落想後如何下筆，文人狡獪一至於此。以視沈《龍池》、崔《黄鶴》，真可謂之愈出愈奇矣。（同上）

《柳》（江南江北）一二寫柳色初生，三四寫柳條漸長。五六寫柳蔭正濃。七緊承上聯。八王孫久客，見物傷心，所謂『長安陌上無窮樹，只有垂楊管别離』也。（同上）

焦袁熹

《馬嵬》（海外徒聞）起勢大筆大墨，非温八叉所及。『空聞』字複。（《此木軒唐五言律七言律讀本》）

徐德泓　陸鳴臯

【李義山詩疏序】嘗考義山生平，歷憲、文、武、宣之朝，時多變故，且黨禍傾軋，仕途委頓，賓主僚友間，亦多不偶。抑鬱之志，發爲詩歌，而又不可莊語，故托之于豔詞，閨闥神仙，猶楚騷之香草美人，皆寓言耳。無題諸作，大半不離此意，若通以他解，便不相聯屬矣。其思深，其詞婉，憤而不仇，譏而不露，怨而不流，確是風人遺旨，非《玉臺》《香奩》偶也。故以爲帷房昵媟者固非，又有强作解事，而以爲好色不淫者，乃屬夢語。同年友陸子鶴亭，老于詩者也，因李迄今千載尚無定解，志在校讐，偶出所見，與余恰合，廼共爲成之。元遺山有曰：『詩家總愛西崑好，只恨無人作鄭箋。』今亦未知有當作者之旨否也。清猷徐德泓識。

余少有詩好，自晉、魏以迄元、明，簡編略備，其間有不盡註者，亦能通解。惟李義山無題等製，按之茫然。聞昔有劉、張兩註，早無傳矣。今坊刻所箋，又僅載典故，時家間有別解，然祇一二語可通，仍難首尾貫徹。夫李名重一時，流傳膾炙，豈專以淫褻見稱？王荊公謂唐人得老杜之藩籬者，惟義山一人。欲學少陵，當自此入，又豈指寸聯片語言者？千年疑竇，意未釋然。嘗清夜徘徊，苦思力索，恍有微悟曰：是殆屈、宋之音乎？清猷所見，不謀而合。因欣然出向時選本而增損之，録其詞義之尤精者，相與論定疏釋。始覺荊公之語，非泛云也。其間眉目較然者，亦無事乎臆鑿。而事實，惟删剪坊箋之叢雜者，以歸于明簡云。雍正甲辰五月鶴亭陸鳴臯識。（《李義山詩疏》卷上）

《錦瑟》陸曰：『無端』二字，即含興感意，而以『思華年』接之。物象人情，兩意交注，首尾拍合，情境始佳。若僅謂寫瑟之工，便成死煞。徐曰：此就瑟而寫情也。絃多則哀樂雜出矣。中二聯，分狀其聲，或迷離，或哀怨，或淒凉，或和暢，而俱有華年之思在内也。故結聯以『此情』二字緊接。追維往昔，不禁百端交感，又不知從何而起，故曰『可待』，曰『惘然』，與『無端』兩字合照，惝怳之情，流連不盡。（《李義山詩疏》卷上，徐、陸合解）

《異俗》（鬼瘧朝朝避）徐曰：前半總言地氣瘴癘陰濕，常雷常雨，不足爲異也。五六句，寫其土俗。後以司牧結之，便覺莊重得體，不同泛詠，而又不顯斥，誠深于杜者與？陸曰：結語惟一『恨』字，而官之非人可知。不必明言其人其事，而使聞者知警。慎選擇，肅官箴，無意不含，詩中聖也。（同上）

《無題》（相見時難別亦難）陸曰：宋仁宗見東坡《水調歌頭》詞云：『我欲乘風歸去，又恐瓊樓玉宇，高處不勝寒。』嘆曰：『蘇軾終是愛君。』解此，可以得是詩之妙矣。徐曰：此詩應是釋褐後，外調弘農尉而作，純乎比體。首句，喻登進之難而去亦難。『東風』句，承『別』字來，風爲花之主，猶君爲臣之主，今曰『無力』，已失所倚庇而不得不離矣。然此情不死，故接以『春蠶』兩句。五六，又愁去後君老而寥寂也。末言使人探問，見情總難忘也。弘農離京不遠，故曰『無多路』，惓惓到底，風人緒音。（同上）

《華山題王母祠》陸曰：史載憲宗、武宗俱惑方士長生之説。義山諸作俱托意規諷，若僅作咏古觀，便嚼蠟矣。（同上）

《瑶池》陸曰：『何事』二字寫得輕婉。徐曰：右二首（按：指《華山題王母祠》及《瑶池》）同題而各意。前首譏不恤民瘼，黄竹桑田，帶引微妙；此首言求仙無益，神味輕圓，皆詩中之史也。（同上）

《漢宫》陸曰：即前篇（按：指《瑶池》）意，而寫出執迷情況，更覺神味渾涵。（同上）

《茂陵》陸曰：考武宗兼好遊獵，又寵幸王才人，故此章并及之。前半俱言遊獵。首聯，以馬引入；次聯，言但習調弓之事，而法駕亦不整也。五句，以一『憐』字寫求仙；六句，以一『貯』字寫内嬖。結有曲終人散之意，感諷良深，不徒咏史之工已也。徐曰：蘇卿歷盡艱辛，似不能老，不意歸國；而躭逸樂、冀長生者，反不見矣，故曰『誰料』。落想凌空。（同上）

《華清宫》（華清恩幸古無倫）陸曰：此言色荒未有不亡，楊妃尚有愧處。翻意發前人所未發。『褒女』句，即從『古無倫』『不勝人』字内引出，非忽然云者。（同上）

《龍池》徐曰：只一『醒』字，蘊涵無際，深得風人微旨。詩家咏天寶事者甚多，惟此與上章一新警，一微婉，直空前後作者矣。李又有《驪山》（按：指《驪山有感》）句云：『平明每幸長生殿，不從金輿惟壽王。』亦不若此首爲最也。（同上）

《南朝》（玄武湖中玉漏催）陸曰：結語已盡荒淫而不露筋肘，可以爲法。徐曰：此專賦陳後主事。首言南朝行樂之地。次聯，言後主之荒，與東昏等也。後四句，言敵漂木柹，火焚神廟，天人示警，而猶宣淫不已也。『只』字見大臣用心止此，雖欲不亡，得乎？（同上）

《蟬》徐曰：此從事幕府而以蟬見意也。首聯，寫高潔。項聯，微寓失所依棲意。是以嗟泛梗而興故園之思也。末以人、物同情結之。前寫物，而曰『高』，曰『恨』，曰『欲斷』『無情』，不離乎人；後寫人，而曰『梗』，曰『蕪』，曰『清』，不離乎物。正詩家針法精密處。陸曰：規摹少陵《促織》作，而俊尤過之。（同上）

《無題》（昨夜星辰昨夜風）陸曰：此因羈宦而思樂境，亦不得志之詩也。首二句，言良辰而在勝地，乃倒裝法。次聯，言身不得至而心至之。腰聯，正想慕歡宴之場。而方從事一官，不能與會，故嗟耳。李初爲秘書省校書郎，後又辟幕府而得侍御史，故用蘭臺事，而曰『斷蓬』者，喻去來頓折也。徐曰：此詩非咏夜景，然既以夜説入，則酒暖燈紅聽鼓字樣，俱屬夜間，律法始合。一起超忽，尤争上乘處也。（同上）

《送崔珏往西川》陸曰：三四句，寫道中景。五六句，寫川中景。結從『酒壚』句生出，暗用薛濤以寓妓樓風月之意，年少之情易蕩，故以『好好』二字微諷之。古人贈行，亦自不苟也。（同上）

《代贈》（楊柳路盡處）徐曰：此豔情也。首二句，狀佳麗地。三四句，言相聚而不亂，故曰『雖』、曰『獨』也。末二句，即『縞衣綦巾』之意。不羡芳華，而羡白頭烟雨，是謂悦乎情，止乎禮義者。（同上）

《鄠杜馬上念漢書》陸曰：此咏漢宣帝也。寫游俠而得天下，妙在自然。『天開』『地獻』，有非人力可冀意。結有盛衰之感，外戚不直言王，而曰『丁傅』，且下一『漸』字，便饒神味。（同上）

《藥轉》徐曰：此詩大意爲被讒而發，有脱然無累意，故因『换骨』句，而以『藥轉』名題也。首二句，自高其地位身分。頸聯，喻小人讒搆君子也。腰聯，喻穢惡不能污己，故兩用登厠事。結有從容自在，悠然不較之意。（同上）

《霜月》陸曰：妙語偶然拈到。（同上）

《舊將軍》陸曰：此爲李晟作也，故以『舊將軍』爲題。晟收復京城，爲張延賞所搆，解職避讒。一『故』字，增無限感慨，用事天然巧合。（同上）

《贈劉司户蕡》陸曰：此劉就貶而相遇于楚江也。前四句，俱寫江天風色之慘。五句，以劉對策在前，故曰『先入』。末則幸其得見，而復傷其不遇也。（同上）

《樂遊原》（向晚意不適）陸曰：有日不暇足，流連荒亡之悲。但以爲懷古，便索然。（同上）

《碧城三首》徐曰：三章應是幕府中失意而作也。（首章）此章首二句，言境地之佳。第三句，喻任使者；第四句，喻得地者。第五句，喻己身不遠，故曰『當窗見』；第六句，喻不能沾潤，故曰『隔座看』。結仍冀望之情，言若有明鑒而不惑者，則長仰其清光也，即所謂得一知己，一生不恨意。（次章）此應爲同事者發。首句有鄙薄意，而其時正在幕中，故接句暗用蓮花幕事也。三四句，喻非吾侶，勿再濫與也。五六句，只在『狂』『放』二字，狀其擾亂歌筵雅會也。末以鄂君自況，而曰『繡被焚香』，曰『獨自』，其矜貴不羣之象可見。（三章）此似爲有所許而未踐者發。首二句，言先有約而迄今不至也。中四句，曰『生魄』，則圓期已過；曰『未有枝』，則尚無所獲也。其惟駐景以待，而相思愈難釋矣。結語蓋謂前言可據，豈能掩飾乎？仍是望之之意。陸曰：右三章泛作遊仙，意無歸着；若參別解，尤覺模糊。應須作如是觀也。（同上）

《西溪》（悵望西溪水）陸曰：此即景以託意也。首四句，即有感懷遲暮之悲。『人間』二句，言應得朝宗，而莫阻牛女之會也。鳳女，代湘靈，二句言得所而樂，故吾亦想夢京華，而寄之于此波耳，用託波通辭語意。（同上）

《離亭賦得折楊柳二首》徐曰：寫得透心刺骨，而風致仍自嫣然。《楊柳詞》中，當爲絶唱。（同上）

《潭州》陸曰：中四句，俱從第二句寫出。（同上）

《離思》徐曰：此亦思君之意，故用雁書、湘竹事。淡遠風神，嫋嫋不盡。（同上）

《七月二十八日夜與王鄭二秀才聽雨後夢作》陸曰：寫得迷離恍惚，宛然夢境，一氣噓成，隨手起滅，太白得意

筆也。（同上）

《咸陽》徐曰：坊箋解作秦之兼并，實天帝畀之，非以其地有山河之固，是就『醉』字而正解之也。如此，則『醉』字只代得悦樂字樣，此詩有何情味！非作者意矣。按其詞氣，『醉』字乃一着力喫緊字，是取『醉』意而翻用之，言天帝醉不知事，故秦得以兼并也。詞旨始合，詩境亦深。（同上）

《無題四首》徐曰：《傳》載令狐綯作相，義山屢啓陳情，綯不之省，數首疑爲此作也。俱是喻體。（首章）此篇首二句，言信杳而時將盡矣，然癡情不醒，夢寐繫之，急切裁書，亦不及修飾也。五六二句，想象華顯之地。隨言此地前已恨其遠，今不更遠乎？時李不得補官，故云。（次章）首句，蒙晦之象。次句『雷』字從風雨字生出。雷車奔逐，而曰『塘外』，曰『輕』，喻趨捷徑者。是以私謁侯門者，如齧鏁而入；暗相援引者，似牽絲而汲也。五六句，言一愛少，一憐才，今非少年，而又無憐才者，徒爲熱中，何益乎？故結語云云。（三章）此應以綯難見而云也，直待末後而始得一見，故曰『晚』，曰『暫』。次聯，乃足將進而趑趄意，然又不能與之决絶，殊愧釵燕鏡鸞之能脱離而去也。結到歸來景象，與首聯暮夜相應。（四章）此又以老女傷春爲比。首二句，亦倒裝法，言聲在某地也。三月半，則春垂盡。『溧陽』二句，喻年少逢時者，而與之相形，尤不得不歸而嘆矣。結得黯然凄絶，古樂府之遺也。陸曰：（首章）起得飄空，來無蹤影，有春從天上之意，與『昨夜星辰』等篇同法。（次章）義山用事，大半借意，如『賈氏』二語，只爲一『少』字『才』字，是屬確解，而人舍此不求，徒以窺簾、留枕事實之，則失作者之意，而前後上下，自成格塞，知此始可與讀李也。（同上）

《獨居有懷》陸曰：前四句，寫獨居幽況。『數急』四句，有朝命不至，而他人我先意。『浦冷』四句，言時光已失，不禁涕淚而迴腸也。『嵩雲暮』，則無從覓召我之使矣；『灞岸陰』，則不見長安矣。所聞者惟凄然景物，不亦悲乎！（同上）

《荆門西下》陸曰：此言舟下荆門風波之險。人自不可輕出，而天豈知有危境乎？第五句，謂書寫平安以慰遠地。六句，謂沅湘佳景不得流覽矣。反不如悲歧路者猶在陸地而無恐也。（同上）

《月》（池上與橋邊）陸曰：天然清麗，老杜咏月雖多，殊未及此。（同上）

《促漏》陸曰：此宫怨也。『報章』句，言無心分理箋奏也。五六句，用姮娥、神女事，輕點入化，可爲使事者之法。結是羡物雙棲意。（同上）

《宫詞》陸曰：榮華難保，豈獨宫女然乎？情致極其藴藉。（同上）

《無題二首》（鳳尾香羅薄幾重，重幃深下莫愁堂）徐曰：二首皆慨不遇，而托喻于閨情也。（首章）首言製成帷幔之屬以待偶。且扇裁合歡，羞不自掩，而人卒罔聞知，似雷聲塞耳也。五六句，乃音問杳然之意。燈花暗，則無喜信可知；石榴紅，言徒有此美酒之供耳。結聯，言彼合者常合，而此無得朋之慶也。《易》曰：『西南得朋。』似『西南』二字，亦非漫下者。（二章）此承上意而言。前四句，言閉幃獨宿，而深悟相思無用矣，然豈終飄泊無依者乎？而孰使之得遂也？故又以『風波』『月露』二句轉接。末聯總結，謂明知無益，而到底不能忘情耳。（同上）

《北樓》陸曰：此在嶺南作也。前四句，言無心對物。五六句，悲遠地而想中華。結出思君苦情，覺『莫上望京樓』之語，爲薄道矣。（同上）

《宫妓》徐曰：人有佚情，雖假物亦來引誘。曰『不須看盡』，曰『終遣』，詞旨微妙。（同上）

《隋宫》（紫泉宫殿鎖烟霞）陸曰：首聯，言舍長安而至江都也。次聯，言神器不歸太宗，則帝當遊遍天下矣。後是感慨語，曾見後主，故曰『重問』。其神韻之妙，須于虚字中得之。（同上）

《贈荷花》陸曰：此言花葉本相輔，而乃不相倫者，自入于金盆而葉棄矣。惟此花不改其天，當始終相映，而愁其衰落也。其托喻在儕友間乎？（同上）

《隋宫》（乘興南遊不戒嚴）徐曰：前律傷其衰廢，言中著慨。此則形其侈樂，句外傳神，並臻妙境。（同上）

《無題二首》（八歲偷照鏡；幽人不倦賞）陸曰：（首章）此屬豔情，妙不説盡。（次章）此自言春情冷淡之意，與上首似異而實相蒙也。言幽人愛賞，反貴秋暑，故轉屬意于竹碧之區及池清虚寂之境耳。腰聯，『終』字『强』字並有意義。言彼雖有春情，而芳心終斂，可强作嬌饒之蝶乎？使當此而有佚思，彼此俱無况味也。大旨應如此。若通以他解，則二首詞氣判然，豈有合賦之理乎？但結語字樣稍率。（同上）（按：『幽人不倦賞』首，馮浩謂『必別有題而失之』，紀昀説同）

《哭劉司户》（離居星歲易）陸曰：哀中有怨，可泣可歌。（同上）

《夜雨寄北》徐曰：翻從他日而話今宵，則此際羈情，不寫而自深矣。此種見地，高出諸家。（同上）

《晚晴》徐曰：玩『猶清』『憐』『重』字義，殊有望恩末路之意，非漫咏也。結到『越鳥』『歸飛』，時在嶺表可知矣。（同上）

《滯雨》陸曰：有羞見江東之意，非僅悲秋語也。（同上）

《二月二日》陸曰：此在幕出遊詩也。魄力雄灝，逼真少陵遺法。（同上）

《贈白道者》陸曰：地老天荒，此情不死，難寫得如此幽奇靈雋。（同上）

《辛未七夕》徐曰：前四句，用八虚字冠首，翻跌層折而下，是爲詩家别開一生面者，結未免弩末矣。（同上）

《李夫人》（蠻絲繫條脱）陸曰：首二句，言其飾也。『壽宫』二句，言圖形而見其眼波，腸已斷矣。『清澄』二句，狀房中清冷，殊不知肌骨已瘦而寒矣，乃更欲致其神乎？夜簾曉霜，謂方士事也。究事屬渺茫，而其術終虚幻耳。結得杳無邊際。（同上）

《過伊僕射舊宅》徐曰：結語更進一層，又增無限感慨，詩家秘妙，無窮盡也。（同上）

《爲有》陸曰：『無端』二字，帶喜帶恨，描寫入神。（同上）

《北青蘿》徐曰：第二句即題也，下皆從此生情，清腴無比。（同上）

《念遠》陸曰：前四句正起念而至遠也。中四句，言失意而寂寥也。後四句，寫得空闊，題意始透。（同上）

《春雨》徐曰：此即景而感懷也。首聯，先叙當春寥落之況。第三句始點入『雨』字，後俱有雨意在内，最得遠神。玉璫緘札，謂以璫伴緘也。雁被雲羅，不得達矣。（同上）

《曉起》徐曰：腰聯，一虚一實法也。結即承『夢好』句來，言不如蝶能尋耳。（同上）

《屏風》《唐書》：憲宗著書十四篇，號《前代君臣事跡》，書寫于六曲屏風。陸曰：諷意在言外。（同上）

《雨》（撼撼度瓜園）陸曰：刻畫居工，開宋人多少門徑。（同上）

《昨日》徐曰：此去職之詩，亦比體也。首聯，喻已失而不得也。三四句，言其不久。第五句，即從上『團圓』字内鈎出，月至十六則缺矣。第六句，乃離絃別意。結謂景闌人散而無聊也。陸曰：人知睽隔之足怨嗟，而不知少得團圓之怨嗟更深也。結有哭不得而笑意。（同上）

《戲贈張書記》陸曰：『池光』二句，即寫別館空庭之景。『星漢』以下，皆叙其室家相念私情，故云『戲』也。（同上）

《天涯》徐曰：最高之花，到後始開，誦此亦不覺唾壺欲缺。（同上）

《淚》陸曰：此寒士之悲也。前六句，各極哀慘，而總未抵寒士之送高軒，貴賤相形，自傷窮困，爲尤戚焉。結非别離語也，玩『青袍』『玉珂』四字可見。但『灞橋』句，意圓而語微滯耳。（同上）

《有感》（非關宋玉有微辭）徐曰：落句固佳，但此爲不幸而受惡名者發，當體會『襄王』句也，不然，又以詞害志矣。（同上）

《過楚宫》徐曰：明醒出『夢』字，其爲虚境可知。曰『盡戀』，曰『只有』，言但可自愚，而不足以惑世也。此與上章命意又别。每見誦者，將兩首後二語合成水乳，俱謂桑濮之音，毋乃不求甚解乎！（同上）

《寓目》陸曰：『遠客』，言其暫至，即藏『幾别』意，接下句始順也。『新知』，新相知也。『好』，上聲。末句正形相好之象。徐曰：首聯尚屬虚景。項聯，寫寓目之情。腰聯，方正寫寓目之景。末聯，又從衰、别二字生情，非贅語也。（同上）

《歌舞》徐曰：又從『傾』字翻新，似淺而實深也。（同上）

《常娥》陸曰：覺少陵『斟酌嫦娥寡，天寒奈九秋』尚徑露無味。（同上）

《當句有對》徐曰：此亦失意之詩。首二句，寫禁地景象。第三句，喻用人無定鑑而途雜也。第四句，言恩澤之衰，用湛露晞陽語意。第五句，喻求進之人。六句，則自況耳。結意謂三星乃會合之詩，今自轉而無與于人矣。清禁之地，豈能至乎？（同上）

《河清與趙氏昆季讌集得擬杜工部》陸曰：總寫境地之佳。第五句，將己身襯入，亦開句也。通體老成，少陵亦不過此。（同上）

《讀任彦昇碑》徐曰：此種聲律，又超出晚唐之上者。（同上）

《寫意》陸曰：此從事蜀幕而思還之作也。第五六句，猶有望思意，而仍嘆不能，非泛然寫景。（同上）

《曉坐》徐曰：次聯，承『思黯然』來，出句開，對句合，『不勝烟』，正黯然處。五六寫愁。結言榮悴存乎時也。（同上）

《月》（過水穿樓觸處明）陸曰：又一翻新，愈翻愈雋。（同上）

《春風》徐曰：此喻愛博而情不專者，意在賓主間也。末聯言我意在專及，而春不然，故不待其發見，而早無冀望矣。（同上）

《籌筆驛》陸曰：此咏諸葛武侯也。首言此地氣象，至今尚自凛然，猿鳥猶畏，而風雲常護也。次言空費籌畫，而蜀終亡。『管樂』二句，寫得親切，較杜『蜀相祠堂』『諸葛大名』二作，似更沉着。（同上）

《越燕》（將泥紅蓼岸）徐曰：末聯根第六句來，言見識莫小，似借意而有所規也。（同上）

《聞歌》陸曰：次句，用響遏行雲意。中四句，狀歌之哀慘，傳出死别、生離、絶域、永巷之悲，皆斷腸聲也。自古聞者皆然，故曰『非今日』，清宵殘焰時聞此，情不能堪矣。徐曰：李有《湖中曲》，句曰：『此曲腸斷惟北聲。』言北音悲凉也。今深宫本怨，而聞北人之音，焉有不腸斷者？故曰『北人過』。詩意如是。若但云楚宫在南，而北人過此，便成鈍漢語矣。（同上）

《細雨》（瀟灑傍迴汀）徐曰：此賦體而結寓西望長安之意。寫得清遠，無一毫烟火氣，故佳。（同上）

《景陽井》陸曰：次句，言麗華不得同死于井也。下言被殺，反意生情，乃詩人避實用虚之法。（同上）

《楚宮》（月姊曾逢下彩蟾）（按：題一作《水天閒話舊事》）徐曰：此確是擬豔之詞，非有所喻托者。其題因先有《楚宮》絶句，故連而及也。前半，言相隔而想像之。第五六句，寫其無情，有《漢廣》『江永』之意。結語稍失風人之體。陸曰：『暮雨』二句，于無情中寫得極其流麗，正詩家筆妙處。（同上）

《荷花》陸曰：首二句空冒，妙在不説荷而是荷。次聯，言遊賞者。第五句，寫花之色；第六句，寫花之境。因思秋風起而當别也。（同上）

《銀河吹笙》徐曰：此假吹笙以寫悼亡之意。第二句，言時將曉，故接以斷夢、驚禽兩句，『他年』字開，『昨夜』字合也。第五六句，寫蕭瑟之景，而出句虚寫，亦是開；對句實寫，亦是合。結聯收轉首句，言遊仙虚寂，豈若舜妃之瑟、秦樓之簫，自有夫婦之情乎！此與《促漏》篇意可相混。『報章』句，亦可影附『七襄』，但玩其『香换夕熏』及『南塘蒲結』語氣，則非矣。又與《當句有對》篇可混，但彼起承句意，則又不合矣。惟此當作悼亡解，而詞氣渾雅，非俗調所能爲也。（同上）

《蜨》（葉葉復翻翻）陸曰：首聯寫其象，次聯寫其色。腰聯摹盡飛飛神態，用西子、昭君者，爲下『殿』『村』兩字耳。唐人咏物，半屬大意，李作亦止録其貼切者。（同上）

《無題》（近知名阿侯）徐曰：首二句言人，三四句言貌，所當金屋貯之者也。金可作屋，更可作樓，甚言人好色之心無有窮盡，是又以謾語爲諷者。（同上）

《安定城樓》徐曰：此在涇原幕中作也。先寫城樓景色，次傷不遇如賈生，而依人如王粲也。五句，言無心戀此，六句，狀襟期空闊，皆從遠眺中寫出。『腐鼠』二句，言若輩不知，疑其有所攘奪，蓋爲幕友云也。陸曰：『江湖』『天地』一聯，絶似少陵。（同上）

《夜飲》徐曰：此因飲而有衰年異鄉之戚也。第三句，帶寫悲意；四句，叙事也。五六句，感慨之情。末言此情難遣，惟醉可忘，誰能醒然而甘此淹留病卧乎？劇，猶甚也。（同上）

《即日》（一歲林花即日休）徐曰：此惜春殘而寓行藏之感也。花落人淹，焉得不悵？落者既無可奈何矣，猶開者，亦總抒未放之愁耳，二句有去留兩難意。腰聯，寫黯然景色，亦有人事蹉跎意。末言景殘時盡，何處更尋樂地，隱然有瞻烏爰止之思焉。（同上）

《江上》陸曰：此亦感懷之作。第七句，因上有『歸途』句，故下一『更』字，兩意一串矣。『烟水』二字，仍帶江景，正法之緊密處。（同上）

《杜工部蜀中離席》陸曰：此總言聚散不常。遠使未歸，禁軍尚駐，皆『離羣』意也。五六句，正寫會聚無常之態。所以境不可執，當隨遇而安，風物佳處，即可娱老耳。（同上）

《望喜驛别嘉陵江水》（嘉陵江水此東流）徐曰：一曲一折，一折一深，窅然不盡，總是詩中進一層法。（同上）

《夜思》徐曰：首二句，破『夜』意。『綵鸞』以下十四句，寫别離寄緘，孤寂相思之況。『經春物』，時光倏過也；『托報章』，遥訂會期也。虚枕二語，言長守而相待也。猜影認香，思之至而成疑境也。鶴警蜂忙，關心而時怦動也。『陽臺』以下，言樂地甚多，何爲損此冰雪之軀于異地乎？此亦自傷羈滯而托喻之詞，非真閨意也，味結語自見。（同上）

《行至金牛驛寄興元渤海尚書》徐曰：大意總叙詩文嘉會。首聯，言江樓爲吟咏之地。次聯，贊人才之妙。第五六句，乃想像樓中景色，兼有詞源流峽，刻燭裁詩之意。末始自言不得與會而草率遥和佳篇耳。陳王，借曹植以比也；白玉，美詞。（同上）

《寄令狐郎中》陸曰：李係令狐楚舊客，故云。冀望之情，寫得雅致。（同上）

《覽古》徐曰：此言難成易敗，當警惕于未形也。次聯，言空有圖大之志，迄于無成。五六句，言不意卒然消滅，正繳醒首句意。所以見機之士，非圖高隱之名，而惟遠害以全身耳。箕客與堯，乃借用字樣，其意止一逃字。（同上）

《清夜怨》陸曰：次聯，承『春』字而寫時景。第五句，根『宵』字；六句，根『度遼』字來。結寫相思，清腴不俗。（同上）

《與同年李定言曲水閒話戲作》徐曰：通首以『離憂』二字作骨。首聯，借物象點出。次聯，正寫爾我離憂，『相携』『對泣』，即承『同君身世』句來。腰聯，叙曲水光景，而曰『暗侵』『不捲』，仍寓黯然之色。末則推其窮盡，而總言情之不死也。按結語亦非漫及，題云『閒話戲作』，似因感事而發者。『五勝』只代一『秦』字，亦因『埋香骨』而及，其意不在此，故第七句只算得一個『死』字耳。義山用事，都如是觀。陸曰：結句嘔血追魂，此種盡頭語，惟此君獨擅。（同上）

柳（曾逐東風拂舞筵）陸曰：必有清秋一日，而曰『如何肯到』，一副得時庸俗心腸如繪。徐曰：不越盛衰之意，而寫得渾脱，毫不粘煞。然此種格調，在于心領神會也。（同上）

《贈司勳杜十三員外》徐曰：前半另開生面，又一律法，引用巧合。五六句，一贊之，一慰之也。結不過美其才之可傳，而語覺索然窮窘，且與第二句微雜。（同上）

《代贈二首》（樓上黄昏欲望休；東南日出照高樓）陸曰：（首章）妙在『同』，又妙在『各自』，他人累言不能盡者，此以一語蔽之。（次章）結語偶然拈到，遂爲詞家作俑。（同上）

《深宫》徐曰：前《促漏》題，的係宫詞，此則雖寫宫怨，而托意又在遇合間也。首言夜間景象。次聯，一喻廢棄者，一喻承恩者。第五句，仍根第三句意；第六句，仍根第四句意。結言恩澤之偏也。明係缺望之情，而不失和平之旨，斯爲藴藉。『景陽』句，其意雖只在『及時』二字，但上已有壺漏字樣，亦覺未净。而神韻之佳，固自不可掩耳。（同上）

《和張秀才落花有感》徐曰：腰聯，乃香散魂歸之意，末則極言傷心也。落花之感，失志者皆有同情，曰『猶自』，曰『更聞』，曰剩腸，非其情有獨深，總詩家不貴直詞説盡耳。起聯微凑。（同上）

《春日》陸曰：意指奔走豪家者，而善諱不露。（同上）

《無題》（萬里風波一葉舟）陸曰：此在蜀之詩。前半思歸而憶其道路。五六句，即引蜀事，言人死生俱當有所作爲。故第七句緊接，而末句總結前文。沉鬱之思，直逼老杜。（同上）

《崇讓宅東亭醉後沔然有作》徐曰：首言雨過而霽。「摇落」句，承「秋」來；「交親」句，從「江鄉」來。「一帆」二句，又從「交親」句生出，言或過訪，或寄書也。「俗態」四句，轉到自身，因狂興而矜詡己才之華貴也。「萬古」以下，又傷衰老而淹卧也。「妬芬芳」，有遭讒意。密竹孤蓮，雖點叙東亭景色，而仍寓清秋遲暮之感焉。（同上）

《贈從兄閬之》陸曰：中二聯，從「約忘機」寫出，皆幽人景色也。第七句應轉首句意。此乃招隱之詞，觀結語自見。（同上）

《暮秋獨遊曲江》徐曰：此亦身世之感，而氣格雄渾，非元和以後之音也。（同上）

《明日》徐曰：此亦失職而作。起聯，謂天將曉也。次聯，一開一合，乃不得趨朝意。五六句，言清禁之地，知之亦曾至之，而今不能，所對惟凄然之景而已。結得幽遠，耐人思味。（同上）

《和人題真娘墓》陸曰：清韻移人，晚唐中佳構也。（同上）

《韓碑》陸曰：此特贊韓碑之重，以明不可毁也。首四句，以羲、軒比憲宗，而美其興治之心。「淮西」四句，叙吴元濟相繼兇逆而阻兵也。「帝得」以下十句，言相度而賊不能害，親往督師，三李一韓爲將，外郎馮、李等從征，韓愈爲司馬，而克逆受封。此段正叙平蔡事也。「帝曰」以下十六句，叙韓受詔撰文勒碑事。「碑高」六句，述其既立而進讒重改事。以上皆記體也。「公之」以下，始言其文不可磨滅，若不傳無以彰盛事，故願書而讀之，與《封禪文》並垂不朽也。寫得莊重得體。徐曰：其轉捩佶屈生勁處，亦規倣韓體而爲者，才力與之悉敵。具是氣骨，作黼黻始工。觀此，則知其風格本自堅凝。即發爲綺語，亦非裙拖湘水、鬢挽巫雲之類所可同日論也。（同上）

《代元城吴令暗爲答》陸曰：此假吴質答詞，以明陳思、宓妃之事爲虚，并《高唐》之賦亦誕，而且爲己詩作註脚也。（同上）

《重有感》陸曰：甘露之事，昭義節度劉從諫疏問王涯等罪名，仇士良懼，而諸鎮未有舉動，詩蓋爲此作也。言擁節而據要地，當共天子安危。況已有問罪之表，則宜有率師以清惡者。第五句，謂文宗受制中人，而反言以存體；第六句，則慨無人效一擊之力也。星關，猶天門，言禁闕也。雪涕，猶破涕，蓋謂閹寺横逆，禁門縱弛，人鬼憤泣，安得早晚收閉而爲之破涕乎？仍望之也。徐曰：此詩不惟抒忠憤之思，且著當時藩鎮之失。不激不尤不露，纏綿沉鬱，直入杜陵突奥，匪僅得藩籬而已。第六句『與』字讀去聲，言無有與聞國事者，始見意義。星關，若主邊塞之臣説，則雪涕收當解作昭雪而收其涕，三字連合，反覺生粘，而意與韻脚亦俱受『雪』字之病，而不醒不穩矣。或解作破涕而收之，則涕已破，而收字又贅矣。故『收』字應屬之門禁，而星關不係乎邊臣，上解是也。（《李義山詩疏》卷下）

《屬疾》陸曰：此亦滯遠思還之作。李早喪偶，故有『安仁』句。屬疾，托疾也。無端、只暫四字，寫盡無聊情緒。（同上）

《灞岸》徐曰：此出師之作，結得高渾。不言今日，反説『平時』，行同而情事各異，有怨有哀，有規有諷，可見詩家奥境，總存乎含蓄也。然惟筆妙者能之。（同上）

《隨師東》陸曰：文宗時，詔諸道兵討李同捷、王庭凑等，師老無功，每虚報捷以邀賞，故假隋以諷也。首言竭貲饋運。次譏諸將之掩敗張功。五六句，言朝廷但當進賢保治，而無取窮兵致遠也。結到生靈塗炭，可抵一篇《戰場文》。徐曰：窮兵之戒，既托于隋，而篇中只有東征、玄菟字一點，仍不用隋事以實之，而復引古以爲喻，所謂玄之又玄也。其靈奥如此，雖杜老亦當遜是一籌。（同上）

《百果嘲櫻桃》陸曰：嘲中當又有嘲，寫得冲雅。（同上）

《無題》（照梁初有情）徐曰：前四句，併作一聯。『照梁』屬翡翠，『出水』屬芙蓉。上二句未分明，故下二句承醒之，狀其飾也。『錦長』二句，言有情致也。結語，承『恨』字來，欲止其愁之意。碁局中心不平，恐其相感，故莫近之也。此似贈妓之詞，而亦無狎語。（同上）

《謝先輩防記念拙詩甚多異日偶有此寄》徐曰：此自述作詩之意，言本于愁恨也。首四句，謂觸景感懷而不同于人。『熟寢』四句，言愁腸並于警鶴寒蟬，故情不得伸，而所得自非中正之音矣。『南浦』四句，又寫别景離情，而裁詩寄遠之事。『星勢』二句，總狀詩情之幽鬱而激越，正所謂音之偏者，意蓋曰：此未可言詩，而因有恨，聊借此以傳耳。與題寄意始合。（同上）

《寄蜀客》陸曰：慧心巧舌。（同上）

《富平少侯》陸曰：通首總形容豪貴氣象。首句，是少年遊俠之心；次句，言已貴也。大抵少年豪貴，其情性輕財寶而愛温柔，故抛棄金彈而却惜井牀之寒冷也。五六句，極形華侈。結言貪歡晏起，極風流意，而却寫得雅渾，俗手爲之，便不可醫矣。（同上）

《春宵自遣》陸曰：此山居作。『閑』字、『當』字、『恃』字，俱有味。（同上）

《飲席戲贈同舍》徐曰：此贈同舍挾妓者。當有兩人，故曰『分携』，又曰『重行』『雙舞』也。省乃省記之省，作『知』字解，言聞洞中屐響，而知其各携所好也。次聯，形容情好之比昵。腹聯，則狀房室之芬芳。末則不忍别離，故無情戀飲而酒冷也。『涷』字特妙。（同上）

《無愁果有愁曲北齊歌》陸曰：此咏北齊之廢宫也。首二句，言□搆時形勝規模，亦似宅中圖大。三四句，言開濬陂池，水清如玉壺，雖渭之清，猶笑而陋之。不到牽牛，謂惟天上不能到，甚言極其穿鑿耳。『騏驎』以下，言周師之入，鐵騎飛騰，山形震動，而美人珊瑚之聲碎矣，淚亦竭矣，宫亦墟矣。驅去後宫，如推唾烟月，人離而嘉樹亦盡，惟有白楊鬼物，而當年行樂暗記之地，已如舊紙之模糊而不可識矣，安得不令憑弔者對荒凉之景而追傷輾轉乎？無愁而有愁，其果然也。（同上）

《和友人戲贈二首》徐曰：此二首，似贈置姬别室者。（首章）故言此會不易，非比泛常，不可使有家信促還。蓋緣此地，露冷風清，未可去耳。『翠袖』句，狀此際歡情飛舞之態，而終不能久留，故『燭房』句言内室又旋空也。結謂扃閉宜深，消息不可外露，歸到『戲』字意。（次章）首二句，言不知經過多少關隘，而始得見别館景色，甚言難至也。貫珠爲佩，喻室家當聯合同棲，而今不能，且權宜以處，如裁璧作環耳。佩有常繫義，環有待圓義，如此，則『須』字『且』字亦不虚閑矣。『團扇』句，言未遭撻辱，無憔悴羞見之情，不須歌此；而『新正』句，又

狀其年正初春，容無改舊也。結謂相思雖經歲之久，祇屬空虛，豈能抵此一夕之歡乎？（同上）

《題二首後重有戲贈任秀才》徐曰：題亦承上而言。首聯，狀秘室景象。次聯，寫暗聚意。第五句，言偶至以答其情，故曰『虛爲』，亦如遠客之暫來也。第六句，言身不能常至，惟音問潛通，枉害使輩之僕僕耳。結點室中暮景，言可絶外人之至，無感帨驚尨事也，乃藏嬌之地。始終是『戲』意。（同上）

《早起》陸曰：次語已盡幽恨，覺文通一篇小賦，尚刺刺不休。末句非謂不能判也，總由情思模糊故耳。（同上）

《西亭》陸曰：于警露意，又跌入一層，便覺氣味深厚。（同上）

《陳後宮》（茂苑城如畫）陸曰：首聯言苑囿之麗。次聯言宮室之侈。腰聯言服飾之華，鸞鑑形則舞，而采色炫爛也。末言君臣宴樂，有燕雀處堂之意。（同上）

《江東》徐曰：止道楊花榆莢耳。錢帶沈郎，比其小也；若絮帶謝家，又何涉乎？李之使事，活潑靈化，概見于此，解者猶刻舟求劍，拙矣。（同上）

《留贈畏之》（清時無事奏明光）徐曰：此赴蜀而留贈也。時韓爲員外郎，故首言時無奏對之事，可從容晏起，不必令司閽報曉也。次聯，言其即轉秩清華，而在我則不忍離別，左川歸客，自謂也。『郎君』句，美其子偓之才。『侍女』句，羡其室家之樂。李每贈韓詩，必有此種語。箋注以兩人爲僚壻也。結意蓋云此日之分途如此，回憶同登蕊榜時，有不勝感嘆矣，以『空記』二字含蓄之。（同上）

《贈柳》陸曰：首聯以地而言，次聯以態而言，腰聯以勢而言，後聯以情而言。（同上）

《漢南書事》陸曰：大中初，李在嶺表，時涇原等處皆出兵納吐蕃降地，募民開種。又連年討党項無功，上頗厭兵，故作此詩。前半言天子已有哀痛之心，而奈何文臣武將尚皆以此爲事乎！『舞』字更精，言不憂而反樂也。五六句，謂無益而有損。末則頌美其君，而願其竟罷耳。（同上）

《夜出西溪》徐曰：時在東川幕，故云東府。首二句，一開一合，在彼處之春盡可憂，而在此之日曛可許，以其有夜來月星之好景也。『許』字特佳。第三聯，即景而寓別離、嫉妬之感。結雖云自謙以收到『東府』意，而實根第

六句來，言並非出羣之材，不必忌也，意味深長。（同上）

《搖落》徐曰：此亦在蜀之詩。前十句，俱叙羈思離情，而其中『古木』四句，兼點入悲秋意也。『未諳』以下，言不知帝京何在，而惟覺灘激雲屯，道路淹阻。其涕零處，一如傷別之苦矣。（同上）

《三月十日流杯亭》陸曰：抵後人多少《落花》《送春》詩。（同上）

《宿晋昌亭聞驚禽》徐曰：夜飛必驚，故次聯寫其飛而驚意自見。五六句，狀其聲之哀也。榆、橘，根『樹』字來。結歸羈客離情，與首句應。失羣掛木，總謂驚禽，非分承猿、馬，蓋猿、馬已屬借影，若再作承來解，則境魔而局亦散矣。（同上）

《楚宫》（複壁交青瑣）徐曰：前半總言宫室。上兩句，寫其麗；下兩句，故作疑問之詞，正見其搆造之巧也。腹聯，言宫中惟事裁扇鏤釵而已。乃未及行樂，而即灰滅，可慨夫！（同上）

《野菊》徐曰：此自况也。首聯，喻失所而悲。次聯，喻已傷遲暮，耶復甘心從事諸侯也。其下則云此地此時，相對孤芳，而可結爲他日清樽之伴。蓋因此非春豔，終不爲上苑所取故耳。仍是缺望之意。（同上）

《柳》（柳映江潭底有情）陸曰：此江岸之柳，從雷聲寫合，思入神奇。（同上）

《樂遊原》（春夢亂不記）陸曰：此自寫情，非懷古也。起句先有愁緒棼如之意。青門紫閣，乃眺望之景，承『登原』句來。『拂硯』句，預伏吟詩，不然，結便無根矣。『輕冰散』，不脱『春』字意也。春夢之想，嘗存胸臆，而寫不能盡，始嘆古人縮字之妙。（同上）

《一片》（一片非烟隔九枝）陸曰：首二句，寫夜來華屋氣象。三四句，言歌舞也。五六句，只在『星』『月』兩字，乃夜闌將曉之意。故接以『朝朝』句，言事境日遷，不可不及早爲歡也。此行樂之詞，而諷意在言外。（同上）

《五松驛》徐曰：亦爲宦寺而發，全從大夫松上落想。下二句，從『輿薪』兩字引出，惡惡之詞，不嫌其直，然較之豺虎有昊之畀，尚覺渾融。（同上）

《海上謡》徐曰：此言入海求仙之虚誕也。水寒月冷，海景凄凉甚矣。所謂香桃，仙果也，已枯如瘦骨而不可食矣。紫鸞，仙馭也，亦遍身寒窘而不能飛矣。且並不見仙人，但棲止于荒凉鱗族之區，以曉沐而已。夫漢武焚香，而金母至，自謂見之矣，乃此身旋故，至于子孫亦皆物化。而所傳秘笈神符，不過等于蠹書故紙已耳。見之尚無所益，况茫茫之海，更不可見耶？（同上）

《風》（迴拂來鴻急）徐曰：此江風也。首二句，言勢。第三句，言色；四句，言聲。五六句，不説風，而中有風象，移不到雨雪境界，正詩家寫神處也。結體老成，必如此，通首方有歸着。（同上）

《嘲桃》陸曰：淺而有致。（同上）

《初起》陸曰：亦在蜀望闕之思。一有寓情，便不單寂。（同上）

《正月崇讓宅》陸曰：宅係婦家，故全是悼傷之意。通首俱寫夜來景色，描摩如畫。蝙拂鼠翻，其佳處，仍在神韻，後人效此，便俚質無味矣。無所聊賴，香亦可語，亦是奇思。《起夜來》，曲名也。（同上）

《寄惱韓同年時韓住蕭洞二首》徐曰：（首章）與樊川『春半年已除』同意。李别有贈韓句云：『佳兆聯翩遇鳳凰。』則韓正有幃房之樂，而作此敗興語，故曰『惱』也。（次章）李喪偶，不能如其室家歡樂，故云，仍不脱『惱』字意。石榴花，酒也，以『勸』『醉』兩字見之。故前《無題》詩内『石榴紅』，亦當謂酒。（同上）

《房中曲》徐曰：此悼亡詞。花泣幽而錢小，猶人歸泉路而遺嬰稚也。是以嬌郎無所知識，倚父寢興，如癡雲之抱日而曉耳。帳中賓枕，乃眼波所流潤者。人去牀空，惟見碧羅蒙罩而已。記得别時，傷心難語，今歸不見人，而僅見所遺之物，無人而物翻覺其長矣。人生有聚必散，今日在此，明日在彼，猶夫孤松苦檗，高下異處，即愁到天地翻覆，而高者下，則下者又高矣。豈能見而識乎？乃永訣意也。（同上）

《俳偕》陸曰：此言遇合有時，蓋謂急則難遂，而遲亦無妨。彼鶯蝶之類，時至亦能歌舞，而况人乎？或謂不能如桃柳之顔以工媚，故難以悦人，而不知期候早晚，自有定數，安可不自堅其志意也！（同上）

《汴上送李郢之蘇州》陸曰：首二句，言其在汴。第三句，方言遊蘇。而四句，乃送别之情也。下言吴地景色之佳，而以憐香弔古之意結之。（同上）

《碧瓦》徐曰：此賦歌妓也。純是虚擬之詞。首二句，寫晝閣曉妝景象，殿鬢、宫腰，言其美也。『霧唾』二句，狀其能歌，故下接歌筵以足意。『柳暗』四句，正寫其年芳情麗，如柳之將舞，荷之正欹，乘繡車而入席調聲也。下即從『隔鄰』二字轉落，言已不得與會，徒魂夢赴之，雖欲寄書而仍遠。然此心急不自持，不啻河海之衝柱飄槎矣。其庶幾致好物以將愛慕，縱未知其意若何，而我不可不多爲贈耳。就詩而言，猶未失秣馬秣駒之意。（同上）

《一片》（一片瓊英價動天）陸曰：借玉以比才高而人不識也。（同上）

《寄裴衡》徐曰：此亦悼傷意。故次句有『獨來』字。三四句，寫蕭條之景，却一順一倒，言秋只爲凋葉，而惟苔不厭雨也。『潘仁』句，仍用悼亡語而未亮。末纔點題。裴或其親亞耳。（同上）

《七夕》陸曰：剥入翻新。天上之樂，又勝人間矣。（同上）

《自貺》陸曰：『擬換』二字輕倩，避作求人語也。（同上）

《秋日晚思》陸曰：結從『忘名』生出，仍冀推挽之意。（同上）

《過景陵》陸曰：上半實寫，下用夾襯法，正個中活潑潑地。徐曰：此言求仙即成，亦不能長生于世，較《瑶池》《漢宫》意，又進一層。鼎湖與西陵並引者，一則飄然遺世之人，一則尚戀聲伎之人，蓋謂無論聖愚，同歸于盡耳，而憲廟更以此致禍，尤足悲也。（同上）

《春日寄懷》徐曰：清空如話，已爲宋元人啓徑。（同上）

《夢澤》陸曰：從餓死生情，其意爲因小害大者言也。（同上）

《落花》徐曰：『眼穿』句，仍望春還，乃刻意苦語也。結亦沉摯，但『沾衣』似未可竟作淚名耳。（同上）

《贈鄭讜處士》陸曰：前四句，言其逍遥自在。五六句，以張、陸自謂也。言異時相訪，以此辛香之物佐厨享客，故曰『留烹』『供煮』，即伏下『他日扁舟』意。（同上）

《春遊》徐曰：『摩挲』句，乃暮年壯心耳，故下意承此。草因奪其青色而妬，而詩意又妬其年少也。前青袍可傷（按：指《淚》詩『朝來灞水橋邊問，未抵青袍送玉珂』一聯），而此又堪妬，可見天下總無安身佳處，蠻、觸之争，亦屬定理。（同上）

《燒香曲》徐曰：此詠香而寓失寵之思，乃宫中曲也。前四句，先言爐，螺文、魚牙、雀尾、龍鬚，皆爐之鏤文，而美人笑而捧之，開芙蕖，形容笑意也。『八蠶』四句，正焚香事。藕綿，所以燃火者，薄則易燃也。由是炭紅烟暖，而秋氣回春矣。『玉佩』四句，言香氣之盛，直使佩暗鏡昏。栢梁本香臺，又武帝構造以爲焚香之地，是帝實主夫香者。今衙門上樹，人已不見，則香失所主矣，内已含此身無着意。『露庭』以下，言香氣本重而紅，而君偏愛輕而白，故自有伴夜之人，而豈復問及香事乎？安得巧度君懷，即至襟成灰土，亦當相依以入地，意謂若得承恩，願從死耳。『紅』字對針『玉』『瓊』字。庭井，謂遠于君身，又對針『殿』字也。『襟』字，根『懷』字來，『露』字，根『土』字來。（同上）

《蝶三首》（初來小苑中；長眉畫了繡簾開；壽陽公主嫁時粧）陸曰：三首皆刺狎客之詩，賦中比也。（首章）此章首二句，喻其始至而漸親密。三四句，喻其心常恐疏遠不得近，而更慮其不能久也。皓露尖風，謂但知防正人顯然之侵，而不知又有尖刻之徒，暗加嫉妬矣。不見傷己者，已乘時入室乎？燕食飛蟲，取相害之義，蓋本古樂府『蛺蝶之遊戲東園，子燕接我苜蓿間』句意耳。（次章）此承上章飛燕之入而言。燕入櫳而蝶尋香，俱近粧臺之物，故又以閨閣言之。上二句，謂畫眉收鏡，曉粧已罷。下則言佳人顧盼之情尚不知在彼在此，意蓋云主人之愛，亦未必專屬于爾也。（三章）上二句，寫蝶之色，喻其修飾媚容也。下言見我而假作羞慚檢飭之狀，而不知此身已不能自主，徒供輕薄少年之玩弄而已。是蝶是人，總雙關寫法也。照影，猶顧影。徐曰：（次章）簾開，則物飛入而皆見矣，故下意可接。不問人而問釵上之鳳，筆尤玄妙。（三章）嫁時粧，八字眉，俱非隨手下者，蓋此乃合歡字樣，喻其只在迎合人耳，即伏末句身不自主意。（同上）

《槿花》（燕體傷風力）徐曰：首句狀體之輕，次句狀質之潤，三句言色，四句言情。後則因而感懷也，謂己身無主，故爾飄蓬。似此如月如雲者，乃天姿仙質，寧無主之者？何亦忽焉萎謝乎？全從朝榮暮落生情，移不到別花上。有謂其令狐宅李花之作，復用『月裹』『雲中』兩句，只將『寧』字換作『誰』字，固已自爲移矣。不知此則專指花言，彼則借以寫不甘自悴之情，非單咏花也。語同而意各異，正以一『誰』字變换。作者極其靈活，而解者何膠柱以鼓瑟耶？（同上）

《宿駱氏亭寄懷崔雍崔袞》陸曰：枯荷聽雨，正是懷人清致，不專言愁也。（同上）

《復至裴明府所居》徐曰：首二句，寫地之幽深。三四句，狀居之清雅。雕蟲，言對聯。客至，故有馬也。五句謂裴，六句自謂。因『獨吟』，故又引出結意。此種格調，已踞宋元首座，然不從絢爛中來，亦不能到此境。（同上）

《哭劉司户蕡》（路有論冤謫）陸曰：前半總言對策切直，而遭冤謫也。『江闊』二句，與前首意同，而此更有叫哭不出之妙。可見詩境無底，愈轉愈深。（同上）

《賦得雞》徐曰：此亦望用之詩，言足以自足自樂，而終不能忘君也。結歸君上，便得體裁。『可要』二字活得妙，當爲轉一語曰：願不辭風雪而終不要，可奈何！（同上）

《出關宿盤豆館對叢蘆有感》陸曰：首句點蘆，次句點館，三四句轉到出關。五六句皆關外之心也。荒城而曰『一世』，絶無冀望矣。（同上）

《訪秋》徐曰：前六句俱是『訪』意。以『秋』作結，『風』亦可見，字語奇妙。（同上）

《槿花》（風露凄凄秋景繁）陸曰：亦在榮落上生情，而有藕斷絲連之妙。（同上）

《柳》（江南江北雪初消）陸曰：清潤無一率字，晚唐中之最醇者。落句不脱離别意，亦好在雅馴。（同上）

《題鄭大有隱居》陸曰：『瀉』字，暗藏橋下水也。三四句寫地，五六句寫人，而『蛟螭』又根『石梁』句，『鳥獸』又根『樵路』句。（同上）

《曲池》當是讌集之所。徐曰：此借題傷别而寓去國之思也。前半，言花于日下不克自持，尚爲誰而夜開乎？以比不能自固于君，則無屬矣。是以將晚而愁，既夜而别，猶云恩衰則憂，恩絶則去也。後半，言既不得不去，而尚不能忘情，昔謂河梁惜别，豈能抵此地之慘乎？讀此，可想見欵段出都之情况矣。（同上）

《歸墅》陸曰：此歸自桂林，故曰『踰南極』。次聯，在道之景。三聯，門外之景。結到風人本色，較之童僕歡迎，更覺清灑。（同上）

《四皓廟》（本爲留侯慕赤松）徐曰：本贊四皓，而反説蕭何，避直寫也。解此，可得遠致虛神之法。（同上）

《和劉評事永樂閑居見寄》陸曰：會昌中，李不得調，退居太原，故云『永樂閑居』。首二句，一彼一此。三四句分承，謂劉將進用，而已則尚待除書也。腹聯，寫所居景象，結歸『閑』字。（同上）

《燕臺四首》徐曰：詩與『燕臺』兩字，毫無關涉，即四時亦不盡貼合。李之命題，往往多寓意者，亦如詩之不能一時通解也。按其《柳枝詩序》，謂能爲幽憶怨斷之音，愛慕《燕臺》之作，將無此四首，亦分幽憶怨斷乎？春之困近于幽，夏之洩近于憶，秋之悲鄰于怨，冬之閉鄰于斷。題意或于此而分也。玩其詞義，亦頗近似。雖其間字樣，亦有彼此參雜者，而大旨不離乎是矣。至其音純屬悲咽，所謂『北聲』也。是則燕臺之義，又北聲之寓言歟？惟此庶幾可合，而奧窅荒忽，的是鬼才。（春）此寫幽也。分五段，每段四句。首段，言幽歡之無覓也。風光暗度，無處尋春，反不若遊蜂之遍識花叢矣。第二段，言幽情之未遂也。氣暖桃夭，正婚姻時候，而人立其間，惟兩鬟相對，佳偶杳如，即問天而亦朦朧不明也。高鬟，屬人；桃鬟，仍屬桃言。第三段，言幽夢之難續也。睡起模糊，夕陽映簾，認爲初曙，而夢語亦不能全記，欲再尋之，已如沉珊網于海，茫茫不知處矣。第四段，言幽恨之莫訴也。夫衣帶無情之物，尚有寬有窄；烟霜似有情者，而竟自碧自白，不識人意乎？則此堅結不可磨滅之恨，已無可控告矣，只好訴之于天，而天亦不知，其惟收繫天牢，天始知也。第五段寫到魂消魄滅，則幽之至者。謂天氣峭寒，衣單珮冷，風力難禁，情不自克，亦當化作冷光，隨風而入海耳。四首中段落，其起止語氣各不相蒙，與《小雅·鶴鳴》章、杜甫《飲中八仙歌》義例相類，然亦有次序。如此篇尋春不得，則情難遂，由是積而爲夢，結而爲恨，至于形消質化而後已焉。（夏）此寫憶也。分四段，每段四句。首段，憶人物之荒殘也。前簾不捲，則見後堂；而後堂應多芳麗，因憶南朝佳冶之地，無如景物已荒暗如夜，想此時挾彈遊郎，又何所遇乎？次段，憶旅魂之孤寂也。風吹帷幕，尚爾回旋，而因憶不得旋歸之客魂，何其寂寞，所伴者不過烟瘴之花耳，能有幾夜開乎？上二段，乃憐生惜死之情也。第三四段，則上窮碧落下黃泉之意，憶之極矣。言月光難取，因口吐幽香，暗言私語，計惟取銀漢而藏之，當以阻牛、女之會焉。『濁水』二句，比也，言同一水耳，何故清濁各異。安得駕霧起空，呼天而問之耶？上二段，一不甘獨悴之情，一榮枯不自曉之情也。由人至鬼，又窮極上天而下澤焉，其序如此。（秋）此寫怨也。分五段，每段四句。首段，時景之怨也。言星月沉西，孤嚬獨掩，而又加以凄風之苦焉。次段，別離怨也，言欲織縑寄遠，思而成怨，但覺斗轉時移，而不見銀河之水，無從渡而相會矣。第三段，故宮怨也。言門鎖塵積，昔日芳園，化爲行路，人則生悲耳。至所遺玉樹，當年以之製曲者，亦又何知，而豈解憐亡國者乎？第四段，怨聲也。言凄清楚調，指冷身寒，禽亦聞聲驚起，憐其獨而欲其歡會焉。第五段，怨詞也。言寄來緘札，内記初情，今其人不得見，惟時執其詞，而含淚歌之閲之已耳。但使芳香之物，不覺漫滅手中，爲可惜也。因時而傷別，又因今而傷古，情無寄而以聲寫之，聲猶虚而以詞實之，一世銜雨，則怨無窮盡矣。其序如此。（冬）此寫斷也。分五段，前三段各四句，後兩段各二句。首段，言途路之斷也。東日西沉，孤而無偶，所云青溪白石，一郎一姑也，而杳不相見，其遠甚于二女之望蒼梧矣。次段，言芳情之斷也。時氣凝寒，衆芳枯槁，而此心亦同寂滅。即或夜泛空明，而以月娥之容質，亦疑其未必美耳，蓋甚言心灰也。第三段，言舊歡之斷也。管絃惟覺其愁，貌態空留其質，回想當日之妙舞清歌，盡消歸無有矣。第四段，言曉粧之斷也。破鬢撩亂，雖有燕蟬，亦不成飾，况曉寒已經難受，又豈勝此金玉之寒姿也？第五段，言夜夢之斷也。雨必有具，今不持去，豈能爲暮雨之行，而天又曙，則好夢斷難成矣。後二段若合爲一，則首句已點明『朝』字，次句與第三句又不屬，俱難承接，且非轉韻體也，故從韻而以曉、夜分之。路絶而心死，舊情不堪回想，又何有于此日之朝歡暮樂乎？其序如此。陸曰：（春）治葉倡條，蜂能遍識；絮亂絲繁，天亦能迷。字語皆屬奇創，至微陽初曙，夢斷殘語句，尤耐人十日思。（夏）後堂芳樹，似陰用後庭玉樹意。石城，應指金陵。蜀魂，南方之鳥；木棉，南土之花。故相屬也。（秋）南雲雲夢，從『楚弄』生出，而中忽以鸚鵡聯之，靈心奥折乃爾。末句『故』字，從『一世』生出，持看一世，不得不『故』矣。（冬）二妃猶望蒼梧，而此則不相望，故云『遠甚』，豈阻絶更甚于死乎？李別有句曰：『遠別長于死。』往往好作此盡頭語也。『浪乘畫舸』，似暗用謝尚牛渚事，只泛月意耳。空城，即『惑陽城』意，掌中謂舞，歡銷，兼歌言，即裝併下句，此倒法也。玉燕金蟬，頓繳上句，其法亦倒。不曰雲車，而曰風車，避『朝』字耳。（同上）

《利州江潭作》陸曰：因有神靈，故借以寓帝鄉之意。首聯，自況不能化去而至此。次聯，喻懷希世之珍，而欲佐理天工也。明月，以珠言。五六句，寫水宫景象，欲以物通誠，而無人爲寄，惟蕭然景色而已。（同上）

《莫愁》陸曰：輕翻小致。（同上）

《馬嵬》（海外徒聞更九州）徐曰：首聯，言茫茫世界，孰辨來生，而作此癡願，豈知今世已先休也。若首句作致神海外解，尚屬後事，下便割裂矣。次聯，寫在道之情形。腹聯，言軍變而夫婦之誓願虚矣。六軍駐馬，七夕牽牛，屬對可稱奇想。此詩專咏《長恨傳》事，故筆意輕宕。但結語似覺稍率，而太飄忽。曰『徒聞』，又曰『空聞』，虎雞牛馬字樣，並類而見，亦缺檢點。（同上）

《公子》陸曰：首聯，言酒薄不足以供。次聯，言情之縱樂而矜率。腹聯，言性之俚俗而侈靡。末聯，言遊獵之好也。通體總寫其豪，而俱帶粗意。（同上）

《重過聖女祠》徐曰：此思登第之詩。開成初，李在令狐楚山南幕，當必赴試過此，借題自況，亦比體也。首聯，喻淪落而未第。中二聯，皆言聖女之情緣未化，以喻己之奔走名場也。夢雨常飄，則名心時動矣；靈風不滿，則未得暢懷矣。去來無定，則僕僕道塗矣。故結寓言此去當策名通籍，而思向帝廷受禄也。『憶』字竟作『思』字讀，則意自亮。若解作賦體，不惟五六句嚼蠟無味，而結局更散漫不收，便不成詩法。且聖女祠詩，集中凡三見，石壁頹形，何必咏歌不置，而此又曰『重過』乎？題亦不合。况此非巫山一例，而三詩語俱褻慢，尤爲非體。觀其他首云：『何年歸碧落，此路向皇都。』意顯然矣。故即彼二首，亦不可作賦體解。（同上）

《令狐舍人説昨夜西掖翫月因戲贈》陸曰：首聯點題。次聯，月在句中。三聯，月在言表。末則望其薦，而曰『幾時』，乃題中『戲』字意。（同上）

《對雪二首》徐曰：二首一律，結俱歸行意，而前結則曰『二月歸』，蓋用『今我來思，雨雪霏霏』語意也。自

禁體之説起，覺此種熟見不鮮，然在當時，亦稱穩製。（同上）

《齊宮詞》陸曰：此與《燕臺詩》內『玉樹未憐亡國人』同意，彼渾而此顯耳。（同上）

《水齋》陸曰：次聯，寫水齋光景如畫。落句雖寄書意，而引用仍不脱題。（同上）

《子初全溪作》徐曰：首聯未醒，其病在第二句也。次聯寫溪。三聯寫溪中景，刻露盡致，宋人所不逮者。末嫌衰竭。（同上）

《子初郊墅》陸曰：中四句，承『訪』字而寫郊墅之景也，一下一上，一近一遠。（同上）

《端居》徐曰：晴雨都無是處，要見落寞人，無一而可也。（同上）

《贈别前蔚州契苾使君》陸曰：首聯美其先世。次聯美其軍容。三聯美其德化。四聯美其威名。（同上）

《北齊》（一笑相傾國便亡）徐曰：甚言女寵之禍，又進一層。（同上）

《奉和太原公送前楊秀才戴兼招楊正字戎》陸曰：首句言地近，次句總言二楊。三四句，一戴一戎也。五六句，一送一招，言二楊未能偕聚也。結聯側到因送而招，歸重主人以見和意。（同上）

《訪隱》陸曰：前半寫所居之幽勝。三聯，寫飲饌之清潔。末則笑彼之不得親見而遥賦也。（同上）

《少年》徐曰：次聯言驕。三聯言樂。四聯言佚遊。與《富平少侯》作異者，彼偏在豪也；與《公子》作異者，彼偏在粗也。（同上）

《韓冬郎即席爲詩相送一座盡驚他日余方追吟連宵侍坐徘徊久之句有老成之風因成二絶寄酬兼呈畏之員外》陸曰：前首言其才之過于父，後首言難爲和也。韓詩送東川之别，故前有次句，後有首句。（同上）

《七月二十九日崇讓宅讌作》陸曰：前半言秋深而物瘁。『浮世』句虚，『紅蕖』句實。後則寫胸中之愁，而不自信其終于寥落也。（同上）

《南朝》（地險悠悠天險長）徐曰：以南人映南事，方近而有致。（同上）

《喜聞太原同院崔侍御臺拜兼寄在臺三二同年之什》徐曰：首句，言與同院。次句，言一會間各異矣。鵬魚，用

《莊子》語。鵬之升雲，比崔；魚之沉水，自比也。中二聯，俱分承，而一此一彼也。後則題中『兼寄』之意。（同上）

《自南山北歸經分水嶺》陸曰：首二句寫地，第三句承『山』，四句承『水』。五六句，感其禮聘之意也。李爲楚撰誌文，故結語及之。（同上）

《到秋》徐曰：上二句，夏意也。言簟者，本江文通賦中『夏簟青兮晝不暮』語耳。南雲，亦謂夏雲。故第三句直接，今日望明日，來年思去年，同此一嘆。（同上）

《桂林》陸曰：前六句俱寫地，而上四句虚寫，下二句實寫也。末言風俗，而曰『何禱』，句便不板而活。（同上）

《關門柳》徐曰：非情薄也，乃癡耳。憐惜不應，又怨斥之，愈翻愈穎。（同上）

《自喜》陸曰：首聯寫居。次聯寫居室之景。下則心無係着之意。（同上）

《謔柳》陸曰：此喻輕佻者，若但言柳，亦無意味。『謔』字只在幾個虚字内。（同上）

《贈歌妓二首》陸曰：（首章）上二句言人，下二句言歌。（次章）承上『陽關』『腸斷』意來，謂别後日夜相思而不得會，必然彼此俱瘦。殊不知彼之春意偏饒，故曰『獨自』，言外有唤醒情癡之意。（同上）

《杜司勳》陸曰：首二句，自謂不如也。杜《惜春》詩云：『春半年已除，其餘强爲有。』《贈别》詩云：『蠟燭有心還惜别，替人垂淚到天明。』皆其刻意處。（同上）

《詠史》（歷覽前賢國與家）陸曰：史謂文宗儉約，而受制中人，自比周赧、漢獻，詩爲此而作，托詞咏史也。首二句是冒。三四句，正言其儉德，奈何等于亡國之慨乎！第五句，言崩後吐蕃有欵塞之事而不得見。六句，言力不能除閹寺之横也。李于是時登第，故曰『曾預南薰』，今不禁思之而哭，（朱鶴齡）箋注之説當矣。（同上）

《王十二兄與畏之員外相訪見招小飲時予以悼亡日近不去因寄》陸曰：次句，言招飲，檀郎，自謂也。後俱悼亡意。項聯，寫空房景象。腹聯，言遺孤。（同上）

《寄成都高苗二從事》（家近紅蕖曲水濱。按：此首馮浩注本作《病中早訪招國李十將軍遇挈家遊曲江》之第二首）陸曰：俱

從『水濱』二字接轉，大旨總爲他人作嫁衣裳意耳。（同上）

《訪隱者不遇》（秋水悠悠浸野扉）陸曰：幽韻宜人。（同上）

《玉山》徐曰：此亦比也。前半，自喻才華高朗而清麗，不必別求上聞而自可達也。後半，言握珍不失而欲近君，冀當塗之推挽也。點出『才子』二字，爲通首關鍵。（同上）

《席上作》陸曰：『惟』字得體。（同上）

《飲席代官妓贈兩從事》徐曰：新人、舊主，各謂一人。極艷意而却寫得不俗。（同上）

《江上憶嚴五廣休》徐曰：因帶刀而藏筆，因藏筆而不詠，故好句留與嚴也。嚴應係幕僚，故以謝比之。（同上）

《獻寄舊府開封公》徐曰：前半追叙舊情，言受知時，尚未第而無聊也。後半，言恩意深重，身輕而未能報也。此即今人祝頌詩，而古人氣體，便覺高渾不同。（同上）（按：徐氏據朱鶴齡箋，誤以開封公爲令狐楚，故有此解）

《腸》徐曰：此類記事體，除去首末四句，中間俱每句一意。結謂年深語訛，故此衷尤疑而不釋也。通體一氣貫注，可抵一篇《腸賦》。（同上）

《戲題樞言草閣三十二韻》樞言即詩中之人也。徐曰：首四句，先言里姓。『尚書』十句，謂同在幕府也。『我有』至『露鷄』，雜叙少年遊樂飲酒調絲之事。『君時』八句，述其勸飲詞意。『榆莢』十二句，總以『君言』句貫，謂年光倏忽，近君無由，何爲不飲而徒悲乎？『美人』，喻君也；真珠朏者，言肝腸之淚也。以上皆追叙前情。『今君』四句，方言此日，而少者已老，仍慨不遇也。唐後古調稀彈，此首猶有晋、魏遺意。（同上）

《日射》陸曰：此閨詞也。花鳥相對間，有傷情人在内。（同上）

《青陵臺》陸曰：爲夫有薄情者發，題只借意耳。（同上）

《酬崔八早梅有贈兼示之作》陸曰：首句點早梅，次句即帶有贈意。三四句，總言崔。五六句，指所贈者，而俱有梅在内也。末收到『酬示』意，因在僧室，故云。天花中却藏天女，可謂精工密緻。（同上）

《閨情》陸曰：幽艷自喜。（同上）

《評事翁寄賜餳粥走筆爲答》陸曰：此即事而有帝京之思也。(同上)

《臨發崇讓宅紫薇》陸曰：亦是悼傷意。首句，言花而兼指人，故次句接以宅之荒凉也。三四句，言花爲有人而開，今人去矣，何必更開乎？『應爲有』三字，終屬語病。『桃綬』句，自况；『柳綿』句，喻亡者。因咏花，故借桃、柳字樣爲關合耳。末聯，當是從此入都，故云。然按程切脉，反欠緊密。(同上)

《送鄭大台文南覲》陸曰：言不能定省，深荷君恩，故得去也，末句點出。(同上)

《漫成二首》(李杜操持事略齊；生兒古有孫征虜)陸曰：(李杜章)此爲忌才而發。次句，美李杜之才，足上句意。(生兒章)此爲武臣虚尚文事者發。上二句，只取『征虜』『右軍』字様，而曰『古有』『今無』，則當時將帥可知矣，故接云：粉飾琴書，豈若建功立業乎？然『琴書』『旗蓋』，仍根孫、王來。(同上)

《和韋潘前輩七月十二日夜泊池州城下先寄上李使君》陸曰：刻畫『七月十二』工甚。元暉，比使君也。(同上)

《九日》陸曰：前半言從事楚幕，撫今而思昔也。第三聯，言綯不收置門下，而使同于放逐之臣。施行馬，含阻客意。(同上)

《僧院牡丹》陸曰：首句葉，次句枝。第三句虚開，四句言色也。五句言影，六句言光。結則狀其情態耳。(同上)

《贈趙協律晳》徐曰：前四句，言與趙同在二公賓席，而俱屬姻親，原注所謂表姪也。五六句，追感舊情。末收歸送趙意。此却近時調，而惓惓恩誼，固屬可傳。(同上)

《過故府中武威公交城舊莊感事》徐曰：首二句言莊。中聯，即景而感舊也。末言其遺愛。王本將家(按：徐采朱箋，以武威公爲王茂元)，故『風飄』句用大樹將軍意，『新蒲』句用投筆意也。(同上)

《曲江》徐曰：朱注已明，但『金輿』二句，一繳前，一拖後，下句指文宗遊宴事，非玄宗也，當玩一『猶』字，不然，截成兩橛，下便接不去矣。沉雄鬱挫，《小雅》遺音，惟落句意，似反説淺耳。(同上)

《賈生》徐曰：此却直致，亦正體也。(同上)

《九成宫》徐曰：此專賦避暑也。首句言其地，次句言其事。第二聯，寫法駕之來。三聯，寫景色之勝。後則言時果正熟，而頒賜也。體類盛唐應制。（同上）

《偶成轉韻七十二句贈四同舍》徐曰：此在盧弘正（止）徐州幕中作。首四句，先寫徐州光景。『征東』四句，言同舍勸留。藍山寶肆，喻京國；琅玕，即指同舍人，謂不能在朝，而此處仍是玉山耳。以上八句，是總冒也。以下則追叙前事。『武威』四句，述就幕河陽，而茂元才全文武（按：徐氏從朱注以『武威將軍』爲王茂元），及以女妻之之事。秋齋蝴蝶，狀清冷也。『詰旦』四句，述授御史事，而寫其行道之倥偬也。『憶昔』八句，即叙入弘正事，公，謂盧也。上四韻，謂盧昔爲宰時，早以文字見知，賞其才華如屈宋也。下四韵，言盧後爲侍御，而已則在秘省校書也。歷廳，猶言過署；相，去聲，言請我商助所難也。『明年』十二句，述隨鄭亞至桂州事。上四韻，登程之情景；中四韻，道中之情景；下四韻，在桂之情景。『頃之』四句，述自桂歸朝事，而有激昂之思。『歸來』四句，述選盩厔尉事，而有貧瘠之苦。『手封』四句，述弘正爲京尹，自尉而典章奏事也。尉司獄事，故有牢囚之語。『舊山』八句，半承上而半起下，言不能歸隱里居，而復就徐州之辟耳。至此方收轉題位上。『彭門』四句，正言在鎮事，謂軍士歸心，而幕僚才妙，以引到同舍，故下直接『之子』四句而贊美之，鄭、裴、何、謝，題中所謂四也。『我生』四句，又自言同事而疏狂之意，末則祝頌主人。陸曰：俊快絶倫，不惟變盡豔體本色，且與《韓碑》各開生面，是足見其才之未易量矣。（同上）

《梓州罷吟寄同舍》徐曰：李詩之體製，則規摹子美，俊逸則彷彿太白，幽奥則出入長吉，艷麗則凌轢飛卿，薈萃諸家之勝而有之。而其離合轉換處，實又胚胎于《楚詞》，觀其咏《宋玉》句云：『可憐庾信尋荒徑，猶得三朝托後車。』又云：『可憐留着臨江宅，異代應教庾信居。』長言不足，是隱然以子山自謂，而明所從來也。前寄令狐楚詩（按：指《獻寄舊府開封公》詩。然開封公實指鄭亞）有『續《騷》』之語，《轉韻》篇内復云『高唐』『屈宋』，則又顯然言之。介甫謂得老杜藩籬，亦但指其流而未及其源耳。心領神會者自能得之。而世或悦其香澤，或訾其導淫，羣驅而納諸巾幗之中，冤矣。巫雲虚誕，既假代答以爲詞（按：商隱《代元城吴令暗爲答》云：『荆王枕上原無夢，莫枉陽臺一片雲。』），楚雨荒唐，復以是篇明其託。余故以二首（按：指《代元城吴令暗爲答》及《梓州罷吟寄同舍》）分繫上、下卷之末，以明所以註李之意云爾。陸曰：備觀全集，其求仙之諷，不止《瑶池》《海上》也；好色之規，不止《華清》《北齊》也；窮兵之戒，不止《隋師》《漢南》也；直道之悲，不止《將軍》《司户》也；憂王室而憤奸惡，又別有《明神》《有感》諸什；感恩義而篤伉儷，又別有《安平》《河陽》等編。間有褻狎者，則題帶『戲』字。讀其詩，可想見其人。《傳》謂其『詭激』而『無特操』，似亦未可盡信。即人不可知，而就詩言詩，則固已無遺議矣。（同上）

以上《李義山詩疏》徐、陸二氏疏解據日本懷德堂文庫珍藏本抄録

徐夔

《藥轉》此言冰山之不可托也。『换骨神仙』謂可生可死、可富可貴、可貧可賤，其權勢直能换人之骨。『露氣』句謂内通宫闈。『風聲』句謂戕害善類。五六極説豪華，却深刺之，言此人必有亡國敗家之禍如孫皓、石崇其人者。一結謂我亦曾過其家，識其人，從此不敢登其堂矣。用『翠衾』『綉簾』，與上始稱。『長篙』『香棗』，言此人穢濁之至。大約其時中官横行，如仇士良輩，義山有鑑於此而作此詩也。（《李義山詩集箋注》。轉引自王欣夫《唐集書録十四種》，載《中國古典文學叢考》第一輯，復旦大學出版社一九八五年版）

《錦瑟》此義山自傷遲暮，借錦瑟起興。『無端』是驚訝之詞，孔融所謂五十之年忽焉已至也。五十以前，如莊生之夢了不可追；五十以後，如望帝之心托之來世。珠玉席上之珍，無如沉而在下，韜光匿彩，衹自韞櫝而已。『此情可待』謂始原不薄，自今追憶，不覺惘然，能不痛念而自傷哉！『當時』言非一日也。細尋脈縷，原自可解，紛紛妄談，何啻夢中囈語？（同上）

楊逢春

《隋宫》（紫泉宫殿）此詩全以議論驅駕事實，而復出以嵌空玲瓏之筆，運以縱横排宕之氣。無一筆呆寫，無一句實砌，斯爲詠史懷古之極。（《唐詩繹》，轉引自孫琴安《唐七律詩精評》，上海社科院出版）

《重過聖女祠》此必爲當時久謫而歸朝者作。（同上）

《杜工部蜀中離席》此擬杜工部體也。首點『離』字，却作開勢，二方是一篇主句。（同上）

《重有感》首指當時藩鎮擁重兵者，二是一篇之主。（同上）

《漢宫詞》此刺求仙無益。言求仙而仙已無念也。通首作唤醒語，絶不下一斷筆，而一種癡情，自於言外傳出。詠史詩中最爲體格渾成。（《唐詩偶評》，轉引自霍松林主編《萬首唐人絶句校注集釋》，山西人民出版社）

《齊宫詞》首二叙亡國可憐。不叙前日之荒淫，只叙末後到頭一着，此由後攝前，叙事徑省之法也。三偏借新朝之喧熱，托出遺殿之淒凉，是彼此相形之法。四對第二句説，作逆繞之筆。通首絶不議論，只將遺事往復詠嘆，已足爲荒淫之鑑。（同上）

《賈生》首二叙事，三四議論，前案後斷，虚實相生。看其輕輕下『不問蒼生』四字，已有駁倒漢文，壓倒鬼神一問，詞鋒便覺光芒四射，乃知議論警策，不在辭費也。（同上）

吴瑞榮

《蟬》《詩歸》極贊末語，細按殊覺穉甚拙甚。品詩必欲以此爲上，是入野狐禪矣。且使神箋鬼咒，得以厠身大雅，棄黄鐘鳴瓦鼓，此又與於衰颯之甚者也。（《唐詩箋要》）

《晚晴》『併添高閣迥』，妙空迹象，下句便落筌蹄。第三句亦勝對句。（同上）

朱俊升

【西崑酬唱集序（節録）】西崑之製，昉於有唐，酬唱之篇，殷乎前宋。歌風詠雪，情宛轉以相關；刻玉雕金，句琳琅而可誦。無心契合，詩成應不讓元和；有意規橅，賦就亦能追正始。清新體格，俱流香艷於行間；細膩風流，一洗叫囂於腕下。樹五七言之壁壘，致足相當；追三十六之風流，真能學步。……（清康熙戊子蘇州重刻《西崑酬唱集注》）

陸昆曾

義山古詩，自魏晉至六朝無體不有。如《井泥》《驕兒》《行次西郊》等篇，意在規橅老杜，然但得其質樸，而氣格韻致終遜之。即五言律詩，亦稍薄弱，惟七律直可與杜齊驅。其變化處乃神似非形似也。（《李義山詩解》凡例）

義山五律亦法少陵。至斷句尤爲晚唐獨步。……然用意率皆清峭刻露，讀者自能了然心目之間……（同上）

不讀全唐各家詩，不知義山措辭之妙，不讀一題同賦詩，不知義山用意之高。集中如《籌筆驛》《馬嵬》《送宫人入道》等篇，同時多有作者，今取杜牧、殷潛之、項斯、于鵠諸詩較之，覺其間相去尚隔數塵。（同上）

詩自六朝以來多工賦體，義山猶存比興，讀者每就本句索解，不特意味嚼蠟，且與通篇未免艮限列夤……（同上）

《錦瑟》此詩以錦瑟起興，非專詠錦瑟也。有舉《古今樂志》，以適怨清和分配中四句者，有謂錦瑟爲令狐青衣者，皆不免穿鑿附會。余嘗逐字逐句求其着落，知爲義山悼亡之作無疑，蓋頌瑟本二十五絃，今曰五十弦，是一齊斷却，一絃變爲兩絃故也。曰『無端』者，出自不意也。『一弦一柱思華年』，從比意説到人身上來。莊生蝴蝶、望帝杜鵑，同是物化。引以悼其妻之亡，五六指所遺之子女言。古人愛女，以掌上珠譬之。孫權見諸葛恪，謂其父瑾曰：『藍田生玉』。又戴容州有『藍田日暖，良玉生烟，可望而不可置於眉睫之間』之語。義山悼傷後，即赴東蜀辟。詩曰『珠有淚』，悲女之失母也；曰『玉生烟』，嘆己之遠子也。結言夫婦兒女之情，每一追憶，輒爲惘然。此《錦瑟》所由寄慨也。○義山篤於伉儷，自茂元女亡，未聞再娶。本集中悼傷之作甚多，其《房中曲》《散關遇雪》二詩，及《上河東公啓》，皆可與此篇相證。（《李義山詩解》）

《重過聖女祠》此詩在會昌中，退居太原，往來京師，過祠下而作也。通篇以聖女自況。『淪謫』二字，是一詩眼目。言我今日退居丘園，猶聖女之寄蹤塵世，而一過再過，長此寂寂，雖神人道殊，不且同此淪謫耶？『一春夢雨』『盡日靈風』，言其棲遲寂寞，疑有疑無，如人處顯晦之際也。來無定所，去未移時，又以嘆二三知己，播遷流落，而無可倚仗之人也。嗟乎，玉溪之曾登蘂榜，猶玉郎之曾掌仙録也，而竟不得掛名朝籍，能無概於中乎？集中有《聖女祠》五言一篇，曰『何年歸碧落，此路向皇都』，與此意同。（同上）

《題僧壁》義山事智玄法師多年，深入佛海，是篇最爲了意。起言，身命至重，昔人有捨其頭目髓腦，如棄涕唾者，豈不愛其生哉？聖賢之捨生取義，釋氏之捨生求道，其意一也。三四以道之大小言，粟顆可藏世界，是大無外也；針鋒可受衆生，是小無内也。五六，以道之因果言。蚌胎未滿，因也，而可卜未來之桂；琥珀初成，果也，而實本過去之松。然則佛説之發矇振聵，真不異清夜鐘聲矣。求道者，究心如來真實之言，而確能自信，於以底徹悟也何有？承腹聯作結，唐人每用此法。本集有《别智玄法師》一絶云……深悔不能隨師入山，以致所向多歧，反似學楊朱之道者。可知義山素通禪學，奇章秀句皆從慧業中得來。（同上）

《潭州》從來覽古憑弔之什，無不與時會相感發。義山此詩，作於大中之初。因身在潭州，遂借潭往事，以發抒胸臆耳。『湘淚』一聯，言己之沉淪使府，不殊放逐，固難免於怨且泣也。而會昌以來，將相名臣悉皆流落，淒其寂寞之況，因破廟空灘而愈增愴然矣。此景此時，計惟付之一醉，而客中孤獨，誰與爲歡？旅思鄉愁，真有兩無可遣

者。言之所及在古，心之所傷在今，故曰『今古無端』。（同上）

《贈劉司户蕡》按蕡太和二年以試策切直，爲中人所誣。出爲柳州司户，後卒貶所。義山哭之以詩曰：『去年相送地，春雪滿黄陵。』然則此云『萬里相逢』，當在潭州時遇蕡作也。江風吹浪，而山爲之動，日爲之昏。只十四字，而當日北司專恣，威柄凌夷，已一齊寫出。三句是遏抑其言，使不得上聞；四句是廢斥其身，使不爲世用。『急詔』句，承『燕鴻』來。言斷者不可復續也。高歌句承『騷客』來，言哀者難免纍欷也。結言君門萬里，西顧黯然。此所以知己相逢，暫得一笑，而旋復不樂者也。（同上）

《南朝》（玄武湖中）此譏南朝皆以荒淫覆國，而歎陳之後主爲尤甚也。起二語，叙宋、齊事，隨寫隨撇。三四用反語轉出陳來，句法最爲跌宕。曰『誰言』，曰『不及』，是殆有加焉之意。下半言咎不獨在君也。當日江漂木栜，敵勢已張，火烈石城，天災可畏。主既不悟，而江令身爲宰輔，亦毫無戒心，日與妃嬪女學士等，侍宴賦詩爲樂，君臣皆在醉夢中，安得不蹈宋、齊覆轍，而見滅於隋乎？陳岾嵐曰：『敵國』一聯，所謂天地人皆以告，而王不知戒也。（同上）

《送崔珏往西川》全詩主意，定於起處兩言。下便承此一筆掃去，更無窒礙也。『欲爲東下更西遊』，言崔往西川，本崔之好遊，與惘惘可憐者迥别，又何知有覊旅之愁乎？夫世所誇勝遊，不過覽其山川，稽其人物，聞見所及，記之篇章而已。今所歷之地，有巫峽焉，有益州焉，所傳之人，有君平焉，有卓女焉，憑弔其間，足供吟詠，斯亦盡遊之樂事矣。收拾中四句作結，此詩家大開大闔法也。○昌黎云：『窮愁之言易工，歡愉之詞難好。』惟義山寫歡愉處，亦能異樣出色。○『巫峽』一聯，不過寫景，着『吼』字、『燒』字，便不平庸，然又極穩妥。（同上）

《飲席戲贈同舍》此必同舍於飲席間戀其所歡之人，不能别去，而義山戲贈是詩也。一聞屐響，即慮分攜，猶云風聲鶴唳，皆疑晉兵，此非能迷客，乃客之自迷耳。三四言既憐此，復羡彼，應接不暇，那得不迷？下又寫洞中之勝，見此人此地，皆不能捨之而去，所以聽奏《陽關》，而停杯不飲也。○玩首句『洞中』字，六句『椒壁』字，疑此即蓮花洞，杜甫有《鄭駙馬宅宴洞中詩》。（同上）

《令狐八拾遺綯見招送裴十四歸華州》按謝萬爲王藍田婿，而道韞爲王凝之妻，篇中先後引用，豈裴係令狐氏之婿耶？《晉書》：『萬弱冠辟撫軍從事中郎』，今裴年似之，而驪駒戒塗，光輝載道，古人不得專美於前矣。三句以方回擬裴，四句以道韞擬其内，而見招送歸之意，亦隨手帶出。漢苑風煙，言客中之留滯無幾也。雲臺洞穴，言故鄉之名勝可探也，義山時在秘書省中，見裴攜眷同歸，頓覺臨邛抱渴，而慨然動鄉關之思，其艷羨乎裴也至矣。（同上）

《寄令狐學士》大中一年，令狐綯爲翰林學士，適義山隨鄭亞在嶺表，故有此寄。上半秘殿崔嵬，曹司密邇，言綯身依日月，而高不可攀也。且上作歌而綯賡焉，上遊獵而綯從焉，其得君爲何如乎？下半言己方流落桂林，天上玉堂，夢且不到，而綯得曉飲夜吟其中，真有雲泥之隔也。篇中極力寫出得意失意兩種人來，仍無一毫乞憐之態，可謂善於立言。○『豈知金掌迥』，『應訝玉繩低』，正洗發『崔嵬』二字意。（同上）

《哭劉蕡》去華之以直言遭斥也。義山於前後贈言中，已屢致其惋惜矣，乃一旦卒於貶所，既厄於人，又奪於天，何其重不幸耶？九閽閉而巫咸不下，所謂視天夢夢也。廣陵别後，已有天各一方之悲；溢浦書來，更深哲人云萎之痛。雖生平抗言直節，潘誄可詳；而此時散魄離魂，宋招莫致，然則我於凶問之來也，哭諸寢乎？哭諸寢門之外乎？曰『風義兼師友』，推重之至也。（同上）

《荆門西下》此因江湖之險，而嘆世路風波，不可屢觸，見人生只合杜門耳。一夕之間，乘風西下，是已過荆門矣。迴望而覺其危，乃痛定思痛也。因不禁内自訟曰：天地嶮巇，何處不有，往而就之者我也。然則人生豈得輕離别哉！骨肉書題，道遠莫致，蕙蘭蹊徑，有約不歸。其縈我懷者，已是百端交集，況涉江渡湖，蛟龍作惡，較之楊朱歧路，更多身命之憂乎？下半首，全從三四生出。（同上）

《少年》武宗踐祚之後，喜畋遊，角武藝。一時五坊小兒，皆得出入禁中，肆無忌憚。此詩似陰刺其事也。首二句，借古來第一等寵貴人作箇引子，以開出下二聯來。非當日曾有外戚冒功，濫膺封爵之事也。直登宣室，横過甘泉，言其在朝之驕慢；雲雨夢中，蕙蘭叢裏，言其歸第之荒淫。且夜獵而與田竇爲伍，則所謂虎威狐假，聲勢愈

赫。灞陵尉亦且奈之何哉！寒郊轉蓬，隱以自況。曰『不識』者，言不爲所識，其中自有身分在。（同上）

《藥轉》在義山集中，亦是無題一類。觀『憶事懷人』句可見。通篇説得其人身分極高：所居者，金堂畫樓，自非寒素之胄；所餌者，神方上藥，自非凡俗之軀。且青桂紫蘭，紛羅交錯，披拂之下，風露皆香，夫豈人間世之所得同耶？以故孫皓長籌，石崇香棗，有見爲齷齪而不屑道者。此其人，固我所往來於中，以期旦暮遇之者也。乃翠衾獨卧，望見無由，其能已於詠歌嗟歎乎？（同上）

《杜工部蜀中離席》明皇入蜀時，甫走依嚴武。至大曆中，始下江陵。是甫居蜀最久。義山擬爲是詩，直如置身當日，字字從甫心坎中流露出來，非徒求似其聲音笑貌也。起言人生斯世，何在不感離群，況亂後獨行，能無黯然其際乎？『雪嶺』句，是外夷之干戈；『松州』句，是內地之干戈。足上第二句意。接言我瞻四方，可棲託者惟蜀，即此離別之頃，座中延客，醉醒皆屬知心；江上看雲，晴雨無非好景。亦何能捨此遠去耶？結言文君美酒，可以送老，見天下擾擾，而成都獨宴然也。〇義山詩，得力於杜。本集有擬杜五言一篇，（按：指《河清與趙氏昆季讌集得擬杜工部》）雜之杜律中，不復可辨。（同上）

《隋宫》（紫泉宫殿）與《南朝》一篇，同刺荒淫覆國，彼用諧語，讀者或易忽略；此則莊以出之，自能令人驚心動魄，怵然知戒也。言舊京宫殿，王業所基，乃棄之而數幸江都，以致民勞才竭，國步日蹙，謂非一念之欲開之乎？自非天監在下，神器有歸，將錦帆所到，豈止蕪城已耶？迄今景華腐草，螢火無光，板渚垂楊，暮鴉空噪，憑弔其間，有不堪回首者。乃當日彼昏不悟，醉夢之中，猶傾心於《玉樹後庭》也，是亦一叔寶而已矣。（同上）

《二月二日》身羈使府，偶然出行，而風日晴暖，遊人已有吹笙爲樂者。且目之所接，萬物皆春，不來江上，幾不知花柳蝶蜂，如此濃至也。於是因聞見而歸思萌焉。曰『萬里』，則爲路甚遥；曰『三年』，則爲時甚久。而寄人廡下，知有無可奈何者，故猶是灘聲也，一時聽之，便有淒淒風雨之意，覺與初到時迥然不同。（同上）

《籌筆驛》直是一篇史論，而於『籌筆驛』三字又未嘗抛荒。從來作此題者，摹寫風景，多涉游移，鋪叙事功，苦無生氣，惟此最稱傑出。首云『簡書』，指籌筆也。次云『儲胥』，指驛也。妙在襯貼『猿鳥』『風雲』等字，又妙在虛下『猶疑』『常護』等字，見得當時約束嚴明，藩籬堅固，至今照耀耳目也。國家得將才如此，何功不成？而生前之畫地濡毫，不能禁身後之銜璧輿櫬，豈非有臣無君，而大厦之傾，一木莫支耶？觀於關、張無命，而知蜀之不振，天實爲之，非公才之有忝管、樂也。過祠廟而吟《梁父》，爲公抱餘恨者，不獨今日爲然矣。以『祠廟』應『驛』字，以『《梁父吟》』應『籌筆』字，法律最嚴。○峕嵐曰：議論固高，尤當觀其抑揚頓挫處。（同上）

《即日》（一歲林花）此因春事將闌，對林花而悵然有作也。言江間亭下，有此已落猶開之花，得以重吟細把，則我之淹留於此，似可不恨，而無奈其即日休也。是倒裝法。五六，又跌進一層，言不特一歲之花易休，即一日之景亦難駐。觀山銜小苑，而時將暮矣；觀陰傍高樓，而時益暮矣。且頃之銀壺漏盡，而金鞍散矣。當斯時也，非醉無以遣懷，然使我更醉誰家乎？無聊況味，非久於客中者不知。（同上）

《九成宫》宫在鳳翔，去京師三百里，每歲避暑於此，往來驛騷可知。妙在含而不露，使讀者自會於字句之外。首言宫高而至上拂雲霓，則絶遠人間炎熱，擬之層城閬苑，不是過矣。接言三百里遠道，不難雲隨風逐而去，豈真有夏之二龍、周之八駿耶？供馬賦車，勢所不免，及至彼地，無非遠眺吴岳，近俯甘泉，以自適其朝夕而已。至於天子信璽，何等鄭重，而紫泥之濕，只爲荔枝、盧橘一物之細也。能無『民亦勞止』之嘆乎？（同上）

《詠史》（歷覽前賢）朱長孺補箋……已先得我心。但『青海馬』句，引宣宗時事，未免牽合。蓋詩自魏晉以降，多工賦體，義山猶存比興。『青海馬』，乃任重致遠之材也。當日文宗以宦者權寵太盛，欲仗訓、注二人，以消積蠱，不謂謀之不臧，血流殿陛，致使閹人愈横，朝廷受制。詩言『運去不逢』，惜文宗不得任重致遠之人以託之耳。與後之西戎欵關何涉？（同上）

《無題》（昨夜星辰）會昌三年，王茂元鎮河陽，辟義山掌書記，得侍御史。詩有『走馬蘭臺』之言，疑作於其時。首句『星辰』字、『風』字，非泛然寫景，正見得昨夜乃良夜也。當此良夜，阻我佳期，則畫樓桂堂之間，雖不能至，心嚮往之矣。『隔座送鈎』『分曹射覆』，言一宵樂事甚多，而聽鼓應官之客，曾不得身與其間，傷之也，亦妒之也。○楊孟載云：『義山無題詩，皆寓言君臣遇合』，誠得其旨矣。然本文皆託於帷房暱媟之詞，不得以正意闌

入。故余於諸篇，第就本文詮解。讀書論世，在學者自得之而已。（同上）

《無題二首》（來是空言；颯颯東風）（首章）通篇一意反覆，只發揮得『來是空言去絶踪』七字耳。言我一夜之間，輾轉反側，而因見夫月之斜，因聞夫鐘之動，思之亦云至矣。乃通之夢寐，而夢爲遠别，何踪迹之可尋乎？味其音書，而書被催成，寧空言之足據乎？蠟照半籠，言燈光已淡；麝薰微度，言香氣漸消，夜將盡而天欲明之時也。言我之淒清寂寞至此，較之蓬山迢隔，不啻倍蓰，則信乎『來是空言去絶踪』也。（次章）承上言不特道之云遠已也。彼颯然者風雨耶？殷然者雷聲耶？是皆阻我良會者也。於計無復之之處，忽生出下文轉步來。金蟾齧鎖，喻情之牢固也。曰『燒香入』則扃鑰盡開矣。玉虎牽絲，喻思之縈繞也。曰『汲井迴』則轆轤不轉矣。下半言情慾之感，終歸灰滅，豈獨今日爲然？彼韓掾之香既銷，窺簾者安在？陳思之夢已斷，留枕者何人？甚矣相思無益，而春心之摇蕩，不可不以禮義自裁也。○《海録》云：『金蟾，鎖飾也。』高似孫《緯略》云：『金蟾是香器，其言鎖者，蓋有鼻鈕，施之帷幬之中也。』觀『燒香入』三字，高説近之。（同上）

《赴職梓潼留别畏之員外同年》義山與韓畏之同爲王茂元婿，而一則室家完聚，一賦悼亡；同爲開成二年進士，而一則貴顯京華，一馳遠道。所以赴梓潼之職，與畏之刻意傷别而賦此也。『烏鵲』句，言茂元殁後，涉川度嶺，未遂枝棲。『鴛鴦』句，言茂元女亡，入室望廬，惟存隻影。回憶金牀羽帳，與畏之先後結褵時，不禁今昔盛衰之感。況一官迢遞，復又别畏之而往蜀耶？送到咸陽，客路初程也，而舉頭已不見長安矣。夕陽萬里，能無愴然！（同上）

《王十二兄與畏之員外相訪見招小飲時予以悼亡日近不去因寄》『謝傅門庭』指王氏，『舊末行』，謂與畏之同出其門。只一語而題中兩人皆已擒住。『今朝』句，言自賦悼亡後，親疏頓殊，而向時同樂之事，已專有所屬矣。三四言虚室空牀，正當傷心慘目，有不忍遽爲飲者。五六言幼男嬌女，方且依父爲母，又有不能赴其招者。加以秋霖腹疾，作惡於西風長夜之時，更難排遣。故詩以相寄，而備述其不去之由如此。（同上）

《曲池》此必狹邪之家，居傍曲池，義山偶至其地，而遂託之命篇耳。曰『不自持』，未免有情也。曰『與誰期』，又未嘗定情也。未免有情，則當急鼓疏鐘之斷，能無憂乎？未嘗定情，即至燈休燭滅之時，亦終隔耳。暨乎張蓋欲行，迴頭更望，而我之繫戀深矣。豈知此中人視聚散爲故常，而絶不知有河梁攜手之事乎？結語寫出同牀各夢，直可唤醒癡呆。（同上）

《留贈畏之》此詩上下分看。畏之居中禁而閒適，義山涉左川以崎嶇，此通顯之各異也。畏之有子十歲能詩，而義山子無聞焉。且與畏之同娶於王，而義山早賦悼亡。是骨肉之間，畏之又獨際其盛也。回憶當日同登蘂榜，今彼此懸殊乃爾，又奚翅仙凡之隔耶？（同上）

《無題》（相見時難）起處有光陰難駐，我生行休之歎。然蠶未到死，則絲尚牽；燭未成灰，則淚常落。有一息尚存，此志不容少懈者。『曉鏡』句言老，『夜吟』句言病，正見來日苦少。而有路可通，能不爲之殷勤探看乎？此作者以詩代竿牘也。八句中真是千回萬轉。○『曉鏡』『鏡』字作活字看，方對『吟』字有情。（同上）

《碧城三首》疑此三詩，爲太真殁後，明皇命方士求致其神而作也。方士託言太真尸解，今爲某洞仙矣。故每篇多引神仙荒唐之説譏之。首以飛燕作結，次以鄂君作結，終以漢武作結，正欲讀者知其所指耳。（首章）按陳鴻《長恨歌傳》：『方士跨蓬壺，見最高仙山，上多樓閣，其間有署玉真太妃院者。』此篇起處，即指其境也。既曰仙境，自然無塵埃，無寒暑，而鸞鶴往來，非人間世之所得同矣。然太真其果在此山乎？星沉海底，雨過河源，即白居易所謂『升天入地求之遍』也。不知人死音容遂渺，猶之不夜之珠，到曉時光彩便散。若殁後尚能復來，則是珠光無間晝夜，而盤中歌舞又何時已乎？此理所必無，而歎明皇之不悟也。故引飛燕事結之。（次章）是篇又極言神仙渺茫，而譏方士之不經，明皇之不悟也。彼方士用少君術而致其神，呵筆畫像，事屬影響，乃見之帳中者，已曲盡綢繆，況生前同幸華清，出沐於蓮花湯中，何等寵愛。今神人道殊，未明促别，豈復能回首拍肩，時時相遇乎？憶天寶中，《霓裳》之舞，紫雲凌波之奏，不難使鳳凰來儀，游魚出聽，曾幾何時，而迴天轉地之人，不可復作，誰與爲歡，有獨眠而已。再引鄂君事結之。（三章）陳鴻《傳》稱：『太真以金釵鈿合，授使者復命，使者臨行，乞一不聞於他人之事，取信上皇。太真因舉天寶中避暑驪山，七夕感牛女事相告。且曰：「由此一念，義不復居此，當於下界，且結後緣。」』此篇借漢武事爲刺也。按《漢武内傳》：『元封元年四月戊辰，帝於承華殿，忽見一女子曰：『我墉宮玉女王子登也。七月七日，王母暫來。』故曰『七夕來時先有期』也，帝張錦幃以候雲駕，故曰『洞房簾箔至今垂』也。三四借上作翻，言七夕一年一度，轉瞬即届，而世世爲夫婦之事，渺然無期也。五六仍接《內傳》言之，《傳》稱王母授帝益精易形之術，故且檢與神方教駐景』也。又與上元夫人書云：『但不相見，四千餘年。』夫人復以『阿環再拜，上問起居』云云，故曰『收將鳳紙寫相思』也。方士傳太真有『決再相見，好合如舊』之語，當時甚秘，惟恐人知，故終引漢武事結之。（同上）

《對雪二首》題是對雪，不是詠雪。前後二篇，極有次序。結處或反或正，皆照應原注『時欲之東』一語。（首章）『寒氣先侵』，欲雪而未雪也。『清光旋透』，已見雪矣。『玉女扉』『省郎闈』，不過借以形其色之白耳。『庾嶺梅花』，以成片者言；『章臺柳絮』，以作團者言。曰『發』、曰『飛』，言雪之大作也。下半因『時欲之東』遂預透一筆，言途間沾衣没馬，自所不免。然雪中行役，景象未始不佳，正恐往返路遥，二月歸時，不能留以相待耳。此是反結『之東』。○曹植《洛神賦》有『流風迴雪』及『車殆馬煩』之句。謝莊於大明五年元日下殿，花雪集衣白，上以爲瑞。引用二事，妙在不即不離。（次章）首篇形容初下以至大作，此則言雪既止而積也。曰向之撲簾過牆，或輕或重，是處堆積者，幾於萬頃同縞矣。然分別觀之，在樹則爲瓊樹，在堂則爲玉堂，真所謂因方成珪，遇圜成璧也。不特此也，入夜則其光如月，試粧則其白如梅，相對之下，彙狀又何止萬千也耶？獨我有事行役，而關河凍合，不能不爲之腸斷耳。此是正結『之東』。○二詩中四語皆引用典故，而不嫌過實者，由用活字也。首篇『梅花』『柳絮』一聯，是實説；下聯用『定隨』字、『應濕』字，是虚擬。二篇『瓊樹』『玉堂』一聯，是實説；下聯用『可能』字、『應欲』字，是虚擬。學者熟此，便知能實能虚之法，且知實處皆虚之法。（同上）

《蜂》義山沉淪記室，代作嫁衣，猶蜂之終年釀蜜，徒爲人役耳。《小苑華池》一篇，殆自況也。首言『爛熳通』，則勞其力。次言『思無窮』，則勞其心。自顧腰細身輕，誰能堪此？乃營於野者，既收其液；蓄於家者，并割其脾，於己曾何益耶？且明知如此，而息肩無時，年年二月，與粉蝶相逢，又爲採擷之始矣。其勤勤爲何如？結語拈來便是。（同上）

《辛未七夕》牛女渡河，本屬會合，此言别離，乃詩家翻案法。然又硬派不得，故自首迄尾，皆作疑而問之之辭。首言佳期迢遞，誰實使然？恐是仙家好别離之故耳。下作反語緊接云：不然而何以會合必俟此時乎？且一年中惟此一度，則今夕何夕，而遲遲我行，不顧人相望之久耶？又人間乞巧，何與己事，而故爲稽留，阻我良會，是仙家誠好别離也。（同上）

《玉山》《戊籤》云『此爲津要之力能薦士者詠，非情語也。』余細玩之果然。『玉山』句，言地位之崇高；『玉水』句，言鑑别之精當。負知人之明，而又處得爲之勢。則所謂力可回天，而不難致人霄漢者，捨公其誰屬耶？譬之珠容百斛，探驪龍於九重之淵；桐拂千尋，棲威鳳於高崗之上，物望所歸，有却之不得者。某在今日，其能無彈冠之慶乎？『赤簫吹罷好相攜』，即聲應氣求之謂也。（同上）

《牡丹（錦幃初卷）》牡丹名作，唐人不下數十百篇，而無出義山右者，惟氣盛故也。昌黎論文云：『水大而物之浮者大小畢浮』，余謂詩亦有之。此篇生氣湧出，自首至尾，毫無用事之迹，而又能細膩熨貼。詩至此，纖悉無遺憾矣。起二句，形花之初放，而睡態未足也。三四以花之摇動言。五六以花之色香言。其必用『雕玉佩』『鬱金裙』『石家蠟燭』『荀令香爐』等字爲之襯貼者，以不如是則不能盡牡丹之大觀，且不能極牡丹之身份耳。結處謂此花富麗，非彩筆弗稱，必如我作，方可爲之傳神，蓋躊躇滿志之語也。集中五言一篇（按：指『壓逕復緣溝』篇）亦清麗可觀。（同上）

《一片》此望援於人，不一引手，而以時乎不再之説感動之也。首言仙仗雲旗，儼然在目，而非煙間隔，遂使凡夫之人，可望而不可即焉。曰『龍吟細』，嘆好音之難得也。曰『鳳舞遲』，見妙質之難親也。接言須臾遇疏若此，豈時不可爲，而有待於異日耶？觀星轉月移，即一夕之間，流光迅速乃爾，況人世滄桑，無動不變，而可令佳期之更後耶？（同上）

《酬崔八早梅有贈兼示之作》此詩上六句和早梅，結二句答其相贈之意。首言訪寒梅而久留金勒，知懷我於花間也，曰『初翻雪』，是乍見之雪；曰『更换香』，是新添之香，著眼總在『早』字。『蝶粉』言花之片；『蜂黄』言花之鬚，不資藉於蝶粉蜂黄，見早梅自有真色，直與天花無異也。結言來詩有『賴許聽法』之云，不知維摩以身疾説法時，正要此花作供養也。（同上）

《促漏》此亦義山悼亡詩也。有疑爲深宫怨女作者，以『報章重疊』句耳。不知一往一來，相報成章，原屬通用之辭，不必定指章奏，而引老杜『宫女開函』句爲解也。夫鐘漏而曰『動静聞』，是獨居有懷，而卧不安席也。報章而曰『杳難分』，是手跡雖存，而歲月之後先莫辨也。由是追念生平，感深存殁，而見夫殘黛早收，夕熏已换，有不禁予美亡此之歎矣。下半言死者不知所歸，生者無復夢見，豈能若南塘鴛鳥長匹不離也哉？一往情深，讀之使人增伉儷之重。（同上）

《馬嵬》（海外徒聞）此篇之前，尚有一絶……言明皇覺悟不早，致有馬嵬之變。此承上首言，不但從前不悟，即貴妃殁後，仍然未悟也。何也？夫婦之願，他生未卜，而此生先休，已可哀矣。又命方士索之四虚上下，仿佛其神於海外，得不謂之大哀乎！三四言途中追念貴妃，每至廢寢，然但聞虎旅戒嚴，不聞鷄人傳唱，無復在朝之安富尊榮矣。六軍駐馬，應上『此生休』意，七夕牽牛，應上『他生未卜』意。結言身爲天子，不能庇一婦人，專責明皇，極有識見。○岞嵐曰：起聯變化之極。（同上）

《可嘆》此刺淫之詩，曰『幸會東城』，即『邂逅相遇』意。曰『宴未迴』，即『不見復關』意。『年華憂共水相催』，即《感甄》所云『怨盛年之莫當』也。『秦宫』『赤鳳』一聯，言彼皆人奴，得通貴主，引之以自歎不如也。冰簟且眠，瓊筵不醉，言相望之殷，至於寢食俱廢也。以上皆鶉奔鵲彊之辭，末用陳王事點醒。所謂發乎情，止乎禮義者也。不然，幾爲導淫之作矣。（同上）

《富平少侯》《少年》一篇，借東京梁、竇家兒，以刺武宗時事。《少侯》一篇，又借西京張氏，以刺至德來藩鎮之不臣者。如劉稹之自稱留後，李惟岳、王庭湊之拒命自專。天子非特不討，且聽其父故子襲，至有尚公主之事。義山不便顯斥，題曰『富平少侯』，若託於詠史者然，庶幾言之者無罪耳。按《漢書》：『張安世封富平侯，子延壽嗣；延壽卒，子放嗣。放娶皇后弟平恩侯許嘉女，與上卧起，寵愛殊絶』云云。詩言少侯年僅十三，即膺封爵，當日七國之謀，三邊之寇，不但未嘗宣力，并未嘗分憂者也。惟是席豐履厚，視金彈銀牀，直如糞土而已。且一燈也而必編珠錯落，一枕也而必琢玉雕鏤，則他物稱是可知。加以姻聯外戚，日高晏眠，其驕奢淫逸若此，非所謂寵禄過之者耶？（同上）

《聖女祠》（松篁臺殿）此詩宜上下篇分看。上半是寫祠，寫聖女；下半是寫己意。起處着松篁、蕙香、龍鳳等字，見得祠宇莊嚴，令人入廟思敬，三四言聖女之飄然輕舉，無迹可尋，直有是耶非耶，翩何姍姍之妙，視老杜『冕旒秀發，旌旆飛揚』句更爲靈空。五言言神仙感應，自昔而然，逢吳質之女者，崔羅什也。授務成子之術者，劉子南也。天上人間，嘗有此等遇合。我身雖無仙骨，獨不在一物之數耶？夫神女玉釵，不碎凡人之手，特化燕歸來，未卜何日，此我所亟欲搴幃而問之者也。○岞嵐曰：前二聯分明如畫。（同上）

《臨發崇讓宅紫薇》按洛陽崇讓坊，有河陽節度使王茂元宅。義山爲茂元之婿，故集中多崇讓宅詩。此乃臨發時對紫薇而感賦也。紫薇盛於春夏之交，秋日間有發一兩叢者。首句『濃姿獨看來』，指盛時言。今當秋庭暮雨，疑非其時矣。乃不先摇落，花之多情，似因有人在耳。不知已欲别離，則去後又何用更開乎？兩句是回互說。下言未發前，有如露井之桃，朝夕相依；既發後，便如章臺之柳，彼此相隔矣。然天涯地角，同此榮謝，豈必移根上苑，始稱得所耶？言外有去此何之之意。（同上）

《及第東歸次灞上却寄同年》起言幸與諸公同登一第，正相聚之始也，不意歸期迫我，先春而行。二語完却『及第東歸』四字。下言嗣後縱彼此相憶，正恐消息難知，有天隔一方之感耳。五句因獨行踽踽，是以下苑經過，謾勞想像。六句因同年濟濟，是以東門送餞，未免差池。結言及第東歸，幸與去家有别，灞陵柳色，覺無離恨，不煩公等之攀折以贈也。○宋人詞『一樣長亭芳草，只有歸時好。』似從此結翻出。（同上）

《野菊》義山才而不遇，集中多嘆老嗟卑之作。《野菊》一篇，最爲沉痛。起云『苦竹園南椒塢邊』，竹味苦，椒味辛，言所託根在辛苦之地也。繼云『微香冉冉淚涓涓』，言香微露重，涓涓者，疑花之有淚也。插此『淚』字，便生出下一聯來。言是菊也，敷榮在野，無異寒雁羈棲；不言而芳，等於暮蟬寂默，又何由見知於世乎？下半言細路獨來，惟有今夕；清樽相伴，空省他年。蓋傲霜之姿，本非近御之物，而冀其移栽新苑也，得乎？亦惟槁項黄馘，老死牖下而已矣。（同上）

《過伊僕射舊宅》伊慎曾以軍功封南兖郡王，故有首句。卒於元和六年，故有次句。義山在大中初，自桂林奉使江陵，過伊舊宅，距其死已三十餘年，荒廢殆盡，故有『迴廊簷斷』『小閣凝塵』之句。五六言殘菊敗荷，皆增悽愴，一勳臣之第，令人生感如是，況涉瀧江而弔楚宫，復有千古興亡之歎耶？結處點出『過』字。○集中《自桂林奉使江陵途中感懷》一詩，中有『瀧通伏波柱』之句，是篇亦云『更涉瀧江』，知此詩作於奉使時無疑。（同上）

《銀河吹笙》此義山言情之作也。聞聲相思，徹夜不寐，遂使生平久斷之夢，復爲唤起，而悵望無窮焉。五六言月榭故香，猶未盡熄，風簾殘燭，尚有餘光。人孰無情，其能堪此孤獨耶？此承上意，而淫泆詠嘆之也。結言湘瑟秦簫，各有其匹，何須作子晉吹笙，獨自仙去？與起句遥相照應。（同上）

《與同年李定言曲水閒話戲作》此必義山與李同有冶遊之事，因其人早逝，而感賦是詩也。言當此春天，得來曲水，彼下上其羽者海燕耶？東西其流者溝水耶？爾我身世，不同抱此離憂耶？當日相攜花下，本非秦贅之不出妻家；今日對泣風前，竟類楚囚之被拘異地。回憶舊遊，徑荒草緑，樓冷簾垂，而其人之埋骨久矣。死而有知，亦應傷春地下，而頭且爲之白也，豈獨我與君抱離憂而已哉！○按《秦本紀》：『二世葬始皇驪山，後宫無子者，皆令從死。』此曲水疑即曲江，因去驪山不遠，故結處借用埋香事。五勝者，秦推五勝，以周爲火，用水勝之，見《漢律曆志》注。（同上）

《聞歌》此疑開元法曲流落人間，義山聞之而愴然感賦也。『斂笑』『凝眸』二句，言歌者鄭重出之，有響遏行雲之妙。以下借古形今，總不脱一『歌』字。『銅臺』句，以西陵喻泰陵。『玉輦』句，以巡行喻幸蜀。『青塚路邊南雁盡』，悲貴妃之埋玉馬嵬。『細腰宫里北人過』，譏禄山之出入宫禁。後遂總上作結云：此聲之令人腸斷已非一日，而我得聞於香灺燈光之下，能不輒唤奈何也哉！○魏武遺命：『吾死之後，每月朔十五，輒向帳前作妓樂。』《拾遺記》：『穆王跡轂遍於四海。西王母乘翠鳳之輦而來，與穆王歡歌。』杜甫昭君村詩：『千載琵琶託胡語，分明怨恨

曲中論。」本集《楚宫詩》：『歌成猶未唱，秦火入夷陵。』此作所引，皆不脱一『歌』字。（同上）

《贈華陽宋真人兼寄清都劉先生》詩言宋、劉直是蕊珠宫人。其别帝宸而來塵世也，不過偶遭淪謫耳。所難得者，兩公名登仙籍，誼屬世親，華陽、清都之間，同道有人，可云不孤矣。『迷鳳篆』者，言鳳文之書，人間莫識也；『泠龍鱗』者，言龍車之駕，天上久待也。結言我本薄植，得奉兩公杖屨，或可冀其長年，又何敢效徐甲之求去也哉！（同上）

《楚宫》（月姊曾逢）雖以楚宫爲題，然細玩全篇，似刺當時貴主之事也。《禮》：『婦人不下堂階。』今曰『曾逢』，有令人見之者矣。又：『内言不出。』今佩響絃聲，有令人聞之者矣。雖暮雨自歸，未諧歡夢，秋河不動，獨處良宵。然重簾咫尺，既有見而聞之者，則牆東之嫌，恐不能爲斯人免也。○高青丘：『小犬隔花空吠影，夜深宫禁有誰來？』與此同一微言泠刺。（同上）

《和友人戲贈二首》二詩相戲，皆於結處見之。其首篇曰：聚會難期，音書莫致。當此露冷風寒之下，其何以爲情耶？『翠袖自隨迴雪轉』，言瞥爾一見也，『燭房尋類外庭空』，言杳然莫跡也。夫求之不得，寤寐思服，人情大抵皆然，乃作者於此，反丁寧其所思之人曰：彼雖殷勤，子宜鄭重，莫使桂香漏泄，令人疑爲不自閑也。此以逆耳之言戲之也。（次章）此言路隔重關，其人甚遠，又何由望見顔色，而與之相近相親也耶？『明珠』『白璧』一聯，即泉（淵）明『願在髮而爲澤，願在衣而爲領意。『團扇掩』，形其羞澀之情；『剪刀閒』，狀其無聊之況。猿啼鶴怨，固相思之極致也，然終歲相思，不如一夕佳會，此又以傷心之言戲之也。（同上）

《題二首後重有戲贈任秀才》此承上二篇説來，言不必金魚牢合，青門迢遞，始成間阻。即此紅薔翠筠，僅一籓籬之限，而内外有不能相通者矣。逢神女於峽中，示以近也；望姮娥於月裏，又示以遠也。若遠若近間，有令人不可奈何者。豈知錯刀之贈終虚，尺素之投莫報，而小閣之中，錦茵之上，反不若畜狗無知，得以偎香傍玉，寢處其際也。此結相戲，視前二詩爲虐。（同上）

《重有感》文宗憤宦官弑逆，陰與訓、注謀除之。訓以謀之不臧，致有甘露之變。天下皆疾訓、注之奸邪，不知其謀則舛，其理則正。義山五言二詩，已排衆論而昭雪之矣。此則深咎內外文武，先既不能討賊，及劉從諫表上，又無接應之人，爲可歎也。按唐兵制，內外相維，沿邊盡立節度府，原以防京師一旦有變，勤兵救援耳。故曰『玉帳牙旗得上游，安危須共主君憂』也。涯、餗等見戮後，士良迫脅天子，下視宰相，其氣益盛。然劉從諫表上，誓清君側，若輩即震慴不敢復肆。使諸鎮乘此，共興問罪之師，則閹人不難授首，而涯等之冤得白矣，故曰『竇融表已來關石，陶侃軍宜次石頭』也。史稱『數日之間，生殺除拜，皆決於中尉，上不豫知』，是蛟龍而失水矣。曰『豈有』者，諱之之辭也。士良雖以謀逆誣涯、餗，然未敢專殺。文宗顧問覃、楚，設覃、楚當日能持公論，則罪有攸歸，乃依阿取容，使肆慘毒，孰是爲鷹隼之一擊者乎？曰『更無』者，羞之之辭也。藩鎮坐視於外，宰輔依違於中，至使晝號夜泣，人鬼皆愁，何時得清君側之惡，而收此涕淚也哉？此我之所以重有感也。（同上）

《春雨》此懷人之作也。上半言『悵卧新春』，不如意事，什常八九，況伊人既去，紅樓珠箔之間，闃其無人，不且倍增寥落耶？『遠路』句，言在途者之感別而傷春也。『殘宵』一句，言獨居者之相思而託夢也。結言愛而不見，庶幾音問時通，乃一雁孤飛，雲羅萬里，雖有明璫之贈，尺素之投，又何由得達也哉？（同上）

《中元作》義山嘗有五言一篇（按：指《風雨》），中云：『新知遭薄俗，舊好隔良緣。』知其生平阨塞當塗，必有從而讒間之者。此詩不便斥言，而託於鴆鳥爲媒，以見遇人之不淑也。詩作於中元日，因引諸天聖衆，朝禮上清之事，以喻同朝共主，亦復如之之意。乃羊權條脱，雖得定情；而温嶠鏡臺，終虛諧好，此誰爲爲之乎？由是雨過驚眠，屢斷陽臺之夢；花開迷路，不逢南指之車，而良緣永隔矣。結言有娀佚女，本在人間，未抵蓬瀛之遠也。亦惟是鴆鳥爲媒，致使事不諧耳。（同上）

《楚宮》（湘波如淚）此借屈子沉湘之事以悲涯、餗等十一人也。《唐書》：『開成元年三月，左僕射令狐楚從容奏：王涯等遺骸棄捐，請爲收瘞，以順陽和之氣。上慘然久之，命京兆收葬。仇士良潛使人發之。棄骨渭水。』渭水至清，故曰『色漻漻』。《禮·祭統》：『七祀，曰泰厲。』祀古帝王之無後者。當日涯等親屬皆死，孩穉無遺，故引用之。因通篇詠屈子事。故不曰『泰厲』，而曰『楚厲』，三四言暴尸城西時，傷心慘目，人鬼皆愁也。涯等戮於乙卯十一月，葬於丙辰三月。故曰『空歸腐敗』也。收葬未幾，旋遭拋棄，故曰『更困腥臊』也。結言涯等身死，不足深惜，所可惜者，人之云亡，邦國殄瘁耳。（同上）

《宿晉昌亭聞驚禽》羈人入夜，愁悒不眠。因見窗以外之禽，群動既息，驚而復起，因感窗以内之人。起二語，無數轉折，而出之若不經意，所謂曲而有直體者也。『飛來曲渚』『過盡南塘』，言被驚而其去漸遠也。曰『烟方合』，曰『樹更深』，言不見而但聞其聲也。下半言胡馬失群、楚猿掛木，雖天涯遠隔，而同是此心，其足感人聽聞者，亦復何限。五六一比，結處雙承，轉合極佳，香山最熟此法。（同上）

《深宫》此擬深宫怨女作也。望幸不來，則綺櫳爲之閉矣；憤懣未舒，則銅龍爲之咽矣。三四言風露皆天所施，而蘿陰桂葉，榮枯不齊如此，所謂實命不猶也。下半言我之瞻望泣涕，曾無間於晨夕，豈知雲雨承恩者，只在巫峰十二，而不我下逮，其能免於怨思乎哉？只五十六字，可當一篇《長門賦》讀。（同上）

《鄭州獻從叔舍人褒》褒以舍人而通道術，會昌中，出爲鄭州刺史。義山獻詩，當在其時。起言舍人在九重則掌絲綸，在六天則主箋奏，世群目爲功名中人，而不知實蓬閬中人也。三四言不獨今日爲然，奕世皆屬仙曹；不獨一人爲然，全家俱有道氣。茅君、許掾，舍人足以兼之矣。五六是夾寫法，絳簡而參以黄紙，丹爐而封以紫泥，方是舍人之學仙，移贈他人不得。又褒爲義山從叔，故引陶隱居事作結，言不知他日得如華陽弟子，爲之接賓樓下否？自首迄尾，真乃字字切合。（同上）

《題白石蓮花寄楚公》只起二句是題白石蓮花。道源注：『鑿白石爲蓮花臺，捧燈奉佛』，是也。下皆寄懷楚公，言當此霜露既降，時以公之老病爲憂，故夢寐中往往見之。大海龍宫，言道之廣遠不可涯量，故曰『無限地』；諸天雁塔，言道之崇高不可瞻仰，故曰『幾多層』。此極力贊歎楚公也。結言公爲引重致遠之器，有如大白牛車，能載一切。豈如鶖子不知上乘，而猶煩我佛之授記也耶？（同上）

《安定城樓》義山志在經世，爲令狐氏所擯。朝籍無名。又因就王、鄭之辟，益加猜忌。故感賦此詩。……太和中，王茂元爲涇原節度使，義山在幕，詩應作於其時。上半言登高望遠之餘，俯仰身世，何異賈生之遷長沙，王粲之依劉表耶？下半言所以垂淚遠遊者，豈爲此腐鼠而不能舍然哉！吾永憶江湖，欲歸而優游白髮，但必俟迴旋天地，功成却入扁舟耳。何猜意鵷雛者之卒未有已也？（同上）

《隋宫守歲》《紫泉宫殿》一篇，言隋亂亡，由於一念之慾，是大概説。此則寫其窮泰極侈處也。當日煬帝荒於聲色，日夕游宴，非歲節大辰，未嘗臨御前殿。題曰『守歲』，乃受朝前一夕也。人主於此，惟垂衣端冕，問夜何其耳。顧猶不忘行樂，而庭燎之光，至用沈香甲煎，壽杯之飲，不惜玉液瓊蘇，其靡費極矣。於是有當晦而明者，露盤之高疑月也；有先春而驚者，鼉鼓之震如雷也。一夕之内，一宫之間，所見所聞如是。況巡幸之地，燕賞之辰乎？『不踏金蓮不肯來』，言蕭妃恃寵而嬌，無異齊之潘妃也。○帝賜吴絳仙詩云：『舊日歌桃葉，新粧豔落梅。』起處新梅，疑用其句。（同上）

《利州江潭作》天后見駱賓王檄文，猶以爲斯人淪落，宰相之罪。義山博學彊記，未遇主知，故過孕金輪之地，而自歎其生不逢時也。後在襁褓中，袁天綱見之驚曰：『龍瞳鳳頸，當作天子。』後太宗因秘讖女主武王之言，訪李淳風，欲盡殺疑似者。李曰：『兆已成矣。』帝乃止。『神劍飛來不易銷』句，正見天之所命，人不能違也。接言我今泊舟江潭，其風景有不同者。『明月』『行雲』一聯，言其寬闊，是從潭上摹寫。『河伯』『水宫』一聯，言其幽深，是從潭下想像。結言己之漂泊西南，曾不如羅子春之獻脯龍女，猶得乘龍載珠而還也。『雨滿空城蕙葉雕』，即屈子草木零落，美人遲暮意。（同上）

《茂陵》此詩似爲武宗而發。按史：武宗善制閹侍，駕馭藩臣，亦英主也。然好畋獵武戲，受道士趙歸真法籙，又寵王才人，欲立爲后，至服金丹得疾，而猶信方士妄言，謂爲换骨，六年之中，失多於得。《茂陵》一篇，其託諷乎。首言勤兵大宛，是黷武也。三四言非畋獵即微行，是好動也。五六言既求神仙，又躭聲色，是自戕也。結處借子卿一襯，風刺見於言外。○峠嵐曰：此詩初亦不甚愛之，後觀西崑酬唱諸篇，如此者絶少，乃歎義山筆力之高。（同上）

《淚》此詩是欲發己意，而假事爲辭以成篇者也。其本旨全在結句。……然歲月之前後，不可考矣。讀者須看其淺深虛實處。首言永巷長年，離情終日，淚之因也。次言湘江竹上，峴首碑前，淚之迹也。次又言明妃去國、項羽聞歌，淚之事也。以詩論，則由虛而實，以情論，則由淺而深。結言凡此皆可悲可涕之處，然終不若灞水橋邊，以青袍寒士，而送玉珂貴客，抱窮途之恨爲尤甚也。（同上）

《十字水期韋潘侍御同年不至時韋寓居水次故郭汾寧宅》首句寫伊水，次句寫故宅，叙韋所寓之地也。水曰『相背流』，有逝者如斯之嘆；宅曰『幾人遊』，有門前冷落之悲。此作者心靈手敏，於叙次中，即插入此數字也。有此數字，下便接汾寧言之，『漆燈夜照』，悲其死後之寂寞；『蠟炬晨炊』，溯其生前之豪華。五六言榮盛幾何，歲月不與，天壤間安往非夢境耶？夫死生，夢也。聚散，亦夢也。明知爲夢，而不能無離索之憂者，念君寓此故宅，卧聽秋聲，而無與爲主也。通篇蟬聯而下，無限深情。（同上）

《流鶯》此作者自傷漂蕩，無所依歸，而特託流鶯以發歎耳。渡陌臨流，喻己之東川、嶺表，身不自由也。三四言巧囀中非無本意，特恐佳期難必，負此良辰耳。『風朝露夜』『萬户千門』，言隨時隨地，人皆樂聞，而獨不可入於傷春者之耳也。結句從『上林多少樹，不借一枝棲』翻出，彼是有樹不借，此是無枝可棲，見會昌以來，相識諸公，無一在朝矣。（同上）

《出關宿盤豆館對叢蘆有感》詩言奔走風塵之際，而得見此叢蘆，方欲暫灑塵襟，一憩亭上，乃因之忽有所感，何也？憶昔作客江南，年壯氣盛，自視要津，不難立致，故雖黄蘆徧地，對之初無寥落之感。今去國而爲關外之人，遂不禁有淒其以悲者焉。由是思子臺邊，玉孃湖上，風急月沉，皆足深人感愴，誠所謂百端交集也。況從此遠去，荒城夜砧，更不及此清聲之可聽乎？然惟任之而已。（同上）

《和韓録事送宫人入道》此詩前六句是宫人入道。結二句，是因和韓録事作。而即借宫人以戲韓也。起言蒙恩放歸之後，復又遣使追還，此身真有不自由者。『雙童捧上緑瓊輈』，言從此入道去也。接言昔朝金殿，嘗趨至尊之前；今侍玉樓，忽在元君之側。其境遇之不常如此。五六鳳女顛狂，宫中之伴也；月娥孀獨，世外之遊，言喧寂之不同又如此。結言此宫人者，身雖入道，而愛根未斷，見録事此詩，竊恐紫玉、韓童之事，復見於今日矣，蓋戲之

也。（同上）

《七月二十九日崇讓宅讌作》此義山悼亡後，重來茂元舊宅而作也。時當秋夜，露冷月寒，覩此草木變衰，而歎人生聚散本來如此，非造物者之得私其間也。悠揚歸夢，惟燈見之；濩落生涯，惟酒知之，言形單影隻，而親卿愛卿之人，不可復作也。『豈到白頭』二句，與『庶幾有時衰，莊缶猶可擊』同意。（同上）

《贈從兄閬之》屈子云：『户服艾以盈腰兮，謂幽蘭兮不可佩。』又云：『邑犬群吠，吠所怪也。』舉世服艾，而忽有佩蘭者出其間，能免於怪且憎乎？此義山所以勸閬之賦歸去來也。首句即『世與我而相違，復駕言兮焉求』之意，『私書幽夢約忘機』，猶云念兹在兹也。三四釣船無恙，麋鹿與遊，言忘機之事；五六幽徑攜僧，寒塘依月，言忘機之人，與忘機之境，見歸時自有樂地，不必與狺狺者久處，而徒自損其幽芳也。（同上）

《行至金牛驛寄興元渤海尚書》玩起結處，必渤海公有詩見貽，而義山寄和於行次者也。大意言眼前好景，皆入篇章，而幕下才人，又極一時之盛，宜其話雨剪燈，此唱彼和也。顧我不獲置身其側，揚扢風雅，而匆匆走馬酬答，能無以草率自愧耶？（同上）

《梓州罷吟寄同舍》按本傳：『河南柳仲郢鎮東蜀，辟爲節度判官。大中末，仲郢坐專殺左遷，（按：《舊唐書》此節舛誤。）商隱廢罷，還鄭州。』此詩正作於其時。言我與君同事五年，花朝雪朝，總在河東公所，相依不爲不久矣。君爲上客，獲交珠履，公所尊也。我屬末行，得近翠翹，公所親也。計五年來，何所不有，或爲有託之詞，情如宋玉；或作無憀之卧，病等劉楨。客中況味，知我惟君。乃今公既左遷，我亦廢罷，而同舍相知，將自此遠別矣。衣香未銷，令人思荀令不置也。（同上）

《無題二首》（鳳尾香羅；重幃深下）二詩疑爲綯發，因不便明言，而託爲男女之詞，此《風》《騷》遺意也。〇首篇言文人之以筆墨干謁，猶女子之以紉補事人，『鳳尾香羅』二句，是比體，即《傳》所云屢啓陳情也。曰『羞難掩』，是欲强顔見之也。曰『語未通』，是不得與之言也。五言自朝至暮，惟有寂寥。六言自春徂夏，略無消息。結言所以若是者，豈真道之云遠哉？亦莫我肯顧耳。集中有《留贈畏之》一絶云：『瀟湘浪上有烟景，安得好風吹汝來？』與此結同意。○『石榴紅』，諸家引樂府石榴裙作解，然玩其語意，言時序再更，指榴花，覺更直截。（次章）此篇言相思無益，不若且置，而自適其嘯志歌懷之得也。重幃深下，長夜無眠，因思古來所傳，若巫山神女、青溪小姑，固舉世豔羨之人也。然神女本夢中之事，小姑有無郎之謡，自昔已如斯矣。强以求合，庸有濟乎？夫風波不爲菱枝之弱而息，月露豈因桂葉之香而施，此殆有不期然而然者。吾乃今而知相思之了無益也。既知無益，又何必自甘束縛，而失我清狂之故態耶？（同上）

《昨日》篇中無限顛倒思量，結處一齊掃却，有如天空雲滅，此最得立言之體者。上半言紫姑神去，問卜無從，青鳥不來，音書斷絶，何分散易而團圓之難得乎？下半曰：『蟾影破』，憂容輝之漸減也；曰『雁行斜』，悲踪跡之不齊也。一夜之間，百端交集，及至平明，自覺無謂。『笑倚牆邊梅樹花』，淡語意味却自深長，與老杜『雞蟲得失了無時，注目寒江倚山閣』，同一杼軸。（同上）

《汴上送李郢之蘇州》先從汴上説起，言君萬里到此，雖梁園尚在，而授簡無人，何能鬱鬱久居乎？浩然赴蘇，吾知其必有合也。然人高詩苦，知我者希，竊恐《白紵詞》成，彼中人亦寡和耳。『苔井』句，言所寓之地；『水村』句，言所過之鄉。露桃塗頰，風柳誇腰，言蘇州景物之妙也。蘇小小墓，在嘉興縣前，《唐志》縣屬於蘇，故結處及之。（同上）

《贈鄭讜處士》此美鄭之蕭然塵外，而已欲與之把臂入林也。浮雲一片，是其身世；碁局釣輪，是其事業。甘心窮約，頭白於蓴鱸鄉中，處士之所得也多矣。視夫張翰思歸，陸機不返，其間相去何如？夫我亦疏放人也，他日扁舟相過，而與子偕隱，或者其許我乎？（同上）

《復至裴明府所居》以明府而卜築幽深，便非流輩所及，宜義山切伊人之慕，而每過所居，輒生戀戀也。桂巷杉籬，是野人之居，曰『不可尋』，正見幽深處。三四言明府居此，何所事事，亦惟樂琴書以銷憂耳。山谷云：『如蟲蝕葉，偶而成文。』言書法之若不經意也。『雕蟲』句即此意。荀子云『伯牙鼓瑟，六馬仰秣。』見琴聲之能感異類也。『秣馬』句用其事。下半言明府其人，求之流輩，豈易多得，惜我有事行役，不獲常與君作伴耳。今猶幸未去，

能不思賒取斗酒，以灑我煩襟也哉！（同上）

《覽古》此言漢室以後，國步日蹙，皆由世主恃金湯而忽太平也。抑知在德不在險，金湯固不足恃；居安不忘危，太平正未可忽。若隋、若吳，若宋、齊，豈非明驗耶？其間頹壞飛文，徒博《蕪城》一賦，黄旗應運，僅成鼎足三分。且長樂瓦飛，有如水逝；景陽鐘墮，無異天昏。草間霜露，古今自有同感者矣。彼許由逃堯，豈高此能讓之名哉？亦以自來無不亡之天下，故寧長往不返耳。○屺嵐曰：滿目興亡，悽然生感。（同上）

《子初郊墅》惟子初思我，故出郊訪之。起二句，乃對舉中之互文也。『臘雪』句，言歲將暮，記一年之節序也。『齋鐘』句，言時近午，記一日之晷刻也。五句是郊墅所見。六句是郊墅所聞。○屺嵐云：此詩起聯中，便籠罩得子孫世世相好在，而買舍耕耘，却從腹聯生下，更無起承轉合之迹。（同上）

《漢南書事》《通鑑》：『党項之反，由邊帥利其牛馬，數數欺奪誅殺所致。宣宗興兵致討，連年無功。』此詩當在大中五年，命白敏中充招討時作也。党項本西羌種，故曰『西師萬衆幾時回』也。時上頗厭用兵，特選儒臣，以代邊帥之貪暴者。臨行，復面加戒勵，故曰『哀痛天書近已裁』也。三句是責相，四句是責將。言刀筆吏既不可爲公卿，而師武臣復養寇以邀賞，國是尚可問乎？時又募百姓墾闢三州七關土田，并山南、劍南没蕃州縣，亦令收復，故曰『幾時拓土成王道』也。大中三年，吐蕃等州來降，詔諸道出兵應援，兼以党項之役，戍饋不已，故曰『從古窮兵是禍胎』也。結言幸而天心厭亂，允崔鉉之議，遣大臣鎮撫，將兵端自此獲息，而一念好生，可長享大平之福矣。（同上）

《當句有對》此亦刺貴主之事，因每句各自爲對，詩中别有此體。故即以之命篇耳。按《漢書》：『平陽侯曹壽，尚帝姊。號平陽主。』起句用之，蓋有所指也。夫主第而密邇上蘭，則鴛瓦露盤，近在咫尺，豈外人所得窺伺乎？三四是寫景，五六是寫情。言當此花露紛披之下，但覺游蜂舞蝶，共樂春光，而不知孤鳳離鸞，長懷别恨。一詩注意，全在此處。三星在天，會合之時也。三神山在海外，可望不可即之地也。『紫府程遥』句，見其人甚遠，而無可踪跡也。於第六句陡轉本意，即承此意作結，又是一法。（同上）

《井絡》在天成象，則有井絡；在地成形，則有天彭。只一句而全蜀已破。第二句，其門户也。『陣圖東聚燕江口』，『燕』當作『夔』，『口』當作『石』，指東川。『邊柝西懸雪嶺松』，即甘松嶺也。指西川。以上皆誇蜀地險要，下言險要之不足恃也。不見望帝之委國而去乎？如先主者，庶能撫有茲土耳。乃姦雄之輩，猶窺伺不已，何哉？李白《蜀道難》：『一夫當關，萬夫莫開。所守非其人，化爲狼與豺』四語，可包括此詩。○屺嵐曰：中四，萬鈞之力。（同上）

《寫意》義山在東川最久，詩亦最多。《二月二日》一篇云：『三年從事亞夫營』，此云『三年已制思鄉淚』，二詩乃一年中先後所作也。越二年罷廢寄同舍，有『五年從事霍嫖姚』之句，從此遂還鄭州矣。題曰『寫意』，寫思鄉之意也。上半言故鄉迢遞，山川間之。且蜀道之難，水陸皆成險阻，能不爲之長吟遠望其際乎。『日向花間留返照』，譬餘光之無幾也。『雲從城上結層陰』，喻愁抱之不開也。結言思鄉有淚，强制已久，豈能更禁於三年後耶？（同上）

《隨師東》此借隋東征之役以譏切時事也。《通鑑》：『太和元年，以李同捷爲兗海節度使，同捷不受命，詔發諸道兵討之。』故曰『東征日費萬黄金，幾竭中原買鬬心』也。王庭凑陰以兵糧助同捷，黨惡之罪，在所不原，乃微露請服之意，遂赦之而復其官爵，是威令廢矣，故曰『軍令未聞誅馬謖』也。時諸軍在外，久未成功，每小勝，輒虚張首虜以邀賞，朝廷竭力奉之，江淮爲之耗弊，故曰『捷書惟是報孫歆』也。下半言人君當爲鸞鳳，不當爲鷹鸇，彼大業中用兵高麗，至有《浪死遼東》之歌。今滄州喪亂後，骸骨蔽地，户口什不存一，可不惻然動念也哉！（同上）

《宋玉》題中疑闕一『宅』字。按余知古《渚宫故事》曰：『庾信因侯景亂，自建康遁歸江陵，居宋玉故宅。』杜甫移居夔州《入宅》詩云：『宋玉歸州宅，雲通白帝城。』是歸州亦有宋玉宅。此詩蓋指江陵故宅也。上半言其人，下半言其宅。起意維楚有才，乃何以荆臺百萬家之衆，而擅才華者，獨宋玉一人耶？《楚辭》《風賦》，其才華者，唐勒、景差皆莫能及其獨擅也。接言其人雖往，其宅猶存，不且與渚宫觀閣、雲夢烟花，同爲楚地之勝耶？信

以避亂居此，可謂千古才人，後先輝映矣。『託後車』，猶云『望屬車之清塵』也。信仕梁、魏、周，故云三朝。（同上）

《韓同年新居餞韓西迎家室戲贈》義山視畏之，得意失意迥别，此詩雖贈韓，而實則自傷寥落，見不如畏之者有四焉：蓋同爲王茂元壻，而已以喪偶日疏，畏之特見親愛，一不如也；已則寄人廡下，而畏之安居，二不如也；同爲開成二年進士，已以記室終身，畏之獨致通顯，三不如也；已則早賦悼亡，而畏之偕老，四不如也。結處以禁臠比畏之，言相形之下，孰敢與近？惟有瘦盡瓊枝，詠《四愁》以寄慨而已。（同上）

《奉和太原公送前楊秀才戴兼招楊正字戎》起聯言秀才與正字，爲大邦人物，而萬里高飛，有難兄難弟之目也。按《玉海》：『楊敬之兼太常少卿，是日二子戎、戴登科，時號楊家三喜。』『桂樹一枝當白日』，言兄弟聯登也；『芸香三代繼清風，言後先濟美也。五句是送秀才，因戎未偕出，戴獨自歸，故曰『仙舟尚惜乖雙美』也。六句是招正字，計戴歸時，戎又將出，故曰：『綵服何由得盡同』也。結言太原公愛才有素，士龍笑疾，定能見容，在正字必有以應其招而可，此義山勸駕之辭也。太原公謂王茂元。（同上）

《贈趙協律晳》起處以孫綽、謝安，比楚與戎，言爾我早爲兩公所知，歌斯哭斯，同事二年，初未相離也。在相公之門，則爲上客；於安平公所，又屬至親。與泛然相值者，更有異矣。南省恩深，感楚也；東山事往，悲戎也，分頂三四説來。結言歲暮相逢，河梁握手，回憶賓館妓樓之事，能不黯然魂銷也哉！〇義山《樊南甲集序》云：『樊南生十六能置（著）《才論》《聖論》，以古文出公卿間，爲鄆相國、華太守所憐。』鄆相國即令狐楚，華太守即崔戎也。義山受知兩公最早。集中《安平公》一篇，敘崔憐才，及感崔德意處甚悉。又有《過崔兗海宅寄舊僚》一律，皆可與此詩相證。（同上）

《正月崇讓宅》此詩與《七月二十九日》一篇，皆悼亡後作也。宅無人居，故重關密鎖。『廊深閣迴此徘徊』，即潘黄門『入室想所歷』之意。三四從室外寫，仰以望月，月既含暈；俯而看花，花又未開，總是一派淒涼景況。五六從室内寫，蝙拂簾旌是所見，鼠翻窗網是所聞。明知二蟲所爲，而不能不展轉驚猜者，以心懷疑慮故也。至背燈

自語，起卧不常，而獨夜情懷有愈不可言者矣。（同上）

《曲江》曲江池開元中疏鑿，花卉環周，煙水明媚，都人遊玩，盛於中和節。禄山亂後，不復如前，觀老杜《哀江頭》一篇可見。文宗太和九年，鄭注言秦中有災，宜興土木工厭之，乃濬昆明、曲江二池。十一月，有甘露之變，遂敕罷修。此詩上四句溯玄宗朝事；下四句，感文宗時事也。夫以曲江宫殿，而鬼得悲歌其中，則翠輦之不來久矣。三句即杜子美『血污游魂歸不得』意。四句即王子安『檻外長江空自流』意也。後半言朝廷思復升平故事，方謀興葺，而涯等被禍，憂在王室，又不勝天荒地變之悲。然則災異非土工可厭，君天下者，惟當修德以弭之耳。（同上）

《柳》（江南江北）此詩託寄在結二語，即『王孫遊兮不歸，芳草生兮萋萋』之意。上六句，只是詠柳。起曰『雪初消』，曰『漠漠輕黄』，形容早春光景。『灞岸』句，言先時曾經攀折。『楚宫』句，言今日不減風流。『清明』『晚日』言其時；『官道』『野橋』言其地；『帶雨』『含風』，言其情態。温庭筠《柳枝詞》云：『繫得王孫歸意切，不關春草緑萋萋。』與此結同是一意，亦同是一格。（同上）

《九日》《唐詩紀事》：綯惡商隱從鄭亞之辟，疏之，商隱留詩於其廳事云云，綯乃補太學博士。而《北夢瑣言》又云：綯覩詩惭悵，乃扃閉此廳，終身不處。《苕溪漁隱》則以綯父名楚，詩中直犯其家諱，若以之獲咎者然。余按《本傳》，太學博士，以文章干綯得補，非關詩也。詩中雖有『楚客』之云，然古人臨文不諱，其惡義山，未必盡由乎此。大抵綯之爲人，蓋不肯服善，而又不能下人者也。觀温庭筠事出《南華》一言，遂成仇恨，是不服善之一證也。義山此詩，未免怨望，且以父行自居，綯能爲之下乎？篇中感念舊恩處，正是激怒綯處。曰昔年把酒，同醉霜天，今日開樽，空悲泉壤，重來此地，適遇其時，能不黯然有所思乎？憶公元和以來，歷鎮宣武、天平、河東，以及山南西道，皆功在社稷，不徒如漢臣之偶一奉使，採取苜蓿歸栽已也。又憶某爲記室時，蒙公歲給資裝，令隨計上都，期致通顯，豈知沉淪使府，碌碌終身，不殊楚客之行吟澤畔耶？今日者，郎君官貴，舊時東閣，無由再窺，不禁感慨係之矣。〇義山受知於楚最深，集中若《經分水嶺》《贈杜勝李潘》諸詩，皆爲楚作，而感恩知己，莫過於

《獻寄舊府》及《撰誌文》二篇。（同上）

《贈司勳杜十三員外》杜牧志在經世，嘗憤河朔三鎮之桀鶩，而朝廷議者專事姑息，因作《罪言》；又傷府兵廢壞，作《原十六衛》，惜其言不用於世，官止司勳。集中《杜秋》一詩，悲秋之窮且老，亦自寓其天涯遲暮之感也。義山贈詩，足盡牧之生平。首叙官爵姓氏，而以江總比之，此不過用疊字以見巧耳。『心鐵已從干鏌利』，言其百折不回。『鬢絲休歎雪霜垂』，言其老當益壯。《通鑑》：大中時……命杜牧撰（韋）丹遺愛碑。結處以羊叔子墮淚碑擬之，言牧之文章自能行遠傳後也。（同上）

《天平公座中呈令狐令公時蔡京在坐京曾爲僧徒故有第五句》……題中『天平』二字須略度，『公座』二字連讀，即所謂後堂宴樂也。……白足禪僧與青袍御史皆指京言。『同是將軍客』，乃自謂也。舊解以天平公爲綯，以御史爲義山自謂，皆未當，今特正之。○前四句，是形官妓；五六是戲座客；結處是呈令狐令公。言此官妓以道家裝束來此座中，其嬌態直可作掌上舞也。『蛾眉斂』，令人憐；『玉艷寒』，又令人愛。宜座客見之，爲之傾倒，覺向時之道心頓退，而今日之官職可輕也。我雖同是將軍之客，而於此有不敢屬目者焉。他日與河東公辭張懿仙啓云：『南國妖姬，叢臺妙妓，雖有涉於篇什，曾不接乎風流』，此詩亦其證也。（同上）

《題道静院院在中條山故王顔中丞所置虢州刺史捨官居此今寫真存焉》起聯言中丞化鶴歸來，昔時手植之松，已變龍文，則歷年久矣。『壺中』句，指道静院；『嶺上』句，指中條山。『仙家』結上中丞；『隱士』即起下刺史。『獨坐遺芳』，捨官居此也；『褰帷舊貌』，寫真存焉也。篇末言己築室其下，不能繼前人而高蹈，得毋貽誚山靈也乎？（同上）

《題小松》此作者以小松自況也。首句言其特立，次句言其蔭庇。三四即歲寒後雕之義。接言枯榮屢變，凡物皆然；柱石堪資，生是使獨。彼西園車馬之客，榮盛一時，不轉眼而已悲摇落，人與物寧有異哉？（同上）

《行次昭應縣道上送户部李郎中充昭義攻討》首句『將軍』指元逵等，『狂童』指稹也。『名賢』謂李郎中，『贊武功』，以其充昭義攻討也。《方鎮表》：『昭義節度，兼領澤、潞二州。』故曰『暫逐虎牙臨故絳』。《漢官儀》：『尚書郎懷香握蘭』，故曰『遠含雞舌過新豐』也。下半言劉積孺子，不難滅此朝食，將勒銘歸朝，光綸綍於漢庭之上，在指顧間矣，蓋頌禱之辭也。（同上）

《水齋》此詩寫病後情景，字字入神。起言病體煩躁，日想秋涼，豈知飛燕暗蟲，仍然夏令。簾已卷矣，而燕還拂水，是不知入也；户已開矣，而蟲猶打窗，是不知出也。此共見之景，人却寫不到。又病後健忘，故書卷每須再閱；病後量減，故酒缸多有未開。此同具之情，人却説不出。結言水齋中獨自無聊，惟望故人信來，以當晤語，然誰爲報知，而使之時時慰我耶？（同上）

《奉同諸公題河中任中丞新創河亭四韻之作》按《十洲記》：『四方巨海之中，有祖、瀛等洲十處。』今任中丞所創新亭，在河中流，故用作翻。言十洲之勝，誰其見之？不若此雲構巍然，爲有目共賞也。鮫室蜃樓皆不能及，極贊河亭之妙。以下從亭之四旁説：遠山可眺，浮梁可渡，而新亭居其中，將蒲津自此增勝，而中丞巧思可傳之千古矣。（同上）

《過故府中武威公交城舊莊感事》本集《偶成轉韻》詩有『武威將軍使中俠』之句，武威即王茂元也。言此交城舊莊，武威公亭館在焉。其幽深景象，直與唐叔虞古祠，同爲晉川之勝。乃公歿後，惟見門喧燕雀，樹撼熊羆，蓋人跡之不到久矣。當日從公於此，每思立功而投班生之筆，間嘗恃愛而汚邴相之茵。今見芳草新蒲，有不禁觸物生感者。茂元於開成中授忠武軍節度，管陳、許、蔡三州，會昌中授河陽軍節度，管孟、懷、衛三州，故云『六州』，結以羊叔子相比，言此六州之人，至今猶思公而墮淚也。（同上）

《贈田叟》此叟賢而隱於田間，故義山贈之以詩。言此荷蓧之衰翁，相逢在野，攜我繞村而行，似非無情者。燒畬伐樹，皆田家所有之事，寫來却自韻致。以下贊其人品之高也。鷗鳥忘機，與爲浹洽；交親得路，如味平生，殆所謂確乎不拔者耶？向意明盛之世，野無遺賢，乃今見叟而不覺心爲之驚矣。（同上）

《贈别前蔚州契苾使君》此詩因契苾之入中國久，故云『何年部落到陰陵，奕世勤王國史稱』也。三四踏雪履冰，言其勤王之勞。五六襁負壺漿，言其招徠之衆。蔚州屬河東道？隋雁門郡之靈丘，上谷郡之飛狐縣地。《漢

書》：『景帝時，郅都爲雁門太守，匈奴竟都死，不敢近雁門。』結用作比，言契苾之能威服遠人也。（同上）

《和人題真娘墓》此詩中四句皆用夾寫，又別是一法。起言山下池邊，遊人來此，每興逝川之歎。亦以真娘墓在故耳。『舞席』『歌筵』一聯，感繁華之不再也。『柳眉』『榆筴』一聯，見風韻之猶存也。皆以情景夾寫，而不犯重複者，一是悲其歿後，一是擬其生前，用意固各別也。結言香魂江上，獨自嬋娟，千古來孰是招之使出者乎？（同上）

《人日即事》前半兩引七日事，正筆也，言與人日同也。一用七旬，一用七月事，翻筆也。言與人日異也。齊、梁間有此體，義山戲效之而變爲七言耳。五六因叙人日之風俗，即滚下作結。言鏤金剪綵，從來以此日爲樂，獨有思歸之客，每悵然於雁後花前，蓋隱以道衡自況也。（同上）

《春日寄懷》此義山退居太原時，嘆老嗟卑之作也。言榮落之際，世人所逡巡而不能忘情者，我豈樂此閒居，而獨坐丘園，至四年之久耶？夫丘園中非無花晨月夕，而無酒無人，誰其堪此？『青袍似草』，言纓簪之絶望也；『白髮如絲』，言血氣之漸衰也。結言我非忘世之人，但風波萬里，未識何途之從而得致要津也。本傳：『茂元卒，來遊京師，久不不調。』此詩應作於會昌五六年間。（同上）

《和劉評事永樂閒居見寄》義山退居太原時，曾移家永樂縣，適劉評事亦此寄居，以詩見貽，而義山作此和之也。起言君我同此棲遲，然君乃暫依白社，我則絶意青雲矣。三四足首句意，言今雖辭歸鸞掖，正恐鶴書不日來召耳。後四句，又言評事居此，蓮聳碧峰，荷翻翠扇，相賞之下，惟以典籍自探，豈復有名利之念哉！蠹魚落枕，猶言書癖書淫也。（同上）

《和馬郎中移白菊見寄》起二句，用黄菊翻入本題，言此白雪之英，古未聞也。三四謂非籬下所有，疑其來自月中，本寫『白』字，而『移』字亦隨手帶出。五六又分合言之，『小摘』是分看朵頭，『全移』是合觀一本。『雲母』『水精』，借物之白者相比。『含香』句，謂花與人稱，一經郎中移植，便慶得地，而芳榮自此始矣。（同上）

《喜聞太原同院崔侍御臺拜兼寄在臺三二同年之什》玩前四句，疑崔亦偃蹇一官，至此始得臺拜。故義山聞命，而以鵾鵬變化之説喻之。蓋喜之之辭也。『劉放未歸』，言其久淹下位；『鄱陽新去』，喜其忽拜殊恩。下言己之寂寥如此，崔之赫奕如彼，雲水升沉，自此懸絶矣。按：義山釋褐秘書省校書郎，王茂元辟爲掌書記，得侍御史，故有『南臺鶯友』之語。結用垂翅回谿之言，應是退居太原時作。○岞嵐曰：極似劉夢得。（同上）

《無題》（萬里風波）此義山在東川時作也。起二句即老杜『艱難歸故里，去住損春心』之意。三四承上風波説來，言萬里險途，歸既未能，留亦不可。此我之所以猶豫其間也。下以巴、閬之事言之，言人生雖取捨萬殊，要須歸於有謂，如翼德之率兵而死非命，阿童之先衆而定秣陵，其人自足千古。而我碌碌依人，進退維谷，懷古思鄉之下，焉得不速老乎。（同上）

《回中牡丹爲雨所敗二首》（首章）下苑即曲江池也。康駢《劇談録》：『曲江池，開元中疏鑿爲妙境，花卉環周。』牡丹自必特盛。故曰『下苑他年未可追』，回中在安定，安定謂之西州，故曰『西州今日忽相期』。三四曰『寒猶在』，曰『暖不知』，是寫雨。五六『舞蝶殷勤』『佳人惆悵』，是寫牡丹爲雨所敗。花時風雨作祟，雨過花事已闌，正韓偓所謂『好花虚謝雨藏春』也。結言回中如是，他處可知；牡丹如是，他卉可知。其損我芳菲者，亦復何限也哉！（次章）隋孔紹安《應制詠石榴詩》有『秖爲來朝晚，開花不及春』之句，義山借以作翻，言此牡丹先春零落，較開不及春之榴花更爲愁人。『玉盤迸淚』，花含雨也，故見之者傷心；『錦瑟驚弦』，雨著花也，故聞之者破夢。『非舊圃』，照應回中；『屬流塵』，照應雨敗。結言牡丹自是國色，雖飄零之候，粉態猶足動人，此文家黄龍擺尾法也。（同上）

方世舉

詩屢變而至唐，變止矣，格局備，音節諧，界畫定，時俗準。今日學詩，惟有學唐。唐詩亦有變，今日學唐，惟當學杜。元微之斷之於前，王半山言之於後，不易之論矣。然其規模鴻遠，如周公之建置六官，體國經野，又如大禹之會同四海，則壤成賦，後學能驟窺耶？登高自卑，宜先求其次者，以爲日漸之德。五古五律先求王、孟、韋、柳，七古歌行先求元、白、張、王，庶有次第。王荆公以爲先從李義山入，似祇謂七律，然亦初學所不易求。其文太繁縟，反恐五色亂目，五聲亂聽也。（《蘭叢詩話》）

唐之創律詩也，五言猶承齊、梁格詩而整飭其音調。七言則沈、宋新裁。其體最時，其格最下，然却最難，尺幅窄而束縛緊也。能不受其畫地濕薪者，惟有老杜，法度整嚴而又寬舒，音容郁麗而又大雅，律之全體大用，金科玉律也。但初學不能驟得，且求唐人之次者以爲導引。如白香山之疏以達，劉夢得之圜以閎，李義山之刻至，温飛卿之輕俊，此亦杜之四科也。宜田册子中未舉香山，而言二劉，一長卿也。然長卿起結多有不逮。（同上）

五排六韻八韻，試帖功令耳。廣而數十韻百韻，老杜作而元、白述。然老杜以五古之法行之，有峯巒，有波磔，如長江萬里，鼓行中流，未幾而九子出矣，又未幾而五老來矣。元、白但平流徐進，案之不過拓開八句之起結項腹以爲功，寸所有長，尺有所短耳。其長處鋪陳足，而氣亦足以副之，初學爲宜。李義山五排在集中爲第一，是乃學杜，雖峯巒波磔亦少，而非百韻長篇，其亦可也。（同上）

押韻未有不取易者，如東韻之『中』，支韻之『時』，灰韻之『來』，庚韻之『清』，皆似易而實難，往往如柳絮飄池，風又引去，須當如春人下杵，脚脚踏實。宜田嘗舉杜『江從灌口來』，晚唐人『巴蜀雪消春水來』，以一『來』字見萬里險急排蕩之勢。太白『落日故人情』，老杜『因見故人情』，以實字寫虚神，有點睛欲飛之妙。又如義山『却話巴山夜雨時』，東坡『春在先生杖履中』，『時』字『中』字皆有力。引證甚當，足解人頤。（同上）

晚唐體裁愈廣，如杜牧之有五律，結而又結成十句；如義山又有七古似七律音調者，《偶成轉韻七十二句》是也。（同上）

余於七律，取爲杜氏四輔者分之，却皆不可專學。四人中劉夢得差可耳，伐毛洗髓不如白，鏤金錯采不如李，風流自賞不如温，却抄撮三家之長，骨肉亦停勻矣，中邊亦俱到矣，不知者幾以爲可專學矣。然其氣浮，其音靡，其熨貼近俗，其圓美近時，猶之子莫執中，執中無杜之權，亦與如白如李如温之各偏一長者何異。（同上）

五七絶句，唐亦多變。李青蓮、王龍標尚矣，杜獨變巧而爲拙，變俊而爲傖，後惟孟郊法之。然傖中之俊，拙中之巧，亦非王、李輩所有。元、白清宛，賓客同之，小杜飄蕭，義山刻至，皆自闢一宗。李賀又闢一宗。惟義山用力過深，似以律爲絶，不能學，亦不必學。退之又創新，然而啓宋矣。宋七絶多有獨勝，王新城《池北偶談》略采之，又由東坡開導也。（同上）

詩之有齊名者，幸也，亦不幸也。凡事與其同能，不如獨勝，若元、白，若張、王，若温、李，若皮、陸，一見如伯諧、仲諧之不可辨。令子産『不同如面』之意或爽然；久對亦自有異，讀者不可循名而不責實。張、王、皮、陸，其辨也微，在顰笑動静之間。元、白、温、李，則有顯著，如元之《騅馬歌》，白或未能；温之《蘇武廟》，李恐不及。其無和，亦或不能和耶！（同上）

懷古五七律，全首實做，自杜始，劉和州與温、李宗之，遂當爲定格。凡祇項聯者，不足觀。（同上）

凡唐詩誤句、誤字、誤先後次序者，余辨之批於各集甚多，老而倦動，不能一一拈出。惟辨義山、辨昌黎已刻全集，世可見之。（同上）

李賀集固是教外别傳，即其集而觀之，却體體皆佳。第四卷多誤收。大抵學長吉而不得其幽深孤秀者，所爲遂墮惡道。義山多學之，亦皆惡；宋、元學者，又無不惡。長吉之才，佶然以生，瞿然以清，謂之爲鬼不必辭，襲之以人却不得，直是造物異撰。余恒思玉樓之召，初非謾語，不然科名試帖中無處著，塵寰唱和中亦處無著，杜牧一序，義山一傳，長爪生可凌雲一笑矣。杜牧序中引昌黎諸比擬語，足以爲嘔出心肝者慰。（同上）

有似淺薄而勝刻至者，如《馬嵬》，李義山刻至矣；温飛卿淺淺結構，而從容閒雅過之。比之試帖，温是元，李是魁，用力過猛，畢竟耳紅面赤，倘遇趙州和上，必儆醒歇歇去。（同上）

（李賀）生而有韓吏部爲賞音，没而有李義山作傳，杜牧之作序，亦不負嘔出心肝。『獨恨無人作鄭箋』，又不獨爲義山慨。（《三家評註李長吉歌詩·方扶南批李長吉詩集》總批）

李白、李賀皆取法於《九歌》。賀尤幽緲。學其長句者，義山死，飛卿浮，宋元人俗。工力之深如義山，學杜五

排，學韓七古，學小杜五古，學劉中山七律，皆得其妙，獨學賀不近，賀亦詩傑矣哉！（同上）

《竹》三梁字義山《孔雀詩》亦用之，卒不得其所出。（姚佺《昌谷集句解》定本卷一批語）

《七夕》（別浦今朝暗）此句還渡河正位。以下做七夕人情。飛卿『微雲未接過來遲』之語，案此義山詩，誤記。似從此起得之，而此起更無迹可求。（同上）

高士奇

【王昌】唐崔顥、王維、李商隱詩中多用王昌，其事不可考。按：《襄陽耆舊傳》：『王昌，字公伯，爲散騎常侍，婦任城王曹子文女。』意其人身爲貴戚，出相東平，則姿儀雋美，爲時所共賞可知。（《天禄識餘》卷九）

沈德潛

七字每平仄相間，而義山《韓碑》一篇中，『封狼生貙貙生羆』，七字平也；『帝得聖相相曰度』，七字仄也。氣盛則言之短長與聲之高下皆宜。（《説詩晬語》卷上）

義山近體，襞績重重，長於諷諭。中多借題攄抱，遭時之變，不得不隱也。詠史十數章，得杜陵一體。至云：『但須鸑鷟巢阿閣，豈假鴟鴞在泮林！』不愧讀書人持論。（同上）

温、李擅長，固在屬對精工，然或工而無意，譬之剪綵爲花，全無生韻，弗尚也。義山『此日六軍同駐馬，當時七夕笑牽牛』，飛卿『回日樓臺非甲帳，去時冠劍是丁年』，對句用逆挽法，詩中得此一聯，便化板滯爲跳脱。（同上）

長律所尚，在氣局嚴整，屬對工切，段落分明，而其要在開闔相生，不露鋪叙轉折過接之迹，使語排而忘其爲排，斯能事矣。唐初應制贈送諸篇，王、楊、盧、駱、陳、杜、沈、宋、燕、許、曲江，並皆佳妙。少陵出而瑰奇鴻麗，一變故方，後此無能爲役。元、白滔滔百韻，俱能工穩，但流易有餘，鎔裁未足，每爲淺率家效顰。温、李以下，又無論已。七言長律，少陵開出，然《清明》等篇已不能佳，何況學步餘子？（同上）

詩有當時盛稱而品不貴者，王維之『白眼看他世上人』，張謂之『世人結交須黄金』，曹松之『一將功成萬骨枯』，章碣之『劉項原來不讀書』，此粗派也。朱慶餘之『鸚鵡前頭不敢言』，此纖小派也。張祜之『淡掃蛾眉朝至尊』，李商隱之『薛王沉醉壽王醒』，此輕薄派也。又有過作苦語而失者，元稹之『垂死病中驚坐起，暗風吹雨入船窗』，情非不摯，成蹙蹶聲矣。李白『楊花落盡子規啼』，正不須如此説。（同上）

宋初臺閣唱和，多宗義山，名西崑體。以義山爲崑體者非是。梅聖俞、蘇子美起而矯之，盡黜科臼，蹈厲發揚，才力體製，非不高於前人，而淵涵渟蓄之趣，無復存矣。歐陽七言古專學昌黎，然意言之外，猶存餘地。（同上卷下）

朱子云：『《楚詞》不皆是怨君，被後人多説成怨君。』此言最中病痛。如唐人中，少陵故多忠愛之詞，義山間作風刺之語，然必動輒牽入，即偶爾賦物，隨境寫懷，亦必云主某事，刺某人，水月鏡花，多成粘皮帶骨，亦何取耶？（同上）

七言律平叙易于徑直，雕鏤失之佻巧，比五言更難。初唐英華乍啓，門户未開，不用意而自勝，後此摩詰、東川，春容大雅，時崔司勳、高散騎、岑補闕諸公，實爲同調。而大曆十子及劉賓客、柳柳州其紹述也。少陵胸次閎闊，議論開闢，一時盡掩諸家，而義山詠史，其餘響也。外是曲徑旁門，雅非正軌，雖有搜羅，概從其略。（《唐詩別裁・凡例》）

七言絶句，貴言微旨遠，語淺情深，如清廟之瑟，一倡而三歎，有遺音者矣。開元之時，龍標、供奉，允稱神品。外此高、岑起激壯之音，右丞多悽惋之調，以至蒲桃美酒之詞，黄河遠上之曲，皆擅場也。後李庶子、劉賓客、杜司勳、李樊南、鄭都官諸家，托興幽微，克稱嗣響。（同上）

《韓碑》晚唐人古詩穠鮮柔媚，近詩餘矣。即義山七古亦以辭勝。獨此篇意則正正堂堂，辭則鷹揚鳳翽，在爾時如景星慶雲，偶然一見。○段文昌改作亦自明順，然較之韓碑不啻蟲吟草間矣。宋代陳珦磨去段文，仍立韓碑，大是快事。『封狼生貙貙生羆』，七字平。『帝得聖相相曰度』，七字仄。『入蔡縛賊獻太廟』，七字仄。『句奇語重』，四字品定韓公詩文。『公之斯文若元氣』四句，天地大文，勢位不能磨滅，爲文人吐氣語應如是。（《唐詩別裁》卷八）

義山五言近體，徵引過多，性靈轉失，兹特取有風格者數章。（同上卷十二李商隱五言律評語）

《河清與趙氏昆季燕集擬杜工部》能以格勝。（同上）

《蟬》『五更』二句：取題之神。（同上）

《落花》題易粘膩，此能掃却臼科。（同上）

義山近體，襞績重重，長于諷諭，中有頓挫沉著，可接武少陵者，故應爲一大宗。後人以温、李並稱，只取其穠麗相似，其實風骨各殊也。（同上卷十五李商隱七律評語）

《馬嵬》五六語逆挽法，若順説便平。○末言四紀天子，不及民間夫婦，蓋譏之也。『他生未卜此生休』，用《長恨傳》中事。（同上卷十五）

《重過聖女祠》聖女以形似得名，非果有其神，故以萼緑華、杜蘭香比之。（同上）

《隋宮》言天命若不歸唐，遊幸豈止江都而已。用筆靈活。後人只鋪叙故實，所以板滯也。末言亡國之禍甚於后主，他時魂魄相遇，豈應重以《後庭花》爲問乎？（同上）

《杜工部蜀中離席》應是擬杜。（同上）

《南朝》題概説南朝，而主意在陳后主。玄武湖、鷄鳴埭雖前朝事，而玉漏催、繡襦迴，已言后主遊幸無明無夜也。三四誰言后主不及東昏，見盛於東昏也。五六見不防敵患，不畏天災，欲國之不亡，其可得乎？（同上）

《籌筆驛》瓣香在老杜，故能神完氣足，邊幅不窘。（同上）

《重有感》感甘露之變也。前有長律一首，故云。『重』。李訓事變，宦官族誅大臣，時王茂元爲涇原節度使，故曰『上遊』，當與君分憂也。昭義節度使劉從諫上疏問王涯等何罪，仇士良懼，故云『竇融表已來關右』也。茂元在涇原，宜出兵相助，故云『陶侃軍宜次石頭』也。至尊制於中人，是猶蛟龍失水；節度不能仗義，誰爲鷹隼當秋？晝號夜哭，神人共憤，仍有望於擁兵上遊者耳。茂元，義山妻父，以大義責之，見作者之持正。（同上）

《茂陵》一，勤兵；三，射獵；四，微行；五，求仙；六，重色。（同上）

《隨師東》此借隨東征之役以諷時事。隋古本作隨，文帝去辵作隋。三語言軍令不行，四語言虛聲邀賞。五六言人主脩德則賢士滿朝，不必藉遠人之服也。（同上）

《曲江》此借玄宗時曲江以諷文宗時事。○鄭注言秦中有災，宜興土工厭之，乃浚昆明池與曲江。十一月，以甘露變而止，故以曲江爲題。（同上）

《安定城樓》爲令狐氏所擯而作。三四句，何減少陵。言己長憶江湖以終老，但志欲挽回天地，乃入扁舟耳。時人不知己志，以鵰鶚嗜腐鼠而疑鵷雛，不亦重可嘆乎？（同上）

《井絡》言世守及帝胄且不能成功，況奸雄割據乎？如劉闢輩是也。（同上）

《少年》驕侈色荒，兼而有之，此詩應有所指。（同上）

《淚》以古人之淚形送別之淚，主意轉在一結。（同上）

《戲贈張書記》四句言張之室家相念。『心知』二句，足相念意，『戲』意在言外。（同上卷十八）

《月照冰池》省試。『皓月』二句，分寫。『金波』二句，雙承。『影占』四句，合寫。『顧兔』四句，又分寫。『似鏡』四句，復合寫作收。（同上）

《有感》爲甘露之變而作。前一首恨李訓、鄭注之淺謀，後一首咎文宗之誤任非人也。（首章）清平之世，横戮大臣，由訓、注淺謀自取也。至使天子下殿，無辜證逮，不亦可哀之甚哉！（次章）變起倉卒，方悔信任之誤。君側非不可清，寔不得老成之人共謀也。一時死者銜寃，生者飲恨。而開成元年上元，賜百寮宴飲，何樂而爲此耶？（同上）

《嘲桃》似爲負恩人寫照。（同上卷十九）

義山長于風喻，工于徵引，唐人中另開一境。顧其中譏刺太深，往往失之輕薄，此俱取其大雅者。（同上卷二十七言絕李商隱評語）

《夜雨寄北》此寄閨中之詩。雲間唐氏謂寄私暱之人，詩中有何私暱意耶？（同上）

《漢宮詞》言求仙無益也。或謂刺好神仙而疏賢才，或謂天子求仙，宮闈必曠，故以宮詞名篇，以相如比宮女，穿鑿可笑。（同上）

《齊宮詞》此篇不着議論，『可憐夜半虛前席』竟着議論，異體而各極其致。（同上）

《賈生》錢牧齋『絳、灌但知讒賈誼，可思流汗媿陳平』，全學此種。（同上）

《常娥》孤寂之況，以『夜夜心』三字盡之。士有争先得路而自悔者，亦作如是觀。（同上）

胡鳴玉

詩題用『口號』字，近見注杜詩者，於《紫宸殿退朝口號》等題，輒作平聲，謂隨口號吟也。説似近理。然李義山詩：『柏臺成口號，芸閣暫肩隨。』昌黎詩：『五言出漢時，蘇、李首更號。東都漸瀰漫，派别百川導。』號乃名稱之義，非號吟也。又王摩詰《凝碧池》詩題云：『私成口號，誦示裴迪。』若作平聲，於解不通。（《訂譌雜録》卷一）

射覆音『食福』。漢《東方朔傳》：『上嘗使諸數家射覆。』師古曰：『於覆器之下，而置諸屋，令闇射之，故云射覆。』覆音方目反。玉案字書：射字，凡泛言射，則去聲。以射其物而言，則入聲。覆字，覆蓋則去聲，反覆則入聲。故射覆二字，竝應入聲。今竝誤從去聲。李義山詩：『隔座送鉤春酒煖，分曹射覆蠟鐙紅。』以射覆對送鉤，音義曉然。（同上卷二）

中興之中讀『衆』。毛公《烝民詩序》云：『任賢使能，周室中興。』杜元凱《左傳序》云：『祈天永命，紹開中興。』陸德明并音丁仲反。杜詩：『今朝漢社稷，新數中興年。』又：『萬里傷心嚴譴日，百年垂死中興時。』李義山詩：『路有論平聲寃謫，言皆在中興。』東坡詩：『威聲又數中興年，二虜行當一矢聯。』皆本陸音。（同上）

臠，『連』上聲，塊切肉。一臠、禁臠字，出《晉書·謝混傳》。俗讀如『鸞』，非也。杜詩：『禁臠去東牀，趨庭赴北堂。』義山詩：『南朝禁臠無人近，瘦盡瓊枝詠《四愁》。』東坡《老饕賦》：『嘗項上之一臠，嚼霜前之兩螯。』……，無作平聲用者。若音鸞，是病瘠貌。《説文》引《詩》『棘人欒欒』作『臠臠』。近時字書，謂禁臠、一臠宜讀鸞，彼蓋未見杜、李諸公之詩耳。（同上）

《漢·公孫弘傳》：『開東閤以延賢人。』師古曰：『閤者，小門，東向開之，避當庭門，而引賓客，以別于掾史官屬也。』又《朱雲傳》：『且留我東閤，以觀四方奇士。』古人詩文，用『東閤』字本此。俗本多傳寫誤梓作『閤』，如少陵詩『東閤官梅動詩興』，義山詩『東閤無因得再窺』，東坡詩『東閤郎君嬾重尋』，石湖詩『飄零東閤似詩人』之類。唐制以宣政殿爲前殿，紫宸殿爲便殿。前殿謂之正衙，天子不御前殿，而御紫宸，乃自正衙喚仗，由閤門而入，百官候朝于衙者，因隨以入見，謂之入閤。又門下省以黄涂門，謂之黄閤，長官曰閤老、閤下。又太守（去聲）有鈴閤。又閤閤，蛙聲。昌黎詩：『蛙黽鳴無謂，閤閤祇亂人。』放翁詩：『科斗已成蛙閤閤。』惟前明宫禁有東閤、文華閤，學士入閤辦事者，有内閤、閤老、閤下之稱，明以前無之也。今欲執後繩前，漢、唐詩文，東閤、閤下，盡改爲閤，惡乎可哉！（同上卷三）

李陵《答蘇武書》：『陵雖孤恩，漢亦負德。』又曰：『孤負陵心。』孤負字意必出此。或前更有出，未可知也。杜詩：『孤負滄洲願。』韓詩：『孤負平生心。』蘇詩：『莫教孤負竹風涼。』又杜詩：『更長燭明不可孤。』義山詩：『映書孤志業』之類，不可殫述。總無誤作辜負者。即有之，係後人傳寫梓刻之譌，非元文也。辜，辠也，與孤負意，絶不相蒙。（同上）

勉夫（宋王楙字）此辨（案：指《野客叢書》卷二十六關於五松事的辨證），洞悉源流，而後世辨證家，猶紛紛謂五大夫是秦第九等爵，所封并非五株松，自詡獨得，何見事之晚耶！又檢《史・始皇紀》，止言休于樹下，因封其樹爲五大夫，竝不言松。則五松之説，亦出自後人臆度，未知是否也。（同上）

冰，賈昌朝《字音清濁辨》云：『筆凌切，水凝；彼病切，所以寒物。』包佶詩：『春飛雪粉加毫潤，曉漱瓊漿冰齒寒。』義山詩：『嘉瓜引蔓長，碧玉冰寒漿。』『簟冰將飄枕，簾烘不隱鉤。』『璹瑁明書閣，琉璃冰酒缸。』皆仄用。（同上卷四）

《野客叢書》云：《周官・疾醫》：『四時皆有癘疾，春時有痟首疾。』鄭注：『痟，酸削也。』司馬相如消渴，則所謂消中之疾也。痟首、消中，二疾既異，而其字亦自不同。後人往往不辯，指爲一疾，鮮有別之者。後漢李通素有消疾，此正如相如渴疾也。太子賢注：『消中之疾』，是已。乃復引《周官》爲證，是以消中、痟首爲一義。以至《玉篇》《唐韻》之類，皆以消爲痟疾。惟《禮部韻》痟字下注：『酸痟頭痛。』是爲得之。張孟押韻注：『酸痟頭痛，又消渴。』雖明知二疾爲不同，是認二字爲一體矣。王説如此。李義山詩：『末至誰能賦，中乾欲病痟。』以消中爲痟首，亦承此弊。（同上卷五）

《小雅》：『伐木丁丁，鳥鳴嚶嚶。出自幽谷，遷于喬木。』《劉賓客嘉話録》曰：『《伐木》詩並無『鶯』字，頃試《早鶯求友》及《鶯出谷》詩，別無證據，豈非誤歟？』又《東皋雜録》曰：『鄭《箋》云：『嚶嚶，鳥聲。』正文與注皆未嘗及黄鳥。白樂天作《六帖》，始類《鶯門》中，又作詩每用之，其後多祖述之也。』玉案：楊楨詩：『軒樹已遷鶯。』蘇味道詩：『遷鶯遠近聞。』皆在樂天前，則誤不自《白帖》始也。洪駒父謂《禽經》稱『鶯鳴嚶嚶，』要是後人附合。』予案義山詩，亦慣用遷鶯字，如『悔逐遷鶯伴，誰觀擇虱時』『朝滿遷鶯侣，門多吐鳳才』，『舊居連上苑，時節正遷鶯』之類。（同上）

雍州之雍去聲，與雍和平聲不同。《左傳》雍字凡屬地名，陸德明必音『於用反』。孟浩然詩：『縣城南面漢江流，江嶂開成南雍州。』沈亞之詩：『何處春暉好，偏宜在雍州。』李義山詩：『離思羈愁日欲晡，東周西雍此分途。』（同上卷六）

古人稱友曰夫君。孟浩然《游精思觀迴王白雲在後》詩云：『衡門猶未掩，佇立望夫君。』李義山《雨中送趙滂不及》詩云：『秋水緑蕪終盡分，夫君太騁錦障泥。』皮日休《送蟹與魯望》詩云：『病中無用霜螯處，寄與夫君左手持。』又《懷茅山廣文南陽博士》詩云：『誰道夫君無伴侣，不離牕下見羲皇。』昌黎《祭李使君文》：『美夫君之爲政，不撓志于讒構。』此類甚多。一時不盡記憶也。案此二字本自通稱。《九歌》『思夫君兮太息』，指雲中君也；『思夫君兮未來』，指湘君也。世俗但知婦目所天用耳。（同上）

古今詞人，多以巫山雲雨之夢屬之楚襄王，其實非也。宋玉《高唐賦》所謂，昔者先王嘗遊高唐，怠而晝寢，夢見一婦人曰：『妾巫山之女，願薦枕席。旦爲行雲，暮爲行雨，朝朝暮暮，陽臺之下。』云云。則始之夢神女者爲懷王。《神女賦》所謂楚襄王與宋玉遊雲夢，使玉賦高唐之事，其夜玉寢，夢與神女遇，其狀甚麗，玉異之，明日以白王。王曰：『其夢若何？』云云。則繼之夢神女者爲宋玉，襄王元未嘗夢也。《文選》刻本，舊於《神女賦》：『其夜玉寢』，及『玉異之』『玉對曰：「晡夕之後」』『玉曰：「茂矣美矣」』諸處『玉』字，皆譌作『王』。於『明日以白王，王曰：『其夢若何？』王曰：『狀如何也？』』諸處『王』字，皆譌作『玉』，所以謂之襄王夢耳。『明日以白王』，作『白玉』，既無以君白臣之理，且於下文『王曰：「若此盛矣，試爲寡人賦之」』處，文理不通。檢閲元本，應自知之。《容齋隨筆》亦謂：『襄王既使玉賦高唐之事，其夜王寢，夢與神女遇，則是王父子皆與此女荒淫，近於聚麀之醜矣。』後人譏其失言，蓋神女之夢，寓言諷主，不特不得誤屬襄王，即懷王、宋玉之夢，亦本子虛烏有。杜少陵詩『雲雨荒臺豈夢思』、李義山詩『襄王枕上元無夢，莫枉陽臺一片雲』是也。（同上）

《古今詩話》云：『宋初楊大年億、錢文僖惟演、晏元獻殊、劉子儀筠，爲詩皆宗義山，號西崑體。後進效之，多竊取義山詩句。嘗内宴，優人有爲義山者，衣服敗裂，告人曰：『我爲諸館職撏撦至此。』聞者大噱。』案此，則楊、劉輩效義山詩，其所作號西崑體。葉石林謂歐陽公詩始矯崑體，專以氣格爲主，亦指楊、劉輩言。今直以義山集爲西崑詩，非是。前人嘗有言之者，元遺山《論詩絶句》云：『望帝春心託杜鵑，佳人錦瑟怨華年。詩家總愛西崑好，獨恨無人作鄭箋。』亦踵此弊。（同上卷九）

浦起龍

《騷》、漢、鄴中、江左諸詩，代各有注。李善、五臣注《選》，解行於注之中。降自唐初以後，詩注本漸少，大都所謂流連景光，陶寫性靈之什，不注可也。惟少陵、義山兩家詩，非注弗顯，注本亦獨多。然義山詩可注不可解，少陵詩不可無注，並不可無解。（《讀杜心解·凡例》）

李重華

曰：孔子謂詩可以言，是能言莫若詩，巧何列于三也？曰：孔子所謂能言，盡乎詩之道矣。凡詩無拙言之者也。吾所謂巧，爲好奇立異言之，非古人所謂巧也。好奇而不詭於正，立異而不入于邪，是亦用意以自樹者，若東野、長吉、義山是也。今或尚巧而流于誕，則失之矣，此六義所不入也。……（《貞一齋詩説》）

七古自晉世樂府以後，成於鮑參軍，盛於李、杜，暢於韓、蘇，凡此俱屬正鋒。唐初王、楊、盧、駱體，爲元、白所宗，可間一爲之，不得專意取法，恐落卑靡一派。何仲默《明月篇序》，未可奉爲確論。李長吉從《楚詞》發源，天才獨出，後人何得效顰？如温、李七古，步步規橅長吉，其弊俱失之俗，與元、白得失正相等，緣未折衷於六義故也。至初學入手，求其筆勢穩稱，則王摩詰、高達夫二家，乃正善學唐初者。少陵如《洗兵馬》《古柏行》亦然，但更加雄渾耳。（同上）

唐初人當以陳伯玉、張子壽爲最。開元大家，人知爲李、杜、王、孟，而王龍標之幽，常盱眙之雋，亦詣極能事。高、岑雖正，苦心未之或逮也。大曆名手，錢不如劉。元和、長慶以後，孟不如韓，元不如白，温不如李、皮不如陸。至昌谷七言，須另置一格存之。自有韻語，此種不可無一，亦不可有二也。（同上）

拗體律詩亦有古近之別。如杜老『玉山草堂』一派，黄山谷純用此體，竟是古體音節，但式樣仍是律耳。如義山《二月二日》等類，許丁卯最善此種，每首有一定章法，每句有一定字法，乃拗體中另自成律，不許凌亂下筆。余謂學詩與學書同揆，到得真行草法規矩一一精能，爾後任意下筆，縱使欹斜牽掣，粗服亂頭，各有神妙；若臨習尚未成家，妄意造爲拙筆，未有不見笑大方。（同上）

義山如《聖女祠》等作，顯然是寄寓言情。若致堯《香奩》，别無解説，知《香奩》決非致堯所作。（同上）

學韓、蘇失之者，其弊在駁雜；學王、孟失之者，其弊在闃寂；學温、李最易入於淫哇；學元、白最易流於輕薄。吟咏先須擇題，運用先須選料。不擇題則俗物先能穢目，不選料則粗才安足動人？（同上）

（匠門）業師又云：假如一首中，七句壯士聲情，着一句美人音節，便氣體全乖。又如杜老大半鐘吕之音，義山大半筝琵之響，須索間雜不得。（同上）

竹垞先生云：『詩至義山始稱才子。』此亦是前輩中心好尚處。夫所謂才子者，必胸中牢籠萬象，筆下鎔鑄百家。故就唐代論之，李白、杜甫、韓愈真其人也。亞焉者尚有其人，義山特其一耳。（同上）

匠門業師謂：平生所抱歉者，仙釋二氏書，篇中罕能運用。余曰：以某管見，詩以《風》《雅》爲宗，二氏原不入局。以故少陵引用特鮮，義山始參半攔入，坡公則隨手掇拾，不以爲嫌。究其實，與删詩之旨顯然懸隔。且如昌黎專闢二氏，今其詩卓然爲一代宗師。是則運用闕如，正屬好處，安得自以爲歉？業師聞此爽然。（同上）

鄭方坤

【五代詩話·例言（節録）】韓致光爲玉溪之别子，韋端己乃香山之替人，羅昭諫感事傷時，激昂排奡，以追配杜紫微，庶幾無愧。三公競爽，可稱華嶽之峰。（《五代詩話》）

王堯衢

《早起》風露澹清晨：旭日未升之際，淒風冷露，澹然清晨，正是群動未起。簾間獨起人：簾外尚多風露，簾間之人，獨自早起，豈爲領略春光而然耶？鶯花啼又笑：起看簾外，則有鶯花，而風露徐收矣。啼者是鶯，而笑者是花。似爲此早晨獨起之人而獻趣者。畢竟是誰春：然我細思之，鶯吾知其能啼，不專爲獨起人而啼；花吾知其能笑，亦不專爲獨起人而笑。鶯啼花笑，畢竟是誰之春耶？大地春光，當與大地共之，若非簾間獨起人，一爲拈示大衆，只恐終日昏昏者，抹殺春光無限矣。（《古唐詩合解·唐詩》卷四）

《漢宫詞》青雀西飛竟未回：此言求仙之虚誕也。竟未回，是神仙無驗矣。君王長在集靈臺：武帝建集靈、望仙諸臺，帝長在臺以候其來。侍臣最有相如渴：司馬長卿有消渴之疾，既侍武帝，則仙人豈不能醫？不賜金莖露一杯：帝取雲表露和玉屑以服之求長生，露果有驗，何不賜一杯於相如，以愈其疾耶？疾且不愈，而安望成仙。是時憲宗服金丹暴崩，穆宗復踵前轍，故義山作此詩以寄諷諫。（同上卷六）

《夜雨寄北》君問歸期未有期：未有歸期則與君豈能相聚？巴山夜雨漲秋池：山中夜雨，水漲秋池，情景淒涼，更屬懷人之候。何當共剪西窗燭：何當猶言何能。夜深則剪燭，共剪西窗之燭，正是談心時候。卻話巴山夜雨時：以目下之落寞，作他時之佳話。逆計其必有是境，而又不知何日始有是境也，故曰何當。篇末評：此詩内複用巴山夜雨，一實一虚。（同上）

《春宵自遣》地勝遺塵事，身閒念歲華：有勝地必有勝景，塵俗之事可遺。身閒則歲月空過。故感春而有念也。晚晴風過竹，深夜月當花：此風月花竹地勝乃得有之，身閒方能領略。晴風遠來，竹能先受；夜月高起，花獨能當。當字有景尤有情。石亂知泉咽，苔荒任徑斜：此正寫山家也。石亂泉不能流去，必然咽住；徑斜人少，苔生而荒。知字、任字，内有聽其自然意。陶然恃琴酒，忘却在山家：山家寂寞，何以自遣？所恃者琴酒耳。陶然自樂，

幾忘此身之所在矣。恃字用得有意味。篇末評：前解寫春宵之勝事，後解寫山家之寂寞，而自遣意前後俱見。（同上卷八）

《馬嵬》海外徒聞更九州，他生未卜此生休：帝求妃之神於方外，未必果有是事，又豈卜他生之果得爲夫婦乎？空聞虎旅傳宵柝，無服雞人報曉籌：虎旅，衛士也。夜擊木柝以衛王宮。今因兵亂，宵柝空聞矣。雞人掌宮中漏以報更籌，今已無復設矣。此日六軍同駐馬，當時七夕笑牽牛：感牛女之事而爲約，真屬可笑。如何四紀爲天子，不及盧家有莫愁：如何二字貫下，十二年爲一紀，明皇在位四十七（四）年。盧家少婦名莫愁，保有富貴，如海燕雙棲。今以天子而不能保一婦人，其不及遠矣。色荒致禍，幾覆宗社，真可戒也。篇末評：前解寫行在淒涼，後解寫馬嵬之事，感慨係之。（同上卷十一）

王應奎

詩之有律，非特近體爲然也，即古體亦有之。《書》曰：『詩言志，歌永言，聲依永，律和聲。』可見唐、虞以前，詩已有律矣。明人林希恩云：『曹植《美女篇》：「羅衣何飄飄，輕裾隨風旋。」此十言皆平也。杜甫《同谷歌》：「有客有客字子美」，此七言皆仄也。』又予觀李商隱《韓碑》一篇，『封狼生貙貙生羆』，此七言皆平也；『帝得聖相相曰度』，此又七言皆仄也。然而聲未嘗不和者，則以其于清濁、輕重之律仍自調協爾。趙秋谷執信謂王阮亭古詩別有律調，蓋有所受之，而未嘗輕以告人。夫所謂律調，亦豈有外于清濁、輕重者？或疑古詩既有律矣，與齊、梁體又何以異？而不知齊、梁之調主于綿密，古詩之調主于疏越，其筋骨氣格，文字作用，固迥然殊也，而今之能辨者或寡矣！（《柳南隨筆》卷三）

玉谿《錦瑟》詩，從來解者紛紛，訖無定說。而何太史義門焯以爲此義山自題其詩以開集首者。首聯云：『錦瑟無端五十絃，一絃一柱思華年。』言平時述作，遽以成集，而一言一詠，俱足追憶生平也。次聯云：『莊生曉夢迷蝴蝶，望帝春心托杜鵑。』言集中諸詩，或自傷其出處，或托諷于君親，蓋作詩之旨趣，盡在于此也。中聯云：『滄海月明珠有淚，藍田日暖玉生烟。』言清詞麗句，珠輝玉潤，而語多激映，又有根柢，則又自明其匠巧也。末聯云：『此情可待成追憶，只是當時已惘然。』言詩之所陳，雖不堪追憶，庶幾後之讀者，知其人而論其世，猶可得其大凡耳。（同上）

吾邑詩人，自錢宗伯以下，推錢湘靈、馮定遠兩公。湘靈生平多客金陵、毘陵間，且時文、古文兼工，不專以詩名也。故邑中學詩者，宗定遠爲多。定遠之詩，以漢魏六朝爲根柢，而出入於義山、飛卿之間，其教人作詩，則以《才調集》《玉臺新詠》二書。湘靈詩宗少陵，有高曠之思，有沈雄之調，而其教人也，亦必以少陵。兩家門户各别，故議論亦多相左。湘靈序王露湑詩云：『徐陵、韋縠，守一先生之言，虞山之詩季世矣。』又序錢玉友詩云：『學於宗伯之門者，以妖冶爲温柔，以堆砌爲敦厚。』蓋皆指定遠一派也。（同上卷五）

義山《安定城樓》詩云：『永憶江湖歸白髮，欲迴天地入扁舟。』次句向來不得其解。惟李安溪先生云：『言己長憶江湖以歸老，但志猶欲斡迴天地，然後散髮扁舟耳。』此爲得之。余按：少陵《寄章十侍御》詩云『指麾能事迴天地』，此義山『迴天地』三字所本。昔人謂義山深於杜，信然。（同上）

詩意大抵出側面。鄭仲賢《送别》云：『亭亭畫舸繫春潭，只待行人酒半酣。不管烟雲與風雨，載將離恨過江南。』人自别離，却怨畫舸。義山憶往事而怨錦瑟，亦然。文出正面，詩出側面，其道果然。（同上卷六）

西崑取義 宋祥符、天禧中，楊大年、劉子儀、錢師聖同官於朝，以詩相倡和，其詩悉效温、李，號西崑體。『西崑』二字，義取玉山册府之名，見大年《西崑酬唱集序》中，實前此所未有也。而《冷齋夜話》《滄浪詩話》、李屏山《西巖集序》、元遺山《論詩絶句》，率指義山爲崑體。玉溪不掛朝籍，飛卿淪于一尉，安得厠迹册府耶？其亦不之考矣！（《柳南續筆》卷一）

馮氏之學 吾邑馮鈍吟之學，以熟精《文選》理爲主，文必如揚雄、鄒衍、李斯、司馬相如，以至徐、庾、王、楊、盧、駱輩，而後爲正體也；詩必自蘇、李、曹、劉，以至李、杜，而得李、杜之真者，李義山也。其相傳則以韓昌黎爲大宗之支子，禪家之散聖；至於歐陽永叔，則直以空疎不讀書誚之矣。又云：『今人文筆之弱，皆因六歲即讀《朱子集註》，雖欲沉鬱奥博，而不能也。』又云：『「經學盛於漢」，至宋而疾之如仇；「玄學盛于晉」，至宋而視爲異端，其不滿宋人如此。（同上卷二）

四六聲病　四六出於南朝，亦有聲病。馮補之曰：『王公《四六話》云：「王文恪公嘗言：四六如蕭條二字，須對綽約，與據鞍矍鑠，須對攬轡澄清。若不協韻，則不名爲聲律矣。王荆公愛其友譚昉騰奏，稱其車斜韻險，競病聲難，殆亦以其疊韻事對也。唐人近體詩如元、白、温、李，於聲律尤細。讀其應用之體，亦須以是求之。」』（同上）

金農

【冬心先生集自序（節録）】近鄙意所好，常在玉谿、天隨之間。玉谿賞在窈眇之音，而清豔不乏；天隨標其函遐之旨，而奥衍爲多。然寧必規玉谿而範天隨哉？予之詩，不玉谿，不天隨，即玉谿，即天隨耳。……孤露以後，舊業隨廢，欲求天隨子松江通潮之田，小鷄山之樵薪，已不可得。旅食益困，念玉谿有打鐘掃地，爲清凉山行者誓願，因亦誓願五十三年便將衣裓入持，得句呈佛，以送餘生。……（《冬心先生集》卷首）

黄子雲

孔子兼堯、舜、禹、湯、文、武、周公而成聖者也；杜陵兼《風》《騷》、漢、魏、六朝而成詩聖者也。外此若沈、宋、高、岑、王、孟、元、白、韋、柳、温、李、太白、次山、昌黎、昌谷輩，猶聖門之四科，要皆具體而微。向有客問曰：『盛、中、晚名家不少，而子必以少陵爲宗者，何也？』余曰：『儒家者流，未聞去聖人而談七

十子者也。』（《野鴻詩的》）

命題何者爲最難？一曰樂府，蓋古人作之者多也。詞意要必由中而發，不拾先進唾餘，寄託有在，方見我之志慮，方成吾之文章，且聲調又與古風異。一曰記事，太詳則語冗而勢渙，故香山失之淺；太簡則意闇而氣餒，故昌谷失之促。二者均有過不及之弊，非有才氣溢涌、手眼兼到者不能。一曰咏物，不達物之理，即狀物之情，物理易明，物情難肖。有唐咏物諸什，少陵外無一可者，惟玉谿差得二三，然少全作。大抵才識淺者，不能刻入正面，取其省力易爲，或比擬，或夾寫，如是而已。雖雕文鏤采，曼聲逸韻，惡能切其綮而嚌其胾哉？第正面易於窒礙，窒礙復近乎猜謎，則非空靈不可也。空靈而後物情得。由此推之，卉木也，飛走也，煙雲也，山川也，狀之無難事矣。（同上）

游仙詩本之《離騷》，蓋靈均處穢亂之朝，蹈危疑之際，聊爲烏有之詞以寄興焉耳。建安以下，競相祖述，景純、太白，亦恣意描摹。至義山專求有娀、皇、英之喻而推廣之，倡爲妖淫靡曼之詞，動以美人香草爲護身符帖。末學無知，又因之而變爲《香匳》體，世道人心，欲以復古，難矣！夫詩者，心之樂也。濂溪云：『樂聲淡則聽心平，樂詞善則歌者慕。』『西崑』之音，不唯不能平其心，適足以助欲而長怨耳。』噫！如義山者，謂之爲《三百篇》之罪人可也。（同上）

詩固有引類以自喻者，物與我自有相通之義。若『錦瑟無端五十絃，一絃一柱思華年』，物我均無是理。『莊生曉夢』四語，更又不知何所指，必當日獺祭之時，偶因屬對工麗，遂强題之曰『錦瑟無端』，原其意亦不自解，而反弁之卷首者，欲以欺後世之人，知我之篇章興寄，未易度量也。子瞻亦墮其術中，猶斤斤解之以適、怨、清、和，惑矣！《馬嵬》詩云：『如何四紀爲天子，不及盧家有莫愁？』何擬人不倫乃爾？《蜀中離席》詩，上半酷倣少陵，頸聯云：『座中醉客延醒客，江上晴雲雜雨雲』，此乳臭語耳，雖從『桃花細逐楊花落，黄鳥時兼白鳥飛』二句脱來，薰蕕判然。若『美酒成都堪送老，當罏仍是卓文君』，又入魔鬼道矣。《隋宫》詩：『玉璽不緣歸日角，錦帆應是到天涯。』『日角』非太宗然也，前代之君亦有之；况二字究未能穩貼，明知先有下句，不得已借以强對。然只

此一聯，語雖工而作意何在？唯《韓碑》一首乃爲可取，惜『彼何人哉軒與義』句，惡劣不堪誦耳。（同上）

人皆謂杜陵殁後，義山可爲肖子。吁！何弗思之甚耶！彼之渾厚在作氣，此之渾厚在填事；彼之風喻必指實，此之風喻動涉虚；彼則意無不正，此則思無不邪。風馬之形，大相徑庭，奚待一一量較，而後知其僞哉！近今俊彦頗好比興，余恐惑於美人香草之説，亦爲侈淫妖冶之詞，而乖夫子思無邪之旨，不得不晰辯而極言耳。（同上）

自漢以迄中唐，詩家引用典故，多本之於經、傳、《史》《漢》，事事灼然易曉。下逮温、李，力不能運清真之氣，又度無以取勝，專搜漢、魏諸祕書，括其事之冷寂而罕見者，不論其義之當與否，擒剥填綴於詩中，以誇燿己之學問淵博。俗眼被其銜惑，皆爲之捲舌伸眉，咄咄嗟賞，師承唯恐或後。吁！二人志慮若此，其品操又安用考厥平生而後知其邪僻哉！（同上）

見賾使事工富，第不由性情，悉皆無爲而作。義山師之，坐此病。（同上）

飛卿古詩與義山近體相埒，題既無謂，詩亦荒謬。若不論義理而只取姿態，則可矣。（同上）

曹唐《遊仙詩》，有『洞裏有天春寂寂，人間無路月茫茫』。玉谿《無題》詩，千妖百媚，不如此二語縹緲銷魂。（同上）

查爲仁

錢振芝尚濠《馬嵬》詩云：『長生殿上祝姻緣，馬首紅羅不暫憐。自是薄情渾説謊，不因無策庇嬋娟。』與李義山『君王若道能傾國，玉輦何由過馬嵬』各臻妙境。（《蓮坡詩話》）

王阮亭司寇寄懷其兄西樵兼答冒巢民感舊之作云：『風景蕪城畫扇時，輕陰漠漠柳絲絲。三年京雒無消息，五日鄉關有夢思。空對魚龍懷楚俗，誰將蘅芷薦湘纍？故人不見東皋子，《騷》些吟成但益悲。』此詩深得義山神味，正不妨與《九日》詩格調相同也。（同上）

阿雲舉學士金罍官後，來于斯堂與家大人劇談縱論。文采葩流，枝葉横生，聽之忘倦。偶記論李義山『昨夜星辰昨夜風』與『聞道閶門萼緑華』二詩，謂耑指王茂元家妓而言。蓋義山爲茂元之壻，又爲其書記，『隔座送鬮』『分曹射覆』，非家妓而何？想時適有事奉命而去，是以有『聽鼓應官』『走馬蘭臺』之句。至『豈知一夜秦樓客，偷看吴王苑内花』，更其明證也。舉座爲之一笑。……（同上）

宋牧仲中丞家居，嘗命作蘇子瞻像，己侍其側。後筮仕竟得黄州通守，詩名振天下。其論詠物詩甚佳。略曰：邵青門長蘅以詠物詩最難，即少陵詠物，亦非至處。余云：詠物有二種，一種刻畫，如畫家小李將軍，則李義山、鄭谷、曹唐是也；一種寫意，工者頗多。要以少陵爲正宗。必如青門言，詠物非少陵至處，豈《房兵曹馬》《蕃劍》《螢火》諸什，猶有所不足乎？青門又云：《畫鷹》一首，句句是畫鷹，杜之佳處不在此，所謂詩不必太貼切也。余於此下一轉語：當在切與不切之間。（同上）

鄭燮

【李商隱】不歷崎嶇不暢敷，怨爐鞴冶鑄吾徒。義山逼出西崑體，多謝郎君小令狐。（《鄭板橋集·詩鈔》）

【述詩二首】（其一）詩法誰爲准，統千秋姬公手筆，尼山定本。八斗才華曹子建，還讓老瞞蒼勁，更五柳先生澹永。聖哲奸雄兼曠逸，總自裁本色留深分，一快讀，分倫等。唐家李杜雙峰并，笑紛紛詩奴詩丐，詩魔詩鴆。王孟高標清徹骨，未免規方略近，似顧步驊騮未騁。怪殺《韓碑》揚巨斧，學昌黎險語排生硬，便突過，昌黎頂。（《鄭板橋文集·詞鈔》）

【與江賓谷江禹九書】李義山，小乘也，而歸于大乘，如《重有感》《隨師東》《登安定城樓》《哭劉蕡》、痛甘露之類，皆有人心世道之憂，而《韓碑》一篇，尤足以出奇而制勝。青蓮多放逸，而不切事情。飛卿嘆老嗟卑，又好爲艷冶蕩逸之調，雖李、杜齊名，温、李合噪，未可并也。（《鄭板橋集·補遺》）

杭世駿

【李義山詩註序】詮釋之學較古昔作者爲尤難。語必溯源，一也；事必數典，二也；學必貫三才而窮七略，三也。蓋詩人之旨，以比興爲本色，以諷諭爲能事，抽青媲白，儷葉駢花，眩轉幻惑，以自適其意，固非可執吾之謏聞半解以揣測窺度之而已。而《玉谿》一集，蓋其尤也。楚雨含情，銀河悵望；玉烟珠淚，錦瑟無端；附鶴栖鸞，碧城有恨。凡其緣情綺靡之微詞，莫非阨塞牢愁之寄託。爲之注者，病非一端，可以罕譬，鍥船以求劍，捫籥以爲日，支離穿鑿，執一不通，此《涅槃》摸象之談也。蹈襲乎常言，乞靈于故紙，書肆説鈴，轉相稗販，此牧牛賣乳之喻也。石林導波于前，愚庵繼響于後，更欲爲義山疏雪其精神，經營其意匠，佢不難與？荻口章子容谷少服膺于此集，更取前注疏通證明，示余，讀而卒業。鷄跖獺祭，其藻麗則義山之藻麗也；璽鏤玉瑱，其追琢則義山之追琢也；綜緯史學，比切時事，其感興則義山之感興也；橫鉤竪貫，水注山疏，其涉歷則義山之涉歷也。詮釋之苦心與作者之微旨若膠之黏而漆之濳也，若鹽之入水，而醍醐乳酪之相滲和也。思深哉！章子之用心乎！章子需次三山，甚與予暱，故爲序其緣起，以示後之能讀玉谿詩者。（《道古堂文集》卷八）

吴興章進士有大，嘗注玉谿生詩，每能鑽味於愚菴之外。在棘院中，曾以草藁示余，余亦獻疑一二。嘗致札云：『承示詩注，於朱子《年譜》，更加是正，據依極爲該陳。但陳青濯降，必歸藍蒨。《樊南甲、乙》諸題，何可忽棄，率爾觀覽，未能盡悉曲折。《野菊》篇不可過泥張杉之論，『苦竹園南椒塢邊』，此玉谿常調，必以越中苦竹園實之，則椒塢又隸何事耶？復言『微香冉冉淚涓涓』二言，正是實寫野菊，若施之海石榴，未爲曲肖矣。《銀河吹笙》篇，首句明言『悵望銀河吹玉笙』，蓋秋夜聞笙作也。馮定遠謂題不可解，則吾又不解定遠之不解者矣。昔賢制題，未妨錯舉，深意苛求，失之愈遠。他如《梓州》之『翠翹』，宜指樂籍，以《文集·上河東公啓》爲證。謝庭之『檀郎』，宜爲自謂，以潘岳《悼亡》爲證。諸餘事理，書竹難窮。略一引伸，伏惟隅反。』（《榕城詩話》卷上）

《復齋漫録》云：前漢趙飛燕既立爲皇后，寵少衰，女弟絶幸，爲昭儀，居昭陽，蓋飛燕本傳云爾。太白宫詞云：『宫中誰第一，飛燕在昭陽。』夫昭陽，昭儀所居也，非謂飛燕。愚案《三輔黄圖》云：成帝趙皇后居昭陽殿，有女弟俱爲婕妤。太白本此。李義山《華清宫》詩亦云：『朝元閣迥羽衣新，首按昭陽第一人。』（《訂訛類編》卷五）

田同之

義山《錦瑟》詩，拈首二字爲題，即《無題》義，最是。蓋此詩之佳，在一絃一柱中思其華年，心思紊亂，故中聯不倫不次，没首没尾，正所謂『無端』也。而以『清和適怨』傅之，不亦拘乎！（《西圃詩説》）

楊廷秀學李義山，惟覺鄙碎。陸務觀學白樂天，更覺直率。概之唐調，皆有所未協也。（同上）

詩詞風氣，正自相循。貞觀、開元之詩，多尚淡遠。大曆、元和後，温、李、韋、杜漸入《香奩》，遂啓詞端。《金荃》《蘭畹》之詞，概崇芳豔。南唐、北宋後，辛、陸、姜、劉漸脱《香奩》，仍存詩意。元則曲勝而詩詞俱掩，明則詩勝於詞，今則詩詞俱勝矣。（《西圃詞説》）

漁洋云：『温、李齊名，温實不及李。李不作詞，而温爲《花間》鼻祖，豈亦同能不如獨勝之意耶。古人學書不勝，去而學畫，學畫不勝，去而學塑，其善於用長如此。』（同上）

黄之雋

【晚唐三傑詩茗穎集序（節録）】宋嚴儀卿畫晚唐於盛唐，軒盛而輕晚。爰立初盛中晚之界，其於風氣聲格之流移頗準。……晚唐詩家數十，以小杜、温、李爲之冠。牧之之豪邁，義山之瑰奇，飛卿少遜，而富豔配之。斠之諸家，猶吕姬之伯，嬴芊之雄，不儕偶於五與七矣。或出相門，或附宗室，姓氏昭於唐史，詩卷留於天地，可不謂人傑哉？宜宋草塘從九百年後追而傑之，而鼎峙之曰『三』也。夫四唐之爲唐，猶四時之成歲。帝神遞嬗，温暑涼寒之旋斡無迹，而氣機蒸變於自然。及其至也，而畫然判矣。晚唐猶冬也，數十家若虎交雉化，芸生荔挺，泉動冰堅，蕃然以呈顓頊玄冥之象，而驗之不爽。三子者則操白露變霜之精力，具北雁隨陽之神智，開其運而轉其風，是故舉三子可以包晚唐也。……（《唐堂集》卷九）

愛新覺羅·弘曆

【白居易感秋寄遠】律法整嚴，尚與盛唐相近。腹聯已開晚唐李商隱一派。（《唐宋詩醇》卷二二）

【白居易故衫】所詠止一衫，而衫之色香襟袖，衫之時地歲月，歷歷清出；並著衫之人身分性情，亦曲曲傳出，却又渾成熨貼，無一點安排痕迹，亦絶不假一字纖巧雕琢，此香山擅長處，李商隱輩豈能辦此。（同上卷二五）

【眉山蘇軾詩（節録）】詩自杜、韓以後，唐季五代，纖佻薄弱，日即淪胥。宋初楊億、劉筠、錢惟演之徒，崇尚崑體，祇步温、李後塵。……（同上卷三十二）

【蘇軾留題延生觀後山小堂】此詩中二聯較之李義山『不逢蕭史休回首，莫見洪崖又拍肩』之句，更爲語隱而意微。（同上卷三十二）

【韓愈平淮西碑（節録詩後所附評語）】李商隱讀《韓碑》詩（略）。又：朱子曰：……李商隱有惜《韓碑》詩，長篇甚美。有『公之斯文不示後，曷與三五相攀追』之句。東坡有《臨江驛》小詩云：『淮西功業冠吾唐，吏部文章日月光。千載斷碑人膾炙，不知世有段文昌。』則二公之文不待較而明矣。（《唐宋文醇》卷八）

【四庫全書薈要聯句（『員周方折皆規矩』句注）】文至六代而衰，唐始復振。詩盛於李、杜，而王維、劉禹錫、元稹、白居易、杜牧、李商隱等羽翼之；文盛於韓、柳，而權德輿等羽翼之。（《御製詩四集》卷六十五）

李因培

《韓碑》『封狼』句：奇句。『帝得』句：重句。『行軍司馬』句：特表韓，詩爲韓作也。『帝曰汝度』句：轉入韓碑，音節好。『點竄』二句：句奇而法。韓公亦自謂編之乎？『文成破體』二句：詩書之册而無愧高文典册，用相如瞠乎後已。『字奇語重』：四字盡韓碑之妙。『公之斯文』二句：與東坡水在地中之喻同妙。『今無其器』句：斟酌得宜。『傳之』二句：所謂『吏部文章日月光』也。○玉谿詩以纖麗勝，此獨古質，純以氣行，而字奇語重，直欲上步韓碑。乃全集第一等作。（《唐詩觀瀾集》卷五）

《細雨》『氣涼』句：細。（同上卷二十三）

《李花》『自明』二句：的是李花，移不到梅上。（同上）

《十一月中旬至扶風界見梅花》『贈遠』一句：韻於偶句。（同上）

《詠雲》『河秋』句：傑句。（同上）

《蟬》『五更』二句：追魂之筆，對句更可思而不可言。（同上）

《落花》『高閣』二句：忽從此説起，超妙之極。『腸斷』句：未諧。『芳心』二句：此落花所以關情處。（同上）

《晚晴》『天意』二句：風人比興之意。○玉谿詠物，妙能體貼，時有佳句，在可解不可解之間。（同上）

《燈》『花時』二句：淡遠得味外味，在此題尤難。（同上卷二十四）

《細雨成詠獻尚書河東公》『卷簾看已迷』：即切『細』字。『雲外日應西』：五字寫對雨。『稍稍落蝶粉』：情景入神。『颭萍初過沼，重柳更緣堤』：颭、重字鍊。『必擬』二句：必擬、寧無涉套。『半將花漠漠』：的是細雨。（同上）

《喜雪》『寂寞門扉掩』：都在用處。『此時傾賀酒』：醒『喜』字意。

《殘雪》『旭日』句：寫始消。『刻獸』句：消猶未盡。『落日』二句：殘後景色。『嶺霽』二句：乍陰乍晴，寫得如許生動。『莫能』二句：結出愛戀之意。（同上）

《杏花》『上國』四句：扇對格。『異鄉』二句：人耶？花耶？『幾時』二句：含情無限。（同上）

《武侯廟古柏》『大樹』句：擬人於其倫。『誰將』二句：結到武侯。（同上）

孫　洙

《韓碑》詠《韓碑》即學韓體，才大無所不可也。（《唐詩三百首》卷三）

《蟬》『本以高難飽』，無求於世。『徒勞恨費聲』，不平則鳴。『五更疏欲斷』，鳴則蕭然。『一樹碧無情』，止則寂然。『薄宦梗猶汎』，上四句借蟬喻己，以下直抒己意。（同上卷五）

《風雨》『黃葉仍風雨，青樓自管絃。』『仍』字、『自』字詩眼。（同上）

《落花》『高閣客竟去』，花落則無人相賞，故竟去也。『眼穿仍欲歸』，望春留而春自歸。（同上）

《涼思》『客去波平檻』，『涼』字分四層。『永懷當此節，倚立自移時』，足『思』字意。（同上）

《北青蘿》『茅屋訪孤僧』，初不見故訪。『落葉人何在，寒雲路幾重。』路遠。『獨敲初夜磬，閒倚一枝藤。』初聞磬，後見枝。（同上）

《錦瑟》義山悼亡之作。集中屢見，此亦是也。『莊生曉夢迷蝴蝶』，合。『望帝春心託杜鵑』，離。『滄海月明珠有淚』，悲。『藍田日暖玉生煙』，歡。『此情可待成追憶，只是當時已惘然。』生前相聚，漫不經心，日後追思，覺當時已惘然。（同上卷六）

《無題》『昨夜星辰昨夜風』，其時。『畫樓西畔桂堂東』，其地。『身無綵鳳雙飛翼』，形相隔。『心有靈犀一點

通』，心相通。『隔座送鉤春酒暖，分曹射覆蠟燈紅。』此樓西堂東相遇時之景。（同上）

《隋宫》『玉璽不緣歸日角，錦帆應是到天涯。』唐不受命，巡幸當無極也。（同上）

《無題》『蠟照半籠金翡翠，麝薰微度繡芙蓉。』燈猶可見，香猶可聞。『劉郎已恨蓬山遠，更隔蓬山一萬重。』而其人則已遠矣。『金蟾齧鏁燒香入，玉虎牽絲汲井迴。』鏁雖固，香猶可入；井雖深，汲猶可出。『賈氏窺簾韓掾少』，幸而合。『宓妃留枕魏王才』，不幸終不合。『春心莫共花争發，一寸相思一寸灰。』其同歸于盡則一也。（同上）

《籌筆驛》『魚鳥猶疑畏簡書』，能動物。『風雲常爲護儲胥』，能感神。『徒令上將揮神筆，終見降王走傳車。』不能保暗主之不失國。（同上）

《無題》『春蠶到死絲方盡，蠟炬成灰淚始乾。』一息尚存，志不少懈，可以言情，可以喻道。『曉鏡但愁雲鬢改』，見。『夜吟應覺月光寒』，聞。（同上）

《春雨》『紅樓隔雨相望冷，珠箔飄燈獨自歸。』二句十層。（同上）

《無題》『扇裁月魄羞難掩』，明明可見。『車走雷聲語未通』，却不可接。『曾是寂寥金燼暗，斷無消息石榴紅。』豈其事終不諧耶？『神女生涯元是夢』，大徹大悟。『風波不信菱枝弱』，風波只是相侵。『月露誰教桂葉香』，真香固自難掩。『直道相思了無益，未妨惆悵是清狂。』明知無益，而惆悵不已，直清狂本色耳。（同上）

汪師韓

【詩集（節録）】至如詩體相同者，元、白之爲元和體；温、李、段之爲『三十六體』，温、李、段三人皆行第十六，俱非有成書也；逮宋而楊大年與錢、劉號『江東三虎』，時宗李義山體，謂之西崑體，大年復編叙十七人之詩爲《西崑酬唱集》，十七人者，楊億大年、錢惟演希聖、劉筠子儀、李宗諤昌武、陳越楨之、李維仲方、丁謂公言、刁衎元賓、張詠復之、舒雅子正、錢惟濟巖夫、晁迥明遠、崔遵度堅白、薛映景陽，又任隨、劉騭、劉秉其字均無考。……（《詩學纂聞》）

【七言律有散體】唐人五言四韻之律多不對者，七言無之。乃有七言長律而不對者，如李義山《七月二十八日夜與王鄭二秀才聽雨後夢作》『初夢龍宮寶燄然，瑞霞明麗滿晴天。旋成醉倚蓬萊樹，有箇仙人拍我肩。少頃遠聞吹細管，聞聲不見隔飛烟。逡巡又過瀟湘雨，雨打湘靈五十絃。瞥見馮夷殊悵望，鮫綃休賣海爲田。亦逢毛女無憀極，龍伯擎將華嶽蓮。恍忽無倪明又暗，低迷不已斷還連。覺來正是平階雨，獨背寒燈枕手眠。』此詩調諧響協，若編入古體，則凡筆力孱弱者皆得援以藉口矣，故斷其爲長律而無疑也。至馮鈍吟謂義山有轉韻律詩，此乃指《偶成轉韻》一篇，特古詩之調平而似律者耳。（同上）

【李義山錦瑟詩】李義山《錦瑟》一篇，説者但以爲悼亡之作，或遂以錦瑟爲女子之名。其於『一絃一柱』句難通，則有改五十爲十五、廿五者，或又作斷絃解，瑟二十五絃，斷則五十絃矣。然於『藍田日暖』句，覺雜出不倫，即指藍田爲葬地，何以有生烟之喻耶？按：《舊唐書》，義山仕宦不進，坎壈終身。裴廷裕《東觀奏記》曰：『商隱自開成二年升進士第，至大中十二年，以鹽鐵推官死。』則《錦瑟》乃是以古瑟自況。《漢書·郊祀志》：『泰帝使素女鼓五十絃瑟，悲，帝禁不止，故破其瑟爲二十五絃。』師古曰：『泰帝，泰昊也。』世所用者，二十五絃之瑟，而此乃五十絃之古製，不爲時尚；成此才學，有此文章，即己亦不解其故，故曰『無端』，猶言『無謂』也。自顧頭顱老大，一絃一柱，蓋已半百之年矣。『曉夢』喻少年時事，義山早負才名，登第入仕，都如一夢。『春心』者，壯心也，壯志消歇，如『望帝』之化『杜鵑』，已成隔世。『珠』『玉』皆寶貨，珠在『滄海』，則有遺珠之嘆，惟見『月』照而『淚』。『生烟』者，『玉』之精氣，『玉』雖不爲人採，而『日』中之精氣，自在藍田。『追憶』謂後世之人追憶也。『可待』者，猶云必傳於後無疑也。『當時』指現在言。『惘然』，無所適從也。言後世之傳，雖可自信，而即今淪落爲可歎耳。詩中雖虚文無一泛設，衆解紛紜，似皆無當。即世傳東坡四字分解，應亦假託也。
（同上）

【文用人名】以人名入詩文，或姓或名，有祇稱一字者。《日知録》有二名止用一字之條，博徵經傳，不獨詩文也。……及後李義山《韓碑》詩，以李愬、韓公武、李道古、李文通四人合之曰：『愬、武、古、通作牙爪。』此亦

因《平淮西碑》文中先有『乃敕顔、胤、李光顔、烏重胤、愬、武、古、通』之語而承用之也。（同上）

薛雪

《籌筆驛》『筆』字，不可實作筆墨之筆用。唐人如杜樊川之『揮毫勝負知』，李玉溪之『徒令上將揮神筆』，皆實作筆墨之筆用矣。小李、杜尚欠主張，況他人乎？（《一瓢詩話》）

有唐一代詩人，惟李玉溪直入浣花之室。温飛卿、段柯古諸君，雖與並名，不能歷其藩翰，後人以獺祭毁之，何其愚也！試觀獺祭者，能作得半句玉溪詩否？（同上）

玉溪《錦瑟》一篇，解者紛紛，總屬臆見。余幼時好讀之，確有悟入，覓解人甚少。此詩全在起句『無端』二字，通體妙處，俱從此出。意云：錦瑟一絃一柱，已足令人悵望年華，不知何故有此許多絃柱，令人悵望不盡，全似埋怨錦瑟無端有此絃柱，遂致無端有此悵望。即達若莊生，亦迷曉夢；魂爲杜宇，猶託春心。滄海珠光，無非是淚；藍田玉氣，恍若生煙。觸此情懷，垂垂追溯，當時種種，盡付惘然。對錦瑟而興悲，歎無端而感切。如此體會，則詩神詩旨，躍然紙上。又如《無題四首》之四，意云：永巷櫻花，哀絃急管，白日當天，青春將半；老女不售，少婦同牆，對此情景，其何以堪？展轉不寐，直至五更，梁燕聞之，亦爲長嘆。此是一副不遇血淚，雙手掬出，何嘗是豔作！故公詩云：『楚雨含情俱有託。』早將此意，明告後人。（同上）

楊、錢、劉、晏諸公，何罪於人？乃論詩者，動輒鄙薄『西崑』，甚至演爲撏撦義山之劇，吾不解也。（同上）

温、李並稱，就中却有異同。止如樂府，則玉溪不及太原，餘則太原不逮玉溪遠矣。（同上）

楊鐵崖《春日》佳句：『游絲蜻蜓日款款，野花蛺蝶春紛紛。』似祖杜少陵：『落花游絲白日静，鳴鳩乳燕青春深。』比李玉溪：『花鬚柳眼各無賴，紫蝶黄蜂俱有情。』其相去何如哉？（同上）

熟讀李玉溪，可除淺易鄙陋之氣。（同上）

老杜善用『自』字，如『村村自花柳』『花柳自無私』『寒城菊自花』『故園花自發』『風月自清夜』『虚閣自松聲』之類，下一『自』字，便覺其寄身離亂感時傷事之情，掬出紙上。不獨此也，凡字經老杜筆底，各有妙處。若止『自』字，則義山『青樓自管絃』『秋池不自冷』『不識寒郊自轉蓬』之類，未始非無窮感慨之情，所以直登老杜之堂，亦有由矣。（同上）

爲人要事事妥當，作字要筆筆安頓，詩文要通體穩稱，乃爲老到。止就詩論，寧使下句襯上句，不可使上句勝下句。然上下句悉敵，纔是天然工到。如『歸日樓臺非甲帳，去時冠劍是丁年』『風捲蓬根屯戊己，月移松影守庚申』『此日六軍同駐馬，當時七夕笑牽牛』『陣圖東聚燮江石，邊柝西懸雪嶺松』之類，則又不可力争者也。（同上）

宋邕《游仙》詩，製題極惡，詩則頗有佳句，破綻處亦不少。『天上人間兩渺茫，不知誰識杜蘭香』，與李玉溪『《武皇内傳》分明在，莫道人間總不知』，一箇『分明在』，一箇『兩渺茫』，一樣靈心，兩般妙筆。（同上）

李玉溪無疵可議，要知前有少陵，後有玉溪，更無有他人可任鼓吹，有唐惟此二公而已。（同上）

温飛卿，晚唐之李青蓮也，故其樂府最精，義山亦不及。學者不於温、李二公詩悉心體會，未見其能成詠，何以歷李、杜之藩翰耶？惟長詩則温不逌李，李有收束法，凡長篇必作一小束，然後再收，如山川跌换之勢，温則一束便住，難免有急龍急脈之嫌。……（同上）

崔珏以《鴛鴦》得名，而《哭義山》之作，亦是九原知己。（同上）

馬　位

少陵『浣花溪裹花饒笑』，青蓮『武陵桃花笑殺人』，玉谿『東風爲開了，却擬笑東風』，李敬方『不向花前醉，花應解笑人』，岑參『羞被桃花笑，看春獨不言』，各有意致。（《秋窗隨筆》）

最喜王摩詰『看花滿眼淚，不共楚王言』，李太白『但見淚痕濕，不知心恨誰』，及張祜『一聲《河滿子》，雙淚落君前』，又李嶠『山川滿目淚沾衣』，得言外之旨，諸人用『淚』字，莫及也。義山『湘江竹上痕無限，峴首碑前灑幾多』，反無深意。魚玄機『殷勤不得語，紅淚一雙流』，亦工。（同上）

『君問歸期未有期，巴山夜雨漲秋池。何當共剪西窗燭，却話巴山夜雨時？』全不似玉谿手筆。『自爾出門去，淚痕長滿衣。家貧爲客早，路遠得書稀。文字何人賞，煙波幾日歸？秋風正搖落，孤雁又南飛。』亦不類丁卯作。二詩皆妙絶，通人真無所不可也。（同上）

《彦周詩話》：『洪覺範在潭州水西小南臺寺作《冷齋夜話》，有曰：『詩至義山爲文章一厄。』僕至此蹙額無語；渠再三窮詰，僕不得已曰：『夕陽無限好，只是近黄昏。』覺範曰：『我解子意矣。』即時删去。』余曰：玉谿筆墨照千古，豈因覺範一語減色耶？况李詩妙處何止斯二句，如《韓碑》直與昌黎《平淮西文》並峙不朽，即《石鼓歌》無以加焉。尚有《詠蟬》：『五更疏欲斷，一樹碧無情。』常人能道隻字否？世徒摘其綺辭麗句而雌黄義山，不亦妄乎？謂其深學老杜，信然。（同上）

義山《牡丹》詩用越鄂君，『越』字誤用。樂府中有《越人歌》，乃楚王母弟，越人愛鄂君而歌，鄂君以繡被覆之，非越之鄂君也。（同上）

鄭谷『月黑見梨花』，佳句也；不及退之『白花倒燭天夜明』爲雄渾，讀之氣象自别。義山《李花》詩『自明無月夜』，與退之未易軒輊。（同上）

李義山詩『客散酒醒深夜後，更持紅燭賞殘花』，有雅人深致；蘇子瞻『只恐夜深花睡去，高燒銀燭照紅妝』，有富貴氣象。二子愛花興復不淺。或謂兩詩孰佳？余曰：李勝，蘇微有小疵，既『香霧空濛月轉廊』矣，何必『高燒銀燭』？此就詩之全體言也。（同上）

義山詩：『小憐玉體横陳夜，已報周師入晉陽。』『横陳』二字見宋玉賦，古今以爲豔語。《楞嚴經》有云：『於横陳時，味如嚼蠟。』作此注脚，亦稍寓微意。（同上）

黄叔琳

【李義山詩集箋註序】古今難事，無過説詩。《詩》業之昌，自《三百篇》西河氏而下，無定説也。《離騷》亦《詩》之支流餘裔也。王叔師而下，無定説也。以至漢魏六朝三唐之詩，其中有不易解者累累而是，世人率以粗心讀之，則以爲無不可解耳。蓋詩者志之所之也，志深者言深。乍而求之，得其淺矣，或未得其深，故曰『以意逆志，是爲得之。』讀詩而得其志其難也，昔之君子猶亦病諸？以吾觀於唐人李義山之詩，抑何寓意深而託興遠也！往往一篇之中，猝求其指歸所在而不得，奥隱幽豔，於詩家别開一洞天。前賢摸索，亦有不到處。元裕之已有『無人作鄭箋』之嘆矣。自石林禪師栩始爲注，而朱長孺氏續成之，馳譽藝林，數十年於兹。顧釋其詞未盡釋其意，間有指稱僅十之二三，則讀者猶不能無遺憾焉。雲間姚平山氏，熟觀朱注，惜其未備也，乃更爲之箋注。援引出處，大半仍朱。至於逐首之後，必加梳櫛，脈理分明，精神開發，讀之覺作者之用心湧現楮上，洵乎能補石林、長孺之所未備也。竊以爲平山之爲此書，其難有倍甚於前人者焉。用彼證此，來處顯然，此殫見洽聞之事也。非夫可以神會而不可以跡求者也。若乃可以神會而不可以跡求者，其詩人指歸之所在乎？自非虚而委蛇，與之曲折上下，動多窒礙，求其引繩批根，循題銷義，如珠就貫而水赴壑，談何容易！今段解釋，每篇俱有着落。乃至前人所存而不論者，亦已疏通證明，毫無賸義。遇結轖處，動力甚微，謋然已解。又未嘗以師心臆説，妄寘其間。見所未見者，無不謂適如吾意所欲出，而非平山卒無以發其覆也。斯所謂犂然有當者非耶？蓋平山此書，本以釋意爲主。發軔於七律，而後乃及其全。然於援引出處，亦多糾正。且如『碧文圓頂』之補其闕，『魚兒寶劍』之正其訛，與夫《碧城》詩之用『曉珠』，元引《飛燕外傳》既不確，補注引《參同契》又錯悮，則寧從刊落。《和韓録事》詩末用『韓公子』，非韓非，俞南史之説已然，兹歸畫一。此類不可枚舉，非夫博雅該通，其孰能至於此乎？平山向有《離騷》《九歌》《招魂解》，又所著經説，於《毛詩小序》《集注》之兩歧者，確能定其從違，蓋非直窮年用力於義山詩者也。而於義山

詩亦可見其博雅該通之大略焉。乾隆己未秋日北平黄叔琳序。（姚培謙《李義山詩集箋注》卷首）

姚培謙

【李義山詩集箋注例言】諸體各分，取便檢閲。其中先後仍不欲稍爲紊亂，一以朱長孺本爲次。○朱注援引極博，兹所用無慮大半，過繁者删之，間遇缺者補之，訛者訂正一二。竊啓小聞，殊不自以爲是，猶冀當代宗工教我不逮。○先釋其辭，次釋其意。欲疏通作者之隱奥，不得不然。至如《錦瑟》《藥轉》及《無題》諸什，未知本意云何，前賢亦疑不能明。愚者取而解之，一時興會所至，不自量爾。○字句異同處，朱本爲優，今悉仍之。○往有《義山七律會意》一刻，友人惜其未備，因成此書，并取《會意》覆勘，十易二三，期於無遺憾而止，顧未能也。

（《李義山詩集箋注》卷首）

汪增寧

【李義山詩集箋注序】昔先君子好唐賢詩，尤酷喜玉谿生所作一編，冰雪往往自攜。常謂先兄超寧及不肖增寧輩曰：『有唐詩人，要以子美、退之爲極則。然終唐之世無學杜者，獨玉谿之詩胚胎於杜；亦無學韓者，而玉谿詠韓碑，即效其體。蓋其取法崇深，以成自詣。至於歌行得長吉之幽微而險怪務去，近體匹飛卿之明豔而穩重過之，中晚以來諸家罕有敵者。』增寧輩謹誌之勿敢忘。時同里程泝江太史與先子詩場酒社，昕夕往來，嘗出所注玉谿生詩藁本相商榷，先子擊節稱善，即欲參校付梓，不幸下世。今乾隆癸亥秋，太史注適脱藁，增寧烏敢逡遁以辜先子之夙諾，爰命工鏤板開鐫，於是年十一月斷手，於明年七月書成。太史併屬一言弁於端。余齒少識淺，閲古未廣，何足以贊一辭，請就所知者言之。昔陸務觀常言學者著書易而注書難，玉谿天才博奥，獺祭功深，前人謂其詩無一字無來歷。元裕之曰：『詩家總愛西崑好，獨恨無人作鄭箋。』蓋宋時劉克及張文亮兩家注俱失傳，故遺山爲是言。逮明末虞山釋道源始創爲箋注，國朝王新城詩所謂『千年毛鄭功臣在，獨有彌天釋道安』是已。松陵朱長孺氏取道源草本增删刊布，幾於家有其書，是真足爲玉谿功臣。惟是長孺祇詳徵其隸事來歷，而句釋字疏之，至於作者之精神意旨，不過間有一二發明處。未有若太史之望古遥集，臨風結想，以意逆志，或以彼詩證此詩，或以文集參詩集，兼復博稽史傳，詳考時事，謂某篇爲某事而發，某什係某時所抒。千禩而下，覺玉谿之交游出處，襟抱行藏，一一湧現紙上，凡有識者寧得以牽合傅會目之乎？譬諸經傳，長孺注則漢儒之箋疏名物也；太史注則宋儒之闡發理藴也。近日注玉谿詩者，大江南北，迭有新刊，恐無能出太史右矣。獨念此書告成而先子先兄俱不及見，爲之撫卷淒斷，不能自已。江都汪增寧序。（程夢星《重訂李義山詩集箋注》卷首）

程夢星

【重訂李義山詩集箋注凡例】義山詩集之有箋注，宋元明以來無之。有之，自吳江朱長孺氏始。長孺雖得釋道源開其源，而承流疏瀹之功實爲繁多，海内已家有其書矣。顧其間或有擇焉未精者。如《送李千牛赴闕》詩『内豎依憑切』引程元振不引尹元正，『凶門責望輕』引宦官監軍不引李懷光懷貳，『中台終惡直』引盧杞忌張鎰不引張延賞間李晟，『上將更要盟』引朱滔圖要封王之命不引李懷光計并李晟之軍。《行次西郊一百韻》詩『使典作尚書』本顔師古《漢書注》，唐時領使自有使典之稱，乃就别本一作『史典』，遂引都護府史典以實之。《迎寄韓魯州》詩『聖朝推衛霍』本承上文武功而言，正用衛霍，乃就别本一作『衛索』，遂引衛瓘、索靖兩善書者以當之。《上杜七僕射四十韻》詩『寄辭收的博』本切本事，即謂杜悰，乃遠引李德裕。《昔帝迴冲眷》詩『斯文虚夢鳥』本切蜀事，自用揚雄，乃泛引羅君章。至於『獻書秦逐客』，不引最有關係之張九齡，乃引不足重輕之無名士子，『間諜漢名臣』不引臘丸達表之顔真卿，乃引反間激賊之楊國忠。《武宗挽歌辭》『周王傳叔父』不引北周明宗傳位之事以比武宗繼統，乃無所發明，『漢后重神君』不引漢高白登出圍之事以比武宗武功，乃引漢武祀長陵女子事。《辟工部蜀中離席》詩本爲應辟東川之作，乃泥題中誤字以爲擬杜工部，詩中『雪嶺未歸天外使，松州猶駐殿前軍』二語，又不引劉潼奉使、王贄弘出兵事，乃引廣德中魚朝恩永泰中屯北苑。《曲江》詩通首皆詠文宗，乃謂前四句詠明皇，後四句詠文宗，以致全詩語脈不通。《渾河中》詩『英雄養馬』本謂渾公部曲，乃引金日磾養馬比渾公本身，遂致二語文字不順。又有語焉未詳者。如《武宗挽歌》只引即位不引初爲皇太弟，則於『周王傳叔父』一語難解。《哭蕭侍郎詩》只引初貶遂州刺史，不引再貶遂州司馬以卒，則於哭蕭侍郎一事未詳。《隋宫》詩只引《拾遺記》『春蘭秋菊』，不引後主所嘲『今日逸遊』諸言，於詩中『豈宜重問』語氣不接。《鄠杜馬上念漢書》只引丁傅家世，不引《外戚傳贊》論列宣帝之言，於詩中『英靈未已』義理不透。《哭劉司户》詩『不待相孫弘』只引對賢良策擢第一，不引初來罷歸再徵乃擢第，於詩中『不待』二字意味未出。又有得其似不得其真者，如《寄南山趙行軍》及《自南山北歸》詩，以爲長安之南山，未考《三國志》蜀中亦有南山。《漢祖廟》詩以爲徐州有此廟制，未考《漢書》天下郡國多有此廟。此類甚多，難以盡舉。愚不揣固陋，一一考辨，繫於各詩之下。豈敢違戾前人，蓋欲小補不逮耳。

朱長孺氏專心致力於注，其箋則取諸他人，間有自箋繫於題下繫於句下者，蓋什百之下耳。所採之箋，如陳，如潘，如錢，惟錢夕公最爲得之。錢箋尚多，朱取止此，可謂擇其尤雅矣。然舍錢而外頗有未合。如《漢宫》詩、《促漏》詩，皆以爲宫怨之類。愚反覆本文，俱爲寄託。以意逆志，有見輒箋。敢謂探驪得珠，聊異刻舟求劍。倘有以好新立異繩之者，請以《韓詩外傳》爲解。注則多從朱氏，間有改訂增補。譬之《文選》，李善之功居多，加以訓詞，五臣之意别在也。注書於諸家之説有必載其自來者，如吕伯恭《讀詩記》是也；有不必載其自來者，如朱文公《集注》是也。然或載或不載，要當有分别。如未經行世之書，則表彰其人，乃著首功；若家傳户誦之本，則省其標名，亦便流覽。今此集注多從朱，固不煩載朱矣，即道源注爲朱所標出者，亦復省之，以朱本行世久矣。其或於引據僻書以及各抒特見，則不但仍存道源，抑且另標朱氏，不敢混爲己有，以招攘善割榮之譏焉。年譜與詩相爲表裏。義山詩編次失倫，尤以譜爲考驗。長孺所輯，於時事多有疏漏，如《贈劉司户》《哭劉司户》諸詩，必在劉司户既貶且卒之後，豈可繫於大和二年方應制舉之初？崇讓宅諸詩，當在義山節次往來之時，豈可繫於方别河陽之日。《過伊僕射舊宅》，未考事實，遂誤訂爲楚中所作。《上杜七僕射》二首，未究詩語，遂皆以爲東川之詩，今重加考訂，乃有歸宿。

題有重書，《送從翁赴東川》是也；詩有互舛，《槿花》與《晉昌馬上》是也。前人已知其非，今皆悉爲釐正。亦有沿訛襲謬未經前人拈出者，如《辟工部蜀中離席》之爲誤字，《送李郎中充昭義攻討》之有闕文。愚反覆詳繹，爰考端倪，各求證據。古人云：『思誤書亦是一適。』愚以此自適其適焉。

《無題》諸詩，人多目爲《閒情》之賦；詠物諸作，又或視若《爾雅》之詞。之二者交失之矣。愚見《無題》近於怨曠者，皆怨及朋友之寓言；詠物近於幽閒者，乃顛入温柔之綺語。逐篇三復，自然得之。《國風》《離騷》，是其所本。苟或以爲反是，則《無題》媟昵，大是罪人；詠物無情，未爲俊物也。詩須有爲而作也。義山於風雲月露之外大有事在，故其於本朝之治忽理亂往往三致意焉。其旨易知，其事可考。如《贈李千牛》《哭蕭侍郎》，及《昔帝迴冲眷》諸長律皆是也。愚一求得其實以歸之，使義山憂時愛國之心與杜子美相後先，庶無負荆公『玉谿學杜』之言，亦可洗李涪『無一言經國，無纖意奬善』之謗也夫！

杜詩云：『轉益多師是汝師。』義山師承蓋亦不一。集中有學漢魏者，有學齊梁者，有學韓者，有學李長吉者。此格調之詭譎善幻也。愚於箋注之外間論及之。豐干饒舌，未免卮言。要使論義山者不得以三十六體爲肩隨，不得以西崑一派爲祖述焉而。

長孺注本，前有詩評，雖無關於注疏，亦有益於清言。但寥寥數條，未資博物。愚乙夜消困，丁部縱覽，有涉論義山者，隨筆採録，以爲詩話。積有時日，乃得如干。同邑馬半查曰璐復搜羅以增益之。非欲詩多鬬靡，蓋以存尚論之義云。

注書繕本，各有一式，逐段繫注者，《十三經注疏》以來皆然，是以長孺注本從之。然語句間斷，諷誦難之。近世錢虞山注杜，宋商邱注蘇，皆先詩後注。故愚變長孺之例，亦概繫於每篇之後。凡非朱注而新增者，悉加一

『補』字以别之。所引之注，必采唐以前事。間取唐人詩賦入注者，亦必斷自開成以前。如朱本舊注《通志》《埤雅》《雲笈七籤》之類，皆宋人所著之書。書雖後出，事則在前，故仍因之。至事有習見而仍采録者，便初學也；注有見前而不更書者，省卷帙也。

年譜横列，史書之表體也，其文往往從簡。然表簡有紀、傳詳明，譜簡則時事闕略，本以資詩柄之考據，何必拘史筆之警嚴？朱氏宗虞山錢氏之《杜譜》，記載寥寥；愚則從五羊王氏之《蘇譜》，采事加廣。王氏已變横列，愚亦從之長編。至於朱氏編年，於太和六年以前多有斷缺，不思事後有詩，前須存案；事若缺漏，詩於何徵？即或無事之年，亦爲生長之算。今一一備録，不敢或遺。若夫義山之生，朱氏與崑山徐氏皆未獲有定論。愚從《驕兒詩》按以史事得之。義山之卒未有確據，愚以《過崔兗海宅》詩證之，均可補是譜之遺憾。雖不敢比顔師古之注《漢書》，號爲諸家功臣；或者如王子年之著《拾遺》，竊爲古人董狐也。

詩論一手易盡，多聞實藉友朋。愚之爲此箋注也，瀘州先遇甫著、武陵胡復翁期恒、天門唐赤子建中、吴下何屺嶦倬、顧俠君嗣立、顧南原藹、王梅沜藻、桐城方扶南世舉、錢塘厲樊榭鶚、陳竹町章、同邑尤仲玉瑋、黄北垞裕、楊蓮溪濂、許藕生建華、家偕柳元愈、鈞奏章、松喬夢鈞、蒿亭式莊、夔州崟，往復考證校讎之功皆不可泯。而箋則扶南商榷之意居多，注則北垞櫛比之力不少，其功尤不可泯。

愚箋注義山詩，每苦藏書無多，末由考覈。同邑馬嶰谷曰琯夙稱淹雅，蓄書甚富。鄴架取覽，不厭煩瑣。借書一癡，固不免濟翁所誚耳。義山取材極博，當時書籍實繁。降而宋、元，遂已放軼。即如《選注》所引，今多不復存矣。此注補朱之遺，什僅一二，多有疑者，仍然闕之。古人賫三尺油素以廣咨訪，愚尚有望於淹雅之君子。

是書采録始於康熙癸巳。迨乙未放歸田里，益事探討，粗得梗概。本意藏諸篋笥，非敢出而問世。同邑汪澹人從晉一見擊節，商付梓氏。未幾澹人歸道山，遂寢其事。乾隆癸亥冬，澹人仲子友于增寧欲繼先人之志，即爲開雕。友于能讀父書，克紹前修，良足多云。（《重訂李義山詩集箋注凡例》）

顧奎光

元人多宗二李，天錫善學義山，子虛善學長吉。（《元詩選》）

臧　岳

《賦得月照冰池八韻》疏義：首句籠起『月』字。次句籠起『冰池』。三四籠起『照』字。五六虚寫『照』字。七八實寫『照』字。以下六句又以故實烘染。『顧兔』貼月，『潛魚』貼冰，『鵲驚』貼月，『狐聽』貼冰，『似鏡』貼月，『如霜』貼冰。六句皆用分賦，末二句以人見月照作結。參評：毛初晴曰：金波璧彩，皆指月光，然與璧池水波兩合，故佳。鵲欲繞冰，狐不疑月，可謂良工苦心。惜四句俱有禽蟲名耳。趣陶園曰：結尾『游』屬冰，『翫』屬月，字非苟下。（《唐詩類釋》卷一）

《賦得桃李無言》疏義：首韻破『桃李』。次韻承明『無言』。三韻分賦『桃李』，貼切『無言』。四韻洗發『無言』。五韻作一總束，喝起下文。末韻以幽芳自許作結，反寓干請之意。參評：第四韻賦寫『無言』，其妙處亦只可意會，不可言傳。（同上卷十五）

方棨如

【與王立甫書（節録）】昌黎語劉正夫曰：『文無難易，唯其是。』習之語王載言曰：『文無難易，極於工。』此二言者如左右手，斷其一，則兩俱廢。不是非工也，不工非是也。故皇甫持正之誌昌黎也，曰：『至是歸工。』則既盡之矣。雖然爲此者有族有祖，昌黎蓋祖《左》《史》、揚子雲，而以劉向、班固輩爲之族，故其文奇而法。河東蓋祖《國語》《漢書》，而以杜欽、谷永輩爲之族，故其文密而至。樊川則已固矣，然所祖者尚在賈太傅、晁家令，而以韓、柳爲之族。故其文散朗勁俠，得韓一體。習之、持正及可之輩，不能紀遠，祖於韓，而還相爲族，故論者以爲學韓而不至。夫其學韓也，兹所以不至也。賴其才力雄獨，故尚能持門户。苟才減諸人，則不勝困躓矣。如義山、襲美等皆是也。（《集虚齋學古文》卷三）

殷元勳等

《碧城三首》李有斐云：曉珠，啓明也，極切『曉』字，而與《戊籤》所謂『曉珠不定，是以有星沉雨過之惆悵』，意尤順。明又定，則既無陰雨以阻其來，又不嚮晨以促其去，可永遂其綢繆之樂矣。故云：『一生長對水晶盤』也。

『莫道人間總不知』結句是戒之言。莫謂深宫縱欲無人得知，固已昭然難掩也。甚得《國風》刺淫之旨。（《才調集補注》卷六）

《杏花》首句用杏園探花事，義山開成二年進士，爲令狐所屏，流落終身，官不挂朝籍，故借杏花以寄慨。（同上）

《促漏》程湘蘅云：此與《深宫》詩同意，故用向月、爲雲事，謂只宜向月，更不得爲雲也。落句似暗用甄后『蒲生我池中』詩語。（同上）

《水天閑話舊事》程湘蘅云：疑主家有安樂、太平之行，故云爾。（同上）

《深宫》程湘蘅云：唐自肅、代以後，天子制於閹竪，代不立后，至易世始追稱之。敬、文之間，享國日淺，先朝嬪御疑有失德，故詩言如此。結謂陽臺雲雨，祗堪形諸夢寐，不謂人間乃有薦枕解珮事也。其諷警深矣。（同上）

邊連寶

《讀義山》詩家大成集浣花，含蓄百氏無垠涯。大曆以後稍靡弱，剽掠剿襲空紛拏。元白韓李名相亞，元輕白俗喧淫哇。獨有昌黎玉溪叟，杜陵鎔鑄雙鏌鋣。下及北宋起異議，江西派别西崑家。牛李蜀洛立門户，黨枯讐朽相疵瑕。余謂二子雖異派，鈎盤簡潔分梳爬。同出崑崙向碣石，仍歸一綫無等差。荆公許李窺杜奥，可云老眼無蒙遮。《韓碑》學韓便學杜，《籌筆》雖杜何其加。五言大篇愈雄渾，惶惑萬怪奔洪河。勢如武鄉圖《八陣》，烏蛇龍虎相攫撾。又如淮陰將百萬，各就班部嚴讙譁。其餘艷體不無謂，宜濾精液捐滓渣。『楚雨含情皆有托』，注脚自下何明耶！擬似應絶段十六，狹邪豈比温八叉。余素主韓不主李，筆如牛弩私矜誇。詎知韓體便枵腹，中乾外强徒查牙。不持寸鐵白手戰，終遭窘辱難騰那。題詩跋後用自警，兼示學子持頹波。（《隨園詩草》卷二）

《偶題》浮浪應嗤李義山，風流莫羨杜樊川。老來不作揚州夢，病後曾參雪竇禪。索句偶違綺語戒，受生似在辨才天。水沉一炷殘燈夜，隻影隨人擁褐眠。（同上卷八）

李瑛

《隋宫》（紫泉宫殿）言外有無限感慨，無限警醒。（《詩法易簡録》）

梅成棟

《無題》（昨夜星辰）鏤心刻骨之詞，千秋情語，無出其右。（《精選七律耐吟集》）

王鳴盛

《韓碑》（馮浩《玉谿生詩箋註》）既已編年，又有編有不編，已屬自亂其例，不可爲訓。又將《韓碑》一篇超升卷首，進退無據，體例紛冗，尤非也。（馮浩《玉谿生詩箋註》初刊本王氏手批）

《陳後宫》（玄武）尾聯批：直詠其事，不置一詞。（同上）

《贈宇文中丞》中丞追書，不可爲訓。（同上）

《有感二首》乙卯年有感，丙辰年詩成，不但獺祭，亦且研十年鍊一紀矣。全集只六百首，皆用幾許功夫琢成，非率爾操觚可及。（同上）

《哭遂州蕭侍郎二十四韻》《有感》爲訓、注稱寃，他處又斥其奸，非自相矛盾，乃并行而不悖者。（同上）

《南山趙行軍新詩盛稱游讌之洽因寄一絶》此必山南西道節度之擅作威福，多行殺戮，且有斃其姬侍之事，故因其行軍司馬盛稱游宴而因以諷之。言司馬日事尋春而不談兵法如孫武，轉可以免美人浪死之慘也。〇山南西道節度即令狐楚，義山感知最深，必無所刺。況楚亦并無此事。詩意見令狐待士之厚，乃軍風流跌蕩，雖不必憂國爲心，較他鎮之托名講武而擅作威福，浪殺姬人者大不同矣。（同上）

《及第東歸次灞上却寄同年》尾聯批：不過尋常叙别語，亦必用如許曲致。義山之思深而解者（指馮氏箋）之悟微，兩得之。（同上）

《商於新開路》尾聯批：小小處皆用比興，從無直叙者。（同上）

《壽安公主出降》内地臣子而竟如强虜，幾若漢之於匈奴昆莫者，宗女而委之凶悖之子，豈睦宗乎？且不臣者多矣，此禮豈能時時以之邪？詩意如此感憤激烈，老杜之遺。（同上）

《哭虔州楊侍郎虞卿》『旋踵戮城狐』句批：此以城狐比舒元輿、李訓、鄭注，又與《有感》詩之意相反。（同上）

《病中早訪招國李十將軍遇挈家遊曲江》（又一首：家近紅蕖）馮解妙絶確絶。（同上）

《韓同年新居餞韓西迎家室戲贈》此迎何必不是行親迎禮？何以見其必是已成婚後女回涇原而韓往迎乎？（同上）

《漫成三首》次章『清新』二句批：刺忌者，其語顯然。（同上）

《無題（照梁初有情）》巧于言愁。昔人謂讀孟東野（詩）令人不歡，予謂讀義山（詩）真不歡也。（同上）

《安定城樓》心之所期，唯在江湖，恐歸時已將白髮。天地間事事夢幻，只有扁舟夷猶自得爲樂耳。安得一日一盡回，捨紛紛者而入之哉！故結以應制科不得比之腐鼠。如諸家解，則熱中甚矣，如何可接末二句？（同上）

《回中牡丹爲雨所敗二首》首章批：悲涼婉轉，無限愁酸。（同上）

《贈送前劉五經映三十四韻》馮浩原批：在本集中，此非上乘。王批：孟亭知言。（同上）

《無題二首》（昨夜星辰、聞道閶門）次章批：其所懷者，吴人也，故云閶門，又云『吴王苑内花』。馮先生因秦樓二字用簫史、弄玉事，故以爲王茂元後房，恐太泥。唐時風氣，宴客出家妓，常事耳，何必婦翁！（同上）

《詠史》（歷覽前賢）一團忠愛，滿腔悲憤。（同上）

《井泥四十韻》李德裕似不當在倖進小人之列，此語亦是誣之。先生辨集中只有傷惜衛公語，無貶詞，惟《上杜悰》以惡草比之，出于不得已。『惡草』句，先生誤會也。而于此又以《井泥》所刺小人指衛公，自相矛盾矣。（按：馮箋謂《井泥》詩當『文宗崩，武宗立，楊嗣復輩遠斥江湘，李德裕由淮南入相之時』所作。）（同上）

《送千牛李將軍赴闕五十韻》『在昔』以下，追叙其先世功勳，太覺繁多。（同上）

《崇讓宅東亭醉後沔然有作》京華無遇合，故欲改絃更張，向東南别尋道路。寫出被擯不遇，故云『驊騮憂老大，鶗鴂妬芬芳』。（同上）

《臨發崇讓宅紫薇》末二句憤激之言。（同上）

《贈劉司户蕡》一結忍不住直説出來，悲涼嗟怨。因已與劉俱被擯斥，故同病相憐，如此沉痛。（同上）

《潭州》中四句全是弔古，而傷今在其中。弔古顯然，傷今則並無明文，不可知也。馮箋揣度附會，太覺穿鑿。

○其實不過是在潭州官舍，薄暮登樓，懷古凭弔，有鄉人同客於此者，待之未至，故云『目斷故園人不至，松醪一醉與誰同』，如此而已，未必有諷刺時事也。且一面痛惜嗣復之貶謫，一面又想其後房姬妾，用心殊欠光明，義山不至此。（同上）

《岳陽樓（欲爲平生）》本是愁極，却言不愁，正深于愁者也。其用筆回曲，應詩人中所罕見。（同上）

《華州周大夫宴席》言已受大夫之知遇，不減戴崇，如某公者，大夫雖敬之，不過如彭宣耳，不如待己之親密也。無如己命不猶，仕途顛頓，反出此公之下，戴崇反不如彭宣矣，豈不辜負大夫盛德哉！（同上）

《贈子直花下》並馬唱酬，外貌未嘗不款洽，奈心已離矣，此綯之所以爲小人也。（同上）

《哭劉司户二首》（次章『并將』二句）沈鬱之句，誰能錘鍊到此，惟少陵有之。（同上）

《即日（小苑）》下半首寫征戍，真子美同調。（同上）

《登霍山驛樓》『狂孽』及下『狂童』（按：指行次昭應道上詩首句），以指劉稹，而且稱幸其亡。重有感詩，以竇融、陶侃、鷹隼比劉從諫，過中武威公交城莊詩，又以丙吉、羊祜比之，從諫之賢如此，何於稹略無憐之意？……何義山文筆，自相矛盾如此！（同上）

《喜聞太原同院崔侍御臺拜兼寄在臺三二同年之什》一篇中用七物，人必以堆砌譏之。當知此爲西崑體，組織工妙。自宋人刱爲空疏鄙俚之格，故反以此爲病耳。（同上）

《題小松》《小松》詩亦多自容，雖疏薄，未必贋作。（同上）

《題鄭大有隱居》（題内）『有』字疑衍。（同上）

《謝往桂林至彤庭竊詠》鄭亞爲桂管觀察，在大中元年二月，而義山赴幕，恐未必即在是春，以『金星』『銀漢』乃秋令語也，下章（指《離席》詩）『從公』亦不必泥，或義山於秋間到桂林亦可。（同上）

《淚》抑塞終身，窮途抱痛，故上六句泛寫淚，末二句結到自家身上。青袍似草，流落依人也。其爲湖湘與？桂管與？東川與？皆不可知。總是初發京師，遠行之始所作。言吾每念古人，下淚處不一而足。世上原覺有淚處多，

今朝來灞水橋邊，又到傷心地矣。赴東川不知可要過灞橋，再考。（同上）

《摇落》（馮浩）此箋甚確，知桂府後，東川前，鑿有此一段行跡。（同上）

《深宫》《深宫》是託于宫人之廢棄者以寫怨。起自陳寂寞。中二聯，每聯以一腴一枯相形。結則羡彼之承寵。（同上）

《因書》如無《摇落》等三篇（包括《過楚宫》及本篇），則竟可删抹此段，盡徙之東川矣，今不能也。（同上）

《杜工部蜀中離席》成都將歸，留别邊將之駐雪山松州者而作。雖駐松雪，亦得以公事留寓成都。或其人本與義山有舊，故末句慰之，成都亦堪送老，毋恨不得歸朝也。（馮箋）曲説太迂。（同上）

《促漏》尾聯批：羡他人之得意，傷己之孤獨。（同上）

《無題》（相見時難）『春蠶』二句：沈鬱之句，與老杜異曲同工。（同上）

《野菊》即一物而自寫淪落不遇之感。（同上）

《驕兒詩》『或謔張飛胡』句批：今俗所造多鬚之字曰『胡（鬍）』，未嘗以『胡』當之。『胡』乃牛頸之垂者，不知何以作多鬚解之。（同上）

《偶成轉韻七十二句贈四同舍》（『武威將軍』一段）此段馮箋精確詳明，真善于考古者，洵此集之功臣也。○『廷評』四句批：四同舍，一是以幕官帶試大理評事銜，一是掌書記，一是姓鄭，一是姓裴。其的係何人，則皆不可知。（同上）

《戲題樞言草閣三十二韻》樞言姓李，其即四同舍之一乎？抑别一人乎？○孟亭編次年譜精當，故能使李詩趣味盡出。（同上）

《詠懷寄祕閣舊僚二十六韻》『小男』二句批：其時妻已卒，惟兒女在側，對之心酸，故云。（同上）

《二月二日》第三聯斗接有神，一結悽惋有味，惟義山有之。（同上）

《當句有對》義山《無題》詩極著名，豈知其有題者亦皆無題也。如《當句有對》之類，則無題之尤者矣。度詞

讕語，可解不可解，隨人作解耳。此詩若解作蜂蝶得意，鸞鳳獨居，借慨己之不遇，以寫其怨，亦得也。（同上）

【李義山詩文集箋註序】論古今著述得失者甚多，請以一言決之，曰：讀書與不讀書而已矣。《李義山詩文箋注》，吾師孟亭先生碎金耳。要而論之，斷斷非不讀書人所能辦也。蓋義山爲人，史氏所稱與後儒所辨，均爲未得其中。注之者倘非貫穿新、舊《唐書》，博觀唐、宋人紀載，參伍其黨局之本末，反覆於當時將相大臣除拜之先後，節鎮叛服不常之情形，年經月緯，了然於胸，則惡能得其要領哉？若先生之所注，信乎其能如是矣！是雖不過一家之言，而已有關於史學。尤奇者，鉤稽所到，能使義山一生蹤跡歷歷呈露，顯顯在目。其眷屬離合，朋儕聚散，弔喪問疾，舟嬉巷飲，瑣屑情事，皆有可指，若親與之游從，而籍記其筆札者。深心好古如是，細心考古如是，平心論古如是，讀之直恨先生不具千手眼，盡舉天下書評閱之然後快也。故曰：斷斷非不讀書人所能辦也。或謂著述家蹈空者固多，若注釋則安能蹈空爲？予謂不然。夫躁於求名而懶於攷核，俗學之恒態也。彼所甚畏者，史册之繁重，故所引用，每不出於本書，徒襲取人牙後慧，鈔謄了事。如此，縱滿紙爛然，究與蹈空無異。不但虚談義理、馳騁筆鋒者空而無實，即在注釋家亦猶之空而無實矣。若先生此編，則從實學中來，非襲取可得。甚矣，真讀書人可貴也！予曩者由詞館教習出先生門下，每蒙招集邸舍，杯酒論文，受益多矣。比來跧伏里閈，竊欲以垂老之年，專力經史，以藥游談不根之病。捧誦此編，爰趣舉膚見，書之簡端，用爲勸學之一助。若夫義山詩文家數何如，其出處行事何如，諸家論之詳矣。兹不復贅云。乾隆丁亥九秋，受業東吴王鳴盛拜撰。（馮浩《玉谿生詩集箋注》卷首）

【借韻（節録）】唐人今體詩用韻，悉與今《廣韻》合，惟李義山首句多借一韻，《松陵集》亦然。……沿至宋人，東坡、山谷、石湖、放翁、誠齋諸大家，律絶首句借韻，竟成捷徑，要李、陸爲之作俑也。（《蛾術編》卷七十七）

袁枚

李義山《詠柳》云：『堤遠意相隨。』真寫柳之魂魄。與唐人『山遠始爲容，江奔地欲隨』之句，皆是嘔心鏤骨

而成。粗才每輕輕讀過。吴竹橋太史亦有句云：『人影水中隨。』（《隨園詩話》卷一）

凡事不能無弊，學詩亦然。學漢、魏、《文選》者，其弊常流於假；學李、杜、韓、蘇者，其弊常失於粗；學王、孟、韋、柳者，其弊常流於弱，學元、白、放翁者，其弊常失於淺；學温、李、冬郎者，其弊常失於纖。人能取諸家之精華，而吐其糟粕，則諸弊盡捐。……（同上卷四）

今人論詩，動言貴厚而賤薄。此亦耳食之言，不知宜厚宜薄，惟以妙爲主。以兩物論，狐貉貴厚，鮫綃貴薄。以一物論，刀背貴厚，刀鋒貴薄。安見厚者定貴，薄者定賤耶？古人之詩，少陵似厚，太白似薄；義山似厚，飛卿似薄：俱爲名家。猶之論交，謂深入難交，不知淺人亦正難交。（同上）

人有滿腔書卷，無處張皇，當爲考據之學，自成一家。其次，則駢體文，盡可鋪排，何必借詩爲賣弄？自《三百篇》至今日，凡詩之傳者，都是性靈，不關堆垜。惟李義山詩，稍多典故，然皆用才情驅使，不專砌填也。……（同上卷五）

詩人家數甚多，不可硜硜然域一先生之言，自以爲是，而妄薄前人。須知王、孟清幽，豈可施諸邊塞？杜、韓排奡，未便播之管絃。沈、宋莊重，到山野則俗；盧仝險怪，登廟堂則野。韋、柳雋逸，不宜長篇；蘇、黄瘦硬，短於言情。悱惻芬芳，非温、李、冬郎不可。屬詞比事，非元、白、梅村不可。古人各成一家，業已傳名而去。後人不得不兼綜條貫，相題行事。雖才力筆性，各有所宜，未容勉强；然寧藏拙而不爲則可，若護其所短，而反譏人之所長，則不可。所謂以宫笑角，以白詆青者，謂之陋儒。……（同上）

古人門户雖各自標新，亦各有所祖述。如《玉臺新詠》、温、李、《西崑》，得力於《風》者也。李、杜排奡，得力於《雅》者也。韓、孟奇崛，得力於《頌》者也。李賀、盧仝之險怪，得力於《離騷》《天問》《大招》者也。元、白七古長篇，得力於初唐四子，而四子又得之於庾子山及《孔雀東南飛》諸樂府者也。今人一見文字艱險，便以爲文體不正，不知『載鬼一車』，『上帝板板』，已見於《毛詩》《周易》矣。（同上）

某太史掌教金陵，戒其門人曰：『詩須學韓、蘇大家，一讀温、李，便終身入下流矣。』余笑曰：『如温、李方是真才，力量還在韓、蘇之上。』太史愕然。余曰：『韓、蘇官皆尚書、侍郎，力足以傳其身後之名。温、李皆末僚賤職，無門生故吏爲之推挽，公然名傳至今，非其力量尚在韓、蘇之上乎？且學温、李者，唐有韓偓，宋有劉筠、楊億，皆忠清鯁亮人也。一代名臣，如寇萊公、文潞公、趙清獻公，皆西崑詩體，專學温、李者也，得謂之下流乎？』（同上）

無題之詩，天籟也；有題之詩，人籟也。天籟易工，人籟難工。《三百篇》《古詩十九首》，皆無題之作，後人取其詩中首面之一二字爲題，遂獨絶千古。漢魏以下，有題方有詩，性情漸漓。至唐人有五言八韻之試帖，限以格律，而性情愈遠。且有『賦得』等名目，以詩爲詩，猶之以水洗水，更無意味。從此，詩之道每況愈下矣。余幼有句云：『花如有子非真色，詩到無題是化工。』略見大意。（同上卷七）

唐義山、牧之、昌黎，同學杜者，今其詩集，都是别樹一旗。（同上）

『莫憑無鬼論，終負託孤心』，何言之沉痛也！『昇沉閣下意，誰道在蒼蒼』，何求之堅切也！『知親每相見，多在相門前』，何刺之輕薄也！『生應無輟日，死是不吟時』，何吟之溺苦也！俱非唐人不能作。李少鶴哭人云：『世緣猶有子，死日始無詩。』亦本於唐。（同上卷八）

宋真宗時，宋子京乘車，路遇宫人，知爲狀元，呼曰：『小宋耶？』子京賦詩，有『更隔蓬山一萬重』之句。流傳禁中，真宗知之，賜以宫女，曰：『蓬山不遠』。（同上）

李義山屬對最工，而押韻頗寬，如『東、冬』『蕭、肴』之類，律詩中竟時時通用。唐人不以爲嫌也。（同上卷十二）

嚴冬友曰：『凡詩文妙處，全在於空。譬如一室内，人之所游焉息焉者，皆空處也。若窒而塞之，雖金玉滿堂，而無安放此身處，又安見富貴之樂耶？鐘不空則啞矣，耳不空則聾矣。』范景文《對牀録》云：『李義山《人日》詩，填砌太多，嚼蠟無味。若其他懷古諸作，排空融化，自出精神。一可以爲戒，一可以爲法。』（同上卷十三）

詠史有三體：一，借古人往事，抒自己之懷抱，左太冲之《詠史》是也。一，爲隱括其事，而以詠嘆出之，張景陽之《詠二疏》，盧子諒之《詠藺生》是也。一，取對仗之巧，義山之「牽牛」對「駐馬」，韋莊之「無忌」對「莫愁」是也。（同上卷十四）

何義門曰：「馮定遠謂：『熟觀義山詩，可免江西粗俗槎枒之病。』余謂熟觀義山詩，兼悟西崑之失。西崑只是雕飾字句，無論義山之高情遠識，即文從字順，猶有間也。」（同上）

義山譏漢文召賈生問鬼神，不問蒼生。此言是也。然鬼神之理不明，亦是蒼生之□。嗣後武帝巫蠱禍起，父子不保，其時無前席之問故耳。余故反其意題云：「不問蒼生問鬼神，玉谿生笑漢文君。請看宣室無才子，巫蠱紛紛死萬人。」（同上卷十六）

李義山詩云：「願得化爲紅綬帶，許教雙鳳一時銜。」黄甘泉秀才《途中》詩云：「惘惘行百里，多情毋乃太。安得籠鵝生，全家口中帶？」風趣殊佳。甘泉，名世塏，徽州人。（同上）

《巴江柳》借柳自比，有慨世不用意。（《詩學全書》卷一）

《漢宮詞》唐憲宗服金丹暴崩，武宗、穆宗復循其轍。義山此詩，深有託諷。言服金丹果可不死，漢武何不先止相如之渴乎？下二句指穆（？）宗崩，李德裕遂斥貶。實事而以虚用。（同上）

《牡丹》（壓逕復緣溝）首二句牡丹之盛。三四言牡丹之貴。五六比牡丹之豔。末言世重牡丹，亦知萱草能忘憂乎？「一國破」，如佳人傾國；「萬金求」，長安牡丹有一本值萬金者。（同上）

《馬嵬》（海外徒聞）首二句，意則用貴妃死後在蓬萊山，道士求得見之，語則用鄒子「九州之外更有九州」，此所謂意用事、語用事者。三四言貴妃死，玄宗夜不能寐，空聞宵柝，非因朝中雞人之警也。同駐馬，軍士至馬嵬驛憤怒，縊貴妃以安軍士。笑牽牛，昔玄宗與貴妃七夕感牽牛、織女之事，願世世爲夫婦。當時如此，今安在哉！雖爲五十年太平天子，而不能無愁也。此實事虚用，全是「空聞」「無復」「此日」「當時」數虚字。中四句情思而虚。（同上）

《桃李無言》首二句分破。二聯清「無言」。三聯「霞」指桃，「雪」指李。「暗吐」「潛銷」實寫「無言」。四

聯、五聯合寫。末二『赤白』指桃李，有自負不羣之意。（同上卷二）

《靈仙閣晚眺》首二引起在閣晚眺之由。次聯叙己與韋隱顯殊途，籠起所以寄詩之故。三聯、四聯、五聯正寫在閣晚眺。華山有蓮花峯，荆山出美玉。孱顔，不齊貌。六聯、七聯、末聯，正寫寄韋之意，言韋就安車之詔，異日定縣令負弩矢前驅以迎之。而已則如夏侯湛之與潘安連璧，李膺之與郭泰同舟，今皆分散，一爲閣中之幽人，一爲鄆州之鴻軒，而不可攀也。（同上）

《送從翁從東川弘農尚書幕》首段八句，前四叙送從翁之行，後四言主帥得人，可展其才。次段十二句，叙己與從翁出處之由。『心懸』二句，承上『小隱』，『素女』四句，隱居求仙之事。『豈意』二句，言與從翁俱出而用世也。三段十二句叙己先參弘農尚書幕之事。『薄俗』四句，己與同僚不合。『敢共』四句，言己辭幕之情。『末至』四句，言己辭幕後，屢蒙尚書垂問。『屢曾』二句，言尚書贈詩而己報之也。四段十八句，叙從翁赴幕之景與情。『我恐』句承上，『君先』句起下。『甘心』四句，言從翁以郎官參幕府。松、喬，照上『小隱』，『錦里』切東川，『雲臺』切郎官。『一川』二句，叙赴東川之景。『瘴雨』四句，赴東川之情。『幾處』六句，赴東川之事。末十句，勉其立功於東川。『問故僚』，言己曾參尚書幕，末二有自薦意。（同上）

《五言述德抒情詩一首獻上杜七兄僕射相公》首四頌其降生不凡。次段八句，叙其家世才品。『武鄉』二句，才兼文武也。三段十二句，叙其入相以致太平。四段十二句，叙其罷相之由。五段二十句，叙其出鎮西蜀以靖邊亂，並在鎮燕游詩酒之樂。六段二十句，義山自序，言前蒙顧盼，終不遇而歸，奔走道途也。『黔突』『倚衡』，言奔走之苦。末四句，有覬望意，義山亦宗室。（同上）

《自桂林奉使江陵途中感懷寄獻尚書》首四叙寄詩之由。次段二十八句，叙在桂府幕中之情與景。三段二十四句，寫途中所感之懷。客途寂寞，故觸景增傷。『東道』二句，迴憶鄭公。『逸翰』四句，望鄭寄詩之意。末四句，有望鄭之垂顧而薦拔也。（同上）

《贈從兄閬之》首二言與世違，欲歸於從兄偕隱。中四寫從兄隱居之景與物，末二戒其勿出也。（同上卷三）

《寄裴衡》此因裴之來訪而寄之以詩。首二敘裴過訪。三四秋景。五六言情。末寄詩而望其始終不落寞也。（同上）

《哭劉蕡》首二言劉受屈而死。《離騷》，巫陽受上帝之命，下招宋玉（屈原）之魂。三四生前音問不通。下四正寫「哭」之情。（同上）

《登安定城樓》首句寫城樓，次句寫樓外之景。頷聯賈誼、王粲比己不得志。頸聯寫自浪遊之迹。末二自負，以腐鼠比幕職，以鵷雛自比。（同上）

《登霍山驛樓》首二破題，霍山上有嶽廟。中四樓前景物，末二感亂，時劉稹叛。（同上）

《題鄭大有隱居》首二隱居，三四言景。五六正寫「隱」字。末贊其居似仙境。大有居近子晉憩鶴臺，子晉好吹笙，故云。（同上）

《詠史》（歷覽前賢）此著侈夸之戒。吐谷渾青海中出千里馬。（同上）

《漫成三首》首章譏何、范虛擅詩名。二章見有詩名者常遭毀謗。三章見有真才自有真賞。（同上）

《漫成五章》一，此溯律詩之源。二，此嘆詩人之窮，意以李、杜尚不免被謗，況餘人乎？三，此即「寧爲百夫長，勝作一書生」意。四，此譏裨將之專權。五，此譏邊將生事，以致亂而想李、郭也。（同上）

《蟬》首二從聞蟬起。三句承上「聲」字，四句承上「高」字。五六轉，言薄宦而起故園之思，那堪更聞爾聲之相警也。末仍合到聞蟬作結。（同上）

【論句法（節録）】映帶句者，所謂言風不專言風，言雨不專言雨也。須帶別事別物中串定兼説，則句方風流藻豔，易動閲者之目，晚唐人句法多類此。「半展龍鬚席，輕斟瑪瑙杯」；以上映帶句。《杏花》排律：此扇對句用之開首者。「池光不定花光亂，日氣初涵露氣乾」，「座中醉客延醒客，江上晴雲雜雨雲」，以上句中對。（同上）

【與稚存論詩書（節録）】文學韓，詩學杜，猶之遊山者必登岱，觀水者必觀海也。然使遊山觀水之人，終身抱一岱一海以自足，而不復知有匡廬、武夷之奇，瀟湘、鏡湖之妙，則亦不過泰山上一樵夫，海船中一舵工而已。古之學杜者，無慮數千百家，其傳者皆其不似杜者也。唐之昌黎、義山、牧之、微之，宋之半山、山谷、後村、放翁，誰非學杜者？今觀其詩，皆不類杜。（《小倉山房文集》卷三十一）

以昌黎之崛强，宜鄙俳體矣，而《滕王閣序》曰：『得附三王之末，有榮耀焉。』以杜少陵之博大，宜薄初唐矣，而詩曰：『王楊盧駱當時體』『不廢江河萬古流。』以黄山谷之奥峭，宜薄西崑矣，而詩云：『元之如砥柱，大年若霜鶻。王楊立本朝，與世作郛郭。』今人未窺韓柳門户，而先掃六朝；未得李杜皮毛，而已輕温李，何蜉蝣之多也！（《隨園詩話》卷一）

【胡稚威駢體文序（節録）】四六者，俗名也。《庚桑楚》及《吕覽》所稱四六，非此之解。柳子稱駢四儷六，樊南稱六甲四數，亦偶然語耳。沿此名文，於義何當？宋人起而矯之，輕倩流轉，别開蹊徑。古人固而存之之義絶焉。自是格愈降，調愈卑，靡靡然皮傅而已。雖駢其詞，仍無資於讀書。文之中又唯駢體爲尤敝。吾友胡稚威有意振之……本朝無偶之者也。迦陵綺園非其偶也。今人不足取，於古人偶之者玉溪生而止耳。再偶則唐四家與徐庾燕許也。（《小倉山房文集》卷十一）

王棠

年來人皆奉劍南爲準的。陸詩云：『元白纔倚門，温李真自鄶。』彼意以元白温李爲未入室也。然學劍南，一入目即知爲宋調。近又相率而學温李矣；温李妙處，豈易學哉！不學其措意，僅學其遺詞，皆于此道隔一塵在。（《全浙詩話》卷十五《燕在閣唐絶句選凡例》）

紀昀

《重過聖女祠》前四句寫聖女祠，後四句寫重過。蓋於此有所遇而託其詞於聖女。芥舟曰：後四未免自落窠臼。（《玉谿生詩説》卷上）

《霜月》首二句極寫搖落高寒之意，則人不耐冷可知，却不説破，只以青女、素娥對照之，筆意深曲。（同上）

《異俗二首》二首骨法俱老，結句各有所刺。（同上）

《蟬》起二句斗入有力，所謂意在筆先。前半寫蟬，即自寓；後半自寫，仍歸到蟬。隱顯分合，章法可翫。李廉衣曰：『一樹』句纖脆。此等尤易誤人。』與歸愚意相反，然可以對參。（按沈德潛曰：四句取題之神。）（同上）

《贈劉司户蕡》起二句賦而比也，不待次聯承明，已覺寃氣抑塞，此神到之筆。七句合到本位，只『鳳巢西隔九重門』一句竟住，不消更説，絶好收法。（同上）

《哭劉司户二首》（首章）先逭『江風』二句，末二句倍覺黯然，與右丞《濟州送祖三》詩『天寒遠山静』二句同一法門。（次章）此首一氣轉折，沉鬱震蕩，神力尤大。『無誰』二字不解，大約即無人之意。二首前虚後實，前暗後明。前述相悼之情，後乃説到大關係處，不見重複，亦不容倒置，此章法也。廉衣曰：就湓浦、荆江指點有神，但結語與首章犯複。（同上）

《悼傷後赴東蜀辟至散關遇雪》氣格高遠，猶存開寶之遺。『回夢舊鴛機』，猶作有家觀也。縮退一步，正是加一倍法。（同上）

《樂遊原》（向晚意不適）百感茫茫，一時交集，謂之悲身世可，謂之憂時事亦可。下二句向來所賞，然得力處在以『向晚意不適』句倒裝而入，下二句已含言下。（同上）

《北齊二首》四家評曰：警快。廉衣評曰：芥舟云二詩太快，然病只在前二句欠深渾，後二句必如此快寫始妙。議論以指點出之，神韻自遠。若但議論而乏神韻，則周曇、胡曾之流僅有名論矣。詩固有理足意正而不佳者。（此條首章評）此首（指次章）尤含蓄有味。風調欲絶，而不纖不佻，所以爲詩人之言。（同上）

《南朝》（玄武湖中）三四言叔寶之荒淫過於東昏也。『誰言』『不及』，弄姿以取瞥脱耳。五六提筆振起，七八冷掉作收，是義山法門。以南朝爲題，實專詠陳事，六代終於陳也。四家牽於首二句，故兼宋、齊言之，實無此詩法。（同上）

《聽鼓》有清壯之音，以氣格勝。次句著『城下暮江清』五字，益覺蕭瑟空曠，動人遠想，此渲染之法。（同上）

《桂林》字字精鍊，氣脈完足，直逼老杜。落句愁在言外。（同上）

《夜雨寄北》探過一步作結，不言當下云何，而當下意境可想。作不盡語每不免有做作態，此詩含蓄不露，却只似一氣説完，故爲高唱。（同上）

《北禽》蘅齋評曰：憂讒畏譏而作。字字比附，妙不黏滯。（同上）

《柳》（柳映江潭）深情忽觸，不復在迹象之間。（同上）

《韓碑》蘅齋評曰：首四句叙平淮西之由，莊重得體，亦即從韓碑首段化來。『誓將上雪列聖耻』句説得爾許關係，已爲平淮西高占地步。『淮西』四句，極言元濟之强，便令平淮西之功益壯。入手八句兩段，字字争先，不是尋常鋪叙之法。『帝得』句遥接起四句，大書特書，提出眼目。十四萬兵如何鋪叙，只『陰風』七字傳神，便見出號令森嚴，步伍整齊，此一筆作百十筆用也，蓋從《詩》『蕭蕭馬鳴，悠悠旆旌』化來。層層寫下，至『帝曰』二句，一筆定母，眼目分明，前路總爲此二句。四家評曰：『愈拜稽首』一段是波瀾頓挫處，不爾便直頭布袋。『公之斯文』四句真撑得起，非此堅柱，如何搘柱一段大文。凡大篇須有幾處精神團聚，方不平衍散緩。收處只將聖皇聖相高占地步，而碑文之發揚壯烈、不可磨滅自見。此一篇之主宰，結處標明。有一起合有一結，必如此章法乃稱。（同上）

《宿駱氏亭寄懷崔雍崔兖》分明自己無聊，却就枯荷雨聲渲出，極有餘味。若説破雨夜不眠，轉盡于言下矣。

『秋陰不散』起『雨聲』，『霜飛晚』起『留得枯荷』，此是小處，然亦見得不苟。香泉評曰：寄懷之意全在言外。（同上）

《風雨》神力完足。『仍』字『自』字多少悲涼。芥舟評曰：『舊好』句疵。（同上）

《夢澤》繁華易盡，却從當日希寵者一邊落筆，便不落弔古窠臼。（同上）

《寄令狐郎中》一唱三嘆，格韻俱高。（同上）

《漫成三首》（首章）花、雪是本文，龍山、洛陽借爲點綴，所謂串用也。此種絶句已落論宗矣，要之高手能以神韻出之，依然正聲也。（次章）風骨甚老。（三章）言下多少健羡，悠然有絃外之音。三詩皆深有寄託，故言盡而意不盡，有不説出者在也。使泛泛論古，此體不免有傖父面目處。（同上）

《無題》（白道縈迴）怨極，而以唱嘆出之，不露怒張之態。《無題》作小詩極有神韻，衍爲七律，便往往太纖太靡。蓋小詩可以風味取姸，律篇須骨格老重，方不失大方。（同上）

《哭劉蕡》悲壯淋漓，一氣鼓盪。溢浦書來，謂訃音也。哭蕡詩四首俱佳，故詩亦須擇題。（同上）

《杜司勳》四家評曰：只自傷春傷別，乃彌有感於司勳也。（同上）

《楊本勝説於長安見小男阿衮》四家評曰：結有情致，詩須如此住，意方不盡於言中。（同上）

《西溪》（悵望西溪水）七八句深遠藴藉，可稱高唱。（同上）

《越燕二首》（首章）三四劣。前六句實詠燕，末二句將寓意輕輕一按，帶動次首，此是章法。此詩本不甚佳，但二首章法相生，不容割裂。有下首則此首亦佳，去此首則次首太突，故並存之。竟陵笑選詩惜羣，不知《詩歸》之病正坐只知摘句耳。（次章）此首純乎寓意。前半言其得志，後半戒以心在朝廷。雖所指之人不可考，然語意分明。字字託意而不黏皮帶骨最難。（同上）

《杜工部蜀中離席》此擬工部之作，集中《韓翃舍人即事》亦此例。謝靈運《鄴中集》詩，江文通《雜擬詩》標題皆如此也。起二句大開大合，極龍跳虎卧之觀。頷聯頂次句，頸聯正寫離席。蒙泉評曰：題是離席，末二句留

之也。（同上）

《隋宫》（紫泉宫殿）純用襯貼活變之筆，一氣流走，無復排偶之迹。首二句一起一落，上句頓，下句轉，緊呼三四句。『不緣』『應是』四字，跌宕生動之極。無限逸遊，如何鋪叙，三四只作推算語，便連未有之事一併託出，不但包括十三年中事也，此非常敏妙之筆。結句是晚唐别於盛唐處，若李、杜爲之，當别有道理。此升降大關，不可不知。學義山者切戒此種筆墨。結雖不佳，然緣煬帝實有吴公臺見陳後主一事，借爲點綴，尚不大礙，若憑空作此語，則惡道矣。（同上）

《二月二日》香泉評曰：兩路相形，夾寫出憶歸精神。合通首反覆咀味之，其情味自出。（同上）

《籌筆驛》蒙泉評曰：起二句本意已盡，無可措手矣，三四忽作開筆，五六收轉，兩意相承，字字頓挫。七八拓開作結，與少陵『丞相祠堂』作不可妄置優劣也。起手擡得甚高，三四忽然駁倒，四句之中幾乎自相矛盾，蓋由意中先有五六一解，故敢下此離奇之筆，見是横絶，其實穩絶。前六句夭矯奇横，不可方物，就勢直結，必爲强弩之末，故提筆掉轉前日之經祠廟吟《梁父》而恨有餘，則今日撫其故迹，恨可知矣。一篇淋漓盡致，結處猶能作掉開不盡之筆，圓滿之極。（同上）

《武侯廟古栢》蒙泉評曰：五六句一鎖，轉處生慨。五六句乃一篇眼目，不但以用事工細賞之。『湘燕』『海鵬』字無着落，此種是崑體可厭之處。有謂『金刀』句太纖者，不爲無見。然在崑體尚不妨，但不得刻意學此種。（同上）

《即日》（一歲林花）純以情致勝，筆筆唱嘆，意致自深。《曲池》詩亦是此調，則近乎靡矣。（同上）

《九成宫》此義山感當世之衰而追思貞觀太平之盛也。謂有所諷刺者非。起手『平時』二字特清眉目。七八言一草一木皆在德澤沾溉之中。望古遥集，聲在絃外，詩人之言蓋如是矣。（同上）

《漢宫詞》筆筆折轉，警動非常，而出之深婉。後二句言果醫得消渴病愈，猶有可以長生之望，何不賜一杯以試之也。折中有折，筆意絶佳。（同上）

《無題四首》（其二，颯颯東南）起二句妙有遠神，不可理解，而可以意喻。『魏王』字合是『陳王』，爲平仄所牽耳。賈氏窺簾，以韓掾之少；宓妃留枕，以魏王之才。自顧生平，豈復有分及此，故曰『春心莫共花争發，一寸相思一寸灰』，此四句是一提一落也。四首皆寓言也，此作較有藴味，氣體亦不墮卑瑣。《無題》諸作，大抵感懷託諷，祖述乎美人香草之遺，以曲傳其鬱結。故情深調苦，往往感人。特其格不高，時有太纖太靡之病，且數見不鮮，轉成窠臼耳。歸愚以爲剪綵爲花，絶少生韻，固不足以服其心，而效者又摹擬剽賊，積爲塵坋，無病而呻，有更甚于漢人之擬《騷》也。他體已然，七律尤甚，流弊所至，殆不勝言。存此一章，聊以備義山一種耳。（同上）

《無題》（八歲偷照鏡）獨成一格，然覺有古意。古故不在形貌聲響間。四家評曰：每於結處見本意。又曰：亦有不盡之妙。芥舟評曰：此首誠佳，然不可仿效。彼固由仿效而來，以能截體，故佳耳。《無題》諸作，有確有寄託者，『來是空言去絶蹤』之類是也；有戲爲豔語者，『近知名阿侯』之類是也；有實有本事者，如『昨夜星辰昨夜風』之類是也；有失去本題而後人題曰《無題》者，如『萬里風波一葉舟』一首是也；有失去本題而誤附于《無題》者，如『幽人不倦賞』一首是也。宜分别觀之，不必概爲深解。其有摘詩中字面爲題者，亦《無題》之類，亦有此數種，皆當分晰。（同上）

《落花》歸愚曰：起法之妙，黏著者不知。蒙泉評曰：好起結，非人所及。起句亦非人意中所無，但不免放在中間，後面寫寂寞之景耳，得神在倒跌而入。四家評曰：一結無限深情，『得』字意外巧妙。芥舟曰：起句真是超絶。眼穿、腸斷，吾不喜之。（同上）

《訪隱者不遇成二絶》（首章）落句有神。廉衣評曰：『夢中』句累。（次章）蒙泉評曰：此想其所往也，寫不遇亦别。蘅齋評曰：二絶風格又别。（同上）

《柳》（曾逐東風）蘅齋評曰：四句一氣，筆意靈活。只用三四虚字轉折，冷呼熱喚，悠然絃外之音，必更著一語也。平山曰：『肯』字妙。芥舟評曰：平山賞『肯』字之妙，然此字亦險。（同上）

《三月十日流杯亭》風調自異，純以骨韻勝也。（同上）

《留贈畏之》（待得郎來）此題三首，後二首了不相涉，必遺去贈韓詩二首而以他詩入之也。午橋箋附會穿鑿，亦固而已矣。絶妙閨情，聲調極似《竹枝》。此種自是豔體，唐人多有。必以義山之故，爲之深解，斯注家之陋也。同年董曲江曰：『義山之詩，寄託固多，然亦有只是豔詞者。如《柳枝五首》，設當日不留一序，又何不可作感慨遇合解也。』此語有見，因論此詩而附著之。（同上）

《碧城三首》詩有衆説糾紛者，既無本事，難以確主，第各就所見領略之，亦各有得力耳。《碧城三首》可如是觀也。《錦瑟》體澀而味薄，觀末二句意亦止是耳。《碧城》則寄託深遠，耐人咀味矣。此真所謂不必知名而自美也。（同上）

《辛未七夕》首四句作問之之詞，後四句即與就事論事，又逼入一步問之。超忽跌蕩，不可方物，只是命意高則筆下得勢耳。（同上）

《玉山》此實詠玉山，非摘首二字爲題之比。純乎託意。三四有力量，五六有風旨。（同上）

《牡丹》（錦幃初卷）四家評曰：生氣涌出。八句八事，却一氣鼓盪，不見用事之迹，絶大神力。所惡乎《碧瓦》諸作，爲其琱琢支湊，無復神味，非以用事也。如此詩，神力完足，豈復以纖靡繁碎爲病哉！『折腰争舞』句形容出富貴風流之致，《英華》作『細腰頻换鬱金裙』，索然無味矣。末句却合依《英華》本，花片有情，花葉無理也。（同上）

《詠史（北湖南埭）》廉衣評曰：『「一片」句鶻兀。』又曰：『此詩漸近粗響。』極是。香泉評曰：北湖、南埭，皆盤游之地，言以佚樂致亡也，寫來不覺。（同上）

《日射》佳在竟住，情景可思。（同上）

《梓潼望長卿山至巴西復懷譙秀》但如題一氣寫出，自饒深致，最老境不可及。廉衣曰：字句銜疊而下，集中此調極多，在彼寫來，自有拙趣，然效之則成枯瘠矣。神到之作，惟《夜雨寄北》一章耳。（同上）

《齊宫詞》芥舟評曰：勝《北齊二首》。（同上）

《江東》蒙泉評曰：無聊之思，亦在言外。（同上）

《灞岸》以倒裝見吐屬之妙。若順説則不成語矣，於此悟用筆之法。首二句再蘊借更佳。（同上）

《漢宮》不下斷語，而吞吐之間，大意見矣。與《北齊》第二首同一風調。『春』字趁韻。（同上）

《望喜驛別嘉陵江水二絶》（首章）曲折有味。（次章）前首説江東去，是將别也；此首説人南行，是已别也。二首相生。（同上）

《月夕》對面寫法。廉衣評曰：三句拙湊。（同上）

《離亭賦得折楊柳二首》情致自深，翻題殊妙。此詩亦二首相生，然可以删取。廉衣評曰：首二句格低。（同上）

《寄永道士》感慨殊深。（同上）

《次陝州先寄源從事》淺淺語，風骨自老，氣脈亦厚。（同上）

《過鄭廣文舊居》純乎比體，後二句烘託取姿。（同上）

《宮詞》怨之至矣，而不失優柔之意，一唱三嘆，餘音未寂。後二句仿佛『黄河遠上』一章也。廉衣曰：『末二句妙矣，緣『西』字與首句『東』字相應，轉成纖仄。』此論入微。又曰：『次句欠雅。』亦是。（同上）

《瑶池》盡言盡意矣，而以詰問之詞吞吐出之，故盡而不盡。（同上）

《評事翁寄賜餳粥走筆爲答》只將今昔對照，一點便住，不説出已説出矣。此詩家常用之法。（同上）

《板橋曉别》何等風韻。如此作豔體，乃佳。笑裙裾脂粉之横填也。（同上）

《與同年李定言曲水閒話戲作》四家評曰：首句比也。後二句正『閒話』所及，『亦』字暗抱前半，『戲』字即含句内。亦沈鬱頓挫，亦清楚分明，題中無一字不到也。（同上）

《有感二首》（首章）起二句言人心天命俱未去唐，非真有社稷存亡之慮，無容急遽圖之也。四家評曰：結句歸禍於天，風人之旨。（次章）直起不裝頭，是第二首也。『古有』四句，兩開兩合，曲折如意，絶大神力。結

語感慨入骨，此義山法也。二詩是慨訓、注輕舉，文宗誤用，而令王涯等蒙寃，錢夕公之箋非也。（同上）

《重有感》豈有、更無，開闔相應。上句言無受制之理，下句解受制之故也。揭出大義，壓伏一切，此等處是真力量。夕公以「豈有」爲諱之，非也。（同上）

《春雨》宛轉有味。平山箋以爲此有寓意，亦屬有見；然如此詩，即無寓意，亦自佳。景州李露園嘗曰：「詩令人解得寓意見其佳，即不解所寓意亦見其佳，乃爲好詩。蓋必如是乃藴藉渾厚耳。」因論此詩附而記之。（同上）

《即日》（小苑試春衣）蒙泉評曰：感時事而作。三四句對末二句看，興也。（同上）

《淮陽路》氣脈既大，意境亦深。沈著流走，居然老杜之遺。（同上）

《晚晴》輕秀是錢、郎一格。五六再振起，則大曆以上矣。末句結「晚晴」，可謂細意熨貼，即無寓意亦自佳也。（同上）

《迎寄韓魯州瞻同年》前四句一氣渾成，意格高遠。（同上）

《武夷山》辨神仙之妄也。吞吐出之，語殊藴藉。「幾時迴」是問詞，「更不來」是答詞。別本嫌二句犯複，改「幾」爲「當」，其實語意相生，本自不複也。（同上）

《西南行却寄相送者》以風調勝。詩固有無所取義而自佳者。（同上）

《安定城樓》四家評以逼真老杜，信然。然使老杜爲之，末二句必另有道理也。（同上）

《茂陵》前六句一氣，七八折轉，集中多此格。此首尤一氣鼓盪，神力完足。蘅齋評曰：此首確是茂陵懷古詩，以爲託諷，恐失作者之意。（同上）

《風》（迴拂來鴻急）純是寓意，字字沉著，卻字字唱嘆，絶不粘滯也。（同上）

《天涯》四家評曰：一氣渾成，如是即佳。（同上）

《自南山北歸經分水嶺》一氣流走，風格甚老。（同上）

《代祕書贈弘文館諸校書》風韻絶人。末句「校書」二字指其事，非題中所署之官名也。（同上）

《出關宿盤豆館對叢蘆有感》用筆甚輕，而情思殊深，正復以輕得之耳。香泉評曰：次聯言昔客江南，黄蘆滿地，然年壯氣盛，曾無寥落之感。此日流落而爲關外之人，不覺悽乎其悲，因蘆葉之梢梢而百端交集也。（同上）

《吴宫》末七字含多少荒淫在内，而渾然不覺，此之謂藴藉。（同上）

《常娥》意思藏在上二句，却從嫦娥對面寫來，十分藴藉。非詠嫦娥也。（同上）

《天津西望》首二句太拙。末句神來。（同上）

《憶住（按當作『匡』）一師》格韻俱高。香泉評曰：只寫住（匡）師所處之境清絶如此，而其人益可思矣。所憶之情，言外縹緲。（同上）

《寄蜀客》隱其名曰蜀客，風之以不憶故夫，此必新舊之間友朋相怨之詩也，亦殊婉而多風。香泉評曰：以無情誚金徽，殊妙；若説文君無情，便同嚼臘矣。（同上）

《細雨》（帷飄白玉堂）對照下筆，小詩之極有致者。（同上）

《到秋》『到』字好，以前有多少話在。不言愁而愁自見，住得恰好。（同上）

《華師》落落穆穆，静氣在字句之外。（同上）

《過華清内厩門》四家評曰：婉而多風，勝《龍池》多矣。（同上）

《丹丘》蒙泉評曰：有西方美人之慨。起二句猶嫌湊泊。（同上）

《昭肅皇帝挽歌辭三首》（首章）四家評曰：五六説大行藴藉輕婉。（次章）到第六句直是轉身不得，必爲弩末矣，看結法是何等神力。廉衣曰：『結句調警而意纖。』思之信然。（三章）又就求仙唱嘆作收，聲情凄婉，是悲非刺。四家評曰：三首宏整哀切，就挽事作嘆，不失誄尊之體。（同上）

《梓州罷吟寄同舍》罷，府罷也。起手斗入有力。平山箋曰：『是倒裝法也。』結語感嘆不盡。（同上）

《故驛迎弔故桂府常侍有感》四家評曰：悲出無字。妙不更著一字。（同上）

《暮秋獨遊曲江》不深不淺，恰到好處。（同上）

《子初郊墅》直寫樸老，風格殊高。芥舟評曰：君思我，我訪君，二句調用在起聯，故只覺脱洒，不嫌油俗，亦以其襯貼字面雅浄。若吴梅村偷用於頷聯云：『青衫憔悴卿憐我，紅粉飄零我憶卿。』則俗不可耐矣。（同上）

《漢南書事》拓土窮兵，自是正面，而以對『哀痛天書』言之，則借爲反襯也。結句就『哀痛天書』作收，極直極曲，可謂之婉而章矣。複兩『幾時』，雖不害爲好詩，如西子捧心，不得謂之非病。（同上）

《寫意》潼江、玉壘，豈必獨險獨深？意中覺其如是耳。結恐太直，故作態收之，此亦躲閃之法也。（同上）

《賈生》純用議論矣，却以唱嘆出之，不見議論之迹。（同上）

《舊將軍》四家評曰：譏當時棄功不録也。詞致清婉。（同上）

《曼倩辭》自寓之作，感慨不盡。（同上）

《訪秋》意境既闊，氣脈亦厚。此亦得杜之籓籬者。『訪』字恐『初』字之訛，形相似也。且作『初』尤與末二句意思相關。（同上）

《哭劉司户蕡》後四逆挽作收，絶好結法。『江闊』二句亦言相送時也。香泉評曰：公孫弘再舉賢良，乃遭遇人主而至相位，而去華竟不及待，用事最親切。（同上）

《陸發荆南始至商洛》後半力足神完，居然老杜。末二句一宕一折，以歇後作收，亦一住法。芥舟評曰：三四鐫削而不工。（同上）

《思歸》起得超忽，收得恰好。通首一氣轉折，氣脈雄大。廉衣曰：古法備具，苦乏生韻。（同上）

《春游》四家賞『濫』字之奇，然佳處不在此。後半有老驥伏櫪之思，非但爲香倩語也。廉衣曰：五六客氣。芥舟曰：前四上二字平頭，亦小病。又曰：腰聯真是健筆。又曰：『濫』字不佳。（同上）

《細雨》（蕭灑傍迴汀）前六句猶刻畫家數，一結若近若遠，不黏不脱，確是細雨中思鄉，作尋常思鄉不得，作大雨亦不得。（同上）

《題鄭大有隱居》三四高唱。（同上）

《夜飲》五六高壯，使通篇氣力完足。三句小樣。（同上）

《江上》蒙泉評曰：三四佳句。（同上）

《涼思》前四妙在倒轉説。若换起二句作三四句，直平鈍語耳。五六亦深穩。（同上）

《江村題壁》三四如畫。通首俱老。（同上）

《漫成五章》較少陵諸絶仍多婉態。專取神情，絶句之正體也；參入論宗，絶句之變體也。論宗而以神情出之，則變而不失其正者也。（同上）

《幽居冬暮》四家評曰：渾圓有味。無句可摘，而自然深至。此火候純熟之後，非可以力强也。强爲之，非枯則率耳。（同上）

《摇落》蒙泉評曰：五六句蘊藉之極。情調殊佳。格雖不高，而亦不卑。（同上）

《滯雨》反筆甚曲。（同上）

《偶題二首》（首章）豔而能逸。第二句有意無意，絶佳。（次章）對面寫來，倍有情致。雍陶『自起開籠放白鷴』亦是如此用意，而其語不工。（同上）

《夜冷》憔悴欲絶，而不爲蹶蹙之聲。（同上）

《戲贈張書記》戲張之憶家也。妙不傷雅。（同上）

《幽人》後四句言世界忙忙，反襯『幽』字，絶可味。尤妙不更找一字，低徊唱嘆，使人言外得之。廉衣評曰：項聯滯相，遂使通首兩橛。（同上）

《曲江》五六宕開，七八收轉。言當日陸機、索靖雖有天荒地變之悲，亦不過如此而已矣。大提大落，極有筆意。不得將五六看作借比，使末二句文理不順也。（同上）

《九日》蒙泉評曰：一氣鼓盪。香泉評曰：應璩《與滿公琰書》：外慕郎居謙讓之德。注曰：應曾事其父，故稱郎君。（同上）

《贈司勳杜十三員外》嶔崎歷落，奇趣横生，筆墨恣逸之甚。所謂不可無一，不可有二。（同上）

《送豐都李尉》三四就商於發世途之感，偶然拈著，點綴有神，自不黏皮帶骨。若搜求故事，務求貼合比附以爲工，大雅君子殆不尚焉。（同上）

《餞席重送從叔余之梓州》一氣渾成，調高意遠。（同上）

《河清與趙氏昆季讌集得擬杜工部》四家評曰：譬以摹書畫，得其神解。又曰：三四清而麗，五六渾而妥。（同上）

《寓目》前四句是初見感嘆，後四句是細細追尋，故兩層寫景而不複。此中具有針縷，非後人之屋上架屋也。格調殊高。（同上）

《贈别前契苾使君》四家評曰：清壯。純取聲華，而骨力足以副之。詩到無所取義之題，既不能不作，則亦不得不以修詞鍊調爲工，此類是也。若《李郎中充昭義攻討》詩極有可説，而語亦泛泛，聲華雖壯，殆無取焉。香泉評曰：詩工雅典麗極矣，但少題中『别』字意。（同上）

《哭遂州蕭侍郎》起手説得與世運相關，高占地步。凡長篇須有次第。此詩起四句提綱。次四句叙其立官本末。次六句言其得禍。次十句叙放逐而死。次十二句叙從前情好。次四句自寫己意。次八句總收。層層清楚，是其次第處也。長篇易至散緩，須有筋節語撑拄其間。七句、八句、十三句、十四句、二十七句、三十八句、三十九句、四十句皆筋節處也。『苦霧』四句極悲壯，『白骨』句沈痛之至而出以藴藉。先著『早歲』十二句，『自嘆』四句乃有來歷。不然，縱極張皇，亦覺少力矣。故此一段獨長，是血脈轉接處也。（同上）

《送千年李將軍赴闕五十韻》四家評曰：跳動激發，筆驅風雲。人擬之老杜，信然。『在昔』四句，總提前半篇，聲光闊大。『否極』四句，轉軸亦字字筋節，精神震動。蒙泉評曰：『覆載』八句，聲華宏壯。『此時』二句，落到千牛，前路何等繁重，此處寸樞轉關，可云神簡，正復大有剪裁在也。此等處絶可玩。結乃聲情勃發，淋漓盡致。凡大篇最忌收處潦草。鋪排不難，難於氣格之高壯；層次不難，難於起伏轉折之有力。《長慶集》中儘有序次如話，滔滔百韻之作，然流易有餘，無此身份矣。廉衣評曰：『寒喧』句不妥。芥舟評曰：『屢亦』二句稍弱，以疊用虛字故。（同上）

《送從翁從東川弘農尚書幕》沈雄飛動，氣骨不凡，此亦得杜之籓籬者。中晚清淺纖穠之作，皆不足以當之。『愈風』一作『御風』，非也，此用陳琳草檄事，後用『陳阮』句可證。『豈意』二句，轉折跳脱。『一川』二句，渾勁之至，顧盼有神。末一段以勉爲送，立義正大，詞氣自深厚雄健，居然老杜合作，較《送李千牛》詩尤爲過之。（同上）

《李肱所遺畫松詩書兩紙得四十韻》前一段規仿昌黎，斧痕不化，累句亦多。『淮山』以下，居然正聲。入後更層層唱嘆，興寄横生，伸縮起伏之妙，直與老杜『國初以來畫鞍馬』一章意境相似也。韻多重押，古詩不忌，漢魏諸詩可覆按也。若右丞『萬國仰宗周』一章，則萬無此理矣。『鄒顛』二句不成語，『可集』二句尤下劣，皆可删去。起言『萬草已涼露』，中言『是時方暑夏』，蓋中言得畫之時，起乃題詩之時也。香泉評曰：起二句便超脱。（同上）

《戲題樞言草閣三十二韻》鋪叙是長慶體，而參以古意，意境獨高。『平昔』四句，頓挫不置。『對若』句，麤俚不成語。中一段淋漓飛動，乃一篇之警策。凡平叙長詩，如無一段振起，則索然散漫。名篇皆留意于是。其源乃自《焦仲卿妻》發之。『楊花』一段夾入比體，極有情致。收處却是長慶體率筆，最不可效。（同上）

《偶成轉韻七十二句贈四同舍》此詩直作長慶體，而沉鬱頓挫之氣，時時震蕩於其中。故挨叙而不板不弱，覺與盛唐諸公面目各别，精神不殊，蓋玉谿骨法原高耳。起手蒼蒼茫茫，磊磊落落，是好筆法。『路逢鄒枚』二句，『韓公堆上』二句，『斬蛟破璧』二句，俱筆意雄闊，爲篇中筋節。『舊山萬仞』四句，一縱一收，攬入本題，筆意起伏，尤是筋節處也。『玉骨』句大鄙，不成語。芥舟評曰：韓公堆上、湘妃廟下、虞帝城前、謝游橋下，句法連犯。又曰：之子、夫君，疊用無理。（同上）

《五言述德抒情詩一首獻杜僕射》起四句氣脈自大。『自昔』四句聲華宏壯。『碧虛』二句大頌非體。『感念』一段，沈鬱頓挫，大筆淋漓，化盡排偶之迹。他人作古詩尚不能如此委曲沈著，真晚唐第一作手，得杜藩籬不虚也。『誰知』二句流麗，活對法也。『衰門』句不佳。香泉評曰：時方討澤潞，劉稹將郭誼殺稹以降，李德裕以爲稹阻兵，皆誼爲謀主，力屈又賣稹以求賞，不誅何以懲惡。帝然之，詔石雄以七千人入潞州誅誼。杜悰以饋運不繼，謂誼等可赦。帝熟視不應，所謂『叩額慮興兵』也。夕公箋非，下『寄辭收的博』一聯，乃指維州事。（同上）

《驕兒詩》本太冲《嬌女》而拓之。平山箋曰：末以功名跨竈期之，通篇以此爲出路。平山出路之説可味。太冲詩以竟住爲高，若按譜填腔，縱神肖亦歸窠臼，所以必别尋出路，方不虚此一作。且古人之言簡，故可言外見意；既拓爲長篇，而中無主峯，末無結穴，則遊騎無歸，或刺刺不休，或隨處可住，其爲詩也可知矣。凡長篇皆須解此意。『六甲』諸本無注，按虞裕《談撰》曰：『雙陸之戲，最盛於唐。考其制凡白黑各用六子，乃今人所謂六甲是也。』（同上）

《行次西郊作一百韻》亦是長慶體裁，而準擬工部氣格以出之，遂衍而不平，質而不俚，骨堅氣足，精神鬱勃，晚唐豈有此第二手。『草木』四句與『建午』句不合，『午』字當是訛字。『有類』本作『不類』，從汲古閣本改『椒房』句是義山病痛，若老杜則曰『至尊顧之笑，王母不肯收。竟歸虚無底，化作長黄虬』，覺十分藴藉也。『誠知』二句，筋節震動。『問誰多窮民』五字，上問下答，句法本之漢謡『誰其穫者婦與姑』也。『我聽』以下，淋漓鬱勃，如此方收得一篇大詩住。芥舟曰：的是摹杜，骨格蒼勁似之，神氣沖溢則未也。謂中晚高作則可，以配《北征》則開合變化之妙不可以同日而語矣。（同上）

《無題》（萬里風波）此是佚去原題，而編録者署以無題，非他寓言之類。前四句低徊徐引，五六斗然振起，七八曼聲作收，絶好筆意。廉衣曰：次句欠渾成。（同上）

《五月六日夜憶往歲與澈師同宿》一氣渾圓，如題即住，所謂恰好處也。（同上）

《回中牡丹爲雨所敗二首》（首章）純乎唱嘆，何處着一呆筆！第四句對面一襯，對法奇變。『舞』字應是

「無」字之訛。「無蝶」「有人」，唱嘆得神，大勝「舞蝶」「佳人」也。結二句忽地推開，深情忽觸，有神無迹，非常靈變之筆。芥舟評曰：第六句妙遠。（次章）結言他日零落更有甚於此日，與長江「并州故鄉」同一運意。二首皆不失氣格，兼多神致。（同上）

《安平公詩》四家評曰：詩在韓、蘇之間。清剛樸老，一洗晚唐纖巧之習。「瀝膽」句鄙俚。（同上）

《鄠杜馬上念漢書》廉衣以爲「興罷」句不佳，結亦無理也。（《玉谿生詩説補録》）

《送崔珏往西川》起二句跌宕，入手須有此矯拔之意。然第三句不甚雅，廉衣以爲宜删也。「玉鉤」應從午橋作酒鉤解。（同上）

《謔柳》此題更惡，若從此一路入手，即終身落狐鬼窟中。（同上）

《楚宮》（複壁交青瑣）意格與《陳後宮》一首同，彼未説出，此説出耳。（同上）

《韓冬郎即席爲詩相送因成二絶寄酬》風調自佳，但無深味耳。（同上）

《銀河吹笙》題小家氣。若仿製此題以爲韻致，則下劣詩魔矣。中二聯平頭。（同上）

《舊頓》末二句與《連昌宮詞》「猶有牆頭千葉桃，風動落花紅蔌蔌」同意，有歲久無人，草木叢生之感，然不免習徑。起二句亦拙。（宮鴉）殊不及「宮花」之有神理。（同上）

《別智玄法師》起句不似別詩。（同上）

《華嶽下題西王母廟》全以警快擅長，又是一格。中著一曲，故快而不直，然病處與《海客》詩同。（同上）

《贈鄭讜處士》居然宋體，可以入之《劍南集》中，見義山無所不有，然廉衣以爲起二句俗也。（同上）

《復至裴明府所居》三四拙笨，五六崛健似江西派，只可偶一爲之耳。（同上）

《花下醉》情致有餘，格律未足。（同上）

《北青蘿》芥舟曰：五六嫌弱，結句尤淒。（同上）

《送阿龜歸華》語淺而有神韻，然次句甚鄙。（同上）

《訪隱》首四句句法不變，用在起處，如四峰矗起，不分低昂，彌見樸老。然不免捧心之病。末二句反襯出『訪』字，亦小家數。（同上）

《擬意》此是豔詞，更無寓意。（同上）

《謝往桂林至彤庭竊詠》廉衣以爲『魚龍』句欠莊，『王母』句無謂，『羲和』句欠渾成也。（同上）

《錦瑟》前六句託爲隱語猝不可解，然末二句道明本旨，意亦止是，非真有深味可尋也。集中『一片非煙隔九枝』一篇亦同此體格，緣此詩偶列卷首，故昔人皆拈爲論端耳。此自用素女鼓瑟事耳，非以絃斷爲義也。『雨打湘靈五十絃』，豈亦悼亡耶？問：長孺解《錦瑟》如何？曰：詳詩末二句，是感舊懷人之作，此説是也。但不得坐實悼亡，涉於武斷耳。問：香泉解《錦瑟》如何？曰：惟坐實悼亡未敢遽以爲是，亦未敢遽以爲非，餘解皆直捷切當，與鄙意暗合也。（《玉谿生詩説》卷下）

《寄羅劭興（興）》三四小有致，五六太激。（同上）

《令狐舍人説昨夜西掖玩月因戲贈》此詩望令狐之汲引也。題中字字俱到，可云精細，措詞亦秀整可觀，但細讀之了無深味耳。問：四家評謂此詩爲精細，其説安在？曰：首句點昨夜之月，『傳聞』點『説』字，『太清』點西掖，即太清、玉清之意，以西掖比天上也。而『傳聞』字，『近』字，已伏人已升沉之感矣。中四句寫『玩』字。『涼波』句夜景也，至『曉暈』則流連一夜可知。五六比上二句拓開一步，用烘托點綴之法。『傳聞』句直貫至此。七八因直宿玩月，故以直宿即事作結，姑妄言之，所謂『戲贈』也；而『幾時』二字，又暗點『昨夜』二字矣。一篇中脈絡相生，呼吸相應，凡詩律皆當如是也。問：『秦宮井』『漢殿箏』，其説如何？曰：此是借作點綴，互文言之，不必井定秦，箏定漢也，正如『秦時明月漢時關』耳。（同上）

《崔處士》四家以爲無味也。（同上）

《自喜》亦平淺無意味。問『遺』字，曰：竹漸長筍皮剥落也。（同上）

《題僧壁》填切内典，不足爲佳。禪偈爲詩，雖東坡之妙通佛理，加以語妙天下，猶不免時有鄙俚不化之病，況

下此乎？王孟清音，時含禪味，禪故不在字句也。(同上)

《異俗二首》中晚唐詩不難於新巧而難於樸老，不難於情韻而難於氣骨。二詩不爲佳作，然於中晚之中爲尚有典型也。故特存之。(同上)

《歸墅》此詩次第可觀，然太淺薄。(同上)

《商於》此詩極平正清楚，『清渠』二句亦佳。語但平叙，不見精神。牽綺季、張儀亦無十分取義。懼開敷衍一派，故去之。問：《商於》前六句次第焉在？曰：四家以爲舉目先見景物，次見山川也。後六句如何貫串？曰：言古人已去，惟有州外清渠，廟前黄葉，我今日從此過耳。(同上)

《和孫朴韋蟾孔雀詠》後四句略見作意。通篇夾襍湊泊，不足爲法。(同上)

《人欲》前二句不成語，後二句亦淺直。(同上)

《華山題王母祠》不解所云。(同上)

《華清宫》(華清恩幸)刻薄尖酸，全無詩品，學義山當知此病。朱長孺以爲警策，非也。(同上)

《楚澤》無甚佳處。(同上)

《江亭散席循柳路吟歸官舍》題極雅馴，而詩不成語，七八句尤惡，大似薛能一輩俚語也。(同上)

《潭州》五六有悲壯之氣，起結皆滑調落套，而結尤甚。(同上)

《贈劉司户蕡》『翻』是『翻曲』之『翻』，香山詞所謂『聽取新翻《楊柳枝》』，是此『翻』字也。(同上)

《樂遊原》(向晚意不適)問：《樂遊原》首二句聲調，曰：上句五仄，下句第三字必平，此唐人定例也。問：或謂『夕陽』二句近於小詞，何也？曰：誠有之，賴上二句蒼老有力，振得起耳。然推勘至盡，究竟是病，亦不可不知也。(同上)

《北齊二首》問：芥舟評《北齊》前一首太快，如何？曰：是有此病，帶得過耳。其謂第二首首句不佳，亦是。(同上)

《街西池館》了無意味，末二句尤拙。（同上）

《南朝》（玄武湖中）問：《南朝》定爲詠陳，恐首二句不是陳事。曰：二地名固始於宋、齊，何妨至陳仍於此宴遊哉！如四家所評，則此詩首尾衡決矣。（同上）

《復京》太直。（同上）

《渾河中》較《復京》詩少有意致，然亦不爲高作。（同上）

《柳》（動春何限葉）格卑。末二句尤瑣屑鄙俚。（同上）

《巴江柳》直而淺。（同上）

《咸陽》前二句寫平六國藴藉，後二句有議論而無神韻，其詞太激也。（同上）

《同崔八詣藥山訪融禪師》紆紆曲曲，一步一折。語凡三轉，用意最深。然深處正是其病處，末二句尤不成語。（同上）

《聞著明凶問哭寄飛卿》平正無出色處。（同上）

《送崔珏往西川》問：『年少因何有旅愁』如何解？曰：此言己之流離老大，有愁固宜，年少乃亦旅愁，從何處有耶？此緊呼下句之詞。『欲爲』三句，正是旅愁之故。是一問一答句法，非真言其無旅愁也。（同上）

《代贈》（楊柳路盡處）小詩之最有情致者，結亦可味。但格意俱靡，不免詩餘之誚耳。（同上）

《陳後宫》（茂苑城如畫）四家評以全不説出爲妙，似矣。然此種尖俏之筆，作絶句則耐人尋味，作律詩則嫌於剽而不留，非大方氣體。雖有餘意，終乏厚味也。言各有當，不可不辯。（同上）

《屬疾》前四句穩，五六亦佳，末二句太小家氣象。（同上）

《石榴》全不成詩，即有寓託亦不佳。（同上）

《明日》此豔詩也，格卑詞靡。後四句可云千回百折，細意體貼，然愈工愈下，不足取也。温、李齊名，正坐此等耳。（同上）

《飲席戲贈同舍》氣格不脱晚唐靡靡之習。（同上）

《西溪》（近郭西溪好）兀傲太甚，嫌於露骨。問：此詩三句『防』字如何解？曰：此字不解，或是『妨』字。（同上）

《憶梅》末二句用意極曲折可味，但邊幅少狹耳。問：何以題與詩不相應，或詩中『恨』字是『憶』字耶？曰：不然。作『堪憶』則下句不接，當是題有訛字耳。（同上）

《贈柳》（章臺從掩映）五六句空外傳神，極爲得髓，結亦情致不窮。但通首有深情而乏高格，懼開靡靡之音，故去之耳。（同上）

《初起》淺。（同上）

《石城》此是豔詞，格調亦靡靡之甚。（同上）

《令狐八拾遺綯見招送裴十四歸華州》應酬之作，一無可採。（同上）

《離思》此詩寓交親離合之感，託於豔詞。前六句含情甚深。末二句不作絶望語，亦極得詩人忠厚之旨。但格卑耳。（同上）

《贈歌妓二首》率然寄興之作，毫無佳處。（同上）

《謝書》應酬中之至下者，起句尤不成語。（同上）

《寄令狐學士》此與《玩月戲贈》同意，亦有調度，然格意殊薄。問：第四句何指？曰：此無所指，只因從獵牽出陳倉碧雞圖作對耳。然終覺湊泊，不及上句之自然。（同上）

《酬令狐郎中見寄》應酬之作，不見本領。只『封來』二句小有致耳。（同上）

《七月二十八日夜與王鄭二秀才聽雨後夢作》通首合律，無復古詩音節。即就詩論詩，亦多不成語。且題曰『王鄭二秀才』而結曰『獨背寒燈』，亦殊疏漏也。（同上）

《漫成三首》問：蘅齋解『遠把龍山』二句如何？（蘅齋曰：即將聯句花雪比擬何、范交情，同心之言，亦忘年

之義也。）曰：似合如此解。（同上）

《槿花二首》（燕體傷風力）前一首直不成語。次一首後四句有別味，前四句語澁而格卑。（同上）

《哭劉蕡》問：起二句與第六句是一事，莫犯複否？曰：起處就朝廷説，六句就自己説，亦稍有分別。然如此等，以不犯爲妙，究是一病也。問：『巫咸不下問銜冤』恐別有所本？曰：按香泉評曰：『以文義論之，當作巫陽。』甘泉賦曰：『選巫咸兮叫九閽。』從巫咸者當因此而訛。（同上）

《杜司勳》起二句義山自道，後二句乃借司勳對面寫照，詩家弄筆法耳。『杜司勳』三字摘出爲題，非詠杜也。（同上）

《荊門西下》詩亦不失風調，但末二句竭情太甚，成蹶躄之音耳。（同上）

《碧瓦》此種是爾時風氣所染，琱琢繁碎，格意俱卑，於集中爲下下。（同上）

《蝶》（葉葉復翻翻）此寓人事今昔之感，以蝶自比，極有情致。但第一句巧而纖，三四格意雖佳，第四句『絮』字與『秋』不合，作『葉』又與『温』字不對。五六亦是俗體，七八稍有情致耳。不爲完美。（同上）

《蠅蝶雞麝鸞鳳等成篇》此是偶然遊戲，不得以詩格繩之，然效而爲之，則墮諸惡道矣。問：蘅齋評山谷《演雅》從此濫觴，果否？曰：山谷此篇乃彷彿蔚宗和香方耳，與此無涉。（同上）

《韓翃舍人即事》此擬韓之作，不曉所云，且詞亦卑下不足道。（同上）

《公子》此是譏刺之作，但覺刻薄，絶無佳處。愈刻畫神肖，愈用不堪。以雅道論之，豈宜有此。（同上）

《子初全溪作》起二句跳脱有筆力，三四亦承得起。五六取巧致纖，有乖雅道，七八更不成語。（同上）

《西溪》（悵望西溪水）長孺解下句是。上句以朝宗爲解，則添出支節，横隔語脈矣。蓋此十字（按：指『人間』二句）是一意，一開一闔耳。（同上）

《柳下暗記》題曰『暗記』，是冶遊有所見之作，詩中語意亦分明也。措語殊淺。（同上）

《妓席》遊戲之作，不爲輕重。（同上）

《少年》七句平叙，一句轉合，彷彿太白『越王勾踐破吴歸』一首章法，作意可觀。但格意淺薄，不脱晚唐習徑耳。(同上)

《無題(近知名阿侯)》小調豔詞，無關大旨。末二句，屋則深藏，樓則或可於登時偶見矣。以癡生幻，用筆自有情致。(同上)

《玄微先生》應酬之作，毫無佳處。『弄河』及『樹栽』二句尤拙。(同上)

《藥轉》題與詩俱不可解，即以詞格論之亦不佳。(同上)

《岳陽樓》(欲爲平生)此感遇之作，其詞太直。『枉是』即『遮莫』之義。(同上)

《岳陽樓》(漢水方城)此是登樓見山川形勢，偶然觸起當日楚王以如此地利而不能報秦，故云爾也。然殊無取義。四家曰：『可見古人作詩，題目只在即離之間。』此説甚是，作詩看詩皆不可不知此意。(同上)

《寄成都高苗二從事》(家近紅蕖)不解所云。(同上)

《二月二日》七句如何下『莫悟』二字，灘豈有知之物耶？曰：此正滄浪所云詩有别趣，非關理也。(同上)

《籌筆驛》問：詩複二『終』字恐是一病。曰：自是一病，然席氏《百家本》係翻雕宋刻，此句作『真不忝』也，或朱本訛耳。香泉曰：『議論固高，尤難其抑揚頓挫處一唱三嘆，轉有餘味。』此最是詩家三昧語。若但取議論而無抑揚頓挫之妙，則胡曾之《詠史》矣。須知神韻筋節皆自抑揚頓挫中來。(同上)

《屏風》此詩四家以爲寓浮雲蔽日之感，是也，然措語有痕，轉成平淺。(同上)

《春日》此詩却不似豔詞，莫解所謂，自可置之。(同上)

《風》(撩叙盤孔雀)格意俱卑，愈巧愈下，不足觀也，學西崑切忌此等。(同上)

《即日》(一歲林花)『玉鉤』句長孺注非也。此玉鉤即隔座送鉤之鉤，緣此戲起於鉤弋夫人之白玉鉤，故云爾耳。(同上)

《九成宫》問：《九成宫》既非諷刺，何以用穆王八駿馬爲比？曰：按王融《曲水詩序》曰：『夏后兩龍，載驅瑤臺之上；穆王八駿，如舞瑤池之陰。』庾信《三月三日馬射賦序》云：『夏后瑤臺之上，或御二龍；周王懸圃之前，猶驂八駿。』自六代相沿，率作佳事用之，非以爲刺也。大抵唐人比擬人物多取一節，不甚拘拘。贈杜牧詩以江總比之，亦今人所不敢用也。（同上）

《少將》畫出俠少。詩極俊爽，但乏深味耳。且意思全抄『爲君遮虜騎』一章也。（同上）

《詠史》（歷覽前賢）末二句自佳，前六句不復成語。（同上）

《贈白道者》進一步寫，自有情致，然格調畢竟淺薄。（同上）

《無題二首》（昨夜星辰、聞道閶門）二首直是狹斜之詩，了無可取。問：何以定二首爲實有本事也？曰：以第一首七八句斷之。（同上）

《無題四首》此四首純是寓言矣。第一首三四句太纖小，七八句太直而盡。第三首稍有情致，三四亦纖小，五六亦直而盡。第四首尤淺薄徑露。大抵《無題》是義山偶然一種，本非一生精神所注，頗不欲多存。以後凡《無題》皆不入鈔也。（同上）

《赴職梓潼留別畏之員外同年》詩亦清楚，苦無佳處耳。（同上）

《桂林路中作》平正之篇。前四句一氣流走，頗有機致。五六句撐拄不起，便通首乏精神，并前四句亦覺庸俗矣。此等處如屋有柱，必不可順筆寫下也。（同上）

《蝶三首》（初來小苑中、長眉畫了、壽陽公主）第一首格卑而寓意亦淺露，後二首乃他豔詩誤竄此下耳，亦不見佳。問：《戊籤》以後二首作《無題》如何？曰：作《無題》是。（同上）

《王十二兄與畏之員外相訪見招》此譏刺之作也。義山之妻，王十二之姊妹也。義山悼亡日近，而王十二公然歌管，公然小飲，此全無情理之事也，故五六直書以詰之。左家嬌女正指其姊，言己豈能忘，正怪王十二之能忘耳。然事固可憤，詩亦太直，不足尚也。三四却煞有情調。（同上）

《隋宮》（乘興南遊）後二句微有風調，前二句詞直意盡。（同上）

《月》（池上與橋邊）格卑。（同上）

《贈宗魯筇竹杖》此純是唐末小家數矣，三四句極力刻畫，愈見卑瑣。末二句亦不甚成語。（同上）

《垂柳》結二句自有體。三四太俗，五六更鄙，亦晚唐惡習也。（同上）

《曲池》此與『一歲林花』一首同一意調，但彼氣脈較深厚，一結亦不似此之盡言盡意，故捨此取彼。凡詩無情致則粗浮不文，然但有姿媚而乏筋節，其弊亦有不可勝言者。遷流所至，不得不預爲防也。（同上）

《代應二首》（溝水分流、昨夜雙鉤敗）豔詞也。第一首太淺。第二首又不可解。（同上）

《席上作》病於淺直。首作特恃才狂態，別本則病狂喪心矣。且主人在座，必無此理。（同上）

《破鏡》悼亡之作，了無佳處。（同上）

《無題》（紫府仙人）此即《洛神賦》所云『嘆匏媧之無匹，嗟牽牛之獨處』，求之不得，亦寓言也。故四家曰：『總是不得見之意。』午橋以爲王氏却扇之作，未免武斷矣。（同上）

《贈庚十二朱版》代柬率筆。（同上）

《李花》通首格意卑下。三四纖小而似有意致，尤易誤人，不可不辨。（同上）

《過招國李家南園二首》淺近。第一首前二句、第二首後二句尤不成語。（同上）

《留贈畏之》第一首平平無取。後二首乃別詩誤入，特以情致取一首（按：指『待得郎來』一首）耳。第二首（按：指『户外重陰』一首）情致亦佳，然不能及前一首，故亦置之。（同上）

《爲有》弄筆戲作，不足爲佳。（同上）

《無題》（相見時難）感遇之作易爲激語，此云『蓬山此去無多路，青鳥殷勤爲探看』，不爲絶望之詞，固詩人忠厚之旨也。但三四太纖近鄙，不足存耳。（同上）

《對雪二首》二詩獨前一首結句『龍山萬里無多遠，留待行人二月歸』，後一首結句『關河凍合東西路，腸斷斑騅送陸郎』四語從『時欲之東』著筆，有情有致，餘皆夾襍堆垛，殊不足觀。（同上）

《蜂》二句不成語，三四尤淺俗，後四句小有情致耳。(同上)

《公子》(外戚封侯)不解所云。(同上)

《賦得雞》此純是寓意之作，然未免比附有痕，嫌於黏皮帶骨矣。凡詠物託意須渾融自然，言外得之；比附有痕，所最忌也。(同上)

《明神》太不成語，全無詩味。問：夕公箋此詩如何？曰：此箋離合參半。此爲王涯、賈餗等言，不爲訓、注言之也。前二句言天道好還，報復不遠，乃深惡士良之詞，亦非言涯等之自取禍敗。夕公於中間添一轉折，以就己說，不免首尾衡決，無此詩法也。(同上)

《壬申閏秋題贈烏鵲》感遇之作，微病其淺，第二句字句亦湊泊。(同上)

《壬申七夕》了無出色。既云『待曉霞』，又曰『日薄』，又用『月桂』『星榆』等字，亦夾雜不倫。(同上)

《端居》『敵』字自是險而穩，然單標此等以論詩，不知引出幾許魔障矣。此詩頗佳，竟以此一字之故不以入選，漸流漸弊，誠怖其卒，吾見夫竟陵之爲詩者也。(同上)

《夜半》四家曰：『不説人愁而人愁已見，得《三百》法。』又曰：『萬家眠，見一人不眠也。是愁已先境生，非緣境起，寫愁更深。』此詩之佳誠如所云，微病其有做作態耳，蓋意到而神不到之作。夫徑直非詩也，含蓄而不免於做作亦非其至也，此辨甚微，但可以意會之耳。(同上)

《玉山》此望薦之詩也。首二句言其地位清高，三四句言其力可援引。五六句一宕一折，『珠容百斛龍休睡』，言毋爲小人之所竊弄；『桐拂千尋鳳要棲』，言當知君子之欲進身。末二句乃合到自己明結之。(同上)

《張惡子廟》太激太直。(同上)

《雨》(摵摵度瓜園)詩極細膩熨貼，第四句及結意亦佳，但五六句支撑不起，仍就上四句敷衍之，嫌格力不大耳。此必在幕府之作，忽有感於雁之冒雨而飛爲稻粱之故，如己勤勞以酬人之知也，於『雨』字不黏不脱，有神無迹，絶好結法。(同上)

《菊》前四句俗豔不堪，後四句寓意亦淺。（同上）

《北樓》前四句一氣涌出，氣脈流走。五六格力亦大，但七八句嫌於太竭情耳，此等是用意做出，然愈用意病痛愈大，大爲全篇之累也。（同上）

《擬沈下賢》一字不解，然不解處即是不佳處，未有大家名篇而僻澀其字句者也。（同上）

《蝶》（飛來繡户陰）前四句俗甚，五六亦纖。（同上）

《飲席代官妓贈兩從事》不雅。（同上）

《代魏宫私贈》《代元城吴令暗爲答》此詩辨『感甄』之誣，立意最爲正大，然何不自爲絶句一章，乃代爲贈答，落小家窠臼也。曹唐遊仙之作正濫觴於此種耳。問：代爲問答爲小家數矣，若淵明之《形》《影》《神》三首非設爲問答乎？曰：彼是懸空寄意，其源出於《楚詞》之設爲問答，故不失大方。此則黏著實事，代古人措詞矣。羅隱《謁文宣王廟》詩至於《代文宣王答》一首，千奇萬狀，流弊亦何所不有乎？故論詩宜防其漸，不得動以古人藉口也。（同上）

《牡丹》（壓逕復緣溝）無一句成語。（同上）

《百果嘲櫻桃》《櫻桃答》此弊始於六朝鯝表甘蕉彈文之屬，降而已甚。盧仝集中至於代蝦蟆作詩請客矣。義山此作亦此類也。《毛穎》一傳豈非千載奇文，降而爲《葉嘉》《羅文》等傳，連篇累牘，豈復有味乎？衡諸雅道，必無取焉，不論工拙也。（同上）

《曉坐》情真而格卑。（同上）

《一片》（一片非煙）此感遇之作，與《錦瑟》同格而意又淺焉，亦無自佔身分處。（同上）

《鵜》此深怨牛李黨人之作，殊徑直無餘味也。問：此詩焉知非悼亡之作？曰：觀詩中曰『自成羣』，曰『那解將心憐孔翠』，且不曰雄與雌分，而曰雌與雄分，語意皆不似也。（同上）

《華清宫》（朝元閣迥）既失諱尊之體，亦少藴藉之味，於温柔敦厚之旨失之遠矣。（同上）

《十一月中旬至扶風界見梅花》清楚有致，但太薄耳。(同上)

《青陵臺》此詩亦佳，但微乏神韻，有喫力之態耳。第二句亦趁韻寫出，『倚暮霞』三字殊無着落也。問：『倚暮霞』從『日光斜』生來，何以云無着落？曰：此詠青陵臺事，非詠青陵臺景也。『日光斜』已是旁文，何得又因旁文而波及耶？就此三字論之，暮霞如何云『倚』；就本句七字論之，如何與『萬古貞魂』相連？凡下字無關本意便是無着落，不必嚴霜夏零、明月書起也。問：後二句何以如此説？曰：只一兩不相負之意，因有化蝶一事，故留住韓憑另一層寫，借事點染，生出波折。此化直爲曲，化板爲活之法，若直説便少味矣。(同上)

《東還》此詩亦無不佳之處，但無佳處耳。(同上)

《酬崔八早梅有贈兼示之作》詩極清楚，但太淺耳，格亦卑卑。(同上)

《春風》全不成詩。(同上)

《蜀桐》此感遇之作，言空斲秋琴亦無賞音，非惜桐，正惜琴也。用筆深曲，但其詞不免怨以怒耳。(同上)

《判春》偶而弄筆，不以詩論，是亦所謂下劣詩魔也。(同上)

《促漏》對面作結，妙有興象，前六句體不高耳。高廷禮説長孺取之，然定爲宫詞亦只據第二句，其實所注牽合也。午橋從姚旅露書定爲悼亡，然第二句究竟説不去。蓋此詩摘首二字爲題，亦是無題之類耳。(同上)

《讀任彦昇碑》首句鄙，後二句寓升沉之感亦直。(同上)

《荷花》首二句似牡丹不是荷花矣，通篇亦不出色。『前秋』即『秋前』之意，非云去年也。(同上)

《五松驛》無一句是詩。(同上)

《送臻師》不見佳處。(同上)

《七夕》亦淺亦直。(同上)

《謝先輩防記念拙詩甚多異日偶有此寄》小有情致，云佳則未也。六七八三句亦累。(同上)

《馬嵬二首》馬嵬詩總不能佳。此二詩前一首後二句直率，次一首亦多病痛也。歸愚所言後二病良允，獨云起無原委則不然。蓋『自埋紅粉自成灰』前一首已提明矣，故此首勢須直起，乃章法合然，何得云無原委也？（沈德潛云：起無原委，一病也；虎雞馬牛連用，二病也；落句擬人不倫，三病也。）（同上）

《可嘆》三四太罵，殊無詩品。（同上）

《别薛嵒賓》通篇平淺，後三句尤不成語。（同上）

《富平少侯》太尖無品，格亦卑卑。（同上）

《腸》瑣屑卑靡，西崑下派。（同上）

《贈宇文中丞》直寫平淺。（同上）

《曉起》纖小一派。（同上）

《閨情》亦纖小。（同上）

《杏花》通首以杏花寄感，然無一字切杏，即切題作桃李亦得。『援少』二句亦是秋意非春意，皆是病痛。『鏡拂』以下氣格不甚大方，亦不免强弩之末，獨前半筆力渾脱，小可觀耳。問：無一字切題是一病矣，然則詠物必故實點綴及刻畫形似乎？曰：不然。故實不廢也，必以故實爲工，則『盤中磊落笛中哀』，羅隱之詠梅矣；刻畫亦不廢也，必以刻畫爲工，則『認桃有緑葉，辨杏有青枝』，石延年之詠梅矣。此詩在不合作長律耳。小詩以空筆取神者，如『無情有恨何人見，月曉風清欲墮時』，在絶句可也；『幸不折來傷歲暮，若爲看去亂鄉愁』，在八句之律亦可也。長篇能通身如是乎？不爲故實、刻畫，則必落空矣。詠物者不可不知。『仙子』二句若是贊杏花則俗，與下二句相連，寫淪落之感則不俗。言各有當，未可以一例概之，看詩亦須通篇合看耳。（同上）

《燈》與《腸》詩同一下派，只『冷暗黄茅驛』一句差可。（同上）

《清河》淺薄。（同上）

《襪》偶然弄筆，不以正論。（同上）

《追代盧家人嘲堂内》《代應》與《代魏宫私贈》同一小家數而更無意旨。（同上）

《離亭賦得折楊柳二首》前一首亦有風調，但病於徑直。（同上）

《華州周大夫讌席》全無詩意，所謂頭巾氣也。（同上）

《荆山》不解所云。（同上）

《東下三旬苦於風土馬上戲作》偶然戲筆，亦不以詩論。（同上）

《莫愁》戲筆弄姿，頗有風韻，但淺弱耳。（同上）

《涉洛川》傷讒之作。第二句露骨，遂并後二句微病于直。（同上）

《有感（中路因循）》鄙俚不文。（同上）

《代贈二首》（樓上黄昏；東南日出）豔詩之有情致者，第二首更勝，以無關大旨去之耳。（同上）

《楚吟》淺直。（同上）

《柳》（爲有橋邊）寄託亦淺露。（同上）

《寄在朝鄭曹獨孤李四同年》著意『在朝』二字，友朋相怨之詩也，後二句太激，少含蓄。（同上）

《南朝》（地險悠悠）纖而鄙。（同上）

《題漢祖廟》粗淺無味，毫無取義之作。（同上）

《東阿王》此自寓之作，小有意致耳，亦無大佳處。（同上）

《聖女祠》（松篁臺殿）『松篁』二句有其人在焉，呼之欲出之，妙。五六太骨露，有失雅道，七八亦佻薄。（同上）

《獨居有懷》詞纖格卑，三四句尤鄙猥。（同上）

《過景陵》因憲宗求仙，故以黄帝託諷，然擬之曹瞞究竟非體，義山時時有此病也。（同上）

《臨發崇讓宅紫薇》此與下《及第東歸》皆激烈盡情，少含蓄之旨，而此詩尤怨以怒。（同上）

《野菊》中四句頗佳，結處嫌露骨太甚。（同上）

《過伊僕射舊宅》獨結二句就『過』字生情，攙過一步渲染本題，妙有情致，前六句直是許渾一輩套子，殊不可耐也。（同上）

《關門柳》無佳處。（同上）

《酬別令狐補闕》此詩曲折渾勁，甚有筆力，獨末二句太無地步耳。（同上）

《彭陽公薨後贈杜勝李潘》極有深情，末二句竟住亦佳，但前二句太拙。庾村，庾樓之訛。（同上）

《聞歌》首二句點明，中四句擲筆宕開，而以七句承明，八句拍合，極有畫龍點睛之妙。但情韻深而意格靡，第一句鄙，第二句是長吉歌行一派，入七律亦澀，終非佳篇，存看筆法耳。（同上）

《贈華陽宋真人兼寄清都劉先生》太應酬氣，全無詩味。（同上）

《楚宮二首》（十二峯前；月姊曾逢）前一首寫不見之感，乃從對面加一倍寫出，極有思致，然終覺是刻意做來，乏自然深遠之味。第二首直是《無題》之屬，誤列於《楚宮》下耳。第二首末二句譏刺之語也。言隔簾不見，徒想像其腰細指纖，惟有失望而歸，悒悒中夜耳。況彼東家自有王昌爲所屬意焉，有及我之理耶？分明言其及亂，而但以爲不免於嫌，則詩人忠厚之詞也。問：『月姊』一首別本題爲《水天閑話舊事》如何？曰：詩與《楚宮》不相應，此題有理。（同上）

《和友人戲贈二首》《題二首後重有戲贈任秀才》此都是《無題》之類，非豔詞也，於集中爲數見不鮮耳。（同上）

《有感二首》第一首曰『竟緣尊漢相，不早辨胡雛』，第二首曰『臨危對盧植，始悔用龐萌』，惜文宗之誤用也。第一首『九服歸元化，三靈叶睿圖。如何本初輩，自取屈氂誅』，第二首曰『古有清君側，今非乏老成。素心雖未易，此舉太無名』，皆咎訓、注之妄舉也。反覆觀之，無一恕詞。夫訓、注皆輕躁小人，僥倖富貴，因之以君國嘗試。使幸而成功，輕則爲徐、石之怙寵，重或有操、卓之專權，其平日所爲，可以覆按也。乃許之以奉天討，許之以謀勇，許之以死事，不亦悖乎！至云國有重臣，不畏彊禦，倡言訓等之無辜，士良諸凶猶未必刃加其頸，尤迂而不情。夫劉從諫之敢於請三相之罪，擁兵在外耳；使其在朝，彼能收三相，復何人不能收乎？以是解『古有清君

側』四句，可云南轅而北轍矣。凡説詩當心平氣和求其本旨，先存成見而牽引古人以就之，是亦學者之大病也。（同上）

《壽安公主出降》太粗太直，失諱尊之體。（同上）

《夕陽樓》借孤鴻對寫，映出自己，吞吐有致，但不免有做作態，覺不十分深厚耳。（同上）

《中元作》通首筆意渾勁，自是佳作。然求其語意，類乎有所見而求之不得之作，題曰《中元作》，知確有本事，非寓言之比也。措語雖工，衡以風雅之正，固無取焉。（同上）

《鴛鴦》淺直。（同上）

《楚宮》（湘波如淚）只中聯（『楓樹』二句）最佳，前後六句并拙鄙。末二句言三閭忠義感人，千秋不替，必楚國無人，其祀乃絶。但故鄉猶有遺民，決不惜年年以角黍投之也，有謂但使國存不恤身死者，與懼長蛟不合，其説非也。（同上）

《妓席暗記送獨孤雲之武昌》借物寫照，亦殊有情，但格意不高。（同上）

《宿晉昌亭聞驚禽》後四句宕開收轉，以遠取題，用筆自好，但格調卑靡，大似許渾一輩，不足存耳。（同上）

《深宮》勾勒清楚，然淺薄即在清楚處。（同上）

《明禪師院酬從兄見寄》不成語。（同上）

《寄裴衡》起二句太突，後四句太率。（同上）

《崇讓宅東亭醉後沔然有作》『一帆』二句最佳，『驊騮』二句亦可觀，餘殊平淺。『幽興』句、『淹卧』句俱牽强。（同上）

《一片》（一片瓊英）粗淺。（同上）

《寄成都高苗二從事》（紅蓮幕下）詩亦風韻，但意旨不甚了了。（同上）

《鄭州獻從叔舍人褎》淺俗。（同上）

《四皓廟》（羽翼殊勳）全不成語。（同上）

《題白石蓮花寄楚公》前四句有姿逸之致，而三四句尤佳，後四句嫌禪偈氣。（同上）

《隋宫守歲》一味鋪排，了無取義，而語亦多笨。（同上）

《利州江潭作》自注曰『感孕金輪所』，詩中皆以雌龍託意，殊莫解其風旨何取，只『雨滿空城蕙葉凋』一句有神韻可玩耳。問：香泉解《利州江潭作》一首如何？曰：似是如此解。（香泉謂『有不獲與后同時之恨』）。（同上）

《即日（日一作目，地寬樓已迥）》此詩只『地寬』二句起得斗峭，『更替』二句對寫照結得有致，餘皆平衍，且多率筆。（同上）

《相思》平直無佳處。（同上）

《鏡檻》琱琢下派。香泉曰：『此必有懷歌妓之作。』説亦有理，以末二句證之益信。問：上黨馮氏評此詩如何？曰：此鈍吟偏駁之論。二馮評《才調集》，意在闢江西而崇崑體，於義山尤力爲表揚，然所取多屑屑雕鏤之作，而欲持之以攻江西，恐與江西之生硬，正亦如齊、楚之得失也。夫義山、魯直，本源俱出少陵，才分所至，面貌各别，而俱足千古。學者不求其精神意旨所在，而規規於字句之間，分門别户，此詆粗莽，彼詆塗澤，不問曲直，鬨然佐鬬。不知粗莽者江西之流派，江西本不以粗莽爲長；塗澤者西崑之流派，西崑亦不以塗澤爲長也。因論鈍吟此語而并及之。（同上）

《送鄭大台文南覲》太應酬氣。借胡威絹闗合，亦小小家數。（同上）

《洞庭魚》全不成語。（同上）

《喜舍弟羲叟及第上禮部魏公》前六句太俗，後二句公然不通。（同上）

《哀箏》五句不成語，恐有訛錯。通首亦無甚佳處，不爲高格。此摘『哀箏』二字爲題，非詠箏也，蓋亦《無題》之類，詳其語意，確有寄託。（同上）

《代董秀才却扇》太巧便是小品。（同上）

《有感》（非關宋玉）平正無佳處。詳詩語，是以文詞招怨之作，故題曰『有感』，乃爲似有寓託而實不然者作解，非解無題也。（同上）

《驪山有感》既少含蓄，亦乖風雅。如此詩不作何妨，所宜懸之戒律者此也。（同上）

《贈孫綺新及第》俗。（同上）

《代秘書贈弘文館諸校書》問：此一首莫嫌於愛好否？曰：詩以愛好爲病，此充類至義之盡也。若論神韻，須先從愛好中來，妙悟漸生，然後捨筏登岸耳。且愛好亦自不同，桓伊弄笛，叔夜彈琴，皆愛好也。裁錦繡以爲華，傅脂粉以爲麗，似乎愛好而非也。海陽李玉典曰：『秋谷以漁洋爲愛好，信然。然是晉人裝，非時世裝也。』此可謂之知言矣。（同上）

《亂石》前一句不成語，後二句亦淺直。且步兵加『厨頭』爲目，亦揑湊無理。（同上）

《日日》淺直。（同上）

《過楚宮》寓感之作，亦無佳處。（同上）

《龍池》病同《驪山有感》一首。（同上）

《淚》卑俗之至，命題尤俗。問：此詩亦有風致，那得云俗？曰：此所謂倚門之妝，風致處正其俗處也。（同上）

《十字水期韋潘侍御同年不至》支離牽引，毫無道理，亦毫無意趣。（同上）

《流鶯》前六句將流鶯説做有情，七句打合到自己身上，若合若離，是一是二，絶妙運掉，與《蟬》詩同一關捩。但格力不高，聲響覺靡耳。（同上）

《即日》（小鼎煎茶）此一時記事之作，不得本事，不甚可解，而語亦不佳。（同上）

《聖女祠》（杳藹逢仙跡）此題凡三首，『白石巖扉』一首最佳，『松篁臺殿』一首最下，此首差可，然亦非高作也。（同上）

《七月二十九日崇讓宅讌作》三四格意可觀，對法尤活。後半開平庸敷衍一派。問：二句『風』字一作『月』

如何？曰：二十九日那得有月？且『風』字尤與『悲』字相生。（同上）

《贈從兄閬之》招隱之作。前六句平平，末二句太激，少詩致。（同上）

《殘花》此深一層意，用筆甚曲，然病即在深處曲處，既落論宗，亦失自然。（同上）

《西亭》此又病於直而淺。凡詩有恰好分際，太直太曲太深太淺弊正同耳。（同上）

《昨夜》情致頗佳，但氣味不厚耳。（同上）

《海客》此怨令狐之作也，比附顯然，苦乏神韻。（同上）

《初食筍呈座中》感遇之作，亦苦於淺。（同上）

《早起》偶然之作，無大意致。（同上）

《行至金牛驛寄興元渤海尚書》太應酬氣，三四尤俗。（同上）

《深樹見一顆櫻桃尚在》寓意之作，有比附之痕，而格亦不高。（同上）

《歌舞》淺直。（同上）

《海上》平山謂此是透過一層意。莫説不遇仙，即遇仙人何益也。用筆頗快，而亦病於直。（同上）

《魏侯第東北樓堂郢叔言别聊用書所見成篇》體格不脱晚唐，只『念君千里舸，江草漏燈痕』句頗佳也。（同上）

《白雲夫舊居》平正無出色。『誤識』是『錯認』之意，言平生相交，竟不深知，今日乃追憶之也。（同上）

《同學彭道士參寥》調笑小品，不以正論。（同上）

《樂遊原》（萬樹鳴蟬）遲暮自感之作，格韻殊不脱晚唐習氣。（同上）

《贈荷花》全不成語。（同上）

《房君珊瑚散》毫無意味。（同上）

《小桃園》極有情致，但格卑，而五句尤纖。問：《小桃園》第六句恐不是桃詩。曰：香泉以爲直似詠柳也。（同上）

《嘲櫻桃》小品戲筆。（同上）

《和張秀才落花有感》三四微有作意，然亦是小家數，餘無可採，五六尤澀。（同上）

《代越公房妓嘲徐公主》《代貴公主》弄筆之作，不關大雅。此與《代魏宮私贈》及《代元城吳令暗爲答》詩皆不似泛然之作，然晚唐人亦實有弄筆作戲者，非確有本事，未可武斷也。《有感》詩曰：『一自《高唐》賦成後，楚天雲雨盡堪疑。』義山已料及人之附會其詩矣。（同上）

《鳳》寓意亦淺。（同上）

《無題二首》（鳳尾香羅、重幃深下）問：何以不取？曰：説已見前。（同上）

《病中早訪招國李十將軍遇挈家遊曲江》未免迂曲。（同上）

《昨日》亦無題之類，起二句拙，三四句鄙，結亦鄙。（同上）

《櫻桃花下》感嘆有情，但乏格韻耳。（同上）

《槿花》（風露淒淒）有黏皮帶骨之病，蒙泉抹之是也。（同上）

《任弘農尉獻州刺史乞假還京》太激太盡，無復詩致。（同上）

《贈勾芒神》題纖而詩淺。此種題皆有小説氣，其去燕剪鶯梳、花魂鳥夢無幾也。大雅君子當知所別裁焉。（同上）

《無愁果有愁曲北齊歌》此長吉體也。終是别派，不以正論。集中凡此體皆在所汰。就彼法論之，擇極至者略存一二耳。（同上）

《房中曲》亦長吉體，特略有古意，猶是長吉《大堤曲》之類未甚詭怪者。問：此詩之意何指？曰：平山以爲悼亡之詩也。按《莊子·逍遥遊》篇『天池』是海之别名，而《酉陽雜俎》有海翻則塔影倒之説，知唐人有此語也。作『天地翻』則鄙而不文矣。（同上）

《齊梁晴雲》此及下《効徐陵體贈更衣》《又効江南曲》皆刻摹六朝之作，豔處似之，拙處尤似之，然琱琢字句

而無意味亦復似之，不足取也。（同上）

《月夜重寄宋華陽姊妹》觀詩意，宋華陽乃女冠也。殊無風旨可採，詩亦不佳。（同上）

《訪人不遇留别館》太纖。首句尤鄙，蓋題妓館也。（同上）

《雨中長樂水館送趙十五滂不及》無味。（同上）

《汴上送李郢之蘇州》詩格不高。前四句説汴上，五六句突接蘇州，尤突兀無頭腦也。（同上）

《復至裴明府所居》問：『求之流輩豈易得，行矣關山方獨吟』，香泉以爲要非佳處，如何？曰：江西詩派矯拔處亦自可喜，然生硬粗俚，亦有一種傖父面目絶可厭處。此曲防流弊之言，最爲有旨，學者不可不知也。予亦以爲只可偶一爲之耳。（同上）

《覽古》首二句淺率，中四句庸下。且既以警戒意入，又以曠達語收。首尾衡決，全無詩法。（同上）

《當句有對》西崑下派。（同上）

《井絡》立論正大，詩格自高。五六唱歎指點，用事精切。但三四句轉折太硬，意雖可通，究費疏解。七句尤率，非完美之篇也。（同上）

《隋師東》四家以爲終傷骞直也。五六句歸愚所賞，然詩中筋節在此二句，過求筋節而失之板腐亦在此二句。問：長孺解末二句如何？曰：不然。此詩一篇皆就隋事以託諷，未露正文。開首『東征』即指高麗之役，非前四句序時事，中二句發議論，末二句以前朝指點也。問：『隨』字經文帝去『辵』爲『隋』，何以仍書『隨』字？曰：當時雖去辵旁，意後來仍兩書之，如殷、商之兩稱，觀歐陽詢書《醴泉銘》石刻中云『隨氏舊宫營於曩代』，亦有辵旁，是可證也。（同上）

《宋玉》四家以爲失之鈎剔過明，不愜人意也。（同上）

《韓同年新居餞韓西迎家室戲贈》詩格卑卑，起二語尤俚。（同上）

《奉和太原公送前楊秀才戴兼招楊正字戎》平淺之作，牽率應酬，殊無可採。（同上）

《池邊》感嘆時光，多就眼下繁華逆憂零落，或就眼前零落追感繁華。此偏於春意駘宕之時折轉，從過去一層見意，運掉甚別，但格意不高耳。（同上）

《送王十三校書分司》純從對面着筆，此閃躲法也。然自後來言之，又爲躲閃之通套矣。神奇腐臭，轉易何常！故變而出之一言，爲善學古人之金針也。（同上）

《寄惱韓同年時韓住蕭洞二首》無出色處。（同上）

《謁山》不解。（同上）

《鈞天》太激。（同上）

《失猿》詩頗曲折，然曲折而無味也。末二句平山以爲恐其遇意外之傷也。蓋通箭道則人得而取之矣。（同上）

《戲題友人壁》戲筆不以正論。問：此詩意旨如何？曰：平山以爲戲其藉妻之貲，理或然也。（同上）

《假日》平直。此當是休沐給假之日，不得以《楚詞》爲解。（同上）

《寄遠》蓋言安得天地消沉，使情根一净也。情思殊深，而吐屬閒直而乏韻。（同上）

《王昭君》四家以爲鄙也。（同上）

《所居》平直。問：末二句作『無不謂』，一作『不無謂』，二本孰是？曰：『不無』是也，然總不成句。（同上）

《高松》起句極佳，結句亦好。中間四句芥舟以爲三四太闊，五六太黏也，故已取而終去之也。（同上）

《昭州》無佳處，後四句亦轉落欠清。（同上）

《裴明府居止》首尾一氣相生，清楚如話，但清而薄耳。（同上）

《陳後宫》（玄武開新苑）較『茂苑城如畫』一首氣宇稍寬，骨法稍重，然總之是小調也。病亦是在末二句。（同上）

《樂遊原》（春夢亂不記）起有筆意，餘不佳。（同上）

《贈子直花下》三四句蒙泉以爲卑俗也，七八更不成語。（同上）

《小園獨酌》詩極清楚，『空餘』二句襯貼活，對亦有致，但格意薄弱耳。（同上）

《獻寄舊府開封公》詩有氣格，但首二句太湊，末句亦不甚成語。（同上）

《向晚》格意卑靡。（同上）

《春游》問：『風濫欲吹桃』，四家評賞『濫』字之妙，而芥舟直以爲不佳，何也？曰：此字不是不通，只是纖巧。不通之字句人人得而見之，其爲害也小；纖巧之字句似乎有味可玩，誤相仿效，不知引出幾許詩魔矣。此病有才思人尤易犯，吾寧從芥舟之説免生流弊。（同上）

《離席》格力殊健，末二句太竭情耳。（同上）

《俳諧》太纖。（同上）

《商於新開路》結入小家數。『蜂房』二字如實詠其物，與上『崎嶇』意不貫；若以比亂石之密，與『春欲暮』三字不聯，且涉於晦也。（同上）

《鸞鳳》感遇之作，意露而體亦不高。連用四鳥，亦一病也。（同上）

《李衛公》格意殊高，亦有神韻，似更在趙嘏《汾陽宅》詩以上。但末句如指南遷，不合云『歌舞地』；如指舊第，不合云『木棉』『鷓鴣』。此不了了，未敢入選，且存之附録耳。（同上）

《韋蟾》不解其題，無從論詩。而詩首二句殊不佳。末二句平山以爲倒裝法也。（同上）

《自貺》率筆。（同上）

《蝶》（孤蝶小徘徊）有作意而淺薄。（同上）

《夜意》小有情致，然無深味。（同上）

《因書》偶記之作，不以詩論。此必蜀中歸來爲人述其風土，因而韻之，故末句云云，而題曰『因書』也。（同上）

《奉寄安國大師兼簡子蒙》只『凋響』一句佳，餘皆平平，後四句尤俗。（同上）

《閒遊》多不成語。蘅齋論極精。（同上）

《縣中惱飲席》自負其能以凌人，雖曰戲筆，亦無身分。第二句尤不成語。（同上）

《題李上謩壁》平正之篇，無甚出色，但格韻不失耳。『江庭』恐是『江亭』。（同上）

《即日》（桂林閒舊說）亦平正無出色。（同上）

《射魚曲》長吉澀體。（同上）

《日高》亦長吉體。『欄藥日高紅髲䰄』自是佳句，長吉一派大抵有句無篇耳。（同上）

《宫中曲》此於長吉體中爲極則，然終是外道，愈工愈遠，虞山所謂西域婆羅門也。（同上）

《海上謡》此及下《李夫人三首》《景陽宫井雙桐》總長吉體耳。（同上）

《秋日晚思》淺率。三四句莊蝶、胤螢字尤俗不可耐。（同上）

《春宵自遣》亦淺率無味，大似後人寫景湊句之詩，篇篇可以互换者也。（同上）

《七夕偶題》無味。（同上）

《靈仙閣晚眺寄鄆州韋評事》只『嵐光入漢關』一句可觀，餘無一佳處而多累句。問：香泉以爲少『晚眺』二字意，是否？曰：『華蓮』四句正是『眺』字，但『晚』字不一見，未免疏漏耳。（同上）

《過姚孝子廬偶書》多不成語。凡詩詠忠臣易，詠孝子難；詠烈女易，詠節婦難。而孝子尤難於節婦。代述衷曲，或有至情動人，旁贊必不佳。古體樂府猶有措手之處，律篇多無味也。（同上）

《賦得月照冰池》試帖之絶工緻者，然以爲高作則未也。蓋此種爲場屋之式，實難見長。《湘靈鼓瑟》試帖絶調矣，亦幸是佔得題目好耳。（同上）

《永樂縣所居一草一木無非自栽今春悉已芳茂因書即事一章》點綴落小家局面。（同上）

《南潭上亭讌集以疾後至因而抒情》平淺而纖弱，無一長之可採。（同上）

《寒食行次冷泉驛》氣格頗高，三四亦佳句。但五六忽寫形勢，與上二句、下二句俱不貫串。雖前四是序宿，後

四是序行，然轉折不清，嫌於雜亂鶻突也。『賖』字趁韻耳。（同上）

《寄華嶽孫逸人》三四不成語，餘亦淺率。（同上）

《戲題贈稷山驛吏王全》偶然率筆。（同上）

《和韋潘前輩七月十二日夜泊池州城下先寄上李使君》首句是七月，次句是十二日，三句是夜泊，四句是和韋《上李使君》，可謂字字清楚矣。然其實纖小瑣屑，有乖大雅也。（同上）

《所居永樂縣久旱縣宰祈禱得雨因賦詩》鄙俚。（同上）

《正月十五日夜聞京有燈恨不得觀》殊無佳處。（同上）

《贈趙協律晳》一往情深，但調少滑耳，滑尤在一結也。（同上）

《月》前二句不甚成語，後二句亦淺直。（同上）

《正月崇讓宅》通首境地悄然，煞有情致，然云高格則未也。首句亦趁韻，正月豈有緑苔哉！（同上）

《城外》前二句不甚成語，後二句淺而晦。問：何以題曰『城外』也？曰：不解其義，通首是詠月也。末二句言己諸事缺陷，不能於月明之時如蜯蛤之隨月而虧者復隨之而盈也。然殊費解，費解者必非好詩也。（同上）

《撰彭陽公誌文畢有感》只『待得』二句爲有深致。三句不成句，五六太竭情，非完篇也。（同上）

《戲贈張書記》問：『危絃』四句承上二句而申之，删去豈不是一首簡勁律詩？曰：亦是一論。但既曰『戲贈』，故不嫌多耳。（同上）

《念遠》格意與《搖落》及《戲贈張書記》同，末二句亦有格韻，但五六句太拙而晦。（同上）

《過故崔兖海宅與崔明秀才話舊因寄舊僚杜趙李三掾》立意既正，風骨亦遒。前四句説現在，五六句追叙，七八句相勉三掾，即暗結崔明秀才話舊，亦極清楚有安放。雖非傑構，亦合作也。特用筆微病其直，而五六屑屑計較亦淺耳。問：『共入』二句莫合掌否？曰：上句用鄭當時事，其語尤寬，下句則有知己之感矣。二句相生，自有淺深，非合掌也。問：恐三掾實有負恩忘舊之處，崔秀才話中及之，故寄此詩。其詞有激，故不得不直，未必是病。

曰：想當然耳。然惟其有激，愈不得直。《談龍録》載吴修齡之論曰：意喻之米，文則炊而爲飯，詩則釀而爲酒。飯不變米形，酒則變盡；啖飯則飽，飲酒則醉。醉則憂者以樂，喜者以悲，有不知其所以然者，如《凱風》《小弁》之意，斷不可以文章之道平直出之者也。由是以觀，思過半矣。《春秋》責備賢者，此詩固不得曲爲之詞也。(同上)

《微雨》四家以爲雖無遠指，寫『微』字自得神也。然既無遠指，則刻畫亦小家數耳。問：小詩亦有不必定有遠指者，如輞川唱和非即景自佳哉？曰：王、裴所詠，雖無遠指，而有遠韻遠神，天然湊泊，不可思議，非以刻畫形似爲工也，自不得比而同之。問：陶、杜詩中亦有平排四句者。曰：説者謂陶，乃摘顧凱之《神情詩》，又云是顧取陶語成篇，雖不可考，然只是偶然之作，可一不可再，擬《五噫》而續《四愁》，不亦愚哉！杜公於絶句本不當行，更不得援以藉口。(同上)

《南山趙行軍新詩盛稱遊讌之洽因寄一絶》語不可曉。如就詩論詩，直是無一毫道理也。(同上)

《景陽井》微有情致。但西施之沉與麗華之死事正相同，不知何以借爲反襯耳。問：莫是以西施之沉比麗華之死，言雖不得共死于此，猶能死於清溪之上，幸不爲楊廣所有否？曰：是亦一解。(同上)

《故番禺侯以贓罪致不辜事覺母者他日過其門》題殊晦澀不了了，詩更無一句成語。(同上)

《詠雲》猶是齊梁及初唐體格，然不必效爲之。真意不存，但工刻畫，其流亦何所不至哉！『河秋壓雁聲』句却有致，而此句之巧又與通篇不配。(同上)

《夜出西溪》詩亦有格，但末二句太露，且五六雖經比到自己，尚未落明，斗然説出，亦太鶻突無頭腦，意可通而語欠清也。問：二句『許』字如何解？曰：此幕府不得志之作。考昌黎《上張僕射書》有『辰入酉歸』之語，知幕府定制類然。此句與上句呼應，言常憂錯過春光，偏於日曛纔許出也，然終是晦澀之句。(同上)

《效長吉》只『簾疏燕誤飛』句巧甚，然巧處正是大病痛也。(同上)

《柳》(江南江北)未能免俗。崔《鴛鴦》、鄭《鷓鴣》，歸愚所謂詠物塵劫也。(同上)

《九月於東逢雪》清而淺。(同上)

《四皓廟》（本爲留侯）全不成語。（同上）

《九日》苜蓿，外國草也，漢使者乃採歸種之於離宫。令狐綯以義山異己之故而排檳不用，故曰『不學漢臣栽苜蓿』。（同上）

《僧院牡丹》首二句不似牡丹。三四極力刻畫僧院，然粘滯不佳。五六句亦點綴無理。七八不唯措語欠工，亦於僧院不大相稱也。問：『粉壁』句不佳是矣，『湘幃』句非即『石家蠟燭何曾翦』之意耶？曰：詩固有同一意旨而措語工拙迥别者。（同上）

《高花》與下《嘲櫻桃》皆偶然小調。（同上）

《天平公座中呈令狐令公時蔡京在座京曾爲僧徒故有第五句》蒙泉以爲後四句粗淺也。前四句亦自不佳。《册府元龜》載唐時風憲不與燕會，故曰『擬休官』也。（同上）

《江上憶嚴五廣休》亦無深味。（同上）

《寓興》有清迥之氣，自爲佳製，但未極深厚耳。（同上）

《東南》寄慨之作，殊無佳處。（同上）

《歸來》三四太率不佳，後四句自可觀也。（同上）

《子直晉昌李花》前四句格卑。五六自套亦不成語，七八『分』字亦强押。（同上）

《題道静院》層層安放清楚，然求一分好處亦不可得。（同上）

《賦得桃李無言》試帖中之平平者。（同上）

《登霍山驛樓》詩有氣格，但三四太無理，嵐色之外豈能見小鼠乎？問：末二句似突出。曰：登高望遠，忽動於懷，興寄無端，往往有此似突而究非突，蓋其轉接之間以神而不以迹也。（同上）

《寄和水部馬郎中題興德驛》了無佳處，氣力尤薄。『水色』二句是可好可惡之句，看通篇如何耳。通篇如佳，此等亦足配色；如通篇中無主峯，末無結穴，專倚此種爲梁柱，則風斯下矣。（同上）

《題小松》淺薄之至。（同上）

《行次昭應縣道上送户部李郎中充昭義攻討》骨格峥嶸，不失氣象。論其音節猶存初、盛之遺，然以爲佳則未也。别有説在《贈别前蔚州契苾使君》條下。（同上）

《水齋》了無佳處，且有累句。問：『卷簾飛燕還拂水，開户暗蟲猶打窗』二句聲調如何？曰：此與『求之流輩豈易得，行矣關山方獨吟』，『撫躬道直誠感激，在野無賢心自驚』聲調相同，意以下句第五字平聲救之也。憶《中州集》中如此句法亦有二處。古人必有原本，非落調也，然亦不必效爲之。（同上）

《奉同諸公題河中任中丞新創河亭四韻之作》無一句是詩。（同上）

《過故府中武威公交城舊莊感事》詩極可觀，但五六句太纖不稱通篇耳，所謂下劣詩魔也。問：四句『感熊羆』長孺定爲『撼』字，今不從之何也？曰：此暗用大樹將軍事。『熊羆』以比武力之臣，用《尚書》語。因大樹飄零而追感熊羆之臣，與上句『燕雀』爲假對也。若直作撼樹之熊羆，於文理既欠安，於景物亦無此理。（同上）

《贈田叟》太激。七八尤不成語。（同上）

《和人題真娘墓》俗體。（同上）

《人日即事》前四句一字不通。五六亦堆垛無味。七八雖成語，亦無佳處。（同上）

《春日寄懷》不免淺率。（同上）

《和劉評事永樂閒居見寄》牽率應酬之作。（同上）

《和馬郎中移白菊見示》俗體。（同上）

《喜聞太原同院崔侍御臺拜兼寄在臺三二同年之什》比前二詩略可，然亦不佳。（同上）

《喜雪》鄙俚夾雜，加以瑣纖，無復詩體。（同上）

《柳枝五首》一序濫甚，詩亦無可採處。（同上）

《燕臺四首》與下《河内詩二首》及《河陽詩》《和鄭愚汝陽王孫家筝妓二十韻》《燒香曲》皆長吉體。就彼法論

之皆爲佳作，然已附録《房中曲》及《宫中曲》以見概，此等雅不欲多存也。（同上）

《贈送前劉五經映三十四韻》清楚而平衍，率筆累句尤多。凡長篇鋪叙而乏筋節，勢必至此。（同上）

《送千牛李將軍赴闕五十韻》問：「幸藉」四句前後如何轉折？曰：此處殊不了了。（同上）

《詠懷寄祕閣舊僚二十六韻》病同《劉五經》篇。（同上）

《戊辰會静中出貽同志二十韻》骨法不失蒼勁，亦是五言一種。雖貌與古殊，而格力自在也。但詩無風旨可採耳。（同上）

《四年冬以退居蒲之永樂渴然有農夫望歲之志遂作憶雪又作殘雪詩各一百言以寄情於遊舊》《憶雪》詩一無可採。《殘雪》詩頗刻畫，然只是試帖伎倆耳，其中又多累句，亦非佳篇。（同上）

《大鹵平後移家到永樂縣居書懷十韻寄劉韋二前輩二公嘗於此縣寄居》平平無佳處，格力尤薄。（同上）

《河陽詩》問：作悼亡解是否？曰：亦無確據，是泛作感舊懷人觀之耳。（同上）

《自桂林奉使江陵途中感懷寄獻尚書》清而薄。末四句歸於美鄭，然語脈不大融洽，嫌於鶻突，結二句尤佻達不稱也。問：此詩述典頗麗，那得謂之清而薄？曰：厚薄在氣味格力之間，不在詞句之濃淡也。古詩有通篇無一典故者，可得而謂之薄哉！（同上）

《今月二日不自量度輒以詩一首四十韻干瀆尊嚴……輒復五言四十韻詩獻上》精力盡於前篇，此則勉强應酬矣。（同上）

《井泥》元白體也。意淺而味薄，學之易至於率俚。問：元白體竟不佳耶？曰：亦是詩中正派，其佳在真樸，其病在好鋪張、好盡，好爲欲言不言尖薄語，好爲隨筆潦倒語。在二公自有佳處，學之者利其便易，其弊有不可勝言者也。惟小詩却時時有佳者，漁洋山人嘗論之矣。（同上）

《夜思》西崑下派。（同上）

《思賢頓》詩極可觀，但五六句既露骨，亦非體，遂爲一篇之累。（同上）

《有懷在蒙飛卿》詩亦清適。但非有宗社丘墟之痛，哀同開府，未免非倫。七八句亦殊拙滯。（同上）

《春深脱衣》後四句太累，前四句亦無佳處。（同上）

《懷求古翁》詩有爽氣，但乏厚味耳。（同上）

《城上》五六不成語，七八尖佻。（同上）

《如有》不甚可解。格亦卑下。（同上）

《朱槿花二首》第一首不成語。第二首當是和人懷歸之作，失去本題誤附於後耳，詩有格意，聊附存之。問：《戊籤》以《朱槿》第二首爲《晉昌馬上贈》，即以『勇多侵露去』一首爲《朱槿》次首如何？曰：似亦有理。（同上）

《寓懷》近乎鋪排，特格調不失耳。（同上）

《木蘭》（二月二十二）格卑而兼多累句。（同上）

《細雨成詠獻尚書河東公》小有刻畫，只是試帖體，『必擬』二句尤拙。（同上）《病中聞河東公樂營置酒口占寄上》應酬之作，格意卑下。（同上）

《晉昌晚歸馬上贈》題與詩俱不了了，然詩自是不成語。（同上）

《哭虔州楊侍郎虞卿》不及《蕭侍郎詩》之精神結聚，結亦徑直。問：『中憲』二句聲調？曰：此亦如七言之拗第六字，以下句三字平聲救之也。（同上）

《寄太原盧司空三十韻》起手氣象自偉，但後半淺弱不稱，且『義之』二句、『禹貢』二句轉折皆不甚融洽。『羅含』六句亦凑泊不警切，大不及《上杜僕射》也。（同上）

按：《送從翁東川弘農尚書幕（昔帝回冲眷）》《赤壁》《垂柳》《清夜怨》《定子》諸首，因非義山詩，故不録。

【玉谿生詩説自序】世之習義山詩者，類取其一二尖新塗澤之作，轉相仿效；而毁義山者，因之指摘掊擊，以西崑爲厲禁。反復聚訟，非一日矣。皆緣不知義山之爲義山，而隨聲附和，鬨然佐鬬。贊與毁皆無當也。夫深山大澤，有龍虎焉，不見其噓而成雲，嘯而生風，而執其敗鱗殘革以詫人，以爲龍虎如是；人見其敗鱗殘革也，亦以爲龍虎不過如是而鄙之，以爲不足奇，可謂之知龍虎哉？獨吴江朱氏《箋注》一序，推見至隱，可謂知言。然其書以箋注爲主，例須全收，未暇别擇。余幼而學詩，即喜觀是集，每欲嚴爲澄汰，鈔録一編。牽率人事，因循未果也。秋冬以來，居憂多暇，因整理舊業，編纂成書。於流俗傳誦尖新塗澤之作，大半棄置；而當時習氣所漸，流於飛卿長吉一派者，亦概爲屏却。去瑕取瑜，寧刻毋濫，覆而閲之，真有所謂曲江老人相視而笑者，何至争妍鬬巧，如世所云云哉！詩凡若干，具録於左。間採諸家之評，而附以愚意。其所以去取之義，及愚意之有所未盡者，别爲『或問』一卷附之。意主説詩，不專箋注，故題曰《玉溪生詩説》。又以朱氏一序冠之篇首，俾讀者知義山之宗旨，亦有以見此書之宗旨焉。乾隆庚午十一月河間紀昀自題。（《玉谿生詩説》卷首）

【玉谿生詩説跋語】鈔玉谿生詩竟，復以去取之意爲《或問》一卷附之。詩家舊無此例，以意妄撰也。意主别裁，故詞多吹索，亦復借以説詩，故時時旁及，汗漫不删。末學小子，輕議古人，狂妄之罪，百喙何辭！然一得之愚，不能自已，私憂過計，遂冒天下之不韙而爲之。其區區苦心，亦望大雅君子諒于形迹之外也。庚午冬至後一日河間紀昀再題。（同上卷末）

其二

撰《玉谿生詩説》二卷畢，芥舟更與商定一過，香泉亦以所評之本見示，皆匡予之不逮。緣抄録已成，不能添入，因撰補遺一卷附之，而予有二續得，亦載焉。俟他日更定重寫，依次入之耳。辛未正月二十六日昀再題。（同上）

其三

凡卷中所載之評，曰『四家』者，乃袁虎文、楊致軒、何義門、田簣山所批，鈔時偶忘分署，故題以總名也。曰『平山』者，華亭姚君名培謙也；曰『蒙泉』者，德州宋君名弼也；曰『蘅齋』者，杭州周君名助瀾也；芥舟則同里戈君名濤，香泉則休寧汪君名存寬也。卷中未及備詳，因附識之。是日燈下又題。（同上）

人心之靈秀，發爲文章；猶地脈之靈秀，融結而爲山水。……蘇李之詩天成，曹劉之詩閎博，嵇阮之詩妙遠，陶謝之詩高逸，沈范之詩工麗，陳張之詩高秀，沈宋之詩宏整，李杜之詩高深，王孟之詩澹靜，高岑之詩悲壯，錢郎之詩婉秀，元白之詩樸實，温李之詩綺縟。千變萬化，不名一體，而其抒寫性情則一也。……（《紀河間詩話》卷一）

詩至少陵而詣極。然唐人自李義山外罕學杜。……（同上）

温李齊名，詞皆縟麗。然温多綺麗脂粉之詞，而李感時傷事，頗得風人之旨。故王安石以爲唐人學老杜而得其藩籬者，惟商隱一人。自宋楊億、劉子儀等沿其流波，詩家遂有西崑體，致伶官有撏撦之議。然商隱詩中有『楚雨含情皆有託』句，則借夫婦以喻君臣，固嘗自道。而《無題》之中，有確有寄託者，有戲爲艷體者，有失去本題者，有與《無題》相連誤合爲一者。《碧城》《錦瑟》諸篇亦同此例。一概以美人香草解之，一字一句無不關合時事，又求之太深，過於穿鑿矣。（同上）

王銍詩大致近温、李，在南宋初年爲别調。（同上）

黄任莘田詩源出温、李，往往刻露清新，别有懷抱。……（同上卷二）

太原申鐵蟾好《香奩》豔體，寓不遇之感。嘗謁某公未見，戲題詩曰：『堊粉圍牆罨畫樓，隔窗閒撥鈿箜篌。分無信使通青鳥，枉遣游人駐紫騮。月姊定應隨顧兔，星娥可止待牽牛。垂楊疏處雕櫳敞，只恨珠簾不上鉤。』殊有玉谿生風致。（同上卷三）

【二馮評閱才調集凡例】先世父默菴、鈍吟兩先生承先大父嗣宗博物洽聞之緒，學無不該，尤深於詩賦。默菴先生名舒字巳蒼，以杜樊川爲宗，而廣其道於香山、微之。鈍吟先生名班字定遠，以温、李爲宗，而溯其源於《騷》《選》漢魏六朝。紀批：鈍吟但由温、李以溯齊、梁。雖徑路不同，其修辭立格，必謹飭雅馴。紀批：此四字從江西詩對面生出。其實二馮所尚，祇纖穠一派。

楊大年名億，錢文僖名惟演，晏元獻名殊，劉子儀名筠，諸公爲西崑體，推尚温助教庭筠、李玉溪商隱、段太常成式爲西崑三十六，以三人各行十六也。紀批：《唐書》但云三十六體，無西崑字。楊大年《西崑唱酬集》曰：取玉山册府之義，名曰《西崑唱酬集》。則西崑之名實始於宋。又《唐書》所云三十六體，乃指章表誄奠之詞，亦不指詩。此語未考。唐彦謙、曹唐輩佐之，其爲詩以細潤爲主，取材騷雅，玉質金相，豐中秀外。紀批：李本旁分杜派，温亦自有本源，但縟麗處多耳。楊、劉規摹形似，遂成剪綵之花。江西諸公正矯其弊，而起優人撏撦之戲，其未之聞耶？兩先生俱右西崑而闢江西，誠恐後來學者不能文而但求異，則易入魔道，卒至於牛鬼蛇神而莫可底止也。紀批：江西之弊在粗俚，西崑之弊在纖俗，不善學之，同一魔道，不必論甘而忌辛。

《才調》一選，非專取西崑體也。蓋詩之爲道，固所以言志，然必有美辭秀致，而後其意始出。若無字句襯墊，雖有美意，亦寫不出。紀批：自是如此。然亦有塗澤太甚，轉使本意不明者。……其爲書也，以太白領第六第七卷，而以玉谿生次之，所以重太白而尊商隱也。以羅江東領第八第九卷，取其才調兼擅也。紀批：諸本先後次序有絶不可解者，恐亦隨手排編，未必盡有義例，此所解多附會。……韓致光《香奩》非不豔冶而不取，以其發乎情而不能止乎禮義也。……紀批：韋亦偶就所見排比成書。一代之詩，浩如烟海，安能二推其不選之故？所論諸家尤多不確。

兩先生教後學皆喜用此書，非謂此外皆無可取也。蓋從此而入則蹈矩循規，擇言擇行，縱有紈袴氣習，然不過失之乎文。紀批：浮豔之弊亦不勝言。此語偏袒太甚。若徑從江西派入，則不免草野倨侮，失之乎野，往往生硬拙俗，詰屈槎牙，紀批：此則公論。如《瀛奎律髓》所收，實多笑柄。遺笑天下後世而不可救。今學者多謂印板唐詩不可學，喜從宋、元入手，蓋江西詩可以枵腹而爲之，西崑則必要多讀經史《騷》《選》，此非可以日月計也。紀批：西崑須胸有卷軸，江西亦須胎息古人，皆不可以枵腹爲也。如以粗野爲江西，以剽竊爲西崑，則皆可以枵腹爲之。況詩發乎情，不真則情僞，所以從外至者，雖眩目悦耳而比之芻狗衣冠。從肺腑流出者，雖近里巷鄙俚，而或有可取。然亦須善爲之。鈍吟有云：圖驋裹之形，極其神駿，若求伏轅，不免駑欵段之駟；寫西施之貌，極其美麗，若須薦枕，不如求里門之嫗。萬曆間王、李盛學盛唐漢魏之詩，只求之聲貌之間，所謂圖騕裹、寫西施者也。牧齋謂詩人如有悟解處，即看宋人亦好，所謂欵段之駟、里門之嫗也。遂謂里門之嫗勝於西施，欵段之駟勝於騕裹，豈其然乎？若今詩人專以里言俗語爲能事，是圖欵段之馬，寫里門之嫗矣，其能免於千古姍笑乎？噫！其言真爲好言宋詩者藥石矣！紀批：此論極爲分明。觀此知二馮之尚崑體，蓋亦有激而然，而主持太過，遂使浮靡之弊，視俚俗者爲加厲。則門户之習，奪其是非之心也。（《删正二馮評閲才調集》）

温飛卿六十一首　鈍吟云：温、李詩句句有出，而文氣清麗。紀批：麗而能清，方非俗豔。多看六朝書，方能作之，楊、劉以後絶響矣。紀批：温、李遭逢坎坷，故詞雖華豔，而寄託常深，玉谿尤比興纏綿，性情沉摯。楊、劉優遊館閣，寄興唱酬，徒獵温、李之字句，故菁華易竭，數見不鮮，漸爲後人之所厭。歐、蘇起而變之，西崑遂絶，非由於人不能作也。

（温庭筠）《送人東遊》紀評：蒼蒼茫茫，高調入雲。温、李有此筆力，故能溶鑄一切濃豔之詞，無堆排之跡。學温、李者盍於根本求之？（同上）

（温庭筠）《邊笳曲》鈍吟云：齊梁體。今人不知矣。紀云：齊即所謂永明體，梁即所謂宫體，後人總謂之齊梁體，玉谿詩有《齊梁晴雲》是也。其體於對偶之中時有拗字，乃五言律之變而未成，喜儷新字而乏性情，喜作豔詞而乏風旨，運思甚淺，用事甚拙，乃詩道之極弊，無用知之。（同上）

《才調集》卷第六古律雜歌詩一百首　鈍吟云：此書多以一家壓卷。此卷太白後又有玉谿，此有微意，讀者參之。紀評：此似有意，然以太白居第六又是何意？（同上）

（李白）《古風》三首（泣與親友别；秋露如白玉；燕趙有秀色）紀評：此寓遇合之感，怨而不怒，思而不淫，視義山《無題》諸作直是神思不同，不但面目有别。（同上）

（李白）《宫中行樂》三首（盧橘爲秦樹；寒雪梅中盡；水渌南薰殿）紀評：别是天人姿澤。雖了無深意，而使

人流連不置。此種惟太白能之，温、李效之終不近。(同上)

李商隱四十首　紀評：義山詩在飛卿上，高處有逼老杜者。選本多不盡所長，此尤選其不佳者。

默庵云：此公詩多不可解，所謂見其詩如見西施，不必知名而後美也。　紀評：此語似是而非，世無不解而知其工者。二馮但以字句穠麗賞之，實不知其比興深微，自有根柢。

鈍吟云：選玉谿次謫仙後，乃是重他，非以太白壓之也。○義山自謂杜詩韓文，王荆公言學杜當自義山入。余初得荆公此論，心謂不然；後讀《山谷集》，粗硬槎牙，殊不耐看，始知荊公此言正以救江西派之病也。若從義山入，便都無此病。　紀評：義山詩不善學之亦有浮豔之病，有晦曲之病，有刻薄纖佻之病。○鈍吟云：山谷用事瑣碎，更甚於崑體。然温李楊劉用事皆有古法，比物連類，妥貼深穩；山谷疏硬如食生物未化，如吴人作漢語，讀書不熟之病。　紀評：楊、劉非温、李之比，山谷只求奇太過，非坐讀書不熟。○鈍吟曰：崑體諸人，甚有壯偉可敬處，沈、宋不過也。　紀評：以壯偉論温、李未是，以壯偉論沈、宋亦未是。此皆皮相之言。大抵二馮只於字句用工夫，不求作者源本。(同上)

《齊宫詞》鈍吟云：詠史俱妙在不議論。紀評：亦有議論而佳者，不以一例概之。大抵要抑揚唱嘆，絃外有音，不得作十成死句，如周曇、胡曾一流。(同上)

《春雨》『白門』句，紀評：下六句從此句生出。『紅樓』四句，紀評：四句所謂寥落。『玉璫』二句，紀評：此所謂意多違。(同上)

《促漏》紀評：五六跌宕，七八對面結，有味。○高廷禮以爲深宫怨女之詞，於五六句有礙。姚旅露書以爲悼亡之詞，於第一句尤未安。只以有懷不遂詩解之，詞意爲順。(同上)

《水天閒話舊事》鈍吟云：此題集本誤也。　紀云：集誤入《楚宫》絶句後。『傾城消息隔重簾』，紀曰：下俱從此三字（指『隔重簾』）生出。『未免金堂得免嫌』，紀評：不曰及亂，而曰未必免嫌，敦厚之旨。(同上)

《漢宫詞》鈍吟云：刺好仙事虚無而賢才不得志也。　紀評：露若能醫消渴，猶可希冀延年，何不賜相如一杯試

之？刺求仙無益也。鈍吟此解，晝爲兩橛，殊失語妙。○鈍吟云：諷刺清婉。（同上）

《留贈畏之》默庵云：是贈同年，所以意深味旨。俗本改作《無題》詩，誤甚。紀評：改作《無題》固妄，然實是失去《贈韓》詩二首，又失去此二首之題，誤連爲一。默庵强爲作解甚謬。程午橋又祖其説，愈用穿鑿。此或可因前首『侍女吹笙』句云代作閨情爲戲，第二首『瀟湘岸上』之語，與韓何涉？（同上）

《離亭賦得折楊柳二首》紀評：第一首太竭情，此（按：指第二首）方有致。（同上）

錢起所云『二十五弦彈夜月』，李商隱所云『錦瑟無端五十弦』者，特詩人寄興之詞，不必真有其事。（《四庫全書總目提要》卷三十八經部樂類）

【李義山詩集三卷内府藏本】唐李商隱撰。商隱字義山，懷州河内人，開成二年進士，釋褐祕書省校書郎，調弘農尉。會昌二年，又以書判拔萃。王茂元鎮河陽，辟爲掌書記。歷佐幕府，終於東川節度判官，檢校工部郎中。事蹟具《唐書·文藝傳》。商隱詩與温庭筠齊名，詞皆縟麗，然庭筠多綺羅脂粉之詞，而商隱感傷時事，尚頗得風人之旨。故蔡寬夫《詩話》載王安石之語，以爲唐人能學老杜而得其藩籬者，惟商隱一人。自宋楊億、劉子儀等沿其流波，作《西崑酬唱集》，詩家遂有西崑體，致伶官有撏撦之譏，劉攽載之《中山詩話》，以爲口實。元祐諸人起而矯之，終宋之世，作詩者不以爲宗。胡仔《漁隱叢話》至摘其《馬嵬》詩、《渾河中》詩，詆爲淺近。後江西一派漸流於生硬粗鄙，詩家又返而講温、李。自釋道源以後，注其詩者凡數家，大抵刻意推求，務爲深解，以爲一字一句皆屬寓言，而《無題》諸篇，穿鑿尤甚。今考商隱府罷詩中有『楚雨含情皆有託』句，則借夫婦以喻君臣，固嘗自道。然無題之中，有確有寄託者，『來是空言去絶蹤』之類是也；有戲爲豔體者，『近知名阿侯』之類是也；有實屬狎邪者，『昨夜星辰昨夜風』之類是也；有失去本題者，『萬里風波一葉舟』之類是也；有與《無題》相連悮合爲一者，『幽人不倦賞』之類是也；其摘首二字爲題，如《碧城》《錦瑟》諸篇，亦同此例。一概以美人香草解之，殊乖本旨。至於流俗傳誦，多録其綺豔之作，如集中《有感二首》之類，選本從無及之者，取所短而遺所長，益失之矣。（同上卷一五一集部别集類四）

【李義山詩註三卷附録一卷通行本】國朝朱鶴齡撰。鶴齡有《尚書埤傳》，已著録。李商隱詩舊有劉克、張文亮二家註本，後俱不傳。故元好問《論詩》絶句有『詩家總愛西崑好，只恨無人作鄭箋』之語（案：西崑體乃宋楊億等摹擬商隱之詩，好問竟以商隱爲西崑，殊爲謬誤，謹附訂於此）。明末釋道源始爲作注，王士禎《論詩絶句》所謂『獺祭曾驚博奥殫，一篇《錦瑟》解人難。千秋毛鄭功臣在，尚有彌天釋道安』者，即爲道源是註作也。然其書徵引雖繁，實冗雜寡要，多不得古人之意。鶴齡删取其什一，補輯其什九，以成此註。後來註商隱者，如程夢星、姚培謙、馮浩諸家，大抵以鶴齡爲藍本，而補正其闕誤。惟商隱以婚於王茂元之故，爲令狐綯所擠，淪落終身，特文士輕於去就，苟且目前之常態。鶴齡必以爲茂元黨李德裕，綯父子黨牛僧孺，商隱之從茂元，爲擇木之智，涣邱之公。然則令狐楚方盛之時，何以從之受學？令狐綯見讎之後，何以又屢啓陳情？新、舊《唐書》班班具在，鶴齡所論，未免爲回護之詞。至謂其詩寄託深微，多寓忠憤，不同於温庭筠、段成式綺靡香豔之詞，則所見特深，爲從來論者所未及。惟所作年譜，於商隱出處及時事頗有疏漏，故多爲馮浩註本所糾。又如《有感二首》，詠文宗甘露之變者，引錢龍惕之箋，以李訓、鄭注爲奉天討，死國難，則觸於明末璫禍，有激而言，與詩中『如何本初輩，自取屈氂誅』，『臨危對盧植，始悔用龐萌』諸句，顯爲背觸，殊失商隱之本旨。又《重有感》一首，所謂『竇融表已來關右，陶侃軍宜次石頭』者，竟以稱兵犯闕望劉從諫，漢十常侍之事，獨未聞乎？鶴齡又引龍惕之語，不加駁正，亦未免牽就其詞。然大旨在於通所可知，而闕所不知，絶不牽合新、舊《唐書》，務爲穿鑿，其摧陷廓清之功，固超出諸家之上矣。（同上）

【李義山文集箋註十卷通行本】國朝徐樹穀箋，徐炯註。樹穀字藝初，康熙乙丑進士，官至山東道監察御史。炯字章仲，康熙壬戌進士，官至直隸巡道。皆崑山人。考《舊唐書·李商隱傳》，稱有《表狀集》四十卷，《新唐書·藝文志》稱李商隱《樊南甲集》二十卷，《乙集》二十卷，《玉溪生詩》三卷，《文》《賦》一卷。《宋史·藝文志》稱李商隱《文集》八卷，《四六甲乙集》四十卷，《别集》二十卷，《詩集》三卷。今惟《詩集》三卷傳，文集皆佚。國初吴江朱鶴齡始裒輯諸書，編爲五卷，而闕其狀之一體。康熙庚午，炯典試福建，得其本於林佶，採摭《文苑英華》所載諸狀補之，又補入《重陽亭銘》一篇，是爲今本。鶴齡原本雖略爲詮釋，而多所疏漏，蓋猶未竟之藁。樹穀因博考史籍，證驗時事，以爲之箋。炯復徵其典故訓詁，以爲之註。其中《上崔華州書》一篇，樹穀斷其非商隱作。近時桐鄉馮浩註本，則辨此書爲開成二年春初作。崔華州乃崔龜從，非崔戎；故賈相國乃賈餗，非賈耽；崔宣州乃崔鄲，非崔羣。引據《唐書·紀》《傳》，證樹穀之誤疑。又《重陽亭銘》一篇，炯據《全蜀藝文志》採入，馮浩註本則辨其碑末結銜及鄉貫皆可疑，知爲舊碑漫漶，楊慎僞補足之，援慎僞補樊敏、柳敏二碑，證炯之誤信。又據《成都文類》採入《爲河東公上西川相國京兆公書》一篇，及逸句九條，皆足補正此本之疏漏。然《上京兆公書》乃案牘之文，本無可取，逸句尤無關宏旨，故仍以此本著於録焉。（同上）

【武夷新集（節録）】宋楊億撰。……大致宗法李商隱，而時際昇平，春容典贍，無唐末五代衰颯之氣。……（同上卷一五二）

【林蕙堂全集（節録）】國初以四六名者，推（吴）綺及宜興陳維崧，二人均原出徐、庾。維崧泛濫於初唐四傑，以雄博見長。綺則出入樊南諸集，以秀逸擅勝。章藻功與友人論四六書曰：『吴園次班香宋艷，接僅短兵；陳其年陸海潘江，末猶强弩。』其論頗公。然異曲同工，未易定其甲乙。其詩則才華富艷，瓣香在玉溪、樊川之間。（同上卷一七三）

【才調集】穀生于五代文敝之際，故所選取法晚唐，以穠麗宏敞爲宗，救羸疏淺弱之習，未爲無見。至馮舒、馮班，意欲排斥宋詩，遂引其書于崑體，推爲正宗。不知李商隱等，《唐書》但有三十六體之目，所謂西崑體者，宜始于宋之楊億等，唐人無此名也。（同上卷一八六集部總集類一）

【紫薇詩話一卷】宋吕本中撰。……又極稱李商隱《重過聖女祠》詩『一春夢雨常飄瓦，盡日靈風不滿旗』一聯，及《嫦娥》詩『嫦娥應悔偷靈藥，碧海青天夜夜心』二句，亦不主於一格。蓋詩體始變之時，雖自出新意，未嘗不兼採衆長。自方回等一祖三宗之説興，而西崑、江西二派，乃判如冰炭，不可復合。……（同上卷一九五集部詩文評類一）

【趙執信聲調譜】……執信嘗問聲調於王士禎，士禎靳不肯言。執信乃發唐人諸集，排比鉤稽，竟得其法，因著爲此書。其例古體詩五言重第三字，七言重第五字，而以上下二字消息之。大抵以三平爲正格，其四平切脚如李商隱之『咏神聖功書之碑』，兩平切脚如蘇軾之『白魚紫蟹不論錢』者，謂之落調。柏梁體及四句轉韻之體則不在此限。（同上卷一九六集部詩文評類二）

【解頤新語八卷（浙江巡撫採進本）（節録）】明，皇甫汸撰。……汸詩有名於當時，而此書乃多謬漏。……李商隱等三十六體，《唐書》本傳明云以表、啓而名，乃指爲詩派。……『王莽弄來曾半破，曹公將去便平沉』，李山甫詩也，而云李商隱。又所稱商隱『棹里自成歌，歌竟乘流去』之句，今義山集中亦無之，不知所據爲何本。（同上卷一九七集部詩文評類存目）

【夢窗藁四卷補遺一卷】（夢窗）天分不及周邦彦，而研煉之功則過之。詞家之有（吴）文英，亦如詩家之有李商隱也。（同上卷一九九詞曲類二）

陳后山詩：小徑纔容足，寒花只自香。官池下鳧雁，荒塚上牛羊。有子吾甘老，無家去未量。三年哦五字，草木借餘光。紀批：（小徑）二句乃義山詩（案：『小徑』句非義山詩，紀氏誤記），偶然誤用。此種詩家亦當有之，非勦襲也。（《瀛奎律髓刊誤》卷三十四川泉類西湖）

李義山詩『空聞子夜鬼悲歌』，用晉時鬼歌《子夜》事也；李昌谷詩『秋墳鬼唱鮑家詩』，則以鮑參軍有《蒿里行》，幻窅其詞耳。（《閱微草堂筆記·姑妄聽之三》）

【書明人重刊廣韻後】考唐人詩集以殷韻字少，不能成詩，往往附入真、諄、臻，如杜甫《東山草堂詩》，李商隱《五松驛》詩，不一而足。（《紀文達公集》卷十一）

【書韓致堯翰林集後】致堯詩格不能出五代諸人上，有所寄託，亦多淺露，然而當其合處，遂欲上躪玉溪、樊川而下與江東相倚軋，則以忠義之氣發乎情而見乎詞，遂能風骨内生，聲光外溢，足以振其纖靡耳。然則詩之原本不從可識哉？（同上）

【良玉生煙】欲識詩家景，宜遊產玉鄉。煙痕蒸縹緲，吟興入蒼茫。淡白浮虹氣，微紅映日光。有無都不著，空色兩相忘。邈矣春千里，求之水一方。會心言莫諭，極目意何長。《錦瑟》深情託，藍田舊迹荒。鏡花涵幻影，妙悟付滄浪。（《紀文達公集·詩》卷十六）

趙　翼

李義山《詠史》詩：『歷覽前賢國與家，成由勤儉敗由奢。』按：《韓詩外傳》：『戎王使由余於秦穆王，問以得失之要，對曰：「古有國者未嘗不以恭儉也，失國者未嘗不以驕奢也。」』義山之詩蓋本此。不得以其明白易曉遂以爲無來歷也。（《陔餘叢考》卷二十四）

詩之南宋末年，纖薄已極，故元、明兩代詩人，又轉而學唐，此亦風氣循環往復，自然之勢也。元末明初，楊鐵崖最爲巨擘，然險怪仿昌谷，妖麗仿温、李，以之自成一家則可，究非康莊大道。……（《甌北詩話》卷八）

……少陵以窮愁寂寞之身，藉時遣日，於是七律益盡其變，不惟寫景，兼復言情，不惟言情，兼復使典，七律之蹊徑，至是益大開。其後劉長卿、李義山、温飛卿諸人，愈工雕琢，盡其才於五十六字中，而七律遂爲高下通行之具，如日用飲食之不可離矣。西崑體行，益務數典，然未免傷於僻澀。……（同上卷十二）

魯九皋

【詩學源流考（節録）】……大和、會昌而下，詩教日衰，獨李義山矯然特出，時傳子美之遺；特用事過多，涉於濃滯，或掩其美。……義山與温庭筠、段成式並爲西崑體，然温非李儔也。……宋初國祚雖定，文采未著，學士大夫家效樂天之體，羣奉王禹偁爲盟主。其後楊億、劉筠輩崇尚西崑，專取温、李數家，摹倣於字句儷偶之間。……

（詩學源流考）

蔣士銓

四六至徐庾，可謂當行。王子安奢而淫，李義山纖而薄，然不從王、李兩家討消息，終嫌枯管，不解生花。（《忠雅堂全集·評選四六法海·總論》）

《爲汝南公賀元日御正殿受朝賀表》篇末評語：全是唐音，亦復佳善，近人作四六，僅向此等討生活，固已居然名手矣，可嘆。（《忠雅堂全集·評選四六法海卷二》）

《爲滎陽公賀老人星見表》聲調匀適，清婉而和。佳處在此，短處亦在此。（同上）

《爲滎陽公賀幽州破奚寇表》『臣竊窺舊史，逖聽前朝，有天子憂邊，清宵輟寐，將軍出塞，白首言歸。至乃或勝或奔，一彼一此，竟困塞郊之柝，那停絶漠之烽，猶欲叙烈旂常，告功祧廟，用其暫勝，謂曰難能。』眉批：用筆曲折可味。

『自使鴞懼喪林，兔忙迷穴，無舟掬指，有地僵尸。』眉批：漸開俗派。（同上）

《爲濮陽公陳情表》大是卑近，存以備覽。（同上）

《代濮陽公遺表》王茂元卒於河陽軍中，此表處置諸事甚悉。計商隱必在幕中，及讀其《祭外舅司徒公文》云：『屬纊之夕，不得聞啓手之言；祖庭之時，不得在執拂之列』，此不可曉。（同上）

《爲濮陽公涇原謝冬衣狀》玉溪雕鏤已極，氣格漸卑，學者問津此種，由是而王、楊，而徐庾，日變月化，以臻至善。（同上）

《爲同州任侍御上崔相國啓》亦未盡致。（同上卷三）

《爲先輩獻集賢相公啓》縱横之氣盡減，雕琢之辭可觀。（同上）

《爲張周封上楊相公啓》穩順可觀。（同上）

《爲崔從事寄尚書彭城公啓》樊南手筆，氣焰雖短，熨貼自平。存爲初學程式，固不患於迷途也。（同上）

《爲舉人獻韓郎中琮啓》漸開庸俗之派，喜其尚有清氣。（同上）

《爲李貽孫上李相公德裕啓》『將盪海騰區，夷山拓宇。高待泥金之禮，雄專瘞玉之辭。』眉批：頓宕入古。篇末評語云：陳明卿云：『義山代人哀則哀，代人諛則諛。』此語可謂曲肖。雖欠遒逸，亦自成章。（同上）

《爲賀拔員外上李相公啓》平淺極矣，尚自穩順。（同上）

《爲舉人上翰林蕭侍郎啓》一二虚活處稍近古人，其餘俗調不可學也。（同上）

《上河東公啓》唐調之善者。（同上）

《獻河東公啓》筆致尚清，故無雜響。（同上）

《上尚書范陽公啓》『嘲揚子之書，僅盈天下。』眉批：僅字唐以前作足字義，不似近人作得半之義也。篇末評語：稍有氣概，便自出群。（同上）

《上崔相公啓》邊幅雖儉，而意趣揮霍，故復可觀。（同上）

《上宰相啓》未極縱横，稍能熨貼。（同上）

王勃《上絳州上官司馬書》篇末評語：駢四儷六，層疊相因而不嫌其板滯者，氣能曲，筆能折，熟於開合斷續故也。長篇鉅製，徐、庾而後，雖後之玉溪生雄視中唐，猶云不逮，矧伊餘手。（同上卷四）

鄭亞《唐丞相太尉衛國公李德裕會昌一品制集序》篇首眉批：信手拈來，不嫌冗雜平滯，由於氣盛。『考肆覲之禮於梁生，取封禪之書於犬子。』眉批：唐人有此對法，使後人爲之必詫之矣。『犬子』二字，對復不巧。篇末批語：《文苑英華》載《衛公集序》凡二：其一即是篇，其一爲李商隱代滎陽公作。中間十同七八，但首尾迥異。今《一品集》及《文粹》皆用此篇，當是商隱代作，後或經亞改定耳。二作相較，此篇似爲有體，故録之。李公集有《與鄭中丞書》。所謂『公書至自洛』者是也。今此序全本其意。别具一格，可襲取其模式而變通之。存此以備一

格。（同上卷六）

《祭長安楊郎中文》筆慵詞懦。（同上卷八）

《賽古欖神文》此義山在鄭滎陽幕中作也。杜牧亦有《池州祭木瓜神文》，中云：『禱神之際，甘雨隨至。槁然凶歲，化爲豐年。』可見當時長吏留心民事，猶有偏走群望遺意。存以備體。（同上卷八）

《爲裴懿無私祭薛郎中文》『但續椿壽，徒高鶴位。』眉批：即所謂使君輩存，令此人死也。一經鑪錘，醞藉多少。氣格平近，留之爲初學先路。（同上）

錢大昕

問：韓退之《平淮西碑》，李義山以《堯典》《舜典》《清廟》《生民》擬之。宋子京修《唐書》，取其文入《藩鎮傳》。説者謂其文可當國史，然乎？曰：退之斯文工則工矣，繩以史法，殊未盡善。……（《潛研堂文集》卷十三答問十）

《唐詩紀事》李商隱卒于工部侍郎。按：新、舊史，商隱未嘗爲此官，不知《紀事》何據？（《十駕齋養新録》卷十六）

朱錫鬯《風懷詩》『路豈三橋阻？屏還六扇連。』上句用李商隱《明日》詩『誰言整雙履，便是隔三橋』也，注家不能引。（同上）

張文蓀

《蟬》比體。末句點明正意。『一樹碧無情』比孟襄陽『空翠落庭陰』更微妙，玩起結自見。（《唐賢清雅集》）

義山詩出少陵，七律骨健氣厚，爲晚唐第一手。世人不知，但作麗語看，大謬矣。（同上）

《春雨》以麗句寫慘懷，一字一淚。（同上）

王昶

【書李義山詩後】義山詩前人論之詳矣。其文麗，其旨深。其寄托要眇俶詭，而忠義之志悲憤激發而不可掩，目爲《離騷》之苗裔，《風》《雅》之閏位，豈過譽哉。義山初婿於王茂元，既從鄭亞，辟爲檢校工部員外郎，卒連蹇窮厄以死，蓋未嘗一日立於朝。乃能憂時事，激發悲憤如此。晚唐慷慨之士，莫若劉去華。一時文人未有與之倡和往復者。意其人槎牙磊砢爲世所不喜，義山生則寄詩以致其懷，歿則哭之，且謂義兼師友，則其能與忠義之士爲伍，又可知已。唐自天寶以後，僕固懷恩、朱泚、李懷光輩，相繼不靖，而吐蕃、回紇，更踐入犯，天子往往蒙塵於外，其間雜以藩鎮之拒命，閹寺之亂政，李輔國、元載、盧杞、皇甫鎛等之奸慝，士大夫憂國者當太息流涕，繼之以痛哭。然自李、杜以下，如義山之悲憤激發，僅數人焉爾。其餘能言之士，讀其詞乃若太平無事時之所云。蓋士氣之頹窳極矣。豈積亂之後，教化不修，士人無復有知忠義，其視朝事播遷杌隉如秦越人之不相涉歟？抑是時所尚者，巽懦僉猾之人，其有插齒牙，樹稜角者，鎸而去之，以至摟嬰澳涊，浸淫成習歟？嗚呼！嫠婦不恤其緯而憂宗周之隕；漆室之女，倚柱而悲吟。蓋忠義本於天性，雖婦女有不得不然者。以不得不然者而視爲可以不然，於是乎庸懦僉猾，勢將無所不至。以庸懦僉猾之人登進於朝廷，且引其黨類，率以保全禄位，榮身肥家爲得計，其於君父之播遷杌隉豈所惜哉！故唐之亡也，張文蔚、蘇循等，泰然以國與人，不復顧惜廉耻，推其本，皆自士大夫不知憂時始。雖然，孰使忠義之士鎸其齒牙稜角，噤不得言，以浸成此習也？蓋所由來漸矣。義山之詩，去華之對策，所謂頑廉而懦立者也。爲國者欲以風厲天下忠義，必取諸此。（《春融堂集》卷四十三）

【舟中無事偶作論詩絶句四十六首（録二首）】幕職何緣辱俊豪，清和瑟怨總《風》《騷》。打鐘晚約清涼去，肯爲諸狐奉太牢。路有冤言悼去華，銅駝唳鶴更咨嗟。楊劉演作西崑格，誰識孤忠接浣花。（同上卷二十二）

姚鼐

晚唐之才固愈衰，然五律有望見前人妙境者，轉賢於長慶諸公，此不可以時代限也。元微之首推子美長律，然與香山皆以多爲貴，精警缺焉。余盡不取。惟玉谿生乃略有杜公遺響耳，今鈔晚唐以玉谿爲冠，合十八人，共一卷。

玉谿生雖晚出，而才力實爲卓絶。七律佳者幾欲遠追拾遺，其次者猶足近掩劉、白。第以矯敝滑易，用思太過，而僻晦之弊又生。要不可不謂之詩中豪傑士矣。鈔玉谿詩一卷，附温詩數首，然于玉谿爲陪臺，非可與並立也。

西崑諸公之擬玉谿，但學其隸事耳，殊滯於句下，都成死語。其餘宋初諸賢，亦皆域於許渾、韋莊輩境內。……

（《五七言今體詩鈔序目》）

《哭劉司户蕡》（路有論冤謫）義山此等詩，殆得少陵之神，不僅形貌。（《五言今體詩鈔》卷九）

《五言述德抒情詩一首》此蓋杜悰以宰相出節度劍南西川時所以獻悰者，二詩並工麗典切。○起句欲學工部『方丈三韓外』，而不能有其雄闊。○『碧虚』一聯：此學『日月低秦樹』一聯。○『率身』以下四句：此言平劉稹事，與李衛公異議。○『儻令』以下六句：雖曲詞諂諛，不當公論，而筆勢搏捖有力。○『故事』一聯，此下言出藩。（同上）

《今月二日……輒復五言四十韻詩獻上亦詩人詠歎不足之意也》二詩皆從鄭亞桂州幕中所作。其時李衛公已貶東都分司而未謫崖州，故有『扇舉遮王導』之句。○結句太弱。（同上）

《有感二首》長律惟義山猶欲學杜，然但摹其句格，不得其一氣噴薄，頓挫精神，縱横變化處。《有感二首》，世所共推，然惟『古有清君側』以下八句佳，其餘序事殊乏步驟。（同上）

《漢南書事》『舞』字即高常侍『美人帳下猶歌舞』意。（《七言今體詩鈔》卷五）

《安定城樓》時義山爲王茂元所愛，幕中必有忌之者，故結句云爾。（同上）

《曲江》前四句言天寶之禍，固所謂天荒地變矣。五六則言甘露之事。玄宗事雖可悲，然其後則孽幸既誅，天子反正，猶可言也。若今受制家奴，大臣冤死，至不敢言，其可傷不更多耶？鄭注言秦雍有災，興役厭之，文宗因治曲江、昆明。曲江、甘露兩事，皆因注也，故以起感。（同上）

《九成宫》荔支盧橘皆夏熟，切避暑。末句但謂詔書求此果耳，而語乃迂晦，此義山之病。（同上）

《鄭州獻從叔舍人褒》五六東餐西宿之語。意褒乃託神仙説以取富貴者，故以是諷之與？（同上）

《贈鄭讜處士》前六句皆謂鄭，『吾身』亦以託鄭也，末乃自指。（同上）

《留贈畏之》『弄鳳』字用《後漢》吴蒼《與矯慎書》。（同上）

《贈别前蔚州契苾使君》《唐書·地理志》：宥州，調露元年，於靈夏南境以降突厥置六胡州，内有契州，必契苾部落矣。開元十年，遷其人於河南及江淮；二十六年，還所遷胡户，置宥州。然則此詩陰陵即漢九江郡之陰陵縣，以其遷於江淮，故居之耳。（同上）

《過故府武威公交城舊莊感事》題減『中』字，依何義門。○《枯樹賦》：『熊彪顧盼。』第四句用其意。（同上）

吴騫

玉溪生『賈氏窺簾韓掾少』，或謂通韓壽者陳騫女，非賈氏，此蓋援《世説注》也。按《晉書·賈充傳》云：『女既與壽通，充覺其女悦暢異常日。時西域有貢奇香，一著人則經月不歇，帝甚貴之，惟以賜充及大司馬陳騫。其女密盜以遺壽。充寮屬與壽宴處，聞其芬馥，稱之於充。自是充知女與壽通，考問女左右，具以狀對。充秘之，遂以女妻壽。』史書之章明如是，而《世説注》乃曰：『《郭子》謂與韓壽通者乃陳騫女，即以妻壽，未婚而女亡，壽因娶賈氏，故世因傳是充女。』考《隋書·經籍志》，東晉中郎郭澄之撰《郭子》三卷，其書久不傳，劉所引豈即此乎？然不若從正史之爲得也。（《拜經樓詩話》卷三）

昔人論詩，有用巧不如用拙之語。然詩有用巧而見工，亦有用拙而愈勝者。同一詠楊妃事，玉溪云：『夜半宴歸宮漏永，薛王沉醉壽王醒。』此用巧而見工也。馬君輝云：『養子早知能背國，宮中不用洗兒錢。』此用拙而愈勝也。然皆得言外不傳之妙。君輝名玉，紹興人，明末爲三韓令。有《來鵲軒集》。（同上卷四）

牟願相

李義山商隱詩如漢帷鬼女，真贋微茫。（《小澥草堂雜論詩·詩小評》）

李商隱詩，明暗參半。然欲取一人備晚唐之數，定在此君。（同上《雜論詩》）

趙執信　翁方綱

《韓碑》七言古不轉韻平聲格已盡矣，仄韻可推。（翁方綱按：此篇謂平韻之格已盡，似矣。然於『詠神聖功』『功』字平聲，則尚未論及。余有説，詳後卷。）（《趙秋谷所傳聲調譜·前譜》。翁方綱《小石帆亭著録》二）

《晴雲》緩逐煙波起，如妬柳綿飄。故臨飛閣度，欲入迴波銷。三平。縈歌憐畫扇，敞景弄柔條。更奈天南位，牛渚宿殘宵。次句與末句上下不粘。只本句調。（方綱按：所論俱是。）（同上）

《落花》高閣客竟去，拗句起。小園花此字拗救亂飛。此二句同前第五第六句（按：指杜牧《句溪夏日送盧霈秀才》『苒苒跡始去，悠悠心所期』二句）。參差連曲陌，迢遞送斜暉。腸斷未忍掃，同起句，眼此字仄，妙穿仍欲稀。同次句。芳心向春盡，同前第三句第七句（按：指『行人碧溪渡』與『秋山念君別』二句）所得是沾衣。（《聲調譜·前譜》）

翁方綱

李義山《韓碑》元和天子神武姿，彼何人哉軒與羲。誓將上雪列聖恥，坐法宮中朝四夷。淮西有賊五十載，封狼生貙貙生羆。不據山河據平地，長戈利矛日可麾。帝得聖相相曰度，賊斫不死神扶持。腰懸相印作都統，陰風慘澹天王旗。愬武古通作牙爪，儀曹外郎載筆隨。行軍司馬智且勇，十四萬衆猶虎貔。入蔡縛賊獻太廟，功無與讓恩不訾。帝曰汝度功第一，中間頓宕紆迴，於此第五字用平處見之。汝從事愈宜爲辭。愈拜稽首蹈且舞，金石刻畫臣能爲。古者世稱大手筆，此事不係于職司。當仁自古有不讓，言訖屢頷天子頤。公退齋戒坐小閣，濡染大筆何淋漓！點竄《堯典》《舜典》字，塗改《清廟》《生民》詩。文成破體書在紙，清晨再拜鋪丹墀。表曰臣愈昧死上，詠神聖功書之碑。碑高三丈字如斗，負以靈鼇蟠以螭。句奇語重喻者少，讒之天子言其私。長繩百尺拽碑倒，麤砂大石相磨治。公之斯文若元氣，先時已入人肝脾。湯盤孔鼎有述作，今無其器存其詞。嗚呼聖王及聖相，相與烜赫流淳熙。公之斯文不示後，曷與三五相攀追？願書萬本誦萬過，口角流沫右手胝。傳之七十有二代，以爲封禪玉檢明堂基。第四字變換者二句，皆極力摹仿韓公之撐拄也。而前句以二『貙』字相摩戛出之尚自不覺，後句以『功』字撐出又以『書』字硬接，則勁勢到二十分矣。此句內五平間以二仄，而其勢較前句之七平者更勁，是豈得以七仄七平之例泥之乎？（《七言詩平仄舉隅》）

戴容州《懷素上人草書歌》：『始從破體變風姿。』可證義山《韓碑》語。（《石洲詩話》卷二）

中唐之末，如吕温、鮑溶之流，概少神致；李涉、李紳，稍爲出類。然求之張、王、元、白數公，皆未能到，況前人耶！盛之後漸趨坦迤，中之後漸入薄弱，所以秀異所結，不得不歸樊川、玉谿也。（同上）

姚武功詩，恬淡近人，而太清弱，抑又太盡，此後所以漸靡靡不振也。然五律時有佳句，七律則庸軟耳。大抵此時諸賢，七律皆不能振起，所以不得不讓樊川、玉谿也。（同上）

玉谿五律，多是絶妙古樂府。蓋玉溪風流醖藉，尤在五律也。近時程午橋補注，以爲花鳥諸題，多是平康、北里之志，良然。（同上）

義山《碧城三首》，或謂詠其時貴主事，蓋以詩中用蕭史及董偃水精盤事。阮亭先生亦取其説。然竹垞跋《楊太真外傳》，則謂妃不由壽邸入宫，證以此三詩：一詠妃入道，一詠妃未歸壽邸，一詠明皇與妃定情係七月十六日。此説當爲定解，而注家罕有引之者。○《藥轉》一篇，程箋以爲如厠之義，亦謂出自竹垞。然此詩之境頗淺。（同上）

微婉頓挫，使人蕩氣迴腸者，李義山也。自劉隨州而後，漸就平坦，無從覩此丰韻。七律則遠合杜陵。五律七絶之妙，則更深探樂府。晚唐自小杜而外，惟有玉溪耳。温岐、韓偓，何足比哉！（同上）

歐公言平生作文，得自『三上』。予嘗戲謂義山詩殆兼有之：『鬱金堂北畫樓東』，厠上詩也；『天上真龍種』，馬上詩也；『卧後清宵細細長』，枕上詩也。（同上）

馬戴五律，又在許丁卯之上。此直可與盛唐諸賢儕伍，不當以晚唐論矣。然終覺樊川、義山之妙不可及。（同上）

唐彦謙師温八叉，而頗得義山風致，但稍弱耳。（同上）

韓致堯《香奩》之體，遡自《玉臺》，雖風骨不及玉溪生，然致堯筆力清澈，過于皮、陸遠矣。何遜聯句，瘦盡東陽，固不應盡以脂粉語擅場也。（同上）

《西崑酬唱》諸公，皆以楊、劉、錢三公爲之倡，其刻畫玉溪，可謂極工。（《石洲詩話》卷三）

漁洋云：『文定視文忠，邾、莒矣。』然實亦自在流出，無一毫掩飾，雖局面略小，然勝於子美多矣，抑且大於聖俞也。蓋自楊、劉首倡接踵玉溪，臺閣鉅公先以温麗爲主。其時布衣韋帶之士，何能孤鳴復古？而獨宛陵志在深遠，力滌浮濫，故其功不可没，而其所積則未厚也。昔人所云：『去浮靡之習於崑體極弊之際，存古淡之道於諸大家未起之先。』斯爲確評定論耳。（同上）

此首（按：指元好問論詩絶句三十首之三：『鄴下風流在晉多，壯懷猶見缺壺歌。風雲若恨張華少，温李新聲奈爾何！』）特舉晉人風格高出齊、梁也，非專以斥薄温、李也。後章『精純全失義山真』，豈此之謂乎？義山在晚唐時，與飛卿、柯古並稱『三十六體』，原自以綺麗名家，是又不能盡以義山得杜之精微而概例之也。即放翁論詩亦有『温李真自鄶』之句，蓋論晚唐格調，自不得不如此。遺山之論，前後非有異義耳。（《石洲詩話》卷七元遺山《論詩三十首》）

（『望帝春心託杜鵑，佳人錦瑟怨華年。詩家總愛西崑好，獨恨無人作鄭箋。』）

拈此二句，非第趁其韻也。正以先提唱『杜鵑』句於上，却押『華年』於下，乃是此篇迴復幽咽之旨也。遺山當日必有神會，惜未見其所述耳。漁洋以釋道安當之，豈其然乎？遺山於初唐舉射洪，於晚唐舉玉溪，識力高絶，知世傳《唐詩鼓吹》非出遺山也。然而遺山云『精純全失義山真』，拈出『精』『真』分際。有此一語，豈不可抵得一部鄭氏箋耶！餘更於下卷詳之。〇宋初楊大年、錢惟演諸人館閣之作，曰《西崑酬唱集》，其詩效温、李體，故曰西崑。西崑者，宋初翰苑也。是宋初館閣效温，李體，乃有西崑之目，而晚唐温、李時，初無西崑之目也。遺山沿習此稱之誤，不知始於何時耳。然遺山論詩既知義山之『精』『真』，而又薄温、李爲『新聲』者，蓋義山之精微，自能上追杜法，而其以綺麗爲體者，則斥爲新聲，但以其聲言之，此亦所謂言各有當爾。（同上）

（『筆底銀河落九天，何曾顛領飯山前？世間東塗西抹手，枉著書生待魯連。』）此妙於借拈李詩以論杜詩，可作李、杜二家筦鑰，與義山『李杜操持』一首正相發也。與前章斥元微之意同。其不以鬼怪目玉川，意亦如此。（同上）

（『古雅難將子美親，精純全失義山真。論詩寧下涪翁拜，未作江西社裏人。』）唐之李義山，朱之黄涪翁，皆杜法也。先生撮在此一首中，真得其精微矣。放翁、道園皆未嘗有此等議論，即使不讀遺山詩集，已自可以獨有千古矣。（同上）

（王士禛《戲仿元遺山論詩絶句三十五首》之十一：『獺祭曾驚博奥殫，一篇《錦瑟》解人難。千年毛鄭功臣在，獨有彌天釋道安。』）所謂『彌天釋道安』者，借《世説》之釋道安，以指明末琴川釋道源也。道源之注，朱長孺雖略採取之，何足當『毛鄭功臣』之目乎？且《錦瑟》一篇，遺山《論詩絶句》已有之。遺山詩曰（略）。此二句雖拈舉義山原句，而義已明白矣。錦瑟本是五十絃，其絃五十，其柱如之，故曰『一絃一柱』也。此義山迴復幽咽之旨，在既破作二十五絃之後，而追説未破之初，『無端』二字，從空頓挫而出，言此瑟若本是二十五絃，則此恨無須追訴耳。無奈其本是五十絃，誰令其未破之先本自完全哉！『無端』者，若訴若怪此善言幽怨者，正以其未破之時，不應當初完全，致令破作二十五絃而懊惜也。所謂歡聚者，乃正是結此悲怨之根耳。五六句『珠』以『月明』而已先含『淚』，『玉』以『日暖』而已自含『烟』，所以末二句『此情可待成追憶，只是當時已惘然』，不待今已破而後感傷也。其情種全在當初未破時耳。以此迴抱三、四句之『曉夢蝴蝶』『春心杜鵑』，乃得通體神理一片。所以遺山叙此二句，以『杜鵑』之『託』説在前，而以『華年』之『怨』收在後，大旨了然矣。何庸復覓鄭箋乎？漁洋此詩，先以『獺祭』之『博奧』，則似以藻麗爲主，又歸於琴川僧之注，則於虛實皆無所據。故雖同以《錦瑟》篇作《論詩絶句》，而其與義山相較，去之千里矣。（《石洲詩話》卷八《王文簡戲仿元遺山論詩絶句三十五首》）

（『涪翁掉臂自清新，未許傳衣躡後塵。却笑兒孫媚初祖，强將配食杜陵人。』山谷詩得未曾有，宋人强以擬杜，反來後世彈射，要皆非文節知己。）……遺山詩初非斥薄江西派也，正以其在論杜一首中，與義山並推，其繼杜則即不作一方之音限之可矣。……遺山『寧』字，百鍊不能到也。其上句云『古雅難將子美親，精純全失義山真』，有一杜子美在其上，又有一李義山在其上，然後此句『寧』字，只以一半許山谷，而已超出所謂江西派方隅之見矣。只此一箇『寧』字，其心眼並不斥薄江西派，而其尊重山谷之意，與其置山谷於子美、義山之後之意，層層圓到，面面具足。有此一『寧』字，乃得上二句學杜之難，與學義山之失真，更加透徹也。……（同上）

【讀劍南集四首（其四）】自鄶如何例玉谿？三才萬象識端倪。《玉臺》格韻西崑體，只對坡公偶價低。放翁詩：『温李真自鄶。』（《復初齋詩集》卷四十九）

唐宋學杜者若李義山，與杜不甚似，於漁洋却微近。……（《蘇齋筆記》卷十一）

詩至於六朝之徐、庾，唐之温、李，説者每若薄視之者。然而庾子山之《哀江南賦》，關於治亂風會；即以李義山《無題》諸作，説者亦未必原其比興所自，則亦仍繫乎返本矣。……（《蘇齋筆記》卷十二）

【漁洋先生精華録序（節録）】山谷之詩，或云由崑體而入杜也，又或謂其善於使事，又或謂其善用逆筆也。此果

皆山谷之精華乎？……（《復初齋文集》卷三）

《黄詩鈔》漁洋云：『山谷用崑體工夫，而直造老杜渾成之境，禪家所謂更高一著也。』錢箨石云：『山谷純用逆筆。』方綱按：坡公之外又出此一種絶高之風骨，絶大之境界，造化元氣發洩透矣，所以有『詩到蘇黄盡』之語。（同上卷十）

【三李堂記】金子子清瓣香太白、長吉、義山詩，而以『三李』名堂。噫，淵乎奥哉！吾嘗怪放翁謂『温李自鄶』也。然此亦非放翁之過，世稱『温李』，固已失之矣。義山、柯古之名三十六體，以紀年輩則可耳，以示後學則不可，厥後乃波及西崑，供人撏撦，則益失之矣。然則義山孰可與並耶？曰義山杜之的嗣也。吾方欲准杜法以程量古今作者，而適聞子青以『三李』名其堂，是不可無一言記之也。夫唐賢氣體近杜者莫若昌黎，而昌谷韓徒也。昌谷之從韓出，實以天機筆力行之，則杜法何遠焉？自古詩人並稱者皆同格調耳，惟少陵與太白不同調，則義山有曰：『李杜操持事略齊，三才萬象共端倪』，此其不似而似者乎？此三李之義豈子青臆説乎？吾固願子青深思善養得三家之所以然，而勿襲其貌也，則此堂何名『三李』，仍即共此蘇齋之師杜而已。故予於是堂不可不述吾意，以爲記。（同上卷六）

【唐人律詩論（節録）】若作詩，則切己言志，又非代古立言之比。至於律詩，則更非衍擬古效古之比矣。唐之玉溪、樊川已不肯爲大曆以下之律詩，至蘇黄而益加厲矣。此即教人自爲之理也。（同上卷八）

【與友論太白詩（節録）】太白詩逸氣横今古不待言矣。顧其中有順逆乘承之秘，不可順口滑過。……大約古今詩家皆不敢直擂鼓心，惟李杜二家能從題之正面實作。所以義山云：『李杜操持事略齊，三才萬象共端倪。』蓋非具此胸次者，亦無由而知也。（同上卷十一）

【同學一首送别吴穀人（節録）】不必與杜合，而不容不合也，吾誰與？猶與義山、山谷而已。義山以移宫换羽爲學杜，是真杜也。山谷以逆筆爲學杜，是真杜也。然而義山、山谷何嘗自謂學杜哉！今之讀杜者鑿求之則妄，執守之則泥。是非深徹乎《三百篇》以下變通之故者，不可以讀杜，亦非深歷乎宋元以來諸家之利病者不可以學杜。蓋篇成之後渾然不覺也。要在聽之於未發聲之初，求之於未著色之始，則得之矣。故曰劚山者先觀鑱迹，發矢者兼聽弦聲，此不傳之秘也。（同上卷十五）

【書李義山贈杜司勳詩後】義山詩《杜牧司勳》一首，或謂因李德裕貶死崖州而作，以韋丹有碑，致慨衛公之相業埋没，此説非也。李德裕滑州有德政碑，大和六年所立也。其人其事何嘗湮没乎！此不得以韋丹有碑相形者也。作義山年譜者，又據大中三年杜牧撰韋丹碑事，因以杜牧之爲司勳員外郎系於大中三年。愚按此詩義山自注云：『時奉詔撰韋丹碑』，則韋碑既大中三年立，即此詩爲大中三年作明矣。但漢江羊祜碑一層，則未有解者。據年譜，大中三年商隱還京選爲盩厔尉。其還京在是年之某月未有明文。而上年因鄭亞貶死，義山自桂管歷長沙、荆門北上。其途經江漢，蓋在二年、三年之間，不能確指其時日矣。翫此詩云：『清秋一首杜秋詩』，此所謂『清秋』者，安知非追説大中二年之秋乎？則牧之爲司勳未可執爲必在三年矣。詳此詩意明是義山身經漢水之上，憑弔羊叔子峴山之碑，因近援時事，羨韋丹之碑爲牧之所撰耳。前半遠引梁之江總，故結處復引晉之羊祜，此主客顧盼一定之章法也。然此篇之歸宿，初不在此。蓋通首之意是因贈杜而及於韋碑，非因韋碑而懷杜也。若云因韋碑而他有所觸，以譏憤時事，則更去之遠矣。『杜秋』一句，是通篇之竅郤，江總乃其巧合處，韋丹特其借證處。而結二句與前六句相連唱嘆，以爲杜之文詞不朽者是也，而必刻求於撰碑乎？江總在南朝固詞客也，而『總持』二字則具有皈依妙教之義，此所以上合『杜秋』，下歸『心鐵』也。一『嘆』字捲盡《杜秋》一篇矣。（同上卷十八）

【跋李義山重過聖女祠詩後】昨聞冶泉説何義門校本義山《重過聖女祠》詩，第七句『會此』，應作『曾此』，乍聞之似乎『曾此』二字文法較順，乃合通首體味之，而知其不然也。因憶前人論此詩第三句，謂『夢雨』與『飄瓦』不合，遂欲改爲『猛雨』者，此大謬也。彼豈真以『夢雨』用陽臺事，『飄瓦』用昆陽事耶？不知『夢』字非用古事，正是義山自夢耳，義山自夢則迷離幻景，即『飄』字何礙乎？『不』字與『常』字自作開合，此本聯之呼吸也。『常』字、『不』字，與第二句『得』字又自作開合。此則前半篇之大呼吸也。『無定所』『未移時』，則又『得』字之摇曳推宕也。『通仙籍』『問紫芝』，則又『得』字之眉後三紋也。『會』字、『憶』字，則靈風夢雨倒卷出之，蓋不滿之風不必致憾，而常飄之雨端有可徵矣。第三句『夢』字，到第七句之『會』字，而後圓耳。義門老人不知詩，無害其爲校讎之學，然亦見凡校讎家之不應輕以私意改字矣。（同上）

【書李石桐重訂主客圖後二首（節録）】高密李君所撰《重訂主客圖》，大意以學詩當先學五律，而後及於七律。其述嚴滄浪謂七言難於五言，又譏今人專務七律而不知五律，此皆中窾之言也。然謂先學步而後趨，以見當從五律入門，則非也。五律雖較七律少二字，似易於成句乎，然其精詣正復何減七律，故不能知五古之上下源流者，未有能爲五律者也。且先以五言古詩論之：五言古詩，漢魏以上區爲高格，唐宋以下區爲變格，此非知言者也。且如漁洋之五律即遜於其七律，何者？漁洋先生胸中固已界劃漢魏以上、唐宋以下五古爲二派矣，其於五古所見如此，宜其五律之不能造微也。豈惟漁洋哉！今欲精選五律，在唐則杜公而外有幾人哉？惟義山、樊川耳。李君之爲是選也，其言曰：『取晚唐之近於中唐者』，此一語已走樣矣。夫中唐十子之五律，皆已漸即於平弱矣，而何晚唐近中唐之足云哉？不曰取唐人之近杜者，而曰取晚之近中者，適見其中無主見而已。吾則謂義山、樊川二家五律，初不襲杜，而能造其微處，故自盛唐諸家而後七律尚多名篇，而五律漸少矣。張、王自當以其樂府爲主，而今取其五律，此則非持平之論矣。……（同上）

即以五律言之：以唐賢五律言之，自當以右丞爲主，知以右丞爲主矣，然後知以少陵爲主。此二語者，則已發其大凡矣。何爲先右丞也？曰右丞千古五律之正則也。然則少陵其稍變者乎？非也。右丞五律，玉色金聲，千古無出其右者。然而天地之元氣，至杜而其秘乃盡發耳。且如一題之作，拓爲數篇，非杜不能也。開合起伏之章法，非杜莫備也。只此二家，而五律盡矣。五言古詩亦以右丞開先，而少陵繼之。自《三百篇》而下，二《雅》、三《頌》之復作也，舍是其焉歸哉！雖謂古今五言詩至此而臻至極，何不可也。然而《北征》後之有《南山》也，有白之《悟真寺》也。有小杜之《杜秋詩》也。天地間文字之必不可無者，則五律亦當繼右丞、少陵而續選之，吾則實不敢多説矣。不得已則惟義山、樊川二家，寄托深厚，猶風人之義也。人第知讀義山《籌筆驛》七律，而豈知讀小杜《籌筆驛》五律乎？人第知讀白香山樂府，抑亦知讀義山《有感》五律乎？右丞、少陵之後，可以遠問《風》《雅》

遺蹤者，惟此而已矣。唐宋而後，必不得已而欲及於五律，則王半山略取數章，東坡、山谷尚甚少也。放翁萬首中七律尚多，五律之可讀者，百之一二耳。惟虞道園五律能追齊梁以上者，尚或近之。若必欲合賈長江、姚武功之輩而收之，則吾不知矣。將謂欲備家數乎？欲補遺乎？實甚無所補益者也。天地文明精粹之氣，世運日推，人才日啓。而聲音節奏之長短高下，漸推漸遠，故後世之爲七言者多於五言，此亦不得不然之勢。今時人之務爲七律者，固其弊矣，而救弊之法不在乎此。欲救七言浮濫之弊，則惟勸高才善學者，先以治經爲本，窮理養氣爲之根柢。而既言學詩，則必上由《三百篇》，積基漢魏，精熟盛唐諸大家，尤以杜詩爲古今上下萬法一源之處。人惟内養充實，則不醫病而病自去矣。今欲矯時人之務七律者，而專取五律。又必專取中晚唐之五律，而於晚唐中反删去義山、樊川，且譏義山淫艷，此正是以目皮相者，而謂之論詩，此何説哉！（同上）

【書詩鈔小傳後（節録）】若諸家論詩，或至崇玉谿之華，而憾豫章之質。其甚者竟至見杜體之大，而斥其開宋元之漸。此等岐説，豈容涉吾几席！……（同上）

喬億

義山《韓碑》，淋漓盡致，獨諱言段碑，蓋事由奉敕也。或曰與柯古交善。（《劍谿説詩》卷上）

平淮西非唐代第一豐功偉烈，而韓爲之碑，柳爲之雅，噫，盛矣哉！（《劍谿説詩》卷下）

大曆以後七律，劉、柳格調最優，香山、義山須合看以矯其偏，亦以參其變也。（同上）

義山七律大有作用在。（同上）

不觀楊、劉唱和詩，不知義山筆力高不可及。（同上）

七言絶句，李供奉、王龍標神化至矣！王翰、王之涣一首兩首，冠絶古今。右丞氣韻，嘉州氣骨，非大曆諸公可到。李君虞、劉夢得具有樂府意，亦邈焉寡儔。至如樊川之風調，義山之筆力，又豈易言哉！（同上）

半山謂學杜當從義山入。愚以爲從六朝入更無氣粗之弊。（《劍谿説詩》又編）

古今悼亡之作，惟韋公應物十數篇，澹緩淒楚，真切動人，不必語語沉痛，而幽憂鬱堙之氣，直灌輸其中，誠絶調也。潘安仁氣自蒼渾，是漢京餘烈，而此題精藴，實自韋發之。江文通詞繁而意寡，中乏警策，且莫辨爲誰何，豈伉儷之詞哉？沈休文短制，亦文通之亞。至如元微之、李義山數篇，雖格韻不高，而情思淒然可誦。……（同上）

張衡《同聲歌》，繁欽《定情篇》，托爲男女之辭，不廢君臣之義，猶古之遺風焉。《子夜》《讀曲》、宫體，桑間、濮上之音也。迨唐末三十六體并作，語多穢褻，其宫體之職志，詩人輕薄之號，有由然矣。然謂温、李輕薄則可，謂詩人輕薄則不可。如因其失而歸咎於詩，然則張禹、馬融之奢淫，亦其經術過歟？而淵明、子美，又何以稱焉？（《劍谿説詩》卷下）

許彦周曰：作詩淺易鄙陋之氣不除大可惡。客問何從去之？僕曰熟讀唐李義山詩及本朝黄魯直詩則去也。余謂何如讀古樂府及魏晉人詩？（同上）

盧文弨

【碧溪詩話跋（節録）】義山詩：『却羨卞和雙刖足，一生無復没階趨。』此有激之言，何嘗如新豐老翁搥折其臂之出於實事哉！乃譏其爲子春之罪人，毋乃太過。（《抱經堂文集》卷十四）

桂馥

李義山詩：『繡被猶堆越鄂君。』案《説苑》：『鄂君子皙泛舟於新波之中，榜枻越人擁楫而歌。鄂君子皙曰：

『吾不知越歌，子試爲我楚説之。』於是召越譯楚説之。鄂君子晳乃揄修袂行而擁之，舉繡被而覆之。鄂君子晳，楚王母弟也，官爲令尹，爵爲執珪。一榜枻越人猶得交懽盡意焉。』據此，則『越鄂君』誤矣，當作『楚鄂君』。（《札樸》卷七《匡謬》）

樂天《浦中夜泊》云：『暗上江隄還獨立，水風霜氣夜棱棱。回看深浦停舟處，蘆荻花中一點燈。』自家泊舟之景，却是自家從隄上回看得之，船中人不知也，此意最婉曲。義山《夜雨寄北》云：『君問歸期未有期，巴山夜雨漲秋池。何當共剪西窗燭，却話巴山夜雨時。』眼前景反作日後想，此意更深。（同上卷六）

夏英公《古文四聲韻》引李尚隱《字略》，或改作『商隱』。案《舊唐書》：開元二十八年六月，太子賓客李尚隱卒。《新唐書》亦有傳。（同上卷三）

章學誠

【李義山文集書後】李義山文集十卷，昆山徐樹穀藝初箋，徐炯章仲注，無序跋，有凡例，當是坊本偶缺也。例云：『箋以考證時事，注以博稽典故。』今觀其本，亦可謂詳贍者矣。其所云『朱長孺本詮釋未備』，及『閩本缺訛較少』，朱本、閩本，今俱未見。義山本爲古文，不喜對偶；從事令狐楚幕，工章奏，遂以其道授之；博聞强記，下筆不能自休。《唐·藝文志》有《樊南甲、乙集》各二十卷，更有文、賦一卷。《宋志》于《甲、乙集》外，又有《文集》八卷，《別集》二十卷，《詩集》三卷。今惟《詩集》傳世，《文集》《四六》俱是掇取諸書所載。其佐幕之作與《文集》《別集》所收，僅可于篇題約略辨之，不能得原書梗概也。觀義山自序《樊南甲集》曰：『四六之名，六博格五、四數六甲之取，未足矜。』序《乙集》曰：『此事非平生所尊尚，應求備猝，不足以爲名。』是蓋有志古人，窮移其業，亦可慨也。四六之文，如《宣公奏議》《會昌一品》，俱是經緯古今，敷張治道，豈可以六博小技輕相詆訶者哉！義山佐幕，只是應求備猝，辭命之才，其中初無獨立不撓、自具經綸之識，則其進于古人不爲四六之時，亦是陳琳、阮瑀儔耳。欲如徐幹成一家言，不亦難乎！辭命之學，本于縱横；六朝書記文士，猶有得其遺者。至四六工而羔雁先資，專爲美錦，古人誦詩專對，言婉多風，行人之義微矣。然自蘇、張以還，長辭命者，類鮮特立之操，則詩人六義之教不明，而興起善善惡惡之心，學者未嘗以身體也，徒取其長于風諭以便口給，孔子所由惡夫佞矣。義山古文，今不多見。集中所存，如《元次山集序》《李長吉小傳》《白傅墓誌銘》，其文在孫樵、杜牧間。紀事五首、析微二首，頗近元、柳雜喻，小有理致。大約不能持論，故無卓然經緯之作，亦其佐幕業工，勢有以奪之也。（《文史通義》外編）

《會昌制集》之序，鄭亞削義山之腴。（《文史通義·答問》）

【元次山集書後（節録）】洪容齋《隨筆》，謂次山《文編》十卷，李商隱作序，今九江所刻是也。……次山於文，前人評論已詳。大約抗節勵志，不可規隨，讀其書可以想見其人。……義山稱許其文，未免失實。必若所言，昌黎韓氏猶未敢任。至謂不必仲尼爲師，尤害於理。（《章氏遺書》卷十三）

管世銘

李義山《行次西郊百韻》，少陵而後，此爲嗣音，當與《韓碑》詩兩大。（《讀雪山房唐詩序例·五古凡例》）

李義山《韓碑》，句奇語重，追步退之。《轉韻七十二句贈同舍》，開合挫頓中，一振當日凡庸之習，三百年之後勁也。（同上《七古凡例》）

温飛卿遁作别調，七言之齊、梁歟？録其一二以備歌行之變。鄭嵎《津陽門詩》，七言百韻，爲三唐歌行中第一長幅，可與《連昌宮詞》《長恨歌》參觀。惟七言音節，昌黎以後，頓爾銷亡，知之者僅長吉、義山數人，至宋永叔、子瞻、魯直諸公而後復，此篇正恨其讀之不響耳。（同上）

唐七言古詩，整齊於高、岑、王、李，飄灑於太白，沉雄於少陵，崛强於昌黎，蓋猶七雄之並峙也。前之王、楊、盧、駱，後之元、白、張、王，則宋、衛、中山之君也。韓翃、盧綸，王、李之附庸；昌谷、樊南，退之之屬國也。惟李、杜，則昌黎而外，蓋莫敢問津焉。（同上）

温庭筠『古戍落黄葉』，劉綺莊『桂楫木蘭舟』，韋莊『清瑟怨遥夜』，便覺開、寶去人不遠。可見文章雖限於時代，豪傑之士終不爲風氣所囿也。李樊南集中沉着之作，自命亦復不淺。（同上《五律凡例》）

善學少陵七言律者，終唐之世，惟李義山一人。胎息在神骨之間，不在形貌。《蜀中離席》一篇，轉非其至也。義山當朋黨傾危之際，獨能乃心王室，便是作詩根源。其《哭劉蕡》《重有感》《曲江》等詩，不減老杜憂時之作。組織太工，或爲撏撦家藉口。然意理完足，神韻悠長，異時西崑諸公，未有能學而至者也。（同上《七律凡例》）

温飛卿久困名場，故學力獨爲透到。其于玉溪，何止偏師之攻。顧華玉盛詆之，亦蚍蜉撼樹也。（同上）

七言律至長慶以後，奄奄一息。温、李二集，正如漁歌牧笛，忽聞鐘鼓噌吰。（同上）

五律解散不對，爲孟、李創格，詳前篇矣。七言變體，始于崔司勳之《黄鶴樓》，太白深服之，故作《鸚鵡洲》詩，全仿其格。其後白樂天『早聞元九詠君詩，恨與盧君相識遲。今日逢君開舊卷，卷中多道贈微之』，李義山『杜牧司勳字牧之，清秋一首《杜秋》詩。前身應是梁江總，名總還應字總持』，韓致堯『往年曾在溪橋上，見倚朱欄詠柳綿。今日獨來芳徑裏，更無人迹有苔錢』，雖氣體不同，杼軸各出，要皆《黄鶴樓》作爲之濫觴也。今悉登之，以廣律詩之變。至義山之《當句有對》，徐夤之《迴文》，有損詩體，竊所不取。（同上）

凡律詩最重起結，七言尤然。起句之工於發端，……李商隱『玉帳牙旗得上游，安危須共主君憂』，『清時無事奏明光，不遣當關報早霜』，『七國三邊未到憂，十三身襲富平侯』，……。落句以語盡意不盡爲貴，如……李商隱『日晚鸊鵜泉畔獵，路人遥識郅都鷹』，……皆足爲一代楷式。（同上）

頷頸兩聯，如二句一意，無異車前騶仗，有何生氣！唐賢之可法者，如……李商隱『此日六軍同駐馬，當時七夕笑牽牛』，『永憶江湖歸白髮，欲迴天地入扁舟』，……皆神韻天成，變化不測。宋、元以後，此法不講，故日近凡庸。（同上）

李義山瓣香子美，此體尤可亂真，得意處非特不愧之而已。温飛卿才多而捷，又善蘊藉，皆施之長律尤宜。（同上《五排凡例》）

李義山《樂遊原》詩，消息甚大，爲絶句中所未有。（同上《五絶凡例》）

杜紫薇天才横逸，有太白之風，而時出入於夢得。七言絶句一體，殆尤專長。觀玉溪生『高樓風雨』云云，傾倒之者至矣！（同上《七絶凡例》）

李義山用意深微，使事穩愜，直欲于前賢之外，另闢一奇。絶句秘藏，至是盡洩，後人更無可以展拓處也。（同上）

王阮亭司寇删定洪氏《唐人萬首絶句》，以王維之《渭城》，李白之《白帝》，王昌齡之『奉帚平明』，王之涣之『黄河遠上』爲壓卷，韙於前人之舉『蒲萄美酒』『秦時明月』者矣。近沈歸愚宗伯，亦效舉數首以續之。今按其所舉，惟杜牧『煙籠寒水』一首爲當。其柳宗元之『破額山前』，劉禹錫之『山圍故國』，李益之『回樂峰前』，詩雖佳而非其至。鄭谷『揚子江頭』，不過稍有風調，尤非數詩之匹也。必欲求之，其張潮之『茨菰葉爛』，張繼之『月落烏啼』，錢起之『瀟湘何事』，韓翃之『春城無處』，李益之『邊霜昨夜』，劉禹錫之『二十餘年』，李商隱之『珠箔輕明』，與杜牧《秦淮》之作，可稱匹美。（同上）

詩中諧隱，始於古《稾砧》詩，唐賢絶句，間師此意。劉夢得『東邊日出西邊雨，道是無晴却有晴』，温飛卿『玲瓏骰子安紅豆，入骨相思知不知』，古趣盎然，勿病其俚與纖也。李商隱『只應同楚水，長短入淮流』，亦是一家風味。（同上）

不知其人視其友。觀義山《哭劉蕡》詩，知非僅工詞賦者。（同上《論文雜言》）

【李義山故居】一卷《樊南集》，何人與細論。杜韓崇北面，筠億誤西崑。朝議堅持黨，人才棄佐藩。飄零書記暇，遠採玉溪蓀。（《韞山堂詩集》卷五）

宋翔鳳

【錦瑟】《錦瑟》一篇，蓋義山五十後自序之作也。五十弦瑟最悲，而已之身世已似之矣。首二句點明年紀。『莊生』句是悼王氏婦，即《轉韻》詩『憐我秋齋夢胡蝶』，以莊子有鼓盆之事，故以自比。悼傷後，乃應柳仲郢東蜀之辟，正義山五十歲後事，故有《悼傷後赴東蜀遇雪》詩。又《赴職梓潼留别畏之》詩，有『柿葉翻時獨悼亡』之句，『望帝』云云，正指東蜀也。『滄海』句追記隨鄭亞在嶺表也。『藍田』句追叙在河陽以前婦子之樂也。通首皆追憶，故先近事，以及遠事，即末云『此情可待成追憶，只是當時已惘然』也。義山晚年編定生平之詩，而以此篇冠首。説者層層傅會，愈理愈亂。記從前有一家以爲自叙，故爲順其意如此。（《過庭録》卷十六）

金夢熊

【讀唐人詩成十絶句（録二）】『金釵半醉座含春』，頗近《香奩》體制新。綺語未妨心似鐵，古來游戲是才人。

晚唐才調孰錚錚，温李千秋并有聲。解得微詞長諷諭，八叉那比玉溪生。（《蒓鄉詩鈔》卷三）

洪亮吉

唐詩人去古未遠，尚多比興。如『玉顔不及寒鴉色』，『雲想衣裳花想容』，『一片冰心在玉壺』，及玉谿生《錦瑟》一篇，皆比體也。如『秋風江上草』，『黄河水直人心曲』，『孤雲與孤鳥，千里片時閒』，以及李、杜、元、白諸大家，最多興體。降及宋、元、直陳其事者，十居七八，而比興體微矣。（《北江詩話》卷一）

《三百篇》無一篇非雙聲疊韻。降及《楚辭》與淵、雲、枚、馬之作，以迄《三都》《兩京》諸賦，無不盡然。唐詩人以杜子美爲宗，其五七言近體，無一非雙聲疊韻也。間有對句雙聲疊韻，而出句或否者，然亦不過十分之一。中唐以後，韓、李、温諸家亦然。至宋、元、明詩人，能知此者漸鮮。（同上）

有唐一代詩文兼擅者，惟韓、柳、小杜三家。次則張燕公、元道州。他若孫可之、李習之、皇甫持正，能爲文而不能爲詩；高、岑、王、李、李、杜、韋、孟、元、白，能爲詩而不能爲文，即有文，亦不及其詩；至詩及排偶文兼者，亦祇王、楊、盧、駱及李玉谿五家，餘則蘇頲、吕温、崔融、李華、李德裕等，文勝於詩；李嶠、張九齡、李益、皮日休、陸龜蒙等，詩勝於文，均不能兼擅也。宋代詩文兼擅，亦惟歐陽文忠公、蘇文忠公、王荆公，南渡則朱文公，餘亦各有所長，不能兼美。（同上卷二）

七律至唐末造，惟羅昭諫最感慨蒼涼，沉鬱頓挫，實可以遠紹浣花，近儷玉谿，蓋由其人品之高，見地之卓，迥非他人所及，……（同上卷六）

韋端己《秦中吟》諸樂府，學白樂天而未到；《聞再幸梁洋》《過揚州謁蔣帝廟》諸篇，學李義山、温方城而未到，然亦唐末一巨手也。（同上）

李樊南之知杜舍人，亦非他人所及，所云『惟其有之，是以似之』也。（同上）

謫仙獨到之處，工部不能道隻字。謫仙之於工部亦然。退之獨到之處，白傅不能道隻字，退之之於白傅亦然。所謂可一不可兩也。外若沈之與宋，王之與孟，韋之與柳，温之與李，張、王之樂府，皮、陸之聯吟，措辭命意不同，而體格並同，所謂笙磬同音也。唐初之四傑，大曆之十子亦然。欲於李、杜、韓、白之外求獨到，則次山之在天寶，昌谷之在元和，寥寥數子而已。詩文並可獨到，則昌黎而外，惟杜牧之一人。（同上）

又有似同而實異者，燕、許並名，而燕之詩勝於許；韋、柳並名，而韋之文不如柳；温、李並名，而李之駢體文常勝於温。此又同中之異也。詩與駢體文俱工，則燕公而外，惟王楊盧駱及義山五人。（同上）

【管世銘讀雪山房唐詩鈔序】猶憶己亥、庚子間，余在京師，一日集讀雪山房，與侍御從叔松崖漕督及侍御論詩至夜半。于古體則高、岑、王、李、李、杜、韓、白、錢、劉、韋、柳而外，尤醉心次山。近體則初唐五家，天寶數公，大曆十子之外，以玉溪爲中興，致堯爲後勁。（管世銘《讀雪山房唐詩鈔》卷首）

楊倫

杜甫《曲江對雨》以麗句寫其哀思，尤玉溪所心摹手追者。（《杜詩鏡銓》卷四）

杜甫《寄岳州賈司馬六丈巴州嚴八使君兩閣老五十韻》子美近體長篇，多至千言而氣力愈壯。全局既審，段落斯分，縱橫開合，任其所止而休，真使人有望洋之嘆。樂天長排，亦好學杜，雖變化宏麗不及，然如《代書詩》《東南行》等作，直書胸懷，渾灝流轉，無一語牽湊，才力亦自不同。温李而下，率多填砌套語耳。（同上卷六）

杜甫《雨不絶》『舞石旋應將乳子，行雲莫自溼仙衣』二句批：纖麗，亦玉溪生粉本。（同上卷十三）

杜甫《夜》眉批：清麗亦開義山。（同上卷十三）

杜甫《覆舟二首》二詩主文譎諫，言語妙天下，後惟李義山最得其意。（同上卷十四）

杜甫《秋野五首》『稀疏小紅翠，駐屐近聞香』二句旁批：清遠閒麗，亦開義山。（同上卷十七）

杜甫《宿昔》『此等全開義山。』（同上卷十七）

杜甫《憶昔行》『巾拂香餘擣藥塵』句旁批：又似義山輩佳句。（同上卷十八）

杜甫《湘夫人祠》『肅肅湘妃廟，空牆碧水春。蟲書玉佩蘚，燕舞翠帷塵。』黄白山云：『三四本屬荒涼，語轉濃麗，亦義山之祖。』（同上卷十九引）

李子德

李商隱《屬疾》詩：『秋蝶無端麗，寒花只暫香』，全用杜語。（楊倫《杜詩鏡銓》卷十《薄遊》眉批引。）

法式善

前人云：文章合爲時而著，歌詩合爲事而作。王鐵夫孝廉辛亥隨靍王赴灤陽，八月歸，以《塞上》詩見示，中如『顴頷將四十，無肉畏蚤蝨。義山此言悲，讀者初不識。吾今乃其年，瘦甚香桃骨。』……（《梧門詩話》卷二）

陳大士五十八歲中式，誦李義山『夕陽無限好，只是近黄昏』，爲之墮淚。桂未谷中己酉鄉試，年五十四，作詩云：『蛾眉十五嫁王孫，老女粧成獨倚門。莫誦《樂遊原》上句，夕陽空自怨黄昏。』……（同上）

錢泳

余嘗論詩無格律，視古人詩即爲格，詩之中節者即爲律。詩言志也，志人人殊，詩亦人人殊，各有天分，各有出筆，如雲之行，水之流，未可以格律拘也。故韓、杜不能强其作王、孟，温、李不能强其作韋、柳。如松柏之性，傲雪凌霜；桃李之姿，開華結實。豈能强松柏之開花，逼桃李之傲雪哉！《尚書》曰：『聲依永，律和聲。』即謂之格律可也。（《履園譚詩》）

江藩

（王蘭泉先生昶）詩宗杜少陵、玉谿生，而參以韓、柳。（《國朝漢學師承記》卷四）

（王鳴盛）詩學盛唐，中年入于香山、東坡，晚年獨愛玉谿生。（同上卷七）

張惠言

【左海駢文題詞（節録）】駢偶之製，導源鄒、枚。東漢兩晉，其正聲也。梁陳之流，四六始作，徐、庾擅妙，古體遂衰。下至初唐，鏤金刻木。雖絢藻滿目，其神索然。燕、許以高氣振之，遂爲絶特。太白之清逸，玉溪之綺麗，亦其次也。原其佳者，要須得西漢沉博絶麗之意。（《左海駢文》卷首）

陳壽祺

【讀樊川文集二首（其一）】書生輕論兵，浩琯真兒童。殷浩房琯吾觀杜舍人，亮有烈士風。畢生抱孤憤，得失籌山東。一百二十城，坐鏟幽并空。忼慨注孫武，感激録譚忠。丈夫急憂國，豈爲邀奇功。安得召宣室，吐氣如長虹。山河一畫笏，拱手彎天弓。廟堂不戡亂，卿相疇詰戎。良圖適不用，壯志將毋窮。一麾江海去，鬢絲如秋蓬。揚州十年遊，短夢銷英雄。傷春與傷別，見李義山詩未盡斯文工。高樓感風雨，玉溪豈知公。顧語地上友，莫漫呼詩翁。（《絳跗草堂詩》卷二）

戴敦元

【題義山詩集】河内樊南少借枝，脱身簿尉竟何時？彭陽公外幾賢達，崇讓宅中常別離。仙詠《霓裳》成噩夢，華年《錦瑟》惜佳期。千秋灑淚無多恨，一代才名一卷詩。

平生師友共斯文，嘆逝傷離百感紛。風雨高樓懷杜牧，江天春雪弔劉蕡。西崑俎豆猶窺豹，東園簪裾只聚蝨。彩筆不隨花片墮，玉溪何處寄朝雲。（《戴簡恪公遺集》卷三）

錢　林

【論詩絶句六十四首（録二首）】淋漓大筆賦《韓碑》，百韻《西郊》漢魏遺。開口競輕三十六，何曾細讀玉溪詩。

派衍樊南示別裁，西江諸子後先來。人參未害輕唐突，笑爾蕪菁吐甲纔。黄庭堅先學西崑，再學杜甫，故所作清勁而雅秀。若或頹然自放，輒謂派出西江，非特失其神理，亦離其面目也。（《玉山草堂集》卷二十五）

冒春榮

七律……句法有倒插，有折腰、有交互，有掉字，有倒敘，有混裝對，……掉字句法，如『桃花細逐楊花落，黄鳥時兼白鳥飛』，及李商隱『座中醉客延醒客，江上晴雲雜雨雲』之類。……（《葚原詩説》卷之二）

温、李七律，以屬對擅長。義山『此日六軍同駐馬，當時七夕笑牽牛』，飛卿『回日樓臺非甲帳，去時冠劍是丁年』，對句用逆挽法，詩中得此一律，便化板滯爲活跳。若徒工屬對而乏意義，又不講通首章法，譬之剪綵爲花，全無活相，弗尚也。（同上）

元和律體屢變，其間卓然成家者，皆自鳴所長。若李商隱之長於詠史，許渾、劉滄之長於懷古，此其著也。今觀義山之《隋宫》《馬嵬》《籌筆驛》諸篇，其造意幽深，律法精密，有出常情之外者。用晦之《凌歊臺》《洛陽城》《驪山》《金陵》諸篇，與乎藴靈之《長洲》《咸陽》《鄴都》等作，至今古廢興，山河陳跡，感慨之意，讀之可爲一唱而三嘆矣。三子者，雖不足鳴乎大雅之音，亦變風之後，其正者矣。（同上）

闕　名（案：據張寅彭考證，作者爲方薰生，乾隆時人。見南京大學《中國詩學》第五輯。）

觀唐人所作，知詩道如蟬脱異形，布種得穫，未嘗不推陳出新，不失本性也。西崑孤黯，《緑衣》《碩人》之苗裔也。《考牧》《考室》，長吉、玉川之初祖也。儲、王田園之趣，肇自《豳風》。杜陵之『沉鬱頓挫』，昌黎之『妥帖排奡』，胎息于《生民》《清廟》。（《静居緒言》）

崔國輔五言樂府，絶似六朝人口吻。《魏宫辭》：『朝日點紅粧，擬上銅雀臺。畫眉猶未了，魏帝使人催。』即李義山『薛王沉醉壽王醒』一種筆墨，輕薄侵巧，不如他作含容，毋謂言者無罪也。（同上）

論晚唐詩，必首温、李，蓋以氣骨尚存也。（同上）

義山詩，不獨風格時爲拔萃，而尤深錘煉之工。《韓碑》之作，直窺杜陵之藩翰，爲長吉之濫觴（按：此説時代顛倒，非是）。同段、温之流派者，時勢然也。（同上）

義山絶句，頗有一唱三嘆之什，然長于譏刺，不善于風喻。詩人有法在音韻格律之外，學者尤當知之。此法古人各有所得，而成一家則者，須得名篇巨著，熟玩自知。譬若易牙之庖，不失五味，歐冶之鍛，不失五金，彼之杯羹起疾，利器通神者，有獨得之奇也。（同上）

阮元

膠州宋繩祖，爲山左諸生中詩學第一，嘗賦《曉寒》詩四十字，余始亟賞之。其《論詩十絶句》，于宋惟及梅都官一人，持論極爲嚴正。古、近體氣體高潔，均非時輩所及。《論詩絶句（第十首）》：莫道《無題》自有思，才華温李自稱奇。幾多楚雨含情句，不及《韓碑》一首詩。（《小滄浪筆談》卷二）

【四六叢話序（節録）】唐初四傑并駕一時，式江薛之靡音，追庾徐之健筆。若夫燕許之宏裁，常楊之巨製，《會昌一品》之集，元白《長慶》之編，莫不并掞龍文，聯登鳳閣。至於宣公《翰苑》之集，篤摯曲暢，國事賴之，又加一等矣。義山飛卿，以繁縟相高，柯古昭諫，以新博領異。駢儷之文，於斯稱極致焉。（《定香亭筆談》卷四）

【金子青學蓮詩集序】子青子詩，驚采絶艷，宛委沉郁，兼慕唐之三李而得其神理。長吉短命，而子青則甚壽；義山坎壈且有毁，而子青爲名門之壻，處節使之幕，恬淡不干榮利，有譽於時；太白入翰林而子青無官，然太白仙材固不以翰林重，且今人讀唐人詩者無不醉心於義山，而令狐氏則無聞焉。文章之事，固有不能以位競者歟！子青子何愠焉？（《揅經室續集》卷三）

舒位

先祖大成，康熙壬辰進士。論詩有云：司空表聖七絶，猶七律之有玉溪也。幽深怨咽，不名一狀，而同歸風雅。三閭變態，乃至此乎？（《瓶水齋詩話》）

徐秋檀孝廉言：己酉春宿商家林旅店，聞隔壁有二客相語。一云王右丞詞客畫師何至從安禄山作賊。一云此公少時曾屈身作伶人，入公主第彈琵琶見賞，因得關節作解頭，則又何事不可爲？且詩畫與品行原不可合看。又曰唐時此種風氣久不能除，李商隱《聖女祠》結句云：『玉郎曾（會）此通仙籍，憶向天階問紫芝。』即刺若輩也。士君子進身之始，求諸關節，已屬可恥，况謀及婦人女子裙帶拜官，而天下尚有恥種耶？彼客曰：如子所論良是，然未免近獃。答曰：恥種子既斷，獃種子必不可絶。……至四鼓而二客先脂車去，竟不知誰何氏也。（同上）

袁簡齋以詩古文主東南壇坫，海内争頌其集，然耳食者居多。惟王仲瞿遊隨園門下，謂先生詩惟七律爲可貴，餘體皆非造極。余讀《小倉山房集》一過，始嘆仲瞿爲知言。嘗論七律至杜少陵而始盛且備，爲一變；李義山瓣香於杜而易其面目，爲一變；至宋陸放翁專工此體而集其成，爲一變。凡三變，而他家之爲是體者不能出其範圍矣。隨園七律又能一變，雖智巧所寓，亦風會攸關也。（同上）

袁、蔣二家詩實是勍敵。袁長於抒寫情性，蔣善於開拓心胸。袁之功密於蔣，蔣之格高於袁，各有擅場，不相依附也。蔣詩之雄者如《西岳題壁》（詩略，下同）、《送人入陝》《讀南史》《薦福寺》，此類集中尤夥，讀之有鐵如意擊唾壺意氣。亦有香豔如温李者，如『銀鈎小字教親記，金扣環鬆許暗開』，『江湖緑鬢丁年改，樓閣紅窗子夜開』，晚年專宗山谷，少此風致矣。（同上）

【讀三李二杜集竟歲暮祭之各題一首】義山　飄零蹤迹别離天，腸斷《樊南甲、乙編》。作客悲歡聊寄托，依人恩怨忽牽連。官卑不掛中朝籍，詩好難禁後世傳。他日《西崑酬唱集》，祇教優孟誚當筵。（《瓶水齋詩集》卷一）

朱琦

【題李義山詩集】學海波瀾使筆隨，崔珏《哭李義山》詩云：『學海波瀾一夜乾。』精華真得杜陵師。蛾眉蕙草《騷》人怨，鐵網流蘇幼婦辭。季世才名高輩行，中朝黨局極傾危。楊劉漫效西崑體，那及《韓碑》壓卷詩。（《小萬卷齋詩稿》卷二）

方東樹

東坡《石鼓》飛動奇縱，有不可一世之概，故自佳。然似有意使才，又貪使事，不及韓氣體肅穆沉重。海峰謂蘇勝韓，非篤論也。以余較之，坡《石鼓》不如韓，韓《石鼓》又不如杜《李潮八分小篆歌》文法縱橫，高古奇妙。要之此三詩更古今天壤，如華岳三峯矣。至義山《韓碑》，前輩謂足匹韓。愚謂此詩雖句法雄傑，而氣窒勢平。所以然者，韓深於古文，義山僅以駢儷體作用之，但加精鍊琢造，句法老成已耳。（《昭昧詹言》卷一）

王厚齋曰：『李義山謂昌黎文若元氣。荆公謂少陵詩與元氣侔。以元氣論詩文，又非奇偉精采云云所可盡。』（同上）

惜抱論玉谿：『矯揉滑易，用思太過，而僻晦之病又生。』竊謂后山實爾，山谷無之。然山谷矯揉滑熟，時有藞苴不合，枯促寡味處，杜、韓、蘇無之。杜、韓、蘇間有貪多弩末處，漢、魏、阮公、陶公、大謝、太白無之。（同上卷十）

李義山《韓碑》此詩但句法可取而已，無復章法浮切氣脈之妙，由不知古文也。歐、王皆勝之。〇此詩李、杜、韓無所解悟。〇此詩之病，一片板滿，而雄傑之句，勝介甫作。（同上卷十二）

王安石《平淮右題名碑》學韓《石鼓》，此詩真不如義山之雋偉。（同上）

（蘇東坡）《石鼓》渾轉瀏亮，酣恣淋漓。坡此首暨《王維吴道子畫》《龍興寺》《武昌劍》《虢國夜遊》《雪浪石》，杜《李潮八分》、韓《贈簟》《赤藤杖》、李《韓碑》、歐《古瓦》《菱溪》、黄《磨崖碑》，皆可爲典制之式。（同上）

七律初唐章法句法皆備，惟聲響色澤，猶帶齊、梁。盛唐而後，厥有二派，演爲七家。……何謂二派？一曰杜子美。如太史公文，以疏氣爲主，雄奇飛動，縱恣壯浪，凌跨古今，包舉天地，此爲極境。一曰王摩詰。如班孟堅文，以密字爲主；莊嚴妙好，備三十二相。瑤房絳闕，仙官儀仗，非復塵間色相。李東川次輔之，謂之王李。何謂七家？在唐爲李義山，實兼上二派。宋則山谷、放翁。明則空同、于鱗、卧子、牧齋。（同上卷十四）

七律宜先從王、李、義山、山谷入門，字字著力。（同上）

學杜者，須知其言高旨遠，一也；奇警而出之自然，流吐不費力，二也；隨意噴薄，不裝點做勢安排，三也；沈著往來，不拘一定而自然中律，四也。此惟蘇、黄之才，能嗣仿佛。他人卑離凡近，義淺詞碎，一也；略有一二警句，必費力流汗赤面，二也；安排起結，無不貫足，三也；非不合律則爲律詩，四也。此雖深造如義山，尚不能全美。而楊、劉以下，更不夢見。況今世傖才村夫，夢談囈語者耶！（同上）

杜審言《春日京中有懷》京中秦也，杜家洛陽，通身命脈在『有懷』二字。首句點題面。次句破題意，『有懷』故『不當春』也。以下四句，切春，切京中，而各以一字作眼，以見『不當春』之意。曰『徒』、曰『漫』、曰『應』、曰『幾』，皆題眼也，而收句始結明之。文律如此之細，雖太史公、韓退之作文，不過如此。乃知子美冠絶古今，本於家學有素也。李義山輩不足知此。（同上卷十五）

杜甫《寄章十侍御》此亦尋常應酬詩，但三四雄渾，五六用事精切，他人不能也。收亦温婉。解見惜抱先生按語。此李義山奉爲圭臬。（同上卷十七）

劉長卿《登餘干古城》言外句句有登城人在，句句有作詩人在，所以稱爲作者，是謂魂魄停匀。若李義山多使故事，裝貼藻飾，掩其性情面目，則但見魄氣而無魂氣。魂氣多則成生活相，魄氣多則爲死滯。千古一人，推杜子美，只是純以魂氣爲用。此意唐人猶多兼之，後人不解久矣。文房之詩，可以通津杜公，但氣味夷猶優柔，不及杜公雄傑耳。然若無魂，則雄傑更成惡魄。昔人論韓公『將軍舊壓三司貴』二句，以爲雖句法雄傑，而意亦盡於此矣；祇是有魄無魂，言外無餘味，取象而無興也。韓公以文爲詩，又不工近體，無可議者，姑舉以爲式耳。今定七律：以杜律爲宗；而輔以文房、大曆十子，并取義山之有魂者，而去其魄多者，慎選十餘首足矣；益以蘇、黄之出塵奇警。白傅却有魂，但句格卑俗。（同上卷十八）

玉谿七律，前人謂能嗣響杜公，則誠未可輕視。愚謂七律除杜公，輞川兩正宗外，大曆十子、劉文房及白傅亦足稱宗，尚皆不及義山。義山別爲一派，不可不精擇明辨。（同上卷十九李義山）

先君云：七律中，以文言叙俗情入妙者，劉賓客也；次則義山，義山資之以藻飾。樹謂所嫌於義山者，政病其藻飾。如太史公作文，純乎古格，忽攙六朝偶儷，豈復成體？孟堅猶近之，蔚宗、承祚駸駸乎下移矣。義山之得失亦如是。（同上）

前人論義山者多矣，譬之瞽之，各有見地，須善會之。如蔡天啓謂其『用事深僻，語工而意不及』，范景文謂『詩家病使事太多』，賀裳謂義山某某篇『政如木蘭，雖兜牟裲襠，馳逐金戈鐵馬間，夢魂猶在鉛黛也』，又曰『魏、晋以降，多工賦體，義山猶兼比興』。愚謂藻飾太甚，則比興隱而不見矣。釋石林曰：『詩人論少陵忠君愛國，一飯不忘，而目義山爲浪子，以綺麗華豔，極《玉臺》《金樓》之體也。』以上諸論皆有見，亦平允得實。許彦周謂『學義山可以藥淺易鄙俗之病』，愚謂不善學義山，政恐得此病。許蓋譽其編事之富，謂爲不鄙陋耳；不知編事富，政是陋處。（同上）

義山以孤兒倔起，自見於世。一時鉅公，争相延攬，亦可謂奇士矣。然二十五歲始得第，二十六歲始得昏，奔走崎嶇兵亂間，卒擠困以死，年僅中壽，迹其生平，足爲流涕。然而讀其詩，不能使人考其志事，以興敬而起哀，則皆其華藻掩没其性情面目也。如是而曰『能得比興』，則《三百篇》、屈子、杜公獨無比興乎？學者可因以知其故而謹所從事矣。今就七律論之，姚選三十二首，最爲嚴潔，則其可宗處，固可明白，而諸家訾之者，亦可以息矣。（同上）

《漢南書事》起二句叙事，峥嶸飛動起棱。次二句議，言文武非人。五六做明。收應次句。宣宗大中四年，討党項，連年無功，戍饋不已，上頗厭用兵。政府不言，武將貪功。先君曰：『三四言刀筆爲相，不知大體。收頌美宣宗，深罪將相。言帝好生，定獲天佑也。』樹按：收句語意支離。（同上）

《隋師東》前四句將正義説定。五六空中掉轉。收换筆繞補餘意。古人無不用章法。王濬破吴都督孫歆，虜歆而還。沈瑩言：『吴名將皆死，幼少當任。』此亦言將帥幼小，不足任也。大和二年，東征李同捷、王庭湊，久未成功。每有小勝，則虛張首虜，以邀厚賞。朝廷竭力，饋運不給，滄州凋敝，骸骨蔽地。托詠煬帝征高麗，故曰：『前朝玄菟郡』。　樹按：凡此皆不免支晦拙滯。五六句似亦責政府無人，但無根，又合掌。此義山十六歲時少作也。（同上）

《重有感》前有《有感》，故此曰『重』，皆詠甘露之事。錢龍惕箋得之半，失之亦半。先君云：『懼文宗有望夷之禍，望諸藩鎮同力救之，即杜《諸將》之意，而詩不及杜。』樹按：此解得真。向來皆以首句指王茂元，非也。至三句指劉從諫，是也。或乃斥其以稱兵犯闕望之者，亦過論也。要之，此詩昔人皆從上選，然細按之終未洽。雖興象彪炳，而骨理不清；字句用事，亦似有皮傅不精切之病。如第四句與次句複，又與第六句複，是無章法也。試觀杜公，有此忙亂沓複錯履否？末句從杜公『哀哀寡婦』句脱化來，似沈着，有望治平之意；而『早晚』七字，不免飣餖僻晦。明七子大都皆同此病，然後知有本領與無本領懸絶如此。蓋義山與明七子，不過詩人，志在學古人句格以爲詩而已；非如陶、杜、韓、蘇有本領從肺腑中流出，故其措注用意，語勢浩然，而又出之以文從字順，與經、《騷》、古文通源。其餘詩人，不過東牽西補塗飾揞拄以成室而已。姑舉義山此一詩發其義例，而學問之大凡，胥視此矣。首句若非實指一人，則起爲無着；若實指王茂元一人，則又偏枯，與全詩章法不稱。杜《諸將》一人則詠一人到底，不似此單漏流移不定也。潘次耕以爲此指王茂元。（同上）

《寫意》先君曰：『此思鄉之詩，思上林，望鄉也。』樹按：此詩末句點題，章法筆意略似杜，三四句法亦似杜。但不知此詩作於何地，似是在蜀及判官時，而以燕雁上林爲鄉，支泛無謂。五六寫思鄉之景，句亦平滯。（同上）

《安定城樓》此大和元年，王茂元自廣州爲涇原節度使，義山在幕。安定，關内道涇州，今屬平凉府。此詩脈理清，句格似杜。玩末句，似幕中時有忌閒之者。然用事穢雜，與前不相稱。（同上）

《茂陵》先君云：『此詩全與武宗對簿。一二言窮兵略遠。三言田獵。四言微行。五言求仙。六言近色。末收尤

妙。』又曰：『藏鋒斂鍔於宏音壯采之中，七律無此法門，不善學者，便入癡肥一派。』（同上）

《籌筆驛》先君云：『此詩人不得其解，以爲布置不匀。不知武侯之能，尚待呆説乎！詩只詠蜀之亡，天命爲之。「關張」句尤有識力。起正賦題。第四句是主，末只作襯收驛耳。』又曰：『「恨有餘」三字收足。』樹按：義山此等語，語意浩然，作用神魄，真不愧杜公。前人推爲一大宗，豈虚也哉！但存此等三十二首，而刪其晦僻支離、輕豔流奕者，豈不洗清面目，與天下相見。海峯多愛，不免濫登耳。起正賦題，三四轉。五句承第三句。六句承第四句。收離題有味。驛在綿州綿谷縣。（同上）

《隋宫》（紫泉宫殿）先君云：『寓議論於叙事，無使事之迹，無論斷之迹，妙極妙極。』又曰：『純以虚字作用，五六句興在象外，活極妙極，可謂絶作。』樹按：江都離宫四十餘所，只用紫淵，取紫薇義，且選字媲色也。《上林賦》：『紫淵徑其北。』唐人避高祖諱，故作『泉』。（同上）

《南朝》（玄武湖中）先君云：『此專爲陳後主而作，吐屬絞而婉，叙致錯綜變化。前四句中，叙四代興亡，全不費力，却又賓主跌宕變化，不可方物，詠古極則也。宋元嘉三年，立玄武湖。齊武帝立雞鳴埭。宋之荒而爲齊，齊之荒而爲梁。第三句爲主句，言後主蹈東昏覆轍。後主時，天火焚寺塔，六句指其事也。』又曰：『五六所謂天人皆以告，而君臣俱在醉夢中，可嘆也。』又曰：『此詩略近《隋宫》。』樹按：《隋宫》又遜《籌筆驛》，以用事太濃，下筆太輕利，開作俗詩派。（同上）

《馬嵬》（海外徒聞）起句言方士求神不得，乃跌起。三四就驛舍追想言之，即所謂『此日』也。五六及收亦是傷於輕利，流便近巧，不可不辨。（同上）

《曲江》注云：『大和九年，復浚昆明，曲江二池，十一月遂有甘露之變。十二月勑罷修曲江亭館。此詩前四句追賦玄宗、貴妃。後四句言王涯等被禍，憂在王室。』愚謂收句欲深反晦。（同上）

《九成宫》叙述華妙，用事精深。五六寫景。收即物取象，妙極。先君云：『荔、橘夏熟，故貢於九成宫。「紫泥」「天書」，只爲一物，諷刺極刻，然不覺，故妙。』又曰：『聯對之工，楊、劉所能。其平平寫去，不恤民依之意自見。言之無罪，聞之足戒，則楊、劉無此作用。』又曰：『風、雲，根避暑來。』樹按：此方是義山本色正宗，如建章宫殿，規制應繩。（同上）

《題道静院》此即事小詩，清切可取。不及《過武威莊》高華壯闊，足爲式則也。起二句言王中丞所置院。三四言刺史居此。五六寫真。以自家作收。（同上）

《聖女祠》（松篁臺殿）起二句祠。三四聖女。五六及收輕薄，不爲佳。（同上）

《重過聖女祠》起句祠。次句聖女。三四合寫。五六及收以古人襯貼，亦未足法，又無謂。此詩可以不選。（同上）

《井絡》此與太白《蜀道難》、杜公《劍門》同意，皆杜奸雄覬覦。先君云：『前半地形，合東、西言之。後半人事。次句乃通首主句。五六句即承明此意，以兩代興亡大事，證明不能恃險。』（同上）

《潭州》隋改湘州爲潭州，取昭潭爲名，今長沙府屬。按義山於會昌四年至潭州，從楊嗣復也。此亦是詠懷古蹟，以第二句爲主，而下即潭之事景言之。詩亦平平，可不入選。七句『人不至』，或指劉蕡。（同上）

《鄭州獻從叔舍人褏》大約李褏好道，起即『煙霞』與『鐘鼎』，遠以稱之。『金龍』雖用道家，仍切舍人主撰文牋奏。是時褏爲鄭州刺史，而曰舍人，蓋寄禄也；五六用『黄紙』『紫泥』與此同，皆雙關也。收用陶華陽三層樓，自言來訪也。此詩亦無勝可選，但有秀句而已。三官主考謫，豈比刺史耶？用事似精切，而不免東餐西宿，開俗詩塗飾之派。（同上）

《贈鄭協律晳》孫、謝指安平公崔戎及令狐也。五六是追感，即起下收意，猶云『客散孟嘗門』也。義山與鄭，皆與安平有戚誼。（同上）

《贈鄭讜處士》六句謂鄭。收乃自指。起句浮滑，此不如杜公《因許八寄江寧旻上人》。（同上）

《留贈畏之》此詩用意亦輕浮。且起二句又與『朝迴』不切。時將赴職而曰『歸客』，亦未解，想亦預指他日言之。（同上）

《贈别前蔚州契苾使君》何力之子孫也。收句用郅都，言其職事也，切使君。（同上）

《寄令狐學士》句法雄傑。是時欲解怨於綯，不然，不全作贊美之辭，然吐屬大雅名貴。首言地居禁近，次親幸日深。榮寵如此，玉堂天上，自謂分所應得，豈復憶念故友。末以汲引望之，仍自留身份。（同上）

《子初郊墅》此詩佳，開放翁、東坡。起句子初，以下郊墅。收佳，似白。（同上）

《哭劉蕡》一起沉痛，先叙情。三四追溯。五六頓轉。收親切沈着。先將正意作棱，次融叙，而三四又每句用棱，此祕法也。（同上）

《過故府武威公交城舊莊感事》交城，太原府屬縣。先君云：『起二句，交城舊莊原委。晉水虞叔祠。交城舊莊，乃茂元先世故業，茂元乃鄜坊節度使王栖曜子，故以信陵擬之。茂元授忠武，管許、陳、蔡三州，又授河陽，管懷、孟、衛三州，故曰『六州』。『接郊畿』三字太湊。三四壯偉。五六細致。』（同上）

《九日》此感舊作也，流美圓轉之作。義山貪用事多，不忍割，如此『苜蓿』，何所指也？又不避楚諱，皆不可之大者。義山十七歲受知於楚，在天平幕。（同上）

《少年》但刺其奢淫耳。起、結佳。（同上）

《富平少侯》不及前詩，此義山十四歲時少作。（同上）

《杜工部蜀中離席》先君云：『此擬杜體也，然深厚曲折處不及，聲調似之。』離席起，蜀中結。松州今松潘衛。（同上）

《二月二日》此即事即景詩也。五六闊大。收妙出場。起句叙，下三句景。後半情。此詩似杜公。……此在東川懷歸作。（同上）

《汴上送李郢之蘇州》前四句叙題一氣，以下切蘇州，詠言之。（同上）

楊大年《漢武》此學《茂陵》一首。（同上）

宋子京《落花》『滄海』二句，學『滄海月明』二句。（同上）

東坡只用長慶體，格不必高，而自以真骨面目與天下相見，隨意吐屬，自然高妙，奇氣峍兀，情景湧見，如在目前，此豈樂天平叙淺易可及。舉輞川之聲色華妙，東川之章法往復，義山之藻飾琢鍊，山谷之有意兀傲，皆一舉而空之，絶無依傍，故是古今奇才無兩，自别爲一種筆墨，脱盡蹊徑之外。（同上卷二十）

蘇軾《竹閣》用本色叙題，三句一例，而用事尤入妙，如此豈他人所及。五六還竹，仍切白。結句超妙入仙。《遊祖塔院》『安心』，《竹閣》『海山』『白鶴』，用事切而點化入妙，李義山所不能。（同上）

欲知黄詩，須先知杜；真能知杜，則知黄矣。杜七律所以横絶諸家，只是沈著頓挫，恣肆變化，陽開陰合，不可方物。山谷之學，專在此等處，所謂作用。義山之學，在句法氣格。空同專在形貌。三人之中，以山谷爲最，此定論矣。（同上）

范德機云：『實字多則健，虚字多則弱。』愚謂此亦不然，如杜《送鄭廣文》《東閣官梅》，李義山《隋宫》，曲折頓挫，全以虚爲用。先子評義山《茂陵》詩曰：『藏鋒歛鍔於宏音壯采之中，七律無此法門。不善學者，便入癡肥一派。』此言用實字之佳處。然樹以義山此詩，仍賴數虚字撥掉，不全用實字也。惟楊升菴詩則全是癡肥，余不甚喜之。（同上卷二十一）

昔人謂正人不宜作豔詩，此説甚正。賀裳駁之，非也。如淵明《閒情賦》可以不作。後世循之，直是輕薄淫褻，最誤子弟。如王次回、朱竹垞，名教罪人，豈可託之周公《東山》之詠耶？李空同效義山作《無題》，想見其胸中無識。（同上）

詠物詩不待分明説盡，只髣髴形容，自然已到，如義山《雨》詩：『摵摵度瓜園，依依傍水軒。』東坡云：『作詩必此詩，定知非詩人。』然如魯直《猩毛筆》，用事切當，又必此詩也。（同上）

長律所尚，在氣局嚴整，屬對工切，段落分明。而其要在開合相生，不露鋪叙轉折過接之跡，使語排而忘其爲排，斯能事矣。唐初應制贈送諸篇，王、楊、盧、駱、陳、杜、沈、宋、燕、許、曲江，並皆佳妙。少陵出，而瑰奇鴻麗，一變故方，後此無能爲役。元、白滔滔百韻，俱能工穩，但流易有餘，鎔裁未足，每爲淺率家奴效顰。

温、李以下，又無論已。（同上）

【書玉溪詩句後】夕陽雖好忌黄昏（忌字用謝公），況復登原好莫存。空道凴虚夸麥怢，慘勞牽繫不堪論。（《方植之全集·儀衛軒遺詩》）

周儀暐

【讀李義山集】窮途恩怨終難定，詞客心期或易摇。只有西江舟夜往，中年愁鬢欲蕭蕭。（《夫椒山館詩》卷二十一）

秦朝釪

李義山詩文爲吾友馮侍御孟亭浩箋釋，頗費苦心，中多可採者。義山少依令狐楚，楚之子綯爲補闕，義山登第時，綯有力焉，然在唐人乃常事耳。後義山爲王茂元壻，綯乃深恨之，以爲負恩。蓋茂元李德裕之黨，而令狐父子牛僧孺黨也。李黨多君子，牛黨多小人；義山果能背牛向李，可謂出谷遷喬；而綯深怨之，終身不解。夫綯爲相，其君至謂之曰：『卿除吏已未？吾亦欲除吏。』如此權奸，那可與之作緣？馮箋雖稍辨之，未及朱長孺爲暢。余曾有札致孟亭，未知孟亭以爲何如也？（《消寒詩話》）

義山詩如《無題》《碧城》《燕臺》等詩，且放空著，即以爲如《離騷》之美人香草，猶有味也。要其人風情，固自不淺。乃其上柳仲郢啓曰：『可使國人盡保展禽，酒肆無疑阮籍。』蓋此時義山在柳幕方失偶，而柳欲以樂籍伎張懿仙賜之，此其辭啓也。恐一時傷悼之餘，無心及此耳。其言則太詩矣。（同上）

温柔敦厚，詩教也。《國風》《小雅》，皆是時君子憂衰念亂，無可如何，而託辭以諷，冀其萬一有益焉。所謂聞之者足以戒，是以冀幸萬一之詞也。義山《馬嵬》等篇，尚有戒意，至云：『未免被他褒女笑，只教天子暫蒙塵。』

直不啻倖災樂禍矣，成何語耶？杜牧之『東風不與周郎便，銅雀春深鎖二喬』，亦如吳門市上惡少年語，此等詩不作可也。（同上）

義山《韓碑》在其詩中另自一體，直擬退之，殆復過之。（同上）

姜炳璋

【選玉溪生詩補説序】予選義山詩，得二百四十篇有奇。編甫就，或問曰，予之論詩也，不徒以語言文字之工，而必取其性情之正，玆何取於義山歟？余曰：予讀義山詩，悠然想見其當日之心，而知夫少陵而後僅一遇焉者也。義山之見惡於令狐綯也，其廢斥幾與少陵同；然而忠君愛國之意、經世獎善之情，時時見於言表。使義山而當少陵之世，其呑聲而哭者，夫亦猶是也。然則豈獨詩之規模少陵哉！其性情則亦與之爲一矣。或曰：義山之惡於綯也，謂其交於王、鄭也；王、鄭，文饒之黨也，而綯黨於奇章，是以惡之歟？予曰：不然也。綯何惡於義山哉！微特無惡於義山，亦無惡於文饒。綯之父楚，比牛而未嘗深仇正人。楚卒，文饒當軸，擢綯於台垣，而義山贈答綯詩，殷然以薦剡屬之，蓋欲其致之於文饒耳。故知綯不惡文饒，而且暱之矣。綯之惡文饒，徇白敏中之意也。綯薦于敏中，敏中薦于文饒。敏中之惡文饒，趨宣宗之意也。惡文饒，因而及王、鄭；惡王、鄭不已，遂囂然而集矢於義山。向使昭肅永世，文饒猶復秉鈞，彼二人者方恤恤乎懷知己之恩，安所得而惡之、排之，以至於蔓延如此？而卒至於此者，勢利實使之然，而非盡由鈎黨之禍之烈也。或曰：義山文學優，而才不及。辨論官材，宰相事也，綯安得私義山歟？不知義山功名之士也，國家諸弊政蒿目，思一援手，見於詩者可按也。藩鎮之强，奄豎之横，至以東漢永平爲例，他日之禍，何其數計而獨照歟！非才識之過人者歟？且夫綯與義山，豈泛泛者哉？義山受章奏之學於綯父，綯與之同學，其知之深矣。綯與宰相十年，不用之而誰用之歟？就令不用之，而思其才，非忌之已甚，其能已於用歟？則其不用義山之心可知矣。不然茂元之婿，鄭亞之友，未嘗無居於朝列，而何獨於義山之深也哉？然而義山之詩曰：『宓妃漫結無窮恨，不爲君王殺灌均。』怨其譖己於綯者而已。又曰：『神女生涯原是夢，小姑居處本無郎。』殆委之於命而已。吾謂不得志於君臣朋友之間，而不失其性情之正者，義山之詩有焉。或曰：義山之詩，以脂粉掩其性情，何也？曰：吾聞之史雪汀丈矣，他人脂粉也，義山天然國（色）也。吾嘗深韙其言。夫以貌取人，恐失之於然明子羽也；而以貌棄人，不更失之太叔乎？故義山之詩，嫣然如婦人好女子者，其貌也。托之怨女曠夫，以自寫其性情，而卒不明暴其事，寧使讀吾詩者以爲閑情艷體，而無所恨焉，則厚之至也。其與少陵之詩，固異曲而同工者也。夫襲其貌者，不可以相士，而況讀古人之書乎？世之讀玉溪生詩者，愿以吾言質之。（《選玉溪生詩補説》）

《錦瑟》此義山行年五十，而以錦瑟自況也。和雅中存，文章外著，故取錦瑟。瑟五十弦，一弦一柱而思華年，蓋無端已五十歲矣。此五十年中，其樂也，如莊生之夢爲蝴蝶，而極其樂也；其哀也，如望帝之化爲杜鵑，而極其哀也。哀樂之情，發之於詩，往往以艷冶之辭，寓悽絶之意，正如珠生滄海，一珠一淚，暗投於世，誰見之者？然而光氣騰上，自不可掩。又如藍田産玉，必有發越之氣，《記》所謂精神見於山川是也，則望氣者亦或相賞於形聲之外矣。四句一氣旋折，莫可端倪。末二，言詩之所見，皆吾情之所鍾，不歷歷堪憶乎？然在當時，用情而不知情之何以如此深，作詩而不知思之何以如此苦，有惘然相忘於語言文字之外者，又豈能追憶耶？蓋心華結撰，工巧天成，不假一毫湊泊。此義山之自評其詩，故以爲全集之冠也。（同上）

《重過聖女祠》此義山三過聖女祠而作也。前此瑤窗龍護，珠扉鳳掩，何等壯麗。今則碧蘚青苔，遍滿岩扉矣。蓋義山應王茂元聘，爲黨人所惡，故久作幕官，至此三過其祠，而嘆其久謫與己無異也。次句爲一篇之主。三四，雨僅飄瓦，不足以澤物矣；風不滿旗，不足以威衆矣，是寫聖女神境，又是寫聖女淒凉之境，以爲己官卑力薄之喻。妙絶！五六，因想仙姬淪謫，不久即歸，而聖女不然，以況己之久滯於外也。七八，倘掌仙籍者會得此意，憶其采藥修煉之苦功，當有立時召歸天府者，而何以置之不論？此則咎執政之不見省也。語語都從『重過』着筆。（同上）

《歸墅》此從桂林起程，在途之作，非歸墅後作也。『楚芝』『鄧橘』，皆故山景物，『應』字貫兩句，皆想像之辭也。故鄉未到，遷客在途，家園伊邇，魂夢先馳，字字俱有喜聲。（同上）

《贈劉司户蕡》此甘露變後義山目擊宦官之横，知唐祚必移於此，於蕡之謫而盡情發揮以贈之也。一二言閹人亂政，白日昏黑。雖有重碇危檣，無處安置，言直言不容也。北鴻初起，而已斷其勢，使之下第也。於是二十年來俯就兩節度之辟，徘徊幕官。斯時騷客已倦游將歸矣，而閹人前憾未已，摭拾小過，謫爲柳州司户，是驚其後歸之魂也。夫宦官毬惡如此，將來必至如東漢永平間，急召外藩，提師以除十常侍，但不知誰當先入耳。而蕡已斥逐，每以屈原高歌翻爲新曲，諷切時政，而朝廷不知也，亦自欲翻耳，何益焉？七八，今日奉使江陵，萬里相會，可謂極歡，而細思復泣，非爲蕡泣也，蓋豺狼當道，以言爲諱，朝陽鳳鳴，唯蕡一人，而今日遠竄，是鳳凰之巢已西隔九重之門矣。安望有伏闕陳書，力鋤閹竪者哉？嗟乎！蕡之策在太和初，至九年而有甘露之變。義山之詩在大中初，追昭宗時，崔胤召朱温入清君側，遂移唐祚。與東漢之亡若合符節，則所謂『漢廷急詔誰先入』不早數計而燭照之乎！雖謂之『詩史』可也。（同上）

《哭劉司户二首》其一：中四承次句，末聯揭起第二首。其二：湓浦、荆江，助其寃恨，并添淚灑，合同流溢，乾坤能無感動乎？義山與去華，前後贈哭諸詩，親之則友，尊之則師，十分投契，無窮感憤，可以知其人矣。詩亦悲壯似少陵。（同上）

《悼傷後赴東蜀辟至散關遇雪》一呼三應，二呼四應。機上無人，故無衣可寄；積雪散關，益增夢想。凄絶！（同上）

《樂遊原》（向晚意不適）此憂年華之遲暮也。名利場中，多少征逐，回頭一想，黯然銷魂，天下事大抵如此。『向晚』字，領起全神。（同上）

《南朝》（玄武湖中）此言陳後主亡國之由，而歸罪於秉國之人也。『玉漏催』，則時光逝矣；『繡襦回』，則美人歸矣。用一『催』字、『回』字，已撇過兩朝矣，精細乃爾。三四以下，後主承荒淫之後而又過之，誰云陳閣之美人不及齊宮之潘妃乎？『誰言』二字直貫兩句。斯時敵國未嘗不明告汝，天意未嘗不嚴警汝，而滿宮顔色足蠱君心，宰相江總，只廣用才華，迎合意旨，故安危利災而不自知也。如此説，方一氣貫通，按總之才，義山嘗稱之，而此正其誤國之罪，斧鉞凛如，可以知其性情之正。（同上）

《復京》義山目擊宣宗所使討党項諸將，邀賞脅君，無功糜餉，每借李晟、渾瑊諸名將爲題以示諷。（同上）

《鄠杜馬上念漢書》此弔古之作。排奡頓挫，酷似少陵。三四，言無意而得。五六，言無疆之休，以振起末二句。末言王莽移漢之機，已伏于丁、傅華軒時；『漸』者，日進無已也。（同上）

《咸陽》咸陽宮闕之高，六國綺羅之麗，互文也，猶云力敵德齊也。秦得天下，由于天帝之醉，然醉則易醒，故六國既没，秦亦遂亡。炯戒之意出于謔辭，却非杜撰。妙絶！（同上）

《聞著明凶問哭寄飛卿》此爲著明表微也。『雙玉劍』，指著明所作二賦。『無復壺冰』，其人已亡也，應次句。五六，言其心迹昭著，衆口無傷，應首句。七八，是寄飛卿。（同上）

《送崔珏往西川》前四是旅愁，後四是解其愁也，五六是交互對法：卜肆今雖寂寞，而從古風流；酒罏當日風流，而今爲古迹也，皆言勝地可以覽古感興。（同上）

《夜雨寄北》只一轉换間，慧舌慧心。（同上）

《初起》此義山在東川幕官之作。衆口排擠，而昭雪無從，正如日光長在，偏置離人。命也夫。（同上）

《柳》（柳映江潭）言旅況難堪也。巴山重疊，柳映江潭，客心傷矣。而雷聲隱隱，更作從前走馬章臺之聲，不益難堪耶？義山絶句，多用推進一層法。『章臺』，游冶之地。（同上）

《韓碑》淮西之役，晉公以宰相督師，則功罪繫焉。韓碑歸美天子，推重晉公，『春秋法』也。況碑文于愬功原未嘗略，前人論之詳矣。義山此摩昌黎酷肖。或云義山與段文昌之子成式交，故不敢貶段。愚謂詩取藴藉，極力推重韓碑，則段碑自見，義山原未嘗有諱也。若侈口詆段，豈復成風雅乎？或疑『古者世稱大手筆』語入昌黎口中，未免言大而誇。不知『大手筆』者，謂朝廷絶大制作也，故不拘職守。況當仁不讓，已亦無可推辭，本非誇大。亦

非有礙成式，暗斥文昌，爲是掩耳盜鈴之筆也。（同上）

《令狐八拾遺見招送裴十四歸華州》時義山尚未登第。末二句言因病休養，將結廬華山之下也，無干綯意。（同上）

《宿駱氏亭寄懷崔雍崔衮》起是宿駱氏亭。秋霜未零，枯荷猶在，荷葉雨聲，天若留以助相思之況味，蓋清宵輾轉矣。（同上）

《風雨》此嘆才華之無由自達也。『新知遭薄俗』，謂王、鄭諸公，一與相合，則『詭薄』之謗興也。『舊好隔良緣』，謂令狐棄舊知於不顧也。落句，汲引無人，終於飄泊，安得至長安斗酒銷悲乎？（同上）

《夢澤》此舉一事以爲後世諷也。『能多少』，猶云爲日無多也。君好容悦，臣事揣摩，轉盼間都成悲風白茅，何如澤在生民、功在社稷，君臣共垂不朽耶？千秋龜鑒，以詼諧出之，得未曾有。○一，籠罩全神。二，點明題旨。三四，則申明其義也。『虚減』，宫人自減之，亦楚王減之也，二意并到。（同上）

《寄令狐郎中》『嵩雲』，指從令狐楚於汴州時；『秦樹』，指在長安時，以梁孝王喻楚，以相如自喻。蓋綯爲考功郎中之日，正鄭亞官桂管之時，贊皇去位，義山在鄭幕中，而以詩寄綯也。梁園舊客，感之以先德宜繩也；卧病相如，動之以衰病可念也。（同上）

《無題》（白道縈迴）香車空駕，作合無人，春風笑語，與誰相共？天生麗質，徒惑陽城、迷下蔡，博庸流之贊慕而已。『破』者，破顔，破愁，皆稱羨之意。此傷其不遇而枉負絶世之才也。（同上）

《少年》此爲當時勳戚弟子而發。曰『直登』『横過』，曰『别館』『後門』，曰『夜獵』，皆刺之之辭。結句言初不知寒郊自致青雲之難，有懼其驕溢，不能長守（富）貴意，非望其薦拔也。長孺以爲予令狐綯，與詩語氣不合。（同上）

《藥轉》『藥轉』者，猶云換骨金丹也。凡文之拙者，使之工；士之賤者，使之貴，皆取義於此。義山本傳：令狐楚帥河陽，授以章奏之學，其擢進士，由令狐綯薦之。後以善李衛公黨，綯不悦。蓋是詩作於此時，贈綯以自解也。一二，言居於幕府，而授以文訣也。暗通桂苑，謂薦於高鍇；偏獵蘭叢，謂登第得官，獵取微名也，則受恩深矣。況我之長才，豈肯等於厠籌；我之芳名，豈竟同於乾棗？言綯所素知也。内含怨憤之意，故取喻極微，猶云子毋棄我如敝屣耳。結出憶事懷人，歸束全篇，惟有歸卧繡衾以待命而已。此綯居政府，義山頹落已甚，不得已而爲此自解之辭。長孺以爲媟姬，固非。而或以爲當時有女俠爲厠婢，或以爲夜起如厠有感，皆以五六誤之也。泥此二語，全詩皆不可通。（同上）

《寄成都高苗二從事》此以援手之力望之高鍇也。高、苗二公，爲鍇從事；鍇即義山之座主也，素與令狐綯善。言鍇之幕已多名士，正如家近曲水，而全家皆凌波美人矣。然竟莫能將越客之網，網得西施，轉贈所親，使西施揚眉吐氣耶？喻鍇可以薦己於綯，而竟不然，故向二從事而問之耳。『莫將』，不將也。朱謂『西施』不如二公，程謂同病相憐，皆非也。（同上）

《隋宫》（紫泉宫殿）此過隋宫而興感也。首從隋宫説起，言如此宫闕，而猶欲取數千里外之蕪城，極力修飾，爲帝王之家，謬矣。此以下，常手必極力鋪張江都游幸之盛，而此用旁渲背托之法，言玉璽歸唐，故錦帆自止，不然將何所窮極耶？今日景華已無螢火，而隋堤徒有暮鴉，則猶是當日荒凉之蕪城矣。末二，言從前全盛，夢中一問，猶遭後主責讓，今或地下相逢，豈宜重問耶？八句跌宕頓挫，一氣卷舒，似憐似謔，無限深情。《吴禮部别集》但賞其融化匀稱，猶未盡其妙也。（同上）

《籌筆驛》一二，就驛中所見，是人心望驛感動，覺得如此也，已爲『恨』字鈎魂攝魄。豈知古驛能感動千載人心，乃不免後主傳車入魏乎？有才無命，恨何如也！六句一氣寫出『恨』字來。末則欲代舒其恨也。（同上）

《屏風》此真豔詞，鐵老擅場，多本此。或以爲讒諂蔽明，謬甚。（同上）

《春日》『欲入』者，貴公子欲入也。而春風催舞，蜂蝶銜花，共助青樓如此。世途宦境，何獨不然？（同上）

《即日》（一歲林花）此當爲鄭亞貶循州刺史，義山見落花而作。一，喻亞貶官；二，喻將至循州，猶在桂管未發。三四，言亞已落職，而猶官于循。五六，循雖小，亦正可居，而他人只欲附聲勢，傍高樓。七八，至夜行漏盡

之時，畫棟已頽，冰山安在？吾不知更映誰家月色也。蓋刺當時之附黨人以擠鄭亞者。（同上）

《詠史》（歷覽前賢）長孺以爲刺文宗？非也。題云『詠史』，篇中法戒昭然，夫豈專屬文宗？以第二句作主，中四正寫『破由奢』，七八則言『成由勤儉』也。奢侈之主，欲求千里之馬，周行四極；欲致蜀山之蛇，通道八蠻。至運去力窮時，變生肘腋，舉步難行矣。《南薰》之曲，舜之所以解愠阜財者也，幾人得如舜之歌《南風》乎？惟有哭蒼梧之翠華，以追慕其勤民之德而已。言外便見後世但見財殫力痛、民不聊生，欲如舜之勤儉，絶不可得，有無窮感諷意。（同上）

《贈白道者》義山善用進一步語。長吉詩『天若有情天應老』，是此詩藍本。（同上）

《無題二首》（昨夜星辰、聞道閶門）（其一）此義山初得御史而受室王氏，因作此詩，寄中朝所親之人，疑即令狐綯也。是時李贊皇當國，用綯爲左補闕；綯與贊皇全未有隙，於義山素屬交親，故義山詩寄之。星辰有風，天氣晴好也；畫樓桂堂，畫省間也。『彩鳳』用蕭史乘鳳事，蓋侍御史兼掌圖籍，可以從容諷議，而身居幕官，復爲贅婿，不得跨鳳而來，即下章所云『秦樓客』也。然心似靈犀，與親厚者無息不相通矣。『春酒』『臘燈』，正言朝官之樂。而我在河陽屢承使命，每聽更鼓，輒起應官職，直是走馬御史，如轉蓬然，安得與中朝同列隔座分曹，暢我情懷耶？『蘭臺』，只作御史字用。（其二）『秦樓』是借喻河陽幕府，『閶門』『吴苑』是借喻長安。蓋長安秦地，以秦樓喻河陽，不得復見長安，故借喻于閶門吴苑也。緑華女仙，借喻中朝顯秩；『苑内花』謂苑内美人，爲侍御史之喻也。言當日欲居顯位，大展才猷，故自河内不遠天涯而至長安，豈知一爲河陽之贅婿，但有一侍御史之虚銜而已，何異望女仙而來偷看一美人而止乎？『偷看』者，僅有虚銜，但可爲觀美，而非其實有也。時贊皇當國，綯爲補闕，與義山相知之深，不必明白相告而自能默會於意言之外也。（同上）

《漢宫詞》『不賜』是形容『長在』二字，見求長生之專也。（同上）

《無題四首》（來是空言、颯颯東風、含情春晼晚、何處哀箏）（其一）（來是句）寫夢。（月斜句）夢之時。（夢爲二句），夢中之景，點出夢，統貫上下，以清意旨，針綫極細。（蠟照）二語寫夢覺之景。（劉郎二句）落句極沉痛，『蓬山』指朝中顯秩。（其二）（颯颯句）『細雨』比群陰蔽日。（芙蓉句）『輕雷』喻聚蚊成雷。（金蟾句）言金蟾齧鎖，則香氣秘而不散，喻己與綯之交情宜固結而不解也。（玉虎句）言我雖暫出於外，爾必汲引之，使復歸朝列。（賈氏句）蓋我已與爾少小相依，氣誼甚篤。（宓妃句）豈知昔日相交，竟若夢中幻境乎？（春心二句）二語則極言其望重之切也。（其三）（含情二句）一二言時已暮。（樓響二句）三四言思之切。（多羞二句）五六言愧蒙贈遺，虛受賞識。（歸去二句）猶云如白駒過隙耳，言蹉跎將老也。（其四）（何處二句）春意惱人，入耳觸目皆悶。（東家二句）二句喻己之不遇也。（溧陽二句）二句喻後進皆貴顯也。（歸來二句）望用之情迫矣，而綯何終不省也。○觀末章云『東家老女嫁不售』，則知義山自況，而非艷辭矣。然予決以爲寄令狐綯之作。一章，猶云『夢令狐學士』也。或云恐無所據，愚謂考集中贈綯詩可知矣。其爲左拾遺也，則有《令狐拾（遺）見招》詩；其爲左補闕也，則有《酬別令狐補闕》詩；其爲考功郎中也，則有《贈子直花下》《子直晉昌李花》詩；其爲翰林學士也，則有《寄令狐學士》《夢令狐學士》二詩；其爲中書舍人也，則有《戲贈》一詩。至大中四年，綯同平章事，爲宰相者十年，而義山從無贈綯、夢綯之作。然則史云『以文章干綯』，吾不知義山之干綯者爲何等詩文也。及閱至『萬里風波一葉舟』亦曰《無題》，『郎君官貴施行馬』而題曰《九日》，夫乃知《無題》《碧城》《鴛鴦》《玉山》諸什，大半皆綯執政時干綯之作也。據本傳，令狐楚鎮河陽，以所業文干之，年才及弱冠，楚以其少俊，深禮之，令與諸子游。開成二年，高鍇知貢舉，令狐綯雅善鍇，獎譽甚力，故擢進士第。是義山與綯少同學，長同游，朋友之間投契之甚者，故以夫婦男女爲喻。想當時必有『夢令狐相公』『寄令狐相公』諸題，一再不省，終於疏斥，故盡削其題，而冠以『無題』及『玉山』等字耳。細味自知。（同上）

《無題》（照梁初有情）此亦自況也。如朝霞照梁而有情，如芙蓉出水而知名，喻己之才華傾動當時也。裙衩之間，繡花而小；釵茸之地，點翠而輕。女爲悅己者容。喻士將爲知己者用也。錦書，喻屢獻書於人；眉恨，喻詩中亦嘗含恨，無如黨人蟠固如棋局之爭，而予心徒抱不平而已。諸説俱非。（同上）

《蝶三首》（初來小苑中、長眉畫了繡簾開、壽陽公主嫁時妝）三章俱以蝶自況也。○（首章）此一二喻己登第，與公卿相通。『遠恐』『輕憂』，而且慮及『皓露』，可謂知所防矣。豈意又『逆尖風』，爲時所擯乎？不如雙雙燕子，乘時而入綺櫳也。此當時受王、鄭之辟，爲令狐所惡，故云然。○次章，人視蝶也。繡簾已開，鏡臺收去。佳人此時忽見簾外粉蝶雙雙，長眉回顧，而蝶佯若不知也，問釵上之鳳，畢竟汝之香頸爲誰而回乎？篇中一字不黏蝶，而蝶之精神栩栩欲動，斯爲絶唱。○三章，蝶視人也。『嫁時妝』，新妝也，又加宫眉捧額，則香豔甚矣，而蝶飛飛不去。『我』，蝶自我也。佳人見我，佯若羞然，又頻頻然顧形影，以爲妝飾。工豔蘭澤，芬芳之甚，足以致我之相隨也。豈知我身本是冶游之郎，隨地飛翔，原無心隨汝乎？第二章，喻顧我之人，非即有情之人也。第三章，喻相遇之人，非即吾意中依托之人也。（同上）

《隋宫》（乘興南游）後二不下斷語，而中邊俱到。或曰：亦刺敬宗也。（同上）

《垂柳》（娉婷小苑中）此因睹垂柳有懷登第之日，而感念先皇也。一二，言垂柳可愛；其垂地也，有如朝佩之拖；其帶風也，有如仙衣之舉。竹稱君子，無暇與七賢争名；松號大夫，豈意與三品競貴？喻己叨陪秘閣，任以校書，正如張緒少年，濯濯於靈和殿側也。此皆先皇之賜，而天顔莫睹，玉座徒留，回思知己之恩，能無心摧腸斷也哉！（同上）

《席上作》以宋玉自謂，以襄王謂鄭公，善戲謔而止于禮義，此謂性情之正。（同上）

《無題》（相見時難）此亦寄綯之作。『東風』指綯，言綯不爲主持，而王、鄭之交好皆雕落殆盡也。然予則非他人之比也，一息尚存，功名之志不能少懈。所慮年華易老，不堪蹉跎，世態炎凉，甚難消受。蓬山在望，青鳥爲予探之，其果有援手之時乎？通體大意如此。（同上）

《碧城三首》此義山數干令狐而不之省，故含怨而作。首章，言大中新政，黨人無不得志也。『碧城』，帝闕之喻也。『附鶴』『棲鸞』，言鶴書皆得上達，鸞鳥皆得棲止，無不彈冠以慶，如增州縣官三百八十三員之類是也。星沉海底，當窗可見；雨過河源，隔座能看：幽隱無不畢達，如會昌時貶逐五相同日北遷，德裕所斥去者無不起用是也。

『水精盤』，月也，月無光，近日則光漸闕，遠日漸圓；『曉珠』，謂日，指君也，日光不至，遠近不定，則月長圓矣。喻君心一改，則朝局忽更，今君心既向汝矣，又能安定，不可長保富貴乎？如又不定，則大中即會昌之續，蓋危之也；着一『又』字，意婉而深。○次章，言己見惡於綯之故也。玉池瀲瀲，荷葉田田，月影風聲，疑美人之來，而竟不來，則何故也？蓋不遇太牢之黨人，便難回首，莫見贊皇之親厚，又去拍肩；我不能然，故見絶於人耳。於是滿朝側目，僉曰『詭薄無行』，無不放情狂舞，以相指摘。故美人日遠，使多情之鄂君徒悵望於舟中，而獨自眠矣。美人喻綯，鄂君自謂。○三章，刺綯之聽信其子，而疏故人也。《南部新書》：綯在相位，一取決於子滈。《唐書》：綯執政，時人號滈爲白衣宰相。故起居郎張雲直謂滈納賄，陷父於惡也。王母來往，先有玉女相約，喻綯舉動必使其子先通。洞房簾箔，待王母，實先待玉女也。夫滈少年無學，正如玉兔之初生魄，珊瑚之未有枝，有何才華使與政事？而夤緣者争修禮待命，乃教之駐景，則檢與神方，如徙故人爲近州刺史，使便道之官也。鳳紙相思，則力爲收用，如蔣伸所謂近日官頗易得，人思僥幸是也。夫神仙閟密，玉女通約，《漢武内傳》猶傳之，況滈以宰相子暗執朝權，踪迹詭秘，而天下有不知之者乎？吾恐曉珠又將不定，而晶盤殊難久對也。○胡氏《統籤》云：《碧城三首》蓋咏其時貴主事。唐公主多自請出家，與二教人媟近。商隱同時，如文安、潯陽、平恩、邵陽、永嘉、永安、義昌、安康諸主，皆丐爲道士，築觀於外。史即不言他醜，頗著微辭。詩中蕭史、洪崖一聯，大旨已明。《居易録》因以『梁家宅里秦宫入』『賈氏窺簾韓掾少』『一片非烟隔九枝』爲戚里中語也。程氏注此詩，謂『星沉』『雨過』爲牛女陽臺，『紫鳳』『赤鱗』爲道侶淫媟，『玉魄』『珊瑚』爲懷孕私産。匪曰《香奩》，實同穢史。雖唐人中冓之言，視若等閑，然亦不至於此也。（同上）

《壬申七夕》此以牛女比天闕，可望而不可即也。待至曉霞，則香車已會合而返矣。然輕風乍動，而若聞珮之響；日光初昇，而不見花之嫣。月魄落矣，桂香愈遠；晨星高矣，榆影俱斜。我何由至牛女之靈渚，一探其消息乎？因思惟乘槎可以至之。而成都卜肆之識靈槎者，我嘗見妒於此人，未必肯指示我以乘槎之術也。『識靈槎』，蓋指綯也。（同上）

《代魏宫私贈》魏宫者，魏宫人也。托爲甄后既死，宫人知其事者以詩贈植，言能知宓妃之意，不必相見，亦甚相親。次章托爲吴令知其事，暗爲子建答宫人云：我本無夢，莫枉作陽臺云雨，以亂人意。蓋拒之詞。自古詩人論甄后者，此得其正。○甄氏，甄逸女，有殊色，初適袁紹子熙，爲操所虜，丕納之，生子叡，是謂魏明帝。夫丕既納甄生子，植何爲思之？甄既譖死，丕知植意，以枕賜之，甄復見夢，懷八斗才者遂爲《感甄》之賦，明帝更名爲《洛神》。嗚呼！兄弟夫婦間可謂不知廉耻事矣。從古詩人，津津豔稱之，殆以菉竇爲香草乎？予嘗有一絶云：『小苑殘花度遠津，玉昆相對醉芳春。蕭郎絶代風流客，底事尋香及《感甄》？』（同上）

《一片》（一片非煙）朱云：此恐遭逢遲暮而作。是也。程氏以胡氏《統籤》駁之，謬甚。蓋卿雲一片，遠隔塵寰，蓬山仙仗，儼若雲旗，爲學士登瀛洲之喻也。乃水暖矣，宜如龍飛躍，而龍吟反細；春多矣，當如鳳之翔，而鳳舞偏遲。由于無接引者，故蓬巒終隔也。於是星移月落，滄海桑田，人壽幾何，安能長俟佳期，而更日日後期乎？詩意此如。（同上）

《齊宫詞》三四，歌管已屬梁宫，而九子鈴猶在，潘妃得而有之乎？蓋惡齊宫之詞。按：前五代惟梁不聞荒淫，武帝貴妃以下，衣不曳地；簡文、孝元，救死不暇。此云『三更歌管』，順勢成文，非實事矣。（下同）

《江東》此傷己之無成也。春光漂蕩，百感攢膺。老將至矣，勳名未立，將若之何？感慨無聊之況，俱『獨自』二字傳出。（同上）

《讀任彦昇碑》此讀彦昇碑而爲彦昇惜也。彦昇文章、德望，足冠一時，而父憂去職，居喪不食鹽味，冬月單衫廬墓；齊明帝作相，起爲記室，再三固辭，帝不能奪，皆可爲百世矜式。乃齊梁受禪之際，不能退隱，竟與范雲、沈約共此朝班，以視顔見遠何如乎？云『應惆悵』，義山持論正矣。或謂以蕭公比令狐綯，可謂擬人不倫。（同上）

《馬嵬二首》（首章）此咎明皇不能覺悟於初也。言禄山兵來，貴妃之傾國了然，若早能覺悟，方安居九重，何至踉蹌而過馬嵬乎？○（次章）此咎明皇雖至喪敗而終不悟也。四海之外，豈得更有九州？方士之言誣也。且帝云世世爲夫婦，今日者他生未卜，此生已休矣，安能復生於人世耶？古者后夫人侍寢，御史奏鷄鳴於階下，然後夫人嗚佩玉於房中，告去。『空聞虎旅』『無復雞人』，言妃死而明皇終宵不寐也。夫爾日割愛如此，而當時之誓言如彼，則亦天子之尊何以不如民間夫婦之相保耶？尤物之能傾國，亦可見矣，而猶使楊什伍輩窮碧落、黄泉以求之耶？八句一氣抗搏，魄力甚雄，而諷刺悠然，使人微會，仍不失立言之體也。毛檢討謂其譏刺不遜，不知皆用《長恨歌》意也。沈宗伯謂其起二句無頭腦，不知此爲其二，『馬嵬』二字已於第一首點清也。至『徒聞』『空聞』相復，『雞』『虎』『牛』『馬』并出，蓋義山學杜，氣盛而物之大小畢浮，不必以尺寸求之也。（同上）

《可嘆》此刺公主爲女道士而有淫媟之行也。會宴東城，相與往來宴會也。年華益壯，則憂思彌長，不克自持。正如孫壽之失身於秦宮，飛燕之失身於赤鳳，縱有枕席之歡，終非夫婦之樂。斯時公主，亦嘗自悔，然已坐芝田之館，則如宓妃之費盡陳王心力，亦無益矣，二句一氣説下。末句就對面説，陳王用盡才力，則宓妃不待言，重宓妃不重陳王也。蓋請入女冠，築觀京邑，自難再請歸宗，下令擇婿，惟有愁怨而已，亦何苦爲此哉！可嘆也。或云義山以陳思自比，痴矣。（同上）

《贈宇文中丞》此蓋以引薦張君之子勉宇文。然觀第三句，言人間豈只有延祖一人乎？則勉宇文者，不獨甄拔張氏也。（同上）

《華州周大夫宴席西銓》言周大夫之疏我者，敬我也。程云：此正恐其疏己。是也。又云：當調官不遂而作。按此時墀刺華州，尚未執政，何先怨之耶？『西銓』，謂由西銓得華州耳，然於義山無當，必有脱誤。（同上）

《荆山》此借楊僕事作諷。收荆山入關内，未嘗非扼形勢之策，而僕之移關全爲此乎？恐由己不肯爲關外民，假公以便己私耳。此必爲現在武臣而發。（同上）

《題漢祖廟》此蓋過漢祖廟，想起劉、項興亡關頭，羽之失策不在鴻門不殺沛公，而在不聽韓生都關中之言，而『衣繡夜行』一語自誤之也。（同上）

《韓冬郎即席爲詩相送一座盡驚他日余方追吟連宵侍坐徘徊久之句有老成之風因成二絶寄酬兼呈畏之員外》其二，言我往梓州，陸行則劍棧，水行則風檣，辛苦極矣。『憑』，托也，言我致托冬郎，不得再聯句寄我，恐使我瘦盡而病也。已無冬郎之才，故見詩則必三復；而有東陽之瘦，故不可再詠其詩也，乃喜極而翻爲不欲見之辭。妙絶！夫以十歲小兒，一語驚人，輒傾倒如此，義山於交游及故人子弟，情篤乃爾。（同上）

《聖女祠》（松篁臺殿）此義山第一次過聖女祠而作也。首二，言祠之赫奕。然聖女觸霧輕衣，往來周歷，豈以天上無能物色，而人間尚有知音乎？然亦太勞苦矣。試問其朝上帝於珠館也，幾時復歸此祠以自安逸耶？義山欲應茂元之聘，故借聖女以自喻。『香幃』『龍護』，喻己之才華絢爛；『無質』『不寒』，喻依傍無人，弘農作尉。『人間』喻外藩，『天上』喻朝廷；外藩可覓知己，不比朝廷竟無人過問。既而思之，我之屢至京師，沉抑卑秩，不知何時得盡我才華耶？蓋就王茂元之聘，原出不得已也。（同上）

《銀河吹笙》首句言女冠初入道之時也，次言其所居之地。三四，交互句法，『重衾幽夢』，夫婦之樂，而他年亦斷，不止今日也；『別樹羈雌』，怨女之事，而昨夜已驚，不比他年也。春心未已，則故香仍發；風簾悄然，則殘燭霜清，其憂郁淒冷之況，有難以告人者。然則以予觀之，閨房琴瑟，自有深情，何須浪作求仙之意乎？末二句是亟唤醒他。（同上）

《與同年李定言曲水閒話戲作》此與同年李定言閒話曲江，因過妓家有感而戲作也。首句，指曲江之景。二，言與定言同不得志也，此句是綱。三，同過妓家也。四，有感而悲也。蓋從前苑路，徒有碧草之侵；昔日江樓，已無珠簾之卷，迭經喪亂，歌管美人盡歸黃土矣。然不足驚也。五行相勝，有盛有衰，長埋香骨亦自然之理。特恐我輩才人傷春而鬢髮漸斑，彼地下香魂得毋傷春而亦白其頭乎？所謂戲之也。蓋因現見美人而想起地下香骨，因傷春對泣而想到地下白頭，總是懷才不遇，觸處悲生，功名益熱，年華益衰，而不知涕之何以流落也。（同上）

《鴛鴦》此亦寄令狐綯之作。言爾去我來，相隔萬里，故小人得以讒間其間，如網羅之密布也。若相聚一處，時時相見，則彼此兩全，豈有風波之慮哉！亦《詩·王風·采葛》之意。（同上）

《楚宮》（湘波如淚）此過湘江而弔屈原也。或以仇士良沉王涯等屍於渭水，故以爲喻，既與湘江不合；或謂宋申錫欲誅宦官，與王璠謀，璠泄其事，貶開州司馬而卒，故云『楚厲』，愚以爲皆非也。詩弔屈原，以次句『迷魂逐恨』爲主。三四，是未沉汨羅之前，魂已欲逝。五六，是既沉汨羅之後，魂豈易招？『歸腐敗』，歸其屍，『腥臊』，爲讒佞小人之喻。二句用開合法，言放逐而死，即不自沉，其魂猶難復，況更爲小人所困，自沉於江，魂從何處問乎？亦長爲厲魂而已。然屈子之恨，在於秦仇未復，但使三大姓足以亡秦，則屈子之恨銷，而厲魂慰矣。懼長蛟而愛惜彩絲，豈屈子之心哉？詩旨只如此。必謂指時事，則以之稱劉去華亦甚切貼，何必宋申錫乎？（同上）

《妓席暗記送同年獨孤雲之武昌》言武昌之石人，日對長江，朝朝送别，檢其淚痕，應不少也。況今日相送，皆有情人乎？因獨孤之武昌，即從武昌化石之婦人設想，且以映送行之妓也。（同上）

《深宫》長孺作『宫怨』，是也。蘿蔭本薄，而狂風吹之；桂葉本濃，而清露浥之。猶已色衰，而君復棄之，彼少艾而君復寵之也。於是淚若湘妃，徬徨永夜，坐聽鐘聲，然而無庸也。爲雨爲雲，巫峰十二，原是難得，吾儕薄命，其敢妄覬乎？怨而不怒，斯謂之性情之正。（同上）

《淮陽路》人君一時猜忌，遂致盜滿河南、北，綿延三朝，而況黨人傾軋，始於牛僧孺、李宗閔對策，而成于錢徽之貶，至四十年交訌狂噬，日益加甚，不止猜貳也，安得升平之治乎？此作詩之旨也。（同上）

《寄成都高苗二從事》二江風水無所不通，紫梨分惠，即可從二江便附湘南也。然其意以二江在成都，喻高鍇；天津爲天漢，喻令狐綯。鍇與綯相善，即商隱登第亦由綯與鍇言之，彼此相通，猶之二江與天津相接也。義山欲鍇代爲釋憾於綯，而冀二從事爲之道達於鍇。若作真欲寄梨，便是癡人説夢。（同上）

《西南行却寄相送者》末二，言自别以後，明朝驚夢覺者，只有陳倉之鷄耳，安得有故人聚首，若今日之相送耶？題云『却寄』者，言辭衆送别而寄以詩也。（同上）

《安定城樓》時王茂元鎮涇原，義山來游其地，登城樓而作也。一二，是登城樓。三四，言所以至斯地者，以遇等賈生而游（同）王粲也。五六是連環句法，思歸老江湖，而年力富强，未忍遽棄；欲挽回天地，而扁舟飄泊，所志未酬。我豈欲汝腐鼠者，而爾奈何以此嚇我耶？蓋義山至涇原，茂元傾倒之甚，而涇原幕僚有忌其才，恐奪己之位者，故用惠子恐莊子奪梁相之事以示意也。時令狐楚卒，綯已扶喪歸里，而朱以爲犯綯之怒，非是。（同上）

《茂陵》一氣趕下，忽以末二撥轉，雄厚足配老杜。（同上）

《送鄭大台文南覲》按大中二年貶桂管觀察使鄭亞爲循州刺史，三年義山自桂州入朝，適畋自京師至循州省父，而義山作詩送之也。時亞已去桂，而云『黎辟灘聲』，自貶官之始言之。桂州地暖，而云『五月寒』者，黨人滿朝，使人不寒而慄。斯時方盡反會昌之政，凡贊皇親厚，無不屏逐。風波正起，何處報『平安』二字乎？若云『無處』致書，則畋方省親，雙鯉甚便矣。三四，言其他日别歸，只絹一匹，安能拭此無數眼淚也？『酬恩』指畋説，猶云欲報深恩也。將畋父子平日之清介，臨别之至性，當時之受冤，無不預爲道出，真勝人千百語。（同上）

《舊頓》或謂詩作於寶曆三年，敬宗欲幸東都之時。按是時河北跋扈，而云『四海一家』，且裴晉公諫止，而云『東都望幸』，皆非也。或云反言之，益非詩人忠厚之意。愚以爲當作於三州來降、三鎮帖服之後，蓋武宗會昌時事也。言東人望幸，四海小康，而終不能舉行盛事者，以荒涼行殿，徒集宫鴉，而城郭人民，非復昔時之舊，雖欲行幸，亦覺興致索然，然則往轍不誠可鑒耶？（同上）

《亂石》一二，喻執政之排己。三，喻萋斐之小人更媒孽其間；四，則自謂也。楊文公億云：『既填溝壑，猶下石而未休；已困蒺藜，尚彎弓而未已。』即此詩意歟？（同上）

《過楚宫》亦弔古也。雲雨時有，而襄王歸之神女；人間樂事，而襄王索之於夢中，皆可笑也。凡怪事，當以常理破之。（同上）

《淚》以前六句作陪，以末二抉轉，局法與《茂陵》一例。（同上）

《聖女祠》（杳藹逢仙迹）舊説《聖女祠》三詩，刺當時公主爲女冠，大類寄猳，甚污玉牒。愚謂當時公主原有此事，乃過聖女之祠即謂聖女淫媟，以比公主，義山病應不至此。或又謂喻仕途托足之難，亦似是而非。○諸説之誤，以此詩末二句致之。不知義山贅於王氏未一年而茂元卒，府罷，越四年而後，應鄭亞之辟，則鄭亞未辟之前，必有辟義山而非其知己，義山却之者，故再過聖女祠而作詩也。言聖女當居碧落，我逢聖女滯於客途，何年歸去？而此路則向皇都，非碧落也。既非碧落，則信期青鳥，迎異紫姑；楚夢既消，漢巫亦絶，景況殊淒涼矣。若偕從騎行車，同歸上界，則星娥一去，豈與月姊更來乎？計不出此，而若寡鵠羈凰，孤棲滯迹，何爲也？語語自況。而末則云，應歸碧桃之下，與王母同游，彼方朔者，雖謬稱知己，然終是世上肉眼人，不過詭譎之狂夫耳，烏足視爲仙侶哉！唐詩人多以朔喻反復邪人，不知何意。（同上）

《常娥》此傷己之不遇也。一二，喻韶光易逝；三四，喻不如無此才華，免費夜夜心耳。（同上）

《昨夜》此自憂無成也。一，人世之萋斐不足恤。二，一己之遲暮可憂。三四，秋風淒冷，月裏桂花猶然吹斷，況人間乎？『昨夜』二字，有不堪回首意。（同上）

《細雨》此悲秋之意也。『簟卷』者，雨夜生寒，簟不可用也。當時楚女感動秋意，謂髮彩生涼，秋風淒切，對景而悲矣。而今日復遇細雨，能無憶當時之境況乎？詩意甚曲。（同上）

《過華清内厩門》程云：此詠馬政之衰也。不巡幸不須内厩之馬，故龍孫唯在外夷海中，無術致，而馬政不修可見。（同上）

《樂游原》（萬樹鳴蟬）此當與《樂游原》五絶一時之作。『夕陽無限好，只是近黄昏』，今并無夕陽矣。末句即《初起》詩『不爲行人照屋梁』意，歸咎日馭。『不放』者，罪近君左右之人。（同上）

《丹丘》此爲求仙者諷。青女結霜，羲和送日，丁寧辛苦，可見光陰不宜虚度。乃丹丘總不可見，所見者唯蓁蓁梧桐，憶當日之鳳凰而已。義山當敬、文、武、宣四朝，皆坐此病，故言之甚詳、甚透。『朝陽』，君也；『梧桐』，百職也；鳳凰，賢才也。言求仙徒然，不如求賢以充百職，可保君身而綿國祚也。（同上）

《嘲櫻桃》以櫻桃自況。言長才小用，相賞無人，人皆得志，而己困幕僚，獨形遲暮。自嘲實自傷也。（同上）

《無題二首》（鳳尾香羅、重幃深下）首章自況其遇而不遇也。蓋碧文圓頂，羅帳也；夜深縫紉，女紅勤也；扇遮難掩，與相見也。相見則已遇也，而相見無言，驅車竟去，則遇而不遇也。故金燼雖云未暗，而消息總屬難通，安得佳期音信與榴花并紅乎？然則與見者，不過游冶郎繫馬垂楊耳。何處西南得朋，好風自至也？義山成進士，舉拔萃科，名動一時，每爲諸侯所辟，而不能一舉朝班，猶女子求之者多，而終無伉儷之好者也。○次章嘆其終不遇，而不復思其遇也。堂掩重幃，清宵不寐，此終不遇也。然無足怪也，神女原只有夢，小姑本未有郎，予安得以好逑作合期之斯世乎？況風波飄梗，離間者多；月露無情，汲引者少，於是知此生總無遇合之日。相思無益，不妨以惆悵之意，寓於清狂，發爲歌詠，以自適而已。『直道』二字妙甚，蓋前此猶未忍直言無益，至此則竟可説出矣。淒絶！（同上）

《病中早訪招國李十將軍遇挈家游曲江》此以己之不得同游曲江爲憾也。一二，病來惟夢曲江，則欲游曲江之甚也。三四，『放』，至也，如『放於琅琊』之『放』；言相如不是真病，故能身至沱江而過錦城，我今讓李將軍獨游曲江而不能偕往，則爲真病也。諸説并誤。（同上）

《櫻桃花下》此見逢世之難也。鶯欺蝶，蝶欺鶯，小人傾軋之喻。然俱及時相賞，不先不後，兩相得意也。花結則無花，故俱不取此時。而我於櫻桃花，他日來既未開，今日又謝，皆非佳辰。則佳辰之或長而數日，或短而數時，甚是參差無定，我安能適逢其會耶！（同上）

《汴上送李郢之蘇州》詩謂『人高詩苦』，即萬里不過如梁王之舊園而已。頷聯，言其曲高和寡。後四，言即使厚自塗飾，露桃風柳，如蘇小小者，流落娼家，徒令後世一招其魂而已。可見遇合有命，逢世爲難，而況『人高詩苦』更不相投者哉？非欲其改弦易轍，總見此行可以不必也。（同上）

《覽古》此金陵懷古之作也。佚欲之君嘗曰，長江天塹，虜豈能飛渡，蓋恃金湯而以太平爲玩忽也。不知今日憑弔古今，六朝興廢，一草間霜露耳。即如頽壤糊壁，欲其堅美也，而他人入室；欲舉黄旗，妄志一統也，而竟未渡江。迨至瓦飛鐘墮，盡付寒烟，爲想當時，真草間之霜露，曾有幾時乎？始信箕山隱士，自知非濟世安民之才，徒爲半晌富貴，殊覺可耻，其逃堯不顧也，豈徒博隱士之名哉！（同上）

《子初郊墅》首句，先補一筆。次句，主筆。三四，承『訪』字來，上句序已春，下句時已午也。五，墅中景；六，墅外景。以陪意作結。（同上）

《當句有對》此刺公主爲女冠者。一二，言宫觀之侈。三四，言園池之美。五六，言蜂蝶相依，鸞鳳相憶，男女

之情亦猶是也。七八，乃求必不可得之仙胡爲乎？喚醒之也。『鳳憶離鸞』，是對面言之，正可知離鸞之必憶鳳矣。(同上)

《井絡》首言形勢，二言險不可恃。三四承首句來，言不恃天險也，而古迹之奇、邊戍之密，又復如此。後四句承次句來，杜其據險背叛之心也。其後蜀果爲王氏、孟氏所據。義山之憂深思遠如此。諸説俱不談，而謂『八陣』句爲能用兵如孔明者有幾人，則『松州』句無處安頓，不然也。(同上)

《隨師東》隨師東者，言諸軍隨王師而東征也。蓋滄、景、德、棣皆在長安之東，如朱長孺所云李同捷盜據滄、景之事，詩正指此時也。愚謂此就時事言之。以七道節度使之兵會剿滄、景、德、棣，何難克期平賊？而日費黄金，訖無成緒者，以軍令不嚴，冒功邀賞故也。故王者之師，只須賢宰相運籌密勿，而不必日上首功，泮林獻馘。時李宗閔同平章事，沮李德裕不用，故爲此言。末二借隋爲喻，猶所謂殷鑒不遠也。積骸成莽，萬骨皆枯，當日情形，宛然在目。誰謂義山非詩史乎？(同上)

《賈生》絶大議論，得未曾有。言外爲求神仙者諷。(同上)

《鈞天》此自傷不得與清華之選也。上帝鈞天之樂，會聚百神。昔人如趙簡子，何嘗是知音者，乃因夢得聞之，而知音如伶倫，反不得聽耶？以喻三館廣集英才，不無濫厠，而文章華國如義山，反不得與，是可怪也。或謂此詩爲裴文忠惜，恐未必然。(同上)

《王昭君》此義山暮年省悟之候，使昭君得幸漢宮，不過一生春耳，今則世世想見其顔色也。畫工福昭君者大矣。此詩不怨絢，不怨譖己於絢者。(同上)

《訪秋》一二，所以當訪。中四，句句有『訪』字在内。七八，訪得之。(同上)

《裴明府居止》此表微之意。稱『明府』，則必曾爲刺史或縣令者。休官家居，一椽茅屋，貰酒橋頭，蓋廉吏也。(同上)

《江上》此亦不得志於時之作。觀落句，猶有餘望。(同上)

《鸞鳳》此以鸞鳳自况也。鸞對鏡而舞，鏡去則鸞不舞；鳳非桐不棲，桐衰則不棲，言失所也。自矜金錢之文優於孔雀，而乃錦羽自斷，有類山鷄，鸞鳳可謂厄甚矣。雖然，仙侣天人，皆亟相需，何難雲路相引，豈至終迷世網耶？或以爲悼亡，或以爲送杜秋娘，并非。（同上）

《李衛公》或謂據史德裕性孤峭，又不喜飲酒，後房無聲色之娱，是詩用馬融前列生徒、後列女樂事，則是誣衛公也。不知此詩純是借景，蓋牛李黨人滿朝，而衛公尤對症鴆毒，豈容開口訟冤頌德？故義山於《昭肅皇帝》及《舊將軍》詩已極力推奉，而此只作迷離惝恍之辭，令人自會。『絳紗弟子』，喻平日培植之人才。『鸞鏡佳人』，喻當時識拔之賢士。『致身』猶云『去身』，言不在歌舞之地，而在崖州也，但見木棉鷓鴣而已，凄涼景况，何以堪此！而音絶會稀者，無所依托，風流雲散矣。其後果盡逐衛公親暱，而義山并坐其累。（同上）

《江村題壁》讀三四，如見桃花源人。（同上）

《射魚曲》長孺以爲諷求仙，誠未合詩旨。洴江謂鄭注本姓魚，人曰『魚鄭』，又曰『水族』；甘露之變，注在鳳翔，押牙李叔和斬之以獻，此所以爲『射魚』也。愚謂：按之詩意，亦自可通。但訓、注奉詔誅鋤宦官，雖謀之不臧，而身死家屠，宦官自是益肆横無忌，乃舍極惡之仇士良，而極詆鄭注，若惟恐其不封剞者，義山素懷義憤，豈至此乎？此詩不曰『網魚』，而曰『射魚』，必蛟鰐之屬，此指當時節度使之跋扈如劉稹者。『尋潮背日伺泅鱗』，謂郭誼雖爲謀主，實陰伺其所爲；『背日』，猶云暗地也。『貝闕』，海上仙宫，乃怪魚所依倚；『夜移鯨失色』，謂邢州守將裴問請降於王元逵，洺州守將王釗、磁州守將安玉降於何弘敬，而劉稹失色退沮也。可見平日粉竿香餌，日設於鴨塘龍水中，安逸之地，實禍機所伏，積自不悟耳；一旦失勢，爲郭誼所殺，而魚置金盤所獻矣。然則自以爲去天甚遠，而專恣以抗朝廷者，亦自速其死焉耳。（同上）

《日高》此諷求仙也。敬宗晏起，耽於酒色，原不專是惑趙歸真。而義山作詩之時，已非敬宗之世。蓋目擊武宗建道場、築望仙臺，宣宗受法籙，皆蹈前人故轍，因舉求仙而享國二年之敬宗以爲炯鑒。首言鍍金爲鐶，舊錦爲衣，輕裾是繫，是老宫人守便門者。其所以日高未起，以水晶宫中夜與道士作籙事故也。飛香上升，訴之於天，云

『春訴』者，春主發生，言訴天以祈長生也。豈知九關高懸，飛香不入，然則方士所言輕身滅影以成神仙，正如粉蛾帖死屏風，可冀望乎？末二極言神仙不可求，非以粉蛾必敬宗也。其後武宗以服長生藥而死，宣宗以服李玄伯、虞紫芝藥，疽發背死。義山諄諄爲言，豈非先見之明歟？（同上）

《贈趙協律晳》五句承『歌』，指令狐楚也。六句承『哭』，指崔戎也。（同上）

《撰彭陽公誌文畢有感》一二，以延陵、峴首喻彭陽墓碑，推崇之至。三四，言誌文之稱譽非誣。五六，言其人之關係甚重。七八，言公志在濟世，即此碑石亦當生金利物，然不知何年何代，豈若此身長存，利濟天下哉！此百生之所以莫贖，而九死難追也。程、朱之説皆非。（同上）

《北青蘿》『北青蘿』，庵名也。訪僧而挹其清趣，覺愛憎之意至此而平。（同上）

《戲贈張書記》題有『戲』字，蓋遠出而皆有室家之思也。（同上）

《景陽井》此弔古也。『剩』字妙，匿井之人去，而空餘井在也。『龍鸞』，謂後主與張麗華、孔貴嬪。誓死於此，求一井水而不可得，故以爲不如西施之猶得水葬也。（同上）

《故番禺侯以贓罪致不幸事覺母者他日過其門》『事覺母者』，『覺』，知也，白也，謂獲罪後，其事共知爲無有；『母』『無』通。〇製題已下斷語，侯之寃無待言，故詩中不及其受寃處，但責其多藏，爲群小所黷，因而殺其身也。晉石崇被收，曰：奴輩利吾財耳。侯大抵家富，爲番禺令，權貴利其所有，誣以受贓罪，迫令自殺，蓋未嘗告之朝廷也，故曰『非君命』。三四，申言多藏。五六，寫過其門。七八，言殺人者須請之朝廷，明示天下，始無寃抑，今曖昧誅之，豈國法乎？（同上）

《贈司勳杜十三員外》詩意自明，首稱名、稱官、稱字，便有不可磨滅意。江總有才無行，故又以『心鐵』足之。末二，言芳名與之共不朽也。（同上）

《嘲桃》唐季皆反復小人，如李文饒引薦白敏中，後敏中盡力傾陷文饒，此類多矣！即詩所云『無賴夭桃』也。（同上）

《子直晉昌李花》此惜别也，無干請意。末二，花殆愁遠客分襟，而爲此飄蕩耶？惜别之意，花猶如此。義山將有遠行，故云然。（同上）

《登霍山驛樓》此登樓有感也。中四，登樓四望，而鼠驅雁落，弱柳敗荷，一段衰亂之景，不堪寓目。時五路討劉稹，逗留不進，武宗下詔切責，而王茂元又卒于軍。義山云『速繼』，蓋以討賊速進者鼓諸軍之勇也。（同上）

《贈田叟》此感激於排擠之故人，嘆其不如浹洽之田叟也。第七句，不過言直道可風耳，而語意拙澀，殊費解。末句，宰相每云在野無賢，可怪也。（同上）

《贈别前蔚州契苾使君》寫使君氣勢，獵獵有聲，歸到勤王方是奕世忠義。前人謂此詩可以辟瘧，良然。（同上）

《燕臺四首》此託爲婦人哀其君子之詞，蓋哭李贊皇之作也。有辨見後。○《春》，第一章，言衛公爲黨人排擠而含寃入地，可傷也。『嬌魂尋不得』，點清題旨，言贊皇已卒也。白敏中爲德裕所薦，反傾德裕，所謂荓蜂而求螫也，故以蜂爲喻。『類芳心』，有似尋芳之心也。『冶葉倡條』，蜂無不識，言小人并進也。『桃樹』爲公桃李之喻。遲暮春日，桃樹在西，陽光普照，凡樹樹高鬟，無不使之咸立，暗指引用白敏中、令狐綯，原不止王、鄭諸人。豈知朝局一翻，贊皇與其相知之人不知歸於何許，但見群小密布耳。昏醉而醒，望其見天，而夢覺初起之時忽聞人傳之殘語，言惟恐珊瑚爲鐵網所收，而鼓浪翻天，使無處所，喻憂贊皇復用力致之於死地也。衣帶前寬後窄，哀瘠之甚也。烟碧霜白，無時不思也。蓋思公擘石丹誠，受寃枉死，而天不知，愿得天牢鎖公寃魂，不隨風飄散，以爲後日雪寃之地也。夾羅委篋，則衣單薄矣；冷襯玉珮，則身寒涼矣。安能勝東風之力，與之相敵乎？以喻孤寒失勢，不勝排擠也。將來唯有老死蓬蒿，魂隨南海耳；云『西海』，隱其辭也。○《夏》，此一章言其貶謫時雖訟寃無益，而無由以君子小人之黨告之君也。此言贊皇逐後，其門寂寞無人也，『石城』蓋借言之。輕帷綾扇，至弱之物，持綾扇而唤天風，叫開天門，欲公如波淵之旋而返於帷幕不可得也；大中二年，右補闕丁柔立爲德裕訟寃，二句指此事也。蓋黨援盡逐，無有伴侣，誰爲引手者？惟見愁魂寂寞，寃死於瘴花木棉而已。『桂宫』，月也；『光難取』者，無由見也。『嫣』，美也；『熏』則不美，『蘭破』則不香；『輕輕語』者，懼黨人也。嶺南爲牛女分野，界於銀漢，

『墮懷中』者，無日不思也。『星妃』，義山自謂；未敢來去，亦畏黨人也。僧孺、宗閔之黨，『濁水』也；德裕之黨，『清波』也。安得薄霧起我緗裙，叩九閽而訴之天也。○《秋》，此一章言贊皇死，而已將無進用之望也。此追溯其方貶之時，言波浪驟起，宣宗即位，而贊皇逐也。月落星入，贊皇逐，而其黨皆不安也。雲屏遮隔，則孤臣憂戚，無由上達，正如一夜風箏，鳴於西樓之角，何其悽切乎！織花寄遠，作書訊候也；『相思』，欲其召回；『相怨』，終於不復也。北斗回環，如會昌時所逐五相同日北還是也；銀漢不見清淺，嶺南逐客無時再召也。『金魚』二句，言爲時最久也。『小苑』，暫别之喻；『長道』，永訣之喻，言吾以公暫歸外職也，豈天涯路遠，竟永訣不歸乎？遂使鸞鏡青娥，竟若亡國之玉人，聽其淪落，誰則憐之？謂贊皇死而已將終擯也。『藏楚弄』者，欲賦《楚辭》以招魂也；『金泥重』者，有所滯而不得去也。一夜霜飛，『簾鈎鸚鵡』，驚聲喚起南雲，繞於雲夢二澤，慘悽寃結，使人望雲一哭也。義山在鄭亞幕，亞以書奉贊皇，故義山曾至江陵。蓋義山獲交王、鄭，未有不以才薦之贊皇，而稱『相識』，則在使江陵時也。『聯尺素』者，贊皇之復書，其中必有賞識義山之語，故云『内記湘川相識處』。是書存於義山之手，故一生含淚以看，而馨香僅爲手中之故物，可惜也。○《冬》，此一章言可危者不獨義山，而義山更切也。冬日可愛，而日落，謂贊皇卒也。鳳孤女寡，已無所適從也。清溪小姑與白石郎，兩不相望，以卒于崖州，遠隔蒼梧之野，無由送葬也。涷壁霜花，寒氣酷烈也；根斷心死，再無用我之人也。蓋義山在湘川一見後，相契殊深，望其再召，而豈意其遠斥而卒乎？『憶蟾蜍』，憶從前與令狐氏爲世交，倘綯得志，猶可冀其引薦，特恐納交王、鄭，中其所惡，未必容顔較（姣）好以相晉接，此其所以『香心死』也。且含愁悲咽者，不獨己一人也，雖得寵如桃葉、桃根者，腰支雖在，歡愛已銷，徒愁嘆而已。『破鬟』二句，自喻也，言己之才華妍麗貴重，冠絶一時，恨不使風車雨馬持去，而使我啼紅抱怨也乎？○憶乙亥歲曾與家香岩論此詩於吴興慎獨堂，予曰：『此義山哀死之詩，而所哀之人，《春》則曰：『海闊天翻無處所』『願得天牢鎖寃魄』，《夏》則曰：『幾夜瘴花開木棉』，《秋》則曰『喚起南雲繞雲夢』『越羅冷薄金泥重』，《冬》則曰『堂中遠甚蒼梧野』『楚管蠻弦愁一概』，則分明自下注脚矣。其貶潮、崖二州之李文饒乎？』香岩拍案大快，因云：『燕臺乃燕昭王招賢之臺，義山詩凡三見，并不用之豔體；

且贊皇縣正幽燕之地，其爲哭贊皇無疑也。』及庚辰，予選李詩，覽其全集，至《柳枝五首》，其自序云：柳枝，洛中里孃也，予從兄讓山居爲近，詠余《燕臺》詩，柳枝驚問誰人有此？讓山謂曰，此吾里中少年叔耳。則前説大謬不然矣。據《唐書》，德裕卒於大中三年，以太和五年義山《上（崔）華州書》云：愚生二十五矣。是德裕卒時當爲五十一歲，而云『少年叔』乎？而彼自以爲豔體，安得辨其不然也？因與兒輩云：『解前人文字，不可造次如此。』遂并此四首置之。選集既成，復取讀之，竊疑其贈言於人，何至痛酷之深？且少年之人而私願未諧，何至龍女長寡、化作幽光乎？殊不可曉，懷疑者屢日。及三復集中《李衛公》題詩，乃恍然曰：『信矣，其爲哭贊皇也。其云『絳紗弟子音塵絶，鸞鏡佳人舊會稀』，即詩中取喻怨女思婦之説也。其云『今日致身歌舞地』，即小苑玉樹、舞罷腰支之喻也。其云『木棉花暖鷓鴣飛』，即南雲瘴花、越羅蠻管之辭也。而義山自謂少年所作豔詩，則自亂其辭也。蓋德裕既卒之後，正綯秉政之年，而『詭薄無行』之謗既騰，義山又樂自炫其才，一詩既出，人必傳誦，而前後干綯之作，俱托之男女相思。而此四首，詞則哀死，地則崖州，非哭贊皇而何？綯窺見意旨，必益其怒，故以《柳枝》五詩列於《燕臺》之前，緊相聯屬，使觀者以豔體目之。不然義山集中共五百六十七題，從無作長序一篇者，且柳枝一面相識，一語未通，而義山生平未嘗弛心豔冶，胡爲而作此長序乎？蓋與《李衛公》題詩同爲一歲内之作，皆有所畏忌而不敢昌言其意。此集中嘲徐公主詩謂『笑啼俱不敢』，有類於己也。』予既箋注詩下，而復辨之如此。

（同上）

《自桂林奉使江陵途中感懷寄獻尚書》按贊皇本傳，以會昌六年四月充荆南節度，荆南即江陵也，至大中二年貶潮州司馬。據鄭亞本傳，亞即於贊皇出鎮之年爲桂管防御觀察使，即義山在其幕。豈有亞使義山至江陵存問故相國韶，而不發一書存問贊皇之理？固知義山之使江陵，注意全在贊皇，而問故相國其以爲名也。蓋此時贊皇無因去國，白敏中用事，僧孺、宗閔輩同日北遷，滿目仇人。亞爲贊皇親厚，凛凛自危，故不敢明言奉候贊皇，而托之詢問故相乎？感懷者，感其事而有懷也。故叙署中風景，微含凄涼蕭瑟之意，不比他處寫幕府之絢爛矣。其以周續、展禽自況，深懼爲人疑謗，不能自明，則『放利偷合，詭薄無行』之譏，義山已料及之。其叙署中無事，借以消遺，微含主人失勢、坐客無聊之意。其叙途中景物，短日低陰，言爲時不久；江魂泉淚，言己憂深；鴉冲曬網，雲羅密布也；女簇遥砧，歲時已暮也。前云良訊鴛綺，是寄故相國者；後云逸翰高辭，蓋寄贊皇者，既有詢問之書，復有慰贈之詩。故幕中唯知己之庾翼可語，而不解事之盧諶不悟也。庾翼，自謂也。『叩劍鐔』，意不平也；不登臨，中有憂也。結出『彼美回清鏡』以收全局，則此詩之旨，何嘗不隱而彰歟！○首四句，叙奉使。『投刺』以下十二句，言從亞到桂，禮遇之厚。『前席』，謂相與謀畫也；『細斟』，喻相與斟酌也；『憐秦痔』，謂愛我多病之身；『不遺楚醪沉』喻不與儕衆爲偶也，并言相契之深。『既載』以下十四句，署中無事，風景寂静，尋僧訪道，佞佛耽書，言賓主憂讒，無所展布也。『長懷』以下四句，『懷五羖』，言我之志欲如五羖大夫之建功而不能也；『著《州箴》』，言欲如揚雄之著《州箴》，江陵之使固所愿也，以蹴起奉使。『張衡』以下十四句，言在途風景，舉目增悲，蓋朝局初更，元老去位，不知作何結局也。『逸翰』以下八句，正言寄書與贊皇，己獨會其意也。末四句，『彼美』謂贊皇，『清鏡』猶云衡鑒，言己與亞同此憂者，以彼美去位耳。設清鏡得回，則小人無從媒孽，士之赴亞者，如赴燕昭王之臺，毋乃費黄金之多乎！（同上）

《行次西郊作一百韻》此開成二年義山登第後，目擊時事而作，蓋深有感宦官流毒而無翦除之人也。篇中六大段，無一語斥宦官，只末段結尾四句點之，見屢朝皆養癰釀惡，遂至決裂。此日之宦官，有甚於禄山及河北藩鎮，而洩洩坐視，禍有不忍言者。《贈劉司户》詩云：『漢廷急召誰先入』，則以何進召外藩事况昭代，正所謂『此言未忍聞』也，無限悲凉憤懣皆形於結二語中。洴江謂逐段皆以用人爲主，如叙貞觀之盛，則曰『命官皆儒臣』；叙開元之衰，則曰『晉公忌此事』；叙建中之亂，則曰『謀臣拱手立』；叙甘露之變，則曰『盲目把大旆』，而歸結於『使典』『斷養』。吾謂第三段『奸邪』『晉公』二語，尤爲著眼，故叙事獨詳，以爲一篇關鍵，即第四段河北藩鎮之横，列聖蒙耻，皆林甫多用邊將爲節度致之也。貞觀後無宦官典兵者，自天寶七載林甫以高力士爲驃騎大將軍，遂爲例，即第五段屠部如羊如豕，亦林甫爲之也，又何怪第六段今日盜賊公行也哉！崔群對憲宗曰：人皆以天寶十四年安禄山反爲亂之始，臣獨以爲開元二十四年罷張九齡相，專任李林甫，此理亂之所分也。又，昔人以晝夜喻三代。

予謂唐祚二百八十九年，開元以前，雖朝政昏亂，而民間樂業，宇內宴安，猶之雖有風霾，不失爲春夏氣象；開元以後，雖禍亂削平，而隨扑隨起，民困已極，閭里蕭條，猶之肅殺之行，雖或晴爽，不失爲秋冬氣象；故林甫者，亂之首，罪之魁也。此詩第三段盡力歸重林甫，真信史也。通體述民間之言，處處言弄權在相而受禍在民。故首言村落荒涼，次憶民間富庶。第三段叙天寶之亂：未亂之前便云『中原困屠解』，又云『重賜竭中國』，則民已受困矣；方亂之時，則生離死晢也；既亂之後，則人去城空也。四段，德宗時事，則榷貸税屋也，國蹙賦重也。五段，甘露之變，屠戮者公卿耳，不知京師戒嚴，鄜坊節度使蕭弘、涇原節度使王茂元皆勒兵近郊，以備非常，而云『兵馬如黄巾』，又云『但求死山間』，則想其時所過騷擾，饋食民間，而棄子貼婦，苦不勝言矣，此可以補史氏之闕。義山臨文不諱，其直道非後人所能及也。六段『捕之恐無因』，又云『此輩還射人』，想見將吏邀功，妄殺無辜，以供獻級，無事爲兵，有變即爲賊，此又足以補正史之未備也。七段歸之在人不在天，則全責宰相；相不得人，則閹人得志，民生受毒。叩頭泣血而訴九重，蓋欲擇賢明之相臣，驅横惡之閹竪也。（同上）

《思賢頓》前六句寫天寶荒淫事曲盡，而以後二句擒題抉轉，則前六句無非寓後二句也。妙絶。（同上）

《無題》（萬里風波）令狐綯當國，剪除異己。屢次干綯，僅補太學博士。適柳仲郢鎮東川，辟爲幕官，而義山殆將老矣。首句『萬里風波一葉舟』，喻一身飄泊似葉，而不能勝衆口之喧呶也。『憶歸初罷』，言方欲歸去，而又『夷猶』不決，一似碧江之相引、沙邊之少留者。何也？蓋以益德之魂，終能報主，阿童之義，定可横秋，或當時用我，得有以建白也。『地没』，謂『地盡』也；『鎮』，定也。《蜀志》未嘗言飛寃魂報主，義山必有所據，蓋見於他書耳。『無謂』，猶言没世無稱也。末二句言人生世上，當名標竹帛，豈得長無稱謂，使我懷古之心與思鄉之意兩相糾纏，而不覺頭之盡白也！言『寃魂』，言『高義』，是被『詭薄無行』之誣，深自表白意。曰『報主』，曰『横秋』，是自信有爲，值邊隅多事，可以建白意。『懷古』者，懷古人而欲與争烈也。鬚髮蒼然，進取無路，一身飄零，草木同腐，此義山所以抱恨於『交親得路昧平生』者也。《無題》之詩，半托香奩以寓感憤，此更直抒己意，可知諸詩之非閨情豔體矣。（同上）

《有懷在蒙飛卿》前六，叙己索居之苦；後二，則思一一君之投以翰墨也。○『在蒙』無考，然與飛卿并稱，則亦工詩賦者。（同上）

《燒香曲》此宮辭也。洴江以爲送杜秋娘。如果杜秋，義山有何避忌，而每揜匿其名乎？此必不然。一二，如云之蟠，如魚之貫，如孔雀尾、蛟龍鬚，皆香之形質也。三，香爐也。四，美人捧爐而笑也。五，分香作小炷，如綿之細也。六，燒香也。『白天』『金虎』，燒香之候也。『玉珮』，美人之飾也。（獸焰）微紅，故用氣呵之，其烟光騰起，鏡爲之昏也。『簾波』，簾紋如波也；斜烟冲門，香氣織也。因思王母西來，不見武帝，良辰易逝也。當此香炷大紅，香烟繚繞，涼夜回春，細衫薄袖，足當君意，及時行樂，不亦可乎？『大紅』與『微紅』相承。何以瓊人伴夜，不問殘燈？以落寞置之也。吾願香烟則因風吹入君懷，以動君之情緒；香灰則以襟裹之，爲填清露，毋使得侵君之衣裳：忠厚之至也。通體規模長吉，而針綫最密，一氣蟠旋，魄力直逼少陵。（同上）

《赴職梓潼留别畏之員外同年》史歷亭曰：末二，君在京華，我赴庸蜀，相隔三千里，君送我才到咸陽，已盡一日而見夕陽矣。路遥情隔，其能已於相念耶？咸陽即京華之邑。（姜炳璋《選玉溪生詩補説》附録）

《過招國李家南園二首》（潘岳無妻）史歷亭曰：『新人』句，言當日我爲新人來，曾同坐此妝樓，今則『新人來坐舊妝樓』矣。意必義山娶後偕偶曾寓此樓。無數情節，累辭不能達者，只以七字括之，非義山妙筆慧舌，那能煉得此句。（同上）

《聖女祠》（松篁臺殿）史歷亭曰：七八，言聖女應朝珠館，何以久居於此？若未便唐突聖女者。第問其釵頭雙燕，每朝珠館，却幾時歸來乎？故作猜疑之辭，正惜其不留珠館耳。用筆靈妙，神外無窮。（同上）

費錫璜

讀漢詩不可看作三代衣冠，望而畏之；須看得極輕妙，極靈活，極風豔，極悲壯，極典雅，凡後人所謂妙處，

無不具之。……《陌上桑》《董嬌饒》，即張、王、李、韓輕豔之祖也。……（《漢詩總説》）

龔煒

義山詩丰神在字句之外。但襲其藻采，而猥云學義山也，正恐義山不認。（《巢村筆談續編》上卷）

予於四六文最喜庾蘭成，喜其香豔中帶蕭瑟之致，猶有楚《騷》遺音。次則李玉溪，其氣疏達而不滯，其文清麗而不靡。（同上）

李調元

世之好西崑體者，以爲李義山從杜脱胎，不知其流弊至開飣餖一門。當時温庭筠已嫌濃縟，今之鏤刻粉飾者，大都以此藉口矣。（《雨村詩話》卷下）

詩不可以貌爲。少陵《發同谷》諸篇，昌黎、東野聯句，皆偶立一體。至昌谷之奇詭，義山之獺祭，各有寓意，不可以貌爲。乃今人襲取二李隱僻字句，以驚世眩目，叩其中絶無所謂，是皆無病呻吟，效顰而不自知其醜者。詩以道性情，自淵明而上溯《三百篇》，何嘗有不可解字句，使人眩惑，而其意之所托，或興或比，往往出人意表，千百載竟無能道破者。余嘗謂古之詩文，句平而意奇，後人句奇而意平，可笑也。（同上）

錢陳羣

《玉谿生詩箋註序》余於乾隆初持服里居，同學伯陽馮翁以司寇予告在籍，居第與余近，朝夕過從。時令孫孟亭侍御未弱冠，每侍坐，間出所爲詩示余。余喜而嘆曰：『玉谿生再生矣！』司寇心然余言，乃曰：『初學從玉谿入手，庶不染油滑纚厲之習。今承長者言，當不令改趨也。』又十年，孟亭成進士，爲名翰林，擢侍御史。臺館中評騭孟亭詩者，亦與余言券合。壬申夏，余忽遘沉疴，急請假歸。丁丑冬，孟亭以母憂還里，去余所居更近，考業論文，修乃祖洎余故事，獨念余衰白僅存，情誼益篤。既，孟亭服闋，以舊有心疾，時發時止，未得赴補。因素愛玉谿詩文，惜諸家所注，各有踳駁附會，舊、新《唐書》本傳各有歧誤，爰細意鉤核，發詩文之含藴，以詳譜其行年，年譜定而詩之前後各得其所矣；詩得其所，文之前後亦莫不按部就班，而本傳之同異自見，於是作者之心跡大彰灼於卷帙間。書成，問序於余。余惟昔賢聲詩蹤跡，其顯晦遲早，若默有定數者然。同一《玉谿生集》也，余亦稍涉焉，其膾炙人口詩篇，未嘗不流連而諷詠之，餘有闕疑者，往往弗深考。曩者，尚書高文良公善詩，愛少陵、玉谿兩家，多所箋記，頗有得解處。每於來朝退食之餘，余偶詣之，談論至夜分不倦，曾出以相示，惜未成書。今得孟亭箋本，與二三學子首尾繙閱，浹旬始得終讀。挹其聲光，若更異於昔日者，余亦不能自解焉。是可爲玉谿幸，而又多孟亭之深嗜孤詣爲難能也。乾隆乙酉秋九月，香樹錢陳羣題於荊合齋。（馮浩《玉谿生詩箋註》卷首）

馮浩

【玉谿生詩箋注序】余幼學詩，聞之長老言：初學乍知詩味，每易墮纚浮輕率之習以自喜，而不知其自畫也；若從晚唐入，殆免是矣，是詩學中之一徑也。晚唐以李義山爲巨擘。余取而誦之，愛其設采繁豔，吐韻鏗鏘，結體森密，而旨趣之遥深者未窺焉。後雖間爲披閱，無暇專攻。侵尋三十餘年，學不加進而病已攖心，夙昔願以姓名託文字以傳於世者，當遂付之泡影也。偶復取義山詩，一爲諷詠，動有微悟，試詮數章，機不可遏。於是徵之文集，參之史書，不憚悉舉而辨釋之。詩集既定，文集迎刃以解，鮮格而不通者。迺次其生平，改訂《年譜》，使一無所迷混，余心爲之愜焉！夫箋注義山詩文者既有數家，皆積歲月以尋求，顧作者之用心，明者半，昧者猶半。豈諸家之力有所不逮歟？抑千載而上，千載而下，即雕蟲小技，亦有默操其顯晦之數者歟？然則又安知後之讀斯集者，不更有一往之深情，如覯其面，如接其言論，而嗤余之所得尚有遺憾也哉！余既患心疾，固不能更進於斯也。編纂成，筆之以弁其端。若謂余於詩，惟義山之是尚也，則又余之所不居也。《文集箋注》不更序。大清乾隆二十八年癸未春日，桐鄉馮浩書。乾隆四十五年庚子秋日重校付梓，不更序。（同上）

【玉谿生詩箋註發凡十二條】一、諸家箋本皆名《李義山詩集》，今從《唐書·藝文志·玉谿生詩三卷》之名，以復其舊。

一、自明以前，箋斯集者逸而無存。朱長孺曰：『《西清詩話》載都人劉克嘗注杜子美、李義山詩，又《延州筆記》載張文亮有《義山詩注》，今皆不傳。』按：《延州筆記》所載《唐音》諸人詩句張文亮注云者，非專注本集也，且寡陋不足言注。釋石林道源創之，朱長孺鶴齡成之，行世百年矣。近則程午橋夢星、姚平山培謙各有箋本。余合取而存其是，補其闕，正其誤焉。疑而未晰者尚間有之。蓋義山不幸而生於黨人傾軋、宦豎橫行之日，且學優奧博，性愛風流，往往有正言之不可，而迷離煩亂，掩抑紆迴，寄其恨而晦其跡者，索解良難，所無如何耳。

一、余初脱稿，聞吴江徐湛園逢源有未刊箋本。徐爲虹亭太史子，窮老著述。余因外弟盛百二向其後人借觀，視朱氏、程氏爲優。第或疏或鑿，時不能免，而持論多偏。聞其晚歲，改易點竄，反有舍前説之是而遁入岐途者，窮苦之累其神明也。余虚衷研審，擇其善者採之，庶苦心孤詣，不至全泯，亦可以無恨矣。原稿仍歸徐氏。

一、年譜乃箋釋之根幹，非是無可提挈也。義山官秩未高，事跡不著，史傳豈能無訛舛哉？今據詩文證之時事，一生之歷涉稍詳，史筆之遺漏或補，讀者宜細閲之。

一、舊本皆作三卷，而凌亂錯雜，心目交迷，其分體者更不免割裂之病。余定爲編年詩二卷，不編年詩一卷。行藏遞考，情味彌長，所不敢全編者，慎之也。

一、朱氏已采錢龍惕、陳帆、潘昞之説，余所見有馮已蒼舒、定遠班、田簣山蘭芳、何義門焯、錢木菴良擇、楊致軒守智、袁虎文彪諸家評本，又陸圃玉崐曾有專解七律刊本，皆爲節采附入，庶深情妙緒，尤能引而伸之已。余既采何義門評本，辛卯春日，取吳下所刊《義門讀書記》中兩卷，細爲校勘，同異頗多，且有他人評語而誤收者，有意義舛戾斷不出自義門者。蓋屢經傳録，漸滋淆亂，而義門於斯小集，固不比經史諸大集之審慎精當。世之服膺前哲者，宜更決擇焉。

一、箋者，表也；注者，著也。義本同歸。今乃以徵典爲注，達意爲箋，聊從俗見耳。凡舊説之是者，必標曰『某曰』，不敢攘善；顯然誤者，改之而已；若似是而非，或滋後人之疑者，則贅列而辯正之。引據故實，未免繁冗，緣取義隱曲，每易以删摘失其意指，故不可不詳也。一事屢用，注皆見前。間有見於後者，亦有前後互證者。

一、説詩最忌穿鑿，然獨不曰『以意逆志』乎？今以『知人論世』之法求之，言外隱衷，大堪領悟，似鑿而非鑿也。如《無題》諸什，余深病前人動指令狐，初稿盡爲翻駁；及審定行年，細探心曲，乃知屢啓陳情之時，無非借豔情以寄慨。蓋義山初心依恃，惟在彭陽；其後郎君久持政柄，舍此舊好，更何求援？所謂『何處哀筝隨急管』者，已揭其專壹之苦衷矣。今一一詮解，反浮於前人之所指，固非敢稍爲附會也。若云通體一無謬戾，則何敢自信！

一論義山詩，每云善學老杜，固已。然以杜學杜，必不善學杜也。義山遠追漢魏，近仿六朝，而後詣力所成，直於浣花翁可稱具體，細玩全集自見，毋專以七律爲言。其終不如杜者，十之三學爲之，十之七時爲之也。

一、集中雙聲叠韻屬對精細，而押韻每寬。律詩東、冬，蕭、肴之類通用；古詩如支、微、齊、佳、灰五韻通用，真、文、元、寒、删、先六韻通用。唐人常例，不足異也。且所重不在韻，故略之。

一、友朋贈答，傳自當時；評隲抑揚，紛於異代，皆爲不可廢者，故附諸譜後。架鮮藏書，恨網羅未備耳。

一、海鹽陳靈茂許廷有箋本，久不傳矣。聞閩中寧化李元仲世熊亦有箋本，未及訪其存否也。數十年來，海寧許蒿廬昂霄曾注其半部，亦無可覓。許蒿廬《校注義山詩》云：『時事年月，職官遷轉，《舊唐書》必詳著之，《新書》則疏漏多矣。』張宗枘云：『蒿廬《箋注玉谿生詩》六卷，又《年譜》、考證及叢説凡數卷。博考《新》《舊》兩書、傳記百家，以及近時評注，疏通證明，駁正瑕釁，期與作者譏訶寄託不隔一塵。定藁僅有其半，餘則零丁件繫，塗改勾勒，殊難辨識。』近如如皋史笠亭鳴皋與余先後入翰林，每舉玉谿詩互爲賞析，而凡文士之從事於斯者，應不乏也。夫文有一定之解，詩多博通之趣。茲編也，我自用我法

耳。若前輩之精研，同時之濬發，各有會悟，不妨異同，自當並行，以俟後人之審擇。（《玉谿生詩箋注卷首》）

【重校發凡二條】一、初恐病廢，急事開雕。既而檢點謬誤，漸次改修。積十五六年，多不可計。既欲重鐫，通爲校改，大半如出兩手矣，然究未全愜意也。初行之本無從收回，祈四方學士，見輒爲我毁之，或郵寄相易，實叨惠好。

一、所引典故，初梓半仍舊本，以爲何煩盡改也。詎意舊本動有疏誤，甚且僞造妄增，以成其説。而後起諸書或不之察，轉相據引，襲謬承訛，久而轉疑古籍之脱落，是誠爲害已。今逐條討核，不目審而心會者，弗以録也，學者庶可見信。桐鄉馮浩孟亭氏識。（同上）

【嘉慶重校本發凡補】西泠徐德泓武源、陸鳴臯士湄（又號鶴亭）選李義山詩二百五十六首而疏之，名曰《徐陸合解》，雍正初年刊。雖非盡善之本，其中有先得我心及可互通者，今特補采，以資印證。（《嘉慶重校本玉谿生詩箋注》卷首）

【嘉慶重校本跋】是集元訂本四卷，正集三卷，卷首一卷，兹版因照庚子重校本付印，其注釋訂誤之處更較箋注本爲詳備，故頁數增多。今爲便利讀者起見，特酌分卷首爲二卷，正卷爲六卷，以便繙閲，幸識者諒之。謹跋。（《嘉慶重校本玉谿生詩箋注》卷首）

【樊南文集詳注發凡四條】《李義山詩集三卷》，唐、宋史志無異辭也。文集則義山自編《樊南甲集·乙集》各二十卷，體皆四六，故《新唐書·藝文志》更有賦一卷、文一卷。《宋史·藝文志》於《甲、乙集》四十卷外，更云文集八卷，别集二十卷。閲時漸久，數乃大增，何歟？迄於今集本竟不可得，不知海内藏書家猶有之否？吴江朱長孺從《文苑英華》《文粹》而彙輯之，偶漏狀之一體。玉峰徐章仲補之。又因顧俠君得《全蜀藝文志》中《劍州重陽亭銘》一首，而《志》中更有書一首，余又爲補采。余抱病里居，無由博搜羣籍。徐湛園曰：『幼曾於閩中徐興公書目見有義山文集。』今玉峰箋本得之林吉人，不知即興公架上者否？愚亦未遑遠訪也。周必大之跋《英華》有曰：『修書官於權德輿、李商隱輩或全卷收入。』是又若所取之過多者。然準之史志，甚悵寥寥，即《甲、乙集》中所自負之作，已竟逸矣。徐氏刊本名《李義山文集》，余以四六尚居十之八，改標《樊南文集》，稍見當時手編之遺意。

徐氏刊本注則章仲炯爲之，箋則其兄藝初樹穀爲之，用心交勤矣。此外未見有他注本。宋王楙《野客叢書》有劉鍇註《樊南序》之名。（鍇，真宗咸平二年擢進士，官至户部郎中、鹽鐵副使，與楊文公同時。而《談苑》及他書有作徐鍇者。觀不知灰釘一事，豈以博學之楚金乃有此耶？愚以爲當屬劉鍇，傳述歧舛耳。《宋史·劉蟠傳》：子鍇。《續通鑑長編》：真宗大中祥符五年，有先是直史館劉鍇之名。）今無可訪求矣。徐氏注頗詳，但冗贅訛舛之處迭出。余爲之删補辨正改訂者過半。至原箋創始誠難，而疏略太甚。余徧繙兩《書》《通鑑》，以知人論世之法，爲披霧掃塵之舉，或直而證之，或曲而悟之，或錯綜左右而交成之，或貫穿前後而會印之，用使事盡詳明，文尤精確。其無可徵定者：表一、狀一、啓六、祭文一，及無多雜著已耳。樊南生有知，或不訶其多事也乎！

徐刊本分類而仍凌亂。余既訂定年譜，並列詩文，故得於分類之中各寓按年之次；偶有不可編者，附之各體之末。

自來注家每曰『所釋故事，必求其祖』，究之孰副所言哉？況事有古人已用而後人用其所用者，豈數典必出於開山，成章盡由於鑿空歟？余所改注，蘄不違乎作者之意焉耳。乃知其援引精切，揮灑縱横，思若有神，文不加點，徐、庾而下，趙宋以來，誰復與之抗衡藝苑哉？其弗關輕重，未盡剖覈者，病夫之心液腹笥不足以完之也。未解者數條，請俟之博物君子。桐鄉馮浩孟亭甫書。（《樊南文集詳注》卷首）

【和友人題玉溪生詩詳註後】詩體西崑競賞評，箇中真意半難明。參禪一一通微悟，透徹虛空色相成。

誰識辭中別有辭，撥開皮貌費沉思。苦寒調與低迷夢，不讀《離騷》那得知。（《孟亭居士詩稿》卷四）

錢維城

【樊南文集詳注序】余年十八九時，好讀李義山集，其詩則吴江朱長孺本也，其文則崑山徐藝初本也。孟子稱誦詩讀書，必知其人，論其世。義山之爲人，史稱其『放利偷合，詭薄無行』，朱氏論之詳矣。雖涣丘之公，或以爲褒譽之過，然以背令狐而即濮陽爲『偷合』，則彼背公私黨，不顧是非者，翻得稱志節乎？朱氏之言未必非平情之論也。且文與行雖爲兩途，能文之士未必無遺行，而學者表彰前哲，尊其文必先推其行。其有負俗之累，取譏當時，尤當揣其時局，或出於不得已之情，迫於無可奈何之勢，而白之於衆惡之中，使之行顯而文益光。況義山名不掛朝籍，徒以取憎於僉險之令狐綯，遂使終身抑鬱不得志以死，此千古才人所爲讀『九日尊前』之句而欷歔泣下者也。何忍吹毛索瘢，助之呵詆，以申令狐之憤而揚太牢之燄哉！朱氏縱有過情，要爲善善；湛園翻駁，吾無取諸。善乎孟亭馮侍御之言曰：『義山蹤迹名位，絶無與黨局。即綯惡其背恩，僅一家私事，不必各徇偏見，妄分牛、李。』真可謂義山知己矣。夫黨局不係乎名位，東漢鉤黨，太學諸生猶得持之。若義山僕僕書記，不過飢驅餬口耳。其愍憂世變，不忘忠愛，見於詩歌者，往往託爲神仙兒女隱約不可深解之辭，未嘗抵掌軒渠，高論國是，與昔之月旦品題、臧否人倫者異矣，義山誠何心於黨事哉！侍御雅好李集，取朱氏、徐氏及凡諸家之爲箋疏者，盡抉其疏誤而訂正之。別立年譜，一以《祭姊文》爲主而定其生卒之歲；生卒既定，中間出處事實，犁然就班，隱語寓言，均可參悟，於今乃見李生真面目矣。書成，命其文集曰《樊南文集詳注》，屬予序。昔杜預爲《左傳釋例》，尚書郎摯虞甚重之，曰：『左丘明本爲《春秋》作傳，而《左傳》遂自孤行；《釋例》本爲《傳》設，其所發明，何但《左傳》，故亦孤行。』侍御養疾丘園，寄情墳典，聊資傳釋，以代草《玄》。豈特玉溪功臣，即以爲孟亭文集也可。爰繹其緒論以應之。其詩注大司寇香樹師別有序。乾隆三十年，歲次乙酉，長至，茶山同學弟錢維城序。（馮浩《樊南文集詳注》卷首）

宋宗元

《蟬》『五更』二句：詠物而揭其神，乃非漫詠。（《網師園唐詩箋》卷九）

《河清與趙氏昆季燕集》『虹收青嶂雨』句：晚晴入畫。（同上）

《晚晴》『天意』二句：純自意匠經營中得來。（同上）

《細雨》『氣涼先動竹』句：體會入微。（同上）

《隋宮》（紫泉宮殿）『玉璽』二句：雄健。（同上卷十二）

《籌筆驛》起勢突兀，通首一氣呵成。（同上）

《馬嵬》（海外徒聞）『此日』二句：逆挽警健。（同上）

《登樂遊原》（向晚意不適）『夕陽』二句，愛惜景光，仍收到『不適』。（同上卷十四）

《齊宮詞》『猶自風摇九子鈴』句：含蘊絶妙。（同上卷十六）

《賈生》『不問蒼生問鬼神』句：詞嚴義正。（同上）

《槿花》（風露淒淒）敖東谷曰：末二句題外生意，凡詠物當參此機，則能因物以寓人事，風刺悠遠。如袁景文《詠白燕》：『趙家姊妹多相妬，莫向昭陽殿裏飛。』陳公甫《詠桃花》：『劉郎莫記舊時路，只許劉郎一度來。』皆此訣也。（同上）

《戲贈張書記》『池光』句：寫景，即亦寓興。『關河』句：貼張言。『危絃』二句：含『戲』意。（同上卷十八）

孫　濤

蔡寬夫《詩史》云：李義山詩：『小鼎烹茶面曲池，白鬚道士竹間棋。何人畫破蒲葵扇，記着南塘移樹時。』蒲葵扇出《謝安傳》，然人不知其何名蒲葵。蘇子容云：椶櫚也，出《廣雅》，今衢、信、宣、歙間扇是也。謂彩似蒲葵爾。（《全唐詩話續編》卷上）

顧安

《蟬》首二句寫蟬之鳴，三、四寫蟬之不鳴。『一樹碧無情』，真是追魂取氣之句。五、六先作『清』字地步，然後借『煩君』二字折出結句來。法老筆高，中、晚一人也。（《唐律消夏録》）

《落花》客去憑欄，正無聊賴。風飄萬點，不覺傷心。三、四寫亂飛，并寫高閣，亦得神理。（同上）

《晚晴》三、四妙將『天意』突説一句，然後對出『晚晴』，『併添』『微注』，『晴』字説得深細。結句有意無意，亦是少陵遺法。○此詩亦非徒詠時景者。五、六寄意殷切，千百回吟之，其妙自見。玉溪别有句云：『夕陽無限好，只是近黄昏』……可合參之。（同上）

葉矯然

予最喜讀昌黎、長吉、義山、子瞻四公詩，間有所得，輒標識數語於上。暇日偶閲訾山陳蝶庵周政先生與王普瞻書，盛述此數公之詩，乃知世固有真讀書風雅人先得我心者。其書云：『近世詩人，眼孔小已極已，投獻吉、李、譚之門作重儓，復何望哉！齋中無事，讀右丞等，不如看齊、梁小兒爲得也。病起喜看昌黎、長吉、義山詩。昌黎詩絶妙耳，何古今但誦其文也？長吉童年調噱，略無墨汁，玉樓見召，自是天人。如蔡少霞寫山玄卿文，真長吉本色。然集中幽異怪誕之語，説鬼正其神處，説苦正其樂處，亦可喜也。義山不然，有來歷，有根據，用僻事而實一一可考，唯坡公可以繼之。坡公之詩未易讀，彼其傀儡古人，調和衆味，命意使事，迥出意表，蓋從義山一派，窺出《三百篇》『荇菜』『瓶罍』『匏葉』『冰泮』微意，《風》《雅》正派，正在於此。而獨彼不逮之誚，魯直輩可謂有眼睛乎？義山《錦瑟》詩之佳，在『一絃一柱』中思其『華年』，心緒紊亂，故中聯不倫不次，没首没尾，正

所謂『無端』也。而以清和適怨當之，不亦拘乎？』（《龍性堂詩話初集》）

詩中造句押韻，悉歸自然，不强造作。唐之大家中，雖太白、子美、義山，莫不皆然。獨昌黎、長吉兩公，創闢奇險，不循徑道，而語語天拔，得未曾有，洵異才也。後人何可輕學，亦何可不學。（同上）

楊用修云：『何遜與范雲聯句：「洛陽城東西，却作經年別。昔去雪如花，今來花似雪。」李商隱《送王校書分司》詩云：「多少分曹掌祕文，洛陽花雪夢隨君。定知何遜緣聯句，每到城東憶范雲。」又一絶云：「不妨何范盡詩家，未解當年重物華。遠把龍山千里雪，將來擬並洛陽花。」二詩皆用此事，若不究其源，不知爲何説也。』升菴此等發明，最是有功後學。（同上）

杜『星垂平野闊，月湧大江流』，又『野流行地日，江入度山雲』，説得江山氣魄與日月争光，罕有及者。劉隨州『叠浪浮元氣，中流没太陽』，竇叔向『日啣高浪出，天入四空無』，李義山『池光不受月，野氣欲沉山』，差足頡頏。（同上）

長吉耽奇鑿空，真有『石破天驚』之妙，阿母所謂是兒不嘔出心不已也。然其極作意費解處，人不能學，亦不必學。義山古體時效此調，却不能工，要非其至也。（同上）

李義山《錦瑟》詩：『錦瑟無端五十絃，一絃一柱思華年。莊生曉夢迷蝴蝶，望帝春心託杜鵑。滄海月明珠有淚，藍田日暖玉生烟。此情可待成追憶，只是當時已惘然。』黄山谷不曉其義，蓋未識其寓言之意也。細味此詩，起句説『無端』，結句説『惘然』，分明是義山自悔其少年塲中，風流摇蕩，到今始知其有情皆幻，有色皆空也，次句説『思華年』，懊悔之意畢露矣。此與香山《和微之夢遊》詩同意。『曉夢』『春心』『月明』『日暖』，俱是形容其風流摇蕩處，着解不得。義山用事寫意，皆此類也。袁中郎謂《錦瑟》詩直謎而已，豈知義山者哉！（同上）

義山晚唐第一人，王元美譏爲浪子薄有才藻。又云：『《錦瑟》兩聯，不解則涉無謂，既解則意味都盡。』其言如此，吾不知如何爲解，如何爲不解也？然則元美亦不必言詩可矣。（同上）

宋人有趙推官者，不知何許人，托《古今樂志》云『《錦瑟》之爲聲，適怨清和』，以解義山《錦瑟》兩聯。造

作字義，附會强合。大是訓詁氣習。王元美謂既解則意味索然，亦信此説，可發一噱。(同上)

義山《曲池》詩：『日下繁香不自持，月下流灩與誰期？迎憂急鼓疏鐘斷，分隔休燈滅燭時。張蓋欲判江灩灩，迴頭更望柳絲絲。從來此地黄昏散，未信河梁是别離。』金聖嘆謂義山指曲池以見意，似亦得解。第細註多以己意附會，未見明確。此詩看末二語，知曲池爲古迎送餞别之地，如灞上、勞勞亭之類。早日花香，夜月光影，皆日夜中自然景況。『急鼓疏鐘』，夜已盡也。『休燈滅燭』，天將曙也。曙而復旦，所見張蓋映江，回頭折柳，景色不殊，往來如故，即子美所云『歌泣如昨日，聞見同一聲』之妙。蓋此地日暮人散，夜去朝來，紛紛攘攘，總無已時。然天地蘧廬，人生逆旅，愚者不知，智者不免，能信爲别離者乎？結語無限感慨。永叔云：『長亭送客兼迎客，費盡春條贈别離』，亦此意也。(同上)

洪覺範作《冷齋夜話》，謂許彦周曰：『詩至李義山，爲文章一厄。』許蹙額無言。洪再三詰之，許隨詠義山句曰：『夕陽無限好，只是近黄昏。』明譏其憒憒也。則洪之所作亦可知矣。吾友謝星源云：『對此等人悶殺，只好詠一詩示之。』予爲大笑。按洪乃沙門，號寂音尊者，曾著《楞嚴尊頂法論》十卷餘，今評詩若此，則其所論又可知矣。(同上)

楊大年宗西崑體，作《漢武》詩云：『力通青海求龍種，死諱文成食馬肝。待詔先生齒編貝，忍令索米向長安。』稍似義山。然以少陵爲村夫子，似又徒貌義山者，不知義山固精於少陵者也。(同上)

子瞻七言律好用典實，自是博洽之累。或曰其源實本之義山，良然。(同上)

滇中蘭廷瑞《題嫦娥奔月圖》云：『竊藥私奔計已窮，藁砧應恨洞房空。當時射日弓猶在，何事無能射月中？』讀之失笑。因憶李義山『八駿日行三萬里，穆王何事不重來』之句，皆就古事傅會處翻出新意，令人解頤。(同上)

李義山慧業高人，敖陶孫謂其詩『綺密瓌妍，要非適用』，此皮相耳。義山《無題》云：『春蠶到死絲方盡，蠟炬成灰淚始乾。』又『神女生涯原是夢，小姑居處本無郎。』其指點情癡處，拈花棒喝，殆兼有之。又『直道相思了無益，未妨惆悵是清狂』，『平明鐘後更何事？笑倚牆邊梅樹花』，『若是曉珠明又定，一生長對水晶盤』，覺慾界纏人，過後嚼蠟，即色即空之義也。至『浪跡江湖白髮新，浮雲一片是吾身』，『東西南北皆垂淚，却是楊朱真本師』，分明禪悟語氣，豈可漫以浪子訶之？（同上）

李義山七律工麗瑰瑋，人所知也。其五律佳句，半山稱其老杜無以過，指『池光不受月，野氣欲沉山』，『江海三年客，乾坤百戰場』而已。然實有不止此者，約舉之，如《寄謝先輩》云：『星勢寒垂地，河聲曉上天。』《題人隱居》云：『石梁高瀉月，樵路細侵雲。』《擬杜》云：『虹收青嶂雨，鳥没夕陽天。』《崇讓宅》云：『密竹沉虚籟，孤蓮泊晚香。』《淮陽路》云：『斷雁高仍急，寒溪曉更清。』《晚歸》云：『虎當官道鬬，猿上驛樓啼。』《夜出》云：『月澄新漲水，星見欲銷雲。』《春宵》云：『晚晴風過竹，深夜月當花。』諸如此類，皆神骨高秀，不用典實爲工。至其咏物入微，寫照妙語，則如《咏雲》云：『潭暮隨龍起，河秋壓雁聲。』《咏雨》云：『氣涼先動竹，點細未開萍。』《咏晴》云：『併添高閣迥，微注小窗明。』《咏月》云：『流處水花急，吐時雲葉鮮。』是皆得象外之趣，尤不可及。（同上）

元稹云：『玉碎無瓦聲，鏡破有半明。』白居易（按：當作『温庭筠』）云：『擣麝成塵香不滅，拗蓮爲寸絲難斷。』較李義山蠶死絲盡，蠟灰淚乾，又進一解。（同上）

何大復《寄邊子》云：『汝從元歲侍今皇，誰念先朝老奉常。一出雲霄空悵望，十年歧路各蒼茫。』起最似李義山《上令狐相公詩》（按：義山集無此詩題，殆指《九日》詩。）王元美最愛而屢效之。……（同上）

康熙甲辰，僕南旋買舟朱仙鎮，夜泊汴河驛口，阻凍五晝夜。所見驛樓前鷄初鳴時，車馬聲轔轔然動，來往喧呶竟日，至漏三方息，想見義山《曲池》詩之妙。……（《龍性堂詩話續集》）

子瞻詩包羅萬象，一由我法，集中一種煙雲滿紙、咳唾琳琅者爲最，清空如話者次之，至有時鬬韻露異，不無小巧，求真得淺，未免添足。退之、香山、義山亦時時有之，要不礙其爲大家。胡元瑞以爲於詩無解，蟪蛄豈知春秋哉！（同上）

許昂霄

歐陽修《臨江仙》『涼波不動簟紋平。水精雙枕，傍有墮釵横。』不假雕飾，自成絶唱。按義山《偶題》云：『水文簟上琥珀枕，傍有墮釵雙翠翹。』結語本此。（《詞綜偶評》）

辛棄疾《摸魚兒》『春且住』二句：是留春之辭。結句即義山『夕陽無限好，只是近黄昏』之意。斜陽以喻君也。（同上）

周密《少年遊》『一樣春風，燕梁鶯户，那處得春多。』即『梨花雪，桃花雨，畢竟春誰主』之意。然俱從義山『鶯啼花又笑，畢竟是誰春』脱出。（同上）

梁玉繩

【漢使王烏等窺匈奴】附案：《史》《漢》皆作『烏』，而《藝文類聚》作『焉』。李商隱《爲李兵曹祭兄濠州刺史文》云：『不拜無慙于蘇武，去節寧類于王焉。銜鬚誓死，齧雪獲全。』祭文用韻當不誤。此所謂『烏』『焉』混淆也。（《史記志疑》卷三十三《匈奴列傳》）

【景差之徒者】附案：《索隱》云：《法言》《人表》皆作『景瑳』。作『差』者，字省耳。徐、裴、鄒三家無音，是讀如字。考今本《法言·吾子篇》與《史》同。而師古于《人表》云：『瑳，子何反。』蓋隨字爲音也。而李商隱《宋玉》詩：『何事荊臺百萬家，惟教宋玉擅才華？《楚辭》已不饒唐勒，《風賦》何曾讓景差。』宋黄庭堅《山谷集·答任仲微》詩：『縮項魚肥炊稻飯，扶頭酒熟卧蘆花。吴兒何敢當倫比，或有《離騷》似景差。』讀『差』私牙切。又熊忠《古今韻會》音『差』倉何反，則不定如字讀矣。（同上卷三十一《屈賈列傳》）

吴文溥

閒嘗取唐、宋以來詩人之詩，標舉數家，若右丞之簡貴，襄陽之清醇，左司之冲澹，少陵之變化，太白之横逸，昌黎之閎肆，玉溪生之綺麗纏綿，東坡、山谷之波瀾峻峭，各攄性情，自著本色，未嘗有所襲也。……（《南野堂筆記》卷一）

湯大奎

玉谿《無題》詩，託興遥深，自是騷人遺意。金沙王次回賦寫閨閣，幾於蕩魄銷魂。左袒者藉口删詩不廢《鄭》《衛》，而歸愚沈氏矯枉過正，則并玉谿而詆之，然此體亦頗難工，……（《炙硯瑣談》）

沈晨

《王世錦無題（十二首）跋（節録）》予嘗以義山無題詩消息《離騷》。身無綵鳳、心有靈犀，余情其信芳也；夢爲遠别、書被催成，恐美人之遲暮也；金蟾齧鎖、玉虎牽絲，路幽昧以險隘也；春蠶絲盡、蠟炬淚乾，夫惟靈修之故也；扇裁月魄、車走雷聲，傷靈修之數化也。神女生涯、小姑居處，其即望瑶臺之偃蹇、見有娀之佚女乎？至於蓬山遠隔，同於西海爲期；比青鳥以鳳，詒凝斑騅於玉馱；而復以相思無益、惆悵清狂，所謂僕夫悲，余馬懷，蜷局顧而不行也。（王世錦《藝云館詩鈔》）

戴璐

嚴石樵允肇字修人，歸安戊戌中式，辛丑進士。宰壽光，爲前官連累，歸。有《石樵詩稿》。……集中歌行，如《木蘭廟》、《范公祠》、七律《懷古》、《諸將》，上擬杜陵、《香奩》，希風温、李，爲梅村祭酒所賞。（《吴興詩話》卷一）

于在衡　于光華

《謝河東公和詩啓》『爲芳草以怨王孫』四句眉批：詞致欵深。○篇末引唐荆川曰：『情致纏綿，沁人肺腑。』

《爲崔從事福寄尚書彭城公啓》篇首眉批：起得超忽。○篇末引湯臨川曰：『娟娟楚楚，暢所欲言。』（同上）

（《古文分類集評》四集卷二）

王芑孫

《讀賦卮言·審體》漢魏風規，一壞於五七言之詩句，再壞於四六格之文辭。四六肇起齊梁，篇不數聯，其風未鬯。已而大盛於唐……然通篇四六者殊鮮。且其所謂四六者，大抵端莊，不皆流利。燕許鉅公，長篇盤硬，吟口未諧。其餘間作鏗鏘，仍多骨鯁。即温李晚出，音節小殊。温傷仄少而平多，李恨仄多而平少。李最有句，温讖側豔，當時崇尚，亦從可想。（《淵雅堂外集》）

《讀賦卮言·謀篇》自古短篇，以魏孫諶《果然賦》爲最，凡十八字。其次則李商隱之《蝨賦》《蝎賦》，凡三十

三字。又其次則羅隱《秋蟲賦》，凡四十字。皆兩韻。漢以來一韻之賦甚多，顧無如是短者，即此亦見謀篇之道。（同上）

孫梅

【四六叢話凡例（節録）】四六之名，何自昉乎？古人有韻謂之文，無韻謂之筆。梁時沈詩任筆，劉氏三筆六詩是也。駢儷筆自魏晉，厥後有齊梁體、宫體、徐庾體，工綺遞增，猶未以四六名也。唐重《文選》學，宋目爲詞學，而章奏之學，則令狐楚以授義山，别爲專門。今考《樊南甲乙》，始以四六名集。而柳州《乞巧文》云『駢四儷六，錦心繡口』，又在其前。《辭學指南》云：『制用四六，以便宣讀。』大約始於制誥，沿及表啓也。（《四六叢話》卷首）

【叙騷（節録）】屈子之詞，殆詩之流，賦之祖，古文之極致，儷體之先聲乎？故使善品藻者殫於名言，工文章者竭於摹擬，習訓詁者炫於文字，辨名物者窮於《爾雅》，至於後之學者資其一得，原委可知，波瀾莫二，又略可得而言矣。……隋唐而後，踵事彌增。『秋水長天』之句，游泳乎歌章；『洞庭落木』之吟，陶鎔乎燕許。要而論之，四傑富其才，右丞高其韻，柳州咀其華，義山體其潤。淵源所自，不可誣也。（《四六叢話》卷三）

李義山賦怪物，言佞魖讒魗貪魃，曲盡小人之情狀，魑魅之夏鼎也。（同上卷五引《困學記聞》）

宋賈似道家有李商隱正書《月賦》。（《悦生古迹記》）案：梅舊有《擬月賦》一篇，以玉溪生、彭陽公爲緣起，蓋取諸此也。（同上）

【叙啓（節録）】李義山密緻以清圓。（同上卷十四）

【叙書（節録）】李義山《與劉稹書》鼓怒溢涌，繼響徐公（按：指徐陵），《與令狐書》抑遏掩蔽，追蹤劉作（按：指劉峻《答劉沼書》）。（同上卷十七）

柳子厚《與王參元書》云：『家有積貨，士之好廉名者，皆畏忌不敢道足下善。』嘗考李商隱《樊南四六》有

《代王茂元遺表》云：『與李弟參元俱以詞場就貢，久而不調。』茂元，棲曜之子也。商隱誌王仲元云：第五兄參元教之學。（《困學記聞》）案：《樊南集》有《代濮陽公遺表》即爲王茂元作也。誌王仲元文未見，想李集所傳未全。（同上）

唐有《文選》學，故一時文人多宗尚之。少陵亦教其子宗文、宗武熟讀《文選》。少陵詩多用《選》語，但善融化不覺耳。至王勃諸人便不然。《滕王閣序》：『層臺聳翠，上出重霄；飛閣流丹，下臨無地。』即王巾《頭陀寺碑文》：『層軒延袤，上出雲霓；飛閣逶迤，下臨無地。』『落霞與孤鶩齊飛，秋水共長天一色。』即庾子山《馬射賦》：『落花與芝蓋齊飛，楊柳共春旗一色。』能拔足流俗，自成一家，韓、柳、李義山、李翺數公而已。（同上卷二十引《湛淵静語》）

李德裕集序二首，蓋鄭亞先委商隱代作，亞後改定，故有異同。今德裕集用鄭亞作。（同上引《文苑英華辨證》）

唐李商隱《修華嶽廟記》（編者案：文不録。錢振倫、錢振常《樊南文集補編》曾據《四六叢話》轉録并加考辨，可參）案：商隱此記，《樊南甲乙集》無之，獨見於《華嶽全集》，爲諸家蒐羅之所不及。（同上卷二十一）

《談苑》云：徐鍇嗜學該博，仕江左，領集賢學士，嘗學注李商隱《樊南集》，悉知其用事所出，有《代王茂元檄劉稹書》云：『喪貝躋陵，飛走之期既絶；投戈散地，灰釘之望斯窮。』獨恨不知灰釘事。及觀後漢杜篤《論都賦》云：『營（一作熒）康居，灰珍奇，椎鳴鏑，釘鹿蠡。』商隱之雕篆如此。又，《藝苑雌黄》云：予考之《陳本紀》云：『祆酋震慴，遽請灰釘。』此語又在商隱之前矣。（同上卷二十四引《耳目記》）

【叙祭誄（節録）】義山之《祭伏波》，功除旱魃，此弔古者所爲一往而情深也。……魏晉哀章，尤尊潘令；晚唐奠醊，最重樊南。潘情深，而文之綺密尤工；李文麗，而情之惻愴自見。令嫺祭夫文僅存二百字，莊雅之神，長於哀怨矣。昌黎《祭十二郎文》，思緒繁亂，真摯之情，不事文采矣。設文不及潘，情不如李，體遜劉媛，真愧韓公，索莫寡神，闌單失力，恐荀文若之風流，僅堪借面；杜子春之曲調，未足移情也。（同上卷二十五）

李商隱儷偶繁縟，旨能感人，人謂其横絶前後無儔者。今《樊南甲乙集》皆四六，自爲序。又有古賦及文共三

卷，辭旨怪詭，宋景文序傳中云：『譎怪則李商隱』，蓋以此。（同上卷二十八引《郡齋讀書志》）

唐李商隱凡作文必聚書於左右，檢視終日，人謂之獺祭魚。宋楊大年爲文，用故事，使子侄檢討出處，用片紙録之，文成而後掇拾，人謂之衲被。（同上引《西軒客談》）

【作家五·唐四六諸家·柳宗元】案：自有四六以來，辭致縱横，風調高騫，至徐庾極矣；筆力古勁，氣韻沉雄，至燕公極矣；驅使卷輻，詞華絢爛，至四傑極矣；意思精密，情文婉轉，至義山極矣。及宋，歐蘇諸公筆勢一變，創爲新逸，又或一道也。惟子厚晚而肆力古文，與昌黎角立起衰，垂法萬世。推其少時，實以詞章知名，詞科起家，其鎔鑄烹鍊，色色當行，蓋其筆力已具，非復雕蟲篆刻家數。然則有歐蘇之筆者，必無四傑之才；有義山之工者，必無燕公之健。沿及兩宋，又於徐庾風格去之遠矣。（同上卷三十二）

【作家五·唐四六諸家·令狐楚】案：義山章奏之學得自文公，蓋具體而微者矣。詳觀文公所作，以意爲骨，以氣爲用，以筆爲馳騁出入，殆脱盡裁對隸事之迹，文之深於情者也。滔滔亹亹，一往清婉，而又非宋時一種空腐之談，盡失駢驪真面目者所可藉口。由其萬卷填胸，超然不滯，此玉溪所以畢生服膺，欲從末由者也。吾於有唐作家集大成得三家焉：於燕公極其厚，於柳州致其精，於文公仰其高。（同上）

【作家五·唐四六諸家·李商隱】《李義山文集箋注》十卷，國朝徐樹穀箋、徐炯注。李商隱駢驪之文婉約雅飭，於唐人爲别格。所自編《樊南甲乙集》，久已散佚。朱鶴齡始蒐輯殘剩，編爲五卷，而缺其狀之一體，炯又爲補輯，定爲此本，併爲之注。樹穀又考證史籍，各箋其本事於題下，多所辨訂。（同上引《四庫全書簡明目録》）

《樊南甲集》二十卷、《乙集》二十卷，又文集八卷，義山初爲文，瑰邁奇古，及從楚學，儷偶長短，而繁縟過之，旨能感人，人謂其横絶前後無儔者。今《樊南甲乙集》皆四六，自爲序，即所謂繁縟者。又有古賦及文共三卷，辭旨怪詭，宋景文序傳中云，譎怪則李商隱，蓋以此。（同上引《郡齋讀書志》）

《甲、乙集》者皆表章啓牒四六之文，既不得志於時，歷佐藩府，自茂元、亞之外，又依盧弘正、柳仲郢，故其所作應用，若此之多。然以近世四六觀之，當時以爲工，今未見其工也。（同上引《直齋書録解題》。以下孫梅按語）案：柳子厚少習詞科，工爲箋奏，及竄永州，肆力古文，爲深博無涯涘，一變而成大家。李玉溪少能古文，不喜聲偶，及事令狐，授以章奏，一變而爲今體，卒以四六名家。此二家者，從入各有自，而始終成就相反如此。所謂學焉得其所近者何以稱焉？蓋子厚得昌黎遥爲應和，而玉溪惟令狐爲之親炙。其遇合遭際自是不同。要之，天資學力固大有逕庭矣。徐庾以來，聲偶未備。王楊之作，才力太肆。沿及五代，不免靡弱。宋代作者，不無疏拙。惟《樊南甲、乙》，則今體之金繩，章奏之玉律也。循諷終篇，其聲切無一字之聱屈，其抽對無一語之偏枯，才斂而不肆，體超而不空。學者舍是何從入乎。直齋顧謂當時稱其工，今不見其工，此華篋十重，而觀者胡盧掩口於燕石者也。蓋南宋文體，習爲長聯，崇尚侈博，而意趣都盡，浪填事實，以爲著題，而神韻浸失，所由以不工爲工，而四六至此爲不可復振也，噫！

【作家六·宋四六諸家·楊億】詩五卷，文十五卷。大致宗法李商隱，而精警不及，要其春容典雅，不失爲治世之音。（同上卷三十三引《四庫全書簡明目録》）

【作家六·宋四六諸家·汪藻】《浮溪集》六十卷。四六偶儷之文，起於齊梁，歷隋唐之世，表章詔誥多用之。然令狐楚、李商隱之流，號爲能者，殊不工也。本朝楊劉諸名公，猶未變唐體，至歐蘇始以博學富文爲大篇長句，叙事達意，無艱難牽强之態，而荆公尤深厚爾雅，儷語之工，昔所未有，紹聖後置詞科，習者益衆，格律精嚴，一字不苟措。若浮溪，尤其集大成者也。（同上引《直齋書録解題》。以下孫梅按語）案：駢儷之文，以唐爲極盛。宋人反詆譏之，豈通論哉？浮溪之文，可稱精切，南宋作者未能或先，然何可與義山同日語哉！古之四六句自爲對語，簡而筆勁，故與古文未遠。其合兩句爲一聯者，謂之隔句對，古人慎用之。非以此見長也。故義山之文，隔句不過通篇一二見。若浮溪非隔句不能警矣。甚至長聯至數句，長句至十數字者。以爲裁對之巧，不知古意寖失，遂成習氣，四六至此，弊極矣。其不相及者一也；義山隸事多，而筆意有餘；浮溪隸事少，而筆意不足，其不相及者二也。若令狐文體尤高，何可妄爲軒輊乎！

陳廣寧

【四六叢話跋（節録）】文章之道，有散行即有排比，天地自然之數也。三代以上，渾渾噩噩，雖有端緒，其文不詳。靈均宋玉，濫觴伊始。漢興，鄒枚班馬，并轡聯鑣。魏晉以來，黄初七子，二陸三張，咸有述作。江丘任沈，含藻佩華；子山孝穆，蔚乎大觀。六代之際，稱美備焉。唐則燕許王楊，元白温李，後先接踵，而宣公奏議，篤雅真摯，生面獨開。宋則變端莊爲流麗，歐陽王蘇其最著也。元初袁掲雖沿别派，不失正宗，歷代以宗，彬彬乎盛矣。（孫梅《四六叢話》卷末）

吴慈鶴

【河内弔玉溪生】河北王孫死鄭州，玉溪淼淼剩寒流。文章只自同琳瑀，朋黨何辜禍李牛。《錦瑟》華年長有淚，白衣回首易驚秋。懿仙未許如通德，枉羡佳人字莫愁。（《鳳巢山樵求是録》）

陸繼輅

學杜既成，往往不免牽凑生硬之病，非參以樂天之妥適，義山之艷逸，終屬犓才，杜公不任其咎也。（《合肥學舍札記》卷十一）

【讀樊南集祭令狐相公文有感用錢塘懷古韻】塵中何地著恩仇，掩卷無端感昔游。高屐登山詩擬謝，清樽顧曲客疑周。狂蹤杜牧連宵記，别淚唐衢接海流。只恐更傷泉下意，蒿蓬已分一生愁。（《崇百藥齋文集》卷七）

【與魏大論玉溪生詩作】天與陳王八斗才，《洛神》一賦鎮疑猜。守宮點臂斑斑在，郤聽鄰牆細雨來。悼亡感遇不勝情，《錦瑟》無端録小名。一自《雞鳴》詩註誤，衝泥都作狹斜行。森然槐柳緑蔭稠，客自凝愁伎莫愁。試向士開門外過，一篇應解《富平侯》。枉負人間薄幸名，偶然豪語快平生。彦昇縱有封侯骨，未到蕭公作騎兵。眼看河朔感淮西，我識《韓碑》是借題。苦憶聖皇兼聖相，不關文字重昌黎。牙旗玉帳儘淹留，可惜涇原據上游。莫漫相輕齊贅壻，少年虛抱賈生憂。悤悤殉國未分明，冤獄千秋最不平。只有詩人能慟哭，忍隨壽讌聽《咸英》。奕世賢妃又姓楊，一枝湘竹淚千行。開元遺事分明在，值爲羅衣斷客腸。知己虛懸千歲期，偶拈《藥轉》到今疑。腐儒那有佳人慧，儘把《燕臺》付柳枝。（同上卷十一）

鮑桂星

【劉蕡】五千言奏策空群，晁董當年可及君？開卷已驚馮散騎，讓官曾見李參軍。蒼黄事早憂甘露，毷氉人偏氣薄雲。淒絶玉谿相送地，黄陵春雪暮江濱。（《覺生詩鈔》）

梁章鉅

李義山《籌筆驛》一律，膾炙人口，而其章法之妙，則罕有能言之者。自紀文達師一批，而精神畢見，真學詩者之寶筏也。批云：『「魚鳥猶疑畏簡書，風雲長爲護儲胥。」此二句陡然擡起。「徒令上將揮神筆，終見降王走傳車」，此二句又陡然抹殺。然後以「管樂有才真不忝」句解首聯，以「關張無命欲何如」句解次聯。此殺活在手之本領，筆筆有龍跳虎卧之勢。「他年錦里經祠廟，《梁父》吟成恨有餘」，「他年」乃當年之謂，言他時經其祠廟恨尚有餘，況今日親見行兵之地乎？亦加一倍法，通篇無一鈍置語。」此等傑作，非吾師之慧眼靈心，豈能如此披郤導窾，使人心開目明？若如方虚谷之瞎批，真不值一笑矣。方批云：『起十四字壯極，五六痛恨至矣。』（《退庵隨筆》學詩一）

李義山詩，開卷《錦瑟》一篇，言人人殊。東坡『清和適怨』云云，亦未見的確。本朝朱長孺注以爲令狐青衣，更無所據。惟朱竹垞謂是悼亡之作者，近之。方文輈則以爲傷玄宗而作。玄宗之移入南内也，高力士令李輔國控馬，謂此『五十年太平天子』。杜樊川亦有『五十年天子』之句。故發首曰『錦瑟無端五十絃，一絃一柱思華年』也。『曉夢蝴蝶』，所謂一場春夢。『望帝杜鵑』，明指幸蜀。『藍田玉生』，則反以諷肅宗也。其旨甚明，味之可見。亦可謂善説詩者矣。然猶不若汪韓門所釋爲得神理（按：汪師韓説已見前）……如此讀法，詩中雖虚字亦無一泛設。玉溪壓卷之作，似非如此讀法，亦不相稱也。（同上）

袁簡齋《隨園詩話》……云：『今人論詩，動言貴厚而賤薄，此亦耳食之言，不知宜厚宜薄，惟在相題爲之，以妙爲主耳。以兩物而論，狐貉貴厚，鮫綃貴薄。以一物而論，刀背貴厚，刀鋒貴薄。安見厚者定貴，薄者定賤乎？古人之詩，少陵似厚，太白似薄，義山似厚，飛卿似薄，皆名家也。』（同上）

七古以平韻到底者爲正格，不可雜以律句。其要在出句第五字多用仄，落句第五字必用平，出句之第五字既用仄，則第二字必用平；落句之第五字必用平，則第四字必用仄。出句如平平仄仄仄平仄，或平平平平仄平仄，或仄平仄平仄平仄，間有不如是者，亦須與律句有别。落句如平平仄仄平平平，或仄仄仄仄平平平，或平平仄仄平仄平，間有不如是者，亦須與律句有别。大抵出句聲律尚寬，落句則以三平押韻爲正調。其有四平切脚者，如少陵之『何爲見羈虞羅中』，義山之『詠神聖功書之碑』，則爲落調，唐大家中所僅見，不必效之。若五平切脚，則直是不入調，唐、宋、元、明諸大家所無。前明何、李、邊、徐、王、李輩，尚不犯此病，袁中郎之流，多不能了了矣。一句一韻謂之《柏梁》體，不在此限。（同上學詩二）

太白本是仙靈降生，其視成仙得道，如其性所自有。然未嘗不以立功爲不朽。所仰慕之人，率多見諸吟詠，如魯仲連、侯嬴、酈食其、張良、韓信輩，皆功名中人也。……其意總欲先有所樹立於時，然後拂衣還山，登真度世。此與少陵之一飯不忘何異？以此齊名萬古，良非無因。李義山云『李杜操持事略齊』，蓋知李、杜者，固莫如義山也。（同上）

唐詩自李、杜、韓、白四大家外，尚有李義山、杜樊川兩集，亦須熟看，當時亦以李、杜並稱。近義山集有馮孟亭浩注本，《樊川集》有孟亭之子鷺庭集梧注本，皆極精極博，不可不看。若李長吉集，則衹須選擇觀之，知其門徑可矣。長吉驚才絶豔，比太白更不可摸捉，後學且不必遽效之。今人但知學其奇句險語，何益於事！如『石破天驚逗秋雨』句，雖奇險而無意義，趙甌北所以譏其『無理取鬧』也。（同上）

包世臣

【續錦瑟詩題辭】程君韻篁一別三十年，忽相值於白門。……韻篁謂玉谿《錦瑟》詩爲悼亡妾，瑟次於琴，故以爲喻。『一絃一柱思華年』，正當二十五歲。腹聯情事始節節靈通矣。予嘆絶以爲懸解。途遇吳中宋君于亭而告之。于亭則謂玉谿集首《錦瑟》，蓋義山之自序也。以瑟聲最悲，故以自況身世。『一絃一柱思華年』，其時義山正五十也。腹聯所言，則歷舉平生所遭，而以當時惘然結之。二説出而前此名論廢矣。于亭能總持大體，論世以知人；韻篁情觸境生，意逆斯得。繹無達詁之義，謂非可與言詩乎？……（《小倦游閣集》卷六）

鄧廷楨

《代魏宫私贈》況《洛神賦》作于黄初三年，時丕即位已久，安得如詩所云耶？史稱李商隱博聞强記，豈不知

此？蓋詩人緣情綺靡，有託而言，政不必實事求是也。（《雙硯齋筆記》卷六）

楊際昌

王阮亭七言絶句，以夢得、義山、牧之爲宗，間啓秀於宋、元，藝林競賞，大約在使事設色。予意宫詞、懷古、題畫、《竹枝》諸體，點染生新，自是作手，終以眼前情景，天然有興會有情寄者，爲最上乘。……（《國朝詩話》卷之一）

『璧月《庭花》夜夜重，隋兵已斷曲阿衝。麗華膝上能多記，偏忘牀前告急封。』宗定九元鼎《吴音曲》也，有玉溪風致。（同上）

常熟吴修齡殳……律詩仿玉溪，弔古佳者，漁洋已録《感舊集》中。……（同上卷之二）

吴江朱長孺鶴齡……平生沉浸古籍，所注杜少陵、李義山集行于世。曩時士林以杜注牴牾牧齋，李注剽竊石林詆之，今聲價各不相掩也。（同上）

鈍翁《楊柳枝》詞，刻意標新。石門虞景明黄昊有作云：『楊花如雪撲征衣，馬上征夫苦憶歸。曾向曲中回首望，不知真在路旁飛。』用義山『幾度木蘭舟上望，不知原是此花身』意翻出，雋逸絶倫，比似鈍翁，幾欲以少許勝多許。（同上）

潘德輿

《唐人萬首絶句》，其原本不爲不富，漁洋選之，每遺佳作。隨意簡出，如……義山『向晚意不適』……等，皆天下之奇作，而悉屏而不登，何也？至七絶中遺漏尤多，……（《養一齋詩話》卷一）

子桓日夜欲殺其弟，而子建乃敢爲《感甄賦》乎？甄死，子桓乃又以枕賜其弟乎？揆之情事，斷無此理。義山則云：『宓妃留枕魏王才。』又曰：『來時西館阻佳期，去後漳河隔夢思。』又曰：『宓妃漫結無窮恨，不爲君王殺灌均。』又曰：『宓妃愁坐芝田館，用盡陳王八斗才。』又曰：『君王不得爲天子，半爲當時賦《洛神》。』文人輕薄，不顧事之有無，作此讕語，而又喋喋不已，真可痛恨，作詩者所當力戒也。（同上卷二）

楊大年詩『峭帆横渡官橋柳，叠鼓驚飛海岸鷗』，歐陽文忠賞之。愚謂此亦玉溪生『殺風景』之一也。（同上）

老杜詩法，得其全者無一人。若得其一節以名世者，亦有之矣，唐之義山，宋之山谷皆是也。……（同上）

……太白以古爲律，律不工而超出等倫；温、李以律爲古，古即工而半無真氣。……（同上）

白傅五律，有與少陵相似者，有與王、孟相似者，有與義山相似者。反覆按之，則別具流利之機，究與諸公似而不似。……（同上卷三）

《歲寒堂詩話》論張文昌律詩不如劉夢得、杜牧之、李義山。文昌七律或嫌平易，五律清妙處不亞王、孟，乃愧夢得、牧之、義山哉！其《夜到漁家》《宿臨江驛》二律，與劉文房《餘干旅舍》一作，用韻同，風韻亦同，皆絶唱也。（同上）

義山識漢武云：『侍臣最有相如渴，不賜金莖露一杯。』意無關係，聰明語耳。許丁卯則云：『聞有三山未知處，茂陵松柏滿西風。』雋不傷雅，又足喚醒癡愚。《始皇墓》云：『一種青山秋草裏，路人惟拜漢文陵。』亦森疏而無發露痕也。（同上）

前謂刺譏詩貴含蓄，論異代事猶當如此。臣子於其本朝，直可絶口不作詩耳。張祜虢國夫人詩：『却嫌脂粉污顔色，淡掃蛾眉朝至尊。』李商隱《驪山》詩：『平明每幸長生殿，不從金輿唯壽王。』唐人多犯此惡習。商隱愛學杜詩，杜詩中豈有此等猖獗處？或以祜此詩編入杜集中，亦不識黑白者。（同上）

李義山『虹收青嶂雨，鳥没夕陽天』，『池光不受月，野氣欲沉山』，真類老杜。『江海三年客，乾坤百戰場』，范晞文以此爲杜，不知乃得杜之皮也。『黄葉仍風雨，青樓自管絃』，亦有杜意，然從『古牆猶竹色，虛閣自松聲』，

『江山有巴蜀，棟宇自齊梁』脱换而出，識者謂終是食而不化。若『求之流輩豈易得，行矣關山方獨吟』，學杜而得其粗率者，又開宋人一派矣。（同上卷四）

南唐張佖《春晚謡》云：『雨微微，烟霏霏，小庭半折紅薔薇。細筝斜倚畫屏曲，零落幾行金雁飛。蕭關夢斷無尋處，萬疊春波起南浦。零亂楊花撲繡簾，晚窗時有流鶯語。』《春江雨》云：『雨冥冥，風泠泠，老松瘦竹臨烟汀。空江冷落野雪重，江村鬼火微如星。夜驚溪上漁人起，滴瀝篷聲滿愁耳。子規叫斷獨未眠，罨岸春濤打船尾。』二詩字字精潤可愛，然大可闌入《花間》《草堂》詞選中矣。固不解李、杜大境界，即義山、牧之輩豪爽之氣，亦無之也。……（同上）

晚唐於詩非勝境，不可一味鑽仰，亦不得一概抹摋。予嘗就其五七律名句，摘取數十聯，剖爲三等，俾家塾後生，知所擇焉。如『高閣客竟去，小園花亂飛』，……五言之上也。……上者風力鬱盤，次者情思曲摯，又次者則筋骨盡露矣。以此法更衡七律，如……『玉帳牙旗得上游，安危須共主君憂』，『水憶江湖歸白髮，欲迴天地入扁舟』……七言之上也。……如『玉璽不緣歸日角，錦帆應是到天涯』，……七言之又次也。若……『怨魂迷恐斷，嬌喘細疑沉』，……皆晚唐之最下最傳者……必須將義山之《無題》，曹唐之《大小遊仙》，温、李之《鏡檻》《洞户》等五排，一概汰除，方有清净基址。而才人必好言此，以爲風華韻事，蓋並晚唐之次乘兩等，而亦無心審其份量，遑問其上焉者乎？（同上）

李義山『相與炟赫流淳熙』句，趙氏（秋谷《聲調譜》）注『赫』字曰：『此字必仄。』蓋下面三平，此處亦平，則音不諧。如『封狼生貙貙生羆』七字平聲，轉覺其諧，而一『赫』字易平聲則不諧者，以字之平仄相雜故也。……（同上卷七）

劉貢父愛閩僧可朋詩『虹收千嶂雨，潮展半江天』，『詩因試客分題僻，棊爲饒人下子低』。貢父亦忘却『虹收青嶂雨，鳥没夕陽天』爲義山詩耶？此亦葉石林所夸『人家圍橘柚』之類也。『詩因試客』二語，格調卑俗，更無足道。（同上）

自來詠雷電詩，皆壯偉有餘，輕婉不足，未免猙獰可畏。惟陶公『仲春遘時雨，始雷發東隅』，杜審言『日氣含殘雨，雲陰送晚雷』，李義山『颯颯東風細雨來，芙蓉塘外有輕雷』，最耐諷玩。電詩則可玩者絶少……（同上卷八）

唐喻鳧以詩謁杜牧之不遇，曰：『我詩無綺羅鉛粉，安得售？』然牧之非徒以『綺羅鉛粉』擅長者，史稱其剛直有大節，余觀其詩，亦伉爽有逸氣，實出李義山、温飛卿、許丁卯諸公之上。……（同上卷十）

大抵論詩有三要：一曰心術，二曰氣體，三曰時運。心術無古今，而氣體不能無古今，則時運爲之，不可貶也。或曰：氣體可不講乎？曰：否。如晉之潘、陸以逮梁、陳之徐、庾，唐之沈、宋以逮晚唐之温、李，宋之蘇、黄以逮南宋之四靈，逞妍鬬博，尚氣弄巧，皆不能不爲詩累，雖一時稱巨手，然皆今人之詩也。氣體烏可忽哉！雖然，氣體當爲今之古，不必爲古之古。爲古之古，則仿效形跡而爲古之皮毛；爲今之古，則獨濬靈源而爲古之苗裔。……（同上）

明初高漫士廷禮著《唐詩品彙序》，彼固列於閩中五詩人者也。於沈、宋第曰『新聲』，於王右丞第曰『精緻』，於韓昌黎第曰『博大』，於李義山第曰『隱僻』，於許丁卯第曰『偶對』，其品藻又可解乎？……（同上）

周氏敬曰：『少陵七言律，如八音並奏，清濁高下，種種具陳，真有唐獨步也。然其間半入大曆後格調，實開中晚濫觴之端。』按中晚七律能手，如劉賓客、柳柳州、白樂天、王仲初、許丁卯、杜紫薇、温八叉、羅昭諫之流，皆絶不學杜，非杜詩開之也。略能學杜而涉其藩籬者，唯一李義山，遂爲晚唐七律之冠。杜之七律，何誤於人？周氏不加詳考，徑立議論，妄矣！……（《養一齋李杜詩話》卷二）

陳廣專

《華清宫二首》（華清恩幸）此刺權倖小人受殊渥，不作奇禍不休，不是罵太真。（《唐人七言絶句批抄》）

《板橋曉别》末二句不過言時已秋矣，何其幽豔蒼涼。（同上）

姚瑩

【李義山詩】世知玉谿生善學杜詩，而不知杜詩有酷似義山者。《曲江對酒》一篇即西崑之先聲也。『龍武新軍深駐輦，芙蓉别殿漫焚香』，非義山佳句乎？至『花萼夾城通御氣，芙蓉小苑入邊愁』，則李或未之有也。世以温、李並稱，獨謂綺縟一種耳。《無題》諸作，雖温集所無，而飛卿亦或能之。如『隔座送鈎春酒暖，分曹射覆蠟燈紅』，豈八叉之所難乎？至若『一春夢雨常飄瓦，盡日靈風不滿旗』，則温當却步矣。（《識小録》卷二）

【孔蘅浦詩序（節録）】説詩自以阮亭爲正，所謂妙悟天成也。乃其自運，又失之靡弱，雖力追唐賢，實則不異金元諸家。……歸愚以吴人言詩，頗能脱去纖穠，别裁僞體。而才質凡近，骨力不騰，每多死句滯意。近世虚憍之流，又以其豪豔猥薄、傷風敗俗之辭，倡導後生，自比鐵崖。然鐵崖當日已有文妖之目，斯又下矣。又有工應試舉詩者數家，能以唐音入於體制。於是學者又相仿效。及取全集觀之，則所謂古近體者，猶然應試舉詩也。又或真情不足，假故實以文其疏舛，由温李之餘波，益加繁博。自矜《選》體，而不知與曹劉沈謝有天壤之殊。至甚者，乃更孜孜考證，好古搜奇，破碎繁蕪。其於文章論説，猶失廉肉取捨之道，而况詩之風雅乎？（《東溟文集》卷二）

【論詩絶句六十首（其二十三）】《錦瑟》分明是悼亡，後人枉自費平章。牙旗玉帳真憂國，莫向《無題》覓瓣香。（《論詩絶句六十首》）

陳沆

李商隱《井泥四十韻》箋曰：觀篇末致慨於秉鈞之人，且有虎而翼、鳳而雞之慮，則知爲牛、李之黨而言之也。揚之昇天，抑之入地；所好生毛羽，所惡成瘡疣，用捨不平若斯。君子值此，惟有安命而已。前半篇雜陳古今

昇沉變態，皆爲篇末張本。純乎漢魏樂府之遺，于義山詩中亦爲變格。（《詩比興箋》）

義山五七言律，多以男女遇合寄託君臣，即《離騷》美人芳草之意。此箋（按：指其《詩比興箋》）不及律詩，然舉隅可以三反。（同上）

吳錫麒

【杜樊川集注序（節録）】義山、牧之，世亦以李、杜並稱，而玉谿生詩，注釋者多，詞旨愈晦。自吾師馮孟亭先生，澡雪精神，蕩滌繁穢，凡《錦瑟》《碧城》之什，《井泥》《鏡檻》之篇，如燭照幽，若針通結，鄭箋有倫，楚豔斯張。今鷺庭編修其賢嗣也，班固能續父書，顔奐爲得臣義；嘗以樊川一集，前人未有發明，取飫群言，積牘盈尺，既蕆功有日矣，新宫不戒，餘燼莫收，又復寒暑勤劬，左右采獲，遲之一紀，始得醒焦桐於爨下，回幸草於春餘。……義山、牧之，實爲有唐一代詩人之殿。菈中原之牛耳，張大國之蝥弧，並號霸才，足推餘勇。然而風流已遠，文采僅存，誠不意時閲乎千載之餘，而注成於一家之手。（《有正味齋駢文》卷五）

郭麐

【杜詩集評序（節録）】杜之長律，學之似而工者義山也，學之不似而工者元白也。（《靈芬館雜著》卷二）

梅曾亮

【柏梘山房詩集自序（節録）】天寶無家，拾遺發江關之詠；蜀道多難，商隱標《井絡》之旨。（《柏梘山房詩集》）

龔自珍

【上清真人碑書後】余平生不喜道書，亦不願見道士，以其勦用佛書門面語，而歸墟只在長生。其術至淺易，宜其無瓌文淵義也。獨于六朝諸道家，若郭景純、葛稚川、陶隱居一流，及北朝之鄭道昭，則又心喜之，以其有飄飄放曠之樂，遠師莊周、列禦寇，近亦不失王輔嗣一輩遺意也，豈得與五斗米弟子並論而並輕之耶？至唐而又一變。唐之道家，最近劉向所録房中家。唐世武曌、楊玉環皆爲女道士，而玉真公主奉張真人爲尊師。一代妃主，凡爲女道士，可考于傳記者四十餘人；其無考者，雜見于詩人風刺之作。魚玄機、李冶輩應之于下，韓愈所謂『雲窗霧閣事窈窕』，李商隱又有『絳節飄摇空國來』一首，尤爲妖冶，皆有唐道家支流之不可問者也。因跋《上清真人碑》，忽然感此，牽連記。（《龔自珍全集》）

丁晏

義山此詩（按：指《東阿王》），殆以感甄爲真有其事耶？然當時媒孽之辭，譏誣之語，《洛神》自仿楚《騷》，于甄何與？辨見本賦篇下。義山又有詩云：『宓妃留枕魏王才。』亦用甄后賫枕事，何義門已辨之矣。（《曹集詮評·洛神賦》）

覺羅長麟

【賜綺堂集序（節録）】有唐方鎮，所辟判官記室，以得一才士爲榮。少陵踞嚴武之牀，牧之入奇章之座，固無論矣。若義山章奏，出自彭陽，乃抑然自下之語。今就《樊南甲、乙》所編官中文字讀之，非才人具經世之心，未易辨此，乃後世僅以詩人目之，非知玉溪生者也。（《賜綺堂集》卷首）

余成教

李義山商隱《有感》云：『古有清君側，今非乏老成。素心雖未易，此舉太無名。誰瞑銜寃目，寧吞欲絶聲？』于甘露之變，感憤激烈，不同于衆論。《籌筆驛》《碧城》《馬嵬》《重有感》《隋師東》諸詩，誠有如陸魯望所謂『抉摘刻削，露其情狀』者。蔡寬夫云：『荆公晚年喜義山詩，以爲唐人知學老杜而得其藩籬，唯義山一人。』范元實云：『義山詩，世人但知其巧麗，與温庭筠齊名。蓋俗學只得其皮膚，其高情遠意，皆不識也。』兩評皆確。（《石園詩話》卷二）

《桐薪》云：『温飛卿庭筠貌甚陋，號鍾馗，不稱才名。最善鼓琴吹笛，云：「有絲即彈，有孔即吹。不必柯亭、爨桐。」著《乾譔子》，今其書不傳。』愚謂飛卿才思豔麗，韻格清拔，隨題措辭，無不工緻，恰如其『有絲即彈，有孔即吹』之妙。《過陳琳墓》《經五丈原》《蘇武廟》三詩，手筆不減義山。温、李齊名，良有以也。唐史謂義山『詩思清麗，視庭筠過之，而俱無特操，恃才詭激，爲當塗者所薄，名宦不進，坎壈終身。』又謂飛卿佻蕩，不修檢幅，多作側辭豔曲，與貴胄蒲飲狎昵。又舉場多爲人假手，執政惡之，貶授方山尉。然則温之詩少遜于李，而温之行視李爲尤薄也。（同上）

義山古體多名言，温則文情哀豔，謂之工于辭章則可，比于《行次西郊》《韓碑》《贈四同舍》諸作則不逮。至于五七言，則又兩相頡頏。愚最愛飛卿『樹凋窗有日，池滿水無聲』，『僧居隨處好，人事出門多』兩聯，與義山『高閣客竟去，小園花亂飛』，『五更疏欲斷，一樹碧無情』，同爲佳句。（同上）

段柯古成式，宰相文昌子，研精苦學，祕閣書籍，披閲皆遍，與義山、飛卿齊名，時號『三十六體』，然其詩長

于用典，較之温、李，固曹、鄶也。（同上）

昭諫《籌筆驛》詩，亦七律中最佳者，議論亦頗似義山。……（同上）

韓致堯偓十歲能詩，嘗即席爲詩，送父友李義山，義山有贈冬郎詩『十歲裁詩走馬成』及『雛鳳清于老鳳聲』云云。冬郎，偓小字也。……（同上）

唐之詩人稱李、杜者三：景雲、神龍中李嶠、杜審言，開元中李白、杜甫，開成、會昌中李商隱、杜牧之。（同上）

唐詩人以體名者：中宗時上官儀工詩，傚之者稱『上官體』；憲宗時，元稹、白居易號『元和體』；李商隱、温飛卿、段成式以儷偶相誇，號『三十六體』（按：此指其駢文，非指詩而言）。（同上）

延君壽

七律當以工部爲宗，附以劉夢得、李義山兩家。……（《老生常談》）

義山五律，冥追玄索，魂出魄現，神工鬼斧，莫喻其巧，工部後一人而已。當潛心玩味，即於作試帖，亦大有裨益，不僅常時所誦『池光不受月，野氣欲沉山』等句也。馬戴諸人非不佳，然於義山只是附庸。（同上）

温飛卿七律，如《贈蜀將》《馬嵬》《陳琳墓》《五丈原》《蘇武廟》諸作，能與義山分駕，永宜楷式。至皮、陸兩家，多工於琢句，可讀可不讀。司空表聖神韻音節，勝於皮、陸。方干、羅隱、鄭谷、周朴輩，皆有可觀。至『鴛鴦』『鷓鴣』等名目，皆近場屋一派，又當别論。大約晚唐諸人詩，總當以義山爲宗，餘皆從略。（同上）

蘇子美之『濤面白煙昏落月，嶺頭殘燒混疏星』，『遠嶺抱淮隨曲折，亂雲行野乍晴陰』，王元之之『風疏遠磬秋開講，水響寒車夜救田』，皆從夢得、義山兩家入手，方有此深造獨得之能。至張乖崖之『官舍四邊多種竹，湖溝一面近生蘆』，『病嫌見客低佪甚，老覺臨官氣味粗』，梅宛陵之『夾道名園迷屈曲，厭枝秋實亂青紅』，則純乎宋人

矣。……（同上）

人惟心能深入，然後能讀書，不然一室坐擁，有何樂處？蔣心餘有《看書》一律云（詩略）。此是真能看書者。作者七律絶有才氣，得力於劉夢得、李義山兩家爲多。《潤州小泊》云：『微雨夜沽京口酒，大江横截廣陵潮。』《薦福寺》云：『不關天地非奇困，能動風雷亦異才。』《過貴溪》云：『山色遠消龍虎氣，春帆横走馬牛風。』皆卓然可傳者。（同上）

入手當從五律，前談宋人諸作，獨遺陳後山一家，緣所記得者寥寥數語耳。昨日始得檢出，録之以爲學者津梁。……《晚坐》云：『柳弱留春色，梅寒讓雪花。溪明數積石，月過戀平沙。病減還憎藥，年侵却累家。後歸栖未定，不但祇昏鴉。』末二句翻用工部『獨鶴歸何晚，昏鴉已滿林』句，有神無迹，各具深情，而無雷同之弊。……作者學杜又與義山不同，精鍊工能，東坡、山谷皆出其下。……（同上）

談詩者每言不可刻意求新，此防其入於纖巧，流於僻澀耳，非謂不當新也。若太倉之粟，陳陳相因，作者無意緒，閲者生厭惡矣。如義山《思歸》云：『固有樓堪倚，能無酒可傾？』又《即目》云：『地寬樓已迥，人更迥于樓。』難云不佳。然再倣爲則味同嚼蠟。然人之犯此病者則不少矣。（同上）

吴衡照

《梅苑》十卷，宋黄大輿所編詠梅之詞。……大輿，字載萬，《碧雞漫志》……有載萬《更漏子》云：『憐宋玉，許王昌。東西鄰短牆。』數語殊工。宋玉賦稱東鄰之子，即宋玉爲西鄰也。上官儀詩：『東家復是憶王昌。』李商隱詩：『王昌且在牆東住。』韓偓詩：『王昌祇在此牆東。』則王昌爲東鄰。用筆之細，似曾經界兩家過來。（《蓮子居詞話》卷一）

黄安濤

【讀唐詩絶句十首（録二首）】驚秋傷逝更歌離，直得樊南苦費思。玉軫金徽無限好，最移情處是哀絲。冬郎綺靡儕温李，一卷《香奩》抵《玉臺》。無礙調鉛好研手，前殿曾捋虎鬚來。（《詩娱堂初集》卷五）

沈濤

《隋宫》（紫泉宫殿）『地下若逢陳後主，豈宜重問《後庭花》。』此調後人率相祖襲。（《匏廬詩話》）

謝堃

【與諸弟論詩八首（其四）】吾愛杜少陵，一語最沉着。古人當自愛，今人不可薄。《離騷》《三百篇》，美人爲寄託。何其義山詩，任意訾文弱。（《春草堂詩集》）

李海帆……佳句如：『澗深泉氣冷，樹老葉聲稀』『地險關天意，城孤見吏才』『老樹支殘照，悲風逼怒潮』『空聞羽檄飛戎幕，幾見牙旗拔將壇』『久傳劉裕還軍壘，誰遣盧循散甲兵』，不在義山之下。（《春草堂詩話》卷一）

《香奩》與《無題》迥别，歐陽紹洛有詩曰：『雲母懸燈蠟炬紅，碧虚樓閣望溟濛。香欄膩瀉重霄露，繡馬驕嘶午夜風。可奈影迷珠錯落，莫猜聲斷玉瓏璁。生憐一片秋葵錦，暮向西階曉向東。』此《無題》也。王次回有句云：『當時忍笑畫鴛鴦』，此《香奩》也。（同上）

今人作詩，重一字即受責，殊不知唐人五七律中重三字者不可枚舉……『海外徒聞更九州』『空聞虎旅傳宵

析』，李商隱詩也。『徒聞』『空聞』則同字同意，詩果能佳，何患小疵。（同上）

余幼居村鎮，一種自然之氣不自知也。常思城市，遂移家赴郡，見其輿馬駢集，冠蓋往來，信可樂也。即至京師，悟人才之衆，遂動游興，足迹將遍天下。覽名山大川，自亦不知欲置身何所。客歲歸來，仍居城外，覺一種自然之氣悠悠自得，曩所覽名山大川，才人奇士，冠蓋輿馬則恍然如夢。因悟幼讀陶詩則倦，讀岑嘉州則樂，讀杜詩如入京師，讀長吉、太白、義山之詩，如覽名山大川，奇珍異寶，目不暇接，年來復讀陶詩，與仍居城外無異。（同上）

李兆元

《重過聖女祠》唐人七言律上三下四句法，如義山『萼緑華來無定所，杜蘭香去未移時。』（《十二筆舫筆録》）

喻文鏊　冶存甫

《香奩》豔體未必盡當棄置，亦顧其命意何如耳。果能寄托遥深皆詩人興比之義，義山《無題》不礙爲出入老杜，同一忠君愛國之心也。（《考田詩話》卷一）

王壽昌

……詩以道性情，未有性情不正而能吐勸懲之辭者。《三百篇》中，其性情亦甚不一，而總歸于無邪，故雖里巷之歌謡，皆可爲萬世之典訓。自是厥後，以代而衰，遂至流爲放辟邪侈而不可止。間有賢者崛起其間，各樹騷壇之巇，而往往不能無偏倚駁雜之弊。……如王、楊、盧、駱之偏於浮薄，李太白之偏於豪縱，劉夢得之偏於褊狹，孟東野之偏於孤峭，玉川子之偏於險怪，李長吉之偏於奇幻，白香山之偏於坦率，元微之之偏於柔媚，李義山之偏於瑰異，温飛卿之偏於婉弱。……（《小清華園詩談》卷上）

又曰：……處常則如杜少陵之『花隱掖垣暮，啾啾棲鳥過。星臨萬户動，月傍九霄多。不寢聽金鑰，因風想玉珂。明朝有封事，數問夜如何。』（《春宿左省》）遇變當如李義山之『玉帳牙旗得上游，安危須共主君憂。竇融表已來關右，陶侃軍宜次石頭。豈有蛟龍愁失水，更無鷹隼與高秋！晝號夜哭兼幽顯，早晚星關雪涕收』（《重有感》），暨少陵之『時危思報主，衰謝不能休』，張燕公説之『遥遥西向長安日，願上南山壽一杯』，錢員外起之『霄漢常懸捧日心』之類，斯爲純臣耳。……（同上）

何謂是非取捨？曰：好賢如《緇衣》，惡惡如《巷伯》。故賢愚不分，不足以論人；是非不辨，不足以論事；取捨不明，不足以御事變而服人心。……此後惟杜工部，論事則云（例略），論人則如（例略）。如此等作，讀之可見其經濟之實學，筆削之微權焉。他如『漢家青史上，計拙是和親。社稷依明主，安危託婦人。豈能將玉貌，便擬靖胡塵？地下千年骨，誰爲輔弼臣？』（戎昱《和蕃》）暨『猿鳥猶疑畏簡書，風雲常爲護儲胥。徒令上將揮神筆，終見降王走傳車。管樂有才真不忝，關張無命欲何如！他年錦里經祠廟，《梁父》吟成恨有餘』。（李商隱《籌筆驛》）又『西師萬衆幾時回？哀痛天書近已裁。文吏何曾重刀筆，將軍猶自舞輪臺。幾時拓土成王道，從古窮兵是禍胎。陛下好生千萬壽，玉樓長御白雲杯。』（《漢南書事》）數詩亦其後勁者矣。（同上）

何謂真？自來言情之真者，無如靖節；寫景之真者，無如康樂、玄暉；紀事之真者，無如潘安仁、左太冲、顔延年。少陵皆兼而有之，……此外如……韓吏部之《元和聖德詩》，柳柳州之《平淮夷雅》，李義山之《韓碑》《西郊百韻》等作，皆切實締當之至者。（同上）

何謂深？……味之深者，李義山之『井絡天彭一掌中，漫誇天設劍爲峰。陣圖東聚夔江石，邊柝西懸雪嶺松。堪嘆故君成杜宇，可能先主是真龍？將來爲報姦雄輩，莫向金牛訪舊蹤』（《井絡》）是也。（同上）

韋孟之《諷諫詩》，辭嚴義正，真所謂法語之言，然惟保傅之尊乃可。其餘當如曹子建之『煮豆然豆萁』，章懷太子之『種瓜黄臺下』，意雖迫切而辭甚悽惋，聞者無不惻然動心。近體則當如太白之『宫中誰第一？飛燕在昭陽』，右丞之『明珠歸合浦，應逐使臣星』，……皆能寓嚴厲於和平，乃所謂婉而多風者。至李義山『《鈞天》雖許人間聽，閶闔門多夢自迷』，則更婉矣。……（同上卷下）

刺惡之詩，貴字挾風霜，庶幾聞者足戒。……近體如李義山之『東征日調萬黄金，幾竭中原買鬭心。軍令未聞誅馬謖，捷書惟是報孫歆。但須鸑鷟巢阿閣，豈假鴟鴞在泮林？可惜前朝玄菟郡，積骸成莽陣雲深』。（《隋師東》）又『七國三邊未到憂，十三身襲富平侯。不收金彈拋林外，却惜銀牀在井頭。綵樹轉燈珠錯落，繡檀迴枕玉雕鎪。當關不報侵晨客，新得佳人字莫愁』。（《富平少侯》）此外如柳子厚『射工』『颶母』之辭，李德裕『毒霧』『沙蝨』之句，雖甚切直而終不失爲風雅之遺。若『破却千家作一池，不栽桃李種薔薇。薔薇花落秋風起，荊棘滿庭君始知』。（賈島《下第題壁》）則無怪乎其犯衆怒而已。（同上）

怨詩如『冉冉孤生竹』，比之《緑衣》，似不減其敦厚；『悲與親友别』，較諸《谷風》，實倍覺其和平。他如婕妤之《紈扇》，子建之《佳人》，皆怨而不怒，尚有詩人之遺焉。近體如宋員外之『度嶺方辭國，停軺一望家。魂隨南翥鳥，淚盡北枝花。山雨初含霽，江雲欲變霞。但令歸有日，不敢怨長沙』（《度大庾嶺》），李義山之『曾共山翁把酒時，霜天白菊繞階墀。十年泉下無消息，九日尊前有所思。不學漢臣栽苜蓿，空教楚客詠江蘺。郎君官貴施行馬，東閣無因再得窺』（《九日》），皆能寓悲涼於蘊藉。然不如韓昌黎之……（《左遷至藍關示姪孫湘》）雖不無怨意而終無怨辭，所以爲有德之言也。……他如『迢遞高城百尺樓，緑楊枝外盡汀洲。賈生年少虚垂涕，王粲春來更遠游。永憶江湖歸白髮，欲迴天地入扁舟。不知腐鼠成滋味，猜意鵷雛竟未休』（李商隱《安定城樓》），宜不免令狐氏之切齒也。……（同上）

唐人佳句，有可以照耀古今，膾炙人口者。如……李義山之『惜花春起早，愛月夜眠遲』（按：此聯非義山詩句），『池光不受月，野氣欲沉山』，『晚涼風過竹，深夜月當花』，……此等句當與日星河嶽同垂不朽。（同上）

詩之天然成韻者，如……李義山之『五更疏欲斷，一樹碧無情』，……『内苑只知含鳳嘴，屬車無復插雞翹』……之類是也。（同上）

韻之自然與句湊者，……李義山之『一春夢雨常飄瓦，盡日靈風不滿旗』……之類是也。（同上）

至若……李義山之『晚晴風過竹，深夜月當花』，……『夜捲牙旗千帳雪，朝飛羽騎一河冰』，……一韻之響，遂能振起百倍精神，此又不可不知者。（同上）

擬古貴得其神，而後求之氣韻，而後求之趣味，而後求之格調，而後乃求諸語意之間。太白擬古而不似古，蘇州效陶而不似陶。謝康樂《鄴中八首》，如『排霧矚聖明，披雲對清朗』等辭，終不改生平本色。江文通《雜擬三十》，如『涼風盪芳氣，碧樹先秋落』諸句，究不似漢、魏古音。其《田居》一篇，可謂得其神似，然雜諸陶集中，後人猶辨其爲江詩者，神韻不同也。自是以還，代相倣效，優孟衣冠，聊存彷彿耳。惟陶徵君『榮榮窗下蘭，密密堂前柳。初與君别時，不謂行當久。出門萬里客，中道逢嘉友。未言心先醉，不在接杯酒。蘭枯柳亦衰，遂令此言負。多謝諸少年，相知不忠厚。意氣傾人命，離隔復何有』。（《擬古》）雖不規規揣稱，而神韻自不減古人。其後則李義山之『勝概殊江右，佳名逼渭川。虹收青嶂雨，鳥没夕陽天。客鬢行如此，滄波坐渺然。此中真得地，漂蕩釣魚船』。（《河清與趙氏昆季燕集擬杜工部》）暨『人生何處不離羣，世路干戈惜暫分。雪嶺未歸天外使，松州猶駐殿前軍。坐中醉客延醒客，江上晴雲雜雨雲。美酒成都堪送老，當壚仍是卓文君』。（《杜工部蜀中離席》）如此等篇，神情雖不能全肖，然已得其八九矣。（同上）

弔古之詩，須褒貶森嚴，具有《春秋》之義，使善者足以動後人之景仰，惡者足以垂千秋之炯戒。如……李義山之『紫泉宫殿鎖煙霞，欲取蕪城作帝家。玉璽不緣歸日角，錦帆應是到天涯。於今腐草無螢火，終古垂楊有暮鴉。地下若逢陳後主，豈宜重問《後庭花》？』（《隋宫》）『玄武湖中玉漏催，雞鳴埭口繡襦迴。誰言瓊樹朝朝見，不及金蓮步步來？敵國軍營漂木柹，前朝神廟鎖煙煤。滿宫學士皆顔色，江令當年只費才。』（《南朝》）……如此諸作，其悽惻既足以動人，其抑揚復足以懲勸，猶有詩人之遺意也。至若劉夢得之『王濬樓船下益州，金陵王氣黯然收。千尋鐵鎖沉江底，一片降旛出石頭。人世幾回傷往事，山形依舊枕寒流。從今四海爲家日，故壘蕭蕭蘆荻秋』。（《西塞山懷古》）讀前半篇暨義山『敵國軍營』二句，令人凛然知憂來之無方，禍至之無日，而思患預防之心，不可不日加惕也。吁，至矣！（同上）

尚鎔

五律之妙，少陵之後，李義山最爲擅場。袁、趙力求新巧，去少陵甚遠。苕生《河口夜泊》等作，尚有少陵之遺，氣格更勝義山也。（《三家詩論·三家餘論》）

七律亦以少陵《諸將五首》爲極則，義山、放翁、遺山爲嗣音，本朝唯梅村、竹垞間有少陵風格，三家則皆無之。學義山宜去其浮豔，學放翁宜去其滑碎。（同上）

王志湉

【論詩五十四首（録一首）】才調殘唐孰與齊，五更碧樹晝蟬啼。《韓碑》一首昌黎在，未必西河識玉溪。（李義山爲晚唐之冠，毛西河乃謂其人質本庸下，是何語哉！）（《璚玶山房詩稿》卷八）

王曉堂

古今聽琴、阮、琵琶、箏、瑟詩，皆欲寫其音聲節奏，類以景物故實狀之，大率一律，初無中的句，互可移用。是豈真知音者？但其造語藻麗爲可喜耳。如韓退之、歐陽永叔、子瞻、魯直皆有聽琴詩，魯直又有聽阮詩，樂天、微之、永叔、王仁裕皆有聽琵琶詩，劉夢得、蘇東坡又有聽箏詩，互相譏議，終無確論。玉谿生《錦瑟》詩亦用故實，即以聽琴、阮，又何不可？吴僧義海嘗辨之，詳余《考琴譜》。……（《王曉堂雜著・匡山叢話》卷三）

玉谿生《牡丹》詩，退之《燈花》詩，全似老杜，所謂『文章一厄』者曾見有『華清恩幸古無倫』乎？王建『閉門留野鹿，洗硯魚吞墨』，皆當於理。（同上）

詩到義山，謂之文章一厄，此洪覺範之言也。不過以其用事僻澀之故。然李集中筆意超脱，琢句用事，前輩無能相犯，亦何可輕量。惟以楊億、劉筠作務故實，而語意淺薄，一時呼爲西崑，當時奉之太過耳。初何嘗於玉谿生有所增損也。（同上《嵎陽詩説》卷六）

……杜子美極風雅之正變，千匯萬狀，兼古今而有之。其後韓退之去陳言，爲硬語，時有若孟郊、盧仝、李賀、劉叉、馬異爲之輔。白樂天趨平易，爲奔放，時則有若元稹、楊巨源、劉夢得爲之朋。李義山變新聲爲繁縟，時則有温庭筠、段成式爲之和。非不欲決子美之藩籬，別成一家言，然卒莫能出其範圍，特具體焉而已。……（同上《瓣香雜記》卷二）

方南堂

古云：『詩有別材，非關書也；詩有別趣，非關理也。』此説詩之妙諦也，而未足以盡詩之境。如杜子美『雨露之所濡，甘苦齊結實』，白樂天『野火燒不盡，春風吹又生』，韓退之《拘幽操》，孟東野《遊子吟》，是非有得於天地萬物之理，古聖賢人之心，烏能至此？可知學問理解，非徒無礙於詩，作詩者無學問理解，終是俗人之談，不足供士大夫之一笑。然正有無理而妙者，如李君虞『嫁得瞿塘賈，朝朝誤妾期。早知潮有信，嫁與弄潮兒』，劉夢得『東邊日出西邊雨，道是無晴却有晴』，李義山『八駿日行三萬里，穆王何事不重來』，語圓意足，信手拈來，無非妙趣。可見詩之天地，廣大含宏，包羅萬有，持一論以説詩，皆井蛙之見也。（《輟鍛録》）

晚唐自應首推李、杜。義山之沉鬱奇譎，樊川之縱横傲岸，求之全唐中，亦不多見，而氣體不如大曆諸公者，時代限之也。次則温飛卿、許丁卯，次則馬虞臣、鄭都官，五律猶有可觀，外此則邾、莒之下矣。（同上）

温飛卿五律甚好，七律惟《蘇武廟》《五丈原》可與義山、樊川比肩。五七古、排律，則外强中乾耳。（同上）

所謂『語不驚人死不休』者，非奇險怪誕之謂也，或至理名言，或真情實景，應手稱心，得未曾有，便可震驚一世。子美集中，在在皆是，固無論矣。他如……李商隱之『於今腐草無螢火，終古垂楊有暮鴉』，不過寫景句耳，而生前侈縱，死後荒涼，一一托出，又復光彩動人，非驚人語乎？……（同上）

汪忠均

【花仙劫圖序（節録）】嘗聞天地之間一情而已矣。古今人之作詩，一言情而已矣。《詩三百篇》十五國之《風》，多屬言情之作。勞人思婦之言情也，不亂不淫，言近指遠。忠臣孝子之言情也，如怨如慕，寄托遥深。是以聖人有言曰：『可以興，可以觀，可以群，可以怨，邇之事父，遠之事君。』大哉《詩》乎，其最善言情者乎。三代以後，靈均以放逐之餘，因《國風》而作《離騷》，而寄情於美人香草，可謂言情之正者矣。唐宋以來，杜子美處亂離之際，讀《北征》諸作，愛君之念溢於楮墨之間。陸放翁當南渡之時，以迎三聖復舊疆爲己任，《劍南集》中所言大約如此。亦言情之至正者也。至於韓冬郎《香奩》諸體，李義山無題最爲擅場，人莫不非之笑之，不知二人之情亦有所寄，非苟焉而已也。嬾仙夫子（按：指《花仙劫圖》作者汪作霖）身來佛國，詩雜仙心。白香山之抒寫性靈，陶彭澤之寄懷曠遠，所作《花仙歷劫圖》諸詩，現身説法，作如是觀，非大智慧人安能有是哉！其言情也雖近於韓李，稍殊於杜陸二公，然其有託而言，情深一往。情之變而衷諸正者也。匪特下追唐宋，亦可上比《離騷》《國風》。（《花仙劫圖》）

梁紹壬

玉谿生《藥轉》詩，向無明解。江都程午橋太史箋注，謂閫之朱竹垞，云是如厠之義，本道書。然亦只五六一聯用如厠故事耳。又有以爲男色者，亦苦無據。近之註義山詩者云：此係詠閨人棄私産者，次句『换骨』者謂飲藥墮之；三四謂棄之後苑；五六借以對襯；結則指歸卧養疴也。此説奇闢，然不知何本。（《兩般秋雨盦隨筆》卷一）

周咏棠

《蟬》『五更疏欲斷，一樹碧無情。』十字神妙，結意好。（《唐賢小三昧續集》）

《晚晴》『天意憐幽草，人間重晚晴。』大家數語，結近滯。（同上）

《馬嵬》（海外徒聞）起得奇。與『群山萬壑赴荆門』同妙。（同上）

《杜工部蜀中離席》逼杜。（同上）

盛大士

《重有感》勸王茂元誅仇士良也。……蛟龍失水，天子無權，而藩鎮觀望不前，孰爲高秋鷹隼快意於一擊者乎？義山於王茂元感之也深，故責之者備也。（《樸學齋筆記》）

徐松

商隱《上崔華州書》（略）按賈相謂賈餗，崔宣州謂崔鄲。自大和七年賈餗知舉，至開成二年凡五歲，餗時已誅死，故義山顯言之。（《登科記考》卷二十一）

長安慈恩寺塔有唐新進士題名，雖妍媸不同，然皆高古有法度，後人不能及也。宣和初，本路漕司柳瑊集而刻之石，亦爲奇玩。《嬾真子》按：柳瑊摹雁塔題名殘拓本，有『大和九年四月一日前進士蔡京、前進士李商隱』。蔡京於開成元年及第，李商隱於開成二年及第，不應於大和時稱前進士。按題句下有『後十六年大中四年，忽見前題，黯然悽愴』云云，疑大和九年題名，至大中時重題添『前』字也。（同上卷二十八）

張晉

【仿元遺山論詩絶句六十首（録一首）】雪嶺松州句亦奇，義山獺祭未容嗤。後人只愛緣情作，誰解《韓碑》鑄偉詞。（《豔雪堂詩集》卷三）

林則徐

【河内弔玉溪生】江湖天地兩淪虚，黨事鈎連有謗書。偶被乘鸞秦贅誤，詎因羅雀翟門疏？郎君東閣驕行馬，後輩西崑學祭魚。畢竟浣花真髓在，論詩休道八叉如。（《雲左山房詩抄》）

黄炳堃

【無題三十首和𢕙雲居士原韻序（節録）】昔李商隱、温庭筠、段成式三家詩，紹自《離騷》，無傷大雅。迨至《疑雨》，渺厥遺風。遂使蘭心蕙性，流而爲花魅脂妖。夫鬬靡者志淫，寓理者旨遠。大夫好色，窺東里者三年；老衲證空，畫《西厢》於四壁。審其旨趣，别有會通。𢕙雲居士，寄意温柔，摛詞綿邈。依上下平韻爲《無題》詩三十首。而十萬樹梅花書屋主人又從而和之，咸以抑鬱之氣，託爲倡俳之言。各有用情，都爲借意。（《希古堂文存·希古堂詩存》卷九）

陳僅

問：『楊升庵好改杜詩，其説有可採者與？』升庵博極羣書，然不免好奇之過。如……『會須上番看成竹』，以爲於義不叶，引蔡夢弼注音『上筤』，讀如浪，以爲蜀名竹叢爲林筤。不知『番』之去聲，唐人方言皆然，不獨杜也。元稹詩『梅憐上番驚』，又『因依上番梅』，李義山詩『十番紅桐一行死』，皆指植物言之，將盡改爲『筤』乎？……（《竹林答問》）

問：『元、白優劣若何？』元、白齊名而元不如白，温、李齊名而温不如李，皮、陸齊名而皮不如陸，非獨其詩之有優劣也。（同上）

陸鎣

世言『太白仙才，長吉鬼才』，要其奇絶處，自足推倒一世。如《金銅仙人辭漢歌》《雁門太守行》《官街鼓》，驚才絶豔，玉溪、飛卿瞠乎後矣。……（《問花樓詩話》卷一）

《華清宫》詩，共推義山、牧之二作。崔櫓詩見於《唐音》《品彙》《漁隱叢話》《舊長安志》，共四首，皆工麗可誦。余尤愛其『草遮回磴絶鳴鑾，雲樹深深碧殿寒。明月自來還自去，更無人倚玉闌干。』殊淒婉欲絶也。（同上）

律詩至晚唐，義山而下，牧之爲最。（同上）

疊字之法最古，義山尤喜用之。然如《菊》詩：『暗暗淡淡紫，融融冶冶黄。』轉成笑柄。宋人中易安居士，善用此法。其《聲聲慢》一詞，頓挫淒絶。詞曰：『尋尋覓覓，冷冷清清，淒淒慘慘戚戚。乍暖還寒時候，最難將息。』又云：『梧桐更兼細雨，到黄昏、點點滴滴。』二闋共十餘箇疊字，而氣機流動，前無古人，後無來者，可爲詞家疊字之法。（《問花樓詞話》）

張肇辰

【意茗山館詩稿序（節録）】方山之詩，新城陳侍郎一序之，稱其由學玉溪而得杜之正宗。亡友朱仲環再序之，謂方山自有其詩，不必執杜以求。以余觀之，方山固自有其詩，實學杜而得其質厚一體者。玉溪門庭間亦託足，究未嘗由之而取途。……杜陵感時諸作皆明目張膽而言，玉溪生則必紆曲晦隱以出之，由其時世變益亟，不復可以杜陵之言爲言也。方山今日誠何取乎紆曲晦隱，必借徑焉而後有合成哉？方山亦自有其詩而已，亦自有得其杜質厚之一體而已。（陸嵩《意茗山館詩稿》）

陳國光

【意茗山館詩稿序（節録）】昔人論詩，謂學杜必從玉溪入，以玉溪爲杜門户，未有不由門户而能入室者。斯言也，誰不謂然。然學玉溪者往往襲玉溪之貌，撏撦割裂，一以豐富藻麗爲主。而于玉溪之追踪杜陵者，萬不得一焉。是不僅杜陵之室不能入，并玉溪之門户亦不能由也。蓋變玉溪而爲西崑，雖玉溪其可學乎？吴門陸子方山，善學玉溪者也。得玉溪之神，不襲玉溪之貌。由玉溪以窺老杜，而與吞剥玉溪之流，有不可同日而語者。（陸嵩《意茗山館詩稿》）

梁邦俊

詩人之旨要于温厚和平，然《新臺》《牆茨》列《三百篇》，終不嫌其猥褻，義兼美刺，無害也。玉溪咏楊妃云：『夜半宴歸宫漏永，薛王沉醉壽王醒。』論者或譏其輕薄。（《小匡説詩》卷二）

香山愛義山詩，至云我死爲爾子足矣。後義山生子名曰白老。馮棡庭《香山詩述》云：『死爲白老情先合，書付崑郎計未遲。』（同上卷六）

伍崇曜

【西崑酬唱集跋】考《蔡寬夫詩話》稱：『國初沿襲五代之餘，士大夫皆宗白樂天，故王黄州主盟一時。祥符、天禧間，楊文公、劉中山、錢思公，專喜李義山，故崑體之作，翕然一變。』《隱居詩話》稱：『楊億、劉筠作詩務故實，而語意輕淺，一時慕之，號西崑體，識者病之。歐公云：「楊大年詩有峭帆橫度官橋柳，疊鼓驚飛海岸鷗，此何害爲佳句。」予見劉子儀詩句有「雨勢宫城闊，秋聲禁樹多」，亦不可誣也。』《古今詩話》稱：『楊大年、錢文僖、晏元獻、劉子儀爲詩皆宗義山，號西崑體。後進效之，多竊取義山詩句。嘗内宴，優人有爲義山者，衣服敗裂，告人曰：「吾爲諸館職撏撦至此。」聞者大噱。然大年咏《漢武》詩云：「力通青海求龍種，死諱文成食馬肝」，「待詔先生齒編貝，忍令乞米向長安」，義山不能過也。』《冷齋夜話》稱：『詩到義山，謂之文章一厄，以其用事僻澀，時稱西崑體。』然荊公晚年，亦或喜之。宋時人議論不同如此。善乎！元遺山《論詩絶句》云：『詩家總愛西崑好，獨恨無人作鄭箋。』又云：『古雅難將子美親，精純全失義山真。』蓋義山詩之佳者，直接杜陵之脈，此可爲知者道。集中不無利鈍互陳之處，讀者須分别觀之耳。至學崑體諸人，亦未必盡得義山真諦，故是集亦往往蘭艾齊列，而究非多閲古籍者不辨，遠勝於東書不觀，而自詡學王、孟，學白香山，學東坡、山谷，其流弊不可勝言，乃以嚴滄浪之説自解，曰：『詩非關學也。』（粤雅堂本《西崑酬唱集》）

彭藴章

【題薩都剌詩】《雁門》風調玉溪才，洗煉還從十子來。一代詩名齊曼碩，關河鴻雁出新裁。（《澗東集》）

張金鏞

【讀三李詩集各書一首·義山】鬱抑《離騷》心，婉孌《國風》旨。白傅愛君詩，至欲爲君子。君詩麗萬有，顛倒隨所使。自定《甲乙編》，人詫卅六體。隋宫與蜀殿，銅駝感荊杞。琳臺復閬闕，彩鳳翔霞綺。言者固無罪，聞者足興起。江蘺《九日》哀，籬菊十年死。大書令狐廳，直摩杜陵壘。去住夫何嫌，黨錮見深詆。依人千載悲，應悔

雕蟲技。（《躬厚堂集》卷四）

袁翼

【論元詩（録二首）】前生長吉錦囊存，重現曇花在雁門。慧業靈心兼俠骨，直教才調薄西崑。南湖貞晦先生集，秋水渟渟開白渠。莫道纖穠少風骨，玉溪猶近浣花居。（《邃懷堂詩集》後編卷四）

姚燮

【姜石貞先生玉谿生詩解序（節録）】象山姜石貞先生，當代稱東南一學者。其著撰凡二十有一種，爲卷都一百八十有奇。《詩序廣義》與《讀左補義》兩書，已列入《四庫·經部》。於《詩》也，破朋黨之見，允而無詖；於《左》也，衷筆削之隱，辨而能貫。攻經者咸縣爲射鵠無異議焉。暇日復嘗取唐李義山詩，選其有關身世者，得二百四十餘篇，博綜釋道源、朱長孺暨陳、潘、錢、程諸家舊箋注，糾謬補闕，探旨於邈，持論已通。迺知錦工之庍，黼體之排，無異歌《山鬼》而巇湘纍，賦《洛神》而誣陳思矣。夫義山之遇賈生也，而其心則杜老也。彭陽推轂，尉已弘農；太原愛才，役之書記。蘭溷叢而誰獵，鳳斷羽而不蜚。感恩有之，難云知己。鄭柳者輩，畜之已。衆人又無論已。溯昔安史創亂已來，隸偏裨之伍者，多建其旄麾；宜清華之選者，皆屈於幕府，所謂士之榮辱武人操之也。其不得抒忠君愛國之忱，已厠於漂燕靁鴻之列，亦固其宜乎！矧安陵多姿，易起入宫之嫉；唐次下抑，難陳辨謗之書。不得已靡體宛央，幻雲雨之説夢；化魂胡蝶，縈兒女已爲腸。安必其躑躅叢臺，狥情金粉。而先生於《錦瑟》諸詩，嗟其遇矣。抑爾時内官嚚陵，諸藩跋扈。方士之惑，緜延數朝；嬖后之禍，因仍再世。外則脅君縻餉，弁髦萬骨之枯；内則弛政耄荒，授柄僉人之手。以致會女道士之譏，未埽廧茨；合七節度之兵，罔除原蔓。寃者莫卹，忠者莫褒。不樹黨相傾，即犯尊無忌。不得已寄辭玉帳，傷心下殿之趨；絜韻西郊，歸咎養癰之患。終不能假權尺寸，奮砥橫流，而先生於《南朝》諸詩，哀其心矣。惟是《碧城》之鐵網，《玉山》之赤簫，含郁紆，寫戃怳，先生竟擬爲干綯之言，此真挫鳳骨之崢嶸，列乞憐之婦豎，而蒙之未敢信也。若夫竺摯伉儷，綱紀友朋，慟哭武宗，揮斥壽邸，叱王璠等之阿上，窺李訓輩之不臧，先生皆一一抉摘之，不作欺人影響之譚，詎止李善爲昭明之功臣，任昉知文憲之述作哉？蓋仍本《風雅》之怨悱，《春秋》之賞刑，爲抑塞者揭斫地之悲，俾菲薄者悔論才之誤。則錢晏之體，祇宗尚其皮毛；劉張之註，可弗庸於探訪矣。道甫文學先生四世孫也，猥己蒙尚知音，請爲弁首。叩洪鐘以筳，既眚所不能；測滄海以蠡，復眚所不稱。或於先生闡微表隱之旨，其尚未相刺謬乎？（《大梅山館集・復莊駢儷文榷》二編卷四）

曹毓德

李義山善學少陵，由其素懷忠義，沉淪幕僚，遭際亦相似，故其沉郁蒼勁處，胎化直在神骨間。（《唐七律詩抄》）

《無題》諸詩，并爲有感身世之什。『楚雨含情皆有托』，蓋自序也。（同上）

蔣志凝

【儀宋堂文外集序（節録）】唐時玉溪生官不掛朝籍，而《樊南甲、乙編》流播之久且廣，什倍於常楊燕許，可悟文字之間，別有司其柄者矣。（吴嘉淦《儀宋堂文外集》）

王端履

或問於余曰：律詩凡二首或四首，子獨三首，何也？余曰：古人作詩并非漫爾吟詠，實皆被諸管弦，故或多或少，皆不可以按譜。李青蓮《清平調》只有三絶。李義山師其意，《無題》詩亦止三律，近有作四首者，乃後人合并也。（《重論文齋筆録》卷五）

曾國藩

《題僧壁》集中有《贈田叟》詩，第六句云：『交親得路昧平生。』程氏謂此篇亦是彼詩之意。窮途以求故人，傾身納交而棄我如遺，猶之捨生求佛，而卒無所得。（《十八家詩抄》卷二十）

《潭州》大中元年，鄭亞廉察桂州，義山爲從事。是年李德裕貶潮州，程氏以爲義山經過潭州時，聞德裕之貶而作是詩也。（同上）

《飲席戲贈同舍》同舍蓋妓席惜别者。（同上）

《少年》此刺當時勳戚子弟。（同上）

《杜工部蜀中離席》朱鶴齡以爲擬杜工部之詩，雪嶺、松州等俱切老杜肅代朝事，程夢星以爲柳仲郢鎮東蜀，辟義山爲判官，檢校工部郎中，詩作於是時，題當爲『辟工部』。國藩按：工部郎中，京朝之官，非幕府之官也。檢校工部則可辟，工部則不可，朱説近之。（同上）

《無題二首》（鳳尾香羅、重幃深下）二詩言世莫己知，己亦誓不復求知於世，託詞於貞女以自明，其波瀾不起之意。（同上）

《昨日》此冶游惜别之詞。（同上）

《井絡》第七句是作意，預警奸雄之輩，無恃蜀中之險而圖割據也。（同上）

《宋玉》此詩弔宋玉所以自傷也。係桂林奉使江陵時作。（同上）

《韓同年新居餞韓西迎家室戲贈》玩詩中語當是畏之成婚後登第，復赴涇原迎家室入京，義山登第則已聘王氏，而尚未成婚耳。（同上）

《聖女祠》（松篁臺殿）此亦刺女道士之詩。（同上）

《臨發崇讓宅紫薇》臨發者將由洛陽王宅赴京也。（同上）

《野菊》國藩按：程氏説是也。義山以官不掛朝籍爲恨，故以未嘗移栽御筵，不能不致怨於令狐氏耳。（同上）

《過伊僕射舊宅》末二句朱氏以爲義山時自桂林奉使江陵，故有此語。程氏以爲伊慎立功，初在嶺南，後在湖襄。愚意當從朱説。（同上）

《聞歌》程氏以此詩爲宮妓流落在人間者而作。考唐德宗嘗命陸贄草詔，使渾瑊訪求奉天所失裹頭内人，其事可證。○觀『細腰』句，似在江陵時所作。（同上）

《重有感》義山欲茂元入清君側之奸，故有此詩。（同上）

《春雨》此借春雨懷人，而寓君門萬里之感。（同上）

《楚宫》（湘波如淚）宋申錫爲宦官所誣，貶開州司馬，卒於貶所。開州屬山南道，本楚地，程氏以爲此詩弔宋申錫而作。（同上）

《宿晉昌亭聞驚禽》末四句言失群之胡馬，掛木之楚猿，與此驚禽之心相同，即與義山之羈緒亦同也。（同上）

《利州江潭作》武后自册爲金輪皇帝，父士彠爲利州都督，生后。此詩在利州詠武后也。即潭中之景寓懷古之意。五六七句均以龍比武氏。（同上）

《淚》前六句淚凡六種，固已可傷。末二句以青袍寒士而送玉珂貴客，其淚尤可悲也。（同上）

《流鶯》末句亦自恨官不掛朝籍之意。（同上）

《贈從兄閬之》魚標、鹿跡，言處處有機事、機心也。（同上）

《行至金牛驛寄興元渤海尚書》首二句憶渤海公所居之勝景而寫入詩箋以寄義山。（同上）

《九成宮》送荔枝者而被天書恩幸，亦『一騎紅塵妃子笑』之意。（同上）

《咏史（歷覽前賢）》此篇朱氏以爲因文宗而發。按：三四句咏文宗之儉，如史所稱『衣必三澣』是也。五句以馬喻賢才，傷時無良臣也。六句以蛇喻宦官盤結而不能去也。末句言己爲文宗開成二年進士，曾與衆仙同咏《霓裳》也。（同上）

《無題》（昨夜星辰）此篇程注以爲出秘書省調弘農尉時所作。三四句出爲外吏而不忘禁省也。五六句言省垣朋遊之樂。末句『蘭臺』，朱氏以爲義山爲王茂元所辟，得侍御史事。（同上）

《留贈畏之》程云此必將赴梓潼往謁畏之，值其朝回而不一見，故有慨乎言之耳。朱氏云左川即東川。愚按：此必自東川奉使入京一次，故自稱曰『歸客』，與前留別畏之詩非一時也。（同上）

《玉山》程注：『此詩亦望恩干進之意。』國藩按：此人蓋勢要而有才望者。三四句皆就山取譬。山能回日馭，謂其能回天眷也。山有上天梯，謂其接引甚易也。神仙言其居要地，才子言其負時望也。（同上）

《一片》程氏以此爲幽期密約之詩。國藩按：此當致書友人，求爲京朝一官。如陳咸致書於陳湯，得入帝城死不恨也。前四句言帝城風景可望而不可即。後四句言春去秋來，日月易逝，時事變遷，無使我更失望也。（同上）

《可嘆》此詩程氏以爲嘆彼姝所遭非耦，起句結句蓋曾與義山目成而不及亂也。愚謂此詩亦刺戚里之爲女道士者。（同上）

《富平少侯》此亦譏勳戚子弟。（同上）

《贈趙協律晳》吏部相公，令狐楚也。時爲當路所軋，置之散地。故曰賓館徒在。安平公，崔戎也。以太和八年六月卒，故曰妓樓已空。（同上）

【讀李義山詩集】渺緜出聲響，奥緩生光瑩。太息涪翁去，無人會此情。（《曾文正公詩集》卷三）

莫友芝

唐人諸集，以殷韻字少，難於成詩，間或附入真諄臻韻，如杜甫《東山草堂》詩、李商隱《五松驛》詩，不一而足。（《韻學源流》）

周壽昌

【古人姓名截用合用（節録）】自《左傳》祝鮀稱載書晉重耳曰『晉重』，後儒多緣此例，將古人姓名割裂入詩文中。如……李商隱《爲舉人上蕭侍郎啓》：『毛傷榮彈，鱗損任鉤。』榮，南齊垣榮祖善彈也。（《思益堂日札》卷五）

【夢雨】義山詩：『一春夢雨常飄瓦，盡日靈風不滿旗。』注家以陽臺夢雨事實之。心疑若是陽臺夢雨，何得云『一春常飄』？後閱《滹南詩話》云『蕭閑云：「風頭夢雨吹無迹」，蓋雨之至細，若有若無者，謂之夢，田夫野老皆道之。而雷溪注以爲夢中雲雨，又曰「雲夢澤之雨」，謬矣。賀方回有「風頭夢雨吹成雪」之句，又云「長廊碧瓦，夢雨時飄灑」，豈亦如雷溪之説乎？』得此始豁然。（同上卷六）

【無題詩十二首序】少愛讀義山《無題》詩，喜其寄託遥深，辭旨清麗，非但緣情綺靡也。咸豐己未庚申年間，朋友遇合之交，忽來攙搆，致生乖阻，欲言不忍，欲默不宜，迺仿義山《無題》，前後凡得十二首，知我罪我，聽諸後世可耳。（詩略）（同上卷七）

【姅變（節録）】《説文》：『婦人污也。』……李義山《藥轉》詩，或以爲是詠私胎，不知何據。（同上卷九）

于慶元

《重有感》感甘露之變，責王茂元不討亂也。前有長律二首，故曰『重』。○詞嚴義正，忠憤如見，可配少陵。（《唐詩三百首續選》）

劉熙載

杜樊川詩雄姿英發，李樊南詩深情綿邈。其後李成宗派而杜不成，殆以杜之較無窠臼與？（《藝概·詩概》）

詩有借色而無真色，雖藻繢實死灰耳。李義山却是絢中有素。敖器之謂其『綺密瓌妍，要非適用』，豈盡然哉！至或因其《韓碑》一篇，遂疑氣骨與退之無二，則又非其質矣。（同上）

宋王元之詩自謂樂天後進，楊大年、劉子儀學義山爲西崑體，格雖不高，五代以來，未能有其安雅。（同上）

詞品喻諸詩，東坡、稼軒，李、杜也。耆卿，香山也。夢窗，義山也。白石、玉田，大曆十子也。其有似韋蘇州者，張子野當之。（《藝概·詞曲概》）

林昌彝

余極喜李義山詩，非愛其用事繁縟，蓋其詩外有詩，寓意深而託興遠，其隱奥幽豔，于詩家别開一洞天，非時賢所能摸索也。雲間姚平山培謙箋注頗稱善本，蓋能知作者之意于言外，可謂義山功臣。（《射鷹樓詩話》卷三）

天上人間，知音難遇，故昔人謂座客三千，要求半個有心人絶少。李義山《鈞天》詩云：『上帝鈞天會衆靈，昔人因夢到青冥。伶倫吹裂孤生竹，却爲知音不得聽。』即此意也。又《初食筍呈座中》云：『嫩籜香苞初出林，於陵論價重如金。皇都陸海應無數，忍剪凌雲一寸心？』讀二詩令我作玄酒太羹之想。（同上）

天下多愛才慕色之人，而真能愛才慕色者實無其人。譬之於花，愛花者多，而可稱花之知己者則少焉。義山《花下醉》詩云：『尋芳不覺醉流霞，倚樹沉眠日已斜。客散酒醒深夜後，更持紅燭賞殘花。』此方是愛花極致，能從寂寞中識之也。天下愛才慕色者果能如是耶？（同上）

唐人詩：『晉陽已陷休回顧，更請君王獵一圍。』《通鑑》：『周克晉州，齊主方與馮淑妃獵，告急者驛馬三至，高阿那肱曰：『大家正爲樂，邊鄙小小交兵乃是常事，何急奏聞！』使更至云：『平陽已陷。』乃奏之。齊主將還，淑妃請更殺一圍，從之。』桂未谷云《通鑑》據高阿那肱、馮淑妃二傳。詩但述其事，不溢一詞，而諷諭藴藉，格律極高，此唐人擅長處。（同上卷六）

《歲寒堂詩話》論張文昌律詩不如劉夢得、杜牧之、李義山。文昌七律或嫌平易，五律清妙處不亞王、孟，乃愧夢得、牧之、義山哉！（同上卷八）

漁洋山人《萬首絶句選．凡例》云：『……昔李滄溟推《秦時明月漢時關》壓卷，余以爲未允。必求壓卷，則王維之《渭城》，李白之《白帝》，王昌齡之《奉帚平明》，王之渙之《黄河遠上》其庶幾乎？終唐之世，絶句亦無出四章之右者矣。中唐之李益、劉禹錫，晚唐之杜牧、李商隱四家，亦不減盛唐作者』云。山陽《潘彦輔詩話》云：『唐人前有絶句，其源本不爲不富，漁洋選之，每遺佳作，隨意簡出，如……義山『向晚意不適』……等，皆天下之奇作，而悉屏不登，何也？』（同上卷十二）

近代七言律詩最爲沉雄者首推吴梅村，蓋能以西崑面子運老杜骨頭者，自義山、遺山而後殆無其匹。（同上卷十六）

元遺山七言律詩氣格高壯，結響沉雄，足合少陵、西崑爲一手。（同上卷二十三）

《養一齋詩話》云：丁儉卿考證宏富，偶以秋谷《聲調譜》平仄之一定者爲疑，作書以答之曰：……李義山「相與炟赫流淳熙」句，趙氏注赫字曰：此字必仄，蓋下面三平，此處亦平，則音不諧。如「封狼生貙貙生羆」七字平聲，轉覺其諧，而一赫字易平聲則不諧者，以字之平仄相雜故也。』韓詩『快劍斫斷生蛟龍』，『杲杲寒日生於東』，皆用此義，不可枚舉，……亦無可疑者也。（同上卷十九）

七絶喜深而不宜淺，喜婉曲而不宜平直。……李義山《夜雨寄北》云：『君問歸期未有期，巴山夜雨漲秋池。何當共剪西窗燭，却話巴山夜雨時。』眼前景却作後日懷想，此意更深。（同上卷二十一）

詩從對面寫法，如唐人《巴山夜雨》《蘆荻花中》，皆有加倍一層境界。高青邱《客中憶二女》云：『每憶門前兩候歸，客中長夜夢魂飛。料應此際猶依母，燈下看縫寄我衣。』（《海天琴思録》卷一）

自秀水朱竹垞《風懷詩二百韻》出，李義山《錦瑟》詩不得耑美於前矣。但詩中重複一韻，閲者不覺耳。（同上卷三）

詠史詩唐人以杜工部、劉長卿、李義山爲最。（同上卷八）

李義山詩『天意憐幽草，人間重晚晴』喻人之晚遇者。鄒蓉垞《送顧蘭厓》詩『舊雨相逢話晚晴』，即本義山詩。（《海天琴思續録》卷三）

《李太白集》中詩有與謝玄暉同者，太白喜謝詩而録之也。《李義山集》中有與杜樊川同者，同時之互相賞也。（同上卷六）

李義山詩『梔子交加香蓼繁，停辛佇苦留待君』，此用古韻，文、元通韻也。（同上卷七）

連城楊翠巖大令維屏詩，如倩女臨池，疏花獨笑。劉烱甫刺史《屺雲樓詩話》謂其詩取格在義山、山谷之間，不肯一語拾人牙慧。《篤舊集》存其詩若干首，吉光片羽，彌可寶貴。余讀其《讀山谷古風與玉谿生異貌同妍因書所見》云：『龍門百尺枯桐枝，徽以金玉絃朱絲，元音赴指超希夷。旃檀逆風鼻始受，橄欖回味舌微知。舊嗜《義山集》，今讀涪翁詩。句律精深意矜妙，乃與義山同一規。纖穠肥瘦雖異態，骨相要是傾城姿。西河諸公不解事，强在詩中作山賊。山賊見《晉書·山濤傳》。世人聞之定大笑，掉頭不顧從吾測。形容指畫本多事，心印相傳守以默。精

微酣放彀率間，手挽黄河苦無力。願鈔萬卷誦萬遍，庶造藩籬瞰閫閾。』（《海天琴思録》卷七）

蔣超伯

李玉溪集有《十字水期韋潘侍御同年不至》，又《妓席暗記送同年獨孤雲之武昌》，朱氏注均未詳。按韋潘，字游之；獨孤雲，字公遠，吏部侍郎，子損，相昭宗。詳《唐書·宰相世系表》。又按玉溪有句載《淵鑑類函》云：『假守昭平郡，當門桂水清。海遥稀蚌迹，峽近足灘聲。』是義山曾攝守昭州，傳偶遺未述也。李綽《尚書故實》云：『國朝踐歷五院者共三人，爲李商隱、張魏公延賞、温僕射造。』其『商』字乃『尚』字之譌。李尚隱中宗時爲監察御史，對仗彈崔湜，見《通鑑》，非商隱也。（《通齋詩話》上卷）

李義山《鏡檻》詩：『車帷約幰鈲。』馮浩注引《説文》：『鈲，呲圜也。』《廣韻》：『刓也，去角也。』此字亦見徐寅《斬蛇劍賦》，其句云：『空山吞象之蚊，豈鈲蓮鍔；大澤銜珠之血，不朽星光。』余曩《遊攝山》句云：『危巖轉詰曲，怪石鈲玲瓏。』（同上下卷）

元遺山《答石子章》詩：『寶劍沉埋惜元振，鐵檠豪宕見胡鉦。』按下句大誤。爲裴令公解圍者，乃胡証，非『鉦』字。韓集『振武胡十二丈』即其人也。証官至廣州節度，殁于嶺南。素與賈餗善。甘露之變，証子溵亦及于禍。李義山集中《故番禺侯以贓罪致不辜》詩，爲胡氏作也。蓋唐人小説述証事訛作鉦，遺山因而致誤。趙耘菘云：『遺山才不甚大，書卷亦不甚多。』信然。（同上）

李家瑞

詩有似是而實非者，如義山《蟬》詩：『五更疏欲斷，一樹碧無情』一聯，戈芥舟先生以爲得題之神，李廉衣先生譏其纖詭。二説均爲有理。以余考之，蟬不夜鳴，况五更正吸露之辰，非鼓翼之候，則所云『疏欲斷』者，自屬臆想之誤。下句專取上句神理，若上句有着，下句便有不言之妙；上句影響，則下句亦可删矣。（《停雲閣詩話》卷一）

張燮承

李義山《李花》云：『自明無月夜，强笑欲風天。』《蟬》云：『五更疏欲斷，一樹碧無情。』僧齊己《早梅》云：『前村深雪裏，昨夜一枝開。』……是皆能離形得似，象外傳神。賦物之作若此，方可免俗。（《小滄浪詩話》卷二）

朱庭珍

大曆以降，風調漸佳，氣格漸損。故昌谷以雄奇勝，元、白以平易勝，温、李以博麗勝，郊、島以幽峭勝，雖品格不一，皆能自成局面，亦皆力求其變者也。即張、王、皮、陸之屬，非無意翻新變故者，特成就狹小耳。晚唐衰極，五代詩亡，幾掃地盡。宋人出而矯之，楊、劉唱和，宗法玉溪，臺閣從風，號西崑體。久而堆垛撏撦，貽人口實。……（《筱園詩話》卷一）

七律以工部、右丞、義山爲法，參以東川、嘉州、中山、牧之，須求高壯雄厚，不涉空腔，乃是方家正宗。中晚風調，放翁秀句，不宜貪學，恐易於諧俗，轉難近古故也。惟拗體、吴體，宗杜須兼山谷，取其生造，於高老中，時出瘦勁，以助姿峭。五排專宗老杜，參以義山，此外無可津涉。……（同上）

紀文達公最精於論詩，所批評如杜詩、蘇詩、李義山、陳後山、黄山谷五家詩集，及《才調集》《瀛奎律髓》諸選本，剖析毫芒，洞鑒古人得失，精語名論，觸筆紛披，大有功於詩教，尤大有益於初學。……但須看公批點全本，觀其圈點之佳作以爲法，觀其抹勒之不佳作以爲戒，方易獲益。近有刊公《鏡煙堂十種》者，於各集所選，惟專取公所圈點評賞諸作，每種僅十之二三，非全書矣，何必多此一刻爲哉！（同上）

紀文達公曰：『李義山詩，運意深曲，感事託諷，佳處往往逼杜，非飛卿所可比肩，細閱全集自知。宋代楊、劉諸公，但襲其面目，堆垛組織，致招優人撏撦之誚。二馮亦但取其浮艷尖刻之詞爲宗，實不知其比興深微，用意曲折，運筆生動沉著，别有安身立命之處。方虛谷謂學杜須從山谷、後山、簡齋入手，是主江西派一祖三宗之説，乃門户迂僻之見，決不可從。王荆公謂學杜須從義山入手，却是閱歷有得之言。然學詩者，總須鎔經鑄史，以《騷》《選》及八代、三唐爲根柢。根柢既深，識力既確，然後學義山，而得其用筆運意之雄厚深曲，使事屬詞之精切婉麗，最爲有益。即兼涉西江，而得其生峭新異之致，亦非不佳，所謂兼收博取也。若根柢不深，則從江西入手，必墮偏鋒，致成粗獷之習。即學義山不善，亦有晦澀迂僻之弊，有浮靡綺縟之弊，有纖佻輕薄之弊，久之習氣愈深，均不可以正理詰矣。』此論極確，見解絶高，而以根柢爲重，與予意合，故暢衍其説而全録之。（同上）

《隨園詩話》持論多無稽臆説，所謂佞口也。……謂詩亦如物，刀鋒貴薄，刀背貴厚。古人杜陵似厚，太白似薄，玉溪似厚，飛卿似薄，並傳千載，何今人論詩，貴厚賤薄耶？而不知詩非物比，以厚爲貴，絶無貴薄之理，不惟少陵、玉溪詩厚，太白、飛卿，其詩亦厚，自來詩家，無以薄傳者。渠意以色澤詞藻之濃者爲厚，清者爲薄，不知詩之厚在神骨意味，不在外面之色澤詞藻也。……又覽《聲調譜》而失笑，謂詩爲天地元音，不必拘調。……不知《聲調譜》所論平仄，即天地元音，唐、宋大家無一不合，……至七平七仄句法，原非所忌，時可攙用，以見變化。如義山《韓碑》句：『帝得聖相相曰度』，七仄也；『封狼生貙貙生羆』，七平也。譜中方援引以爲例，子才豈未之見，何反以之爲譏耶？……（同上卷二）

吴梅村祭酒詩，入手不過一豔才耳，迨國變後諸作，纏綿悱惻，淒麗蒼涼，可泣可歌，哀感頑豔。以身際滄桑陵谷之變，其題多紀時事，關係興亡，成就先生千秋之業，亦不幸之大幸也。七古最有名於世，大半以《琵琶》《長

恨》之體裁，兼温、李之詞藻風韻，故述詞比事，濃豔哀婉，沁人肝脾。……七律佳者，神完氣足，殊近玉溪。……（同上）

前明一代詩家，以高青丘爲第一。……所爲詩，自漢、魏、六朝及李、杜、高、岑、王、孟、元、白、温、李、張、王、昌黎、東坡，無所不學，無所不似，妙筆仙心，幾於超凡入聖矣。……（同上）

楊蓉裳、荔裳昆季，學初唐四子及温、李西崑者也，華多實少，有腴詞未剪，終累神骨之病。蓉裳頗工四六，詩則品格不高。（同上）

古今合計，惟陳思王、阮步兵、陶淵明、謝康樂、李太白、杜工部、韓昌黎、蘇東坡可爲今古大家，不止冠一代一時。若左大冲、郭景純、鮑明遠、謝宣城、王右丞、韋蘇州、李義山、岑嘉州、黄山谷、歐陽文忠、王半山、陸放翁、元遺山，則次於大家，可謂名大家。……（同上）

純用實字，傑句最少，不可多得。古今句可法者，如……李義山『永憶江湖歸白髮，欲迴天地入扁舟』，高唱入雲，氣魄雄厚，亦名句之堪嗣響工部者……（同上卷三）

詠古七絶尤難，以詞意既須新警，而篇終復須深情遠韻，令人玩味不窮，方爲上乘。若言盡意盡，索然無餘味可尋，則薄且直矣。……錢牧齋《讀漢書》詩云：『漢家争道孝文明，左右臨朝問亦輕。絳灌但知讒賈誼，可思流汗愧陳平！』頗有玉溪生筆意，則又著議論之佳者。詩固不可執一格論也。（同上）

玉溪生『此日六軍同駐馬，當時七夕笑牽牛』，飛卿『回日樓臺非甲帳，去時冠劍是丁年』，此二聯皆用逆挽句法，倍覺生動，故爲名句。所謂逆挽者，倒撲本題，先入正位，叙現在事，寫當下景，而後轉溯從前，追述已往，以反襯相形，因不用平筆順拖，而用逆筆倒挽，故名。且施於五六一聯，此係律詩筋節關鍵處。中晚以後之詩，此聯多隨筆敷衍，平平順下。二詩能於此一聯，提筆振起，逆而不順，遂倍精采有力，通篇爲之添色。是以傳誦人口，亦非以『馬』『牛』『丁』『甲』見長，故求工對仗也。然使二聯出工部手，則必更神化無迹，並不屑以『此日』『當時』『回日』『去時』字面明點，必更出以渾成，使人言外得之。蓋工部以我運法，其用法入化；温、李就法用法，其馭法有痕，此大家所由出名家上也。後人學其句，而不得所以然之妙，僅於字句對仗求工。……學者勿爲所惑，從而效顰。（同上）

五言長篇，始於樂府《孔雀東南飛》一章，而蔡文姬《悲憤詩》繼之。唐代則工部之《北征》《奉先述懷》二篇，玉溪《行次西郊》一篇，足以抗衡。退之《南山》，稍次一格，然古香古色，並峙詞壇，皆文章家冠冕也。香山《悟真寺詩》，多至百三十韻，在集中亦是鉅製。然雅秀清圓而乏渾厚高古之詣，用筆用法又鮮變化，所以不能與杜、韓、李諸詩並立。……（同上）

詠梅詩，自唐以來，多連章累牘以求勝。……夫作梅花詩，宜以清遠冲淡，傳其高格逸韻，否則另出新意，以生峭之筆，爲活色疏香寫照，不宜矯激。後人一味矯激鳴高，借寓身分，不知其俗已甚，於此花轉無相涉，徒自墮塵劫惡習而已。庾子山之『樹凍懸冰落，枝高出手寒』，唐人錢起之『晚溪寒水照，晴日數蜂來』，李商隱之『素娥惟與月，青女不饒霜。贈遠虚盈手，傷離適斷腸』，崔道融之『香中别有韻，清極不知寒』，僧齊己之『前村深雪裏，昨夜一枝開』，皆相傳佳句也。中惟玉溪『素娥』『青女』二聯，謂月愛之而無益，霜忌之而有損，用意稍深，著色稍麗。然下聯即放緩一步，以淡語空際寫情。其餘各聯，均出以雅淡之筆，不肯著力形容，可見梅詩所貴在淡静有神矣。宋人林處士之『疏影横斜水清淺，暗香浮動月黄昏』，『雪後園林纔半樹，水邊籬落忽横枝』，千古名句，惜全篇俚率不稱。『雪後』『水邊』一聯更高，山谷之賞識誠允。此後寂然絶響。……後代不以神遇而以貌求，宜其日遠也。（同上卷四）

自來得名之句，有卓然可傳者，有不佳而倖成名者。名篇亦然。……七言，唐人如崔司勳《黄鶴樓》，杜工部《登樓》《閣夜》，李義山《籌筆驛》《重有感》諸篇，此千古傑作，實至名歸，勿庸多贊。……（同上）

凡五七律詩，最争起處。凡起處最宜經營，貴用斗峭之筆，灑然而來，突然涌出，若天外奇峰，壁立千仞，則入手勢便緊健，氣自雄壯，格自高，意自奇，不但取調之響也。起筆得勢，入手即不同人，以下迎刃而解矣。如陳思王之『驚風飄白日，忽然歸西山』，……李玉溪之『高閣客竟去，小園花亂飛』，……皆高格響調，起句之極有

力、最得勢者，可爲後學法式。作詩宜效此種起筆，自不患平矣。（同上）

子之學柳下，九方皋之相馬，其性情契合，在筆墨形色之外，蓋以神契，以天合也。故能自開生面，爲一朝大作手。後人效法前人，當師坡公，方免效顰襲迹之病。如西崑楊、劉諸公之學李玉溪，明前後七子之文學秦、漢，詩學少陵、東川，肖形象聲，摹仿字句音調，直是雙鈎填廓而已。嗚呼愚哉！（同上）

東坡一代天才，其文得力《莊子》，其詩得力太白，雖面目迥不相同，而筆力之空靈超脱，神肖莊、李。如魯男

譚瑩

【論詞絶句一百首·温庭筠】温李詩名舊日齊，樊南綺語説《無題》。《金荃》不譜梧桐樹，恐並《花間》也應低。（《詩志堂詩集》卷六）

吴棠

【樊南文集補編序】同年生錢楞仙少司成，少躋通顯，壯年勇退，覃精博洽，海内宗之。同治壬戌，余承乏漕河，延君主講崇實書院。君循循善誘，條晰其良楛而殿最之，不及期年，士風丕變。公餘之暇，朝夕過從，飫聞緒論，益嘆君之才有不盡於是者。而夷然沖澹，獎掖後學，爲尤不可及也。君於書無所不窺，隨手箋記，皆成條理。尤好樊南李氏之學，嘗以馮氏採本未盡賅備，因手録《全唐文》所收二百三篇，與哲弟笛仙廣文分任箋注之役。既有成書，間以示余。博而不雜，簡而能該，參伍鉤校，絶非苟作。諷玩再四，愛不去手，爰付手民，以廣流布。使士林讀之，知精能於藝文者，必根柢乎經史，其亦知所嚮往矣。同治五年歲次丙寅秋八月，盱眙吴棠撰。（錢振倫、錢振常《樊南文集補編》卷首）

高錫蕃

【樊南文集補編原序】稽文泉一册，半佚《太玄》擬《易》之經；訂昭諫八編，尚遺『秋雲如羅』之賦。自昔零珠錯落，斷璧沈霾，亶歸搜燼於炱餘，不致終淪於韋擿。然亦孤蘭之偶閟，匪如《唐棣》之都删，從未有網羅前聞，紬繹墜緒。叢殘失次，方嗟舊誥俄空；爛脱無嫌，頓喜全篇跳出。以云補亡，斯稱憙古已。《樊南甲集》編於大中元年丁卯商隱方爲鄭亞掌書記時，《乙集》則編於七年癸酉在盧弘正（案：當爲柳仲郢）東川幕中，卷各二十，體皆四六。考《唐·志》而僅贏一卷之作，按《宋史》而遞增八卷之繁。嗣是崑體真傳，贋鼎易混；禮堂手寫，足本無聞。朱長孺彙收之，而尚待於徐補；顧俠君甄采之，而尤備於馮箋。世之吮素麟毫，妃青螺黛，莫不家藏緗帙，人握靈珠，謂可綜金鑰之樞鈐，匯玉溪之支派矣。然而河東有辟書之任，何以作奏偏稀？濮陽有《重祭》之文，何以前篇不録？安陽府君爲明德所自出，而未聞叙述清芬；令狐相公曾屢啓以陳情，而不復留存隻字。疑有瓊瑰之寶，莫垂竹帛之光，資攟掇於藝林，庶挨張於文苑。我同歲生楞仙太史榮躋甲觀，博覽丁函，《鳳髓龍筋》，早冠承明之鉅製；邛花巴竹，適滋思古之幽情。乃者芸館含香，蘭臺撰史，無雙席上，畢探中祕之奇；第七車邊，大發瑶華之采。嘗取《欽定全唐文》所收商隱駢體文録之，視今本多至二百三首，釐爲四册，名曰《補編》。如窺豹斑而已得其全，譬探驪珠而悉騰其耀，信體裁之咸具，乃韜晦之必彰。緬惟顔魯公之佚篇，留氏補之於宋；蜀韋莊之遺集，毛氏補之於明。俾賸馥與殘膏，均霑後學；擬翼經而輔道，無愧功臣。據古方今，何多讓焉！猥以錫蕃幼躭齪異，泛涉羣書；壯學蟲雕，粗知偶句。卅載而編珠綴貝，敢言清麗爲文；千里而斷梗飄蓬，差同名宦不進。屬爲校正其字，弁言其端。嗟嗟！蜀水湘雲，總才人之落漠；恩牛怨李，亦季世之讒彈。而惟是上計淹車，芳華抛瑟；年年金綫，衹辦嫁衣；朵朵紅蓮，空妍府幕。僅得此筆花退豔，巢鳥餘痕。猶復香落溷中，偕李賀而泯没；劍埋獄底，俟雷煥而鋒銛。固由激傲恃才，干造物之所忌；亦屬蹇屯遭遇，極文士之同悲也。竊濡穎而欷然，願鋟梨而雪此。搨衣欲裂，君幸能拾獺之殘；托鉢誰依，我已覺抽蠶之盡。道光二十有七年歲在丁未夏四月，烏程高錫蕃撰。振倫按：《上令狐相公》七狀，是楚非綯，序中令狐二句微誤。（錢振倫、錢振常《樊南文集補編》卷首）

錢振倫

【樊南文集補編自序】樊南文集原目不可見。《四庫全書》著録，乃崑山徐氏本，藝初爲箋，章仲爲注者也。其文皆採自《文苑英華》，凡一百五十首。厥後桐鄉馮氏注出，頗糾其箋注之誤，而於篇目無甚出入。其引明《文瀾閣書目·義山文集》十册，崑山葉氏《菉竹堂書目·義山文集》十一册，固疑其不止於此矣。振倫曩官京師，恭誦《欽定全唐文》七百七十一之七百八十二所收李義山文，較諸徐、馮注本多至二百三首，惜未知採自何書，曾手録之。咸豐改元，以憂返里，復偕弟振常分任箋注之役。嗣見阮文達所譔《胡書農學士傳》云：從《永樂大典》録出樊南佚文四百餘首。乃恍然於所由來。而數尚不合，亟從學士子次瑶孝廉乞得録本對校之，則即此二百三首，其間字句小有異同，亦藉以考定。《永樂大典》今存翰林院敬一亭，悔未及對校，又知文達所謂四百餘首者，或合徐本之百五十首約略言之，非此二百三首外，尚有佚文二百首爲《全唐文》所未採也。庚申，賊擾江、浙，倉卒渡江而北，平生書篋，悉付灰燼，而此本居然獨存。展卷重觀，如隔世事。所注間有未備，比因主講袁浦，同年吳仲宣漕帥富藏書，獲從乞借補注之，編爲十二卷。夫以振倫兄弟之譾陋，上方徐氏昆季，誠不可道里計，惟是頻年捃摭之功，不忍輕棄。今兹稿本粗定，尚冀有好事如馮氏者糾余之失，更合本集以成完書，則此編其猶嚆矢也已。同治三年歲在甲子孟冬之月，歸安錢振倫序。（《樊南文集補編》卷首）

【樊南文集補編凡例】一、徐、馮注本雖由綴集而成，但行世已久，不得不謂之本集。是編有與相涉者，悉於題下注明，以便互勘。

一、文首標題，按其年月，有必不可通者，當爲傳鈔之誤，今各疏所疑於下，不敢擅易原題。

一、文有箋注，例加於首見之篇。惟王茂元一生仕履，備詳於《外舅司徒公文》，非詳引史傳，則散見於前者，轉難稽核，故特立此變例。

一、帝虎、魯魚，書中恒有。是編如張佚誤『秩』，劉恢誤『恢』，尚易辨也；若雒陽之誤維揚，廣漢之誤廣陵，則似是而非，必經妄人臆改。兹就灼知者摘正之。此外未注諸條，固緣見書苦少，抑未必無點畫之訛也。

一、《祭韋太尉文》二首，確爲符載之作，故退一字别之，仍依原第録注其文，以備參考。

一、玉溪生詩題有《彭陽公誌文》；本集文中所述，有《才論》《聖論》《奠牛太尉文》；《補編》文中所述，有《紫極宫銘》；馮氏引《金石録》有《佛頌》，《全蜀藝文志》有《懷安軍碑記》《爲八戒和尚謝復三學山精舍表》，皆知其題而佚其文。近人孫梅《四六叢話》内載義山《修華嶽廟記》，云出《華嶽集志》，今附卷末，然亦未敢深信也。

一、馮氏《玉溪生年譜》，於無可取證之中，旁搜互勘，酌定年月，用心亦良苦矣。惟是編行狀等篇，爲馮氏所未見，故譜中不無臆斷而訛，今糾正數條，附於書後。

一、振倫家乏藏書，且罕知交。是編初創，武康王松齋孝廉誠曾爲蒐採數十條。及其將成，江山劉彦清農部履芬又爲删節數百條，但遺漏舛誤，終不能免。大雅君子續有見示，當别爲補注一卷，以志多聞之益。（同上）

葉　煒

韓文公《贈張曙詩》云：『久欽江總文才妙，自嘆虞翻骨相屯。』以忠直自比，而以奸佞待人，豈聖賢謙己恕人之意哉！考曙之爲人亦無奸佞似江總者。若曰以文才論，何不以鮑照、何遜爲比，而必曰江總乎？此乃韓公平生之病處，而宋人多學之，謂之占地步。心術先壞矣，何地步之有？右《楊升庵外集》載之如此。煒按：唐承六朝之敝，江總文名震于梁陳間，故唐人言文才每推崇之。如李義山《贈司勳杜十三員外》詩云……由此觀之，狎客多人獨欽總持者，略其生平，重其文才耳，不獨韓公一人云然，宋人學之，豈韓公之初心哉！李義山《九成宫》詩：『風入周王八馬蹄』，或謂穆王八駿刺佚遊。紀文達公云：王融《曲水詩序》、庾信《華林園馬射賦》率作佳事用，不以爲刺。大抵唐人比擬人物，衹取一節，不似後來之拘忌。紀公是説，足以折服升庵。（《煮藥漫鈔》卷下）

吴仰賢

杜牧詩：『高人以酒爲忙事，浮世除詩盡强名。』常語耳。楊誠齋詩云：『青天以水爲明鏡，白鷺前身應釣師。』句更新警，此善于脱胎者。若李義山詩云：『死憶華亭聞唳鶴，老憂王室泣銅駝。』沈彬云：『生希沙漠禽驕虜，死奪河源答聖君。』放翁效之曰：『生擬入山隨李廣，死當穿塚近要離。』『生希李廣名飛將，死慕劉伶醉贈侯。』劉後村云：『生慚族老名高尚，死慕先賢謚醉吟。』此皆襲其調矣。（《小匏庵詩話》卷一）

義山古詩《韓碑》一首，即仿昌黎，在集中另是一副筆墨。次則《偶成轉韻七十二句》，異曲同工，但不如《韓碑》之整鍊耳。餘皆香草閒情，體類長吉。或疑以義山之才，如《韓碑》等篇何不多覯。不知古人攻詩，各就其性之所近，併力專精，不敢歧出，卒乃自成一家。今人才不逮昔賢，輒思無體不工，無格不備，徒舍一己之性情，依傍揣摩，得其糟粕而已。（後來惟高青邱論詩必兼師衆長，竹垞亦曰『季迪之才始于兼，故其體備』。）（同上）

李義山《詠柳》云：『爲有橋邊拂面香，何曾自敢佔流光。後庭玉樹承恩澤，不信年華有斷腸。』金檜門德瑛《郊西柳枝》云：『西直門邊柳萬枝，含煙帶露拂旌旗。長是至尊臨幸地，世間别離不曾知。』二詩風調相似。（同上）

李義山云：『看山對酒君思我，聽鼓離城我憶君。』李羣玉云：『正穿屈曲崎嶇路，又聽鉤輈格磔聲。』金地藏云：『愛向竹欄騎竹馬，懶於金地聚金沙。』陸放翁云：『喚船野渡逢迎雪，攜酒溪頭領略梅。』楊誠齋云：『鷗邊野水水邊屋，城外平林林外山。』元葉茵云：『有水可漁田可稼，即松而徑竹而門。』王次回云：『見説人歸歸雁

後，那堪淚落落花前。』近潘功甫云：『石湖白石平分宋，山谷遺山割據唐。』此種句法，皆由獨造。（同上）

余初學詩，從玉谿生入手。每一握管，不離詞藻。童而習之至老，未能擺脱也。然義山實有白描勝境。如《詠蟬》云：『五更疏欲斷，一樹碧無情。』《詠柳》云：『橋迴行欲斷，隄遠意相隨。』《李花》云：『自明無月夜，强笑欲風天。』《落花》云：『高閣客竟去，小園花亂飛。』《樂遊原》云：『夕陽無限好，只是近黄昏。』《即日》云：『重吟細把真無奈，已落猶開未放愁。』《復至裴明府所居》云：『求之流輩豈易得，行矣關山方獨吟。』數聯皆不著一字，盡得風流。然余尤極喜《鄠杜馬上念漢書》一首：『世上蒼龍種，人間武帝孫。小來惟射獵，興罷得乾坤。渭水天開苑，咸陽地獻原。英靈殊未已，丁傅漸華軒。』此詩『興罷得乾坤』五字，化工之筆，足傲老杜。末言宣帝貴許、史，啓成帝之任外戚，延及哀、平，委政王莽，儼然史筆。千餘年來，惟山谷賞之，而選家鮮録此，何也？（同上）

詩貴含蓄，亦有不嫌説盡者。文通《别賦》惟曰『銷魂』，而義山詩云：『人世死前惟有别。』又云：『遠别長於死。』言别者無以加矣。『一將功成萬骨枯』，此苦語也，而于濆詩云：『赤肉痛金創，他人成衛霍。』以死者之無知，不若生者之相形增痛，此亦用加倍寫法。（同上）

李義山詩：『夕陽無限好，只是近黄昏。』宋程伯子詩：『未須愁日暮，天際是輕陰。』兩人身世所遭不同，故其詠懷寄託亦異。義山以會昌二年釋褐（按：義山釋褐在開成四年），在甘露之變後，歷武、宣二主，僅稱小康，而大勢已去矣。伯子生神宗全盛之日，使無荊舒之蒙蔽，則政教昌明未可量也。寥寥十字，兩朝興廢之迹寓焉。此與范文正、高青邱之賦卓筆峯同。孰謂詩人吟風嘲月，無當於輶軒之采乎？（同上）

葉尚書方藹撰《王西樵考功誌文》畢，作詩寄阮亭云：『敢云下筆不加點，差喜臨文無媿辭。』此活剥李義山『敢伐不加點，猶當無媿辭』一聯，恐當日瞞不過漁洋老子耳。（同上卷三）

【讀玉溪生詩】《南華》徵事曾留恨，東閣題詩也見疑。時宰愛才從古少。文章憎命欲何爲。美人聊託《離騷》感，舊史偏來詭激訾。望帝春心忠愛意，千篇學杜得藩籬。（《小匏庵詩集》）

菊孫

【小匏庵集題詞】《小匏庵集》諸體咸備，蓋多師以爲師者。而溯厥歸墟，大抵本温、李之麗情，兼范、陸之别致，而又参之新城、秀水以極其神韻，漱其英華，故骨秀天成，絶無塵壒。近時作者，未能或之先也。（吴仰賢《小匏庵詩集》）

王先謙

【思益堂集録（節録）】（周自莽）先生於歷代詩家靡不抉精洞奥，故其爲詩奄有衆妙，要以義山、劍南爲師。（周壽昌《思益堂集》）

孫衣言

【書姬傳先生今體詩鈔序目後（節録）】予謂五言當止於貞元。七言唐當止於玉溪生，宋當但取蘇、黄、放翁，而以金之遺山附之，乃能成一家之風旨，示後世以涂轍。（《遜學齋文鈔》卷十）

何日愈

禎卿又問鍊意，阮亭以安頓章法，慘淡經營答之。愚謂安頓章法是命意，非鍊意；慘淡經營是苦思，亦非鍊意。所謂鍊意者，乃温柔敦厚之謂。均詠楊妃也，『如何四紀爲天子，不及盧家有莫愁』，句非不工，字非不鍊也，特意傷儇薄，故後人議之。『終是聖明天子事，景陽宮井又何人』，便得風人之旨，此鍊意者也。（《退菴詩話》卷一）

金武祥

詩句有全平全仄者，如玉溪《韓碑》詩『封狼生貙貙生羆』『帝得聖相相曰度』是也。蘇、黄諸家時時有之。（《粟香隨筆》卷二）

甲子歲暮，余在章門，曾於甲戌坊書肆購有翁覃溪學士爲戴可亭相國手批《漁洋山人精華録》四册，其評論有與《小石帆亭著録》《石洲詩話》可以互相發明者，因備録之。……《涪翁》一首：李義山極不似杜，然善學杜者無過義山；黄山谷極不似杜，而善學杜者無過山谷。以山谷配杜，固不必也，然而山谷詩處處皆杜法也。（同上卷五）

楊深秀

【仿元遺山論詩絶句五十首（專論山右詩人）】輕薄嗤人太跚嚣，《金荃》浮艷玉溪佻。千年論定功臣在，顧秀野同程午橋。（温庭筠、李商隱）（《雪虚聲堂詩抄》卷三《并址皋比集》，見張元濟《戊戌六君子遺集》）

施補華

《三百篇》比興爲多，唐人猶得此意。同一詠蟬，虞世南『居高聲自遠，端不（當作『非是』）藉秋風』，是清華人語；駱賓王『露重飛難進，風多響易沉』，是患難人語；李商隱『本以高難飽，徒勞恨費聲』，是牢騷人語。比

興不同如此。（《峴傭説詩》）

譏刺語須含蓄，如少陵『落日留王母，微風倚少兒』，太白『漢宫誰第一？飛燕在昭陽』，『只愁歌舞散，化作彩雲飛』，皆刺明皇、楊妃事，何等婉曲！若香山《長恨歌》，微之《連昌宫詞》，直是訕謗君父矣。詩品人品，均分高下。義山『如何四紀爲天子，不及盧家有莫愁』，尤爲輕薄壞心術。（同上）

少陵七律，無才不有，無法不備。義山學之，得其濃厚；東坡學之，得其流轉；山谷學之，得其奥峭；遺山學之，得其蒼鬱；明七子學之，佳者得其高亮雄奇，劣者得其空廓。（同上）

『路經灔澦雙蓬鬢，天入滄浪一釣舟』，李義山『永憶江湖歸白髮，欲回天地入扁舟』全學此種，而用意各别。（同上）

義山七律，得於少陵者深，故穠麗之中，時帶沉鬱。如《重有感》《籌筆驛》等篇，氣足神完，直登其堂，入其室矣。飛卿華而不實，牧之俊而不雄，皆非此公敵手。（同上）

《聖女祠》：『一春夢雨常飄瓦，盡日靈風不滿旗』，作縹緲幽冥之語，而氣息自沉，故非鬼派。（同上）

《無題》詩多有寄託，以男女比君臣，猶是風人之旨。其間意多沈至，語不纖佻，非冬郎《香奩》可比。（同上）

《碧城》諸詩，似説楊妃事，而語特含渾。至『鄂君悵望』二句，明指壽皇，猶較《馬嵬》藴藉。（同上）

戴叔倫《三閭廟》：『沅湘流不盡，屈子怨何深。日暮秋風起，蕭蕭楓樹林。』並不用意，而言外自有一種悲涼感慨之氣，五絶中此格最高。義山：『向晚意不適，驅車登古原。夕陽無限好，只是近黄昏。』歎老之意極矣，然祇説夕陽，並不説自己，所以爲妙。五絶七絶，均須知此，此亦比興也。（同上）

李義山『君問歸期』一首，賈長江『客舍并州』一首，曲折清轉，風格相似；取其用意沈至，神韻尚欠一層也。（同上）

義山七絶以議論驅駕書卷，而神韻不乏，卓然有以自立，此體於詠史最宜。（同上）

李慈銘

燈下戲鈔宋人絶句。宋人此事，固多名什。東坡、石翁、放翁、白石四家，尤清遠逼唐人。然僅到劉文房、韓君平止耳。求如龍標、太白、李十郎者，竟不可得。即晚唐許丁卯之雋永，李玉谿之幽鍊，韓冬郎之濃至，亦皆不及。此固時爲之耶？（《越縵堂詩話》卷上）

七絶則江寧、右丞、太白、君虞、義山、飛卿、致堯、東坡、放翁、雁門、滄溟、子相、松圓、漁洋、樊榭十五家，皆絶調也。（同上）

閲桐鄉馮孟亭御史浩《玉谿生詩集詳注》三卷，《樊南文集詳注》八卷，詩有錢香樹尚書序及自序，文有錢茶山尚書序，又有王西莊閣學《詩文注總集序》，……其書極一生之力，多正朱長孺、徐藝初兩家之誤，屢有補訂，極爲細密。文後又附輯逸句，然頗傷蔓引，又多辨舊注不甚關係之事，且喜推測詩意，議論迂腐，筆舌冗漫，時墮學究之習。至求詳太過，往往複沓瑣碎，轉淆檢閲。其弊亦與其子星實鴻臚應榴所注蘇詩正同。自宋迄國初，錢蒙叟、朱長孺注詩文家，皆斷制簡括，不如是也。然考玉谿詩文者，詳博無逾之矣。朱氏極推義山之忠愛，有知人論世之識，馮頗詆之。西莊爲馮之門人，乃益言其浮薄。馮、王皆非知詩者，宜其言之過矣。（同上卷下）

夜閲《李衛公集》。中唐以後文，自韓、柳外，首推牧之，次則衛公，次孫可之，次李文公，次皇甫持正、李元賓，又次則獨孤文公、元次山、劉中山、李遐叔、李子羽、梁補闕、蕭茂挺、歐陽四門。若張文昌、元微之、李義山，又其亞也。劉文泉、沈下賢、皮襲美、陸魯望，已不免村野氣太重。司空侍郎、羅江東，則樸不勝俗，健不勝麁矣。（《越縵堂讀書記》卷八文學《李衛公集》）

上午閲李義山《樊南文集》。義山詩律雅鍊，固不待言，古文亦齊名孫可之、皇甫持正、杜牧之諸家。四六尤爲中唐後一大宗，論者謂不特非宋人所及，即王、楊四子亦覺遜之。余嘗論四六雖大家所不經意，然初唐後竟失傳。

蓋六朝人整鍊者如百戰健兒，流麗者如簪花美女，其氣息神韻，均不可及。又能不見堆垛之跡，如徐熙畫梅，無一瓣複衍。王、楊四子稍滯矣，然如王、謝子弟，揮麈談笑，總饒俊逸。燕、許二公更弱矣，而短衣勁服，猶有古裝。至陸宣公、李樊南，全以氣行文，大開宋人門徑，如法師參禪，武將賦詩，時露山野氣、風雲色，自鄶以後無譏矣。樊南尤長者，推祭誄諸文，然概以四字成句，率多浮詞套語。余雅不喜此體。近周叔子礜芬極詆之，謂其出語庸劣，有并不及宋人者。今日細看數篇，乃知國朝陳迦陵、吴薗次諸家，直胎息于此。一經傳法，已墮惡道矣。惟小文如《李長吉傳》《與令狐拾遺書》《蝨賦》諸作，固自佳；《爲王茂元檄劉稹文》，亦不弱陳孔璋輩。義山極推崇昌黎《平淮西碑》，其作《李衛公會昌一品集序》，力倣之，而才實相遠，蕪詞枝語，衝口即出；稱頌處雖極用意，亦時有失體語，與鄭亞改本相較，相去遠甚。此君固非大手筆也。序作于宣宗大中元年，時文饒已三貶爲太子少保分司，亞亦由中丞貶外。未幾以吴湘獄，貶文饒司户崖州，亞以審是獄時爲御史知雜，亦再貶循州刺史。而序中尚極意推重，擬之天之春秋，地之秦洛，人之伊周，足見衛公當日聲望之隆，而朋黨之固結不可解也。然不以失勢反面，如鄭公者，亦君子人與！（同上卷八文學《樊南文集》）

閲馮孟亭侍御浩《玉谿生詩注》。孟亭於此書幾用一生之力。其考證史事，固爲詳盡，而筆蕪詞漫，附會迂曲，時復不免，轉不及朱長孺本也。（同上卷八文學《玉谿生詩註》）

閲《玉谿生詩注》，馮氏不通訓詁，所解時失之鑿，又未深知義山詩恉，蓋用力勤而識不足也。（同上卷八文學《玉谿生詩注》）

閲玉函山房所輯小學諸書，……有録無書者……《開元文字音義》《義雲章》、李商隱《李氏字略》，共八種。（同上卷十一綜合參考《玉函山房輯佚書》）

李義山　此乃工部員外郎之誤，非有他據也。然義山尚是檢校員外郎，非真授者，與杜少陵同，皆以使府官檢校京職，故陸魯望謂玉谿生官不掛朝籍而死也。（《越縵堂讀書簡端記》批《十駕齋養新録》）

吴梅村《過錦樹林玉京道人墓并序》此序風致絶似李玉谿小文。（同上批《吴梅村詩集箋注》）

《張惡子廟》義山此等作，已開西涯小樂府塗徑。（同上批《唐人萬首絶句選》）

《夜雨寄北》（三四句）淡寂中有無限意理。（同上）

《柳》（曾逐東風）（已帶斜陽又帶蟬）七字寫得蕭寥萬狀。（同上）

《木蘭花》（幾度木蘭舟上望，不知元是此花身）嚼蠟語，乃小兒所羞道者。（同上）

以參撾爲皆是曲調之名，則義山詩何得云『誰摻禰衡撾』？蓋撾自是擊鼓杖之名，因之以杖撾人亦曰撾，如《後漢書·第五倫傳》言『卿撾婦翁』是也。《漁陽》參撾者，言衡方爲《漁陽》曲，以擊鼓也。（同上《清白士集》卷二十讐記三史《文苑·禰衡傳》《漁陽》參撾條）

何　拭

【袁穀廉年丈邃懷堂詩鈔序（節録）】論才者盡於三，天地人是已。而人實兼天地之才以爲才。故人才亦盡於三，吾於詩也決之矣。夫晦明寒暑，日月風雨，無始無終，忽來忽去，此天之才也。以詩言之，則爲大才。山川起伏，草木榮落，蔚然而深，繚然而曲，此地之才也。以詩言之，則爲奇才。眉目秀長，手足端方，精神吐納，聲氣沉揚，此人才也。以詩言之，則爲清才。大才則前有陳思，後有子美。韓、蘇其庶幾哉？奇才則青蓮、長吉異曲同工，此外無聞也。惟清才則似易而難，似廣而狹。其派亦有三：陶韋、元白、温李而已。樂天有時似陶韋，微之有時近温李，然未有能兼之者。（《悔餘庵詩文集》卷四）

史念祖

【讀玉溪生詩集書後】滄海搜奇自有珠，功名應亦嘆歧途。侍臣渴已同司馬，丞相心難悟令狐。眉緑縱教仙叟

識，眼青可悔贊皇無？當時《錦瑟》魂消際，定與尋常綺語殊。（《俞俞齋詩稿》上）

譚獻

李義山詩，最善學杜。評陳克《菩薩蠻》二闋。首闋起句「赤闌橋盡香街直」。（《復堂詞話》）

（沈傳桂詞）以温、李詩筆入詞，自是精品。《篋中詞》徐珂按：此評沈傳桂《高陽臺》詞（同上）

王闓運

張若虛《春江花月》用《西洲》格調，孤篇橫絶，竟爲大家。李賀、商隱，挹其鮮潤；宋詞元詩，蓋其支流。宮體之巨瀾也。（《湘綺樓説詩》卷一《論唐詩諸家源流答陳完夫問》）

古之詩，今之會典奏議之類；今之詩歌，古之樂也。四言如琴，五言如笙簫，歌行七言，如羌笛琵琶，繁絃雜管，故太白以爲靡。然人不能無哀樂，哀樂不能無偏激感宕，故自五言興而即有七言。而樂府琴曲，希以贈答，至唐而大盛。凡四言、五言所施，皆有以七言代之者，而體制殊焉。初唐猶沿六朝，多宮觀閨情之作。未久而用以贈答、送別、分題，或拈一物一事爲興，篇末乃致其意。高、岑、王維諸篇其式也。李白始爲敘情長篇。杜甫亟稱之而更擴之，然猶不入議論。韓愈入議論矣，苦無才思，不足運動，又往往湊韻，取妍釣奇，其品益卑，駸駸乎蘇黄矣。元白歌行，全是彈詞。微之頗能開合，樂天不如也。今有一壯夫，擊缶喧呼，口言忠孝；有一盲女，調絃曼聲，搬演傳奇。人將喜喧叫而屏絃索耶？抑姑退壯夫而進盲女也？韓、白之分亦猶此也。張籍、王建，因元白諷諫之意而述民風；盧仝、李賀去韓之粗獷而加詼詭；鄭嵎、陸龜蒙等爲之木訥纖俗；李商隱之流又嫌晦澀，其中如敘事抒情諸篇，不免費辭，猶不及元、白自然也。李東川歌詩十數篇，實兼諸家之長而無其短。參之以高、岑、王、

李之澤，運之以杜、元之意，則幾之矣。元次山又自一派，亦小而雅。（同上卷三《論七言歌行流品答完夫問》）

七律亦出于齊梁。而變化轉動，反局促不能騁。唯李義山頗開町畦，馳騁自如，乘車于鼠穴，亦自可樂，殊不足登大雅之堂也。（同上卷四《論漢唐詩家流派答唐鳳廷問》）

牡丹始重于唐開元間，故杜子美在蜀絶無題詠，其時風氣未開，未被僻遠也。至李義山游西川，集中牡丹詩頗多。北宋初彭州朱牧遂品第十種，以抗《洛譜》。陸務觀乃以彭花爲蜀中之冠，自此名播海内。（同上卷二）

張之洞

【讀史絶句二十一首·李商隱】芙蕖霧夕樂新知，牛李裴回史有辭。未卜郎君行馬貴，後賢應笑義山癡。（《張文襄公全集》卷二二八）

吴汝綸

《錦瑟》此詩疑爲感國祚興衰而作。五十弦，一弦一柱，則百年矣。蓋自安史之亂至義山作詩時，凡百年也。夢迷蝴蝶，謂天寶政治昏亂也；望帝春心，謂上皇失勢之怨也；滄海明珠，謂利盡南海；藍玉生烟，謂賢人憔悴也。結言不但後人感弔，即當時失者已有顛覆之憂也。（《桐城先生評點唐詩鼓吹》）

《韓碑》姚薑塢云：此詩前代無推信者，至阮亭始取以配昌黎。又云：此詩瑰麗旁礴，亦昌黎所尠。闓生案：此詩琢句有近韓處，至其取勢平衍，意亦庸常，無縱蕩開闔、跌宕票姚之韻，以故無甚可觀。王、姚、劉諸公皆盛推贊，以爲有過昌黎，蓋非篤論也。（《古詩鈔》評語）

曾紀澤

【無題并引（節録）】玉谿生寓感慨於風情，語不盡解，而意味已深。（《曾惠敏公文集·歸樸齋詩鈔》己集下）

張佩綸

義山詩如《馬嵬》以虎雞馬牛同用，前人已譏之矣。《可嘆》一首，秦宫、赤鳳、宓妃、陳王與梁家、趙后並用，亦嫌重複。《隋宫》『日角』『天涯』之對，上句無乃硬湊，而世皆以爲佳，耳食而已。（《澗于日記》庚寅）

飛卿與玉溪並稱，格致不逮遠甚。……李之所以勝温者，以有餘味，而以通杳冥耳。善品詩者必能辨之。（同上辛卯上）

義山詩須深于唐事，始得其用意之所在。馮注惟以牛李黨横據胸中，連篇累牘，無非爲令狐而發，何其淺陋也！《宫中曲》：『欲得識青天，昨夜蒼龍是。』此以漢薄后事喻大中鄭太后本李錡妾也，視《杜秋詩》尤雋雅不露。與『英靈殊未已，丁傅漸華軒』參觀，寄慨無窮矣。（同上）

……以余意斷之，（《井泥》）殆與樊川《杜秋詩》同旨，皆爲大中初年作。鄭太后本李錡妾。杜云：『光武紹高祖，本系由唐兒』，即此所云『長沙啓封土，豈是出程姬』也。而『嬴氏并六合，所來由不韋』，則語更咄咄。蜀魄淮雞，明武帝上賓，皇子被廢，與『黄門攜』相□，足以見廢立之策均由宦官耳。宣宗以令狐楚用綯，綯由父資得進，則反之曰：如伊尹者，豈如漢法以父任得官耶？（唐兒本程姬侍兒，鄭亦郭太后侍兒，尤爲精切。）又曰：李衛公《伐國論》苻堅納慕容姊弟，秦宫有『鳳兮』之謡，大意亦爲鄭、杜而發，此詩『何妨起戎氏』，亦即暗指此事也。（同上）

玉溪生《東阿王》詩：『國事分明屬灌均，西陵魂斷夜來人。君王不得爲天子，半爲當時賦《洛神》。』又，《涉洛川》詩意亦同此，以宓妃比楊妃，以東阿比陳王，以灌均比中人，意甚明白。徐注誣賢妃有私，已傷忠厚。馮浩謂別有豔情，尤屬支離。似此穿鑿，詩之魔障更多，可謂玉溪罪人矣。（同上戊子）學韓者易失之粗，學白者易失之滑，韓、白不任咎也。世不知韓，玉溪所謂『句奇語重喻者少』耳。（同上辛卯下）

余評義山詩，增出刺鄭顥之説，頗自覺其精當，已詳考，墨諸書眉矣。更有未盡者，如《又效江南曲》云：『莫以《采菱》唱，欲羡秦臺簫。』意尤分明顯淺。《無題》云：『東家老女嫁不售，白日當天三月半。溧陽公主年十四，清明暖後同牆看。』老女自喻，公主以刺戚畹。《蝶》詩云：『重傅秦臺粉，輕塗漢殿金。』《銀河吹笙》云：『不須浪作緱山意，湘瑟秦簫自有情。』喻己以宗室流落，令狐、鄭以戚黨翩翔。《無題二首》一七律云：『身無彩鳳雙飛翼，心有靈犀一點通。』一七絶云：『豈知一夜秦樓客，偷看吴王苑内花。』亦言己雖疏遠，而一心事主；彼雖貴近，而藉勢干權。秦樓雙鳳，互相發明。馮孟亭乃謂次首乃竊窺王茂元姬人，太傷輕薄，何其目光如豆乎？不獨此也，《韓碑》一首，亦是自喻。碑因唐安公主而仆，亦況令狐與鄭顥以公主之勢排陷異己，扶植私人，而已在擯斥之列耳。要之，宣宗一朝，專任元和子孫，固有成見。而倚任令狐，實因與鄭氏姻婭之故；寵愛鄭顥，實因公主下降之故。《新》《舊書》雖言之不詳，其迹實不能掩，而讀史者略之，甚至注義山之詩者亦略之。於是《無題》各篇，沉鬱頓挫之懷，千古莫喻。强作解人，則以爲刺入道公主而作。求之史，既于情事不合；且公主入道，即間有放恣，亦于國事何涉，而煩義山爲之揚垢播污，談及中冓乎？惟其目擊權奸戚黨，蔽日滔天，爲國爲身，情難自已，故不免反復長言，託于香草美人之旨。而注家轉以盜贓，誣及古人，執此吹求，勢且以《離騷》爲屈子之有遺行矣。不亦哀哉！（同上壬辰上）

余評義山詩既主朱長孺，駁馮孟亭矣，都下又得程午橋本，擬擇其足助予説者録之。如《潭州》一首，謂傷衛公之遠貶，以《渾河中》謂嘆大中討党項之無人，《讀任彦昇碑》，以爲爲令狐子直作，皆恰合情事。乃益嘆孟亭之

穿鑿附會，誣蔑文人，爲心勞日拙耳。（同上）

義山之詩，沈博絶麗，而史稱其放利偷合，詭薄無行。朱長孺注其詩，獨以爲失實。其言曰：『令狐之惡義山，以其就王茂元、鄭亞之辟；其惡茂元、鄭亞，以其爲贊皇所善。綯之繼父，深險尤甚。贊皇失勢，與不逞之徒竭力排陷，此其人可附離爲死黨乎？義山之就王、鄭，未必非擇木之智，涣丘之公。此而目爲放利偷合，詭薄無行，則必將朋比奸邪，擅亂朝政如八關十六子之所爲，而後謂之非偷合、非無行乎？』徐湛園之説則曰：『義山爲楚門下士，黨牛之黨者也。茂元所恃，不獨衛公，從亞非義山本懷，集中刺衛公詩不一而足，謂黨贊皇之黨，吾不信也。』馮孟亭調停其説，謂『小臣文士，絶無與於輕重之數』，似矣。而又謂『義山既以綯力得第，乃心懷躁進，遽託涇原。此《舊傳》所云「綯以背恩，惡其無行」也。既而赴鄭幕者，所以重綯之怒；最後在盧、在柳，皆衛公所賞識，聊謀禄仕，並非黨李之黨，亦非黨牛之黨。惟統觀全集，其無行誠不能解。得第未仕，背恩而赴涇原；茂元卒，又修好于令狐；令狐出刺吴興，又膺桂管之辟；桂府遽罷，衛公叠貶，令狐入居禁近，則又哀詞祈請，如醉如迷。迨綯宿憾不釋，乃絶望而以《漫成五章》隱附衛公，冀取重于千載後。一人之筆，矛盾互持，植品論交，兩無定守，徒博後世浮華無實之誚，悲夫！』三説各有所見，顧世之讀玉谿生詩者自擇焉。余取舊、新兩書讀之，則三家之説皆非也。《舊傳》：『商隱既爲茂元從事，宗閔黨大薄之。綯以商隱背恩，尤惡其無行，久之，鄭亞請爲觀察判官。大中初，亞坐德裕貶循州，商隱隨亞在嶺表。明年綯相，屢啓陳情，綯不之省，爲徐州書記，府罷入朝，復以文章干綯，乃補太學博士。商隱與温庭筠俱無特操，恃才詭激，爲當塗者所薄，名宦不進，坎壈終身。』《新書》則以『茂元善德裕，而牛李黨人蚩謫商隱，以爲詭薄無行。亞亦德裕所善，綯以爲忘家恩，放利偷合』云。夫《舊書》于義山尚有貶詞，而《新書》則無之。所謂放利偷合、詭薄無行，乃綯及牛李黨人指摘之詞，非史論也。長孺知爲義山辨，而誤以時人浮議爲史家定評，是讀史不審也。湛園以爲義山直是牛黨則更謬。孟亭調停兩家之説，而以爲義山忽李忽牛，此類人滔滔皆是，存其論足以風世。然既注義山之詩，不以責綯而以責義山，豈篤論也。夫贊皇之與楚不叶，不如牛李之深讎也。茂元之爲贊皇所善，義山未昏之先，度不深知。其時綯之黨微力薄，不能致義山于秘近，豈能禁其不昏不宦？則義山之應涇原，不得謂之負楚，何背恩無行之有？及令狐出刺吴興，鄭亞出膺桂管，正衛公秉政之時，令狐方不肯以牛黨自異，見義山在桂幕中，安知其不互相引□，冀以交歡鄭亞，而上達衛公？（按：此節事實有誤）則所謂放利偷合者，亦入相後追怨拒絶之詞，而非當時已有此貶恨之語。其忌衛公，忌其權也；其忌義山，忌其才也。小人得位，無所不忌，義山不悟，而猶有所祈請，君子憐之哀之，何忍苛于饑寒之才士，而原夫貴倨之大官耶？（有所祈請亦注家據史而證之，吾恐不然。）至若《舊書》之責商隱無特操，似確評矣。而所謂恃才詭激，爲當塗所薄，名位不進，坎壈終身，則所識何其陋也夫！當塗所薄，而名位不進，此一定之理也。然其恃才則無確證。且其人爲賢相所薄，史亦薄之可也；其人爲權相所薄，史亦從而薄之，何也？有無特操而名位不進者，亦有有特操而名位不進者，又可以坎壈而即斷其爲詭激歟？夫使義山果達，則其人不在《文苑傳》中；在《文苑傳》中，其名位必不進。然則一卷《文苑傳》，其人皆無特操耶？所不解也。惟是文人自處，則當自審其公處交游之際，以免言行悔尤之端，而升沉顯晦不與焉。一詩一文，當擇人而施之。譏貶朝政，臧否人倫，我不足自立，轉爲天下後世指摘之地，是以文自害也。悲夫！（《潤于日記》光緒十五年己丑）

夜與合肥師論詩，師以余近作頗似小杜，余何敢當。因取樊川詩論之。世動以樊南與樊川並稱，實則小李非小杜敵也。《四庫提要》引其《寄小姪阿宜》詩曰：『經書括根本，史書閱興亡。高摘屈宋豔，濃薰班馬香。李杜泛浩浩，韓柳摩蒼蒼。近者四君子，與古争强梁。』以爲牧之于文章具有根柢，宜其睥睨長慶體，似矣，而未足盡牧之之生平也。夫牧之之時，黨人方熾，乃爲牛僧孺之書記而不入牛黨，論山東，論回鶻，爲衛公所賞而不入李黨。觀其所注《孫子兵法》，乃一代奇才，學識並超。《罪言》洞達時勢，不得僅以詩人目之。其人品才學均超出元白之上。故餘事作詩，猶能豪邁如此，視義山之周旋節幕，不能自振者異矣。故余論詩，必以人品爲主，固哉之見，持之有故耳。（同上）

何義門《讀書記》：『牧之、義山俱學于子美。牧之豪健跌宕，不免過于放，學者不得其門，未有不入于江西派者。不如義山頓挫曲折，有聲有色，有情有味，所得爲多。』余謂牧之不專學杜，其詩云『杜詩韓集愁來讀，似倩麻

姑癢處搔』，可證。謂學牧之易入江西派亦不近，宋以後誰學樊川耶？（同上）

覃谿又有《書義山贈杜司勳詩後》一首，力闢此詩因見杜爲韋丹作碑而慨衛公之舊説，因云：『清秋一首《杜秋》詩』，安知非追論大中二年之秋？則牧之爲司勳，未可執爲必在三年。至謂江總總持具皈依妙教之義，殊失之固而鑿。案『清秋一首《杜秋》詩』，《戊籤》作『杜陵』，他本皆作『杜秋』，馮注以爲當作『杜陵』，亦泥末句『漢江遠弔西江水，羊祜韋丹俱有碑』，一時如衛公桂府之貶死，以及小杜之仕宦無成均在意外。必指一事以實之，如嚼蠟矣。（同上）

（義山《風雨》五律『新知』一聯）姚平山謂『新知日薄而舊好終暌』，得之。『新知遭薄俗』，即杜陵『晚將末契託年少，當面輸心背面笑』。此必義山自桂府還都後之作。『新知』指輕薄少年；『舊好』則迴思往事，感慨繫之。其起句『淒涼《寶劍篇》，羈泊欲窮年』，意旨甚明。茂元乃玉谿密姻，不應以爲薄俗也。……（同上辛卯上）

李恩綬

【玉溪生】李商隱自號玉溪生。國朝馮孟亭浩箋注玉溪生詩，謂玉溪不知在何處，而引前人『行吟想像覃懷景，多少梅花拆玉溪』，是玉溪當在覃懷矣。獨《漁洋詩話》云：『蒲坂吴天章所居永樂鎮即唐永樂縣，有玉溪。李商隱家於此。』故送天章歸中條詩有云：『人煙盤豆驛，村路玉溪流。』余按中條山在今山西蒲州府永濟縣，去覃懷似遠。考義山本懷州河内人，則玉溪當主孟亭先生之注。漁洋之説不足據也。袁自超《戢影瑣記》中反謂孟亭博極群書，未引中條玉溪爲證，亦太鹵莽矣。天章名雯。（《訥盦類稿》卷四）

鄭　襄

【馬嵬坡】遺事開天苦未窺，也儕温李撚吟髭。好將駱谷淋鈴雨，洒向長廊洗惡詩。（《久芬室詩集》）

趙德湘

《無題》（昨夜星辰）義山『春蠶到死絲方盡，蠟炬成灰淚始乾』，道出一生工夫學問，後人再四摹仿，絶無此奇句。（《澹仙詩話》）

《無題》詩不盡《香奩》豔制，或别有寄托。（同上）

黄　氏

周美成《尉遲盃》『隋堤路』杜牧詩：『煙籠寒水月籠沙。』唐鄭仲賢詩：『亭亭畫舸向寒潭。直到行人酒半酣。不管煙波與風雨，載將離恨過江南。』李義山詩：『冶葉倡條偏相識。』按此詞，應是美成由待制出知順昌，初出汴京時作。自汴水買船東下，因念京中舊友，故曰『想鴛侶』也。情辭自爾淒切。（《蓼園詞評》）

江順詒

尤悔庵侗《詞苑叢談序》云：『詞之系宋，猶詩系唐也。唐詩有初盛中晚，宋詞亦有之。……。』又《詞繹》

云：『詞亦有初盛中晚，不以代也。……』詒案：比詞於詩，原可以初盛中晚論，而不可以時代後先分。如南唐二主似唐之初，秦、柳之瑣屑，周、張之孅靡，已近於晚。北宋惟李易安差强人意。至南宋白石、玉田，始稱極盛，而爲詞家之正軌。以辛擬太白，以蘇擬少陵，尚屬閏統。竹山、竹屋、梅溪、碧山、夢窗、草窗，則似中唐退之、香山、昌谷、玉溪之各臻其極。晚唐之詩，未可厚非，元明之詞不足道，本朝朱、厲步武姜、張，各有真氣，非明七子之貌襲。其能自樹一幟者，其惟《飲水》一編乎。（《詞學集成》卷一）

張玉田《詞源》云：『句法中有字面，蓋詞中一個生硬字用不得，須是深加鍛煉，字字敲打響，歌誦妥溜，方爲本色。如賀方回、吳夢窗，皆善於鍊字面，多於温庭筠、李長吉詩句中來。字面亦詞中之起眼處，不可不留意也。』詒案：詞中鍊字，義山、飛卿稍爲近之，昌谷則微嫌滯重矣。（同上卷六）

謝章鋌

彭羨門孫遹真得温、李神髓，由其骨妍，故辭媚而非俗豔。……（《賭棋山莊詞話》卷八）

融齋謂詞喻諸詩，東坡、稼軒，李、杜也。耆卿，香山也。夢窗，義山也。白石、玉田，大曆十子也。其有似韋蘇州者，張子野也。此可參次仲之説。次仲兼以時言，融齋專論格耳。（同上續編三《藝概·論詞》）

馮煦

夢窗之詞，麗而則，幽邃而綿密，脈絡井井，而卒焉不能得其端倪。尹惟曉比之清真，沈伯時亦謂深得清真之妙，而又病其晦。張叔夏則譬諸七寶樓臺，眩人眼目。蓋《山中白雲》，專主清空，與夢窗家數相反，故於諸作中，獨賞其《唐多令》之疏快。實則『何處合成愁』一闋，尚非君特本色。《提要》云：一天分不及周邦彦，而研鍊之功

則過之，詞家之有文英，如詩家之有李商隱。』予則謂商隱學老杜，亦如文英之學清真也。（《蒿庵論詞》）

陳廷焯

石孝友《浣溪沙·集句》云：『宿醉離愁慢髻鬟。韓偓 緑殘紅豆憶前歡。晏幾道 錦江春水寄書難。晏幾道 紅袖時籠金鴨暖，秦觀 小樓吹徹玉笙寒。李璟 爲誰和淚倚闌干。李煜』集成語尚能自寫其意。然如竹坨之《浣溪沙同柯寓匏春望集句》云：『煙柳風絲拂岸斜。雍陶 遠山終日送餘霞。陸龜蒙 碧池新漲浴嬌鴉。杜牧 閬苑有書多附鶴，春城無處不飛花。馬啼今去入誰家。李商隱、韓翃、張籍。』又，前調《惜別集句》云：『惜別愁窺玉女窗。李白 遥知不語淚雙雙。權德輿 綺羅分處下秋江。許渾 暮雨自歸山悄悄，李商隱 殘燈無燄影幢幢。元稹 仍斟昨夜未開缸。李商隱』……又《玉樓春畫圖集句》云：『劉郎已恨蓬山遠。李商隱 金谷佳期重游衍。駱賓王 傾城消息隔重簾，李商隱 自恨身輕不如燕。孟遲 畫圖省識春風面。杜甫 比目鴛鴦真可羨。盧照鄰 一生一代一雙人，駱賓王 相望相思不相見。王勃』……諸篇皆脱口而出，運用自如，無湊泊之痕，有生動之趣，出古人之右矣。（《白雨齋詞話》卷八）

胡念修

【擬西崑酬唱集四首用劉中山韻并序】李唐一代，詩人踵起。正音變風，體制咸備。尋源溯流，曰清與麗。殊途同歸，初無二致。迨乎趙宋，崇尚理學，盡洗晚唐五代綺靡之習，其言詩也，肆力清矯，自謂追踪彭澤，可以頡頏王孟韋柳，甚或割裂少陵、昌黎之句，附會其説，以相推重，而西江體出焉。不知唐賢之詩，清麗二道因題而施，何能偏廢。故張燕公之言詩也，謂富嘉謨之作也，施之廊廟則駭；閻朝隱之作，類之《風》《雅》，則爲罪人。旨哉斯言，洵稱不朽。揚子雲云：『詩人之賦麗以則，辭人之賦麗以淫。』麗而有則，發抒寄託。揆諸名教，亦復何傷？嗟乎！欲舉清以廢麗，是猶舉麗以廢清也。晚唐五季，競事麗體，取其所短，遺其所長。卷軸之間，盡成浮響。西江正之，未始非是。然其孤僻粗豪，羌無蘊藉。顧此失彼，過與前埒。幸景德中楊劉諸公慨然有作，力挽狂瀾。以西崑體酬唱館閣，推玉溪、《金荃》爲正宗，士林效之，而麗體賴以復振。夫義山忠君愛國，直紹子美。觀其集中諸作，至性流露，深得三閭之遺。飛卿潦倒名場，未登朝籍。然不屑諂事令狐，此志正非庸流所及。託體雖麗，植品自清。二公之詩，江河萬古，豈可廢乎！且深怪夫晚唐五季之不善學西崑者，纖巧爲工，貽人口實。藉非楊劉諸公起斯盛舉，闡彼正宗，幾使温李含冤，詩人掃氣，甚可悲也。余讀《酬唱》之集，深反和之思，既效其體，更用其題。文章有靈，或亦許我爲同調耳。譚（獻）評：『序可傳誦。』（按詩爲《漢武》《明皇》《公子》《老將》四題，不録。）（《靈僊館詩鈔》卷六）

枚臣

【壺盦類稿序（節録）】國初詩學，獨得正宗。洗兩宋之腐語，步七子之後塵。操觚之家，奉爲圭臬。自倉山創爲性靈之説，獨樹一幟。蓋有倉山之學，行倉山之才，始足成倉山之派。乃誤其意者，以爲此道無關學問，幾成傖父面目。牛耳騷壇，風行海内。論者謂乾嘉之間，大道寖衰，非苛論也。然一二有識之士，欲矯其弊，或摭拾而傷于氣，或綺靡而害于旨。既鮮蘊蓄，亦乏沉雄。仍無以挽狂而起衰耳。道咸之際，作者輩出。吾越皋社，尤推雄傑。今得是卷而讀之，有王岑之神行，非温李之貌似。麗而有則，積健爲雄。吾道干城其在斯乎！（胡念修《靈僊館詩鈔》）

胡薇元

李義山商隱，開成二年進士，已入晚唐。工部員外郎。詩奇邁繁縟，有《玉溪生集》，以七律擅勝。（《夢痕館詩話》）

或問：《錦瑟》《藥轉》與『碧文圓頂』之義，曰：『詩，比喻之詞，當以不解解之。必求其人以實之，笨伯也。』（同上）

嚴　復

【與朱彊村書（節録）】來教以浣花、玉谿於詩，猶清真、夢窗於詞，斯誠篤論。復以清真詞不盡見，就其得見者言。竊謂夢窗詞旨，實用玉谿詩法。咽抑凝迴，辭不盡意。而使人自遇於深至。鉤鎃雜碎，或學者之過。猶西崑末流，誠不可歸獄夢窗。至於清真之似子美，則拙鈍猶未之窺見也。（《彊村老人評詞》附録，《詞話叢編》第五册）

文廷式

李義山詩：『玉桃偷得憐方朔。』《吴禮部詩話》謂『方朔』改『臣朔』乃佳。余按：《海内十洲記》曰：『方朔云：臣學仙者耳。』《十洲記》雖依託，而流傳已久，義山故用之。且魏、晉、六朝文字雙名單稱者不可悉數，《養新録》曾略記一二。吴氏蓋未知此義。（《純常子枝語》卷九）

王葆心

【夢紅豆村詩集序（節録）】近數十年詩家流派之興替，自乾嘉間輕清派之主盟壇坫，後起遂相仿效，萬喙同聲。及道咸間論者病其挹誠齋之餘波，冒廣大爲教主，致無學者一哄争附也。於是西南徼外，若黔之莫郘亭、鄭巢經二家者出，岸然以其治樸所得，相與捄正流弊。其立説也則曰：杜聖李仙，杜李韓孟須階之義山、山谷、二陳，以矯務爲流美悦人之失，究其所挾猶是衍江西一祖三宗之餘緒耳。（録自黄大華《夢紅豆村詩集》）

朱記榮

【校刊玉谿生詩説序】紀文達公評李義山詩，自廣州新刊武林沈厚塽輯本外，他未之見。今年夏，余歸自吴門，得鈔本《玉谿生詩説》二册，中多批抹增删之處，朱墨爛然，皆公手蹟。閒取沈輯本對校，頗有不能吻合。有沈所有而此已抹，蓋沈所見僅是評本，而此則别自爲編，斷爲後定之本無疑也。上卷皆入選之詩，下卷爲或問，以明其取裁之義。舉全集諸題，或取或不取，皆有説以處之。非若他選家，但論入選者之佳，而不入選者一切置之不論不議者比，洵可謂獨闢説詩之門徑者矣。然翫公手澤，有既删而復存，亦有已取而終去，於評語亦不憚反覆删改，以衷於至當。潤飾既繁，卷頁蠹損，糾繆紛錯，讐校爲難。以商閔君頤生，慨許助成，遂得以付梓。烏乎！古來論義山者夥矣。自《唐書》本傳有詭薄無行之語，而合之其詩，尤多閨闥之詞，世遂以才人浪子目之。雖使義山復生，殆亦無以自解。豈期千載下，得朱氏長孺一序，特白其寃，而又得文達公此編，一屏其尖新塗澤之作，去瑕取瑜，歸於正聲。風人之旨，悉可探索。是不得謂非義山之知己已。世有歆慕義山者，尚其熟復是編，必知義山之有所諷喻寄託，則雖蒙才人浪子之目，千載下猶得而昭雪之也。光緒十有四年秋八月古吴朱記榮撰。（紀昀《玉谿生詩説》卷首）

江人鏡

【讀杜詩】學杜得皮人所嗤，何者爲骨何爲皮。得其皮者學淺耳，詎謂皮骨茫不知。昌黎一生最倔强，摹繪李杜非諛辭。青蓮浣花固同志，李語仙怪多玩時。中晚文人百餘輩，義山尚能識其微。按以律法雖逐杜，曾振骨力成《韓碑》。微之譽杜才絶倫，殆如盲者佯觀棋。舍杜姑就元白論，白俗終勝元體卑。語言根心安可欺，品愈峻者詩愈奇。出處靦然分兩截，休將忠愛二字深責之。嗚呼詩人如杜洵吾師。不背君，不負友，不薄兄弟妻子於亂離。宋玉之儒雅，庾信之詩賦，對此未必無瑕疵。後之學杜者，學其人匪僅學其詩。韓李渺矣，知音者希。宋有蘇黄其庶幾！（《知白齋詩鈔》卷四）

張清標

《七修類稿》載謝、李詠蝶事，謂謝以『飛隨柳絮有時見，舞入梨花無處尋』得名，遂稱『謝蝴蝶』，後李商隱竊其義而變之曰：『蘆花唯有白，柳絮可能温』，是以中唐人竊北宋人詩矣。（《楚天樵語》卷上）

瞿鏞

《西崑酬唱集》二卷……洞庭葉石君所藏馮定遠録本。卷末有馮記云：『梁有徐、庾，唐有温、李，宋有楊、劉，去其傾側，存其繁富，則爲盛世之音矣。』（《鐵琴銅劍樓藏書目録》集部）

周中孚

《西溪叢語》二卷《學津討原》本……如神女見夢于宋玉，千古誣爲襄王故事，援李義山詩（案：指《代元城吴令暗爲答》詩『襄王枕上原無夢，莫枉陽臺一片雲』之句）證之，亦一快事也。（《鄭堂讀書記》卷五十四）

任燮甫

程士經《雜怨》八首，哀感頑豔，學步玉溪，别饒理趣。（《曼殊沙館初集》集評）

戴文選

『横陳』二字唐人詩中多用之，初不知其出處，及讀宋玉『内怵惕兮徂玉牀，横自陳兮君之旁』，知其蓋出於此。（《吟林綴語》）

詩人詠花皆以婦人爲比，惟魯直《酴醿》云：『露濕何郎試湯餅，日烘荀令炷爐香』，則用美丈夫事。李義山《詠早梅》，亦以美丈夫比之云：『謝郎衣袖初翻雪，荀令熏爐更换香。』（同上）

蔣敦復

【擬三十六體四首序】唐李商隱、温庭筠、段成式三家詩，厥旨《離騷》，無傷連犿。沿至《疑雨》，益傷靡風，蘭音蕙怨，一變而花魅脂妖矣。夫義喻者趣深，辭蕩者志惑。太牢好色，謬奪單于之妃；鶩子證空，弗入摩登之席。審斯《雅》《鄭》，判若朱墨，僕早歲丁阸，閱過黃楊；盛年殷憂，剖徒白璞。方昔秦川公子，自傷情多；洛陽少年，幾爲讒死，遇尤過之，才不逮耳。婦人之泣不可，壯夫之悔奚爲？重以偏宕之氣，故託優俳之言。工文奚益，未免仲華笑人；學道恐妨，庶幾惠施知我。（《嘯古堂詩集》卷六）

【讀二李杜詩各題一首・李義山】蓬山天遠恨悠悠，朝局如棋一劫休。《錦瑟》華年秋士感，靈旗風雨美人愁。文章哀豔搴蘅杜，身世恩仇聽馬牛。莫把《無題》議輕薄，《離騷》苗裔此千秋。（同上卷八）

施文銓

義山《無題》諸作，別有神味，寓意自在言外，其源自《十九首》來，真空前絶後之作，非世人所能擬也。（《静學廬逸筆》）

施山

義山律詩，以絶豔之才而得杜骨，實爲晚唐豪傑。（《姜露庵雜記》）

鄭文焯

沈伯時論詞云：讀唐詩多故語，多雅淡；宋人有隱括唐詩之例。玉田謂：取字當從温、李詩中來。今觀美成、白石諸家，嘉藻紛縟，靡不取材于飛卿、玉溪，而于『長爪郎』奇雋語，尤多裁制。嘗究心于此，覺玉田言不我欺。因暇，熟讀長吉詩，刺其文字之驚采絶豔，一一彙録，擇之務精，或爲妃儷，頓獲巧對。温八叉本工倚聲，其詩中典要，與玉溪獺祭稍别，亦自可綷以藻咏，助我詞華。（《鶴道人論詞書》，《國粹學報》第六十六期）

李　佳

李義山《詠蟬》《落花》二律詩，均遺貌取神，益見其品格之高。推此意以作詞，自以白描爲妙手，豈徒事堆砌者所能見長。（《左庵詞話》卷下）

錢同書

李商隱《白文公墓碑銘序》，有『胖胖兢兢』四字，『胖胖』重文，不知所出。（《日貫齋塗説》）

蔣　斧

【東澗老人寫校本李商隱詩集跋】李義山詩集，《新唐書·藝文志》作《玉谿生詩》三卷。宋以來著録，則或稱《李義山詩》（《崇文總目》），或稱《李義山集》（《遂初堂書目》《直齋書録解題》《文獻通考》），或稱《李商隱詩集》（《宋史·藝文志》）。知李集在宋蓋有數本，其稱名雖與《唐·志》不合，而卷數則同。國朝目録家所著録，《絳雲》《述古》并有《李商隱詩集》三卷（《絳雲》不言何本，《述古》云影鈔北宋本）。《愛日精廬》著録二本：一《李義山集》舊鈔校本，有護净居士跋；一《李商隱詩集》毛板校北宋本，有陳鴻跋，并三卷。此爲東澗老人手寫，以朱、墨筆一再校勘，其標題初作《李義山詩》，嗣以朱筆改『詩』爲『集』，又以墨筆改爲《李商隱詩集》。標題之次行，初有『太學博士李商隱義山』款一行，嗣以朱筆抹去，又加墨勒。其朱筆校語所據諸本，曰『原本』，曰『鈔本』，曰『又一舊鈔本』，曰『一本』，曰『陳本』，曰『刻本』，曰『新本』。又據《才調集》《瀛奎律髓》《唐絶句選》《唐詩品彙》諸書所選一一校之，而獨未著原本所自出，其墨校亦不言所據何本。斧按：此本初署題曰《李義山集》，署名太學博士李商隱義山，與陳氏《解題》本正合，知據以迻録之本亦宋本也。《愛日精廬》所載舊鈔本護浄居士跋云：『先用錢副憲春池本寫，有篇次無卷目；後得錢牧齋禮部宋板，始有卷目。』又云：『孫方伯功父以一本見示，凡錢本之可疑者，一朝冰釋，乃知錢本直坊本耳。錢本亦有佳處，併記卷端。』云云。護浄居士所詆錢本爲坊本者，殆指東潤手寫之原本也。至墨筆校改，殆據北宋本，其署題作李商隱詩集》，與《宋·志》及述古所藏影鈔北宋本、陳鴻所據以校之北宋本（陳鴻本乃借孫孝若家北宋本校毛板，今考毛刻《八唐人集》作《李義山集》，陳校本著《李商隱詩集》者，必據北宋本改）均合，知所據爲北宋本殆無可疑，《絳雲》所著録或即此本也。吾友羅叔言參事，曩得此本於南匯沈氏國光社主人，借付影印，斧爲董校讎之役，并爲考其源流。知此本從宋本迻録，據宋本校改，又據宋以來選本二比勘，至爲精密，爲傳世李集第一善本。且出自東潤手寫，尤可珍矣。謹識語於卷末，以質世之言目録學者。宣統改元閏月廿七日吴縣蔣斧跋於宣南之唐韻簃。（東潤老人寫校本《李商隱詩集》卷末）

池 虬

李白、杜甫之作，洵爲掃六代之蕪庸，開一朝之風尚。當夫流離夔府，放逐夜郎，身世艱難，悲歌慷慨，詩人少達，今古同傷。他如元稹、白居易、温庭筠、李商隱善言兒女，高適、王維、韋應物、孟浩然别具風調，凡兹數子，卓然可稱。（《中國歷代文派沿革録》）

胡壽芝

義山多近體。（《東目館詩見》）

玉溪專工近體，清峭中含感愴，用事婉約，學少陵得其藩籬者。後人近體必先從之入手。劉子儀、高青邱尤其善學者。（同上）

梁啓超

義山的《錦瑟》《碧城》《聖女祠》等詩，講的什麼事，我理會不着。拆開來一句一句的叫我解釋，我連文義也解不出來。但我覺得他美，讀起來令我精神上得一種新鮮的愉快。須知美是多方面的，美是含有神秘性的。（《飲冰室文集·中國韻文内所表現的情感》）

楊壽枏

『胡來不覺潼關隘，龍起猶聞晉水清。』下句用逆挽，頓有龍跳虎卧之勢。義山之『此日六軍同駐馬，當年七夕笑牽牛』……同一筆法，但不如杜之雄偉耳。（《雲在山房類稿·雲薖詩話》）

義山《籌筆驛》《重有感》《杜工部蜀中離席》《安定城樓》《隨師東》等作，氣脈直接少陵。後人撏撦義山，但學其隸事精切，摛詞藻麗，不免買櫝還珠矣。（同上）

義山《無題》、致光《香奩》，皆流離憔悴之餘，寫怨悱憂傷之意。其辭隱，其旨微，興托閨襜，體原《騷》

《雅》，讀者但宜論世知人，得其旨趣而已。擬諸《玉臺》宮體，固屬矮人觀場，即强作解事，箋注紛羅，仍不免隔靴搔癢。（同上）

義山七律佳句：『滄海月明』二句、『身無彩鳳』二句、『隔座送鈎』二句、『一春夢雨』二句、『閬苑有書』二句、『夢爲遠別』二句、『春蠶到死』二句、『紅樓隔雨』二句、『風波不信』二句、『神女生涯』二句、『金人掌冷』二句、『綵樹轉燈』二句、『雲隨夏后』二句、『賡歌太液』二句、『此日六軍』二句、『永憶江湖』二句、『軍令未聞』二句、『夜捲牙旗』二句。（同上）

李商隱之『向晚意不適，驅車登古原。夕陽無限好，只是近黄昏』，皆妙絶古今。（同上）

托意深遠則……李商隱之《漢宫詞》……咏事則杜牧之《赤壁》、李商隱之《賈生》……皆千古絶唱。旗亭風雪中聽雙鬟發聲，足令人回腸蕩氣也。（同上）

温飛卿樂府，頗得比興之義，矯元白之淺，而運以精思；變張王之質，而澤以古藻。造意幽邃不逮玉溪，而俊逸勝之；製詞瑰奇不逮昌谷，而温婉勝之。（同上）

宋育仁

晚唐十二家晚唐收風雅之塵，沿綺麗之體，詞趨緜縟，芳澤粗存，高薄盛唐，卑淪初宋。温、李、韓偓，以温潤名家；江東、皮、陸，以疏朗掞制；情詞芳悱，則表聖爲足多焉。自餘數家，視兹爲亞。綜其得失，源始盛音，蘊藉所存，琅然盡致。然或刻鏤以傷巧，或枯淡而鮮珍，或舖張以害體，或浮露以略格，此其失也。（《三唐詩品》卷三）

檢校工部郎中太學博士東川節度使判官李商隱字義山　其源導漾吴、何，討瀾徐、庾。鍊藻温腴，寄情婉約。拾其香草，仍有内心。諸體相宜，七言專勝。本陳宫之新體，而離合生奇，自成高格。律詩纏綿頑豔。陸士衡所謂

『緣情綺靡』，斯足當之。（同上）

方城縣尉太原温庭筠字飛卿其源濫觴明遠，而衍派子山，是義山一流。顧律多浮藻，無婉密之音。五言規古，自存璆亮。歌行鍊色揣聲，密於義山，疏於長吉。劉彦和謂窮力追新，陸士衡謂雅而能豔者。（同上）

徐嘉

【論詩絶句五十七首（録二首）】鎖闈驚識唐夫子，白髮南宮一第歸。學問性靈標格合，玉谿生後獨傳衣。唐實君《東江詩》常將古意鬭新聲，放浪林居有盛名。早向西崑求假道，蘭苕翡翠玉谿生。杜紫綸《雲川閣詩》（《味静齋詩存》卷四）

鄧方

《論詩》：『《孔雀東南飛》，格在白傅先。長慶變初唐，比事始婣娟。願言嗣玉溪，自知乃自憐；流易與僻澀，兩兩俱失焉。』（《小雅樓詩集》卷一）

嚴元照

『暮雨自歸山悄悄，秋河不動夜厭厭』，妙在『悄悄』『厭厭』有情致。馮孟亭監察《義山詩箋注》謂當作『峭峭』，恐非。（《蕙櫋雜記》）

楊鍾義

朱長孺鶴齡，號松陵散人，苦學强記，晨夕一編。遺落世事，以愚菴自號。亂後閉門著書，長於箋疏之學。撰有《毛詩通義》《尚書埤傳》《禹貢箋註》《讀左日鈔》。先注《李義山集》，錢牧齋見而稱善。貽以僧道源所注本，令足成之。（《雪橋詩話·初編》卷一）

韓慕廬宗伯……王白田謂其時文如梁之徐庾，唐之温李。（同上卷三）

長白十八郎名岳端，字兼山，號玉池生……詩四種：一、《紅蘭集》；一、《蓼汀集》；一、《出塞詩》；一、《無題詩》。……汪退谷謂其詩清婉奇麗，出入於太白、昌谷、義山、飛卿之間。（同上）

紫幢王孫《無題》十首云（略）。緣情綺靡，亦義山、致堯之遺。後之爲豔體者，言之惟恐不盡，風斯下矣。（同上）

王予中謂義山《無題》詩鄭衛之遺音也。注家以爲寓意君臣，此飾説耳。此與《狡童》刺忽意雖殊，脈絡則一。託芳草以喻王孫，假美人以喻君子，義山自言云爾。然其指意遼絶矣。高唐神女自其淵源所自，不可以誣屈子也。《無題》詩後來多效之者，然轉入《香奩》，其趨愈下矣，是又義山之所不取也。（同上卷四）

江都程香溪編修爲汪蛟門外孫，嘗與江昱松泉共訂詞譜，雅好玉谿生，重爲箋注，刻成，題後云：『西崑無鄭箋，遺山昔怊悵。况我千載下，敢窺秘密藏！虞山箋杜陵，惟此亦推讓。朱氏本道源，注釋未云創。所惜作詩意，蒙昧若煙瘴。要非抉其微，何以發高唱？時從獺祭外，一洗優孟樣。楚雨縱含情，其義某竊諒。穿鑿固不免，論説或非妄。但求古人心，寧避世俗謗？想其不羈才，詎肯牛李傍？君臣朋友間，厚意誰與亮？美人怨芳草，遂至比浮浪。豈知託寄深，直追《風》《雅》上。荆公是知己，謂與少陵抗。杜箋匪一家，往往共頡頏。梅溪有《蘇注》，司諫更精當。疑誤藉改定，後先寧礙妨？管中窺豹斑，聊用志所歸。』其謂花鳥諸題多是平康、北里之志，蘇齋亦取其

說。（同上卷四）

【讀元遺山詩（節録）】……斂之入豪芒，縱之恢宇宙。軒軒非濤瀾，錯采豈雕鏤？所擬長沙帖，抑非閣本舊。又不以翻新，本自佇興就。象罔於元珠，憑何超喫詬。此祕非傲人，正復難輕授。精純義山真，故在鄭箋右。（同上卷六）

西齋（按：西齋姓博爾濟吉特氏，著有《偶得》三卷）《偶得》論義山詩云：『《碧城三首》，不惟朱竹垞之辨甚確，末首直出《武皇内傳》，即作者亦恐人誤仞而明言之，必曲爲公主入道之説，則所謂「人間不知」者何事，詩人何爲而鄭重言之乎？今爲逐句箋之，然後義山之意可見。貴妃以女道士入宫，故三首皆作仙家語。第一首，首聯以仙山比宫禁。三句言選入，四句言進宫。三聯「星沉雨過」，蓋指武惠妃殂後，而阿環乃專承恩倖。末聯以趙家姊妹餽遺之物，寄言武惠若未殂，猶得交相妒寵，或不致佚樂而受禍，詩人忠厚之旨也。二首乃指入宫時事，「對影聞聲」，人言妃之美也。「玉池蓮葉」，竹垞謂妃以處子入宫。蕭史者壽王，洪厓指帝。皆以仙人喻之也。或曰洪厓謂禄山者，非。蓋唐人詠妃事，多言其入宫怙寵，未有斥及阿犖者。「紫鳳」一聯，驕縱已極。「鄂君悵望」，亦謂壽王焚香獨自眠，即「薛王沉醉壽王醒」之意。有謂此言妃殁後帝思妃，非是。蓋三首始言妃之死也。「七夕相逢」溯入宫之日。「簾幙至今垂」，人不見矣。「桂輪生魄」喻月缺。「珊瑚無枝」喻花殘。「神方駐景」隱鴻都客事。「鳳紙相思」即《長恨歌》意。唐人無不以秋風客擬南内人，作者已顯言之，更何必出己意以爲曲説哉！』其説可謂融洽分明。（同上）

何屺瞻評李義山詩，凡句中雙聲皆一一標舉之。并有隔一字兩字而遥應者。（同上卷九）

輔國公裕瑞豫通親王裔有《思元齋集》。……誤菴跋云：王荊公言唐人學老杜而得其樊籬者唯義山一人。朱少章云：山谷以崑體工夫而造老杜渾成之地。陳后山云：東坡詩初學劉賓客，晚乃學李太白數公詩，淵源有自，乃無一語相蹈襲，所謂遺貌取神者也。樊學齋出近作相示，其自述云：『律詩偶學李商隱，古體微窺蘇子瞻。』蓋自道其得力如此，而無撏撦之迹，刻畫之痕，可謂善自變化以達於古人者。（同上）

儀徵諸生潘宗藝詩學温李。《織錦詞》云：『燈火紅妝照翠幃，軸轤聲裏夜遲遲。請看萬疊鴛鴦錦，都是春蠶死後絲。』《杏花》云：『平章故宅朱門改，冷巷東風白日斜。依舊春衫騎馬過，不堪重見出牆花。』詞意凄緊，可入唐人絶句之選。(同上卷十一)

毛稚黄詩，風致俊逸，可奪昌谷、玉谿之席。(《雪橋詩話·續集》卷一)

【李鐵君嘗仿元遺山爲論詩絶句，今摘録二十首】(其十)玉溪詩法昌黎筆，孔鼎商盤各擅場。千古大文終不滅，人間別有段文昌。(同上卷五)

新城尚書於明詩推昌谷、子業二家，布衣則首舉吴非熊、程夢陽。謂程七言律學劉文房、韓君平，絶句出入於夢得、牧之、義山。古體不逮今體，論定。(《雪樵詩話·三集》卷二)

陸陸堂選定十二唐人，按詩集各繫以詩云：解愛西崑體，十九汨其真。輸忠翻指佞，悲秋疑感春。持比方城尉，妍媸胡不倫。義山(同上卷四)

安居王瑟齋中丞，愛少陵、昌黎、義山三家詩，手自箋註，丹碧斑然。(同上卷五)

(方)南堂與(方)息翁爲再從兄弟，少息翁四歲，皆長於詩，而嗜好趨向不同，專主中晚唐，以清新宕逸爲主。最初學張籍、王建，既又學孟東野。三十以後沉淫於貞元、大曆之間，嘗欲選唐人自劉長卿以下至中唐之末爲一集，去昌黎、長吉、盧仝、劉叉四家，而以義山、牧之、飛卿、致堯續焉，以教世之學詩者。(程)魚門兼採其說。(同上卷七)

香溪徐若冰女史，孔青崖配也。性慧，喜稱詩，學於沈沃田，有《南樓吟稿》二卷。……沃田授若冰玉谿生詩。謂：詩之貴，一曰纏綿悱惻，又曰細膩風光。學者問津玉溪，旁涉方城、樊川，泛濫於元、白、吴、韓諸家，八音繁會，五色相宜，意注筆翱，詩境日闢。要其真訣所在，不越摹寫情景。摹寫情景之妙，不越纏綿悱惻、細膩風光而已。故夫情觸景生，景因情立，二相交倚，缺一則盭。唐音皆然，玉谿生尤入三昧耳。沃田胸中祕蓋不止此，然其說於初學爲宜。(同上)

歐陽磵東論詩，謂：唐人惟玉谿生善言情，尤善使事。世人譏其獺祭，乃指其文，非詩也。韋慎旃詩：『千秋若欲求詩史，合把《西郊》配《北征》。』楊翠岩謂：『玉谿生近體詩與山谷古風異貌同妍。』均是義山知己。（同上卷八）

徐龍友工金石篆刻，與沈塙士共結城南詩社。入社者……月一舉，古今體凡五題，每舉必面課二詩，凡三四年無間。其論詩以鋒穎四出爲上。謂王孟詩可假託，而昌黎不可假。年四十後宗義山，所爲多色鮮氣逸味遠。（《雪樵詩話·餘集》卷三）

六安夏之璜湘人……方南堂稱其《塞外古意》：『旅獒明訓周家相，天馬神歌漢武皇』一聯，直是義山蒙古語。（同上卷四）

江孟亭……記平仄借讀，謂詩中有字音平仄借讀者，經前人用過，亦可據以諧律。……李商隱詩：『可惜前朝玄菟郡』，『菟』讀去聲。（同上卷五）

西沚居士《冬夜讀梅聖俞詩》云（略），於聖俞佳處可謂深得三昧。乾隆癸丑，吴玉松見之，縱論文章源流，謂詩以李義山爲最，將盡改生平所作，效其體製。已而曰：『吾老矣，恐無及。』可見老輩談藝精進，轉益多師。學者所當知也。（同上）

祝趾堂《詠史》并引云：『自劉宋逮蕭梁之際，才人學士，接踵比肩，藻麗有餘，名檢不足。空愧陶潛之柳，莫問商山之芝。其身事一朝者或以險躁取戮，或以容悦覆邦，敗德之累，更無譏焉，録其名尤著者，韻之得十絶句。（其十）《江總》云：名總還曾字總持，玉溪詩句最堪嗤。瓊枝璧月新聲裏，可憶重雲聽講時？』（同上）

寶山沈學淵夢塘……前後遊閩八年，有詩數十首。《興化》云：『……泉山秀句當時體，正字風流絶妙詞。除却玉溪生第一，但應低首晚唐詩。黄滔、徐寅皆郡人。』（同上卷六）

曹艮甫廉訪與吴門後七子及蔣澹懷、褚仙根爲十子。魏默深謂似玉溪。（同上卷七）

錢楞仙司業竺嗜李義山文，掇輯其佚篇二百餘首，爲《樊南文補注》……其駢文冲夷清越，藻麗自生，不盡效李氏，大率以指事類情，經營穩練爲主。（同上）

六　近代

陳　衍

余語乙盦：『吾亦耽考據，實皆無與己事，作詩却是自己性情語言，且時時發明哲理。及此暇日，盍姑事此，他學門皆詩料也。』君意不能無動，因言吾詩學深，詩功淺，夙喜張文昌、玉谿生、山谷内外集，而不輕詆七子。詩學深者，閲詩全也；詩功淺者，作詩少也。余曰：『君愛艱深，薄平易，則山谷不如梅宛陵、王廣陵。』君乃亟讀宛陵、廣陵。（《石遺室文集》卷九《沈乙盦詩叙》）

漁洋則全由錢牧齋延譽增重，既爲其詩集作序，又贈長句……至云貽上之詩，文繁理富，銜華佩實。感時之作，惻愴於杜陵；緑情之什，纏綿於義山……（《石遺室詩話》卷一）

王逸之注《楚辭》，施宿之注蘇，任淵之注黄、陳，稍資論世。錢牧齋之箋杜，雖訾之者謂非君子之言，然已十得七八，何可厚非？李義山、陳后山詩，有非注斷斷不知其好處者，得注乃嘆其真善學杜。桐鄉馮氏之注義山，考訂翔實，實足知人論世，諸家無能及者。而筆墨之拖沓，乃不可耐。……（《石遺室詩話》卷三）

湘鄉李亦元希聖曩聞余有詩話之作，端楷録所作七言律十數首自都寄余，請去留，爲録《望帝》《湘君》二首，報以詩曰：『眇眇愁予有所思，玉溪寄託楚人詞。湘君目斷靈旗影，望帝心傷《錦瑟》詩。已續《廣陵》妖亂志，更堪元老《夢華》悲。誰知亭角陳居士，客子光陰少撚髭。』效亦元作玉谿生體也。……

與亦元同時，專學玉谿生者，吴縣曹君直舍人元忠，工處時出雁影齋上。余嘗論玉溪末流，有詠史之作，專摭本傳事實，若一首論贊者，西崑諸公是也。有專事摘豔薰香，託於芬芳悱惻者，《初學》《有學》二集是也。有屬辭比事，專學『捷書惟是報孫歆』『陶侃軍宜次石頭』諸聯者，婁東律句爲甌北所標舉者是也。亦元苦追義山，實與牧齋相近……。（同上卷七）

昭文孫師鄭吏部雄號鄭齋，……絶喜言詩，……持論平正，因憶方虛谷有《秋晚雜書》詩十首，今録其六云：『……何至昌谷生，一一雕麗句；亦焉用玉溪，纂組失天趣？……』（同上卷八）

仁先論詩，極有獨到處。嘗云杜詩『但覺高歌有鬼神，焉知餓死填溝壑』已極沈鬱頓挫之致矣，更足以『相如逸才親滌器，子雲識字終投閣』二語，此是古人拙處，即是古人不可及處。漁洋不能解此，宜其小成就也。又云『春風舉國裁宫錦，半作障泥半作帆』，何等恢麗。首句以『不戒嚴』三字起之，嚴重之至，又承以『誰省諫書函』五字，樸質之至。古人之詩如是，否則可入《小倉詩話》矣。……仁先又云：覺庵一日問李、黄孰勝？答以黄殆未如李也。李謂義山，黄謂山谷。（同上卷十）

疑始有絶句《答友人》云：『王（石谷）畫蘇書温李詩，桐城文派夢窗詞，咸、同以後成風尚，吾意難同肯詭隨？』此語皆實録，惟『温李詩』三字不甚確。……（同上卷十五）

疑始詩頗學義山。《春興》云：『柳緑因風透，窗虚映日明。象牀尋夢蝶，鴛枕聽流鶯。舊曲杜紅譜，新茶樊素烹。此生何所望？合老碧霞城。』……（同上卷十七）

今人作詩，學元、白者，視詩太淺，視元、白太淺也。學韋、柳者，視詩太深，視韋、柳太深也。學温、李者，只知温、李之整麗。學韓、蘇者，只知韓、蘇之粗硬。非真知諸家者也。（同上卷二十三）

杜詩除《課伐木》《園官送菜》《追酬故高蜀州人日見寄》《觀公孫大娘弟子舞劍器行》《同元使君春陵行》《八哀詩》諸篇題下並有小序外，有長題多至數十字而非序者，大概古體用序，近體絶不用序。……長題如小序，始於大謝。少陵後尚有柳州、杜牧之、李義山諸家。柳州前已論之。義山如《永樂縣所居一草一木無非自栽今春悉已芳茂因書即事一章》《題道静院院在中條山故王顔中丞所置虢州刺史捨官居此今寫真存焉》《韓冬郎即席爲詩相送一座盡驚他日余方追吟連宵侍坐徘徊久之句有老成之風因成二絶寄酬兼呈畏之員外》，……皆長題而無序，非至東坡始仿爲之。……（同上卷二十四）

朱芷青之死，余既爲哀詞哀之，始終不得一詩，則以他人之哭芷青者已多悲痛之作也。……諸詩不減義山之哭劉蕡，臨川之傷王逢原也。（同上卷二十五）

吾鄉永福黄莘田先生，雍、乾間甚有詩名，所著初爲《十研軒》，既而有《秋江集》，最後有《香草齋》。《香草齋》六卷，計九百六十餘首，而七言絶句居六百餘首，爲古今所希有。蓋專學義山、牧之、飛卿、東坡俊逸處。……（同上卷二十六）

詩人往往好爲已甚之言。如少陵云：『厚禄故人書斷絶。恒飢稚子色淒涼。』官高交廣事忙，疏於通候自有之，或本不數在故人之列，或我不往彼亦不嗣音，否亦何至真斷絶？稚子飢或不免，亦何至於『恒』？此『幼子飢已卒』，《杜園説杜》所以力辯之也。若『郎君官貴施行馬』二語，則實有其事，出於有因矣。（同上卷二十七）

蔣瑞藻

能學杜者無過於李義山，而義山詩中又以『永憶江湖歸白髮，欲回天地入扁舟』二語爲最似杜言。已長憶江湖以歸老，但志猶欲斡回天地，然後散髪扁舟耳。杜《寄章十侍御》云：『指揮能事回天地』，此義山『回天地』三字所自來。（《續杜工部詩話》卷上）

況周頤

草窗《少年遊》宮詞云：『一樣春風，燕梁鶯户，那處得春多。』即『梨花雪，桃花雨，畢竟春誰主』之意。俱從義山『鶯啼花又笑，畢竟是誰春』脱出。其《朝中措》茉莉擬夢窗云：『尚有第三花在，不妨留待涼生。』庶幾得夢窗之神似。（《蕙風詞話》卷二）

張德瀛

五代豔詞與李樊南《無題》詩異轍。李詩託諸寓言，吴脩齡謂其專指令狐綯説。五代詞，嘲風笑月，惆悵自憐，其能如韋端己、鹿虔扆之寄託深遠者，亦僅矣。（《詞徵》卷五）

張祥齡

周清真，詩家之李東川也。姜堯章，杜少陵也。吴夢窗，李玉谿也。張玉田，白香山也。詩至唐末，風氣盡矣，詞家起而争之，如文之齊、梁，風氣盡矣，古文家起而争之。争之者何也？非謂文至六朝，詩至五代，無文與詩也，豪傑於茲，踵而爲之，不過仍六朝、五代，故變其體格，獨絶千古，此文人狡獪也。詞至白石，疏宕極矣。夢窗輩起，以密麗争之。至夢窗而密麗又盡矣，白雲以疏宕争之。三王之道若循環，皆圖自樹之方，非有優劣。況人之才質限於天，能疏宕者不能密麗，能密麗者不能疏宕。片玉善言羈旅，白雲善言隱逸，終身由之而不知其道者，天也。（《詞論》）

姚永樸

李義山於文第長於駢體，而稱韓公《平淮西碑》，乃以二《典》與《清廟》《生民》詩爲比。古人不以己之所

能，愧人之不能；以己之不能，忌人之能。其宅心寬厚，爲何如哉！（《文學研究法》卷二《派別》）

夫江西詩派，由唐末温飛卿（庭筠）、李義山以縟麗之體爲後進倡，迨宋楊大年（億）、劉子儀（筠）輩沿其餘波，作《西崑酬唱集》，詩家遂有『西崑體』，致伶官有『撏撦』之譏。元祐諸人矯之，蓋起於歐陽公，而盛於黄山谷。（同上）

由雲龍

黄豫章云：『斷腸聲裹無聲畫，畫出《陽關》更斷腸。』本於李義山之『斷腸聲裹唱《陽關》』。

七言絶句，唐人工者極多。太白、龍標、牧之、義山、飛卿諸家尤爲擅長。

七言律詩……晚唐李義山、温飛卿、劉夢得等生面别開，自成馨逸。（《定厂詩話》卷上）

元和汪袞甫榮寶，屢膺東、西洋使命，文采斐然，無慚專對。其詩夙宗義山，具體而微。（《定厂詩話》卷下）

歐陽述

【雜題·國朝人詩集各一首（録三首）】隱諷顯規長慶體，屬詞比事玉溪才。便便腹笥珊珊筆，不是空疏學得來。（《梅村集》）

千秋温李芬芳旨，遺韻今存十硯翁。差勝登壇優孟輩，女郎争唱《大江東》。（《香草齋集》）

二樵慣覓深峭句，東野玉溪一鑪鑄。老梅著花霜雪中，愈到槎枒愈妍趣。（《五百四峰草堂集》）（《浩山集》卷二）

冒廣生

《浩山集題詞》《浩山集》氣體雄健，聲韻蒼涼。《無題》感事十八首，遠嗣玉溪，近接遺山，雒誦一過，爲誌傾倒。（歐陽述《浩山集》卷首）

俞陛雲

《蟬》此與駱賓王《詠蟬》，各有寓意。駱感鍾儀之幽禁，李傷原憲之清貧，皆極工妙。起聯即與蟬合寫，謂高和寡，臣朔應飢；開口向人，徒勞詞費，我與蟬同一慨也。三、四言長夜孤吟，而舉世無人相賞，若蟬之五更聲斷，而無情碧樹，仍若漠漠無知。悲辛之意，託以俊逸之詞，耐人吟諷。五、六專説己事，言宦游無定，而故里已荒。末句仍與蟬合寫，言煩君警告，我本舉室耐貧，自安義命，不讓君之獨鳴高潔也。○學作詩者，讀賓王詠蟬，當驚爲絶調。及見玉溪詩，則異曲同工。可見同此一題，尚有餘義，若以他題詠物，深思善體，不患無着手處也。（《詩境淺説》甲編）

『石梁高瀉月，樵路細侵雲』（《題鄭大有隱居》），此詩與岑參之『澗水吞樵路，山花醉藥闌』，皆寫山景工細之句。岑詩言澗之漫浸樵路，以『吞』字狀之；花之斜倚石闌，以『醉』字狀之。李詩言石梁之水，高若建瓴，挾月光而直瀉；仰望樵路，細如一綫，上欲侵雲。其着力全在字眼，不僅作山景詩宜取法之。（同上乙編）

《馬嵬》白樂天《長恨歌》言玄宗令道士遠訪楊妃事，玉溪亦云然。首句言楊妃遍求不見，瀛海之外，更有九州，虚傳其説耳。次句言七夕之誓，願世爲夫婦，事屬虚渺，而此生之恩愛已休。三、四言雖率六軍西幸，警衛猶嚴，而當年絳幘傳籌，同夢聽鷄之夜，不可復得。五、六非但駐馬牽牛，以本事而成巧對，且用逆挽句法。頸聯能用此法，最爲活潑。温飛卿詠蘇武廟詩：『回日樓臺非甲帳，去時冠劍是丁年』，亦逆挽法也。末句言御宇多年之主，而掩面不能救一愛妃，莫愁雖民間夫婦，而蓬門相守，猶勝天家。爲楊妃惜，亦以譏玄宗也。（同上丙編）

《重過聖女祠》作游仙詩者，多涉雲思霞想。楚蜀之神女廟、小姑祠，雖皆託之遐想，尚有遺像流傳；聖女以石形虛擬，初無其像。玉溪此篇，借以寓身世之感，起結皆表明其意。隨園《落花詩》，所謂『清華曾荷東皇寵，飄泊原非上帝心』也。首句言巖扉深掩，苔繡年深，見古祠之荒寂。次句言己亦上清仙史，而華鬘墮劫，留滯未歸，爲聖女所笑也。三句之夢雨即微雨。言雖有夢雨，而不過飄瓦；雖有靈風，而常不滿旗。則聖女之來，在若無若有之間。五、六句以祠在武都懸崖之側，石壁有婦人像，上赤下白，人稱爲聖女，以形似得名，非實有其神。故以萼緑華、杜蘭香相擬，謂神來無定，若洛神之徙倚旁皇，因係重過聖女祠，故六句言昔年曾到此山，薜荔披衣，女蘿縈帶，若人在山阿；今日重游，覺蘭香仙迹，去人未遠也。收筆承第二句上清淪謫之意，言曾侍玉皇香案，采芝往事，長憶天階。全篇皆空靈縹渺之詞，極才人之能事矣。（同上）

《隋宫》凡作詠古詩，專詠一事。通篇固宜用本事，而須活潑出之，結句更須有意，乃爲佳構。玉溪之《馬嵬》《隋宫》二詩，皆運古入化，最宜取法。首句總寫隋宫之景，次句言蕪城之地，何足控制宇内，而欲取作帝家，言外若譏其無識也。三、四言天心所眷，若不歸日角龍顔之唐王，則錦帆游蕩，當不知其所止。五、六言於今腐草江山，更誰取流螢十斛；悵望長隄，惟有流水棲鴉，帶垂楊蕭瑟耳。螢火垂楊，即用隋宫往事，而以感嘆出之，句法復摇曳多姿。末句言亡國之悲，陳、隋一例，與後主九原相見，當同傷宗稷之淪亡；《玉樹》荒嬉，豈宜重問耶？（同上）

《重有感》此詩紀甘露之變，唐宗魁柄下移，爲中官所制，故第五句有蛟龍失水之喻。玉溪之外舅，爲涇原節度使王茂元，擁强兵坐鎮，地踞上游，故盼其起兵勤王，一清君側。起二句之牙旗玉帳，與主分憂，四句之陶侃軍興，六句之鷹隼奮擊，結句之雪涕收關，皆對茂元而發，深盼其能赴國難也。時昭義節度使劉從諫慷慨上書，三句以竇融進表擬之，借勗茂元，冀其袍澤同仇。七句言己之晝夜呼號，當幽顯神人所共鑒，效包胥之哭秦庭，祈茂元之一聽。此爲感事之詩，必證以事實，始能明其意義，不僅研求句法，即以詩格論，玉溪生平瓣香杜陵，其忠憤詄蕩之氣，溢於楮墨，雅近杜陵也。（同上）

《贈别前蔚州契苾使君》此詩贈漠南歸誠之部落，壯健而得體，雅與題稱。首句言朔方雄族，久駐陰陵。次句言其祖以外酋向化，爲唐初功臣，世篤忠貞之裔，久著勳名。三、四言千帳雪飛，牙旗夜肅；長河凍合，怒馬朝騰。見天時之嚴寒，而不減軍容之壯盛。五、六言蕃兒狄女，皆襁負壺漿而至，見使君招來綏輯之功。結句言其騎射之精，行獵兼以習武；郅都鷹健，路人遥識名藩。收筆之餘勁，猶能穿札也。（同上）

《井絡》巴蜀爲天府之國，足以閉關自守。乘時崛起者，都竊踞稱雄。故玉溪此篇，深致戒焉。首句井絡天彭，言分野之廣大。次句劍峰天險，言地利之難恃，皆舉全蜀而言。三、四承次句而分言之：三句謂陣圖石轉，帶白鹽、赤甲之雄，紀東川之險也；四句謂雪嶺秋高，扼邛笮康輶之隘，紀西川之險也。後半首承上而言，如此天險，宜可金湯永固矣，而霸圖已渺，空留杜宇之魂；炎井重窺，未竟飛龍之業。自昔英豪輩出，尚且偏霸無成；則後來之公孫躍馬，劉闢稱戈，亦當鑒於往事，而戢其雄心，勿慕秦王之遣力士開山，再訪金牛遺跡矣。（同上）

《淚》詩題只一『淚』字，而實爲送别而作。其本意於末句見之。前六句列舉古人揮淚之由，句各一事，不相連續。而結句以『未抵』二字，結束全篇，七律中創格也。首二句以韻語而作對語，一言宫怨之淚，一言離人之淚。三句言撫湘江之斑竹，思故君之淚也。四句言讀峴首之殘碑，懷遺愛之淚也。五、六句言白草黄雲，送明妃之遠嫁；名姬駿馬，悲項羽之夭亡。家國蒼涼，同聲一慟，兒女英雄之淚也。末句言灞橋送别，揮手沾巾，縱聚千古傷心人之淚，未抵青袍之濕透。玉溪所送者何人，乃悲深若是耶？（同上）

『雲隨夏后雙龍尾，風逐周王八駿蹄』（《九成宫》），凡用古事入詩，兩事務須匀稱。勿以近代事攙之。此詩夏后周王，雙龍八駿，皆上古事，且句極工麗，運用古事者，最宜取法。詩爲詠九成宫而作，宫在山水勝地。玉溪不言其風物，而意在懷古，殆有故君之思也。（同上丁編）

『永憶江湖歸白髮，欲迴天地入扁舟』（《安定城樓》），玉溪近體詩，頓挫沉著，少陵後爲一大宗。詩謂歸隱江湖，乃其夙志，而白髮淹留者，將欲整頓乾坤，遂其濟時之願，即扁舟入海，隨漁父之烟霧而去耳。以沉雄之筆，寫宏遠之懷，陳子昂所謂『囊括經世道，遺身在白雲』也。（同上）

『更無人處簾垂地，欲拂塵時簟竟牀』（《王十二兄與畏之員外相訪見招小飲時予以悼亡日近不去因寄》），此玉溪感逝詩也。僅言簾影簟紋，而傷感之情，溢於言外。王武子見孫楚悼亡之作，所謂情生於文，文生於情也。詩人之悼亡者，以元微之七律三首、梅宛陵五律三首最爲真摯。論詩之風韻，玉溪之句，尤耐微吟。潘安仁詩『望廬思其人』，即玉溪上句之意；潘詩『入室想所歷』，即玉溪下句之意。詩格異而意同也。（同上）

《登樂遊原》（向晚意不適）詩言薄暮無聊，藉登眺以舒懷抱，烟樹人家，在微明夕照中，如天開圖畫，方吟賞不置，而無情暮景，已逐步逼人而來，一入黄昏，萬象都滅，玉溪生若有深感者。鶯花樓閣，石季倫金谷之園，錦繡江山，陳後主瓊枝之曲，彈指興亡，等斜陽之一瞥。夫陰陽昏曉，乃造物循例催人，無可避免，不若趁夕陽餘煖，少駐吟筇。彼趙孟之視蔭，徒自傷懷，且詠『人間重晚晴』句，較有詩興耳。（同上續編）

《滯雨》首二句不過言獨客長安，孤燈聽雨耳。詩意在後二句，謂故鄉爲雲水之地，歸夢迢遥，易爲水重雲複所阻。即沈休文詩：『夢中不識路，何以慰相思』之意。况多秋雨，則歸夢更遲。因聽雨而憶故鄉，因故鄉多雨而恐歸夢之不宜，可謂詩心幽渺矣。黄仲則詩：『秣陵天遠不宜秋』，殆本此意。（同上）

《散關遇雪》此玉溪生悼亡之意也。昔年砧杵西風，恐寒到君邊，征衣先寄；今則客子衣單，散關立馬，風雪漫天。回首鴛鴦機畔，長簟牀空，當日寒閨刀尺，懷遠深情，徒縈夢想耳。（同上）

《華山題王母祠》唐人詠神仙詩，每含警諷，義山此詩亦然。以王母之神奇，何慮滄桑變易，詩乃言莫栽桑樹，瞬成滄海，貽笑麻姑，不若歌成黄竹，萬年之爲樂未央，殆有諷意也。其『瑶池阿母』一首，意亦相似。（同上）

《北齊》（巧笑堪知敵萬機）名都已失，戎馬生郊，而猶羽獵戎裝，擲金甌而不顧。後二句，神采飛揚，千載下誦之，如聞香口宛然，詞人妙筆也。俛仰黍離遺恨，南内方起桂宫，而北兵近踰瓜步；擒虎已臨鐵甲，而麗華猶唱瓊枝，酣嬉亡國，寧獨小憐一笑耶？又有詠齊宫云：『梁臺歌管三更罷，猶自風揺九子鈴。』人去臺空，風鈴自語，

不着議論，洵哀思之音也。（同上）

《夜雨寄北》清空如話，一氣循環，絶句中最爲擅勝。詩本寄友，如聞娓娓清談，深情彌見。此與『客舍并州已十霜』詩，皆首尾相應，同一機軸。（同上）

《寄令狐郎中》義山與令狐相知久，退閑以後，得來書而却寄以詩，不作乞憐語，亦不涉觖望語，鬢絲病榻，猶回首前塵，得詩人温柔悲悱之旨。（同上）

《漢宫詞》前二句言求仙之虚妄，以一『竟』字唤醒之，而君王仍長日登臺不悟。三、四句，以相如病渴、金盤承露兩事，聯綴用之，見漢武之見賢而不能舉，此殆借酒以澆塊壘，自嗟其身世也。（同上）

《柳》（曾逐東風）此詠柳兼興之體也。當其裊筵前之舞態，拂原上之游人，曾在春風得意而來，乃一入清秋，而枝抱殘蟬，影低斜日，光景頓殊，作者其以柳自喻，發悲秋之歎耶？抑謂柳之無情，雖芳時已過，而帶蟬映日，猶逞餘姿，不知有江潭摇落之感耶？但覺誦之凄黯耳。（同上）

《爲有》『寒盡怕春宵』句，殆有『春色惱人眠不得』之意。夫壻方金龜貴顯，辨色趨朝，古樂府所謂『東方千餘騎，夫壻居上頭』，正閨人滿志之時，乃轉怨金闕之曉鐘，破錦幃之同夢，人生欲望，安有滿足之期。以詩而論，綺思妙筆，固香屑集中佳選也。（同上）

《飲席代官妓贈兩從事》化爲綬帶二句，從淵明《閑情賦》『願在髮而爲澤，在履而爲絲』等句點化而出。身化雙帶，分繫新舊從事，頗見巧思。近人孫原湘詩：『何緣身作王餘片，分屬江東大小喬。』王餘乃一魚兩身之魚，較綬帶尤爲切合。（同上）

《詠史》（北湖南埭）金陵雖踞江山之勝，而王業不偏安。六朝之爝火興亡，無論矣；即明祖開基、而燕師旋起。玉溪謂三百年間，降旗屢舉，知虎踞龍盤，未可恃金湯之固，其後五代匆匆起滅，僅甲子一周。玉溪有靈，當謂曉夢之言驗矣。（同上）

《漢宫》此詩與集中《王母祠》《瑤池》二詩相似。西母遐昇，東方玩世，即李夫人之帳中神采，亦望而莫接，

玉化如烟，而漢武崇尚虚無，迄無覺悟。唐代尊奉老聃，宫廷每尊奉仙靈，相沿成習，玉溪借漢宫以託諷耳。（同上）

《江東》江東爲衣冠文物薈萃之區，英豪才俊，輝映簡册者，固代有其人，而其中孤客羈棲，美人淪落者，不知凡幾，詩中謝絮沈錢，殆爲文士名媛，齊聲一歎，不若扁舟江上，看燕飛魚躍，翛然物外也。（同上）

《宫詞》唐人賦宫詞者，鴉過昭陽，階生春草，防瓊軒之鸚語，盼月夜之羊車，各寫其怨悱之懷。此詩獨深進一層寫法，謂不待花枝零落，預料涼風將起，墮粉飄紅，彈指間事，猶妾貌未衰，而君恩已斷，其語殊悲。推其第二句移寵之意，士大夫之患得患失，因之喪志辱身者多矣，豈獨宫人之回皇却顧耶？（同上）

《望遠》（按：所評爲《代贈二首》其一『樓上黄昏』）前二句樓上玉梯之意，與李白之『暝色入高樓，有人樓上愁』。玉梯空佇立，望斷歸飛翼』，詞意相似，乃述望遠之愁懷。後二句，即借物寫愁，丁香之結未舒，蕉葉之心不展，春風縱好，難破愁痕。物猶如此，人何以堪，可謂善怨矣。（同上）

《板橋曉别》玉溪之絶句，或運典雅切，或構思深湛者爲多，而全用辭采者少。此作三四句，純以淒豔之詞，寓傷離之意。行者則託諸鯉魚，别淚則託諸芙蓉。寄情於景，且神韻悠然，集中稀見也。（同上）

《過楚宫》唐人有詠襄王詩云：『楚峽雲嬌宋玉愁，月明溪静隱銀鉤。襄王定是思前夢，又抱霞衾上翠樓。』與此詩第四句合觀之，若僅言襄王之幻境留連，樂而忘返。然合此詩三、四句觀之，則人生萬象當前，刹那間皆成泡影，有何樂之可戀？而世人不悟，不若迷離一枕，與世相遺，作者其有出世之想，借襄王爲喻也。（同上）

《嫦娥》嫦娥偷藥，本屬寓言，更懸揣其有悔心，且萬古悠悠，此心不變，更屬幽玄之思，詞人之戲筆耳。（同上）

《憶住一師》第三、四句之寫景，皆從二句之『憶』字而來。香盡燈昏，松林雪滿，在城居夜坐時，懸想山寺清寒之境，與韋應物《寄璨師》詩『凍雪封松竹，懸燈燭自宿』等句，意境極相似，皆遥寫山僧静趣也。（同上）

《寄蜀客》此詩意有所諷。相如、文君，仍假託之詞，否則遠道寄詩懷友，而泛論千載上臨邛事，於義無取。詩人詠文君者，每有微辭，此則歸咎金徽，意謂文君若無絲桐吟詠之才，則相如無緣接近，蓋深惜爲多才所誤。猶之《西第》頌成，致損馬融之望；《美新》論就，終嗟投閣之才。文人失足，豈獨才媛。題標蜀客者，本屬無是公，藉以寓諷耳。（同上）

《賈生》玉溪絶句，屬辭藴藉。詠史諸作，則持正論。如詠《宫妓》，及《涉洛川》《龍池》《北齊》，與此詩皆是也。漢文、賈生，可謂明良遇合，乃召對青蒲，不求讜論，而涉想虚無，則孱主庸臣，又何責也？（同上）

丁　儀

【李商隱温庭筠段成式（施肩吾、李群玉附）（節録）】人但知三十六體始於温、李，不知李賀是其所宗，而元和時施肩吾實已先之。肩吾字希聖，洪州人，元和進士。登第後隱於西山，爲詩奇麗，以近體名於時。李群玉字文山，澧州人。性曠逸，常以吟咏自適。……其詩極類温、李，五言古詩尤得齊梁之遺焉。（《詩學淵源》卷八）

蔣兆蘭

玉田論清真詞，謂其采唐詩融化如自己者，乃其所長。又言賀方回、吴夢窗皆善於鍊字面，多於温庭筠、李長吉詩中來。而沈伯時亦稱清真詞下字運意皆有法度，往往自唐宋諸賢詩句中來。又謂施梅川讀唐詩多，故語雅淡。又言要求字面，當看温飛卿、李商隱，及唐人諸家詩句中字面好而不俗者，采摘用之云云。以上諸説，蓋謂詞家必致力於詩，始有獨得，固已。蒙竊以爲詩詞實同源異派，皆風雅之流别。詞家欲進而上之，則蘭成及齊梁人諸賦皆絶妙詞境。又進而上之，則《董嬌嬈》《羽林郎》等樂府及《高唐》《洛神》《長門》《美人》諸賦，亦一家眷屬。更進而上之，則屈宋諸作，莫非詞家大道金丹。雖體製各别，而神理韻味，猶蘭茝之與荃蓀也。顧才高者或以詞爲小道，鄙不屑爲。爲之者或根柢不深，或昧厥本原，此詞學之所以不振也。世有韙吾言者乎？盍試上探《騷》《辯》，下究徐庾，精思熟讀，一以貫之，美成、白石容可幾乎！（《詞説》）

黄節

夫元、白之失在於淺易，格每下而力劣，聲殺削而音微。施及晚唐，而沉雄深渾之詩，至於絶響。於是温庭筠之綺靡，李商隱之纖穠，同時而興，尚聲律而忽氣格，抑又下於初唐四子及沈、宋遠矣。流及五季，迄用無題，而風又一變。讀杜甫《漢朝陵墓》（按：指《諸將五首》）、《馬嵬》《錦瑟》；讀杜甫《九日藍田莊》，較杜牧《九日齊山》，則盛唐、晚唐之升降，已可喟矣。（《詩學》）

迨及晚唐，李商隱作《韓碑》一篇，力追昌黎，已爲僅見，故王漁洋選昌黎詩，附以此篇，亦使學昌黎者知所法也。商隱詩云：『公之斯文若元氣，先時已入人肝脾。湯盤孔鼎有述作，今無其器存其辭。』則其推尊昌黎亦獨至矣。又曰：『句奇語重喻者少。』則當世之知昌黎者亦僅矣。（同上）

温、李既興於晚唐，於是纖穠、綺靡之風，施及五季，若杜荀鶴、徐夤者，温、李之流也。（同上）

宋初去晚唐未遠，故温、李之風由五季以流入，則西崑興焉。……（楊）億嘗集同時作者凡十七人，刻《西崑酬唱集》，皆温、李一派者。詩取近體，辭務研華，惟工組織，於是有優伶撏撦之譏。……當時楊、劉先後在禁中，倡近體，爲天下宗尚者四十年，故（石介）疾之深也。顧兹體浮豔，易流輕佻。其後真宗以《宣曲》一詩有取酒臨邛之句，遂下詔禁文體浮豔，而其風始息。要而論之，楊、劉諸人時際昇平，故其爲詩，雍容典贍，無唐末五季衰颯之氣，此其勝也。然專工對偶，疏於氣格，詞華雖麗，六義則缺，此其短也。清初吴之振作《宋詩鈔》，遂置而不録，良有所見，而紀曉嵐乃稱西崑體取材博贍，鍊詞精整，非學有根柢不能鎔鑄變化，自名一字，未免阿所好矣。（同上）

静修論詩曰：『……作詩者不能《三百篇》，則曹、劉、陶、謝，不能曹、劉、陶、謝則李、杜、韓，不能李、杜、韓則歐、蘇、黄，乃效晚唐委繭，學温、李之清新，擬盧仝之怪誕，非所以爲詩也。』（同上）

劉師培

【南北文學不同論（節録）】中唐以降，詩分南北。少陵、昌黎，體峻詞雄，有黄鍾大吕之音。若夫高適、常建、崔顥、李頎，詩帶邊音，粗厲猛起，張籍、孟郊、賈島、盧仝，思苦語奇，縋幽鑿險，皆北方之詩也。太白之詩，才思横溢，旨近蘇、張；樂府則出《楚詞》。温、李之詩，緣情托興，誼符楚《騷》；儲、孟之詩，清言霏屑，源出道家，皆南方之詩也。（《國粹學報》第一年第九期）

【樊南文集詳注書後】桐鄉馮浩《樊南文集詳注》於唐代史乘徵引靡遺，惟樊南《爲安平公謝除兖海觀察使表》注補云：『《白香山後集·送兖海崔大夫駙馬赴鎮》：「戚里誇爲賢駙馬，儒家認作好詩人。魯侯不得辜風景，沂水年年有暮春。」按此詩年時姓地皆可相合，則崔大夫頗疑即是崔戎，但駙馬之稱，本集中不一叙及。《舊書》既無可徵，《新書·公主表》亦無此下嫁之主，白公只此一絶，更無他篇取證。』按：馮氏所疑非是。《舊唐書·本紀》：太和八年三月，以崔戎爲兖海觀察使。沈氏《新唐書·方鎮表考證》云：太和八年廢沂海節度使爲觀察使，崔戎拜，尋卒，崔杞代。是崔戎、崔杞均鎮沂海，《李集》所言乃崔戎也，《白集》所言乃崔杞也。《新唐書·公主傳》云：順宗女東陽公主始封信安郡主，下嫁崔杞。此杞爲駙馬之證。《新唐書·宰相世系表》云：崔戎字可大，兖海觀察使、安平縣公。杞，駙馬都尉。此崔戎封安平之證。惟《表》不載杞鎮沂海，則《新書》之疏。又考《世系表》崔姓世系，則杞、戎同出博陵，杞係二房，戎係大房，皆爲崔懿之後。以行輩推之，戎於杞爲族曾孫，特出鎮沂海則戎先而杞後，惜乎馮氏未諳也。（《左盦集》卷八）

邵祖平

《七言絶句推論》有唐迄清七言絶句作家無慮數百，取其尤工者則如李白、王昌齡、王之涣、王翰、岑參、王維、韋應物、李益、韓翃、劉禹錫、白居易、元稹、柳宗元、王建、張祜、徐凝、唐彦謙、杜牧、李商隱、韓偓……大率盛唐人神完氣足，情韻不匱；中晚唐人情深意密，而神韻稍耗。（錢仲聯《人境廬詩草箋註》附《詩話》）

葉堯階

《讀李義山詩集》玉陽學道年方綺，錦里耽禪鬢已絲。辭意每傷高叟固，風懷寧闕郭公疑。杜陵仙骨誰能换？屈子庾詞獨耐思。爲問李牛干底事，無端臭味苦參池。（《二硯齋詩集》）

高步瀛

七言今體昌於初唐，至盛唐而極。王摩詰意象超遠，詞語華妙，堪冠諸家，輔以東川，附以文房，堂堂乎一代宗師矣。至杜公五十六言横縱變化，直欲涵蓋宇宙，包括古今，又非唐代所能限。義山、致堯繼軌於前，山谷、后山躡步於後。然皆得其一體。……（《唐宋詩舉要》卷五卷首總評）

《錦瑟》此以詩之首二字爲題，義山集中此例甚多，本不足異。惟説此詩者，自宋以來即紛紜莫定。劉貢父以爲令狐楚青衣之名（《中山詩話》），固誣妄不足辨。許彦周《詩話》謂《古今樂志》云：錦瑟之爲器也，其柱如其絃數，其聲有適怨清和，又云：感怨清和。昔令狐楚侍人能彈此四曲，詩中四句狀此四曲也。章子厚曾疑此詩，而趙推官深爲説如此。《緗素雜記》亦同此説，而又引爲東坡答山谷之言（今本《緗素雜記》已佚此條，見《漁隱叢話前集》卷二十二引）。然亦僞託不足信。朱長孺已斥之（《李義山詩箋注》）。朱竹垞以爲悼亡之詩（錢澄之同），馮孟亭（《玉谿生詩注》）亦從其説。然以莊生二句，按之情事頗合，其餘終覺牽强。綜觀諸家之説，以何義門、宋于庭（翔鳳，見《過庭録》卷十六）、張孟劬（采田，見《玉谿生年譜會箋》卷四）三家爲善。今參取之，以説此詩。何氏謂此篇乃自傷之詞，騷人所謂美人遲暮，宋氏謂自序之作，皆是也。起二句以錦瑟發端，喻行年無端將近五十。馮氏考義山不及五十而卒，此但就成數言之，不必過泥也。（宋謂五十後自序，特未詳考。）宋謂莊生句是悼王氏婦，即《轉韻》詩：憐我秋齋夢蝴蝶。以莊子有鼓盆之事（見《莊子·至樂篇》），故以自比。悼傷後應柳仲郢東蜀之辟，故有《悼傷後東蜀遇雪》詩，又《赴職梓潼留别畏之》詩有柿葉翻時獨悼亡之句。望帝云云正指東蜀也。張謂滄海藍田二句則謂衛公（李德裕）毅魄久已與珠海同枯，令狐（綯）相業方且如玉田不冷，衛公貶珠崖而卒，而令狐秉鈞赫赫，用藍田喻之，即『節彼南山』意也。步瀛案：此二事關於義山一生枯菀，張氏拈出，尤爲扼要。綜義山一生所遭，如上所述，皆失意之事，故不待今日追憶惘然自失，即在當時已如此也。何謂《義山集》三卷猶是宋本相傳舊次，始之以《錦瑟》，終之以《井泥》，合二詩觀之，則爲自傷無疑。（何説止此）然則以此詩爲自序亦無疑矣。（《唐宋詩舉要》卷五）

《重有感》沈鬱悲壯，得老杜之神髓。（同上）

《曲江》此詩蓋感於修曲江亭館，旋有甘露之變，而追痛唐代衰亂之原也。明皇嘗與楊妃遊幸曲江，及安、史亂後，曲江亦日就蕪廢。起二句言巡幸久曠，夜鬼悲歌，狀當時曲江之荒涼也。三句追叙楊妃之死，即末句所謂傷春也。四句叙文宗修曲江亭館，爲前後關鍵。五六叙甘露之變，結言天子制於家奴，可謂天荒地變，傷心甚矣。然推其原始，唐室禍亂，實由明皇之溺於女寵，後世之變勢必有至，所謂履霜之屬，寒於堅冰；將萎之華，慘於槁木。故曰若比傷春意未多也。朱長孺謂前四句追感玄宗與貴妃臨幸，後四句言王涯等被禍，判爲兩橛，似失本意。姚姬傳以天荒地變屬天寶之禍，則傷春屬文宗，亦覺不合。或謂專詠明皇、貴妃事，則華亭鶴唳二句亦格不相入。馮孟

亭以爲指武宗立後楊賢妃賜死事，固與曲江無關，又臆造棄骨水中之説，則無徵不信已。（同上）

絶句當以神味爲主。王阮亭之爲詩也，奉嚴滄浪水中著鹽及羚羊掛角無跡可尋之喻，以爲詩家正法眼藏，而李、杜之縱横變化，所謂巨刃摩天揚者，不敢一問津焉。後人譏其才弱，亶其然乎！然用其法以治絶句，則固禪家正脈也。蓋絶句字數本既無多，意竭則神枯，語實則味短，惟含蓄不盡，使人低回想象於無窮焉，斯爲上乘矣。盛唐摩詰、龍標、太白尤能擅長，中唐如李君虞、劉賓客，晚唐如杜牧之、李義山，猶堪似續，雖其中神之遠近味之厚薄亦有不同，而使人低回想象於無窮則一也。……（同上卷八）

黄侃

《荆門西下》案詩意當爲自桂林奉使南郡還路所作。（《李義山詩偶評》卷上）

《杜工部蜀中離席》案此以『蜀中離席』爲題而擬杜體，猶五言有《韓翃舍人即事》，以『即事』爲題而擬韓舍人也。朱氏釋此題最當。程氏以爲杜工部應從一本作辟工部，非也。（同上）

《隋宫》（紫泉宫殿）平陳之役，煬帝爲晉王，實總戎重。末路荒淫，過于叔寶。故舉後主以爲類，譏刺之意甚顯，不必以稗官所記覿鬼事實之也。（同上）

《二月二日》案詩詞，當爲東蜀作。（同上）

《即日》（一歲林花）放，猶『㭊』也。（同上）

《無題二首》（昨夜星辰）案義山《無題》詩，十九皆爲寄意之作。既云『無題』，則當時必有深隱之意，不能直陳者。此在讀者以意逆志，會心處正在不遠也。必概目爲豔語，其失則拘；一一求其時地，其失則鑿。此詩全爲追憶之辭，又有『聽鼓應官』之語，其出爲縣尉，追想京華游宴之作乎？（同上）

《無題四首》（來是空言、颯颯東風）『啼難唤』者，言悲思之深；『墨未濃』者，言草書之促。五六句指所憶之地言。（以上首章）○古詩『雷隱隱，感妾心，側耳傾聽非車音。』第二句略用其意，以興三四句，言所憶者之自外獨歸也。五六句以下，則禁約閑情之詞。言情事與韓壽曹植既殊，則徒思無益也。『東風細雨』，所以興起『輕雷』；而『輕雷』又非真雷，乃以擬車聲也。三四句亦所以足第二句之意，言其自外獨歸而已，非必真有『燒香』『汲井』之事也。詩乃有所求于人而人不見諒之詞也。（同上）

《王十二兄與畏之員外相訪見招小飲時予以悼亡日近不去因寄》集中有《七月二十八日夜聽雨》及《七月二十九日崇讓宅》二詩，悼亡之日，蓋在此頃。故是詩亦有末句所云也。義山爲王茂元壻，王十二則其婦兄也。畏之，韓瞻字，蓋與義山爲僚壻，故有第二句。『嵇氏幼男』句，用嵇叔夜《與山巨源絶交書》『女年十三，男年八歲，未及成人。案此下脱「況復多病」四字顧此恨恨，如何可言』意。『末行』，末屬也。『檀郎』，指畏之員外。（同上）

《曲池》曲池蓋即曲江，觀第五句可知。此詩爲宴集惜別之作。首句言驟遇繁香，難於自禁；次句想其夜來更當何往？三句慮其將行，『迎憂』猶言豫愁耳；四句言其果去，與次句相應；七八言惜別之情，過于『河梁』也。『分』亦當時方語，猶今言『料定』耳。（同上）

《無題》（相見時難）次句言無計相憐，任其蕉萃；三四句自叙；五六句斥所懷者；七八句則『無由見顔色，還自託微波』之意。（同上）

《碧城三首》程以三詩皆刺貴主之爲女冠者，以備勸懲，是也。（其一）七八句皆用《飛燕外傳》事，知以趙氏比貴主；五六句即第三首末二句意，言其蹤跡雖祕，而物議已滋，所以戒驕淫、止佚蕩，此與《陳》《鄭》變風何異。（其二）二句即承『可憐』之意。『憐』『蓮』音同，吴聲歌曲，皆以『蓮』爲『憐』也。『紫鳳』『赤鱗』，皆喻狂佼。『鄂君』以喻未見洪崖以前所遇之人。（其三）

三四句當如程説。七八句諷刺之意至顯。韓退之《華山女》詩篇末云：『豪家少年豈知道，來繞百匝脚不停。雲窗霧閣事慌忽，重重翠幔深金屏。仙梯難攀俗緣重，浪憑青鳥通丁寧。』與義山此詩意同，而退之蘊藉矣。（同上）

《辛未七夕》此詩純以氣勢取勝。首二句作疑詞；三四申言致疑之理；五六句與首句『好』字、次句『故』字相應；七八句言佳會果難，則當酬鵲橋之力，今但與蜘蛛以巧，是知佳期之稀，本緣仙意，仍與首二句相應。用意之高，制格之密，即《玉谿集》中，亦罕見其比也。（同上）

《牡丹》（錦幃初卷）義山詠物詩，什九皆屬閑情，此詩非直詠牡丹，蓋借牡丹以喻人也。首句斥所喻者；次句自喻；三四寫其狀；五句喻其光采；六句喻其芳馨；末二句顯斥所喻矣。八句八事，不著堆砌之跡。與牡丹在即離之間，即專以詠物論之，亦難能可貴已。（同上）

《一片》（一片非煙）此以篇首二字爲題，仍與《無題》同。篇中但以神仙事爲喻，則後來以游仙寓意之濫觴。此詩所刺，與《碧城三首》及後《中元作》一首同，皆爲貴主之爲女道士者作也。此首程以爲豔情，則首二句不可解；《中元作》紀以爲有求而不得之詞，則首二句亦不可解。四句『春』改『風』。（同上）

《馬嵬二首》（次章）首句言神仙茫昧，次句言輪轉荒唐，以此思哀，哀可知矣；中二聯皆以馬嵬與長安對舉，六句筆力尤矯健，不僅屬對工巧也；由此振出末二句，言當耽溺聲色之時，自以宴安可久，豈悟波瀾反覆，變起寵胡，倉卒西行，又不能保其嬖愛，以視尋常伉儷，偕老山河者，良多媿恧，上校銀潢靈妃，尤不可同年而語矣！諷意至深，用筆至細。胡仔以爲淺近，紀昀以爲多病痛，豈知言者乎？唯『空聞』與『徒聞』犯複，則夏后之璜，不能無瑕也。（同上）

《富平少侯》此詩刺武宗，題曰『富平少侯』，詭辭也。首句檃括漢成帝《報許后書》意，而注家皆不憭。武宗好遊獵，又寵王才人，故以成帝比之。『回枕』，猶繞枕也。『當關』，謂閽人，見嵇叔夜《與山巨源絶交書》。（同上）

《聖女祠》（松篁臺殿）此首合《重過》一篇觀之，諷刺愈顯。五句言上真所戀，乃在凡夫；六句言神實無靈，令女仙得以自恣。每朝珠館，謂常入禁中也。（同上卷中）

《臨發崇讓宅紫薇》崇讓宅，王茂元所居。臨發，將去東都也。是時茂元已歿，義山他適，黨人傾擠，無所托身，故借詠紫薇以寄意。『應爲有』，『有』，謂有花也。程疑三字有誤，非也。後半以桃柳連類作喻，言處地縱殊，榮枯不異，夫何必以飄泊爲恨邪！《唐書》稱義山『放利偷合』，『輕薄無行』；李涪《刊誤·釋怪》一篇，專譏義

山，蓋亦緣于黨人之見。究之義山恃才傲物，實足叢謗，觀于此篇及『鴛雛』『腐鼠』之詞，得見其端矣。（同上）

《野菊》此詩義山蓋以自喻其身世。末二句與《崇讓宅紫薇》意正相類，但彼措辭徑直，此稍婉耳。（同上）

《銀河吹笙》取首句中四字爲題，實《無題》之體也。程以爲亦刺女冠，未諦。細審其意，蓋干求不遂而自慰之詞。首二句言自處岑寂，雖遥聞笙響，惟有悵望而已；三句言往好不可復尋，四句言旅況益爲無俚；五句言舊游依稀可記，六句言它夜淒獨堪悲；七八句言攀援不得，則亦別求所以自慰之道。湘瑟秦簫，動心娱耳，不必嵩高仙樂，始可樂魂也。（同上）

《聞歌》此詩制格最奇。聞歌正面，首二句已寫出，以下皆襯托之筆，七八句乃收到本意。程泥中四句爲實事，而傅會于宫人之流落者，則疐礙孔多矣。『高雲不動』，朱長孺以爲用秦青響遏行雲事，是也。孟德西陵之恨，周王《黄竹》之謡；與夫漢女入胡、息嬀歸楚，此皆自古可悲之事，而今之歌聲，令人斷腸，亦與往昔同科，此于燭明香暗之時，欲唤奈何也。（同上）

《春雨》此爲滯居長安憶家之作。『白門』即《街西池館》詩所謂『白閣佗年别』者也。岑參有《歸白閣草堂》詩，杜甫《渼陂西南臺》詩『錯磨終南翠，顛倒白閣影』，皆謂終南支峰，近瞰長安，故因以號帝里，非建康之白門也。『紅樓』二句，正寫寥落之狀。（同上）

《中元作》程以爲中元悼亡之作，蓋誤。此詩所刺，與《碧城》《聖女》諸首同，特因中元而造耑耳。三四譏誚至顯；五句言惜其雨夜之無眠；六句謔其如狂香之引路；七八言有娀雖遠，却在人間，青鳥爲媒，適同毒鴆。疾之之詞，可謂峭厲矣。（同上）

《宿晉昌亭聞驚禽》此詩以『驚禽』興起己之離緒，以『胡馬』『楚猨』陪襯驚禽，通體惟『羈緒』一句自道本懷耳。制格布局，最爲可式。（同上）

《安定城樓》此詩作于王茂元涇原節度幕中。當時令狐綯輩，必有以義山背黨爲譏者，故有末二句。五六句一意互言，言欲俟旋乾轉坤之後，歸老江湖，以扁舟自適也。當時黨人譏義山以『放利偷合』『輕薄無行』，豈其然哉！

（同上）

《淚》首六句皆陪意，末二句乃結出正意。以『青袍』寒士而送『玉珂』上客，其悲苦之情，非復『永巷』『離情』所能爲喻也。如以爲詠物之詞，則無此堆砌之篇法矣。程以爲末二句從晉時羅友托之歟厥鬼語『但見汝送人作郡，不見人送汝作郡』脱化得來。（同上）

《流鶯》此首借流鶯以自傷飄泊。末二句言正惟已有傷春之情，所以聞此鶯啼，不禁爲之代憂失所也。（同上）

《出關宿盤豆館對叢蘆有感》詩有『思子臺』，在弘農湖，于唐爲湖城縣地。盤豆，驛名，當即在思子臺旁也。此首自嗟其遲莫無成。三四言昔在少壯，未始以遠遊爲悲；及此歲華既晏，蓬轉天涯，荒野寒砧，年年相伴，驛亭回首，不免有遷斥之情也。（同上）

《七月二十九日崇讓宅宴作》程意七月二十八、九日爲義山悼亡之日。此詩蓋悼亡後失意無憀之作。五六極寫淒涼之況；七八則言世塗之樂已盡，惟有空山長往，趨向無生而已。『濩落』，一作『瓠落』，即拓落，又即落拓，亦即落魄，《説文》作『落臬』。『月』，當從《西溪叢語》作『風』。（同上）

《梓州罷吟寄同舍》同舍，謂同幕府者。《轉韻》詩：『征東同舍鴛與鸞』，亦謂同幕府者。〇大中六年，柳仲郢爲東川節度，十一年罷。義山此詩，乃罷府時作。細審詩意，但叙述宴遊之樂、聲伎之美，而自嘆爲病所侵，不及府主恩禮一字，則其怨望，可于言外得之。措詞深婉而不激怒，此其所以難也。〇劉楨詩：『余嬰沉錮疾，竄身清漳濱。』（同上）

《無題二首》（鳳尾香羅、重幃深下）義山諸《無題》，以此二首爲最得風人之旨。察其詞，純託之于守禮不佻之處子，與杜陵所謂空谷佳人，殆均不媿幽貞。而解者多以爲有思而不得之詞，失之甚矣！首二句，正寫寂寥時所以自遣：『碧文圓頂』，謂帳也；『車走雷聲』，言狂且之言無由入耳也；五句言幽居情況，日日如斯；六句言親愛離居，永無消息；七八言縱有游人窺覗，閨中深邃，固非所得而知也。謂之詞婉意嚴，疇云不可？其二，首二句極寫其岑寂；三四言縱復懷人，只勞夢想；四句言獨居幽地，不厭單棲；五句言狂暴相凌，徒困荏弱；六句言容華姣

好，易召侵欺；七八言終不棄禮而相從，雖見懷思，適成癡佁也。（同上）

《井絡》此詩與張載《劍閣銘》同意，皆以懲割據也。首句言其地之狹小，次句言地險之不足恃；三四承首句之意，言其疆域迫促也；五六言伯主偏隅，終殊中縣之君也，詞特深婉；末句正寫警戒之意。（同上）

《宋玉》此首自傷無宋玉之遇，末二句尤顯。『開年』，即《楚詞》所云『開春』『獻歲』，猶言新年新春耳。程解大謬。五六二句，正自傷無宋玉之遇也。（同上）

《曲江》此詩弔楊妃而作，與杜子美《哀江頭》同意，而箋注家傅會甘露之變，殊屬無謂。首句言不復游幸，次句言其淒涼；三句言楊妃已去，四句言宮殿猶存；後四句言臨命之悲、亡國之恨，猶未敵傾城夭枉，遺跡荒殘之慟也。試取《哀江頭》詩，與此詩互觀，當能領悟。『陽春』當從朱校作『傷春』。（同上卷下）

《贈司勳杜十三員外》義山於牧之，甚相傾倒。其《杜牧之》絶句云：『高樓風雨感斯文，短翼差池不及羣。刻意傷春復傷别，人間惟有杜司勳。』與此五六句，可以參閲。義山詠杜，即所以自詠也。（同上）

《回中牡丹爲雨所敗二首》次首末二句尤淒婉：言今日飄零，固爲可念；然使更遲數稔，顔色愈衰，求如今日，且不可得也。《楊柳枝》詞云：『一葉隨風忽報秋，縱使君來豈堪折！』政是此意。（同上）

《樊南四六》上承六代，而聲律彌諧，下開宋體，而風骨獨峻，流弊極少，軌轍易遵。（《金陵大學國學研究班學程提要跋》）

王文濡等

《樂遊原》（向晚意不適）此義山傷老之詩也，言向晚意有不適，乃驅車古原以遣興。見夕陽之時，霞光反照，真無限好景也。然晚景雖好，終不多時，仍是意不適耳。（《唐詩評注讀本》）

《北青蘿》『落葉』二句：聞落葉之聲，而不聞人行；見寒雲之路，而不見僧歸，是方入其境也。『獨敲』句：

未見其寺，先聞其磬。初夜，黃昏也。獨敲，應『孤僧』二字。○僧既不在，何以言敲磬？蓋設想之詞耳。『閒倚』句：藤，杖也。既見其寺，吾且倚杖以閒觀。『世界』二句：世界不殊微塵，一切皆空，何憎何愛？此悟道之言也。寫訪孤僧不遇。以落葉、寒雲、敲磬、倚藤等字襯出之，便覺清净之極，萬慮皆空。所以能悟澈佛旨。借此作結，毫不費力。（同上）

《春宵自遣》（首句）言地多勝景，而俗事胥遺。（次句）身閒則歲月空過，故感春而有念也。（三四句）風月花竹，勝地乃能有之，言晴風遠來，竹能先受；夜月高起，花獨能當，『當』字有景有情。（五句）石亂則泉流不暢，必然咽住而作聲也。（六句）徑斜人少，苔生而荒，『任』字有聽其自然之妙。（七句）恃，倚賴也，言陶然全賴琴酒也。○寫山家風景，處處不離春宵，其用字之妙，殆千錘百鍊而出，如當字、知字、任字，均耐人尋味。（同上）

《籌筆驛》（首句）言威靈所及，猿鳥常生驚畏也。（次句）言武侯出師之處，至今靈氣如存，風雲常護，猿鳥過之，猶生驚畏，況在當時乎？（三四）二句言武侯不能挽回漢運。（五句）用遠襯法，（六句）用近襯法。言關張勇而無命，不能助成武侯之業，正武侯所無可奈何者。（末句）恨有餘者，恨後主不肖先主，未能展其經綸也，應上『徒令上將揮神筆』句。○運用故事，操縱自如，而意亦曲折盡達，此西崑體之最上乘者。（同上）

《馬嵬》（海外徒聞）言徒聞有是說耳，未必可信也。首句與次句看如不接，其實即引用楊什伍求貴妃於十洲三島故事，吸起下句『他生未卜』四字，謂海外豈真有仙境，可求問他生事乎？……言他生之爲夫婦，原未可卜，而此生則休矣。（三句）言徒聞此虎旅宵柝之聲也。（四句）言報曉之更籌，今已無復設矣。（五句）『此日』指明皇至馬嵬之日。（六句）謂當憑肩密誓之時，笑牛、女之脈脈相望，不能常聚。（七八句）言盧家少婦，保有富貴，如海燕雙棲，今以天子而不能保一婦人，其不及遠矣。○前半寫行在淒涼，後半寫馬嵬之事。色荒致禍，幾覆宗社，令人感慨係之。（同上）

汪辟疆

【玉谿詩箋舉例序】有唐一代詩家，能自闢宇宙者，唯李、杜、昌黎、玉谿。玉谿雖取法少陵，而上能規模屈、宋，接武《國風》，意在言外，得比興之遺。至其詞之優柔敦厚，亦非宋歐、蘇所敢企，皇論餘子。惜注家如道源、長孺、午橋、孟亭、悔翁輩，詩工既不深，擿埴索塗，驪珠自詡。不知焦鷯已翔於寥廓，而羅者猷視乎藪澤。千年迄今，有如長夜。中宵撫卷，嘆息彌襟。

箋註此集，先宜注意四事：其一、由太和至大中政治黨派及國家大事。其二、本集顯達之遷轉、歲月久暫、生卒，交遊之仕履出處、言論著作。其三、義山由少至壯年晚年之家庭、遊踪、仕宦薦辟。其四、唐代之選舉、職官、節鎮、地域之現行制度。凡此四端，必須根據兩《唐書》《通鑑》《唐會要》《唐大詔令》《文獻通考》及本集、《樊南文集》《樊南文集補編》較《樊南文集》多二百有三篇。酌採《唐摭言》《北夢瑣言》《酉陽雜俎》《雲麓漫鈔》《太平廣記》《長安志》宋敏求、《唐兩京城坊考》徐松，一一鈎稽，必盡必實。舊註之當者取之，支蔓無當者汰之。第一、徵事。第二、數典。第三、達旨指箋。事，覈而不誣。典，贍而扼要。旨，安而不鑿。則義山詩之真面目出矣。世有閎達，曷起而從事乎。（《玉谿詩箋舉例》）

《一片》（一片非煙）此義山有感於朝局，託辭寓慨之詩也。胡震亨以爲期津要之能薦士者，固非；何焯以爲豔情之作，亦非也。唐自貞元以來，內制於中官，外逼於方鎮，羣小雜進，正士竄逐，王室微弱，朝政日非。憂時者早有瞻烏誰屋之嘆矣！此詩首二句即極寫夜色朦朧，猶言朝局昏闇。曰隔九枝者，言不見光明也。曰儼雲旗者，僅存空號也。天泉水暖，喻國家基業之可憑。露畹春多，喻在野之人才尚衆。《離騷》『余既滋蘭之九畹兮』可證。但一曰龍吟細者，則號令不出朝門也。一曰鳳舞遲者，則忠正多沉下僚也。朝局若此，則星移月落指顧間事耳。故五六一聯即慨乎言之。七句則直説人間桑海之變，爲全篇點睛。末句即早自爲計，毋貽後患之意。憂時之切，忠愛之

忱，與杜公遥遥相應也。前人所箋，皆模糊影響之詞，今特爲揭出，爲讀者進一解。（同上）

《錦瑟》此義山自道生平之詩也。第二句思華年三字，即一篇眼目。莊生句，喻己功名蹭蹬，以彼其才，又似非終身鬱鬱下僚者，天爲之抑人爲之也。故用莊生夢蝶事以見迷離恍惚，而迷字已透露之。望帝句，喻己抱一腔忠憤，既不得信，而又不甘抑鬱，只可以掩抑之詞出之，即楚天雲雨盡堪疑之意也。滄海月明喻清時，然珠藏海中，不能自見，以見自傷之意。藍田日暖喻抱負，然玉韞土中，不爲人知，而光彩終不可掩。則文章之事也。二語又從陸士衡石韞玉而山輝，水懷珠而川媚，變化而來。然戴叔倫嘗論詩之境界：如藍田日暖，良玉生煙，可望而不可置于眉睫之間。戴卒於德宗貞元五年，爲義山前輩。此句又全本戴氏。詳戴之言，則此句指其詩文又無可疑。末二句總結此情，即上四句之情。成追憶三字，正與思華年相應。第八句仍不肯直説，以當時已惘然五字逆挽，爲上文作不即不離之詠嘆，益增怊悵矣。此詩精深華妙，而唐宋解者，最多亦最枝。元遺山王漁洋皆有解人難之嘆。蓋未嘗深思也。至馮孟亭謂《錦瑟》爲悼亡之詩，當誤認《房中曲》之錦瑟而言，不知與此無涉也。又曰：用錦瑟二字起興，亦非無意。錦者，有文采可見者也。瑟者，有聲音可聞者也。用此二字，不惟可括全篇，且與華年相應。其曰五十絃者，以瑟古爲五十絃，而五十正合大衍之數。人生五十之年，又爲由壯盛而衰老之界，借以追憶已往之華年，皆不可易。按義山生平，據馮浩定爲憲宗元和八年生，宣宗大中十二年卒，則義山得年只四十六歲。然馮氏定義山生年又云：或有先後，是雖定猶未定也。又《舊唐書》本傳言大中末商隱還鄭州，未幾病卒。則義山卒年亦不限於大中十二年，或至大中十三年，或再遲一二年，義山方卒亦未可知。余嘗疑義山當生於元和四年卒於大中十三年，得年五十有一，然則此詩即姑定爲五十初度之作，亦無不可。其以錦瑟標題而不云五十初度者，蓋以詩意甚明，不如取首二字爲籠括一切也。（同上）

《重過聖女祠》聖女祠在今陝西陳倉大散關之間，即《水經注·漾水篇》所謂武都秦岡山，懸崖之側，列壁之上，有神像婦人之容，其形上赤下白，世名之曰聖女神者是也。開成二年義山馳赴興元過之。大中十年，義山隨柳仲郢還朝，又過之。此云重過者，當爲大中十年作。借聖女寄慨身世，與《錦瑟》詩略同，本集有聖女祠詩三首，各有所指，與此又別。○此義山借聖女以寄慨身世之詩也。前半寫聖女祠，後半寫重過，此全篇布局大略耳。然讀古人詩不能如此疏忽，當更求其寓意所在。此詩次句淪謫得歸遲，即爲全篇寄慨主旨，亦明説自傷身世之意。然首句言巖扉碧蘚滋，則淪謫久矣。三四寄慨半生壯志，全付夢中，蹭蹬功名，終難美滿，而常飄不滿，即其見意。至於僕僕道塗，數更府主，則去來無定，所由致嘆於仙踪之飄忽也。亦緊扣重過。結則回憶開成二年經過此地，正令狐綯助己登第之年。當時自謂平步青雲，上清同證，今則全付夢中，寧堪回首乎！全篇皆以仙真語出之，空靈幽渺，寄託遥深。而結二句打開説，與上文之上清淪謫，春夢靈風，混茫承接，精細無倫。大家換筆之妙，一至於此。（同上）

《蜂》此當爲義山聞子直漸貴，而冀其援引之詩也。題爲詠蜂，故託以見意。首二句喻已有託身之地，三四喻己人地寒微，非有倚託不能自致青雲之路。五六則向所賴之人，今皆不在朝列，因宣宗大中三年，衛公之黨，已罷斥殆盡矣。則此後不能不屬望於子直。結二句言相見不遠，雖子直於己初有不諒，而己則心實無他，則此後之會合不難矣。句句詠蜂，却句句寫己。詩家比興之義，不難相説以解，細玩詞意，極爲明顯，不當以詠物視之矣。（同上）

《流鶯》此義山借流鶯寓感也。起二語曰漂蕩，曰參差，即隱寓身世飄蓬之感。三四喻己屢啓陳情與見之詩文者，自有肺腑之言，而他人未必能共諒，此良辰佳期之所以不至也。五六風朝句，言朝局之萬變；萬户句，言黨派之分歧。結二句則歸到自身。詞哀心苦，茫茫人海，無枝可棲，字字血淚矣。（同上）

《回中牡丹爲雨所敗二首》回中乃安定地。《漢書·武紀》所謂元封四年，行幸五時，通回中道遂北出蕭關者也。應劭曰：回中在安定高平，有險阻，蕭關在其北。方湖按：右扶風、汧亦有回中，見《後漢書》《三輔黄圖》。此取安定回中以爲名，非武帝所通之道。小顔辨之甚明。文宗開成三年，義山應宏詞試不中，赴涇原王茂元幕。涇原軍治安定。義山有《安定城樓》詩，此二篇亦當時所作。○此義山在安定借牡丹以寄慨身世之詩。題意既明，非專詠牡丹也。（首章）下苑即長安東南隅曲江池。《漢書·元紀》所謂宜春下苑即此。西州謂安定。此詩首言下苑未可追，則秘省之勢難再入，令狐門館之勢難再依，以今日涇原之行而可決定之他年也。其試宏詞不中，當必有擯逐之者，故三四一聯以寒字寫外間排笮之人正多，以暖字寫暫時之合少慰。此二句已不勝其悵惘淒迷之感。五六則極言失意。無蝕句，即落花滿地無人管之意。有人句，即翠衾歸臥繡簾中之意。則歌以當哭矣！結則撇去正面而嘆。回中如是，他處可知。牡丹如是，他卉可知。猶言同我之淪落者，恐亦有人。淒惋之中，自然意遠，深情妙緒，觸手紛披。細翫全篇，無一滯筆。最妙在前六句，皆從對面襯出，屬對奇變。而三四一聯，尤其顯然易見者也。次章首句，用唐初孔紹安《詠石榴詩》意。孔紹安《詠石榴詩》云：祇爲來朝晚，開花不及春。言榴花開時本晚，而牡丹先春零落。喻己本遭遇蹭蹬，而讒人復從而排笮之也。浪笑二字，極見用意。三四一聯，正面寫牡丹爲雨所敗。玉盤句，寫花含雨。錦瑟句，寫雨打花。體物精細，故精緊乃爾，亦所以喻己之橫被摧殘，故曰傷心，曰破夢也。淚迸絃斷，悲苦可知。五六則濃陰萬里，障蔽重重，生意一春，流光晼晚。非舊圃，則殊於下苑也；屬流塵，則困於輪蹄也。嗟嘆之間，出以淒惋，不能卒讀矣。結則言今日之零落如此，而他日之零落或更有甚於今日者，必反覺今日之雨中粉態，猶爲新豔。此進一層寫法，與前篇之羅薦春香暖不知，遥遥相發。然無聊之慰情，可於言外得之矣。此二詩假物寓慨，隱而能顯，是徐熙惠崇畫法。（同上）

《無題二首》（昨夜星辰、聞道閶門）此當爲開成四年調尉弘農留別祕省同官之詩也。趙臣瑗謂竊窺王茂元家姬大謬。首二語言其時與地，星辰喻其高，風喻其清，而畫樓桂堂，則祕省也。三四分隔情通欣羨如見。五六則狀內省諸公，聯翩並進，讌遊之樂，得意可知。結二語，則謂己不得長在此間，而有轉蓬遠揚之恨。比類達情，意深而婉，反覆誦之，味彌永矣。次章蓋竊幸因王氏而自進於衛公之詩也。萼緑華比衛公，次句言向於衛公而不可親，今何幸有此機遇也。秦樓客，謂爲茂元壻。二語謂豈意以論婚王氏之故，而得自附於李黨耶？吴王苑内花，當指李衛公門下英俊之士，細翫此詩，又可知義山再入祕省，其爲李黨汲引無疑也。又按：李衛公以文宗開成二年五月由浙西觀察使調充淮南節度使，至開成五年四月召回以爲吏部尚書同中書門下平章事，此二詩如作於開成四年義山由祕書省校書調補弘農尉之時，則衛公時正在淮南，此云閶門者當在揚州。據《舊紀》：寶曆二年鹽鐵使王播奏揚州舊漕河水淺，今從閶門外古七里港開河向東，取禪智寺橋東，通舊官河是也。然則此閶門，即指淮南，更無疑義。

（同上）

《無題》（來是空言、颯颯東風）此二詩原編共四首，計七律二，五律一，七古一，蓋編者取其用意從同，故統括以《無題》耳，當非一時所作也。此二律馮張皆有見到語，惜未能融洽，今更爲詮釋之：首章前四句寫夢中，後四句寫夢覺。來去既不常，故言曰空言，蹤曰絶蹤，已非醒眼時境界，從古詩既來不須臾又不處重幃脱化出也。次句點時地，入夢之時地也。三四夢中之情事，極恍惚迷離之境，決非果有其事。而張馮二家必泥《上綯書》云令代書《太清宫寄張相公》舊詩，抑何可笑。五六則爲夢醒時之景況，故云半籠，云微度，即爲夢醒時在枕上重理夢境之感覺。七八則嘆蓬山本遠而加以夢中障隔，較之醒時之蓬山更遠也。此詩變化不拘常格，宜馮張輩不能知之也。

又曰：來是空言一首前人所箋或以豔情，或以爲令狐來見，其説之不可信，可於本詩證之。如爲豔遇之作，則既於深夜翩然肯來，而又翡翠被中、芙蓉褥上既極燕昵之歡，何又忽云蓬山遠隔？則前後之不合也。如爲子直來見，無論子直貴官，不常下顧，即感念故人親來存問，又何爲待至五更深夜月斜樓下之時乎？馮氏自知不可通，則謂令狐爲内職，此句點入朝之時，牽强附會而不知爲贅説也。惟解夢中夢覺兩層，則通體圓融，詩味深遠。次章言事已如此，然終似有幾希之望而終斷之無益也。起二句曰細雨，曰輕雷，喻膏澤之不能大霈。然香爐雖閉，而金蟾可以齧通之；井水雖深，而玉虎可以汲引之。況己與令狐，乖隔雖深，舊情猶在，則援手亦不難也。但所疑慮者，窺簾以韓掾之少，留枕以魏王之才，而我何有哉。轉念至此，則寸心灰盡，其無益也可斷言之。此二首或爲一時之作。

（同上）

《無題》（相見時難）此當爲大中五年徐府初罷寓意子直之詩也。欲絶而不忍遽絶，中懷悲苦，故以掩抑之詞出之。然詩意固自顯然也。起句言相見既難，即決絶亦不易。此别字，非離别之别，乃決别之别。次句言綯既無意噓植，而已則必就淪落。東風指綯，百花指己。如此接法，鈍根人百思不到。三四極言己心不死，如蠶必至死而絲盡，燭必成灰而淚乾，乃始絶望耳！絲可代思，猶淮可代懷。古《子夜歌》：春蠶易感化，絲子已復生。古樂府屢用之。五句即詩人維憂用老之意。六句即極言孤獨無偶，然猶對綯有幾希之望，不能不藉青鳥之探看也。青鳥主爲西

王母取食者，見《山海經》。史所稱屢啓陳情，此當其時所作。詞苦而意婉，百誦不厭。（同上）

《辛未七夕》義山於大中五年春徐州府罷還朝，復以文章干綯，綯意稍解，爲補太學博士，此乃綯之情不可恝，非美遷也。本篇題爲辛未七夕，當作於是年。○此當爲大中五年補太學博士後借七夕寄意之詩也。是年綯意既稍解，而博士亦非美遷，義山於感激之餘，仍難副其厚望，細玩詩意，從可知矣！張遯庵曰：首二句反言之，實則深喜之。清漏句，舊好將合。微雲句，屬望尚奢。豈能二句，言博士一除，我豈不感激厚恩，而無如所得僅此。或者仙家故教迢遞，以作將來之佳期未可知也。用意極爲深曲，然不詳考本事，固難領其妙。此釋得之。至本篇結構，首四句，爲設問之辭。後四句，即就事論事，又逼入一層問之。超忽跌宕不可方物，命意高則下筆得勢耳。惟其望久來遲，故幸得渡河，當酬烏鵲，此二句是起下二句地步，非但叙事也。或誤以爲鋪叙七夕，故有末二句另化一意之説，失之。此河間紀氏説，可爲讀此詩者進一解。（同上）

《無題二首》（鳳尾香羅、重幃深下）此大中五年義山應柳仲郢辟將赴東川，絶意令狐之詩也。馮張二家箋釋略同，大約可信，然尚有未盡融者。兹再爲詳箋之：首章起二句，雖點房櫳中景物，然曰薄、曰縫，則寄慨人地寒微，宛言愉色，操心苦矣！三四則言自傷淪落，愧對故人，儘有高軒，難通情愫，所謂羞難掩語未通也。以此二故，自知命途乖舛，寥寂是甘，佳音曠絶，遇合無期。曰曾是、曰斷無，則肯定之辭也。結則謂事已至此，不能不有西南之行。垂楊寓柳姓，西南指蜀中，此無可疑。次章上半，狀不寐凝思，即承首一首寂寥而極言之。首句莫愁二字取字面，非賦莫愁也。重幃深下，愁並宵長，此時自念前塵如夢，似神女之生涯；門館無依，類小姑之獨處。此夢即莊生曉夢迷蝴蝶之夢也。五六言菱枝雖弱，而慣經風波，亦自有其勁節，喻己之素操，所謂不信也。桂葉本香，而獨標月露，固自有其使然。言令狐之提攜，所謂誰教也。結二句，則言我雖有感激之忱，而彼終不諒，則思亦無益，不得已只有清狂自處，子不我思，豈無他人，則惆悵之深也。如此説詩，則神理交融，了無凝滯。（同上）

《玉山》此當爲義山大中二年由荆巴歸洛時，希望於令狐子直之作也。大中二年二月，令狐綯召拜考功郎中尋知制誥充翰林學士，義山於是年秋間，由荆巴歸洛，冬初還京。其時子直有騕駮嚮用之勢，義山鎩羽而歸，不能不冀其援手。胡震亨《統籤》疑爲津要之能薦士者。故吳喬《發微》，乃斷爲絢而作，皆確不可易也。今再詳釋之：此詩借玉山以託意。首句，言其地位高。次句，謂其鑒別審，而玉山策府非翰林學士莫當也。三四一聯則言彼力可回天，故設爲問答之詞，以爲由此憑藉，可以青雲平步，何必他求。希冀之情，千載如見。五六一聯，珠容句，微露警戒之意，意謂地位之愈高者，則小人之包圍必愈甚，勸其勤於職事，以免奸人乘隙，欲自附君子愛人以德之意。回到第二句，尤見周匝矣。桐拂句，則直説求進之意，更無須隱飾。結仍歸到急思援手本意。馮浩曰：絢爲楚子，故曰才子，官爲翰林，故曰神仙，必點明才子者，冀其承父志而愛我也。馮釋亦可參，亦用意正如此。（同上）

李商隱《玉谿生詩集》卷三有《擬沈下賢》詩，……馮浩《玉谿生詩詳注》引《異聞集》此文（按：指沈亞之《秦夢記》），疑義山亦暗詠主家事，殊無左證，姑備一説可耳。（《唐人小説·秦夢記》）

潘景鄭

【校本李義山詩集】予年十四，始習有韻之文，塾師授以選本唐詩，謂初學習此，可不失繩墨，心竊非之。檢篋中得坊本《玉谿生詩意》，反覆循誦，漸有神會，意謂書類性靈，從吾所好，庸何傷！自是遂肆志誦習，當漏夜燈昏，倚枕手《玉谿詩》一卷，朗吟數首，輒覺心曠神怡。興會所至，偶自摹擬，不自知其爲畫虎也。義山辭意隱奥，其本意所在，頗亦疑不能明。由是遍訪前賢評注諸什，得十餘家，陳書互勘，循題銷義，結轖漸解矣。論晚唐詩人，牧之、義山齊名。牧之豪健跌宕，其弊易入于放；義山則頓挫曲折，雖聲色綺麗，無西崑雕飾之病。方諸前賢，其在庾開府、杜工部之間耶？僕弱冠後，有志詁訓之業，向之所好，屏而易爲。前塵夢影，恍如隔世矣！此校本《義山詩註》，爲華亭姚培謙箋本，醉經樓馬氏所藏。馬氏名奉榮，字秋潯，事跡未詳。所録前賢校語凡十家。五色絢爛，眉間書寫殆遍。十家者，朱竹垞、楊致軒、許西峯、張今世、陳帆、何義門、田簣山、程午橋、錢木庵、徐湛園諸先生是也。竹垞、義門兩家評語，已有刊本。此外八家，未見著録。亦見前賢致力義山者頗多，非予一人所能阿好也。丙子秋日，得此本于賈人張君處，斷爛殘蠹，不易觸手，爰付重裝，併跋數語，以志予于義山夙有會契，得此猶非偶然耳。（《著硯樓書跋》卷二十二《校本李義山詩集》）

黄　濬

【讀義山詩】中原屠解困强兵，走馬長楸嘆此生。隱訣上清憐小謫，滄波下苑托新盟。所哀輕幰長無道，常恐非煙畫不成。願乞西簾閑抱日，微吟君句伴天明。（《聆風簃詩》）

王昭範

【西崑酬唱集箋注序】《西崑酬唱集》成于楊文公。文公詩源出玉谿生。玉谿寄興深微，長於諷喻。觀者不達其旨，往往與《香匳》《玉臺》同類而并譏之。賴程夢星、馮浩諸家之箋註，始得漸明於世。文公早達，蒙兩朝之知遇，其遭逢若與玉谿異者。然内阨於壁佞，外擠於僉壬，坎壈侘傺，卒困於時。況真宗既盟契丹，侈心漸啓。天書封禪，尤玷清明。文公愴懷身世，繫心君國，欲言難言，時時寄託，或援古以刺今，或因物而興感。同社諸人，咸懷斯旨。其詩之微眇難識，固無殊玉谿，而謂可以空言解之乎？（《西崑酬唱集箋注》卷首）

于元芳

【西崑酬唱集箋注序（節録）】漢賦質實之風，至徐、庾而轉巧；盛唐高渾之作，至温、李而漸澆。若徐若温勿論矣。子山眷懷故國，不忍斥言，往往借古事爲比擬。唐初王、楊諸公效之，有輕薄之譏，少陵則以爲江河不廢

也。義山素號獺祭，得少陵之氣，運之以故實，感時傷事，無愧風人。（《西崑酬唱集箋注》卷首）

錢鍾書

（黄山谷）《戲答王定國題門兩絶句》之二云：『花裏雄蜂雌蛺蝶，同時本自不作雙。』天社引李義山《柳枝》詞云：『花房與蜜脾，蜂雄蛺蝶雌。同時不同類，那復更相思。』按斯意義山凡兩用，《閨情》亦云：『紅露花房白蜜脾，黄蜂紫蝶兩參差。』竊謂蓋漢人舊説。《左傳·僖公四年》：『風馬牛不相及』，服虔注：『牝牡相誘謂之風。』《列女傳》卷四《齊孤逐女傳》：『夫牛鳴而馬不應者，異類故也』；《易林》大有之姤云：『殊類異路，心不相慕；牝豕無猳，鰥無室家』；又革之蒙曰：『殊類異路，心不相慕；牝牛牡猳，獨無室家』；《論衡·奇怪篇》曰：『牝牡之會，皆見同類之物，精感慾動，乃能授施。若夫牡馬見雌牛，雄雀見牝雞，不相與合者，異類故也。』義山一點换而精彩十倍；馮浩《玉谿生詩詳註》於此詩未嘗推究本源，徒評以『生澀』二字，天社亦不能求其朔也。（《談藝録》二）

按《甌北詩話》卷十二論香山《寄韜光》詩，以爲此種句法脱胎右丞之『城上青山如屋裏，東家流水入西鄰。』竊謂未的。此體創於少陵，而名定於義山。少陵《聞官軍收兩河》云：『即從巴峽穿巫峽，便下襄陽向洛陽』；《曲江對酒》云：『桃花細逐楊花落，黄鳥時兼白鳥飛』；《白帝》云：『戎馬不如歸馬逸，千家今有百家存。』義山《杜工部蜀中離席》云：『座中醉客延醒客，江上晴雲雜雨雲』；《春日寄懷》云：『縱使有花兼有月，可堪無酒又無人』；又七律一首題曰《當句有對》，中一聯云：『池光不定花光亂，日氣初涵露氣乾。』此外名家如昌黎《遣興》云：『莫憂世事兼身事，且著人間比夢間』；香山《偶飲》云：『今日心情如往日，秋風氣味似春風』；《寄韜光禪師》云：『東澗水流西澗水，南山雲起北山雲。前臺花發後臺見，上界鐘聲下界聞。』宋人如劉子儀《詠唐明皇》……，邵堯夫《和魏教授》……，劉原父《小園春日》……，梅宛陵《春日拜壟》……，早成匡格。山谷亦數爲此

體。(同上)

（山谷）《題陽關圖》云：『斷腸聲裏無形影，畫出無聲亦斷腸。』青神註引樂天『一聲腸一斷』。按《能改齋漫録》卷七謂用義山贈歌妓詩：『斷腸聲裏唱《陽關》。』(同上)

至詩人修辭，奇情幻想，則雪山比象，不妨生長尾牙；滿月同面，儘可妝成眉目。（〔補訂一〕）英國玄學詩派之曲喻，多屬此體。吾國昌黎門下頗喜爲之。如昌黎《三星行》之『箕獨有神靈，無時停簸揚』；東野《長安羈旅行》之『三旬九過飲，每食惟舊貧』；浪仙《客喜》之『鬢邊雖有絲，不堪織寒衣』；玉川《月蝕》之『吾恐天如人，好色即喪明』。而要以玉溪爲最擅此，著墨無多，神韻特遠。如《天涯》曰：『鶯啼如有淚，爲濕最高花』，認真『啼』字，雙關出『淚濕』也；《病中遊曲江》曰：『相如未是真消渴，猶放沱江過錦城』，坐實『渴』字，雙關出沱江水竭也。《春光》曰：『幾時心緒渾無事，得及遊絲百尺長』，執著『緒』字，雙關出『百尺長』絲也。他若《交城舊莊感事》曰：『新蒲似筆思投日，芳草如茵憶吐時』，亦用此法，特明而未融耳。山谷固深於小李者。後山詩如『打門何日走周公』，按此本玉川《謝孟諫議新茶》詩：『將軍打門驚周公』，後山添一走字，愈坐實矣。『風吹蛛網開三面』等句，亦得此訣。(同上)

李義山才思綿密，於杜韓無不升堂嗜胾，所作如《燕臺》《河内》《無愁果有愁》《射魚》《燒香》等篇，亦步昌谷後塵。按温飛卿樂府，出入太白、昌谷兩家，詭麗惝怳。然義山奧澀，更似昌谷。(同上七)

長吉好用『啼』『泣』等字。……此皆有所悲悼，故覺萬彙同感，鳥亦驚心，花爲濺淚。……李義山學昌谷，深染此習。如：『幽淚欲乾殘菊露』『湘波如淚色漻漻』『夭桃惟是笑』『蠟燭啼紅怨天曙』『薔薇泣幽素』『幽蘭泣露新香死』『殘花啼露莫留春』『鶯啼花又笑』『鶯啼如有淚』『留淚啼天眼』『微香冉冉淚涓涓』『强笑欲風天』『却擬笑春風』，皆昌谷家法也。温飛卿却不爲此種，《曉僊謡》之『宫花有露如新淚』，僅見而已。(同上十一)

千年倏忽之感，偏出於曇華朝露如長吉者。義山《夕陽樓》絶句云：『欲問孤鴻向何處，不知身世自悠悠』，尤堪爲危涕墜心者矣。(同上十四)

人言趙松雪詩學唐。余謂元人多作唐調。……松雪詩……規橅痕跡，宛在未除，多襲成語，似兒童摹帖。如《見章得一詩因次其韻》一首，起語生吞賈至《春思》絶句，『草色青青柳色黄』云云。結語活剥李商隱《春光》絶句，『日日春光鬥日光』云云。倘亦有會於二作之神味相通，遂爲撮合耶。（同上二六）

（陸放翁）《假中閉户終日偶得絶句》第三首云：『剩喜今朝寂無事，焚香閑看《玉谿詩》』；《楊廷秀寄南海集》第二首云：『飛卿數闋嶠南曲，不許劉郎誇《竹枝》。』以此類推，其鄙夷晚唐，乃違心作高論耳。（同上三四）

山谷學杜，人所共知；山谷學義山，則朱少章弁《風月堂詩話》卷下始親切言之，所謂：『山谷以崑體工夫，到老杜渾成地步。』少章《詩話》爲羈金時所作，遺山敬事之王若虚《滹南遺老集》卷四十已引此語而駁之，謂崑體工夫與老杜境界，『如東食西宿，不可相兼』，足見朱書當時流行北方。《中州集》卷十亦選有少章詩，《小傳》《并曰：『有《風月堂詩話》行於世。』則遺山作此絶詩（按：指《論詩絶句》『古雅難將子美親，精純全失義山真。論詩寧下涪翁拜，不作西江社裏人』一首）時，意中必有少章語在；施註漫不之省，乃引後山學山谷語以註第三句。少章《詩話》以後，持此論者不乏。許顗《彦周詩話》以義山、山谷並舉，謂學二家，『可去淺易鄙陋之病』。《瀛奎律髓》卷廿一山谷《詠雪》七律批云：『山谷之奇，有崑體之變，而不襲其組織。其巧者如作謎然，疏疏密密一聯，亦雪謎也。』《桐江集》卷四《跋許萬松詩》云：『山谷詩本老杜，骨法有庾開府，有李玉溪，有元次山。』即貶斥山谷如張戒，其《歲寒堂詩話》卷上論詩之『有邪思』者，亦舉山谷以繼義山，謂其『韻度矜持，冶容太甚。』（〔補訂一〕）後來王船山《夕堂永日緒論》謂：『西崑、西江皆獺祭手段』，又斥楊文公『詠史詩如作謎』。《曾文正詩集》卷三《讀義山詩》云：『太息涪翁去，無人會此情。』楊維屏《翠巖山房偶存稿》卷二《素愛玉溪生近體詩、讀山谷古風、覺與玉溪生異貌同妍因書所見》一七古。參觀同卷《放筆成一首呈覺翁》。遺山詩中『寧』字，乃『寧可』之意，非『豈肯』之意。如作『豈肯』解，則『難將』也，『全失』也，『寧下』也，『未作』也，四句皆反對之詞，偏面複出，索然無味。作『寧可』解，適在第三句，起承而轉，將合先開，欲收故縱，神采始出。其意若曰：『涪翁雖難親少陵之古雅，全失玉谿之精純，然較之其門下江西派作者，則吾寧推涪翁，而未屑爲江西派也。』是欲

擡山谷高出於其弟子。（同上四四）

翁覃谿《石洲詩話》……謂：『以山谷、義山歸之杜法，議論精微，爲放翁、道園所未見。即遺山無詩集，此語已足千古』，而不知遺山此絶（按：指『古雅難將子美親』一首）之取材於《風月堂詩話》也。……李亦元希聖《雁影齋詩》有《遺山論詩、有南北之見、作此正之》云：『鄴下曹劉氣不馴，江東諸謝擅清新。風雲變後兼兒女，温李原來是北人』；亦不甚中肯。……飛卿、義山之皆爲北人，遺山寧不知之乎。又曰：『望帝春心託杜鵑，佳人錦瑟怨華年。詩家總愛西崑好，獨恨無人作鄭箋。』亦未嘗諱義山之兒女情多也。（同上）

李義山自開生面，兼擅臨摹；少陵、昌黎、下賢、昌谷無所不學，學無不似，近體亦往往別出心裁。《七月二十八日夜聽雨夢後》通篇不對，始創七律散體，用汪韓門《詩學纂聞》説。《題白石蓮華寄楚公》《贈司勳杜十三員外》前半首亦用散體。（〔補訂一〕）。《當句有對》一首幾備此體變態，《子初郊墅》復增益以『看山對酒君思我，聽鼓離城我訪君』；雖韋元旦《人日應制》：『青韶既肇人爲日，綺勝初成日作人』，李紳《江南暮春寄家》：『洛陽城見梅迎雪，魚口橋逢雪送梅』，先有此格，而彌加流動。後來韓子蒼《送錢遜叔》之『北渚蕩舟公醉我，南湖張樂我留公』；趙章泉《月夜懷子肅昆仲》：『荷侵水檻公懷我，桂合茅檐我憶公』；吴梅村《琴河感舊》第三首之『青衫憔悴』一聯，均從此出。《蠅蝶雞麝鸞鳳等成篇》五律又隱開山谷《演雅》《戲題少游壁》七古之製。（同上五七）

（袁枚《隨園詩話》）卷一：『玉溪生「堤遠意相隨」，真寫柳之魂魄。』按此語乃自《詩經》『楊柳依依』四字化出。添一『意』字，便覺著力。寫楊柳性態，無過《詩經》此四字者。（同上六六）

若李義山之以『洪爐』代天，《有感》：『未免怨洪爐』，《異俗》：『不信有洪爐。』以『倏忽』代虺；《哭蕭侍郎》：『暫能誅倏忽。』黄山谷之以『青牛』代老子，《送顧子敦》：『何人更解青牛句。』用意既偏晦可哂，字面亦欠名儁，宜其雖出大家，而無人沿用也。（同上七五）

陸祁孫《合肥學舍札記》卷二、卷三、卷五，載與翰風説古樂府、陶淵明、江文通、庾子山、李義山、吴梅村詩各則，亦見常州派説詩詞，同一手眼也。（同上九〇）

（山谷）《詠雪奉呈廣平公》：『夜聽疏疏還密密，曉看整整復斜斜。』天社註引牧之《臺城曲》：『整整復斜斜。』按竊意山谷或因劉叉《雪車》詩：『小小細細如塵間，輕輕緩緩成樸簌』，觸機得法。前人此類疊字聯，如義山《菊》：『暗暗淡淡紫，融融冶冶黃』，初不多見。（《談藝録補訂》）

（山谷）《觀王主簿家酴醾》：『露濕何郎試湯餅，日烘荀令炷爐香。』青神註：『詩人詠花，多比美女，山谷賦酴醾，獨比美丈夫；見《冷齋夜話》。李義山詩：「謝郎衣袖初翻雪，荀令薰爐更換香。」』按引語見《冷齋夜話》卷四，義山一聯出《酬崔八早梅有贈兼示》，《野客叢書》卷二十亦謂此聯爲山谷所祖。《冷齋夜話》又引乃叔淵材《海棠》詩：『雨過温泉浴妃子，露濃湯餅試何郎』，稱其意尤佳於山谷之賦酴醾；當是謂兼取美婦人美男子爲比也。實則義山《牡丹》云：『錦幃初捲衛夫人，繡被猶堆越鄂君』，早已兼比。（同上）

唐人序誄之文，品目詞翰，每鋪陳擬象，大類司空表聖作《詩品》然，……七律題詩文卷多用此法，……竊謂義山《錦瑟》，實即此製，特詞旨更深妙耳。人嘗稱柯律治《呼必賚汗》以詩評詩，爲英語中此體超羣絶倫之作。……《錦瑟》一篇借比興之絶妙好詞，究《風》《騷》之甚深密旨，而一唱三嘆，遺音遠籟，亦吾國此體絶羣超倫者也。（同上）

（何）義門『初喜』之（《錦瑟》）程氏説，詳著於王東溆《柳南隨筆》卷三：『何義門以爲此義山自題其詩以開集首者。首聯云云，言平時述作，遽以成集，而一言一諾俱足追憶生平也。次聯云云，言集中諸詩，或自傷其出處，或託諷於君親；蓋作詩之旨趣，盡於此也。中聯云云，言清詞麗句，珠輝玉潤，而語多激映，又有根柢，則又自明其匠巧也。末聯云云，言詩之所陳，雖不堪追憶，庶幾後之讀者，知其人而論其世，猶可得其大凡耳。』程説殊有見，義門徒以宋本《義山集》舊次未必出作者手定，遂捨甜桃而覓醋李。『莊生』句乃用《齊物論》夢蝶事，非用《至樂》鼓盆事，何得謂『取義』悼亡。夢蝶鼓盆固莊生一人之事，然見言夢蝶而斷其意在鼓盆，即在文字獄詩案之『興也』『箋云』，亦屬無理取鬧。譬如見言『掩鼻而過』，乃斷其隱指『輸錢以觀』，以二事均屬西施也。……張孟劬《玉谿生年譜會箋》卷四至云：『滄海句言李德裕已與珠海同枯，李卒於珠厓也；藍田句言令狐綯如玉田不冷，以藍田喻之，即節彼南山意也。』釋『滄海』句或猶堪與第46頁補訂所引『拜佛西天』之謔相擬；釋『藍田』句則原語無可依附，於是想入非非，鑾湊强攀。……蓋尚不足比於猜謎，而直類圓夢、解讖；心思愈曲，膽氣愈粗，識見愈卑，又下義門數等矣。施北研《元遺山詩集箋註》卷十一《論詩三十首》之十三註引厲樊榭說此詩，亦以爲『悼亡之作。錦瑟五十絃，剖爲二十五，是即其人生世之年。今則如莊生之蝶、望帝之鵑，已化爲異物矣。然其珠光玉潤，容華出衆，有令人追憶不能忘者。在當日已惘然知尤物之不能久存，不待追憶而始然也。』施註稱其說之『簡快』，而未言出處，檢樊榭著作亦不得。馮氏《玉谿詩集箋註》卷二說此詩後半首，與樊榭冥契。汪韓門《詩學纂聞》則非『悼亡』之說，謂義山『以古瑟自況，世所用者，二十五絃之瑟，此則五十絃之古瑟，『不爲時尚』，猶己挾文章才學而不得意也；『不解其故，故曰無端，猶言無謂也』；自顧『頭顱老大，一絃一柱，蓋已半百之年矣』；曉夢『喻少年時事』，春心指『壯心，壯志消歇』；追憶謂『後世之人追憶』，可待猶言『必傳於後無疑』，當時『指現在』，言『後世之傳雖可自信，而即今淪落爲可嘆耳』。梁茝林《退菴隨筆》卷二十極稱其解。程、厲、汪三家之說，道者寥寥，皆差能緊貼原詩，言下承當，取足於本篇，不抄瓜蔓而捕風影。余竊喜程說與鄙見有合，采其旨而終條理之也可。義山《謝先輩防記念拙詩甚多，異日偶有此寄》有云：『星勢寒垂地，河聲曉上天。夫君自有恨，聊借此中傳。』乃直白自道其詩也。《錦瑟》之冠全集，倘非偶然，則略比自序之開宗明義，特勿同前篇之顯言耳。『錦瑟』喻詩，猶『玉琴』喻詩，如杜少陵《西閣》第一首：『朱紱猶紗帽，新詩近玉琴』，或劉夢得《翰林白二十二學士見寄詩一百篇因以答貺》：『玉琴清夜人不語，琪樹春朝風正吹。』錦瑟、玉琴，正堪儷偶。義山詩數言錦瑟。《房中曲》：『憶得前年春，未語含悲辛。歸來已不見，錦瑟長於人』；『長於人』猶鮑溶《秋思》第三首之『我憂長於生』，謂物在人亡，……《回中牡丹爲雨所敗》第二首：『玉盤迸淚傷心數，錦瑟驚絃破夢頻』；喻雨聲也，正如《七月二十八日夜與王鄭二秀才聽雨後夢作》所謂：『雨打湘靈五十絃。』而《西崑酬唱集》卷上楊大年《代意》第一首：『錦瑟驚絃愁《別鶴》，星機促杼怨新縑』，取繪聲之詞，傳傷別之意，亦見取譬之難固必矣。《寓目》：『新知他日好，錦瑟傍朱櫳』，則如《詩品》所謂：『既是即目，亦惟所見』；而《錦瑟》一詩借此器發興，亦正覩物觸緒，偶由瑟之五十絃而感『頭顱老大』，亦行將半百。『無端』者，不意相值，所謂『没來由』，猶今語『恰巧碰見』或『不巧碰上』也……。首兩句『錦瑟無端五十絃，一絃一柱思華年』，言景光雖逝，篇什猶留，畢世心力，平生歡戚，『清和適怨』，開卷歷歷，所謂『夫君自有恨，聊借此中傳』。三四句『莊生曉夢迷蝴蝶，望帝春心託杜鵑』，言作詩之法也。心之所思，情之所感，寓言假物，譬喻擬象；如莊生逸興之見形於飛蝶，望帝沉哀之結體爲啼鵑，均詞出比方，無取質言。舉事寄意，故曰『託』；深文隱旨，故曰『迷』。李仲蒙謂『索物以託情』，西方舊説謂『以跡顯本』『以形示神』，近説謂『情思須事物當對』，即其法爾。五六句『滄海月明珠有淚，藍田日暖玉生烟』，言詩成之風格或境界，猶司空表聖之形容詩品也。《寄謝先輩》以『星勢』『河聲』品其詩，此則更端而取『珠淚』『玉烟』。《博物志》卷二記鮫人『眼能泣珠』，《藝文類聚》卷八四引《搜神記》亦言之；兹不曰『珠是淚』，而曰『珠有淚』，以見雖凝珠圓，仍含淚熱，已成珍飾，尚帶酸辛，具實質而不失人氣。《困學紀聞》卷十八早謂『日暖玉生烟』本司空圖《與極浦書》引戴叔倫論『詩家之景』語；《全唐文》卷八百二十吴融《奠陸龜蒙文》讚歎其文，侔色揣稱，有曰：『觸即碎，潭下月；拭不滅，玉上烟。』唐人以此喻詩文體性，義山前有承、後有繼。『日暖玉生烟』與『月明珠有淚』，此物此志，言不同常玉之冷、常珠之凝。喻詩雖琢磨光緻，而須真情流露，生氣蓬勃，異於雕繪汨性靈、工巧傷氣韻之作。匹似撏撦義山之『西崑體』，非不珠圓玉潤，而有體無情，藻豐氣索，淚枯烟滅矣。珠淚玉烟，亦正詩風之『事物當對』也。近世一奥國詩人稱海涅詩較珠更燦爛耐久，却不失爲活物體，藴輝含濕。……非珠明有淚歟。有人嘗品目歌德一劇本曰：『如大理石之光潤，亦如大理石之寒冷』；海涅詩文中喻人物之儀表端正而沉默或涼薄者，每曰：『如大理石之美好潔白，而復如大理石之寒冷』。……差同玉冷無烟焉。謀野乞鄰，可助張目而結同心。七八句『此情可待成追憶，只是當時已惘然』，乃與首二句呼應作結，言前塵回首，棖觸萬端，顧當年行樂之時，即已覺世事無常，摶沙轉燭，黯然於好夢易醒，盛筵必散。登場而預有下場之感，熱鬧中早含蕭索矣。朱行中《漁家傲》云：『拚一醉，而今樂事他年淚』，『而今』早知『他年』，即『當時已惘然』也。拜倫深會此情，嘗曰：『入世務俗，交遊酬應，男女愛悦，圖營勢位，乃至貪婪財貨，人生百爲，於興最高，心最歡

時，輒微覺樂趣中雜以疑慮與憂傷，其故何耶。』……不啻爲『當時已惘然』作箋矣。（同上）

東坡，放翁之好宛陵，殆亦如《苕溪漁隱叢話》前集卷十六引《蔡寬夫詩話》記白香山之好李義山，美學家所謂『嗜好矛盾律』之例歟？（參觀《舊文四篇》二四頁）（同上）

東坡《海棠》詩曰：『只恐夜深花睡去，高燒銀燭照紅妝』；馮星實《蘇詩合註》以爲本義山之『酒醒夜闌人散後，更持紅燭賞殘花。』不知香山《惜牡丹》早云：『明朝風起應吹盡，夜惜衰紅把火看』；（《談藝録》三三）香山、義山語意，亦唐人此題中常見者。如王建《惜歡》：『歲去停燈守，花開把燭看』；司空圖《落花》：『五更惆悵迴孤枕，自取殘燈照落花。』（同上）

（元遺山）《論詩三十首》之三：『風雲若恨張華少，温李新聲奈爾何。』按賀黄公《載酒園詩話》卷三：『高仲武稱李嘉祐綺靡婉麗涉於齊梁。余意此未見後人如温、李者耳。如舜造漆器而指以爲奢也。』持論命意，與遺山如出一轍。蓋謂古人生世早，故亦涉世淺，不如後人之滄海曾經，司空見慣，史識上下千古，故不少見多怪。翁蘇齋謂其尊晉人而『非專斥温李』，尚未中肯。（同上）

（元遺山）《論詩三十首》之十三。按袁伯長《清容居士集》卷四十八《書鄭潛庵李商隱詩選》：『其源出於杜拾遺，晚自以爲不及，故别爲一體。直爲訕侮，非若爲魯諱者；使後數百年，其詩禍之作，當不止流竄嶺海已也。桷往歲嘗病其用事僻昧，間閲《齊諧》《外傳》諸書，籤於其側。冶容褊心，遂復中止。』此與遺山身世相接而欲爲玉溪詩『作鄭箋』者也。（同上）

（元遺山）《鴛鴦扇頭》：『雙宿雙飛百自由，人間無物比風流。若教解語終須問，有底愁來也白頭。』按香山《白鷺》：『人生四十未全衰，我爲愁多白髮垂。何故水邊雙白鷺，無愁頭上亦垂絲。』……皆此機杼。義山則另出心裁，《代贈》：『鴛鴦可羨頭俱白，飛去飛來烟雨秋』，以白頭爲偕老之象而非多愁所致矣。（同上）

李義山《柳》：『柳映江潭底有情，望中頻遣客心驚。巴雷隱隱千山外，更作章臺走馬聲。』《無題》言『車走雷聲』，此篇則言『雷轉車聲』；巴山羈客，悵念長安遊冶，故聞雷而觸類興懷，聽作章臺走馬。義山詩言醒時之想因

結合，心能造境也。（同上）

西方近世談藝有謂讀者內心萬籟皆寂，如屏人與作者幽期獨對，則復類譚（元春）序之言『獨坐靜觀』『靜者默吟』。李義山《會昌一品集序》有警句曰：『靜與天語』；讀者以靜心默契詩篇靜境，殊堪借李句揣稱也。（同上）

李商隱《過故崔兗海宅》：『莫憑無鬼論，終負託孤心』，道出『神道設教』之旨，詞人一聯足抵論士百數十言。（《管錐編》第一册二〇頁）

『桃之夭夭，灼灼其華』：……蓋『夭夭』乃比喻之詞，亦形容花之嬌好，非指桃樹之『少壯』。李商隱《即目》：『夭桃唯是笑，舞蝶不空飛』，『夭』即是『笑』，正如『舞』即是『飛』；又《嘲桃》：『無賴夭桃面，平明露井東。春風爲開了，却擬笑春風』，具得聖解。……隋唐而還，『花笑』久成詞頭，如蕭大圜《竹花賦》：『花繞樹而競笑，鳥偏野而俱鳴』；駱賓王《蕩子從軍賦》：『花有情而獨笑，鳥無事而恒啼』；李白《古風》：『桃花開東園，含笑誇白日。』而李商隱尤反復於此，如《判春》：『一桃復一李，井上占年芳，笑處如臨鏡，窺時不隱牆』；《早起》：『鶯花啼又笑，畢竟是誰春』；《李花》：『自明無月夜，强笑欲風夭』；《槿花》：『殷鮮一相雜，啼笑兩難分。』數見不鮮，桃花源再過，便成聚落。（同上七〇——七一頁）

（《詩·野有死麕》）『無使尨也吠』；《傳》：『貞女思開春以禮與男會。……非禮相侵則狗吠。』按幽期密約，丁寧毋使人驚覺，致犬啀喍也。……李商隱《戲贈任秀才》詩中『卧錦裀』之『烏龍』，裴鉶《傳奇》中崑崙奴磨勒撾殺之『曹州孟海』猛犬，皆此『尨』之支與流裔也。（同上七六頁）

李商隱《行次西郊作》：『少壯盡點行，疲老守空村，生分作死誓，揮淚連秋雲』；均（《詩》）《擊鼓》之『死生契闊』也。（同上八一頁）

『大夫夙退，無使君勞』；《箋》：『無使君之勞倦，以君夫人新爲配偶。』……蓋與白居易《長恨歌》：『春宵苦短日高起，從此君王不早朝』，李商隱《富平少侯》：『當關不報侵晨客，新得佳人字莫愁』，貌異心同。新婚而退朝早，與新婚而視朝晚，如狙公朝暮賦芧，至竟無異也。（同上九三頁）

王懋竑《白田草堂存稿》卷二四《偶閱義山無題詩、因書其後》第二首云：『何事連篇刺狡童，鄭君箋不異毛公。忽將舊譜翻新曲，疏義遥知脈絡同』；自註：『《無題》詩，《鄭》《衛》之遺音，註家以爲寓意君臣，此飾説耳。與《狡童》刺忽，指意雖殊，脈絡則一也。』蓋謂李商隱《無題》乃《狡童》之遺，不可附會爲『寓意君臣』，好本朱説（按朱熹《集傳》謂《狡童》爲『淫女見絶』之作），特婉隱其詞，未敢顯斥毛、鄭之非耳。（同上一〇八頁）

（《詩·鷄鳴》）以『朝既盈』『朝既昌』促起，正李商隱《爲有》所云：『無端嫁得金龜壻，辜負香衾事早朝。』（同上一一二頁）

又按詞章中寫心行之往而返，遠而復者，或在此地想異地之思此地，若《陟岵》諸篇；或在今日想他日之憶今日，如温庭筠《題懷貞池舊遊》：『誰能不逐當年樂，還恐添爲異日愁』，朱服《漁家傲》：『拚一醉，而今樂事他年淚』，吕本中《減字木蘭花》：『來歲花前，又是今年憶昔年』（詳見《玉谿生詩註》卷論《夜雨寄北》）。一施於空間，一施於時間，機杼不二也。（同上一一六頁）

（《詩·七月》）女子求桑采蘩，而感春傷懷，頗徵上古質厚之風。後來如……李商隱《無題》：『春心莫共花争發』；以至《牡丹亭》第十齣：『原來姹紫嫣紅開遍。』胥以花柳代桑麻，以游眺代操作，多閒生思，無事添愁，……華而不實，樸散醇漓，與《七月》異撰。（同上一三三頁）

『昔我往矣，楊柳依依』。按李嘉祐《自蘇臺至望亭驛、悵然有作》：『遠樹依依如送客』，於此二語如齊一變至於魯，尚著迹留痕也。李商隱《贈柳》：『隄遠意相隨』，《隨園詩話》卷一歎爲『真寫柳之魂魄』者，於此二語遺貌存神，庶幾魯一變至於道矣。『相隨』即『依依如送』耳。擬議變化，可與皎然《詩式》卷一『偷語』『偷意』『偷勢』之説相參。（同上一三六頁）

《全唐文》卷七七六李商隱《別令狐拾遺書》：『必曰：「吾惡市道！」嗚呼！此輩真手搔鼻皻喉噦人之灼痕爲癩者，市道何肯如此邪？今一大賈……是何長者大人哉！……此豈可與此世交者等耶？』『市道』語出《史記》，而命意則申《全唐文》卷五九二柳宗元《宋清傳》。《傳》稱清『居市不爲市之道』，故如此『市道交豈可少邪？』（同上

三一八頁）

（《易林》）《屯》：『殊類異路，心不相慕；牝牛牡猳，獨無室家。』……李商隱《柳枝詞》：『花房與蜜脾，蜂雄蛺蝶雌，同時不同類，那復更相思？』又《閨情》：『紅露花房白蜜脾，黃蜂紫蝶兩參差』；……於『風馬牛』『魚入鳥飛』等古喻，皆可謂脫胎換骨者。韓憑妻《烏鵲歌》云：『烏鵲雙飛，不樂鳳凰；妾是庶人，不樂宋王』，亦正取『殊類異路，心不相慕』之喻，以申『使君自有婦，羅敷自有夫』之旨耳。（同上第二冊五五二頁）

人之情思，連綿相續，故常語逕以類似緜索之物名之，『思緒』『情絲』，是其例也。……李商隱《春光》：『幾時心緒渾無事，得及遊絲百尺長』。……（同上六一五頁）

『敘物以言情』非他，西方近世說詩之『事物當對』者是。如李商隱《正月崇讓宅》警句：『背燈獨共餘香語』，未及烘托『香』字；吳文英《聲聲慢》：『膩粉闌干，猶聞凭袖香留』，以『聞』襯『香』，仍屬直陳，《風入松》：『黃蜂頻探秋千索，有當時纖手香凝』，不道『猶聞』，而以尋花之蜂『頻探』示手香之『凝』『留』，蜂即『當對』聞香之『事物』矣。（同上六二九頁）

方術神通勿可濫施輕用，不然臨急失驗；雅記野語皆嘗道之，匪獨《招魂》爲然。如《左傳·僖公四年》晉獻公卜驪姬爲夫人節，《正義》引鄭玄《禮》註、《詩》箋謂『卜筮數而瀆鬼，不復告之以實』，即李義山《雜纂》所嘲『殢神擲校』（『校』同『珓』，見程大昌《演繁露》卷三《卜教》）。（同上六三四頁）

唐人豔體詩中，以『烏龍』爲狗之雅號。如元稹《夢遊春》：『烏龍不作聲，碧玉曾相慕』；白居易《和夢遊春》：『烏龍卧不驚，青鳥飛相逐』；李商隱《重有戲贈任秀才》：『遙知小閣還斜照，羨殺烏龍卧錦茵』；……宋世已入俗諺。（同上六六一頁）

『天上一日、人間一年』之說，咏賦七夕，每借作波瀾，……桃源屢至，即成市集，後來如李漁《笠翁一家言》卷五《七夕感懷》……等，騰挪狡獪，不出匡格。聊舉張聯桂《延秋吟館詩鈔》卷二《七夕》以概其他：『洞裏仙人方七日，千年已過幾多時；若將此意窺牛女，天上曾無片刻離。』李商隱《七夕》：『爭將世上無期別，換得年年一度來！』李郢《七夕》：『莫嫌天上稀相見，猶勝人間去不回！』皆無此巧思，而唱嘆更工，豈愁苦易好耶？抑新巧非抒情所尚也？（同上六七二頁）

蔣防《霍小玉傳》夢脱鞋，驚寤自解曰：『鞋者諧也，夫婦再合；脱者解也，既合而解，亦當永訣。』此唐人俗語，詩中屢見，如……李商隱《戲題樞言草閣》：『及今兩携手，對若牀下鞋』；陸龜蒙《風人詩》：『旦日思雙履，明時願早諧。』（同上六七九頁）

『照妖鏡』之名似始見李商隱《李肱所遺畫松》詩：『我聞照妖鏡，及與神劍鋒』；馮浩《玉谿生詩箋註》卷一引《西京雜記》謂漢宣帝臂上『帶身毒寶鏡，舊傳此鏡照見妖魅』，似病拘攣。晉唐俗説，凡鏡皆可照妖，李句亦泛言耳。《抱朴子·内篇·登陟》云：『不知入山法者，多遭禍害。……萬物之老者，其精悉能假託人形，惟不能鏡中易其真形耳。是以古之入山道士皆以明鏡徑幾寸以上懸於背後，則老魅不敢近人。』（同上七二八頁）

《全唐文》卷七七七李商隱《爲李貽孫上李相公啓》：『井覺蛙窺，蟻言樹大』；足徵《吕翁》《淳于棼》兩篇傳誦當時，且已成詩材文料矣。……房千里、李商隱、陳瑶詩文之闌入《南柯記》《枕中記》，應比王士禎、尤侗等詩文之闌入《三國演義》也（王應奎《柳南隨筆》卷一、卷五）（同上七六〇頁）

《蘆浦筆記》卷一、《日知録》卷三二、《陔餘叢考》卷三八、《交翠軒筆記》卷四先後考名之繫『阿』，然均未辨古書中男女名皆可冠以『阿』，而姓則惟女爲爾，不施於男也。……李商隱《爲河東公上西川相國京兆公書》：『阿安未容決平，遽詣風憲。』（同上七六四頁）

李商隱《題僧壁》：『大去便應欺粟顆，小來兼可隱針鋒』，馮浩《玉谿生詩箋註》卷四：『句未詳。』竊疑原作『小去』『大來』，不識何時二字始互易位，此聯遂難索解。『欺』如王建《贈王屋道士》：『法成不怕刀槍利，體實常欺石榻寒』，……較量而勝越之意。『隱』即『穩』，《朱駿聲文集》卷三《刻參同契序》：『魏君自序：「安𢀡長生」，「𢀡」者，所依據也，古多借「隱」今俗作「穩」也。』……商隱贊釋氏神通之能大能小：『小去便應欺粟顆』謂苟小則能微逾粟粒，即如商隱《北青蘿》之『世界微塵裏』或吕巖《七言》之『一粒粟中藏世界』；『大來兼

可隱針鋒」謂雖大而能穩據針鋒，即如《涅槃經》之諸佛『身姝大』而聚坐針鋒……（同上七六五——七六六頁）

人覺鬼火不熱，遂亦見鬼火不明。……此意入李賀筆下而爲《感諷》第三首之『漆炬迎新人，幽壙螢擾擾』，又《南山田中行》之『鬼燈如漆點松花』。王琦註後句謂鬼燈低暗不明，是也；而復引《述異記》載闔閭夫人墓中『漆燈爛如日月焉』，望文數典，反乖詩意。李商隱《十字水期韋潘侍御同年不至》：『漆燈夜照知無數，蠟炬晨炊竟未休』，或于鵠《古挽歌》：『莫愁埏道暗，燒漆得千年』，則可引《述異記》或無名氏《煬帝開河記》所謂古墓中『漆燈晶煌，照耀如晝』，以爲之註。李賀詩非言漆燭之燦明，乃言鬼火之昏昧，微弱如螢，沉黯如墨。……（同上七八二頁）

傳奇、風謠亦每道情人兩塚上生樹，枝葉并連；情詩又以夾道兩樹對立交陰，喻身雖分而心已合，或以兩樹上枝不接而下根於土中相引，喻意密體疏。蓋於李商隱《無題》之『身無彩鳳雙飛翼，心有靈犀一點通』，及李調元《粵風》卷一所採民謠之『竹根生筍各自出，兄在一邊妹一邊，衫袖遮口微微笑，誰知儂倆暗偷連』，不啻左挹浮丘而右拍洪崖矣。（同上七九九——八〇〇頁）

《陶峴》（出《甘澤謠》）賦詩有云：『鶴翻楓葉夕陽動，鷺立蘆花秋水明。』按《全唐詩》有峴《西塞山下迴舟作》，即此篇，『鶴』作『鴉』。清徐增《而菴詩話》説『唐人』此一聯之妙，曰：『夫鴉翻楓葉，而動者却是夕陽；鷺立蘆花，而明者却是秋水，妙得禪家三昧！』夫夕陽照楓葉上，鴉翻楓葉，夕陽遂與葉俱動，猶李商隱《子初全溪作》：『皺月覺魚來』，月印水面，魚唼水而月亦隨皺也；鷺羽蘆花色皆皎白，點映波上，襯托秋水，益見明澄，猶李商隱《西溪》：『色染妖韶柳，光含窈窕羅』，水仗柳蘿之映影而添光色也。語意初非費解，無所謂『禪家三昧』。（同上八〇八頁）

《樂府詩集》卷二五《淳于王歌》：『但使心相念，高城何所妨』，以至李商隱：『身無彩鳳雙飛翼，心有靈犀一點通』，或周邦彥《拜星月慢》：『怎奈何一縷相思，隔溪山不斷』，皆『意密體疏』之充類也。（同上第三册八七四頁）

《招魂》：『目極千里兮傷春心。』……合之《高唐賦》：『長吏隳官，賢士失志，愁思無已，太息垂淚，登高遠望，使人心痒。』二節爲吾國詞章增闢意境，即張先《一叢花令》所謂『傷高懷遠幾時窮』是也。……别有言憑高眺遠，憂從中來者，亦成窠臼，而宋玉賦語實爲之先。……是以李商隱《楚吟》：『山上離宫宫上樓，樓前宫畔暮江流；楚天長短黄昏雨，宋玉無愁亦自愁』；温庭筠《寄岳州李員外遠》：『天遠樓高宋玉悲』；已定主名，謂此境拈自宋玉也。（同上八七五頁）

李商隱《韓碑》：『文成破體書在紙』，釋道源注：『「破」當時爲文之「體」，或謂「破書體」，必謬』，是也。此『紙』乃『鋪丹墀』呈御覽者，書跡必端謹，斷不『破體』作行草。文『破當時之體』，故曰：『句奇語重喻者少』；韓碑拽倒而代以段文昌《平淮西碑》，取青配白，儷花鬭葉，是『當時之體』矣。商隱《樊南甲集序》自言少『以古文出諸公間』，後居鄆守幕府，『敕定奏記，始通今體』，又言『仲弟聖僕特善古文，……以今體規我而未焉能休』，『破體』即破『今體』，猶苑咸《酬王維》曰：『爲文已變當時體』。（同上八九〇頁）

李商隱《淚》、馮浩《玉谿生詩詳註》卷三引錢龍惕（按：應爲錢良擇）曰：『陸游效之，作《聞猿》詩。』蓋李詩至結句：『朝來灞水橋邊問，未抵青袍送玉珂』；陸詩至結句：『故應未抵聞猿恨，況是巫山廟裏時』，均始點題，特李仍含蓄，陸則豁露矣。李他作若《牡丹》，亦至末句『欲書花葉寄朝雲』，方道出詠花，第一至六句莫非儷屬人事典故，有如袁宏道自跋《風林纖月落》五律四首所謂：『若李錦瑟輩，直謎而已！』紀昀《點論李義山詩集》卷上《少年》批：『末句「不識寒郊自轉蓬」是一篇詩眼，通首以此句轉關，格本太白「越王句踐破吴歸」詩。』行布亦類，蓋篇末指名賦詠之事物或申明賦詠之旨趣，同爲點題也。（同上八九四頁）

《説郛》卷五李義山《雜纂·愚昧》：『三頭兩面趨奉人。』（同上九八四頁）

蔡邕《協和婚賦》『叙脱』景象，尤成後世綺豔詩詞常套，兼以形容睡美人，如……李商隱《偶題》：『水紋簟上琥珀枕，旁有墮釵雙翠翹。』（同上一〇一八頁）

阮瑀《止欲賦》：『還伏枕以求寐，庶通夢而交神，神惚怳而難遇，思交錯以繽紛，遂終夜而靡見，東方旭以既晨。』按《關雎》：『寤寐思服，轉輾反側』，此則於不能寐之前，平添欲通夢一層轉折。後世師其意境者不少。……

李商隱《過招國李家南園》：『唯有夢中相近分，卧來無睡欲如何』，……（同上一〇四一頁）

西方情詩每恨以相思而失眠，却不恨以失眠而失去夢中相會，此異於吾國篇什者也；顧又每嘆夢中相見之促轉增醒後相思之劇，則與吾國篇什應和矣。……夢見不真而又匆促，故怏怏有虛願未酬之恨；真相見矣，而匆促板障，未得遂心所欲，則復怏怏起脱空如夢之嗟。……是以怨暫見與怨夢見之什，幾若笙磬同音焉。……李商隱《昨日》：『未容言語還分散，少得團圓足怨嗟。』……（同上一〇四二——一〇四三頁）

『他日』有異日、來日意，亦可有昔日、往日意。……『他日』得作昔日、往日解，唐世尚然，如杜甫《秋興》：『叢菊兩開他日淚』，李商隱《野菊》：『清樽相伴省他年』，又《櫻桃花下》：『他日未開今日謝』。（同上一一八〇——一一八一頁）

李商隱《錦瑟》則作者自道，頸聯象『神思』，腹聯象『體性』，兩備一貫，別見《玉溪生詩》卷論《錦瑟》。（同上一一八四頁）

托（葛）洪之名贋作《（關尹子）序》中一節云：『洪每味之：泠泠然若躡飛葉而遊乎天地之混溟，茫茫乎若履橫校而浮乎大海之渺漠，超若處金碧琳琅之居，森若握鬼魅神姦之印，倏若飄鸞鶴，怒若鬥虎兕，清如浴碧，慘若夢紅。』此中晚唐人序詩文集慣技，杜牧《李昌谷詩序》是其著例，牧甥裴延翰《樊川文集序》：『竊觀仲舅之文』云云，亦即是體。他如顧況《右拾遺吴郡朱君集序》、張碧《詩自序》、李商隱《容州經略使元結文集後序》、吴融《奠陸龜蒙文》，皆犖犖大者。（第四册一二三四頁）

立意行文與立身行世，通而不同，向背倚伏，乍即乍離，作者人人殊；一人所作，復隨時地而殊；一時一地之篇章，復因體制而殊；一體之制復以稱題當務而殊。若夫齊殊爲一切，就文章而武斷，概以自出心裁爲自陳身世，傳奇、傳紀，權實不分，覩紙上談兵、空中現閣，亦如癡人聞夢、死句參禪，固學士所樂道優爲，然而慎思明辯者勿敢附和也。鑿空坐實，不乏其徒，見『文章』之『放蕩』，遂斷言『立身』之不『謹重』；作者有憂之，預爲之詞而闕焉。如《全唐文》卷七七六李商隱《上河東公啓》：『至於南國妖姬，叢臺妙妓，雖有涉於篇什，實不接於風流』；『有涉』猶簡文之『文放蕩』，『不接』猶簡文之『身謹重』，即謂毋見『篇什』之『風流』而逕信其爲人之『風流』。然商隱自明身不風流，固未嘗諱篇什之『有涉』妖姬名妓也。説玉谿詩者，多本香草美人之教，作深文周内之箋。苦求寄託，浪猜諷喻，以爲『興發於此，義在於彼』（語出《全唐文》卷六七五白居易《與元九書》），舉凡『風流』之『篇什』，概視同啞謎待破，黑話須明，商隱篇什徒供商度隱語。蓋『詩史』成見，塞心梗腹，以爲詩道之尊，端仗史勢，附合時局，牽合朝政；一切以齊衆殊，謂唱嘆之永言，莫不寓美刺之微詞。遠犬吠聲，短狐射影，此又學士所樂道優爲，而亦非慎思明辯者所敢附和也。學者如醉人，不東倒則西欹，或視文章如罪犯直認之招狀，取供定案，或視文章爲間諜密遞之暗號，射覆索隱；一以其爲實言身事，乃一己之本行集經，一以其爲曲傳時事，乃一代之皮裏陽秋。楚齊均失，臧穀兩亡，妄言而姑妄聽可矣（參觀《周易》卷論《乾》，《毛詩》卷論《狡童》）。《全唐文》卷八二九韓偓《香奩集自序》：『柳巷青樓，未嘗糠粃，金閨繡户，始預風流』，適與商隱《啓》語相反，既涉跡於勾欄，尤銷魂於閨閣，是詩風流而人亦佻達。朱彝尊《曝書亭集》卷二五《解珮令》：『老去填詞，一半是空中傳恨，幾曾圍燕釵蟬鬢？』則與商隱《啓》語同揆，『子虚枕障，無是釵鈿』而已（語出顧有孝、陸世楷同選《閒情集》尤侗《序》）。苟作者自言無是而事或實有，自言有是而事或實無，爾乃吹索鉤距，驗誠辨詐，大似王次回《疑雨集》卷一《無題》所謂：『閒來花下偏相絮：「昨製《無題》事有無？」』專門名家有安身立命於此者，然在談藝論文，皆出位之思，餘力之行也。……簡文别『立身』於『文章』，玉谿辨『篇涉』非『身接』，亦屬西方常談。（同上一三八九——一三九一頁）

蓋西崑體之『撏撦』、江西派之『無字無來處』，固皆『語無虚字』，『殆同書抄』，疾發而幾不可爲；即杜甫、李商隱、蘇軾、陸游輩大家，亦每『競用新事』，『且表學問』，不啻三年病瘧，一鬼難驅。（同上一四四七頁）

李商隱《韓碑》：『文成破體書在紙』，釋道源註謂『破體』上屬『文』而非下屬『書』，洵爲得之；蓋此『紙』乃恭録以『鋪丹墀』而晉呈天覽者，必如宗炳『九體』之『簡奏書』『牋表書』，出以正隸端楷，而非『破體』作行、草也。（同上一四六六——一四六七頁）

黄庭堅《山谷内集》卷七《睡鴨》：『山雞照影空自愛，孤鸞舞鏡不作雙；天下真成長會合，兩鳧相倚睡秋江』，……不知來歷者，僅覩黄詩中言雙鳧勝於山雞、孤鸞，知來歷者，便省其言外尚有徐所賦鴛鴦在，鴛鴦勝山雞、孤鸞，而畫鳧尤勝鴛鴦；不止進一解，而是下兩轉也（參觀《全宋文》論鮑照《謝隨恩被原表》）。黄詩以畫禽與真禽之苦樂對勘，機杼初非始創。李商隱《題鵝》：『眠沙卧水自成羣，曲岸殘陽極浦雲；那解將心憐孔翠，羈雌長共故雄分』，謂畫中鵝樂羣得地，渾不管世間翡翠、孔雀嗒焉喪偶之戚。（同上一四七〇——一四七二頁）

李商隱《天平公座中呈令狐令公，時蔡京在坐，京曾爲僧徒，故有第五句》：『白足禪僧思敗道』；……『敗道』者，破戒而未還俗，……（同上一四七八頁）

李商隱《樊南甲集序》：『削筆衡山，洗硯湘江』，謂削衡山之筆，洗湘江之硯，即以山爲筆鋒，江爲硯池，如無名氏之『指滄溟爲硯』也。（同上一四八一頁）

沈炯《幽庭賦》：『長謡曰：「故年花落今復新，新年一故成故人。」』按機調流轉，實開唐劉希夷《代悲白頭翁》：『年年歲歲花相似，歲歲年年人不同』，……若李商隱《憶梅》：『寒梅最堪恨，常作去年花』，人之非去年人，即在言外，含蓄耐味。（同上一四八四頁）

除掉陸游的幾首，宋代數目不多的愛情詩都淡薄、笨拙、套板。……以豔體詩聞名的司馬槱，若根據他流傳下來的兩首詩而論（陳起《前賢小集拾遺》卷五《閨怨》），學李商隱而缺乏筆力，彷彿是害了貧血病和軟骨病的『西崑體』。（《宋詩選註序》）

從他（按：指晏殊）現存的作品看來，他主要還是受了李商隱的影響（參看方回《瀛奎律髓》卷十、卷十七）。也許因爲他反對『脂膩』，所以他跟當時師法李商隱的西崑體作者以及宋庠、宋祁、胡宿等人不同，比較活潑輕快，不像他們那樣濃得化不開，窒塞悶氣。他也有時把古典成語割裂簡省得牽强不通，例如《賦得秋雨》的『楚夢先知薤葉涼』把楚懷王夢見巫山神女那件事縮成『楚夢』兩個字，比李商隱《聖女祠》的『腸迴楚國夢』更加生硬，不過還不至於像胡宿把老子講過『如登春臺』那件事縮成『老臺』。這種修詞是唐人類書《初學記》滋長的習氣，而更是

摹仿李商隱的流弊（例如李商隱《喜雪》的『曹衣』、《自桂林奉使江陵途中感懷》的『楚醪』等）。（《宋詩選註》一三一頁）

賀鑄……有一部分受唐人李商隱、温庭筠等影響的詩常教人想起晏殊的詩來，跟他自己的詞境也相近。（同上一〇——一四頁）

以前像李商隱和師法他的西崑體作者都愛把古典成語鑲嵌繡織到詩裏去的，不過他們和黄庭堅有極大的不同。李商隱的最起影響的詩和西崑體主要都寫華麗的事物和綺豔的情景，所採用的字眼和詞藻也偏在這一方面。黄庭堅歌詠的内容，比起這種詩的來，要繁富得多，詞句的性質也就複雜得多，來源也就廣博冷僻得多。在李商隱、尤其在西崑體的詩裏，意思往往似有若無，欲吐又吞，不可捉摸；他們用的典故詞藻也常常只爲了製造些氣氛，牽引些情調，彷彿餐廳裏吃飯時的音樂，所以會給人一種『華而不實』『文浮於意』的印象。（同上一一二頁）

身經離亂的宋人對杜甫發生了一種心心相印的新關係。……陳與義……經歷了兵荒馬亂纔明白以前對杜甫還領會不深。他的詩進了一步，有了雄闊慷慨的風格。在他以前，這種風格在李商隱學杜甫的時候偶然出現；在他以後，明代的『七子』像李夢陽等專學杜甫這種調門，而意思很空洞，……（同上一四七頁）

朱弁……作品裏依然喜歡搬弄典故成語，也許是他『酷嗜李義山』（見朱熹《朱子大全》卷九十八《奉使直秘閣朱公行狀》）的流弊，只有想念故國的詩往往婉轉纏綿，彷彿唐人的風格與情調。（同上一五四頁）

姜夔……早年學江西派，後來又受了晚唐詩的影響；在一切關於他的詩歌的批評裏，也許他的朋友項安世的話比較切近實際：『古體黄陳家格律，短章温李氏才情』。當然在他的近體裏還遺留著些黄、陳的習氣，七律却又受了楊萬里的薰陶，而且與其説温、李還不如説皮、陸。（同上二四一頁）

（樂雷發《秋日行村路》三四句）『一路稻花誰是主？紅蜻蛉伴緑螳螂。』古人詩裏常有這種句法和顔色的對照，例如白居易《寄答周協律》：『最憶後庭杯酒散，紅屏風掩緑窗眠』；李商隱《日射》：『迴廊四合掩寂寞，碧鸚鵡對紅薔薇』；韓偓《深院》：『深院下簾人晝寢，紅薔薇映碧芭蕉』；陸游《水亭》：『一片風光誰畫得？紅蜻蜓點緑荷

心。』（同上三〇七頁）

樊南四六與玉溪詩消息相通，猶昌黎文與韓詩也。楊文公之崑體與其駢文，此物此志。末派撏撦晦昧，義山不任其咎，亦如乾隆『之乎者也』作詩，昌黎不任其咎。所謂『學我者病』，未可效東坡之論荀卿、李斯也。（引自周振甫《李商隱選集·前言》）

補編

〔宋〕

錢易

鮑照字明遠，至唐武后諱滅爲昭，後來皆曰鮑昭。惟李商隱詩云：『嫩割周顒韭，肥烹鮑照葵』。（《南部新書》）

稷山驛吏王全作吏五十六年，人稱有道術，往來多贈篇什，故李義山贈詩云，『過客不勞詢甲子，惟書亥字與時人』也。（同上）

宋祁

今人多誤鮑照爲鮑昭。李商隱有詩云：『濃烹鮑照葵。』又金陵有人得地中石刻，作『鮑照』字。（《宋景文公筆記》。《説郛》卷十六）

江少虞

【玉溪生】（楊文）公嘗言，至道中，偶得玉溪生詩百餘篇，意甚愛之，而未得其深趣。咸平、景德間，因演綸之暇，偏尋前代名公詩集，觀其富於才調，兼極雅麗，包藴密緻，演繹平暢，味有窮而炙愈出，鑽彌堅而酌不竭，曲盡萬變之態，精索推言之要，使學者少窺其一斑，略得其餘光，若滌腸而换骨矣。由是孜孜求訪，凡得五七言詩、長短韵歌行雜言共五百八十二首。唐末，浙右多得其本。故錢鄧帥若水，嘗留意摭拾，纔得四百餘首。錢君舉《賈誼》兩句云：『可憐夜半虚前席，不問蒼生問鬼神。』錢云：『其措意如此，後人何以企及？』余聞其所云，遂愛其詩彌篤，乃專緝綴。鹿門先生唐彦謙慕玉溪，得其清峭感愴，蓋聖人之一體也。然警人之句亦多，予數年類集，後求得薛廷珪所作序，凡得百八十二首。世俗見予愛慕二君詩什，誇傳於書林文苑，淺拙之徒，相非者甚衆。噫！大聲不入於俚耳，豈足論哉！（《宋朝事實類苑》卷第三十四）

編者按：萬曼《唐集叙録》引『未得其深趣』，『其』下有『詩之』字；『觀富於才調』，『觀』下有『其』；『精索推言之要』，『推』作『難』。又『故錢鄧師若水未嘗留意捃拾』，『師』誤，『未』衍文，據萬引改。又『五百八十二首』，萬曼引作『二百八十二首』，誤。當爲五百八十二首。考錢若水卒於真宗咸平六年（一〇〇三），早逝楊億十有七年，而已得四百餘首，則後此十七年不應又減至二百餘首。

【雍熙以來文士詩（節録）】劉師道《與張泌》云：『久師金馬客，勍敵玉谿生。』（同上卷第三十七）

董逌

【平淮西碑（節録）】昔李商隱讀愈《平淮西碑》，謂如元氣，正賴陶化庶類。而當時不容，況一日得行其道，吾

知其不得存矣。（《廣川書跋》）

王銍

裴鉶《傳奇》曰：『陳思王《洛神賦》，乃思甄后作也。』然，無可疑。李商隱詩曰『君王不得爲天子，半爲當年賦洛神』是也。按《洛神賦》李善、五臣注云：『曹植有所感託而賦焉。』則自昔已傳甄后之事矣。（《默記》卷下）

《魏志》曰：『植幾爲太子數矣，而任性而行，不自雕勵。』又黄初二年，監國謁者灌均希旨，奏『植醉酒，悖慢劫脅使者』，有司請治罪。帝以太后故，貶爵安鄉侯。詔曰：『朕於天下，無所不容，况植乎？』按此皆甄后死之年也。惟李商隱詩再三言之。有《涉洛川》詩：『通谷楊（按李義山詩作『陽』）林不見人，我來遺恨古時春。宓妃漫結無窮恨，不爲君王殺灌均。』注曰：『灌均，陳王之典籤，譖（按李義山自注譖下有『諸』字）王于文帝者。』又商隱《代魏宫私贈》詩，先于其下注曰：『黄初三年，已隔存没，追代其意，何必同時？是亦廣《子夜鬼歌》之流。』詩云：『來時西館阻佳期，去後漳河隔夢思。知有宓妃無限意，春松秋菊可同時。』僕意李義山最號知書，意必有所據耳。元微之《代曲江老人百韻》詩有曰：『班女恩移趙，陳王賦感甄。輝光隨顧步，生死獨摇脣。』（同上，卷下）

王觀國

杜子美《中秋月》詩曰：『滿目飛明鏡，歸心折大刀。』注詩者曰：『古詩「藁砧今何在，山上復有山；何當大刀頭，破鏡飛上天」，謂殘月也。』按古詩乃樂府所載『藁砧詩』也。藁砧者，鈇也；『藁砧今何在』，問夫何在也。『山上復有山』，言夫出也。『大刀頭』者，環也；『何當大刀頭』者，何日當還也。『破鏡』者，月半也；『破鏡飛上天』者，言月半當還也。子美詩云『歸心折大刀』者，言雖有歸心，而大刀折，則未能還也。注詩者不曉其意，

乃訓爲殘月，則誤矣。唐李義山《擬意》詩云：『空看小垂手，忍問大刀頭。』亦用此事也。（《學林》卷四）

呂祖謙

【陽關三疊】唐《地理志》云：『沙洲燉煌郡壽昌縣西有陽關，西北玉門關。伊州伊吾縣在大磧外，南去玉門關八百里，東去陽關二千七百三十里，所謂古陽關也。王維歌渭城送別，以送元二使安西者。』按《東坡詩話》云：『有文長官者，自言得古本，其聲宛轉淒斷，每句皆再唱，而第一句不叠，故白樂天《對酒》詩云：「相逢且莫推辭醉，聽取《陽關》第四聲。」第四聲者，乃「勸君更盡一杯酒」之句，「西出陽關無故人」乃聲之第五、六者也。』後人又更『無故人』爲『有故人』，其意尤美。又李義山『贈歌伎』云：『紅綻櫻桃含白雪，斷腸聲裏唱《陽關》。』又東坡『贈別』云：『惟有陽關一杯酒，殷勤重唱贈離居。』而白樂天又有『更無別計相寬慰，故遣《陽關》勸一杯』之句。（《詩律武庫》卷十五）

【望郎】唐李義山《酬令狐郎中》詩有『望郎臨古郡，佳句灑丹青』之句。而東坡用以送周正孺知梓州云『東川得望郎』，本此也。（同上）

謝伋

四六全在編類古語。唐李義山有《金鑰》。宋景文有一字至十字對。司馬文正亦有《金桴》。（《四六談麈》）

高似孫

郭璞《江賦》曰：『玉珧海月，吐納石華。』《晉安物異名記》：『玉柱膚寸，美如珧玉。』《臨海異物志》曰：『玉珧柱，厥甲美如珧。』趙應麟《侯鯖集》曰：『韓退之所云「馬甲柱」，正謂此。』《字書》曰：『珧唇甲可飾物。』《爾雅·釋弓》曰：『弓有緣，以金爲之，謂之銑；以玉爲之，謂之珧。』今人但用『瑶』字，固自有『珧』字也。東坡詩：『金虀玉鱠飯炊雪，海螯江柱初脱泉。』但用『柱』。李商隱詩：『江瑶初脱柱，蠔山憐叠嶂。』却用『瑶』字也。（《緯略》卷八）

漢建安二十四年，吴將吕蒙病，孫權爲之命道士於星辰下，爲之請名醮之。法當本此。顧况詩：『飛符超羽翼，焚火醮星辰。』姚鵠詩：『雪壇月孤明。』李商隱詩：『通靈夜醮達清辰。』趙嘏詩：『夜醮齋臺鶴未迴。』醮之禮至唐盛矣。（同上）

王□

石曼卿一日在李駙馬家見楊大年寫絶句一首云：『折戟沉沙鐵未消，自將磨洗認前朝。東風不與周郎便，銅雀春深鎖二喬。』後書『義山』二字。曼卿笑云：『崑裹無這般文章。』塗去『義山』二字，書其傍曰：『牧之。』蓋兩家《集》中皆載此詩也，但頗費解説。（《道山清話》）

戴埴

【橄欖】東坡《橄欖》詩云：『待得微甘回齒頰，已輸崖蜜十分甜。』注引杜詩『崖蜜松花落』。《本草》：『崖蜜蜂黑色，作房於巖崖高峻處。』然東坡詩與橄欖對，非真蜜也。《鬼谷子》曰：『崖蜜，櫻桃也。』他無經見。余讀《南海志》：『崖蜜，子小而黄，殻薄味甘。增城、惠陽山間有之。』雖不知與櫻桃一物與否，要其類也。注坡詩者引小説橄欖與棗爭，棗曰『但爾回味我已甜』。特坡公以崖蜜作對耳！山谷《詠橄欖》云：『想共餘甘有瓜葛，苦中真味晚方回。』坡公取其味相反，山谷取其味相投。李義山《蜂》詩：『紅壁寂寥崖蜜盡。』此但作蜜用，非是。（《鼠璞》）

【東閣】今人以宰相子爲東閣。按公孫弘爲丞相開東閣，不過招延賓客之地，於子弟初無預。今之引用乃李商隱《九日》詩：『郎君官貴施行馬，東閣無因再得窺。』上言郎君乃令狐綯，不言東閣；猶是令狐楚之舊館。東坡《九日》詩因引此事，合而言之：『聞道郎君閉東閣，且容老子上南樓。』此雖使令狐綯絶義山故事，然東閣之開閉，與郎君何預？又云：『南屏老宿閑相過，東閣郎君懶重尋。』以郎君加於東閣下，猶言宰相子也。與汪龍溪云『東閣郎君之未有用之』，皆無病。今竟以東閣呼郎君，豈爲父者不能顯招賢之責，子得以盜其權耶？（同上）

周弼

《仙傳拾遺》曰：楊妃死，帝召楊什伍於行在，召至三日夜，奏曰：『人寰之中，十洲三島之内，求之不得。後於東海蓬萊頂見妃，謂什伍曰：「此後一紀當相見，願保聖體，毋憶念也。」』商隱用此，謂帝徒聞妃在九州之外，若他生相見未可知；此生休矣。虎旅，衛士也。《漢舊儀》曰：『夜漏起，周廬擊木柝，雞人傳曉以驚寢也。』《仙傳

拾遺》曰：『玄宗幸蜀，自馬嵬之後，屬念貴妃，往往輟食忘寢。』詩意用此，謂帝不寐而聞柝者，因雞人之警也。（《三體詩法》）

編者按：『此後一紀當相見』下，當有脱漏。

范處義

又三『十六』體：李商隱、温庭筠、段成式。但以儷偶相誇。（《解頤新語》）

義山云：『沈宋裁辭因變律，王楊落筆得良朋。當時自謂宗師妙，今日惟觀對屬能。』以四子之作僅能屬對而已。又『李杜操持事略齊，三才萬象共端倪』，始包含渾涵。信乎殘膏剩馥，霑乞後人也。（同上）

謝枋得

《夕陽樓》夕陽不好説，此詩形容不著迹。孤鴻獨飛，必是夕陽時，若只道身世悠悠，與孤鴻相似，意思便淺。『欲問』『不知』四字，無限精神。（《胡刻謝注唐詩絶句》卷四）

《過楚宮》『高唐』『雲雨』，本是説夢，古今皆以爲實事。此詩譏襄王之愚，前人未道破。（同上，卷四）

《嫦娥》有窮后羿得長生不死之藥，羿妻竊而食之，奔入月中，是爲嫦娥。其説怪誕，然《楚辭·天問》言之，注尤鮮明。詩意謂嫦娥有長生之福，無夫婦之樂，豈不自悔，前人未道破。（同上，卷四）

《賈生》漢文帝夜半前席賈生，世以爲美談。『不問蒼生問鬼神』，此一句道破，文帝亦有愧矣。前人無此見。（同上，卷四）

葉真

李商隱詩：『夕陽無限好，只是近黄昏。』足以戒盛滿，而意似迫促。程子云：『未須愁日暮，天際是輕陰。』悠然無盡之味，詩家未能及。（《愛日齋叢鈔》卷三）

『五更三點入鵷行』，少陵詩也。高氏《緯略》論『五夜』，以爲獨更點之制無所著見。韓愈詩：『鷄三號，更五點』；李郢詩：『二十五點秋聲長』；李商隱詩：『玉壺傳點咽銅龍。』唯此三詩言『點』。杜詩人皆能誦，乃不及之。陳無己云：『殘點連聲殺五更。』任淵注乃引韓詩及劉夢得詩云『郡樓殘點聲』。（同上卷四）

編者按：《四庫提要》云：『陶宗儀《説郛》第十七卷内載有此書二十二條，題爲宋葉某所撰而不著其名。』又云：『其論先儒從祀一條有咸淳年號，知爲宋末人所作也。』

蔡正孫

《九日》唐史本傳云：『令狐楚奇其文，使與諸子遊，楚徙天平、宣武，皆表署巡官。後從王茂元之辟。其子綯以爲忘家恩，放利偷合，謝不通。綯當國，商隱歸窮，綯憾不置。』則商隱此詩，必此時作也。若《古今詩話》所載，其言殊無據，余故以本傳證之。但綯父名楚，而商隱又受知於楚。詩中有『楚客』之語，題於廳事，更不避其家諱，何邪？東坡《九日》云：『聞道郎君閉東閣，且容老子上南樓。』又云：『南屏老宿閑相過，東閣郎君懶重尋。』皆用商隱語也。（《詩林廣記》前集卷六）

《登樂遊原》明道程先生《禊飲》詩末句，是用此意翻一轉語。（同上卷六）

〔元〕

李　治

李義山稱退之謂『公之斯文若元氣，先時已入人肝脾』。宋世詩人亦有云『千載斷碑人膾炙，祇今誰數段文昌』。則二公文字之優劣，不難判也。憲宗亦何爲以卒隸之一言，遽命劃磨舊作，再更新製乎？（《敬齋古今黈》）

編者按：《元史》作李冶，施國祁《禮耕堂叢説》、王惲《中堂紀事》均作李冶。

〔明〕

葉　盛

李義山《馬嵬》詩，後人尚以爲淺近。徐凝之瀑布，鄭谷之雪詩，石曼卿之認桃辨杏，東坡一以陋惡歸之，不亦宜乎！（《水東日記》卷三十六）

義山固是用事深僻之開先，楊大年諸公亦推波助瀾矣。老坡一出，而才高學富，至於全篇首尾句句用故事成説，則去盛唐爲益遠而不可救矣。（同上）

亡友沈文敏憲副有俊才，尤善論詩。然居常好誦李義山《登樂遊原》末句，人頗疑之。景泰初，出官於閩，《道中寄友》詩亦曰：『回首紅塵人去遠，夕陽西望淚沾纓。』愈以爲非遠大之兆。不十年，竟卒于閩。（同上）

單字

李商隱《陳後宫》詩云：『玄武開新苑，龍舟燕幸頻。渚蓮參法駕，沙鳥犯鈎陳。』（節）鈎陳星，後宫之象，亦左右宿衛之象。（《菊坡叢語》）

李商隱《過楚宫》云：『巫峽迢迢舊楚宫，至今雲雨暗丹楓。浮生盡戀人間樂，只有襄王憶夢中。』謝疊山云：『巫山神女，本是説夢，後人多以爲實。』商隱此詩，譏襄王之甚矣！宋閻欽受爲御史，宿高唐館，亦有詩云：『借問襄王安在哉，山川此地勝樓臺。今宵宿寓高唐館，神女何曾入夢來？』（同上）

李商隱《隋宫守歲》詩云：『消息東郊木帝回，宫中行樂有新梅。沈香甲煎爲庭燎，玉液瓊酥作壽杯。遥望露盤疑是月，遠聞鼉鼓欲驚雷。昭陽第一傾城客，不踏金蓮不肯來。』此以隋宫除夜命題，第三、四句言其侈，末句用潘妃事，亦譏煬帝耳。以『爲』字對『作』字，即是『爲』也，亦詩家一泛例，可戒。（同上）

王鏊

余讀《詩》至《緑衣》《燕燕》《碩人》《黍離》，有言外無窮之感。後世惟唐人尚有此意，如『薛王沈醉壽王醒』，不涉譏刺而譏刺之意溢于言表，得風人之旨矣。（《震澤長語》）

游潛

李義山詩云：『雲母屏風燭影深，長河漸落曉星沈。嫦娥應悔偷靈藥，碧海青天夜夜心。』此作後二句因重出意，誠爲絶唱。楊道孚極愛賞之。然惟窮理，君子於所謂嫦娥者，亦不當不辨。按《漢志》：『黄帝使羲和占日，常儀占月，區車占星。』故世之人因以羲和稱日，常儀稱月。儀字音娥也。按《周官志》注云：『儀、娥二字，古皆音娥。』《毛詩·菁莪》以『樂且有儀』叶『在彼中阿』句，《柏舟》以『實惟我儀』叶『在彼中河』句。若《太玄》又以『各尊其儀』與『不偏不頗』句叶。漢碑凡『蓼莪』皆作『蓼俄』字。反覆參論，則知常儀之儀字，本音作娥。後世因音之同，又以月爲太陰女象也，沿此於二字各加女傍，遂呼爲嫦娥。其説成於劉安怪誕之書，成於許慎附會之注。至張衡作《靈憲論》，轉相引證。隋唐以後，騷人墨客類多借事托意，而羿妻奔月之惑，竟莫解矣。於乎，何其謬也哉！（《夢蕉詩話》）

李商隱《散關》詩云：『劍外從軍遠，無家可（與）寄衣。散關風雪路（三尺雪），回夢舊鴛機。』言爲夫者不以家之曠而棄其平生之好，可謂義矣。（同上）

俞允文

蔡載集云：荆公嘗與伯氏天啓在鍾山對雪，舉唐人詠雪數十篇。要之，窮極變態，無如退之。大抵唐人詩尚工巧，失之氣格不高，有如『鳥向不香花裏宿，人從無影月中歸』。若狀一時佳處，如『江上晚來堪畫處，漁人披得一蓑歸』。道孤寂之意如『夜静惟聞折竹聲』。其好用字則如李義山云：『已隨江令誇瓊樹，又入盧家妬玉堂。』又云：『欲舞定隨曹植馬，有情應濕謝莊衣。』至於老杜則不然，其『霏霏向日薄，脈脈去人遥』等句，便覺超出人意。唐人詠雪，好用瓊瑶、鶤鸖、梅花、柳絮，重叠工巧，所以覺少陵超邁也。（《名賢詩評》）

楊誠齋云：義山《登樂遊原》詩，蓋『憂唐之衰』也。（同上）

錢希言

【金屈戌】屈戌，亦名屈䣛。余曾見古金屈戌，廣象楣棱小殺，鏤獸形若饕餮狀，絶細巧，銜雙環，意即古之金鋪耶？梁簡文詩：『織成屏風金屈戌。』李商隱詩：『鎖香金屈戌。』杜牧《勤政樓》詩：『惟有紫臺偏稱意，年年因雨上金鋪。』一物而異名。至『屈䣛』之稱，則自李賀詩中見耳。《西漢書》：『元壽六年，孝元殿門銅龜蛇鋪首鳴。』鋪首，即金鋪也。及讀宋人小説，謂般輸見水中蠡，引閉其户，終不可開。遂象之，立於門户。今門上排立而突起者，般輸所飾之蠡也。據《漢書》以鋪首作龜蛇之形，似不專於蠡也。（《戲瑕》卷二）

【五大夫松】五大夫，秦官名，第九爵也。《漢書·郊祀志》亦云：『爵九級，爲五大夫。』顔師古注：『大夫之尊也，秦始皇登泰山，遇風雨，避於松下，遂封爲五大夫。今秦松在黄峴嶺者，雖非秦時故物，然即所謂封五大夫者矣。』按《史記》但云『封其樹爲五大夫』。應劭《漢官儀》亦第稱『仰視巖石松樹，鬱鬱蒼蒼，若在雲中』而已，未聞有『五株』之説。今之訛爲『五株』，其説皆起於唐。此理之不敢强解者。陸贄作《禁中卷松》詩云：『不羨五株封。』李白《送人游桃源》詩叙云：『登封泰山，五松受職。』李商隱《五松驛》詩云：『獨下長亭念過秦，五松不見見輿薪。』《獨異志》則稱：『泰山有五松樹，蔭翳數畝，乃封爲五大夫。』又聞松上作人言，左右咸聞其説，不知何據？然《初學記》出集賢院學士徐堅等所撰，而『禮部·封禪第八』叙事中載：『始皇上泰山，中坂遇風雨，休於樹下，因封其樹爲五大夫。』注云：『五松樹。』據此，則諸説傳訛，非始於今日明矣。又按《秦松考》云：『五松只有其一，亦後人續植者。老幹拳曲擁腫，宛若蒼龍，勢欲飛騰。』及閲王弇州《遊泰山記》，則云：『黄峴（嶺）有松五，即所謂五大夫。以厄於石，不能茂，而稍具虬虺狀，當是二、三百年物。』其説與《秦松考》截然不同。（同上卷三）

婁　堅

【書平淮夷雅及碑文後題（節録）】此文典重簡質，得大體，雖旋仆於太和，然義山詩云：『公之斯文若元氣，先時已入人肝脾。』『願書萬本誦萬過，口角流沫右手胝。』而蘇長公亦有『千載斷碑人膾炙，不知世有段文昌』之句，則公碑之毁不毁，固不足爲公文之重輕也。（《學古緒言》）

王昌曾

一忌徑情直叙，只是不婉曲。如李商隱欲言玄宗、貴妃，而曰『此日六軍同駐馬，當時七夕笑牽牛』，最是微婉，可謂曲盡妙理。（《詩話類編》）

五七言絶句，字最少而最難工，亦難得四句全好。晚唐人與王介甫最工於此。如李義山憂唐之衰云：『夕陽無限好，其奈（只是）近黄昏。』又如『鶯花啼又笑，畢竟是誰春』，七言如『青女素娥俱耐冷，月中霜裏鬬嬋娟』，又『芭蕉不展丁香結，同向春風各自愁』，皆佳句也。（同上）

周　嬰

【蘇小】羅隱《蘇小小墓》詩：『魂兮携李城，猶未有人耕。』則蘇小墓在嘉興信矣。然杜牧《悲吴王城》詩：『吴王宫殿柳含翠，蘇小宅旁花正開。』則蘇小家似在蘇州。李商隱《送李郢之蘇州》詩：『蘇小小墳今在否，紫蘭香徑與招魂。』黄滔《寄蔣先輩（在蘇州）》詩：『夫差宫苑悉蒼苔，携客朝遊夜未回。塚上題詩蘇小見，江頭酹酒

伍員來。秋風急處烟花落，明月中時水寺開。千載三吴有高跡，虎丘山翠益崔嵬。』則其墓又在蘇州也。（《卮林》附補遺）

王彦泓

【集年來所作豔體詩，得二百五十餘首，録成一册，賦此題之】清狂不讓玉溪先，讀曲如彈錦瑟前。楊柳絲多難見性，鴛鴦夢暖已登仙。情根我亦蠶纏緊，詩骨誰真玉琢圓。昨夜星辰看不定，桂堂東畔欲摇鞭。（《疑雲集》卷二）

〔清〕

王士禄

《夜讀西崑詩偶成》：『冷抱羇人不自温，一編當燭詠西崑。玉溪怨瑟聲聲好，祇愛「星河壓故園」。』（《十笏草堂集》）

李光地

義山《贈送前劉五經映》詩，序經學興廢，意極剴至，語尤清警。（《榕村語録續編》）

李商隱《重有感》詩，感諸侯不能勤王室也。當時節度使劉從諫三上疏問王涯等罪名。王茂元、蕭弘皆勒兵備非常，故有竇融、陶侃之比。然竟無能爲，使至尊制於螻蟺，而狐鬼之群莫之搏擊也。《天官書》：『兩河天闕，間

爲關梁。』《正義》曰：『闕星二星在河南，金火守之，主兵戰闕下。』末二句言神人悲恨，覬望雪寃也。（同上）

徐炯

《李義山文集序》自太極剖判，而奇耦已分。凡天下之物，必有對待，未有是奇而非耦者。其於文也，何獨不然！九州攸同，四隩既宅，則見於《禹貢》；觀閔既多，受侮不少，則見於《邶風》。巢隕諸樊，閽戕戴吴，《左氏》造其端；文堙棗野，武作《瓠歌》，班史託其始。此皆屬對精切，聲病克諧，駢儷之文，濫觴於此矣。洎乎魏、晉，富麗爲工，踵事增華，兹風勿替，子建、孔璋、士衡、安仁之流，每作一篇，中間字句，駢儷居半。至齊、梁，而其體始純，其調益新。迄徐、庾，而徵事彌博，設色彌艷。世或以紫鄭目之，而好之者，終不絶也。唐初『四傑』，仍蹈斯軌，雖燕、許大手筆，亦不廢對偶。下逮元和，文體始一大變，遠紹周、秦，近宗西漢，以雄深雅健爲上。自子瞻謂昌黎『起八代之衰』，非虚語也。義山初亦學古文，不喜對偶。及佐令狐楚幕，楚能章奏，以其道授義山。自是始爲今體。香艷不如徐、庾，而體要獨存；宏壯不逮『四傑』，而風標獨秀。至於誄奠之辭，直與潘岳爲伯仲。同時温庭筠、段成式皆能『四六』，實不及也。使義山專攻古文，度不能遠過乎孫樵、劉蜕。今集中略存數首，已見一斑。而《樊南甲乙》之製，獨能軼倫超群，如此其美。乃知才人之技，雖無適不可，亦當棄以就長。廉頗喜用趙人，樂毅常思燕路，意之所嚮，殆不可强而違矣。歲庚午，余典試閩中，得善本以歸，伯兄侍御，見而閲之，因爲箋其指要，而以注屬余。余竊不自揆，蒐討群籍，句疏而字釋之，而以伯兄之箋，分見於其下，釐爲十卷，藏諸篋衍，以備遺忘。其間可疑者，尚有二十餘條，事稍僻隱，未能悉考。友人以其適於時用也，請亟行之。余不獲已，遂以授剞劂。海内博物君子，倘惠而好我，正其謬而補其缺，當更爲續注，以附其後云。康熙戊子暢月，崑山徐炯書於花谿别墅。（《李義山文集箋註》卷首）

徐樹穀

【李義山文集序】古人之讀書也，必先論世。『論世』云者，非徒審其所遭之時變，即文章運會亦因斯以見。今世盱文之士，類皆尊韓、歐爲極軌，貶徐、庾爲疲曳，下逮王、駱、温、李之流，甚者以『奴隸』斥之，否者亦欲箝勒鞬韝以救之，斯爲惑於皮傅之説，而未詳乎『論世』之旨者也。夫日月之行有歲差，江河之流有變徙，故章蔀之算日積，世運之遷日降，衰輓之俗不能返乎大庭，則知叔季之文詎能方乎墳典？即以漢世論之，如彪、固父子，劉騊駼、蔡邕之倫，其文類多排比，已未克蹤緒西京。其遞降而爲徐、庾、温、李也，世使之也。今觀義山之作，藴匱古今，陶冶藝略，煎熬鸞割而和太羹，斲準施弦而諧韶奏，可謂奇矣。蓋世有升降，文有科品，假使回班、揚之腕，以裁章表，竭崔、蔡之才，而爲啓狀，未知其與義山孰先而孰後也，矧其致曲者乎。予弟自强，少尚斯編，苦其斷缺，後得善本於閩中，爲之註解，冥搜博採，歷年乃成。予因參之史傳，考證時事，復爲之箋。昔禰衡爲黄祖作書記，輕重疏密，各得體宜。祖持其手曰：『處士，此正如祖腹中所欲言。』義山之文，率爲人屬稿，抽心呈貌，纏綿麗密，所謂『代人哀則哀，代人謏則謏』，斯皆文人之失職者也。予獨竊怪當世之士，怢不自覩，區區以空單荒頓之學，命爲古文，而詆訶徐、庾之徒，見爲闒冗下材；習其詞者，比之左官外附。試叩以義山辭句所自來，輒眙愕失對，詭曰：『此果單耳，予烏從識之。』是蓋闇於文章運會之變，未嘗返而論其世也。毋亦舍其所穴見，而務殖於學乎？則斯編其曷可廢也歟！庚熙戊子冬月崑山徐樹穀書。（《李義山文集箋註》卷首）

徐文靖

義山詩：『天泉水暖龍吟細。』朱注云：『《齊地記》：「齊有天齊泉。」《漢書注》：『臨淄城南有天齊水，五泉並出。』按《宋書·符瑞志》：『文帝永嘉二十一年，天泉池池蓮並幹。』《南史·劉苞傳》：『受詔咏天泉池荷，下筆即成。』柳子厚《爲王京兆賀嘉蓮表》：『香激大王之風，影濯天泉之水。』義山『天泉』當謂此。（《管城碩記》，《全唐文紀事》卷七十三引）

義山《爲河南盧尹請上尊號表》：『永終無極之年，長奉上清之號。』注引《汲冢周書》曰：『道天莫如無極。』按《舊唐書·武宗紀》：『會昌四年三月，以道士趙歸真爲左右街道教授先生。時帝志學神仙，師歸真。』蓋道書有云：『上清玉晨道君居之。』所謂『上清』之號者指此。《關令内傳》云：『周無極元年，老子度關。』所謂『無極』之年者指此。王應麟《玉海》曰，『道家有延康赤明龍漢開皇之紀，上皇無極永壽之號，事不經見』云。（同上卷七十四引）

李義山《爲懷州李中丞謝上表》曰：『蘇公舊田，懷侯故邑。』注云：『「懷侯」未詳。《韓詩外傳》：「武王更邢丘曰懷。」《括地志》：「懷在武陟。」歷考傳、記，未有以此爲懷國之邑者。』按《寰宇記》：『管叔廢黜，封康叔爲懷侯。《路史》國名記有懷國，即此也。其後康叔封衛，懷遂爲南宫氏國。周《南宫中鼎銘》曰：『王命太史括懷土日中兹懷人内史錫于𢦏王作臣今括里汝懷士。』『括』即『适』，『中』即『仲』。《表》所云『懷侯故邑』，蓋以此也。（同上）

朱東嵒

《隋宫》前四句深譏荒遊之失，後四句切指危亡之戒。（《東嵒草堂評〈唐詩鼓吹〉》）

《杜工部蜀中離席》此擬杜工部體也。看他一起七字，便是杜工部神髓。言離合聚散，人生之常，何故乃欲惜别！所可惜者，只爲世路干戈耳。三、四即承世路干戈言，以見其不應别也。五、六至末極寫成都之勝友良辰，以見不必别之意。『座中』句言成都知己之多，『江上』句言江上風景之美。結言帶甲滿地，何爲遠行！藉此美酒，儘

足自娱。『當壚仍是』之爲言，言世路干戈，成都獨爲太平也。(同上)

《碧城》之一前四句寫碧城之景有可望；後四句寫碧城之人不可即，其有託可知。(同上)

《碧城》之二、三義山之詩，半及閨闥，讀者遂謂與《玉臺》《香奩》倒稱。即愛其詩者，亦竟以才人浪子目之。此未具知人論世之識者也。昔《離騷》託芳草以怨王孫，借美人以喻君子，遂爲漢魏六朝樂府所祖。蓋古人不得意於君臣朋友間者，往往寄情託意，以寫其忠憤無聊纏綿宕往之致，正所謂『莊語之不可而謾語之』也。王荆公謂義山之詩善學老杜，其深知義山者歟。(同上)

《籌筆驛》一、二言至今魚鳥猶畏，風雲猶護，則當日軍法嚴明、忠感天地，是何等『簡書』，何等『儲胥』乎。説得十分風烈，愈見其意之不可回也。『上將揮神筆』『降王走傳車』，真足令千古英雄憮膺欲絶者矣。五、六又爲武侯代白，言武侯以管、樂自負，固屬無忝，無如漢祚將終，虎臣盡隕，事出萬難。爲武侯者，非不知有才無命，氣數難移，而數十年上表出師，鞠躬盡瘁，死而後已者，只爲遠答三顧之殷勤，近奉遺詔之諄切，不敢輕放擔子，故曰『恨有餘』也。(同上)

《二月二日》此因春色而思念家室也。二月二日乃是恰值之日，却又日暖、忽然聞笙，因而有感于中。『花鬚柳眼』『紫蝶黄蜂』，雖寫是日春色，描盡少年遊冶之態，不僅作寫景觀也。『萬里』言其遠，『三年』言其久。七、八言今日之遊不過暫時遣興，倘更逢風雨，其何以爲情耶？(同上)

《馬嵬》蓬壺海島之遊，金釵鈿盒之約，上皇只因思念玉妃，悲不自勝，託方士求言，聊以解釋耳。先生一起便駁去其説，自是正論。三、四亦就上皇身上説，言徹夜不寐，徒聞宵柝；未明而醒，不俟曉籌，極寫思念之情，蕭條之況。五、六將陳玄禮馬嵬之請，與長生殿夫婦之誓，特搶白之：言貴爲天子，不能保一婦人，可爲荒淫之戒。妙於『六軍』『七夕』，『駐馬』『牽牛』，隨手寫來，自成絶唱。唐人詠馬嵬詩甚多，如劉夢得詩云：『官軍誅佞幸，天子捨妖姬。』白樂天：『六軍不發無奈何，宛轉蛾眉馬前死。』此乃歌詠官軍，言明皇不得已而誅貴妃也。獨杜工部詩云：『不聞夏、殷衰，中自誅褒、妲。』言明皇鑒殷、夏之失，畏天悔過；馬嵬賜死，與官軍何與？讀詩者極稱杜工部識力過人，不失以臣事君之體。今讀義山此篇，非不親切巧麗，而『他生未卜』一起，『如何四紀』一結，未免搶白過甚；若云警絶則有之，而渾雅則未也。（同上）

《重有感》昔杜工部以議論爲詩，非具大經濟、大學問未易臻此境地，故爲唐一代詩人之極，爲千百世詩家之祖。義山竭力摹倣杜工部，集中如此等作，皆深得杜工部之神髓。即有唐無數鉅公，曾未有闖其籬落者。一『得上遊』，言身居要地也；二『共分憂』，言心存報主也；三、四皆寫得上遊共分憂處，此真用古而化、以議論爲律詩者矣。五『蛟龍失水』曰『豈有』者，是爲至尊諱也。六『鷹隼高秋』曰『更無』者，爲節鎮勉也。七、八用申包胥事作結，蓋當時兵戈犯闕，京師戒嚴，深有望於乞師綏寇之人，重見太平景象有不可須臾少緩之勢，故曰『早晚星關雪涕收』也。（同上）

《無題》按義山先生《無題》詩，集雖數見，而意指略同。唐人香艷之體，先生可稱獨絶矣。雲間朱長孺先生云：『窺簾』『留枕』，春心之摇蕩極矣，迨乎『香銷』『夢斷』，『絲盡』『淚乾』，情燄熾然，終歸灰滅。不至此，不知有情之皆幻也。樂天《和微之夢遊》詩序謂『曲盡其妄，周知其非，然後返乎真，歸乎實』即此義，不得但以艷語目之。（同上）

俞　琰

詠物之詩多者，莫如李義山，下追謝、瞿，廣至百首。（《詠物詩選》凡例）

顧貽禄

中唐以後，長七古者，本不多見，以義山盛名，亦惟《韓碑》一首。若李長吉，則發源《楚辭》，天才獨出，難

以規摹。元楊鐵崖極意學之，終難接近。（《緩堂詩話》卷上）

宗廷輔

元好問《論詩三十首》（望帝春心託杜鵑）先生詩取徑與義山迥殊，獨不薄義山。（《古今論詩絶句輯注》）

法式善

覃溪先生告余云：『山谷學杜所以必用逆法者，正因本領不能致古人，故不得已而用逆也。若李義山學杜，則不必用逆，又在山谷之上矣。』此皆詩家秘妙真訣也。（《陶廬雜録》卷二）

余纂唐文，於《永樂大典》暨各州縣志採録，皆世所未見之篇。而纂『四庫』書時，唐賢各集，實未補入。如王勃、楊炯、盧照鄰、駱賓王……元稹、白居易、杜牧、李商隱……凡五十五家，《全書》皆已著録，而原集漏略，今一一補載……乃知元、明以來，古籍銷毁於兵火播遷者，大可慨嘆也。（同上卷三）

丁繁滋

七律到十分滿者，杜陵而外，只有義山一人。（《臨水莊詩話》卷上）

中晚人能學杜之七古者，無如昌黎；善學杜之七律者，莫如義山。兩家之詩，亦須參看。（同上）

五七絶，盛唐之妙在於無意可尋，風旨深永。中晚主警快，亦自斐然。今法盛唐者，取諧聲貌，無動人之情；學西崑者，頗涉議論，有好盡之累，去宋人一間耳。（同上）

陸鳳藻

【月浪（日浪、白分、黑分）】月光也。義山詩：『月浪衝天天宇濕。』又太宗詩：『日浪淺深明。』（節）《西域記》謂月望曰『白分』，月晦曰『黑分』。（《小知録》卷一）

【眼笑（眉語、飫眼、眼煖）】劉孝威詩：『窗疏眉語度，紗輕眼笑來。』李商隱詩：『池蓮飫眼紅。』杜詩：『別君誰眼煖。』（同上卷四）

【同姓名（節録）】兩李商隱，一玄宗朝，見《舊唐書》；一義山。（同上卷四）

【錦瑟（小紅、鸞臺、緑翹）】令狐楚家青衣（《紫薇詩話》）。小紅，姜堯章青衣。鸞臺，司空圖女僕（《續世説》）。緑翹，魚玄機女童（《三水小牘》）。（同上卷五）

【拂拂嬌（裙）】同光年，命染院作霞樣紗，製千褶裙，賜宮嬪，號『拂拂嬌』（《清異録》）。（節）李商隱詩：『折腰争舞鬱金裙。』《古今注》：『古制，衣裳相連，至周文王，令女人服裙。（同上卷九）

【辟塵（睡鴨、金猊、寶鴨、鵲尾）】沈約香爐（《採蘭雜志》）。李商隱詩：『睡鴨香爐換夕燻。』《類書》：『金猊、寶鴨，皆焚香器。鵲尾爐，長柄香爐。（同上卷九）

【銀牀（玉虎）】《名義考》：『轆轤架，舊以爲井欄，非。李商隱詩：「玉虎牽絲汲井迴。」玉虎，轆轤也。』（同上卷九）

陳鴻墀

託『傳』如韓愈《圬者王承福傳》，柳宗元《梓人傳》；假『傳』如韓愈《毛穎傳》；他若《黄帝内傳》《漢武外

傳》及李商隱《李長吉小傳》之類，皆文章中異觀。（《全唐文紀事》卷三）

『紫極刊銘，合歸才彥；猥存荒薄，蓋出恩私；牽彊以成，尤累非少；遠蒙寵奬，厚賜縑繒；已有指揮。即命鎸紀。文詞所得，妙非幼婦之碑；惠賚踰涯，數過賁園之帛。』商隱先有《上李舍人狀》云，伏奉指命，令撰紀紫極宮功績，即此。（同上卷五十一）

（節）許其（李衛公）子蒙州立山尉昱護喪歸葬。又是時柳仲郢鎮東蜀，設奠於荆南，命從事李商隱爲文曰：『恭承新渥，言還舊止。』又曰：『身留蜀郡，路隔伊川。』（同上卷八十六引《通鑑考異》）

上二《啓》綺麗細緻，不讓李商隱手筆，而其名不可考。以是知唐人之工文而湮没不彰者，不可勝數也。

編者按：《雲麓漫鈔》載：『余外舅家收柳公權親筆啓草二紙，皆小楷，字僅盈分，而結構遒媚，意態舒遠，有尋丈之勢，紙長不過七寸，廣亦如之。』（《啓》文略）所謂二《啓》也。

章 燮

《韓碑》（開首四句）先叙憲宗剛明果斷，足爲中興之主。（『淮西』四句）此叙吴少誠父子據淮、蔡五十餘年；言指日可麾而平也。（『帝得』四句）此叙憲宗得裴度，能任將相之職。（『愬武』四句）此叙裴度所用文武亦能任職。（『入蔡』四句）此叙其成功，敕愈紀頌勒石。『功無與讓』，言無功者亦不濫與，有功者不必遜讓。（『愈拜』六句）此叙韓愈受旨撰叙碑文也。（『公退』八句）此叙其碑文撰成、呈進勒石也。（『碑高』二句）正叙勒碑。（『句奇』四句）此叙碑遭讒毁。按《夷堅志》云：『政和中，陳珦守蔡州，始視事，謁裴晋公廟，讀《平淮西碑》乃文昌所作者，忿然不平，即日磨去，别委能書者寫韓碑刻之。』（『公之斯文』四句）此叙碑石雖没，終難掩其文章。人之欣誦者，早已入于肝脾，一若湯之盤銘，孔氏之鼎，代有述作，今雖無其器而能滅其辭哉！（『嗚呼』四句）此歎聖王、聖相大功烜赫人間，而公文不能示後，如之何可也！『三五相攀追』，謂憲

宗之功直可與三皇五帝相比併。（「願書」四句）此承「三五相攀追」結之。（《唐詩三百首注疏》卷三）

《蟬》託蟬以寄意也。（上四句）詠蟬，即所以詠己也。（下四）此四句抒己意。夫蟬以清高飲露，何由得飽。吾猶恨其抱葉悲鳴，朝夕嘒嘒，不勝其勞，徒費清聲。所以五更疏引，欲斷於秋風白露中耳。然一樹之蔭，終不能保其身，亦覺無情甚矣。此蟬之患，可不預防螳螂乎？乃我也宦情已薄，强梗自居，猶泛泛於斯何也！況我之故園荒蕪未久，尚可治平，歸則宜矣。適聞蟬聲，煩君相警，最爲關切，而我之舉家清貧廉潔，亦猶之吸風飲露而已。（同上卷四）

《風雨》（「新知」二句）「遭」「隔」二字，含下「愁」字。此詩託風雨以起興也。彼郭震上《寶劍篇》，而武后遇之，似得其時。無奈氣屬淒涼，寶劍文章，其光畢掩，則羈泊之機，欲遭窮年矣。試觀紅葉偶艷一時，仍因風雨飄摇，墮落泥塵。蓋武后屬於女流，亦若青樓之輩，惟知管弦，安能識乎忠臣文士之心哉！吁，維有新知，偏遭薄俗；豈無舊好，已隔良緣，則愁恨之情爲何如乎？吾聞惟酒可以解憂，雖予心不嗜，果能銷愁，亦不惜沽酒之錢矣。（同上卷四）

《落花》（首句）以客去興落花。（「參差」二句）承「亂飛」。「參差」，花影。「陌」，阡陌。「迢」，遠也。「遞」，更迭，回風疊舞貌。「斜飛」，日落光也。（「腸斷」句）愁腸欲斷，愛惜落花，不忍掃去也。（「眼穿」句）春歸仍不能留也。（「芳心」句）落花向春盡，我之芳心，亦向春而盡也。（「所得」句）一春所得，唯是傷春之淚沾於衣襟耳。（同上卷四）

《涼思》（首句）春。（二句）秋。（三、四）對起格，以不對承之，詩法稱「偷春蜂腰格」，如梅花偷春色而先開也。「波平檻」，言春日波濤平于檻下也。「休」，休聲。「永懷」，懷友人也。言昔日倚此送别是春，今日倚此擬思是秋，同此倚也，而其時已移矣。（「北斗」句）言今倚立思君，欲兼春日之情，尚覺其遠。（「南陵」句）君到南陵安寓之時，必不是秋，固覺其遲。（「天涯」句）李公在北，友人使南，一若天涯不能相通；欲通音問，當以夢占之，必得其數。（「疑誤」句）疑其有新知，而遂忘故交，斯誤斷也。（同上卷四）

《北青蘿》未詳。（首句）叙其時。（二句）叙事。（三句）聞。（四句）見。叙一路之景。意謂只聞落葉之聲，不聞行人；只見寒雲幾層，不見孤僧。方入其境也。（五句）未見其寺，先聞其磬，剛近初夜之時。『獨敲』，應『孤僧』二字。（六句）既見其寺，門外藤蘿蒼古，吾且閑倚其間，以賞幽雋，何其清净如斯，令人萬慮俱空也。（七、八）因想大千世界，俱在微塵之中，物我一切皆空，有何憎愛？此悟道之言也。（同上卷四）

《錦瑟》飾以寶玉曰寶瑟，繪文如錦曰錦瑟。（一、二）柱，所以繫弦者也，故曰『一弦一柱』。『華年』，盛年也。『無端』二字，貫到『思』字。（『藍田』句）藍田美玉，喻姿容也。《宋書・謝莊傳》：『莊韶令美容儀，宋文帝見而歎曰：「藍田生玉，豈虛也哉！」』（『此情』句）應『思』字。（『只是當時』）頓住。『此情』，今日之情。『追憶』，思其華年也。『只是當時』，言當時一刻是真也。『已惘然』，今日思之如夢矣。《集韻》：『惘悵』，失志貌，謂不稱適，惘惘然無知意。按此詩句句悼亡，必有所指而作也。（同上卷五）

《無題》（昨夜星辰）無題者，無所命題也。蓋意中不可明言，託無題以寄意也。此作古今皆有之，惟李商隱更甚。（首句）叙時。『星辰』，牛女星也。（二句）志地。（三句）一在樓西，一在堂東，形影相隔，不能聚會，故恨身無雙飛之翼。（四句）所幸者心無阻隔耳。（五句）一西一東，所以『隔座』。（六句）一居樓，一居堂，猶如分曹。（七、八）結到不能聚會，所以心不定，走馬徘徊如蓬旋轉也。（同上卷五）

《隋宫》隋煬帝之宫，極其奢麗。（一、二）以隋宫原始起。『鎖煙霞』，言其高也。上四句寫當時，下四句寫懷古。（五、六）『無螢火』『有暮鴉』，傷之也。（同上卷五）

《無題》（來是空言）（首句『來』）約言。（『空言』）負所約。（『絶踪』）無影響。（次句）待月至曉。（三、四）待到五更而成夢，因夢而遠别，因遠别以寫書。『夢』字貫二句。『啼』，爲遠别悲啼，雖唤之而不醒也；『書』，相憶之書，被别恨而催成，所以紙上之墨淡而不濃也。（五、六）此二句寫夢醒時所見所聞之景也。（七、八）東西相隔，見之猶恨其遠，如隔蓬山也。不見之情，更隔蓬山一萬重也。（同上卷五）

《無題》（颯颯東風）（首句）叙其來時。（三、四）彼金蟾雖固，而香煙猶得入其鎖矣；井水雖深，而玉虎猶得牽絲而汲之矣。乃我也，何其無隙而乘之耶？（七、八）幻思妄想，徒亂春心，所以『春心莫共花争發』也。此詩全用襯托法。

《籌筆驛》（一、二）言武侯出師之處，至今靈氣如存，風雲常護；猿鳥過之，猶生驚畏，而況人乎、況當時乎？（三、四）『上將』，武侯；『降王』，後主。君王而『走傳車』，羞之也。二句倒裝。（五句）遠襯。（六句）近襯。欲扶漢室，以至無命。孰意後主降魏，不能保有天下，二公雖欲興復，將何如哉？（八句）『恨有餘』，恨後主不肖先主，未能展其經綸也。應上『徒令上將揮神筆』句。（同上卷五）

《無題》（相見時難）（『相見時難』）難於相見。（『别亦難』）難於忘情。（『東風』句）時當暮春。（三、四）二句比也，言一息尚存，志不少懈。（『曉鏡』句）愁其髮白，應上『東風無力』句。（『夜吟』句）孤吟月下，起下結意。（八句）『爲探看』，探看其消息也。所謂『勸君莫結同心結，一結同心解不開』，此也。（同上卷五）

《春雨》（二句）『白門』，樓名。『寥落』，寂寞意。『多違』，不遂其願也。（三句）兩相遥望，爲風雨所隔，故覺冷然。（四句）不能同往也。（五句）室邇人遠，故曰遠路。（六句）人雖不見，而夢中猶得依稀聚會也。下文又轉『遠路』。按此類詩亦無題之類。（同上卷五）

《無題》（鳳尾香羅）（三句）以扇掩面，終難掩其羞澀之情。（四句）不遑通語。（六句）『斷』，絶也；『消息』，音信也；『石榴紅』，時當五月也。（八句）吾欲乘其好風之便，則有因而至矣。『何處』，望之切也。（同上卷五）

《無題》（重幃深下）（五、六）菱枝質弱，每被風波飄蕩。月露之下，誰教桂葉之香聞於我也。（七句）『相思』應上『誰教』之神。（八句）相思無益，釋之可也，孰意惆悵之情，又作清狂故態也。（同上卷五）

《登樂遊原》（三句）『夕陽』承『晚』字。（四句）結到『意不適』。此李公傷老之詞也。夕陽之時，霞光返照，無限好景也。『近』，不多時也。以晚景雖好，不能久留也。（同上卷六）

《夜雨寄北》（『君問歸期』問。『未有期』答。（二句）斯言也，曾記前年與君遇於巴山，正值夜雨淒其、秋池漲滿之候，兩相問答也。至今倏忽幾年，冀其萍合，亦復難矣。（三、四）剪燭而談也，以爲歸期未卜，聚首誠難。且冀何年與君又遇，如昔日在西窗之下，剪燭談心、却話巴山夜雨之時也，可得乎！更進一層。（同上卷六）

《寄令狐郎中》（首句）嵩山雲，秦川樹。一别之後，久索離居。（三、四）公以司馬相如自況，深歎離居寂寞也。（同上卷六）

《爲有》（首句）公贊雲屏，則屏後之人更可贊矣。『爲有』二字貫全首意。（二句）按此則知鳳城與樂遊苑相近。『寒盡』，冬宵已去也。逢春宵，轉覺生愁，故曰『怕』。（三句）『無端』，猶云無何，不解之辭也。（四句）言有事於早朝，所以『辜負香衾』也。（同上卷六）

《隋宫》按唐人多謂揚州爲隋宫。（一、二）蓋言主上因不戒嚴以南遊，崔民象慮有不測之虞，所以表諫，以遭刑戮，原因九重天子未省其所諫之書函耳。（三、四）舉一國之宫錦，一半裁作障泥，一半裁作錦帆以南遊者，是不戒嚴也。（同上卷六）

《瑶池》（首句）阿母，謂西王母，所居之室有青琳之宇、朱紫之房、連琳彩帳，明月四朗，所謂『綺窗開』也。（三、四）有懷古之意。『日行三萬里』，言其捷也。『不重來』，傷之也。（同上卷六）

《嫦娥》此詩蓋有託寄也。（首句）燭影在屏風之内，故日深，時當夜也。（『長河漸落』）夜已深。（『曉星沉』）天曉也。先寫燭影，次寫長河，再寫曉星，然後引出嫦娥。層次。（三、四）以嫦娥自奔月而後，則夜夜有心相照，下窮碧海，上徹青天，周而復始；應悔從前不當竊藥以自取其苦也。（同上卷六）

《賈生》（首句）以賈生爲長沙太傅，是『逐臣』也；後歲餘復徵見，是『訪』也。（二句）『倫』，比也。言無人可比其才也。（三、四）『虚前席』，空有禮賢下士之名；『問鬼神』，譏其問不當問，故曰『可憐』。然則賈生之應徵亦無望矣。詠史詩大有議論。（同上卷六）

嚴廷中

詩用替代字最爲可厭，如竹曰『綠篠』，荷曰『朱華』，以及『蒼官』『黄嬭』等類，令人悶悶。必如李義山『青女素娥俱耐冷，月中霜裏鬭嬋娟』，始可謂之新巧。（《藥欄詩話》甲集）

俞正燮

吴正傳《詩話》云：『李商隱詩：「玉桃偷得憐方朔。」人以爲病。若用「臣朔」字自佳。』案其言非是。商隱有爲舉人《上蕭侍郎啓》云：『毛傷榮彈，鱗損任鈎。』『榮彈』者，南齊垣榮祖善彈也。割『垣榮祖』三字，取『榮』一字。陸贄論奏裴延齡云：『堯代之共工，魯邦之少卯。』於少正卯取一『少』字，乃辭章當行語。（《癸巳存稿》）

金埴

元遺山詩有云：『縱横正有凌雲筆，俯仰隨人亦可憐。』此殆自傷其有不得已而爲者乎？昔彌衡爲黄祖書記，輕重疏密，各得體宜。祖持其手曰：『處士此正如吾腹中所欲言。』王儉令任昉作一文，及成，曰：『正得吾腹中之欲。』李義山之文，率爲人屬稿，抽心呈貌，纏綿麗密，是皆所謂隨人俯仰，人哀則哀，人諛則諛者。不爾，則非其腹中語矣。文人失職，尚能揮灑縱横，把凌雲之筆，以修立誠之詞耶？爲人代毫，吾儕不免。元詩有慨于心。《偶成三絶句寄友吴子寶崖陳琰》（時爲宋中丞漫堂延于吴中使院）云（節）：『枉自西崑效義山，一生箋奏爲誰嫺。名流

失職官齋裏，寒士羈縻記室間。』（《不下帶編》卷二）

有學使馬公者，謁廟過頖池，見諸廣文環待，乃以『泮水先生』四字屬對。一教授應聲曰：『絳紗弟子。』李義山詩『絳紗弟子音塵絶』。使者大賞而表薦之。（同上卷六）

唐初修前代之史，凡犯廟諱者，一名則稱其字：褚淵曰褚彦回，劉淵曰劉元海，石虎曰石季龍是也。二名則去其一：蕭淵明曰蕭明，韓擒虎曰韓擒是也。右見《李義山集注》。予讀《李義山集》，見其爲文亦遵是式。代宗諱豫，故《爲滎陽公賀幽州破奚寇表》以田豫爲田讓，稱字之例也。孝敬皇帝諱弘，故《會昌一品集序》以周弘正爲周正，去一之例也。（《巾箱説》）

于濟

【用『可憐』字格】李商隱《賈生》詩云：『宣室求賢訪逐臣，賈生才調更無倫。可憐夜半虚前席，不問蒼生問鬼神。』此詩反其事而用之。張震云：此詩諷人君不能用賢也。（《唐宋千家聯珠詩格》卷四）

【用『從來』字格】李商隱《西亭》詩云：『此夜西亭月正圓，疏簾相伴宿風煙。梧桐莫更翻涼（清）露，孤鶴從來不得眠。』（一、二）語意甚清。（三、四）梧桐露滴而鶴夢警醒，意思不俗。（同上卷五）

【用『多少』字格】李商隱《月桂》詩云：『莫羨仙家有上真，仙家暫謫亦千春。月中桂樹高多少，試問西河斫樹人。』此詩言莫羨仙家有上界之真人也，仙人亦有一謫千春如吴剛者矣，試問桂樹之高幾許多也。（同上卷九）

【用『留得』字格】李商隱《寄懷崔雍》詩云：『竹塢無塵水檻清，相思迢遞隔重城。秋陰不散霜飛晚，留得枯荷聽雨聲。』懷人而狀其景，相思之意隱然在此矣。（同上卷十六）

陳僅

霜名『乾雨』，孟郊詩：『商葉墮乾雨。』雪亦名『乾雨』，李咸用詩：『同雲慘慘如天怒，寒龍振鬣正乾雨。』又李商隱《牡丹》詩：『好風乾雨正開時。』則又似指露矣。（《捫燭脞存》卷一）

編者按：李商隱詩無『好風乾雨正開時』句，作者誤記。

李義山《寄永道士》詩：『陽臺白道細如絲。』注引《真誥》：『王屋山，仙之别天爲陽臺也，得道者皆詣陽臺。是清虚之宫也。』此於巫山之外，又别一陽臺。（同上卷二）

李義山有《同學彭道士參寥》，（參寥）不獨爲僧名也。（同上卷三）

李郢詩：『官家赤印連帖催，朝饑暮匍誰與哀。』『赤印連帖』，舊解謂爲如今之糧事。余意當即今州縣之粘單催糧票耳。李商隱詩：『平明赤帖使修表。』此即今牌票。（同上卷四）

（節）天井，唐人則名月井。李義山詩：『月井大紅氣。』注：『殿前廣庭曰露庭，四周有屋中空，曰月井。』（同上卷六）

唐人稱楷法爲『破體』，謂破散篆隸而成之也。李頎詩：『小王破體閒支策。』小王謂獻之也。戴叔倫詩：『始從破體變風姿。』李商隱詩：『文成破體書在紙。』又謂之俗書。韓詩：『羲之俗書趁嫵媚。』對古文而言之，與今書所謂破體俗書不同。（同上卷七）

趙彦傳

《寄令狐郎中》屈云：『求薦達，意在言外。』程謂『以卧病自慨，亦頹然自放，免黨怨之詞』。按義山躁進，非有心黨李。綯怨其得第而背恩耳。姚平山謂『以楊得意望令狐』。秦、梁修阻，所憑惟有一書。今已抱病退居，雖有書可寄，不必重問昔時之行藏也。敖云：『落句用古事爲今事，如「短衣匹馬隨李廣，憑誰説與謝玄暉」』等語，皆此法。（《唐絶詩鈔注略》卷二）

《漢宫詞》《詩繹》：『一言求仙無驗，二言望仙不已，三、四言露可得，仙必能療病。』通首只作唤醒語，一種癡情自於言下傳出。（同上卷二）

《杜司勳》《移人集》：『苦切在「刻意」二字。』（同上卷二）

《爲有》屈云：『玉溪以香艷之才，終老幕職，與嫁貴婿負香衾者何異，其怨宜矣。』（節）似大中六年補太學博士時作，若如屈説，則後數年在柳仲郢東川幕矣。（同上卷二）

平步青

【盲詞入詩】盲詞入詩，騷壇削色。近日詩翁，大半奉盲詞爲鼻祖。沈萫漁《諧鐸》殆有所指。瀟雪曰：彈詞七字句，其源亦出於詩。不觀玉谿生《七月二十八日夜與王鄭二秀才聽雨後夢作》乎。詩云（略）。馮孟亭曰：『詩係古體，古體原有似律者，觀初唐人集便曉。』錢良擇曰：『此係律詩，不對者頗多。』予謂：『馮説是，而錢非。此詩倘播之管弦，豈非絶好彈詞乎？』茗齏曰：『卿説信然。義山詩，後人撏撦不少，何以無學此體者？豈以其體近盲詞而不屑爲之乎？』予曰：『祝芷塘《悦親樓詩集》卷二十六《紀夢仿義山體寄寧圃》云（略）。祝詩仿李，轉折皆襲用其字。倘不先讀《義山集》，或祝詩但云《紀夢》，而無「仿義山體」四字，讀者有不如杜曲拾遺廟中之大姨，詫爲出於何典，安得七姨爲之解圍哉？瀟雪、茗齏皆失笑。（《霞外攟屑》卷八下）

邵淵耀

懿昔在唐，杜詩韓筆，冠冕文苑。子美大啓詩境，流派綿遠，然當代嗣音而私淑之者，玉溪生一人耳。同時乃無有子弟傳其芬芳……（《跋三唐人集》）

光聰諧

【對法】謝康樂《夜宿石門》詩云：『朝搴苑中蘭，畏彼霜下歇。暝還雲際宿，弄此石上月。』四句扇對法耳。句末蘭、歇，宿、月，又虛實迴環作對，極巧極自然，不可謂非有心雕琢也。李義山『玉璽不緣歸日角，錦帆應是到天涯。於今腐草無螢火，終古垂楊有暮鴉』四句，亦虛實迴環作對，他人《集》中罕見。惟『日角』『腐草』二字尚未湊泊，不如『天涯』『暮鴉』四字渾成。庾子山《哀江南賦》：『陸士衡聞而撫掌，是所甘心；張平子見而陋之，固其宜矣。』一聯亦虛實自爲對。（《有不爲齋隨筆》）

【《韓碑》詩失實】義山《韓碑》即依韓體，洵爲李唐一代七古後勁。然切按之，如『點竄』『塗改』『元氣』『肝脾』等句，昌黎見之亦當變色，而通首氣格且較韓似猶遜一籌。且叙承詔數語，尤爲失體，並非事實。今考韓公《進撰碑文》表云：『聞命震駭，心識顛倒，非其所任，爲愧爲恐，經涉旬日，不敢措手。』何嘗如詩所云『愈拜稽首蹈且舞，金石刻畫臣能爲』耶？《表》又云：『必得作者，然後可盡能事。今詞學之英，所在森列；儒宗文師，磊落相望。外之則宰相公卿，郎官博士；内之則翰林禁密，游談侍從之臣，不可一二遽數，召而使之，無有不可。至於臣者，自知最爲淺陋，顧貪恩侍，趨以就事。叢雜乖戾，律呂失次，乾坤之容，日月之光，知其不可繪畫。强顏爲之，以塞詔旨。』又何嘗如詩所云，『古者世稱大手筆，此事不繫於職司』及『當仁自古有不讓』耶？表自謙抑，詩乃代爲驕矜，是欲顯之，轉以誣之，可乎？或曰：義山殆取《潮州謝表》内論述功績與詩書相表裏，雖古人亦未肯多讓意融會爲之，以騁其筆，初不計其失實也。（同上壬集）

王闓運

《驕兒詩》學左思，然兒不如女，詩不能佳。（《手批唐詩選》卷二）

《燕臺詩四首·春》（醉起微陽若初曙，映簾夢斷聞殘語）寫景幻妙。（同上卷十）

《燕臺詩四首·夏》幽艷。（同上卷十）

《燕臺詩四首·秋》冷倩。（同上卷十）

《燒香曲》（蜀殿瓊人伴夜深）『玉人』改『瓊人』便新。（同上卷十）

《河陽詩》未能純粹。（同上卷十）

《聖女祠》（松篁臺殿）義山詩專取音調字面，自成一家。（『不寒』句）蓋塑像單衣也。（同上卷十二）

《隋宮》（紫泉宮殿）『日角』『天涯』對滯。（同上卷十二）

《潭州》起句非潭州不稱，不可移咸陽。（同上卷十二）

《碧城三首》（之一）（『犀辟』句）至實丹。（『星沉』二句）海底未知何意，『星沉』『雨過』亦不可解。（同上卷十二）

《碧城三首》（之二）（『紫鳳』二句）譏其招摇狼藉也。（同上卷十二）

《碧城三首》（之三）言與己約而無信，但推以不能爲力。（同上卷十二）

《無題》（颯颯東風）能令雷妍艷，故是異事。（同上卷十二）

閔萃祥

【玉溪生詩説補録附識】原鈔有補遺一卷，爲公（按指紀曉嵐）所續編，未及寫入，今依次寫入，本公意也。校既竟，尚遺《謔柳》《别智玄法師》及《擬意》三題，蓋當時鈔胥脱落未經校補者。又上卷入選之詩，復經抹去，若《鄠杜馬上念漢書》等凡十四題。所以去之之意，悉未著於《或問》（按指《玉溪生詩説下卷《鈔詩或問》》），不無有抱殘之憾。今約舉原評，依《或問》例爲補録若干條。其所遺《謔柳》等三題評語，則取諸廣州所刊輯評本以補之，不敢妄參鄙意以玷公書也。戊子八月朔，後學華亭閔萃祥附識。（《玉溪生詩説》卷首）

胡玉縉

問：李商隱《聖女祠》詩：「一春夢雨常飄瓦，盡日靈風不滿旗。」「夢雨」二字頗難曉。翁方綱《復初齋集》云：「前人論「夢雨」與「飄瓦」不合，欲改爲「猛雨」，彼豈真以「夢雨」用陽臺、「飄瓦」用昆陽事耶？不知「夢」字非用古事，正是義山自夢耳。義山自夢則迷離幻景，即「飄」字何礙？第三句「夢」字到第七句「會」字，而後圓其説，然後曰非也。」「夢」之言「蒙」也。《爾雅·釋地》「雲夢」，《釋文》本作「蒙」。《説文》：「夢，不明也。」又部首「寢，寐而有覺也。」是「夢」本爲不明之貌。「夢雨」者，猶言陰雨也。今人以「夢」爲「寢」，於是「夢雨」字遂生異解。試就本義釋之，而詩意了然矣。韋莊詩「早是傷春夢雨天」，亦即此意。「夢」就雨言，「靈」就風言，翁以爲義山自夢，然則靈風將何説耶？（《許廎學林》卷九）

王禮培

温李併稱，義山實爲議論之藪，其源出庾信。人多謂其本於老杜；老杜亦原庾信。然有其哀感，無其頑艷，此之不可不辨也。李則取庾之頑艷而已，夫縟麗其辭，紆曲其意。風人之旨，本可行之以婉約，申之以比興。義山首尾晦塞，名爲寄託，無可捉擬。比興之義，竟若是其無據乎？《有感》《重有感》爲『甘露之變』，庶幾其可。《無題》《錦瑟》等篇，諷一勸百，望塵顛倒，至今未已。馮定遠謂：『作詩比興爲上乘法，義山獨得其妙。宋人率直，祇是賦體。』余謂孔子興、觀、群、怨，言各有當。必云比興爲工，將『三頌』謂何也？吴修齡亦云：『賦體難工，比興易詠。』至謂『不知而感，亦足樂也』，是何異《内經》之論顛狂，自高賢也，自聖智也，亦樂其所樂而已。彼固欲以模糊影響，致力於字句之湊泊，而自詡爲風人之旨也。至云『義山之詩，七百年來知之者少』，夫詩至七百年尚難索解，後有千古，不益晦耶？亦安取此隱語廋辭，令人墮入五里霧中何也？大凡託意男女，無論其本事若何，皆可以隱射，助其蘊藉，增其縈拂，不啻爲不學者開方便之門，拉雜成篇，矜言諷諭。孟子説詩，『以意逆志』。『志』不可逆，詩之爲道，或幾乎息矣。郭景純《遊仙》，左太冲《詠史》，發端即揭出本旨，循是以求，迎刃而解。本旨不可尋，比興之義將安所據乎？所以陸務觀直指《無題》爲艷情之作，洪覺範謂『詩至義山爲一厄』，高廷禮亦惡其隱僻，毛西河認爲半明半昧，甚或目爲『浪子』。之數公者，皆非不知而妄言者也。屈晦翁注《玉溪生詩意》，不惜揣聲測影，無異癡人説夢，徒費辭耳。七律裝點中四句，以砌合傷氣，往往截爲五字，亦可成誦。流爲『西崑』，愈益蔽塞。昔人有謂義山五律勝七律者，砌合少也。以古、律概言之，古體多實賦，律體多比興，亦不能以定遠之説，徒言賦比興而昧於古、律體之分。讀義山詩，正當取其洗去繁縟、脱卸粘滯者，其清潤亦不減中唐。高手棄短取長，毋徒徇世俗之所欲馳騖於『昨夜星辰』也。（《小招隱館談藝録》）

李　詳

李義山《判春》：『珠玉終相類，同名作夜光。』按《文選·西都賦》李善注：『經典不載「夜光」本末，故説者參差。《西京賦》云：「流縣黎之夜光。」《吴都賦》：「隨侯於是鄙其夜光。」鄒陽云：「夜光之璧。」劉琨云：「夜光之珠。」……然則「夜光」爲通稱，不繫之於璧也。』此義山所本。唐人精熟《文選》，善注亦所鑽習，蓋自少陵已然矣。（《媿生叢録》）

李義山《驕兒詩》：『豪鷹毛崱屴。』此本杜少陵《送李校書》詩『代北有豪鷹，生子毛盡赤』語。諸家注咸遺此説。（同上）

吴闓生

《江亭散席循柳路吟歸官舍》後半大氣盤旋，沈鬱頓挫，真大家手筆。此義山所以崛起於李杜之後也。（《今古詩範》）

《籌筆驛》（一、二）起得有神。（五、六）名雋。（七、八）華嚴精警，義山獨擅。（同上）

《隋宫》（上半）雋爽。（五、六）運用生新。凡以典故入詩，當知此法。（同上）

李孚青

【題李義山詩集後】白老真教作衮師，杜陵籬落半山知。後人撏撦惟清麗，一見《韓碑》右手胝。（《萬首論詩絶

句》引《野香亭詩集》）

王式丹

【書樊南集後】南浦西樓憶舊群，雲波好夢寄夫君。何因擬作元城令，删抹陽臺一片雲？（《萬首論詩絶句》引《樓村集》）

馬長海

【效元遺山論詩絶句四十七首（録二）】寄託文心是杜鵑，玉溪五十惜華年。却憐《錦瑟》無人會，枉把青衣作鄭箋。

玉溪詩法昌黎筆，孔鼎商盤各擅場。千古大文終不滅，人間别有段文昌。（《萬首論詩絶句》引《雷谿草堂集》）

謝啓昆

【讀全唐詩仿元遺山論詩絶句一百首（録二）】同時體格尚『西崑』，撏撦因人失本根。分得浣花香一瓣，《韓碑》元氣塞乾坤。

寂寞空閨錦瑟長，蓬山萬里怨劉郎。寓言别有深情在，漫認《無題》賦采桑。（《萬首論詩絶句》引《樹經堂詩集》）

【讀全宋詩仿元遺山論詩絶句二百首（録一）】文章三虎峙江東，懷玉山人顧盼雄。優孟譏嘲何太甚，『西崑』猶襲晚唐風。（自注：楊億。）（同上）

艾愈烺

【論詩絶句（録一）】蠟炬春蠶寄興殊，詩成百寶漾流蘇。『西崑』枉博優伶戲，似玉溪生獺祭無？（《萬首論詩絶句》引）

李書吉

【《論詩雜詠》（録一）】玉溪生學浣花翁，獺祭多供屬對工。吟到《馬嵬》《籌筆》什，並稱温李未爲工。（自注：李商隱。）（《萬首論詩絶句》引《寒翠軒詩鈔》）

陳廷慶

【四山居論詩（録一）並序】余於弱冠始學詩，嘗愛子山之哀艷，香山之自然，義山之精刻，眉山之清悟。暇時抄集，别爲一卷，手披每不忍釋。若四子外，非不欲學，有學焉而不至於山者，不若適吾性之所近可也。（節）後人獺祭鬬詞工，惟有玉溪生不同。千古《韓碑》《籌筆驛》，杜陵野叟與豪雄。（《萬首論詩絶句》引《古華詩鈔》）

柯振嶽

【論詩（録一）】今人風調古人情，獺祭奚曾損性靈。有恨《無題》誰索解？强將浮豔並飛卿。（《萬首論詩絶句》輯

（《蘭雪集》）

邵堂

【論詩六十首（録一）】璚臺貝闕燦雕甍，獺祭虚傳浪子名。尚有少陵遺韻在，千秋誰嗣玉溪生？（自注：李義山。）（《萬首論詩絶句》輯《大小雅堂集》）

葉紹本

【仿元遺山論詩得絶句廿四首（録一）】《詩品》王官莫細論，開成而後半『西崑』。玉溪生自雄旗鼓，漫笑兜鍪粉黛痕。（《萬首論詩絶句》輯《白鶴山房詩鈔》）

【題趙秋谷宫贊詩後（録一）】漂流湖海李商隱，放逐滄浪蘇舜欽。自古名賢多遘忌，《陽春》誰賞伯牙琴？（同上）

李日普

【分題晚唐人詩集得玉溪生集】《錦瑟》由來著解難，八叉綺麗豈能先？石林、長孺工摸索，安在無人作鄭箋？（《萬首論詩絶句》引）

俞國琛

【論詩（録二）】《碧城》《錦瑟》指歸迷，别具雄才見玉谿。七百餘年《疑雨集》，不宗《有感》祖《無題》。錦衾深愧卓文君，乾净蓮花不夢雲。若使段、温知此意，何勞艷製闘繽紛。（《萬首論詩絶句》引）

王惟成

【論唐宋詩絶句十四首（録一）】玉溪才調信超倫，老杜宗傳第一人。託興《無題》多有感，漫嗤獺祭尚敷陳。（《萬首論詩絶句》輯《延桂山房吟稿》）

岑振祖

【書李義山詩集】瑶臺璚宇流連甚，舞榭歌筵想像間。須識含情終有託，楚雲原是淚痕斑。（《萬首論詩絶句》輯《延緑齋詩存》）

馮繼聰

【論唐詩絶句（李商隱）】祇今尚憶玉谿生，弱冠詩篇先有名。麗句清詞人不及，同時早已過飛卿。元和天子挺英姿，削平淮西建鉅碑。誰知斯文若元氣，無人能敵義山詩。《籌筆》詩推石曼卿，舊山流水意愁生（自注：石詩云：『意中流水遠，愁外舊山青。』）何如『猿鳥』『風雲』句，千古依然見孔明？（自注：《籌筆驛》詩云：『猿鳥猶疑畏簡書，風雲長爲護儲胥。』）傷心千載馬嵬坡，夢得詩篇未可磨。惟有義山留警句，憑教土偶淚滂沱。（自注：夢得有《緑野扶風道》一篇，義山有『海外徒聞更九州（節）』云云。）得杜藩籬惟義山，荆公議論未容删。試哦『雪嶺』『松州』句（自注：義山詩云：『雪嶺未歸天外使，松州猶駐殿前軍。』），子美風流總一般。木蘭花説木蘭船，妙入非非想處天。逆旅那知投宿客，俄驚雲外落神仙。（自注：《紀事》云：『義山投宿逆旅，主人招客，不知爲義山也，共賦木蘭詩。李云（略）。主人大驚，詢之乃知也。』）（《萬首論詩絶句》輯《論唐詩絶句》卷二）

戴森

【論詩絶句】雲雨傳疑直至今，孟亭索解獨鉤沈。虚遭百結鶉衣累，未許『西崑』作嗣音。（《萬首論詩絶句》輯《瑞芝山房詩鈔》）

高彤

【讀詩雜感（録一）】恩仇向背有難言，躞蹀來題《九日》樽。不是義山衷曲隱，莫將綺語學『西崑』。（《萬首論詩絶句》引《過江集》）

陳啓疇

【論詩十二首呈裘慎圃邑宰（録一）】義山才調屬詩僊，《錦瑟》當時已惘然。記得《曹娥碑》上字，新詞黄絹悟

真詮。（《萬首論詩絶句》輯《麻田詩草》）

黄維申

【論詩絶句（録一）】義山獺祭好矜奇，除却《韓碑》我不師。漫説少陵遺韻在，穠辭綺語盡《無題》。（自注：李義山。）（《萬首論詩絶句》輯《報暉草堂詩集》）

何一碧

【論詩（録一）】《大雅》風微刻琢工，玉谿意匠尚沈雄。時藏議論成心史，箋釋何須覓鄭公。（《萬首論詩絶句》輯《國朝松江詩鈔》卷三十八轉録）

許奉恩

【《蘭苕館論詩》（録一）】獺祭紛華氣自清，八叉那敵玉溪生。寓言故使人難解，《錦瑟》迷離間《碧城》。（自注：右李商隱，温庭筠附。）（《萬首論詩絶句》輯《蘭苕館論詩》）

陳熾

【效遺山論詩絶句十首（録一）】嫫母先施骨總殊，搯撦千載笑侏儒。美人芳草三閭意，變格樊南絶代無。（《萬首

論詩絶句》輯《褢春林屋詩》）

白永修

【答友人論詩（録一）】《韓碑》足與退之衡，況復《西郊》繼《北征》。孰向騷壇執牛耳？敦槃合奉玉谿生。（《萬首論詩絶句》輯《曠廬詩集》）

邱緯蔆

【讀玉溪生詩】幕府才高亦謫仙，詩人遇苦本來然。傷春傷別知何限？《錦瑟》無端費鄭箋。（《萬首論詩絶句》引）

朱應庚

【論詩三十二首（録一）】『西崑』穠密豔人寰，温氏終當讓義山。歷落《韓碑》三百字，秋高鸞鶴唳雲間。（《萬首論詩絶句》輯《菊坡詩存》）

許愈初

【論詩絶句（録一）】頭白鴛鴦煙雨秋，開元天子笑牽牛。『西崑』別有清新思，減却樊川一段愁。（《萬首論詩絶

句》輯《肅肅館詩集》）

鄧銘

【《論詩三十絶句》（録一）】誰從豔體别高低？强把《金荃》配玉谿。沈鬱莽蒼真杜律，『西崑』何事學《無題》？（《萬首論詩絶句》輯《荃察余齋詩存》）